태풍이 오면
바다 속에도
바람이 분다

인다 장편소설

동아

태풍이 오면 바다 속에도 바람이 분다

초판 1쇄 인쇄일 | 2021년 8월 12일
초판 1쇄 발행일 | 2021년 8월 20일

지은이 | 인다
펴낸이 | 박성면
펴낸곳 | (주)동아

출판등록 | 제406 - 3960100251002007000071호
주소 | 경기도 파주시 문발로 115, 세종대학교출판부 206호
전화 | (031)8071 - 5201
팩스 | (031)8071 - 5204
E - mail | bear6370@hanmail.net

정가 | 12,800원

ISBN 979-11-6302-519-1 (03810)

태풍이 오면 바다 속에도 바람이 분다

인다 장편소설

동아

목차

<일러두기>
· 작품 내 수화는 낫표(「 」)로 표기하였습니다.

0장. 박한내

뜬금없이 고백을 받고 든 생각은 피곤하다였다. 이유는 참 귀찮아서.

"미안."

해서 도리어 미안하단 감정이 일었다.

장대 우산 코로 발에 눌어붙은 검은 그림자를 떨쳐 내듯 쿡쿡 찌르며, 밤 그림자에 갇힌 학교 운동장을 걸어 나갈 때였다. 야자를 마치고 텅 빈 학습실을 잠근 뒤 빠져나온 몸은 추욱 까라졌다. 우산을 지팡이처럼 의지하고는 삐죽한 우산 코에 푹푹 구멍이 나는 흙바닥만 보고 걸었다.

비 올 기미 하나 없는 밤공기는 적막하고, 교복을 더 단단히 여며도 3월의 바닷바람은 칼날처럼 매서워 어깨가 곱아든다. 저기. 기습처럼 등을 찔린 것은 그때였다.

어둑한 시야에도 붉으락푸르락 달아오른 소년의 얼굴, 그 아래 덜덜 떨리는 두툼한 편지가 달빛 아래 또렷하다. 바닷가에 웅크려 있는 섬마을 학교는 학년당 남자 반 하나, 여자 반 하나, 이렇게 두 학급뿐이라 모르려야 모를 수 없는 얼굴이다. 게다가 간혹 복도에서 마주친 시선이 화다닥 도망치던 것을 보았다.

"그러니까. 공부에 집중하고 싶어서."

끅, 하는 반응에 애써 미간을 모으고 곱게 웃음을 지으며 "우리 고 삼이잖아."라는 말로 상처받은 소년을 이어 달랬다. 손가락빗으로 머리칼을 귀 뒤로 쓸며 파들파들 떨리는 입꼬리를 계속 당기는 건 참 피곤했다. 그리 절절한 눈으로 언제까지 날 보고 서 있을 건지.

"이, 읽기라도 해 줄래?"

꽤나 쓸 만한 변명에도 여전히 씩씩대는 독촉과 함께 사라지는 인영. 덩그러니 손에 남은 편지를 잠시 달빛에 비춰 보다, 치마 주머니에 쑤셔 넣고 다시 우산을 찔어 나갔다. 톡. 톡. 톡.

흙길에 일정한 박자를 만들던 우산 코는 어느덧 양어장을 끼고 굽이굽이 이어진 마을 올레 길의 돌담과 밭담으로 향했다. 언제 봐도 신비롭다. 서로 맞물린 돌들이 그 억센 바람을 작은 틈새로 흘려보내 강풍에도 무너지지 않는 것. 그 돌담은 두터운 시멘트 벽보다 강하다 하니 세월이 가도 고스란히 보존될 테다.

이것으로 태어났으면 얼마나 좋았을지. 이따금 바람처럼 들이치는 감정이 날 무너뜨리지 않도록, 어디 틈새로든 흘려보낼 수 있다면. 하나 난 나와 맞물릴 돌 하나 없어, 결국 스스로 상처 내는 꼴이 됐을지도 모른단 생각에 허벅다리의 상처가 괜스레 시큰댄다.

이 섬처럼 고립된 계집.

나를 맴도는 독하다는 악평, 그러니까 저 외모에 전교 1등을 유지한다는 꼬인 평들. 뒷간에서 뒷말을 듣는 건 이제 대수롭지 않은 나날들. 엄마와 달리 남들에게 호감 사는 법을 몰라 그저 몸을 웅크려 원치 않는 관심이 사라졌으면, 죽은 척할 뿐인 계집.

그러나 한편으론 무시당하지 않게 몸을 키운다. 늘 갈라 터지는 입술에

립밤을 바르고, 옷매무새를 단정히 하고, 비굴하지 않게 보이고자 무표정과 이따금의 미소를 고수하며. 아빠 없이 자란 애란 걸 다들 믿지 못하게. 아무 그늘 없는 완벽한 애라고 여기게.

그런 모순적 욕망이 공존하는 위선자가 바로 나였다. 거절당한 소년이 이세준처럼 악독하게 돌변하지 않게끔 귀찮음을 감추고 애써 가증스런 미소를 지어내듯이.

생각해 보니 그게 의외다. 서울에서 전학 오고 얼마 되지 않아 이세준이 날 대놓고 찜한 덕에 힐끗거리긴 해도 냉큼 접근하는 소년은 없었는데 그 수줍은 성격으로 어쩌다 용기를 냈을지.

튀어나온 돌벽을 우산 코로 긁어 내듯 긁자 톡톡, 토도독 하고 튀기는 소리가 났다. 이에 맞춰, 하나둘 하나둘 박자를 타는 발. 어느새 벌어진 입술 새로 소리가 터진다. 일렁일렁 돌담 너머까지 흘러오는 바다의 목소리를 따라. 철썩, 쏴. 갯바위를 치는 파도를 따라 음을 흥얼거렸다. 어느새 모인 음들이 하나의 곡조를 이룬다. 그 위에 아무 가사나 입혀 보는 하굣길은, 공부에서 벗어난 내 유일한 휴식 시간이 되곤 했다.

아름답기로 소문난 섬이나, 동네 한 바퀴 돈 기억도 없는 일상. 다른 아이들처럼 절벽 위 볼레낭 열매를 따 먹으러 쏘아 다닌 기억도, 갯바위들을 이리저리 건너가며 개조개를 주워 먹은 기억도 없는, 영 퍽퍽한 삶. 하지만 이따금 발생하는 사건들은 오늘처럼 아프거나 귀찮았으니 차라리 무미건조한 게 낫다면 나은 삶이었다.

벌건 얼굴로 콧김을 내뿜던 얼굴. 누구를 사모하는 사람의 얼굴은 그렇게 뜨겁고, 분별없어지는 건가. 궁금했다. 좋아한다, 사랑한다는 건 대체 무엇일지. 내겐 저 끝없는 지평선보다 멀어 뵈는 감정인지라.

사랑이 아니었다 해 놓고, 엄마는 아직도 아빠 사진을 보았다. 휴대폰을 멍하니 들여다보다 인기척에 화들짝 놀라 화면을 끄기도, 평소엔 건조하던 큰 눈망울에 눈물이 그렁그렁 고여 있기도 했다.

엄마는 아직도 아빠를 사랑해? 나랑 엄마를 버린 아빠를?

그러니 사랑이란 어딘가 부질없어 바보 같고 누군가를 아프게 하는······ 내가 하고 싶진 않은 것. 내가 아는 사랑은 그랬다.

짭조름한 바다 냄새가 코끝을 파고들수록, 난 손안의 까만 우산을 단단히 틀어쥐었다. 나완 무관하다 여기는 사랑 노래를 흥얼대면서도 그 달짝지근한 가사에 이 우산의 주인인, 남자의 하얀 얼굴이 파도처럼 그려지는 이유를 몰랐다. 그리 멍하니 내딛어지던 발걸음이 스슷 멈추었다.

어떤, 낯선 소리.

자평하기엔 맥없이 가늘기만 한 내 목 울림 위로 정반대 색의 휘파람이 휙휙 얹히는 게, 바닷바람처럼 날카롭게 다가와 슥 귓가를 벤다. 미묘하게 어긋나고 맞물리는 화음. 마치 기묘한 환청 같아 정신을 차리고자 뺨을 스치는 바람을 따라 휙휙 도리질했다. 오늘따라 고단한 하루긴 했으나 정신이 오락가락할 정도는 아닌데.

목구멍 죄자 휘휘 울리던 소리도 따라 멈추는 것이 바다가 낸 소린가 싶다. 오늘따라 울적한 내 심경을 위로해 주던 숨비 소리였을지도 모르지.

"누구 노래?"

하나 누군가 있었다. 급경사 진 돌계단 위. 구불구불 꺾인 그림자 근방에 맺힌 또 다른 그림자 하나가 거대하게 일렁였다. 그것을 보고 눈을 흡뜬 참이었다. 늘 적요했던 시간을 깬 불청객의 목소리는, 궁금해서 묻는 게 맞을까 싶을 정도로 심드렁했다. 뒤를 돌아 몇 계단 아래 꽤나 멀리 서 있는 멀대 같은 사내애와 눈을 마주했다.

꺼지기 직전의 인공조명이 까만 눈에서 신비한 잿빛으로 아롱거리고, 검정 이어폰이 목 근방에서 춤을 춘다. 추위도 모를 듯 쫙 펴진 가슴팍 위 명찰은, 어찌나 제 주인처럼 당당한지.

······유지한.

소리 죽인 혀를 동그랗게 굴리다, 입 안의 여린 살갗을 부러 씹었다. 아

품에 정신이 깨도록. 창피함에 머리꼭지까지 열병처럼 열이 오른다.

"뭐?"

말릴 새 없이 목소리가 가시처럼 튀었다.

"누구 노래냐고."

나완 달리 졸린 듯 나른하기만 한 네 목소리가 협박조로 들리는 건 그저 내 기분 탓일까.

"……왜?"

"궁금하니까?"

"나도 몰라. 어서 주워들은 거라."

삐딱한 턱이 거만하게 쳐들리는 행태에 그저 무심히 웃다, 덧붙였다.

"미안."

노래하는 걸 들킨 것만으로도 도망치고 싶을 만큼 창피스러워 습관처럼 더 멀쩡한 얼굴을 내보이며. 어떤 가사를 불렀나 상기할수록 속내는 수치로 가득해 죽고만 싶다. 뒤에서 쿡쿡댔을 소년이 머릿속에 뚜렷이 그려질수록. 게다가 버릇처럼 내뱉은 사과에도 인상을 구기는 얼굴이 언제나처럼 성질이 더러워 보이니 꽁무니를 내빼고 싶었다.

"거, 못된 습관이네."

어둠 아래 중얼대는 얼굴은 평소완 조금 다른 인상. 평소처럼 상대를 깔보는 기색은 없어도 겨울잠처럼 날카로운 나른함은 여전하여 언제든 한 손에 날 제압할 듯했다. 얼음장처럼 차분한 눈동자 아래 들썩이는 불씨가 날 꿰뚫는다. 괜한 긴장감에 꾸물거리는 손을 우산과 함께 뒤로 숨기자 따라 내려간 눈길이 삐딱해진다. 그 박쥐우산 주인이 누군지 아는 것이 분명하게.

습관이라니. 뭐, 내 노래가? 한숨처럼 묻자, 건성으로 발을 놀린 소년이 한 걸음 계단을 올라섰다. 붉은 입술이 픽 비틀린 웃음을 뱉었다. 노래? 아니, 그거 말고.

"영혼 없는 혓바닥으로 미안."

"……."

"대충 말 뱉는 거."

뒤꼬인 말에 미간을 좁히는 사이, 한 걸음 더 올라 나보다 커진 높이에서 검은 눈에 날을 세운다.

"또, 속도 없이 웃어 주는 거."

그건 참, 사람 열받게 하는 거거든, 응? 모로 기울인 낯은 늘 속내가 검었다. 남과 달리 도통 읽히지 않는 네 눈길을 피해 마른침을 삼켰다. 마음에도 없는 말과 행동. 누구와 말하든 가식적으로 웃거나 답하는 내 공허한 속을 들킨 것 같고, 또 난데없이 무례하여 욱했다.

또, 또 시작이야.

제멋대로인 네놈에게 매번 휩쓸리는 건 사양인지라 다시 부릅뜬 눈을 맞추었다. 그늘에서 걸어 나와 내게 바짝 가까워진 음울한 주홍 불 아래 얼굴은, 우산을 쥐고 학교를 나서며부터 머릿속을 줄곧 맴돌던 것이었다. 정확히는 그 낯과 쌍둥이처럼 닮은, 남자의 유일한 혈육이자 남동생.

남자처럼 기다랗고 깊은 눈매에 의문 하나가 든다. 그날, 남자가 아닌 널 먼저 보았다면 난 네 형이 아닌, 네게 홀리고 말았을지.

아마 아닐 것이다. 얼굴은 같아도 고독을 담은 남자의 눈과 네 짓궂은 눈은 천지 차이니까. 넌 늘 무리의 중심에서 그들을 지휘하고, 심지어 홀로 노는 나와도 얄궂게 얽히고 싶어 하니까. 하물며 바다와 뭍 사이에도 그 둘을 가르는 돌담이 있는데, 넌 혼자가 편해 보이는 남자와 달리 사람 간 경계선 따위 없다는 듯, 그 선을 침범해 오곤 하니까.

"네가 나에 대해, 아는 게 많니?"

해서 부러 그렇게 물었다. 그렇지 않을 텐데.

그런 시비조에 흐릿한 잿빛을 뒤섞은 눈동자가 짙은 먹색이 된다. 방금 전 나를 흉내 내듯 내 가슴께의 명찰 부근으로 내려간 눈이 인형처럼 기다란 속눈썹에 어둑하게 덮이는 동시에 입매가 기운다. 모진 미소를 그리던 입

끝을, 갈증을 느끼듯 쓱 핥는 네 혀 뒤로 거뭇한 속내가 드러나는 듯했다.

"박한. 애."

잠시 그 말의 의미를 몰라 눈만 깜작였다. 곧이어 벌겋게 무르익는 내 뺨이 느껴졌다.

"박. 한내, 야."

삐딱한 놀림을 정정하며 또 휘둘렀다, 깨달았다. '한내 베이커리.' 엄마 가게에 대문짝만하게 써진 그 이름을 볼 때마다 별수 없는 부끄럼이 썰물 처럼 밀려들곤 했다.

한. 내. '큰 시내처럼 풍족한 물로 사람들을 이롭게 하라'는 뜻이라지만, 그 거창한 뜻이 내게 걸맞지 않은 탓에 창피하고, 보잘것없는 내가 큰사람 이 되고 말 거라 굳게 믿는 엄마가 약간은 원망스러웠던 이름. 그걸 네가 놀림감으로 삼은 것이다.

수치심에 죽을 듯 맥이 뛴다. 하나 평정 잃은 날 내려다보는 붉은 입꼬 리는 입가까지 패며 바짝 당겨져 있다. 덩치에 걸맞게 험상스레 생겼음 몰 라. 그런 예쁘장스런 낯으로 해끄무레하게 웃는 얼굴이 참 아니꼬와 뵈기도 힘들 텐데, 미웠다.

"박한 계집."

의뭉스레 말 끝자락이 늘어지는 장난질로, 박한내는 쌀쌀맞고 매정하다, 그리 도장을 쾅쾅 찍듯 골린다.

"이름 가지고 놀리지, 말아 줘."

"……그건 읽기나 할라고?"

가늘게 웃는 입술이 영문 모를 소리를 했다. 뚜벅뚜벅 계단을 오르는 거 침없는 발이 멈추기 전, 길쭉한 손이 허리에 닿았다. 놀란 몸을 뒤로 뺐는 데도 저 먼 공중으로 떠오르는 종이 쪼가리 하나. 편지를 따라 올려 젖힌 날 선 턱 아래, 꿰맨 듯한 흉을 얼결에 보다 소리쳤다.

"뭐, 뭐 하는…… 거, 야?"

당황하여 더듬대는 나와 달리, 제 형과는 다른 불그스름한 입술이 짓궂게 달싹인다.

"곱고, 착한, 한내에게."

"너, 너 뭐야, 진짜!"

손을 뻗다 포기하고 결국 눈앞 가슴을 대차게 밀쳤다. 밥 먹고 바다 헤엄만 치나, 돌벽처럼 단단하니 도리어 내 손이 아픈데도 돌담에 어깨를 제 발로 치며 아야, 엄살을 핀다. 장난스런 눈빛을 보아하니 일부러 그런 것이라 어처구니없어, 씩씩대며 다가가 까치발로 뺏어 든 편지를 살폈다.

곱고 착한 한내에게? 개뿔. 입구를 봉한 스티커 외엔 그저 하얀 봉투를 째리자, 머리꼭지에서 마른 웃음이 흘렀다. 사람을 농락하던 손을 쫙 펼쳐 리듬 타듯 까딱거리다, 앞으로 내밀었다.

"손."

희고 고우나 간간이 굳은살 박인 손. 잠시 보다, 눈길을 들었다. 기다란 눈매에 삼백안. 가만있어도 상대를 도발하는 눈. 하나 주위 소녀들이 왜 깍깍대며 음심을 품는지도 알겠는 눈. 남자의 호수 같은 눈과는 닮았어도 상극인 네 얄궂은 눈을, 난 갈고리눈으로 흘기고 코웃음을 치며 빈정거렸다.

"좀 잡아 주지. 아프다, 한, 내."

큼지막한 손이 다시 허공을 들썩인다. 한내, 네 이름. 몰랐던 것이 아니라 단순 관심을 끌기 위한 장난이었단 듯 이름 두 글자에 유독 힘을 주며. 한내, 그 묵직한 울림이 가벼운 소년과는 어울리지 않게 간지러워, 괜스레 깜깜한 허공을 눈으로 훑었다.

아까 전 남자애처럼 촌스럽지도, 이세준처럼 우악스럽지도 않게. 어린놈이 서울 물 좀 먹었다고 은근한 수작질이다. 그렇지만 나도 열다섯까진 서울서 자랐다. 이 섬서도 서울깍쟁이로 불리는 박한내. 그 탓에 섞이진 못하고 동경, 멸시, 추잡한 소문의 대상만 되니 어찌 됐건 알 건 다 안다, 이 말이었다.

"사람 밀쳐 놓고 보듬지도 않어? 이름값은."

무시하고 등을 돌려도 뒤에서 장난스레 빈정댄다. 박하다, 박해.

쿵쿵 발을 구르며 돌담길 사이, 좁고 구불구불한 계단을 오르는 내내, 거슬리는 소리가 따라붙었다. 터벅대는 발소리를 죽이기는커녕, 매 부리는 사냥꾼처럼 또렷한 휘파람으로, 어마무시하게 큰 똥개처럼 뒤를 졸졸 따른다. 홀로 취해 부르던 내 노래가 어느새 세밀한 곡조가 되어, 무심한 일자를 그리던 내 눈, 코, 입이 와르르 무너진다. 결국 내 낯은 불타는 감자가 됐다.

너는 그랬다.

유지한. 넌 첫 만남만큼 여전히 불편하고, 설핏 두려운 애였다.

1장. 형제와 섬

형제는 3월, 끝 눈과 함께 이 섬에 왔다.

그날은 첫봄과 함께 명을 다한 그들 할망의 장례를 마친 날이기도, 오늘처럼 내 기분이 유독 좋지 않은 날이기도 했다.

해서 초조한 마음으로 방문을 잠그고 서랍 깊숙이 넣어 둔 커터 칼, 소독약, 순간접착제를 꺼내 들었다. 엄마가 문 두드릴 시간에도 도저히 그 고통 없인 학교에 못 가겠다 마음먹은 뒤였다. 억지로 발을 놀려도 불현듯 눈물을 잘금댈 듯하고, 허벅다리에 무심한 날을 세울 즈음엔 빨딱빨딱 뛰는 가슴께가 진심으로 아팠던 날.

날이 박혔다. 시큰한 통증이 온몸으로 퍼지니 격랑이 지나간 바다처럼 가슴이 잔잔해졌다. 그 위를 손으로 지그시 눌러 냈다. 참으로 신기했다. 몸이 아프면 요상하게 마음속 아픔이 사그라드는 게. 그래도 태어났음 살긴 살아야지 하는 신의 농간인지, 고통의 총량은 일정하게, 마음의 아픔과 몸의 아픔이 저울질을 하는 게.

처음엔 샤프심으로 낸 점선 같은 흉이면 족하던 마음. 하나 최근엔 점점 더 욕심을 냈다. 차라리 방학이 나았다. 외딴섬은 새 학기가 되어도 같은 아이들만 마주치는 지독한 맴돌이였다. 둥지 속 새들처럼 한 공간에 부대끼는 학기가 늘 힘에 부쳤다. 고 삼 초입. 내년이면 이 섬을 떠난다. 올해까지만. 올해만 버티자. 그 생각 하나로만 버티었다.

"느껴지지 않아. 아프지 않아……."

주문을 외며, 남들은 햇살처럼 건강해 뵌다 하나, 내가 보기엔 영 칙칙한 갸름한 얼굴에 자외선 차단제를 끼얹었다. 흰 살결의 엄마와 달리 타고나게 그을린 피부를 손끝으로 매만지며, 그것을 싫어하는 여자의 뜻대로 듬뿍 짜낸 차단 크림을 치덕치덕 발랐다.

거울 속, 깜작이는 큰 눈과 짙은 속눈썹. 네 아빠를 닮았겠지. 확인할 길 없는 여자의 말을 떠올리다 핏기 없이 파르무레한 입술과 붉은 물을 번갈아 보고는 검지에 콕 찍어 입술 위 희게 튼 살갗 사이사이를 물들이는 괴이한 짓도 했다. 그러니 어째 생기가 도는 듯한 얼굴에, 실성한 사람처럼 웃기도 했다. 비릿해진 입술을 핥으며, 드디어 이런 비참할 정도로 멍청한 짓에도 무던해졌나, 우습도록 생각했다.

"한내? 문은 왜 잠갔니?"

"……아, 엄마, 저 옷! 갈아입어요. 이제 나갈게요."

"얘는, 엄마가 네 몸 매일 보는데 무슨 문을 잠그고. 오늘 눈 온다? 데려다줄 테니 얼른 나와. 늦어."

"……네."

문 너머 답답하단 한숨을 들으며 벌어진 속살 위로 순간접착제를 짜내었다. 서둘러 피를 멈추게 하고 교복 매무새를 만진 뒤 혈색 있어 뵈게 빨간 목도리를 휘둘렀다. 현관 앞, 싸리 빗자루를 휘두르던 여자가 긴 머리를 아래로 동여맨 청초한 얼굴을 돌렸다. 한내야, 얼른 나와. 발밑에서 빠득빠득 짓뭉개지는 흰 눈과 함께 허벅다리도 욱신거렸으나, 그 덕에 예고 없이 삐져나왔을 눈물은 뽀송뽀송 말랐으니 다행이었다.

끝 눈이려나.

여자의 윤기 도는 새까만 머리 위, 희끗희끗 새치처럼 얹힌 눈을 용기 내어 툭툭 털었다. 피부 색상도, 머리 색상도, 성격도……. 뭐 하나 닮은 구석이 없는 모녀. 그럼에도 마치 한 몸 같은 이 모녀 관계의 끝을 바라 마지않는 죄책감을 털어 내듯, 엄마에게서 흰 가루를 털어 없앴다.

한내 베이커리. 살림집 바로 맞은편 가게로 들어갔다. 치즈를 꾸덕꾸덕하게 넣은 빵에 가닿는 내 시선을 꾸짖듯, 가녀린 여자는 엄한 눈을 치켜떴다.

"살쪄. 안 그래도 맨날 앉아만 있는데 식단 조절해야지? 이제 대학도 갈 건데."

결국 받아 든 호밀빵을 작게 베어 물며 치즈 가루처럼 하얗게 부서지는 눈을, 여자의 뒤에서 몰래 받아먹었다.

오름 위 놓인 집에선 수평선에서 밀려드는 바다가 한눈에 내려다보였다. 누군가의 얼어붙은 눈물처럼 펑펑 쏟아지는 눈이, 그 검푸른 수면에 닿아 녹아내린다. 사르륵, 휘익. 뺨 베는 칼바람을 따라, 휘파람이 길게 울렸다.

'숨비 소리야.'

여름이고 겨울이고 바다에선 늘 그런 소리가 났다. 엄마는 그것이 잠녀들의 숨소리라 했다. 엄마를 키운 할망이 바다 15미터 아래서 전복을 딴 뒤 참던 숨을 훅 터뜨릴 때의 소리라. 하나 부질없는 상상은 현실 도피의 좋은 수단인지라, 난 그것이 바다의 숨소리라, 아님 전설 괴담 속 인어가 낸 경고 노래라 하는 공상에 빠지곤 한다.

"한내, 3월 모의고사 곧이다."

적막한 차 안을 채우는 건 늘 그런 말이었다. 모의고사. 중간고사. 기말고사. 수시 준비. 생기부. 학종. 철저히 준비하란 속뜻에 퍽퍽한 호밀빵이 속에 얹힌 듯 답답했다.

"네, 엄마."

덜 녹은 눈에 미끄러진 바퀴가 간혹 덜컥대며 적막을 메꾼 뒤에야 굳은 입술을 비리게 움직였다.

섬 아닌 육지서 내가 마음껏 꿈을 펼치는 것은 엄마의 이루지 못한 꿈. 그 대물림된 꿈을 위해 할망처럼 전복을 따는 대신 여자는 빵을 구웠고, 그렇게 번 돈으로 내 대학 등록금까지 착실히 모아 두었다. 통장을 보여 주며, 넌 몸 대신 머리 쓰는 일 해. 말하는 눈은 늘 빛났다.

섬에 내려오기 직전, 그중 일부를 털어 대치동 유명 입시 컨설팅 학원을 찾아간 엄마는 섬에서도 최고 대학에 진학할 수 있으며, 도리어 무슨 기회 균형 전형 덕택에 유리할 수도 있다는 확답을 받아 왔다. 좋은 대학에 가지 못할 건 내 부족한 노력뿐이란 증표였다.

"자신 있지?"

늘 미심쩍음을 숨기지 못하는 목소리. 정확히 엄마는, 일부러 그 미덥지 못하단 속내를 드러냈다. 날 몰아붙이는 만큼, 내 마음이 속상한 만큼, 내가 열심히 할 거란 걸 아는 엄마였다. 내가 엄마 인생을 망친 걸까. 그런 내 죄책감까지 입시를 위해 이용할 수 있는. 엄마는 그런 사람이다. 차다기보단 현명한 사람이라 해야 할지. 어쨌건 그녀의 삶은 지난한 희생이었다.

모든 것이 제 삶의 반을 바친 박한내, 제 딸내미를 위한.

이럴 때마다 누가 칼날을 쑤셔 박은 듯 저며 오는 가슴 한 부근. 안 돼. 안 돼. 엄마 앞에서 울면 안 돼. 느껴지지 않아. 아프지 않아. 주문을 외자 저민 허벅다리가 욱신, 가슴께 통증을 내리덮는다. 충분치 않아 무의식중 올라간 손이 귓바퀴 아래 머리칼 하나를 뽑았다.

"또 두통 있니? 요새 거길 자주……."

아, 눈뿌리를 갈기는 고통에 눈앞이 뿌예질 때, 얼굴 근방 다가온 손을 본능적으로 쳐 내고는 당황했다. 어두운 비밀을 들킬까, 발길질하는 가슴에 습관대로 미소를 짓고, 동그랗게 빈 머리통 위로 남은 머리칼을 덮어 내렸다.

"걱정 마세요, 엄마. 제가 알아서 하고 있어요."

"자신 있단 소리야?"

"네."

"……근데 공부할 때 머리 걸리적거리지 않니? 좀 묶고 해. 머리 밀고 집중해도 모자랄 시기에. 넌 묶는 게 얼굴도 살고."

"네."

딱딱한 대꾸를 수험생의 예민함으로 치부한 여자는 소리를 죽였다. 이유 모를 답답함이 가슴을 쳐 대어 결국 엠피스리를 꺼내 이어폰을 꼈다. 영단어가 흘러나오는 파일을 재생시키자 날아오는 흐뭇한 눈길, 비로소 숨통이 트인다. 그렇게 쉭쉭대는 와이퍼 소리만 한참이었다.

하강을 멈춘 차가 오르막을 오르자, 학교 건물의 꽁지가 앞 차창에 서서히 드러났다. 지끈지끈한 가슴께가 쿵, 쿵쿵, 불안한 파동을 그렸다.

……오늘도 그 난장질을 해 놨을까.

"이사 온 건가. 짐을 정리하는 건가."

신호에 잠시 정차한 참이었다. 지겨운 외국 남자의 음성을 뚫는 엄마의 나직한 혼잣말에 눈길을 돌렸다. 돌담 옆에 세워진 낡은 트럭 한 대. 이 작은 읍에서 가장 큰 집.

할망 하나가 살던 그 집은 올레 길을 따라 들어가 바깥채를 기웃거리면 나이가 들어 뼈까지 움츠러든 할망이 점점 더 꼬부라지는 등을 툭툭 때리며 파리채를 휘휘 내젓거나, 마당에 피운 불을 사그라질 때까지 응시하던 곳이었다. 그런데 그곳에서 그 할망일 리 없는 허우대가 걸어 나왔다.

허물어진 돌담 앞에 선 남자. 그 희미한 윤곽만으로도 눈길을 끄는 남자였다. 제대로 보기 위해 성에꽃 핀 유리면을 손바닥으로 쓰윽 닦아 내자, 고개 숙였던 남자가 눈 묻은 머리를 툭툭 털고 턱을 쳐든다.

금세 다시 김이 서리고 마는 유리창을 마치 주문에 걸린 듯 한 번 더 문질렀다. 이번엔 얼굴이 보였다. 손바닥은 아리게 찼으나 상처 난 허벅지는 열병이 난 듯 뜨겁게 욱신댄다. 도통 이 섬엔 어울리지 않네. 머리부터 발끝까지. 하나도…….

헐렁한 폼으로 걸친 새하얀 셔츠만큼, 내가 좋아하는 모차렐라 치즈만큼, 펑펑 내리는 눈만큼, 남자는 희었다.

20대 중반쯤 뵈나 순백한 낯빛, 덥수룩하게 이마를 덮은 새카만 머리 덕에 소년같이 묘한 분위기를 풍기는 남자. 허리춤에서 무언가를 만지작거리던 그가 허공을 응시하자 머리칼처럼 짙고 깊은 눈매가 드러났다. 무언갈 보나, 그 어떤 것도 주목하지 않는 건조한 눈이 눈 내리는 마을을 느릿하게 훑어 내린다.

젊은 나이에 노인네 같은 눈. 그게 참 묘하면서도, 동시에 그 단단해 뵈는 무심함이 시선을 붙든다. 그 넋을 감싼 껍데기가 너무 비현실적이라 그런 건지, 저런 사람이 정말 실재하는구나 싶을 정도였으니. 한데 내 훔쳐보던 시선이 문득 남자와 엉켜들었다.

당황으로 목을 움츠리다가, 가로막힌 차창에 안심했다. 그것이 아니더라도 나른한 선을 그리며 끝으로 향할수록 깊어지는 검은 눈에 현혹되어, 눈을 떼어 내기가 여간 어려웠다. 아침부터 커다란 풍선이라도 삼킨 듯 답답하고 시큰시큰 아파 오던 가슴. 그런데 이젠 그 눈처럼 새까만 구멍 하나가, 허할 만큼 커다랗게 뻥, 뚫린 듯했다.

순간 잇닿아 있던 눈이 끊어지고, 대신 올라온 카메라에 달린 검은 렌즈가 날 노려보았다. 뻣뻣하게 굳어진 날 향해 능숙하게 기계를 조작한 남자가 셔터 위에 손가락을 올린다. 건조하던 눈이 칼을 품은 듯 예리해졌다.

순식간이었다. 그 순간을 찍어 낸 사진을 보듯, 뺨 위를 흘러가는 히터의 열감도, 시야를 한가득 채우는 눈송이도 어째 느릿하게만 흘러갔다. 바다에 녹아 사라지는 눈송이처럼 무력해 뵈던 남자의 급격한 변화, 그것에 왜인지 가슴이 뛰어.

마찬가지의 남자도 시간이 멈춘 듯 정지했고, 그의 검지도 누를 듯 말 듯 셔터 위에서 뜸을 들였다. 그러다 힘을 사르르 풀어내듯 카메라에 붙였던 눈을 떼어 냈다. 날 향해 느릿하게 깜빡여지는 눈길이 이상하다. 설핏 넋 나간 듯 더 창백해진 얼굴에 의구심과 기묘한 흥미가 한가득인 것이, 마치 망자의 환생이라도 본……

"남자에 눈뜰 나이겠지, 너도."

뒤꼬인 말이 들렸다. 딱딱하고 차게 가라앉은. 트럭에서 뛰어내리는 다른 인영을 끝으로 뒤를 보자, 아름다운 얼굴이 그늘져 있다.

"내가 널 밴 게 딱 네 나이니."

"그런 거 아니에요."

그 탁한 눈이 싫어 꽤나 크게 대꾸하자, 무거운 한숨이 날아든다.

"쓸데없는 데 한눈팔지 마. 샛눈조차 뜨지 마. 인생 망칠 일 있어? 차라리 창녀 짓은 자잘한 돈이라도 벌지. 좋은 대학 가서 착하고 잘난 남자랑 결혼할 생각이나 해. 특히 얼굴 반반한 남자, 눈 반짝이는 남자는 상대도 마."

그 말이 내 입에 자물쇠를 달아 시선만 아래로 떨구었다. 잘못된 연애가 엄마 인생을 망친 증거물. 그게 바로 나였으니.

아무튼 그 여기 살던 할망 있지? 그 손자야. 엄마는 차분히 숨을 고르고 말을 이었다. 아, 친해져서 나쁘진 않겠다. 공부 잘했대. 서울대 수석 입학이면 말 다했지, 뭐. 다시 여기 정착하려나 봐. 네 고등학교 선배니까 대학도 선배가 되면 좋겠다. 그치? 엄마의 욕망은 한결같았다. 예전엔 혼자 다니는 꾀죄죄한 꼬맹이였는데 이제 스물넷쯤 됐다. 낯짝 보니 서울서도 여자 꽤나 홀렸을 텐데. 뭐든, 도시살이는 만만치가 않지.

"그 할망은 어디 가셨어요?"

"돌아가셨어."

아픈 추억을 더듬듯 쓸쓸한 어조에 화두를 돌렸으나, 결과는 예측 못 한 슬픔이다.

"언제요?"

"진짜 얼마 전이야. 그젠가? 것도 한밤중이라 뒤늦게. 음? 잠깐, 오늘 발인했겠네. 무튼 거의 안 부르고 조용히 끝냈어. 엄만 일손 필요하대서 잠깐 갔다가……. 저 애들은 서울서 어제나 왔고. 묵묵히 잘 치르더라. 감정도 잘 추스르고 동생도 잘 챙기고.”

애들? 아, 동생. 뒤늦게 차에서 내리던 누군가가 떠올랐다. 묵묵히 장례를 잘 치렀다는 말은 남자가 그 할망의 유일한 혈육이란 말과 다름없었기에 다시 어렵게 입을 떼었다.

“……부모님은요?”

“버……. 없대.”

“……네.”

차 안은 다시 어두운 시간이 흘렀다. 그 고요함 속, 황급히 지워진 엄마의 말은 죽이려 해도 오뚝이처럼 되살아났다.

'버렸대.'

어린 날, 엄마는 분노를 담아 말하곤 했다. 아빠는 널 버렸어. 그러니 보고파 하지 말란 말이야.

부모에게 버려진 자식, 그 하나가 같아서인가. 파도에 오래도록 깎여진 흑돌 같은 눈동자. 남자의 고적한 눈이 연신 뇌리에 맴돌아, 엄마 말 한 마디 한 마디에 습관처럼 심장이 쿡쿡 아픈 것도 대수롭지 않게 넘기게 됐다. 욱신욱신 허벅다리의 상처를 저미던 열기가, 이젠 가슴 깊은 곳까지 스며든다. 오랫동안 묵힌 아픔을 뒤덮는 신열 같은 통증……. 이건 뭘까? 난 괜스레 눈살을 찡그렸다.

“참, 그 동생이 나랑 동갑이더라.”

당시엔 그저 희미하게 흘러갔던 말이었다.

* * *

남자를 다시 본 건 그날 바로였다. 평소와 다름없는 학교. 해일처럼 몰아치는 눈들에 허리를 꼿꼿이 세우고 앞줄로 걸어가자, 예상처럼 구깃구깃한 낙서가 내 책상 위에 있었다.

〈서울 가기 전 네년 보지 나한테 따먹힐 각오해, 걸레 같은 년아. 네년 보지에선 이런 냄새가 나겠지.〉

교복 치마 새로 가랑이를 벌린 계집의 그림에서, 생선 대가리들이 뿌려진 주위로 눈을 옮기며 자꾸만 움츠러드는 어깨를 폈다. 엄한 남자에게 넘어가 애나 배고 제 어미까지 골로 가게 했다는 손가락질을 받았어도, 금세 마을 대장처럼 행세하게 된 엄마에게 배운 것이었다.

공부를 잘하거나, 엄마처럼 외모가 뛰어나거나, 아무튼 어딘가 한 끗 잘난 우리 같은 사람들은 약하게 보여도 동정받을 수 없다. 오히려 사람들은 이때다, 저보다 하찮아지도록 짓밟아 버릴 뿐. 연민은 동네 바보처럼 평생 하찮을 사람에게나 건네진다는 것을 일찍부터 배운 나였다.

"아유, 진짜 어떤 새끼가 영핸?"

코를 막고 저 멀리 거리를 둔 유경이 왕왕거렸다. 진짜 미친놈들! 한내야, 이런 걸로 상처받지 마아. 곧이곧대로 그 위로를 믿고 싶어도 그럴 수가 없는 것은, 내 상처를 생각했다면 이걸 목격하기 전 치워 줬겠지 하는 서글픈 의구심 때문이다. 적어도 나라면 그랬을 것이니 꽤나 합리적인 추측이지 않나.

박한내, 뭘 바라? 이곳 누구도. 널 좋아하지 않아.

눈먼 심 봉사라도 알 명백한 사실이었다. 전학 왔을 땐 서울서 왔단 내게 눈을 반짝이며, 비투에이 오빠들 본 적 있니? 남산 올라가 봤니? 친한 서울 머스마들 있니? 넌 왜 육지서 왔는데 까맣니? 근데 부들부들 애기 같다, 화장품 뭐 쓰니? 물어보고, 예쁘다, 친하게 지내자 하더니만, 공부만 하는 내가 저들을 무시하고 따돌린다 생각했는지, 몰멩진 게 곤밥 먹은 소리는. 금세 잘난 체하는 싹수 노란 서울깍쟁이로 낙인찍혔다.

그나저나, 진짜 못 그렸다. 비린내도 그림 실력도 토 나와. 애써 그림에 대한 무심한 평을 남기며 혹시 몰라 가방에 미리 챙겨 온 비닐봉지를 꺼냈다. 세계 제일의 추녀로 뵈는 여고생을 생선과 함께 쓸어 담자, 썩은 비린 내가 훅 끼쳤다.

"보나마나 찌질한 사내새끼 중 하나지, 뭐. 아마, 한내 짝사랑하는 찐따 새끼 중 한 명?"

뒷자리에 앉아 있던 승미가 혀를 차며 말을 얹고는 주위를 두리번거렸다.

"야, 지아야, 오늘 맨 처음 온 아이가 너 아니? 누가 영해신지 못 봤?"

"아, 아니……. 난 잘……."

그 옆에 앉은 다희는 말없이 찌푸렸던 코끝을 훑으며 슬그머니 내 눈치를 보았다. 다희는 늘 그랬다. 날 고소하다 여기진 않을지언정 항상 유경과 승미 사이서 눈치만. 4년간 우리 넷은 공공연한 친구였으나, 글쎄.

물티슈로 남아 있는 생선 피를 닦아 내자 허벅지 안쪽이 다시금 욱신대어, 그 아픔에 그만 눈물이 괸다. 겉보기엔 말끔해진 책상에서 역겨운 비린내는 지워지질 않는 탓이지.

난 아무것도 느끼지 못해. 아무것도……. 세뇌해 봐도 소용없이 눈뿌리가 뜨거우니.

"됐어. 알아서 뭐 해. 그냥 찌질한 장난. 이거 버리고 올게."

누가 이런 짓을 하는지도 이미 알았다. 알아도 어쩔 수 없는 것이지.

누구도 듣지 않을 말을 혼잣말처럼 중얼거리고 화장실로 가 봉지를 집어 던지자 기어코 눈물이 두 방울 정도 떨어져 내렸다. 치졸해서 눈물조차 흘리기 아까운 일이라 손등을 문대어 멈추고, 교실로 가기 싫어져 학교 정문에 붙어 있는 슈퍼에 잠깐 들르기로 했다.

조그마한 개미 슈퍼에서는 투실투실한 아줌마가 불량 식품부터 고급 양주까지 잡다하게 이것저것, 그 옆 세워진 트럭에선 부인보다 더 살집 좋은 아저씨가 떡볶이와 고기국수를 팔았다. 녹슬어 담배라는 글씨가 거의 지워진 하늘색 간판 위에 밤새 오복소복 쌓인 눈. 난 그곳에서 남자를 다시 보았다.

간판 위로 뱀처럼 몸을 휘며 날아가는 흰 연기는, 매운 떡볶이에서 난 것도, 혀가 데게 뜨거운 고기국수에서 난 것도 아니었다.

남자는 손가락 사이 대충 말아 쥔 담배까지 영 무심한 태도였다. 칙칙한 시멘트 벽에 붙어 선 채, 품 넉넉한 흰 셔츠가 어깨에 딱 맞아 떨어지는 모양새가 그저 서 있기만 해도 멋스러우나, 한겨울 옷 치곤 역시 얇아 색 옅은 입술에서 찬 숨결이 샌다.

그 시리게 창백한 입술, 새까만 눈과 머리만 아니었다면 투명한 혼령처럼 보일 남자는 주위에 무언가 다른 공기와, 날 선 이목구비는 아닌데도 쉽게 다가가긴 어려운 분위기를 품었다. 담배를 비벼 끈 발이 벽을 때리자 비좁은 처마 위 쌓였던 눈이 덥수룩한 머리 위로 투둑 떨어진다. 아, 저리 허술한 면도.

그리 여길 때, 커다란 손이 제 머리에 쌓인 눈을 무심히 털어 내고 벽에 기대 놓은 검정 박쥐우산을 집어 든다. 집요한 상상을 펼치던 난, 자라처럼 목을 움츠렸다. 그러면 큰 몸이 숨겨지기라도 할 듯. 어리석은 짓에 왜 이러나 자책했다. 오히려 나 여기 있소, 하고 더 티를 내면 내는 것이니.

다행인지, 마주칠 듯하던 몽롱한 눈길이 날 슬쩍 비꼈다. 그 살짝 처진 눈 끝, 왠지 모를 웃음기에 의아해질 때 긴 다리를 놀린 남자는 슈퍼 안으로 사라진 뒤였다. 들켰나.

집요했던 내 시선이 부끄러워 그곳으로부터 완전히 몸을 돌리고 둥글넓적한 낯을 마주 보았다. 여기 계속 있다간 정말 날 볼지 모른다. 하나 뭔 객기인지 그럼 안 되나? 오늘도 울적한 날인데, 그럼 안 되나? 하는 생각이 들어, 찬바람에 희게 튼 입술을 우물거렸다.

"떡볶이, 하나요."

용돈은 따로 받지 못해 학용품을 사고 남은 푼돈을 주섬주섬 꺼내 낡은 종이 상자에 집어넣고, 엄마가 알면 기겁할 떡볶이를 호호 불며 한 입 넣었다. 그러자 속에서 울컥울컥 치솟던 것이 조금이나마 가라앉는다.

늘름거리며 오르는 김이 남자가 길게 내뿜던 흰 연기를 상기시킨다. 뜨거운 떡을 문 채 후, 날숨을 뱉었다. 내게서도 남자처럼 흰 연기가 뱉어지자 무언가 우스워 마른 웃음이 났다. 그렇게 상념에 빠져 양념을 부드럽게 흡수한 밀가루 덩어리를 즐기는 사이, 남자가 다시 등장했다.

"아고, 여 넣어 가라."

매사 무뚝시롭던 주인 아주망이 답지 않게 그 뒤를 졸래졸래 좇아, 손에 쥐고 흔들던 검은 비닐봉지를 남자가 든 기다란 병 위에 덮으려 애썼다.

괜찮습니다.

군더더기 없이 공손한 말투로 거절한 남자가 부여 잡힌 손을 냉정히 빼낸다. 앳된 목소리가 나올 것 같은 고운 생김새와 달리, 간만에 말한 듯 느릿하게 새는 목소리는 동굴처럼 깊었다.

남자의 느슨한 눈매가 점점 더 둥글어진다. 인위적으로 느껴질 정도로 매끄러운 눈웃음. 찬 겨울바람에 가당치 않은 꽃향기가 흘러오는 착각이 일 정도로 화사한 웃음. 하나 난 잠시 눈을 느리게 감았다 떴다. 그 미소가 내 것처럼 가짜라.

"아니, 무사?"

거절당한 호의에 마음이 상한 눈치로 아주망이 입을 비죽이자 남자는 다른 손에 든 장우산 손잡이로 가볍게 제 턱 끝을 톡톡 두드렸다. 그냥.

"안됐잖아요, 한 번 쓰고 버려지는 게."

한낱 깜장 비닐봉지가 안쓰럽다, 변명하고는 간결한 턱짓을 끝으로 몸을 돌렸다. 그저 둘러댈 구실을 성의 없이 뱉은 듯 무표정한 낯엔 귀찮은 기색이 역력했다. 그렇게 남자는 아까 전 해사한 웃음과는 극단을 오가는 낯빛으로, 그리고 무정해진 눈길로 맵게 달아 뜨건 입술을 손 부채질하던 나를 마치 계획한 것처럼 물 흐르듯 자연스럽게 쳐다보았다.

"음."

재밌는 걸 발견한 듯한 탄식, 다시금 극과 극의 미소. 아줌마에게 흘리던 것과는 달랐다.

나는 나처럼 후끈한 열을 뿜는 불량 식품으로 황급히 눈길을 내렸다. 서벅서벅, 남자가 여유로이 눈을 밟는다. 더운 피가 쏠린 귓바퀴로 그 발소리를 빨아들이면서도, 난 그가 내게 다가오는 것이 아니길 바랐다. 매운 고추장이 묻은 입술뿐 아니라, 가슴까지 울렁울렁, 뺨도 홧홧 불탔다.

"한내."

섬 사내다운 거침이 일절 없는 목소리로, 남자가 날 부드러이 불렀다. 고철 덩어리만큼 삐거덕거리는 고개를 돌려 네, 멍하니 대답하고서야 내 이름을 대체 어찌 알았나 고민했다.

"가희 누나 딸."

나지막하나 확신에 찬 어조, 내 교복을 내려다보며 까만 눈을 슴벅이더니, 그 교복 변함없구나, 무심히 뱉는 말. 뒤따라오는 무감각한 미소에 엄마 차에 쓰여 있던 '한내 베이커리'가 떠올랐다. 엄마도, 아침녁 그 찰나의 마주침도 기억하고 있는 남자. 차마 제대로 마주하지 못한 눈이 자꾸만 이리저리 돌아가 겨우 조그맣게 고개만 끄덕였다.

"새로, 이사…… 오셨어요?"

간신히 떠올린 말을 내뱉었으나 목구멍에 떡가래라도 걸렸나 자꾸만 목이 메었다.

"그런 셈이야. 얼마나 있을진 모르겠으나. 집이 커서 가게 하나 같이 낼까 생각도 하고 있고."

"어떤 가게요?"

글쎄, 그건. 곱다란 손이 들고 있던 전문가용 카메라가 떠올랐으나, 그는 메마른 눈으로 고민하듯 고개만 기울인다.

"모르겠다, 아직. 가희 누나가 좀 도와줄 수 있을지도. 수완 있는 사람이니."

"아, 네."

엄마의 호칭이 누나인 것이 묘했으나 엄만 고작 서른여섯이었다. 10대 고등학생에게 성인 남자란 말 그대로 저 먼 어른, 그에게 난 고등학생 꼬맹이다. 그러니 나와 남자 간의 거리감보다 그와 엄마와의 거리감이 더 적은 것은 당연한데, 이유 모르게 속이 타 꿀꺽꿀꺽 목구멍에 찬물을 들이붓고 싶었다. 대체 뭘까.

아까부터 밀려드는 생소한 가슴팍 통증이 퍽 혼란하여 화르르 뺨에 열기가 몰렸다. 그 위로, 찬 것이 와 닿았다.

"다시 오는구나."

펏, 우산이 펴지고 시야에 큰 그림자가 졌다.

"잡고."

화들짝 놀라 손에 들어온 우산대를 힘껏 쥐었다. 손등 어딘가를 스친 남자의 손끝이 소스라치게 찬 기운을 남긴다. 왜 저리 손이 찰까. 몸이 늘 싸늘한 나인데 남자는 한층 더 극심하니, 저리 입고 다니니 당연한가 싶었다.

"또 보자."

한내야. 내 더운 뺨에 녹아내리는 눈송이처럼 남자의 말이 속으로 스몄다. 고개를 수그려 우산에서 벗어난 남자가 눈까지 흘러내린 검은 머리를 검지로 쓸어 낸다. 그걸 보자 궁금해졌다. 왜 나를 향해 셔터를 누르지 않았을까. 그러기엔 결정적인 무언가가, 내게 부족했을까. 그럼 왜 날 보고 그런 얼굴을 했나. 내게서, 무언가를 알아본 듯이.

"이, 이 우산은 그럼, 언제……."

등을 진 남자에게 난 황급히 입을 뗐다.

"다음에 내가 가게 놀러 갈 때. 아니, 그냥 가지렴."

"잠시, 잠시만요."

뭐든 상관없다는 어조로 몸을 튼 남자에게 애타게 소리치며 난 목에 둘렀던 빨간 목도리를 손에 쥐었다. 우산 때문에 고작 한 손으로 풀어내는 속도가 느려, 점점 얼굴이 발갛게 달아올랐다. 우산을 다시 가져가 낑낑대는 날 도와줄 법도 한데, 지그시 날 바라만 보니 은근 매정한 남자다, 싶기도 했다. 의미 없이 까딱이는 손짓에 손안에 든 와인병만 작은 원을 그린다.

내 얼굴이 부끄럼으로 뒤범벅될 때까지 시간이 흘렀다. 잠시 후회할 뻔도 하였으나 기어코 목도리를 풀어낸 난 그것을 남자에게 건넸다.

"……그러니까, 어. 추워…… 보이셔서."

이유 없던 감정에 애써 짜낸 논리를 붙이며. 창피함으로 쌕쌕대는 숨결을 내뱉는 날 물끄러미 보는 눈에 까맣게 흥미가 담긴다. 까맣다 못해 푸른 빛을 띠는 검은색. 바다의 블루 홀 같은 눈. 까마득한 심해까지 뚫린 바다의 구멍. 그 적요한 눈으로 날 보던 남자가 핏기 없는 입술을 끌어 올렸다. 내 뺨이 그 목도리처럼 붉어진 것에 검은 눈동자가 얼핏 머물렀다.

"아, 내가."

"……."

"추워 보여. 그래."

자분자분하게 내 말을 곱씹어 보는 어조. 천천히 만들어지는, 눈 끝과 입 끝의 서늘한 호선. 하나 그것이야말로 남자의 진짜 웃음 같다. 게다가 목도리를 받아 목에 두른 남자는 그러니 그나마 따뜻해 보여, 좋았다.

"우산은, 목도리 돌려주실 때, 돌려 드릴게요."

그러자 옅은 웃음을 머금은 입 끝이 살짝 비틀린다. 그래. 가희 누나 가게에 한번 들르기로 약속도 했으니.

"아."

"……."

"……네."

"어여 들어가렴. ……추우니."

내 말꼬리를 잡으며 건조한 장난을 치는 남자를 보며 아, 이름. 그때에서야 그걸 물어볼 걸, 퍼뜩 생각했으나 나른하게 휜 입꼬리를 한 번 더 매끄럽게 올려붙인 남자가 지체 없이 날 등졌다.

"아, 저, 안, 안녕히 가세요."

고개를 푹 숙인 인사를 한참 했다. 멀어진 남자의 위로 흰 눈송이가 하늘하늘 내려앉았다. 흰 셔츠로 스며드는 눈송이들이 점점이 그 남자의 일부가 되고, 그 풍경 속 내가 준 빨간 목도리만 허공에 둥둥 떴다. 어울리는 듯, 어울리지 않았다.

겨우 몸을 돌려 운동장을 걸어가는 내내 검정 우산 손잡이를 꾹 부여잡았다. 차디찬 것을 내게서 막아 주는 든든한 검은 존재. 그 너머 내뻗어진 손바닥에 녹아드는 새하얀 존재. 어느새, 남자는 내 곳곳에 있었다. 내 정신도 그의 전경 속 빨간 목도리처럼 둥둥 뜨는 듯했다.

붕 뜬 기분으로 점심시간이 되자 내 책상에 기대 둔 남자의 우산을 챙겨 들었다. 급식실은 다른 건물에 있으니 잠깐 쓸 수 있겠다. 구름 위를 노니는 듯 발걸음이 둥실거렸다.

"어디, 가는 거야?"

하나 아이들의 자연스레 꺾인 발걸음은 교문으로 향했다. 날 제외하곤 목적지를 알고 있는지 의아한 얼굴들이 차례대로 돌아보고, 승미의 뾰족한 눈매엔 우월감이 묻어났다.

"바다에."

그 말만 던지고 다시 몸을 돌렸다. 따라오려면 오고, 말려면 말라는 듯.

이따금 급식을 빼먹은 아이들이 바다 헤엄을 치다 빈집에서 잡어를 넣은 라면을 별미로 먹곤 하는 걸 익히 들어 알았으나, 지금은 꽃샘추위가 불어닥친 3월에, 눈도 여태 내리고 있는데…….

하지만 이제 와 혼자 급식실로 가긴 뭐해, 하늘을 향해 우산을 펼치며 따라나섰다. 이제 보니 희한한 문양 같은 것이 희미하게 그려진 모양새가 특이해 뒷목이 아플 정도로 고개를 꺾어 보던 중, 우산이 없던 다희가 팔짱을 끼며 들어왔다. 승미 남자 친구가 오늘 송장헤엄 대결한다고 보러 오라

했대, 속삭여 알려 주었다.

"어디 가니?"

"쌤!"

"저 엄마 심부름요!"

교문 밖에서 담배를 피우던 담임이 짐짓 엄하게 불러 세우자, 아양 섞인 거짓을 늘어놓은 유경이 봐주세요, 하고 애교를 부렸다.

"그래. 적당히 놀고 수업 전엔 궁둥이 붙여 놔. 너네 고 삼이다, 응? 아무리 대학을 안 가도."

"네, 쌤!"

"한내도 가니?"

어깨에 와 닿는 손길이 징그러워 몸을 움츠렸다. 서울에서 오랜 교직 생활을 끝으로 휴식 겸 이 섬에 내려왔던 담임은 이 섬 유일의 입시 전문가라 불렸으나, 전부터 여고생을 보는 눈빛이 야간 투시경처럼 교복 안팎을 들락날락해 구린내가 났다. 아니, 실은 그가 엄마에게 던지는 호감의 눈길이, 그걸 엄마가 모른 척 이용하는 것이, 난 답답한 울분이 났던 것이다.

"공부에 집중 잘하는지 엄마가 걱정이 많으시다, 한내야."

"⋯⋯네."

시간이 지체되어선지 담임의 원치 않는 관심을 아니꼬운 편애라 생각해선지, 짜증을 담아 날 쳐다보던 아이들이 하나둘 교문 밖으로 걸음을 옮기는 걸 보자 마음 한구석이 초조해진다. 굳이 저길 따라가지 않아도 된다, 머리론 여기면서도, 홀로만 뒤에 남겨지는 건 늘 속이 쓰리다. 왜 비참한 감정엔 익숙함이란 게 없는지.

"진로 희망서는 왜 아직 안 냈니?"

"⋯⋯."

그야 물음표니까요. 목구멍까지 찬 말을 눌러 삼켰다. 물론 엄마가 원하는 건 정해져 있었고 작년까지는 그걸 기계적으로 써 냈으나, 이번엔 마치 사형 선고에 동의한단 서류에 사인하는 기분인지라 망설이던 참이었다. 그 미적임을 눈치챈 걸까. 그게 엄마 귀에 들어가는 건 최악이었다.

"희망 진로 바뀌면 대학에서 좋게 보지 않는다, 응? 수시 면접 때도 질문이 나올……."

"걱정 마세요, 선생님! 실은 제출하려다가, 모의고사 대비하느라 까먹었어요."

아이들 사이서 고민하던 다희까지 곁을 벗어나자 슬며시 웃으며 공손히 목례하고 재빨리 교문을 나섰다. 재잘거리는 친구들의 뒷모습을 보며 우산 손잡이 꾹 부여잡고 아침에 본 그 남자라면 이 상황에서 어땠을까 상상했다. 남들이 저를 어찌 보든, 길바닥 껌처럼 무심히 지르밟고 제 갈 길 가겠지. 왜 난 못 그러나. 그런 척이라도 할 수 있는데도. 영 비겁하게, 혼자가 되는 게 무서울까. 생각에 잠기다 보니 어느새 저 멀리 흰 눈을 삼키는 쪽빛 바다가 보였다.

"겐디 아직 물 차갑지 않?"

"으, 난 보기만 해도 얼어 뒤지겠던디."

"사내새끼들 객긴, 씨."

빠르게 밀물지는 갯밭을 지나, 소녀들의 발걸음은 깊은 수심에 검푸른 색을 띠는 바다 앞 소년들에게로 향했다. 밀려드는 바닷물이 긴 혀를 날름대며 모래톱을 삼켜 가는 곳.

난 한 사람의 얼굴이 있는지만 살폈다. 역시나 그 무리의 왕처럼 바위 위에 걸터앉아 있던 이세준이 날름거리는 바다처럼 날 눈으로 훑어 내렸다. 승미가 제 남친에게 다가가 껴안고 꺄르륵 댈 때까지도 그 눈길은 떨어지지 않는다.

징그러워. 난 남들이 눈치채지 못할 정도로만 찌푸린 눈살을 바다로 돌렸다. 그 그림 사건의 장본인. 확신에 가까운 짐작을 하는 터였다. 열다섯, 전교생 앞에서 그 폭력에 가깝던 고백을 거절했던 때부터 간간이 날 괴롭혀 오던 놈이니.

하나 잔혹한 소년에 대한 대응은 책에서 배울 수 있는 게 아니었고, 늘 걱정이 태산인 예민한 엄마에게 말할 수도 없었다. 차라리 대놓고 괴롭혔다면 대신 따져 줄 어른이라도 있었겠지만 잔인한 놈이 교활하기까지 하니. 그저 내가 무너지길 바라는 거겠지. 그럼 저에게 눈길이나 줄 줄 알고.

"어? 저기 화냥년 지나감쩌."

누군가의 말에 모두의 고개가 돌아간 곳에서, 흰머리부터 흰 피부까지가 온통 하얀 여자가 바닷길을 묵묵히 걸어 섬에 딸린 자그마한 섬으로 향한다. 꽤나 든 나이에도 낙지처럼 긴 팔다리가 어딘가 요염해 뵈는 탓에 온갖 소문이 도는 여자는, 밑이 낙지 빨판 같아 한 번이라도 관계한 남잔 기가 빨려 죽고 만단 추잡한 말도 함께였다.

동네 유명한 미친 여자. 매해 고기 운이 나쁘면 갯제 때마다 그 탓이 되는 여자. 저 작은 부속 섬 바위굴에 혼자 사는 그녀의 옆엔 제 손으로 죽인 열 살 아들내미가 묻혀 있다 했다. 애가 이미 밴 채 시집가, 배 속에서 긁어 내기 위해 억지로 독을 삼켰으나 반만 성공해 반병신을 낳았으며, 떠나간 남편도 죽이고 제 자식도……

자식을 죽인다는 건 어떤 생각과 감정에서 가능한 걸지, 난 여인을 볼 때마다 궁금했다. 날 낳기 전 혹은 후에 엄마는, 정녕 그러고 싶던 적이 없었는지도.

그 바위굴 근방으론 바닷물이 차올라, 목까지 들어온 물 때문에 마치 여자의 머리만 잘려 둥둥 떠가는 것 같자 아이들은 "화냥년, 결국 뒤진 지 새끼한테 목 따진 듯." 하며 낄낄거렸다. 난 입매만 굳혔다. 그 조롱이 날 향한 것만 같으니.

몇 보 걸을 적마다 아이들 쪽을 힐끔거리며 누군갈 찾듯 얼굴을 갸웃거리던 여자가 굴 안으로 사라지자, 아이들은 넓바위 위를 아슬아슬하게 걸어 깊이 잠수할 수 있는 장소에 도달했다.

"누게?"

그래도 바다의 짠 내는 기분이 좋아 그 넘실거림을 바라보는데, 승미 특유의 새된 목소리가 쨍쨍 울렸다. 바위 위 허물처럼 널려 있던 교복을 집게 손으로 들어 올리던 참이었다.

"교복보난 중학생 닮은디? 겐디 키 졸라 커. 이리 덩치 큰 아이가 가이네 중 이서신가?"

교복을 뺏어 든 유경이 그것을 제 몸 위로 대보며 크기를 가늠하다 기어코 붙어 있는 명찰을 살폈다. 까맣게 칠해진 눈이 굳었다가, 크게 벌어졌다. 뭐야, 누군데 낯이 바싹 굳었어? 귀접이라도 된 년 같다, 승미의 깔깔대는 웃음에 답도 못 하고 안절부절, 교복을 고이 내려놓고선 바닷바람에 날린 억센 머리칼을 쥐어뜯듯 잡아 빗기 시작했다. 한내야, 나 지금 꼴 괜찮니?

"응, 예뻐."

분 바른 얼굴이 새빨개지는 게 답지 않다 여기며 대답하고선, 왠지 모를 힘에 이끌리듯 뒤편에 펼쳐진 바다에 시선을 두었다. 간간이 떨구어지는 별 무리 같은 눈송이가 햇빛에 은가루처럼 발광하던 바다. 그곳에서 누군가 물장구치듯 산산이 깨어진 수면이 물보라를 만들었다.

휘익, 숨을 담은 휘파람이 먹먹히 울렸다.

바위 위로 훌쩍 뛰어나온 소년을 난 보지 못했다. 홀딱 벗은 다리가 눈에 들어오는 순간 그만 고개를 숙여, 곧게 뻗은 발가락이 검은 바위를 한층 더 어둡게 적시는 것을 겨우 보았을 뿐이다. 근육이 곧추 선 하얀 장딴지가 살망하여 죽 빠진 탓에, 눈이 더 위로 굴러가기 전 멈춰 다행이라 여기며.

"오랜만이다."

모두의 숨 멎은 정적이 퍼진 위로, 청량히 불어 젖히던 휘파람과 달리 심해처럼 낮은 목소리가 울렸다. 옷 걸치는 소리만 들리는 긴 침묵이 이어지고, 승미가 유지한! 하며 반가움과 놀람을 뒤섞어 왕왕거렸다.

"뭐라? 너 다시 온 거?"

"그런 셈이지."

여기저기 반겨 대는 목소리가 날아들어도 그 사내애의 답은 퍽 시들했다.

"미리 연락이라도 허주!"

"우리 할망 죽은 거 못 들언?"

마치 내 교과서 못 봤냐는 식의 대수롭지 않은 어조에는 이유 모를 가시가 숨겨져 있어 다시 사위가 고요해졌다. 그사이, 난 남자에게 동생이 있었다는 사실을 기억해 냈다.

"……기?"

잠자코 있던 유경이 초조하게 묻자, 사내애는 갑자기 웃음을 터뜨렸다. 그 침묵들이 우습다는 듯. 그리고 다시 낮은 목소리를 냈다.

"당연히 너희는 모를 수밖에 없지. 내가 어멍들한테 조용히 치르고 싶다 했으니."

난 여태 눈을 우산으로 처박고, 물방울이 맺힌 방수 천을 두 손으로 꼼지락대던 중이었다. 주위에서 터지는 안도의 탄식. 느닷없이 나타난 한 소년이 이곳 모두를 쥐락펴락하는 걸 그저 귀로만 살폈다. 소년의 말투는 섬말과 서울말을 자연스레 오가고 있어, 더욱 그 속내를 알기 어렵게 했다.

"무사 연락 안해시? 어디 장례 치르는 건 봐신디……."

"애도할 사람은 굳이 너희 아니어도 충분했어. 지금 봤으니 됐다."

"……기여. 아무튼 반갑다! 유지한. 진짜……. 와. 키가 더 커 부럿네. 오, 아니 4년 만인가? 아무튼 너 대가리 꼭대기는 볼 일이 어시크라. 씨발. 하하하."

잠시 또 불편한 공기가 바위를 철썩 때리는 파도와 뒤섞여 흘러갔을 때, 난 정수리가 따끔대는 것을 느꼈다.

"누구?"

집요한 눈길이 무시하긴 어려워 고개를 들었다. 오직 한 명만 보였다. 그도 그럴 것이 다른 소년들보다 머리통 하나는 더 큰 데다 가지런히 정돈된 외모, 그리고 그 완전함에 걸맞지 않게 모난 눈이 날 노려보고 있으니.

나와 눈을 부딪치자 더 가늘게 찢어진 심상치 않은 눈길이 내가 쥔 우산으로 흘러 내려가, 그것의 주인을 알아챈 듯 추어올린 눈썹을 씰룩였다.

난 그 남자와 거의 똑같은 외모를 조용히 뜯어보았다. 형제라 해도 이리, 닮을 수가 있을까. 하나 날카로운 눈매부터 날 것 같은 분위기는 정반대라 긴장되는 어깻죽지가 뻐근했다. 마주 보는 눈길이 버거워 내가 그 애의 눈동자를 피하고, 그 애는 내가 내 이름을 말해 주길 기다리고 있다는 걸 깨달았을 땐 이미 누가 "박한내라고, 전교 1등." 하며 내 설명을 끝낸 후였다.

"그리고 와꾸도 1등."

천박한 말투는 역시나 이세준이었다. 마주하던 소년의 낯이 내 뺨을 갈기는 칼바람처럼 서늘해진다. 화끈거림과 역겨움이 동시에 치솟아 그 뒤편 바다로 시선을 돌렸다. 차라리 눈이 펑펑 내려 방패처럼 우산을 썼다면 좋았을걸. 우산대를 전원 버튼처럼 꾹 쥐어 울컥거리는 부아와 짠물을 억누르자, 넌 아직도, 하고 잠긴 목소리가 와 닿는다.

"엄마가 차로 데려다주더라, 애기처럼."

아마도 무정하게 던졌을 말이 짓물러진 마음을 쿡 찔러 왔다. 애기처럼, 우리 모녀의 관계를 적나라하게 드러내는 표현이라 유지한이란 이름의 사내애를 다시 보았다. 남자와 함께 차에 있던 날 봤던 걸까. 하지만 퉁명스런 흑 눈은 생각도, 감정도, 감추어 내니 그 말을 던진 속내도 그 눈처럼 새카만 것이다. 어쨌건 시비조인 건 투명하니 눈살을 찌푸리던 순간, 느닷없이 깔깔대는 웃음이 끼어들었다.

"벌써 유지한도 눈치 깠져. 박한내가 원래 지 엄마랑 거진 한 몸이난. 이리 범생인디 우리영 놀아 주는 게 신기한 거주. 서울 따이들은 원래 다 곱게 자라부난 그렇다던디? 아니? 서울은 어떵?"

승미가 날 굳이 '서울 애'로 통칭해 비하하며 물어도, 오롯이 날 주시해 오는 눈길은 통 비껴가질 않고 맺히는 웃음도 없다. 유지한은 그저 다시 내가 든 우산을 한동안 묵묵히 내려다보다 눈썹을 느릿하게 치켜떴다.

"와꾸 1등. 아직도 그딴 짓 하고 다니냐, 너?"

그러다 스산하게 묻는다. 두 소년의 시선이 맞물리더니 곧 세준의 고개가 돌아갔다. 쌓인 과거가 있는지 늘 야비한 말을 하는 얄팍한 입술이 분한 듯 꽉 다물어진다.

"네 지저분한 아가린 왜 변한 게 없지?"

오랜만인데도 거슬려, 새끼야. 바닷소리와 뒤섞여 느릿하게 흘러나오는 말엔 웃음기가 섞였으나, 어쩐지 입 닥치란 소리로 들려 종국엔 한겨울처럼 서늘해진다. 지저분한 주둥아리. 세준에게 나와 같은 평을 내린 게 잠시 놀라웠으나, 그 대거리가 날 향한 이세준의 말로 시작됐으니 초조해졌다. 그냥 조용히, 아무 일 없단 듯 넘어가고픈데.

"나 없으니 살맛 났지, 세준아. 잘만 꽥꽥대더니 왜 이리 조용할까."

나도 모르게 눈을 휘둥그레 떴다. 목에 건 수건으로 제 젖은 머리를 털며, 다른 손으론 이세준의 굳어진 뺨을 가볍게, 하지만 분명히 기분 나쁠 정도로 툭툭 튕긴다. 목에 힘 풀어. 거슬리니. 웃으며 속삭이는데 자리에서 놀란 건 나뿐, 모두 당연하단 듯 지켜본다. 심지어 유경은 응원이라도 하듯 눈을 반짝거리니 이상한 광경이었다.

잠시 사라졌던 왕의 귀환이라도 되는 건지. 그동안 가짜 왕 행세를 하던 세준이 축 처진 꼬리를 가랑이 사이로 숨기고 빌빌대니 마음 참 통쾌하면서도, 거북했다. 누군가가 누군가를 힘으로 짓누르는 것엔 늘 그랬다.

힘은 늘 나 같은 약자를 목표물 삼기 마련이니.

유지한은 그런 내 앞에 유유히 걸어와 섰다. 천천히 허리 숙여 나와 키를 맞추니, 이마를 덮은 앞머리가 물에 반쯤 젖은 채 살랑이며 비수 같은 눈을 드러낸다. 그 눈이 날 뼈까지 발라 먹을 기세로 파헤쳐 댔다.

목덜미의 잔털이 삐죽 선다. 한기 같은 무섬증이 일었다. 겉으론 전혀 개새끼처럼 보이지 않는 그 의뭉스러움이, 도리어 이세준보다 한층 더 질 나빠 보이는 탓에 절로 든 경계심이다. 포악한 산 멧돼지라도 만난 듯 본능적으로 움츠러드는 어깨가 싫었다. 어쩔 수 없이 위협적인 몸집과, 그 날카로운 눈길엔 에둘러 돌아가는 곡선이랄 것이 없어 내가 그저 찌그러지는 게, 싫었다.

"너, 이 섬에 친척 있냐?"

웅웅거리며 낮게 깔리는 목소리는 그 물음을 돈 내놓으라는 협박처럼 들리게 했다.

"……아니."

드디어 처음으로 내뱉은 목소리가 끝에선 모기처럼 떨려, 위축된 속내를 들킬 것 같아 입을 다물었다. 다시 생각해 보니 영 이상한 질문이다. 이모부와 이모들은 모두 이 섬을 떠났고, 사촌이라 할 것은 아직 없다 알며, 친가는 얼굴조차 못 보았다. 그런데 왜, 내 친척을 묻지? 알기로, 죽은 할망이나 이모들 중 나와 비슷한 얼굴은 한 명도 없었다.

"진짜 묘하게 닮았네. 기분 잡치게."

의미를 알 수 없는 말을 중얼거린 소년이 눈 끝에 들어갔던 힘을 나른하게 풀어 의도가 긴가민가한 미소를 만들어 냈다. 기분 잡친다는 말이 기분 좋을 리 있을까만은 나도 습관처럼 살포시 웃어 냈다. 눈앞의 남자애가 무서워 빨리 이 상황을 끝내고 싶었으나, 그러자 길쭉한 눈매에 드리웠던 미소가 지우개로 지운 듯 말끔히 사라지는 것이었다.

"오랜만에 물속 헤엄 어떵, 지한아. 호끔 이시믄 들어가기 딱 좋은 물찐데."

잠자코 그 모습을 보던 세준이 건들대며 말하자, 날카로운 턱선이 딱딱해지며 다시 잔인한 웃음이 드리웠다.

"왜, 그걸론 바다에 죽치고 있던 네가, 날 이길 수 있을 것 같아?"

"……그냥 재미로 허는 거지. 언제부터 이기고 지는 것에 목숨 걸었나? 우리 나이가 몇인디."

눈을 가늘게 접은 세준이 실실 야비하게 웃자, 한쪽 입꼬리를 샐쭉 당긴 그 애는 기껏 입었던 옷의 단추를 풀어냈다.

"벗어, 그럼. 지금."

"……."

"왜. 당장은 싫고?"

"야야, 왜 둘 다 야리멍 지랄이니. 지금 물살 너미 쎄. 호끔만 기다렸당 들어가라."

여장부인 승미가 둘 사이를 만류하려 들고, 굳이 지금 위험하게 잠수할 생각은 아니었던 세준도 소년의 옷 벗는 손길을 황망히 보았다. 킥킥, 장난 스런 웃음이 퍼졌다.

"아아, 걱정 마. 응? 니 새끼 기절한 거 건져 준 게 한두 번도 아니고. 네 구차한 목숨, 이번에도 까짓것 살려 줄게."

그 말에 핏대를 세운 세준이 주위 만류를 뿌리치고 옷을 벗자, 더 깊은 곳으로 가자며 소년은 높이가 까마득한 넓바위 위로 올라섰다.

한 번은 눈길을 피했던 묘려한 몸을 이번엔 보았다. 어깨부터 오른팔까지 산산조각 났던 뼈를 겨우 다시 붙인 듯 꿰맨 자상이 가득한 몸을, 난 숨을 꼴깍 죽이며 훔쳐보았다. 뵈지 않는 곳에 자잘하게 남긴 내 상처, 그것 과는 비교도 안 되게 큰 것을 당당히도 내보이니 신기하면서도 그럴 만하네, 하는 생각이 들었다.

빛 든 적 없는 듯 새하얀 살결에 군더더기 없이 길게 뻗은 팔다리. 딱 벌어진 몸통과 날렵한 허리. 각이 산 어깨. 뼈대가 여실한 날개 뼈 아래 자잘한 근육 위로 닿자마자 녹아내리는 눈송이.

그 옆에 대조군처럼 서 있는 비실비실한 세준과는 하늘과 땅 차이, 유아와 성인 차이라, 과도하게 기울어진 미의 균형을 맞추기 위해 상흔을 부러 새긴 듯해 보였다. 그 험한 흉이 조각 같은 신체에 희소한 아름다움을 부여해 준 다. 그 눈빛처럼 한끝 비딱하나, 잘나긴 잘난. 역시 무섬증을 일으키는.

그렇게 바다로 뛰어들려던 소년이 고개를 뒤로 꺾었다. 날 보며 새까만 머리에서 후두둑, 눈발처럼 물방울을 떨군다. 대놓고 훔쳐보던 시선을 들킨 난 눈만 슴벅거렸다.

"응원."

당연하게 나오는 말에 다시 눈만 깜작. 뭐, 어? 얼떨떨하게 되물으며 말끝을 흐리자, 나 응원 안 해? 하며 다시금 묻는다. 다짜고짜 무슨 소린가 싶었다. 기분 잡친다는 소리까지 들은 마당에 뜬금포였으나, 내게 빤히 몰리는 눈들에 결국 작은 목소리로 웅얼거렸다.

"왜……, 내가, 그래야 하는데?"

"너 때문, 이니까?"

까만 눈이 옆으로 느리게 굴렀다. 그 눈길을 따라 본 이세준도 날 흡뜬 눈으로 쳐다보고 있었다. 대체 무슨 소리야. 애기냐 시비를 걸었다가, 누구랑 닮아서 기분이 잡친다 했다가, 이제는 나 때문에 잠수를 하니 응원해 달라니? 참 나. 연신 멍하게 떠지는 내 눈에, 소리 없이 웃어 젖히던 소년은 벌어진 입술을 벙긋거렸다. 소리 나지 않는 입 모양이 뭔가를 말하고 있었다.

'괴롭힌 거.'

'아냐?'

'너.'

말을 마친 입술이 잔인하게 휘자 매섭던 눈이 가늘어지며 부드러이 초승달을 그린다. 내가 흠칫 놀라 굳어진 뒤였다. 어떻게 내가 그 입 모양을 정확히 읽어 냈는지도, 심드렁한 소년이 어찌 나만 알고 있는 사실을 첫눈에 알아차렸는지도 혼란했다. 오늘 처음 본 네가 내 오랜 역사를 알 리도 없는데. 그리고 왜, 대체 왜 네가 나 대신 나서 준다는 건지. 통 이유를 모르겠어서.

하나 멍하다 못해 멍멍해진 내 얼굴에 도리어 만족스럽다는 듯 너는 마른 웃음을 흘렸다. 그 낯바대기로 들은 셈 치지, 뭐, 하고는 곧바로 폐를 부풀리고 바다로 뛰어들었다. 갈비뼈와 몸통이 풍선처럼 벌어졌다가 근육 윤곽선을 낱낱이 드러내며 다시 모이는, 숨을 가득 채워 넣는 그 모습이 바다 생명체처럼 자유로웠다. 풍덩, 하얗게 흩어졌던 은빛 물이 진눈깨비를 받아먹으며 잔잔해졌다.

씹. 욕을 지껄인 세준이 뒤따라 잠수했다. 물속 헤엄 대결이라 불리는 섬 남자애들의 시합은 실로 위험천만한 짓이었다. 잠녀들로 유명한 이 섬에선 자연스레 아이들도 잠수에 재미를 붙이기 마련이다. 그런데 사춘기 남자애들의 경쟁심이란 죽음의 공포 앞에서 발휘되는 모양인지, 그 대결이란 것은 달리는 철도 앞에 서 있다 가장 늦게 빠져나온 애가 이기는 치킨 게임과 유사했다.

시합 장소는 보통 선박이나 섬에서 떠내려온 온갖 쓰레기들이 모이는 수심 깊은 곳으로, 신호와 동시에 바닷속으로 잠수하여 보통 제일 깊은 곳에 있는 가장 커다란 쓰레기를 꺼내 오는 사람이 이기는 게임. 어쩔 땐 바다가 내주는 물건을 꺼내 오곤 했는데, 귀한 물건일수록 달린 점수가 높았으니 잠녀들 중에서도 상군만이 가져올 수 있는 전복이 당연 제일 높은 점수를 땄다.

빨리 올라오는 것은 반영되지 않았다. 숨을 참은 채로 쏜살같이 잠수하다간 다시 올라올 만큼의 숨이 남지 않을 수 있어, 목숨을 담보로 한 대결의 미약한 상도덕이랄까.

그럼에도 위험하기 짝이 없는 건 매한가지라, 힘들면 멈출 수 있는 달리기와 달리 제 욕심껏 아래로 내려갔다간 저 아래 깊은 바닷속에서 숨이 끊겨 고기밥이나 될 것이었다. 실제로, 학교나 마을 어른들의 겁박에도 끔찍한 사고가 간간이 났다. 그러면 마을 곳곳, 깊은 바다 근처 바위에 경고문이 적힌 벽보가 붙곤 했다.

아이들이 모래밭으로 내려가 수면에서 누군가 뵐길 하염없이 기다리는 동안, 싸라기눈이 다시 촘촘해졌지만 난 차마 우산을 펴지 못했다. 그 남자애가 우산에 새겨진 그 문양을 왠지 좋지 않은 눈길로 볼 것만 같아 이유 없이 숨기고자 마음먹었다.

"3분 넘었는데……."

옆에서 시간을 재던 유경이 초조하게 중얼거리며 손톱을 물어뜯어도 난 그저 혼란한 마음을 잠재우려 애썼다. 둘 다 이상해. 결론을 내렸다. 형제 둘 다 뭔가가 이상하다. 묘한 힘으로 사람을 홀리는 것도 그렇고. 이상하다 기보다 평범하지는 않다 해야 할까…….

"아."

휘익. 마침 바다에서 들려오는 입 모은 소리에 옆에 선 누군가가 실망 섞인 탄식을 뱉었다.

모습을 드러낸 건 유지한으로, 먼저 나왔단 건 보통 더 깊게 잠수하지 못했거나 좋은 물건을 가져오지 못했단 뜻이라, 당연 이기겠거니 했던 제 새 대장이 패하자 실망한 모양이다.

바닷물에 젖어 더 새까매진 눈을 가늘게 접은 소년은 제가 딴 귀한 전복 들을 모래밭으로 던지고 유경이 건넨 수건을 잡아 몸을 닦았다. 시뻘게진 피부는 동상 직전으로 보였으나 그 애는 열이 많은지 떨지도 않는 몸으로, 세준이 나오지 않은 바다를 멀거니 보았다.

남자의 찼던 손이 떠올랐다. 그 열기의 차이인지. 제 형과 달리 야릇할 정도로 붉은 입술, 그 끝이 희미하게 꿈틀거린다. 날 믿어 봐. 작은 속삭임 은 나만을 향했다. 어딘가 잔혹한 미소가 입가에 떠오르는 것을 목격하고 말아 가슴이 섬뜩했다. 제 승리를 확신하는 미소. 이 남자애라면 세준의 발 을 바위 어딘가에 묶어 놓고 나왔어도 이상하지 않다, 하는 그런 생각이 들 었다. 바닷속에서 기절하거나 못 나오면 당연히 시합은 진다.

"왜 안 나와? 4분 지났는데?"

당혹감을 드러낸 승미가 아는 바 없냐는 듯 돌아보자, 웃는 듯 서늘한 눈매가 접혔다.

"분수 모르고 설치면 골로 가는 거지. 손 이리 줘 봐."

그 말에 소름이 돋았다가 마지막 말이 날 향한 것을 깨닫고 멍하게 손을 내밀었다.

"으아앗! 악!"

꽥꽥대며 갈라지는 내 비명에 바다를 향해 있던 시선들이 모여들었으나, 아랑곳 않고 손을 허공에 마구 내던졌다. 끈적끈적하게 붙은 것을 바닥으로 내버리려 해도 찐득한 것이 끈질겨, 흐악, 흑, 하고 결국 숨만 허덕이며 울상을 지었다.

"이, 이게 뭐……."

목덜미와 뺨이 열로 데워졌을 때쯤 자포자기로 손마디를 휘둘러 오는 것을 살폈다. 낙지의 꾸물거리는 다리 여러 개가 내 손을 휘감고 살갗을 오물오물 빨판으로 빨아들인다. 낙지가 손을 조이는 느낌을 상상해 본 바도 없던 난, 어쩌지도 못하고 이 원흉인 한 사람에게 우는 눈을 치켜떴다. 떼, 떼어 줘. 주위의 눅진한 시선을 신경 쓸 겨를은 없었다.

"넌, 그 얼굴이 더……."

마주친 검은 눈이 생글거리며 내 귓가에 묘한 말을 희미하게 속삭이고는 내 손 위의 낙지를 애완견처럼 쓰다듬었다. 널 생전 처음 보는 괴생물처럼 아득하게 쳐다보는 내 시선을 아는지 모르는지, 그저 징그럽다 생각 말고 움직임을 느껴 보란 유유자적한 말만 던진다. 이, 이 이상한 놈아. 소리치고 싶었다.

"야, 유지한! 이세준 어떡할 꺼나!"

그저 느껴 보라니. 이걸? 미끄덩거리는 점액과 덩어리를 손에서 떼어 내고 싶어 내가 보이지 않는 운동화 속 발가락들만 동동거리고 꼼지락거리는 새, 승미가 울먹이며 소리쳤다.

"왜 나한테 그래? 제 발로 들어간 새끼를."

건조하게 느껴질 만큼 덤덤한 대구에 승미가 눈썹을 치켜떴다. 빽 소리를 질렀다.

"너 때문에 경한 거 너 모르나? 너 이 새끼 진짜 나쁜 놈처럼 영할래?"

"어떡하지?"

도리어 네 물음은 또 내게로 돌아왔다. 의아함과 동시에 퍼뜩 겁이 났다. 왜 그걸 나한테 묻는가. 그리고 진짜 죽어 버리면 어쩌나 겁이 났다.

"구, 구해 줘야지……."

"그래?"

"사람 목숨이니까. ……당연하지."

네 친구잖아……. 덧붙인 내용은 영 불확실한지라 말끝이 흐려지자 그 애는 인상을 쓰며 흐음 하고는 곧바로 바다로 저벅저벅 들어갔다. 꾸물꾸물, 손을 휘어 감는 낙지를 초조히 바라보다 그 느릿하고 매끈한 감촉이 정말로 기분 좋게 느껴질 때쯤, 유지한이 송장처럼 늘어진 것을 데리고 나온다.

아이들이 소리를 지르며 바닥으로 내던져진 몸을 에워싸자 유지한은 세준의 명치 부근을 손도 아닌 발로 푹 눌렀다. 응급조치가 아니라 누군가를 폭행하는 것에 가까워 뵈는 움직임이 퍽 정확했는지, 왈칵 물이 뱉어진다.

그사이, 난 손을 꾸물댈수록 살아 있는 족쇄처럼 더 세게 조여 오는 낙지를 억지로 떼어 내, 바다에 놓아주었다. 열 오른 뺨을 찬 바닷바람에 식히며 돌아오는 내내 나에게 쏟아진 유경의 눈길이 곱지 않다.

그 옆에서 따라붙는 밤바다만큼 깊은 눈도 그랬다. 평생 눈칫밥을 먹어 온 만큼 눈치 하나는 빤한데, 당최 그 속은 아득한 심연처럼 들여다볼 수 없다 여겨지니 숨이 막혔다. 그저 멀리하는 게 이롭겠다 싶게.

"너, 휴대폰 줘 봐."

교문 앞에서 하얗고 가지런한 손이 내밀어졌다. 별것도 아닌 말. 하나 기절한 이세준을 바닥으로 패대기치고 내게 짓궂은 장난을 치던 손. 내 당황을 즐기고 비명을 지르길 바라던 네 얄궂은 눈길. 난 네가 이세준과 다를 바 없어 보였다.

"없어, 그런 거."

해서 도망쳤다. 거짓은 아니었다.

* * *

손때가 탄 종이가 너덜너덜 해어질 때까지, 딱지 모양의 쪽지가 교실 한 바퀴를 돌았다. 조그맣던 술렁거림이 웃음을 섞은 큰 파동이 되자, 자습을 시켜 놓고 졸던 담임이 교과서로 탁자를 탁탁 때렸다. 하나 다시 팔짱을 낀 채 눈을 감은 고개가 꾸벅꾸벅 인사를 해 대자 다시 속닥속닥, 아이들은 말을 잇는다.

"야, 이다희."

맴돌던 쪽지가 코앞에서 멈춰 섰다. 유지한의 등장 이후, 내 짝이던 유경이 승미 옆에 앉겠다고 선언해 별수 없이 내 옆에 앉은 다희가 그 쪽지를 같이 보자며 내게 들이밀 때, 승미가 또깡또깡 부른 것이다. 순진한 눈을 뜨고 뒤를 돈 다희에게 승미는 섬 말을 했다.

난 우두망찰 문제집만 보았다. 섬 말 알아듣는 게 모자란 나라, 저들끼리의 은어를 속삭이고 싶을 때마다 섬 말을 쓰는 것을 안다. 그러나 서당 개 3년이면 풍월을 읊는다고, 여서 4년을 산 나도 귀머거리가 아닌 이상 그 정돈 알아들었다.

너만 봐. 애석하게도 달아오른 목덜미에 오소소 닭살이 돋았다. 애초에 꽤나 크게 떠들어진 말엔 듣지 못하게 하려는 노력조차 없었다. 그 일말의 주춤거림도 없는 따돌림은 이곳에 박한내 편, 단 하나 없단 확신에서 나왔단 걸 알기에 더 저열했다.

어색하게 눈치를 보던 다희가 몸을 틀어 부스럭부스럭 쪽지를 폈다. 하지만 행동거지가 다소 어정쩡하고 맹한 소녀는 늘 허점투성이라 어깨 너머로 엿보였다.

이세준의 은밀한 분대질은 계속되었고, 늘처럼 날 창녀로 만든 그림을 분명 화장실에 버렸는데, 누군가 더러운 휴지 뭉치 사이를 뒤적여 종이쪼가리를 주워 와 유희거리로 삼은 모양이었다. 수학 공식을 풀어내던 손마디가 어느새 허옜다. 잡아 쥔 뾰족한 샤프로 허벅다리를 피 날 때까지 쑤시고 싶어, 무엇도 보지 못한 척 창가로 눈을 돌리니 원망스런 대상이 있었다.

무리 가장자리에 박한내가 있다면, 무리가 맴도는 한가운덴 유지한, 네가 있었다. 지금도 둘러싼 무리 중 단연 빛나는 넌, 손안에 자석이라도 숨겨 놓은 듯 운동장 바닥을 튀긴 공을 다시 찰싹 붙여 내고, 수를 읽고 두어, 눈앞 상대를 속이며 돌파해 내는 감각도 뛰어나다.

제일로 뛰어난 건 속도로, 가로막는 상대를 제치자마자 순식간에 골대 앞까지 도달해, 혼자 놀 듯 손쉽게 공을 던지는 널 아무도 쫓아가지 못한다. 심지어 염소처럼 벼랑도 기어오른단 이세준조차 뒤에서 씩씩, 무릎을 부여잡는다. 빠르게 날아간 공이 출렁, 그물을 통과하려다 튕기자 허공에서 잡아채 우악스레 골대 안으로 처박는다.

와아아아. 지한! 유지한! 기어코 점수 낸 네 손을 한번 잡겠다고, 다들 우르르 몰려든다. 참 쉽다. 점수를 따는 것도, 우정을 얻는 것도. 참 쉬워 보이네.

네게 구차한 열등감이 치밀 때, 곱지 않은 시선이 느껴져 돌아보자 유경이 갈퀴눈을 했다. 붉게 물들인 입술이 짜증을 담아 삐죽거리는 통에 속으로 천불 같은 날숨을 쉬며 다시 연습장으로 고개를 숙였다. 내가 잘못한 게 뭐라고 지랄인가 싶었다.

"한내야, 너 이거 봤어?"

다희가 조심스레 말을 건넸다. 비밀스런 따돌림에 한 발 들였다는 죄책감이 묻어난 그 음성에 마음이 약해져 응? 하고 애써 웃으며 내밀어진 휴대폰 화면을 들여다보았다. 그 안엔 남자가 있었다. 동생보단 작고 말랐으나 체격이 크고 골격이 살아 있는 건 매한가지인지라, 텔레비전 속 유명 인사를 몰래 찍은 파파라치 사진처럼 보였다. 실제로 서울에선 그랬을지 모른다.

이따금 개미 슈퍼에 얼굴을 들이밀고 와인 한 병 구매한 뒤 사라지는 남자가 유지한과 더불어 소녀들 사이의 화젯거리였다. 괜히 몸 달은 여고생들이 아는 척 말을 걸어도 입꼬리만 희미하게 올리고 바람처럼 가 버리는 남자는 관심이 달갑지 않은 눈치에, 귀찮다기보단 모든 게 권태로워 보였다. 하지만 이 무료한 섬에서 이질적인 그의 존재감은 강렬했고 무심한 행태는 도리어 사춘기 소녀들의 호기심에 불을 붙였다.

"그거 아니? 그 오빠, 유지한 형이랜."

전혀 다른 분위기의 둘은 취향이 갈린 무리에서 편을 나누어 각자 인기를 끌었다. 들려오는 소문에 이 섬 토박이인 둘은 내가 이 섬에 들어오기 직전 남자의 졸업과 함께 섬을 떠난 모양으로, 누구의 죽음과 관련 있단 말도 설핏 들리곤 했다.

우리 언니가, 우리 오빠가, 같이 학교 다녔는데 말야……. 연신 떠도는 말들에, 난 형제가 온갖 소문의 대상이 되는 것이 불편해 자리를 뜨고 싶으면서도, 남자가 어떤 사람인지 궁금해 자리를 지켰다. 내가 소문의 대상일 땐 끔찍하게 싫었으면서. 하여 그런 날 비겁하다 여기면서도 귀동냥으로 남자의 정보를 훔쳤다.

"겐디 한내헌틴 막 방긋 웃어가멍 먼저 아는 척하던디?"

당시 우리의 대화를 목격했던 누군가가 던진 말 때문에 당황스럽게도, 그 관심이 날 향하기도 했다.

"참말? 무사?"

"무사? 한내가 예뻐부난?"

"젤 예쁜 건 맞주게."

"긴가? 난 승미나 유경이가 더…….'

"에이. 경해도 한내가 제일 인기 많지 안해? 밥 먹을 때 보난 남자아이들이 맨날 쳐다보는 거 못 느껸? 아, 진짜 솔직히 이세준 아니어시민…….'

"야야."

"아, 무사?"

"에이, 야, 아직 우리 꽃 고딩이라. 미자 교복 입은 거 보멍 예쁘댄 막 말 걸었단 쇠고랑 차는 세상이 여기랜 다르카? 경해고 그 얼굴 봐 봐. 그 얼굴로 누구헌티 말을 건다? 어? 매날 어디 가도 여자아이덜 들러붙엉 진절머리 날 그 얼굴로 말이냐? 무사? 차라리 그게 지긋지긋해서 영 돌아왔다 하민 나가 인정해 주주."

"게민 무사 말을 걸멘? 한낸 서울에서 와시난 아는 사이도 아닐껀디."

"사름이 뭔가 냉─한 거 보민, 무신 일 저질렁 내려온 걸 수도 이서. 나 지난번에 그 오빠가, 카메라 들엉 여기저기 찍고 다니는 거 봤주. 수상허게끔."

"사진? 여기서 뭐 찍을 거나 이서? 찍어 봤자 바당이나 산밖에 더 이서? 지겨웡 죽어 지켜만."

"아니민 서울에서 뭔 일 이성 도망 와신가?"

"오, 멀쩡하게 생긴 변태일지도?"

"아이고, 난 경 생긴 얼굴이민 뭐라도 좋으켜. 나 몰래 찍어 주민 더 좋고."

"미친년."

"못 들었나? 유지한 형이랜 햄시녜, 이년들아. 상상은 고만덜 헙써. 징그러운 것들."

그렇게 마무리되는 듯했다.

"겐디 그 오빠, 한내영 좀 닮지 안핸?"

침묵 속에서 튀어나온 느닷없는 말에 무리가 시선을 돌려 내 이목구비를 조용하게 뜯어보았다.

"어, 긴가?"

"그러게, 눈코입이 닮은 것 보담, 그, 분위기가."

"응, 뭔가 묘한. 미스터리하고 신비로운……."

그 눈길들은 늘처럼 불편했다.

"그게 아니라 우리 엄마랑 친해서 말 건 거야."

평소 조용하던 내가 날을 세우자 다들 멋쩍어하고 지가 뭔데 하는 눈치라, 입을 다물고 남자와 내가 닮았단 말을 혼자 곱씹었다. 어디 깊은 산속 버려진, 심해처럼 깊은 우물. 남자의 고독한 눈을 떠올리자, 귓속에서 휘익 휘익 바다가 숨을 쉰다.

'……버렸대.'

누군가에게 버림받은 것들은 애써 숨기려 해도 숨겨지지 않는 결함이 있는 게 아닐까. 그 별수 없는 쓸쓸함이나 마음의 자잘한 실금 같은 게 숨기려 해도 들통이 나 버려, 그래서 닮아 보이는지 모른다. 그러니, 남자와 비슷해 보이는 게 죽기보다 싫어지는 것이었다.

하나 실은 알았다. 남자는 분명 나완 다르다는 것을. 홀로 있는 게 완전해 보이는 남자는, 겁쟁이라 무리에서 벗어나지 못하는 나완 달리, 혼자가 편해 보인단 걸. 사람 상대보다 카메라에 눈을 붙이는 시간이 더 길 듯한 남자. 철옹성 같은 돌담이 절 두르고 있는 듯한 남자. 난 남자처럼 되고 싶었고, 그러니 어느덧 그가 내 우산 같은 존재로 느껴졌다. 그 이후 다시 만난 적조차 없는데도.

다시 휴대폰 액정을 자세히 들여다보니 남자의 사진은 인터넷 공간 어딘가에 올라간 채였다. 화면을 끌어 올려 존잘 어쩌고의 태그가 붙은 것을 살피다가 "그런데 이런 거 함부로 올려도 되나? 알면 싫어할지도 모르고……. 일반인이면 초상권도 문제 될 수 있대." 하며 괜스레 다희를 걱정하듯 에두른 말을 뱉었으나, 별소리라는 듯 삐쭉대는 입술만 보였다.

걔도 싫어할 것 같은데. 그런 생각을 하며 무의식중에 '걔'를 향해 눈길을 돌린 순간, 그 뒤 벌어질 일을 알았다면 그러지 않았을 테다.

이 섬서도 나처럼 명문대를 노리는 소수의 학생이 있었고, 나날이 줄어가는 학생들에 걱정이 태산인 학교 측 배려로 고 삼 반은 계단 오를 필요가 없는 1층에 있었다. 겨울이라 파릇히 시들어 가는 화분 몇 개가 놓아진 창가 너머엔 무릎 높이의 야트막한 담이, 그 내로는 키 작은 상록수가 자리했다.

그리고 아까 전 선보였던 빛과 같은 속도로, 담과 나무를 뛰어넘은 유지한이 내 코앞에 도달해 있던 것이다. 매섭게 내리까는 시선이 바로 한 뼘 거리라 눈두덩을 푹 아프게 눌렀다. 바짝 선 채 뿜어내는 더운 숨에, 흐려진 창 너머 붉게 색이 밴 입술이 뻐금거린다. 또 그걸 잘도 읽어 내는 내가 어처구니도 없게.

'없다며.'

'휴대폰.'

나도 모르게 억울하다며 도리질하고는, 우두망찰 유지한을 보며 굼실굼실 눈을 깜작이는 다희에게 후다닥 손에 쥔 것을 넘겼다. 비딱해지는 잘난 눈썹을 끝으로 단숨에 시선을 아래로 떨구고, 샤프로 허벅지를 긋 듯 공책에 아무 숫자나 쓰고 아무 선이나 마구 그었다. 제발. 창가가 있는 왼편에서도, 유경이가 있는 뒤에서도, 오른편에서도 마구마구 시선이 날아온다. 제발 그만, 하고 외치고 싶었다.

"저, 선생님."

그때, 구세주처럼 나타난 엄마가 조심스레 앞문을 열어, 꾀꼬리 같은 목소리로 담임을 단잠에서 깨웠다.

"아이고, 한내 어머니."

입가에 흐른 침을 닦으며 벌떡 일어난 담임은 엄마의 양손 가득 들린 봉지들을 뺏어 내 바닥에 내려놓고는 시린 손을 매만지듯 악수를 했다.

"아니, 매번 뭐 이런 걸 가져오세요. 이러실 필요 없대도, 참. 말을 안 들으셔."

아이들이 그것을 보며 수군수군, 킬킬거린다. 곱디고운 엄마를 둔 딸에게는, 특히 그녀가 어린 과부라면 꽤나 흔한 풍경이었다. 엄마는 남편이 저를 버리고 다른 여자에게로 떠났다 말하지 않았다.

"아녜요, 아직 임시이긴 하지만 한내가 학급 반장이잖아요. 애들도 공부하느라 배고플 테고요."

대신 그가 죽어 버렸다, 고 말했다.

'아직'에 방점이 찍힌 문장을 고스란히 느끼며 난 입 안 살점을 짓씹었다. 단순히 성적순으로 된 임시 반장이나, 끝없는 엄마의 욕심이 숨을 꽉 옥죄어 와 고루 쉬려 애썼다. 내가 왕따나 다름없단 걸 알면 엄만 어쩔까. 거 공부 방해도 안 되고 잘됐네. 도리어 그러려나.

삐딱한 상상을 하는 내게 눈짓한 엄마가 구수한 내가 나는 간식에 눈이 꽂힌 아이들에게 덕담 한마디를 예쁘게 내뱉고는 담임과 함께 문밖으로 사라졌다.

"한내야! 잠시 네 엄마랑 얘기 좀 할 테니까 반장인 네가 알아서 나눠 줘라! 허허."

메아리처럼 남은 말에 어쩔 수 없이 자리에서 일어나 널브러진 빵 봉지를 주워 들었다. 방금 전까지 내 뒤틀린 그림을 보며 숨죽여 웃던 아이들에게 호의를 강요하는 물건을 하나씩 꺼내 들면서도, 엄마가 자신하는 단팥빵이 다수인 것을 보자 지독한 모정에 눈뿌리가 시리다. 담임을 불러낸 엄마가 촌지만은 건네지 않았으면, 생각했다. 그렇게까지 하지 않아도 돼, 엄마. 그러지 않아도 난 좋은 대학에 가서 엄마의 꿈을 이뤄 줄 거니까. 그러니까…….

물론 그런다 하여 엄마가 부끄럽다고 화낼 순 없을 테다. 그녀가 그리하게 만든 날 탓하고, 미안해해야겠지. 아빠를 만나 이 섬을 탈출한 엄마의 가냘픈 희망이 나락 같은 좌절이 되었어도, 나를 밴 인생에 새 출발은 없었으니.

떠나려던 이 섬에 다시 갇힌 채 나만 길러 온 엄마의 나이는 서른여섯. 내 나이 열아홉. 그러니 내 나이에 나를 가진 엄마는, 삶의 절반을, 나만을 위해 살았다. 그러니 내가 속죄할 것은 내 부족한 노력뿐 아니라 태어남 그 자체. 뭐든 엄마에게 가져야 할 감정은 미안함, 오직 그뿐인지라. 기어코 짠물을 잘금대려는 눈을 꾹 감았다 뜨며, 자리에 돌아와 앉았다.

창밖, 아직 날 노려보고 있을 소년을 파리 새끼처럼 무시한 것이 오늘 아침. 그리고 지금.

날 농간하는 네 휘파람을 듣는 어느새, 엄마가 있을 집이 코앞이다. 그

길던 하굣길이 오늘은 왜 이리 금방인지. 이상한 놈한테 사는 곳까지 들켰다. 이 우산을 마구 휘둘러 쫓아낼까. 달아오른 볼이 아플 정도로 화끈거려 결국 눈을 치켜뜨고 팩 돌았다.

"야! 너 뭔데. 그만 안 하니?"

여, 여기까진 왜 쫓아와! 변태처럼 왜 쫓아오냐고! 누구에게 이리 고함쳐 본 건 처음이라 꽥꽥대던 입을 읍, 다물었다. 박한내 치곤 꽤나 욱했고, 다변스럽다. 그거야 내 비밀스런 취미나 찌질한 감성을 누구에게 들켜 본 적은 처음인 데다, 또, 또, 수치심을 배가시키는 네놈의 장난기가 날 바짝 몰아붙이니. 분명히 일부러. 분명 내 이런 반응을 부러 유도하고 즐기고 있단 게 네 자식의 삐딱한 얼굴 기울임에서도 똑똑히 보이니, 평정을 잃는 것이 당연하다.

훅훅 뱉어진 내 콧김이, 윗니에 잔뜩 깨물려 화끈대는 내 입술 위를 한숨처럼 때린다. 아마 꾹 다문 입술은 오리처럼 튀어나오고, 눈썹은 치솟고, 눈까지 흉흉하여 도깨비 같은 얼굴일 터이나 평소와 같은 무표정이 힘들다. 다 너 때문이다. 나쁜 자식.

괜히 약점이 잡힌 기분으로 눈앞, 잘생긴 도깨비 같은 얼굴을 노려보자 날 지그시 보고 있던, 제 형과 매한가지의 깊은 눈두덩이 더 짙어졌다. 내가 뭐냐고?

"나? 내 이름을 아직도 몰라? 그때 말 안 해 줬나."

모를 리 없다. 하나 시선을 피하며 말했다.

"내가 어떻게, 아니."

기어드는 내 목소리에 되돌림이 없다. 결국 눈동자를 다시 마주하자 오호라, 하는 표정을 짓느라 죽 뻗은 가지런한 눈썹이 추켜올려졌다. 곧이어 웃음을 참는 듯 삐죽 올라갔던 입 끝이 일자로 내려앉는다. 흐음. 굳어진 턱과 아랫입술을 흰 낙지 다리 같은 손끝이 유연하게 쓸어 냈다. 난 널 아는데, 넌 날 모른다.

"모른다니까."

"흐음."

"너 집 어디니? 빨리 가."

"집 가는 거 아냐."

생각건대 남자와 한집에 살아 학교에서 코 닿을 거리일진데 여기까지 올라왔으니 떠오르는 답은 하나였다. 그럼 나 왜 따라와? 하고 되바라지게 묻자, 오려던 데라며 착각하지 말란 대답이 돌아와 관자놀이가 지끈거렸다.

"어디."

"한내, 어, 베이커리?"

실눈이 힐끔, 코앞 가게를 보며 커닝하고는 내 이름이 붙은 것이 웃긴지 실실 쪼갠다.

"왜."

"빵집이 이 읍 여기 하난데. 그렇게 맛이 좋다고. 이름도 마음에 들길래 와 봤지. 응."

그러더니 사람 꾀는 불여시처럼 헤실헤실 눈 끝을 풀었다.

"참 나. 문 닫았어. 지금 달 뜬 거 안 보이니? 깜깜하다, 얘."

그 요물에게서 벗어나기로 하고 정낭을 열고 들어선 뒤 부리나케 다시 닫으며 쏘아붙였다.

그러고 보니 둥근 보름달이 밝게도 떠 있고 별무리가 쏟아질 듯하다. 잠시, 하늘을 본 게 얼마 만인지 생각했다. 고개를 수그려 바다는 보아도, 고개를 젖혀 하늘을 보는 건 왜 이다지도 어려운지.

유지한은 다행히도 눈만 한 번 굴리곤 좇아오지 않았다. 그렇다고 뒤돌아서진 않은 채 날 묘하게 보아, 그 눈길에서 도망치듯 재빨리 옮기던 걸음이 다시 멈춰 들었다.

평소라면 엄마가 가게에서 정리하고 있을 시간이다. 텅 빈 가게에서 눈을 돌려 살림집을 살피자 현관문 앞 못 보던 신발이 놓여 있다. 다가가 내 운동화와 나란히 하자 누가 봐도 성인 남자의 것이라 문에 귀를 대었다. 파도치는 바다, 적막한 밤공기 너머 왁자지껄한 엄마의 웃음이 터진다.

"안녕."

거실 식탁에 앉아 있던 남자가 날 한 번, 그리고 느릿한 눈길로 제 우산을 한 번 보며 따뜻한 봄 햇살처럼 인사한다. 웬일인지 오늘 이 우산을 집에 가져가고 싶더랬다. 마음 한편 기대했나. 남자가 찾아와 날 다시 보는 장면을. 아무래도 그랬나 보다. 그를 슈퍼에서 다시 보긴 힘들 것 같았으니까.

하나 상상 속 수없던 대화들은 이미 온데간데없다. 짓궂은 소년이 머릿속을 빵 반죽처럼 치대 놓은 데다, 온갖 친밀함이 흐르는 이곳에선 도리어 내가 방해꾼 같아.

"아…… 안녕하세요."

인사하며 후다닥 현관 옆 모서리에 꼭 쥐던 우산을 세웠으나, 너무 당황해 허둥댄 나머지 큰 소음을 내며 신발들 옆으로 고꾸라진다. 씨, 어떡해. 당황하여 뺨을 쓴 손이 뜨겁다 못해 불타는 것 같아 허둥지둥 신발을 벗고 다시 인사하자 나직한 웃음이 흘렀다.

"한내도 참 칠칠맞구나."

나처럼, 작게 따라붙는 뒷말을 놓치지 않으며, 난 옆 의자를 빼 주는 엄마에게 종종걸음으로 다가갔다. 눈가에 남자와 나눴던 웃음이 볼록하게 남아 있고 발그레하게 빛나는 뺨이 평소보다도 어려 보이는 모습, 이렇게 기분 좋아 보이는 엄마는 오랜만이다.

"엄마, 술 마셨어요?"

"응, 조금. 좋은 술 들고 여까지 인사하러 와 줬지 뭐야. 벌써 둘이 인사 나눴다며."

엄마 옆에 앉으며 흘긋 남자를 보자, 핏기 없던 입술에 반질반질 혈색이 돈다. 식탁 위엔 엄마표 쿠키가 그릇에 반쯤 남아 있고, 남자가 들고 왔을 와인 병은 깨끗이 비워진 상태였다. 그리고 전처럼 쓸쓸해 보이지 않는 저 검은 눈은 엄마 때문인가 싶었다.

"응, 그때 우산을 저분이……."

잠시 망설였다. 유기한. 주위에서 떠도는 이름을 마음속 깊이 담아 두긴 했으나 정식으로 소개받은 건 아니니 다시 물어봐야 맞겠지.

머뭇거리던 중 느닷없이 똑똑, 문이 운다. 안녕하세요. 얼타느라 제대로 닫지 못한 현관문이 쑥 열리고, 불쑥 고개를 내민 사내애가 깍듯이 고개를 숙였다. 면접을 보는 듯한 공손함과 안하무인의 오만함이 함께 묻어나는 목소리가 유지한입니다, 하고 덧붙인다. 무덤덤한 눈길의 궤적은 입이 떡 벌어진 내게서 짓궂은 날을 세우며 끝났다.

"지한이, 어서 들어와. 한내는 처음 보니? 아, 학교가 작으니 본 적은 있겠다. 그치?"

엄마가 반갑게 맞이하자 남자가 입가에 보일 듯 말 듯 한 미소를 잔잔히 그리며 덧붙였다.

"동생, 안 온다더니."

그러니까 형제는 얼마 전 이사를 왔고, 엄마와 남자는 친분이 있으니 그 동생이 함께 여길 찾아오는 것도 이상한 것은 아니었다. 내가 한 착각에 다시 벌게지는 얼굴을 느끼며 유지한을 쏘아보았다. 그럼 아까 초대받아 왔다고, 형이 오랬다고 하면 되지 묘하게 자꾸 사람을 골려 먹는 게, 씨.

"안 온다고? 내가 그랬나?"

뭐, 갑자기 흥미가 생겨서. 빈정거리며 구겨 신은 운동화를 대충 벗고 기어이 발을 들여놓았다.

"잘 왔어요. 형제 둘 다 인물이 아주 훤해서. 온 집이 반짝거리는 것 같네. 그치, 한내야?"

"네?"

날 빤히 주시하며 가까워지는 눈길을 피해 남자를 보며 어색한 웃음을 흘리자 그도 빙글 웃었다. 왼쪽 눈 밑의 점이 그 웃음을 따라 흔들렸다. 그 눈물점 때문인지 남자의 웃음은 오늘도 기쁨보단 슬픔에, 그보단 메마른 느낌에 가깝다.

"집도 덩달아 환해진 거 같고, 응?"

잇몸이 드러나는 웃음에, 손짓이 커진 엄마는 술에 취한 것이 분명하고. 응? 응? 애교를 부리듯 대답을 강요해 오는 통에 결국 네에, 하며 사실을 사실이라 인정하는데, 누구 때문에 퍽 껄끄럽다.

"한내가 예쁜데요. 누나를 빼닮아서."

남자의 보답 같은 대답은 진심이 담겼다기엔 또 건조했지만, 엄마는 호호 웃으며 먹을 걸 가져오겠다고 집을 나섰다. 몇 번이고 생각나던 그 고요한 검은 눈과 마주하자 난 파드득 떨리는 눈을 식탁으로 떨구었다.

"아, 감사합니다."

마른침을 삼킨 뒤 조그맣게 말하고 어쩐지 확 달아오르는 뺨을 손 아래에 숨겼을 때, 또렷한 코웃음이 들려 커진 눈을 들었다. 바로 맞은편에 앉아 있던 유지한이 목에 둘렀던 이어폰 선을 잡아 빼 식탁 위로 내던진다. 남은 과자 하나를 털어 넣고 씹어 무는 그 붉은 입술을 보며, 방금 전 소리를 되새겼다. 지금 내가 비웃음을 당한 건지, 아님 너란 놈에 대한 이유 있는 피해 의식인지 혼란하여.

"형 와꾸, 잘나긴 했겠지. 따라다닌 계집들이 좀 많았나."

그 말로 명백히 정리된다. 비웃음. 날 빤히 보며 이세준이 내게 했던 말의 오마주 같은 표현을 또박또박 와꾸라 내뱉으니. 삐딱하게. 잘난 형을 따라다니는 계집. 그 계집 중 한 명이 마치 나라는 듯.

"지지바이들, 별 의미도 없는 눈길 한 번에 휘둘려서. 괜스레 나한테 와 질질 짜기나 하고."

올랐던 열기가 확 식고 어두운 속내를 들켰을 때처럼 뭔가가 쑥 빠져나간다. 뺨이 해쓱해진 내게 살포시 웃은 네가, 맞지? 말하듯 모질게 눈꼬리를 접는다. 그 안 안광이 날 내려다보던 보름달처럼 형형했다. 아냐! 튀어

나가려던 걸 꾹 삼키려 입술을 감쳐물었다. 대꾸했다간 숨기고픈 속내나 드러나겠지 싶어 그리하였어도 영 억울하다.

그저 눈이 갔다. 날 주시해 오는 깊은 눈에 가슴이 떨렸다. 그 눈을 자주 자주 상기했다. 그뿐이었다.

하얗게 굳은 내 낯을 문득 깨닫고 혹 들켰을까 두방망이질하는 가슴으로 남자를 보았다. 다행히 그 눈길은 내게 붙어 있지 않았다. 물끄러미 제 동생을 보던 검은 눈동자가 천천히 굴러 내게로 다시 돌아왔다. 경계 태세인 날 뚫어지게 보며 음, 묘한 탄식을 뱉는다. 고운 미간에 살짝 가해진 금, 전에 없이 반짝이는 눈이 무언가에 흥미가 돋은 듯하나 연유는 추측조차 어려웠다.

아, 엄마는 왜 이리 안 올까. 의자에서 벌떡 일어나 뛰쳐나가고 싶은 충동에 안절부절못하는 모습을 보이지 않고자 애를 써도 두 눈을 내리깐 얼굴이 슬슬 붉게 달아오르는 것 같다. 내 덮어 내린 눈꺼풀을 주시하는 시선이 두 개. 두 남자 다 내가 눈을 마주하기만을 호시탐탐 노리는 듯하여 식은땀까지 났다.

"한내는 이마가 둥글고 도톰하니 예쁘구나."

결국 퍼뜩 놀란 눈을 들어 고요한 눈동자와 마주 보자 남자가 메마르게 웃다 조곤조곤 덧붙인다.

"초승달 눈썹을 보니 섬세한 감성을 지녔고, 눈이 선명하고 맑은 데다가 흰자위가 깨끗하니 좋다."

심해처럼 검은 눈이 유혹하듯 부드러이 휘었다.

"다만 눈이 과하게 촉촉하고 귀가 작으니 유혹엔 약할 수도 있겠고."

아, 네. 칭찬인지 경고인지 모를 모호한 말에 무슨 말을 덧붙일까. 유혹에 약할 것 같다며 날 현혹하듯 웃는 건 당최 뭔가. 그저 볼이 더 발그레해졌고, 모지리처럼 눈을 이리저리 굴리다 분위기가 뒤바뀐 널 발견했다.

하얗게 굳어져 있던 유지한이 나와 눈이 마주치자 악 쥐어 핏줄이 서던 손에서 힘을 풀었다. 대신 과자 하나를 집어 들어 입 다물라는 듯 남자의 입에다 쑤셔 넣으니, 또 그걸 냉큼 받아먹은 남자는 오물거리는 입술로 날 향해 부드럽게 미소를 짓는 게, 묘한 기류였다.

난해한 상황에도 남자가 내 마음을 눈치채진 않은 것 같아 한숨 돌렸다. 그래도 여러 가지 의미로 심장이 쿵쿵댄다. 다행히 마침 오늘 치 남은 빵을 품에 한가득 안고 돌아온 엄마가 둘을 새 메뉴의 시식 대상으로 쓰기 시작해, 식은땀을 닦아 낼 정도의 여유는 얻었다. 빵엔 손대지 않았다. 그랬다간 둘만 남았을 때 살찌면 어쩌느냐 하는 소리를 귀에 딱지가 앉도록 들을 것이니.

남자는 조곤조곤 시식 평을 내놓았고, 내게 퉁명했던 남자애도 엄마에겐 꽤나 다정스럽고 공손한 평을 늘어놓는다. 그들 할망의 죽음, 부모의 부재, 우리 아빠에 대한 얘기는 한 톨도 나오지 않은 채 집이 너무 낡아 방마다 수리 중이라고, 남자는 말했다. 공사는 주로 유지한이 도맡는다고.

"형제끼리 살면 밥은 잘 챙겨 먹니?"

엄마의 걱정스런 말투에 남자가 턱 끝을 매만지며 의미심장하게 웃었다.

"나는 별로. 여기 지한이가 밥을 좀 잘해요."

"지한이가? 집수리도 다 하고? 이렇게 어린데?"

그 말처럼 의외라 뭐든 시들한 기색의 낯을 물끄러미 보자 남자가 덧붙였다.

"얘가 몸으로 하는 건 다 잘해서. 요리도 잘하고, 농구, 기타, 섹……."

"작작해, 씹."

그 싸늘한 목소리에 화기애애하던 게 썰렁해졌다. 이리 불퉁거릴 거면 대체 여긴 왜 와 삭막한 분위기를 만드는지 모를 일이었다. 아님 형제간 우애가 너무 좋은 건지. 그 반응이 퍽 재밌단 듯 입꼬리를 올리던 남자가, 다시 엄마에게 입을 뗐다.

"가게 하나를 낼까 하는데 뭘 할지 고민이라."

그 말에 또 미간을 구기는 네가 보였다. 엄마는 덥석 그 말을 붙잡았다. 기한아, 안 그래도 내가 요즘 조식 서비스를 오픈하려고 하는데……. 유기한. 유지한. 이름을 무지 헷갈리게도 지어 놨다. 어딘가 성의 없어 보이는 작명은 누구의 것인지. 남자의 것은 부모나 할망이 지어 주었을 텐데 넌, 네 부모가 떠나기 전에 지어 주고 갔을지, 아님 그것조차 하지 않아 네 형과 대충 비슷하게 지어진 건지, 그런 것이.

기회를 엿보던 엄마는 사업가 모드가 되어, 끝없어 보이는 얘기를 시작했다. 마음이 물러 보이진 않으나 셈엔 영 약할 것 같은 남자를 엄마가 일방적으로 구워삶는 과정으로, 구체적인 비용 얘기까지 나누다 멀뚱멀뚱 앉아 있는 날 애꿎게 질책한다.

"박한내, 친구한테 집이나 구경 시켜 줘."

"아, 네……."

친구는 얼어 죽을. 마주친 눈을 피해 홀로 자리에서 일어나 현관문으로 향했다. 뒤에서 날 따라오는 걸음이 크게 터벅거렸다. 덩치나 큰 게. 집 구경시켜 주다 머리나 찧고 집기나 부서지지. 저긴 가게. 여긴 우리 살림집. 그리고……. 몇 군데 손가락질하며 알려 주고 마지막으로 곳간을 가리키다 멈췄다. 내 공부방까지 알려 줄 건 없으니.

"됐지? 알아서 구경해."

찌푸려지는 눈매에서 눈을 비끼고 아궁이로 향했다. 바닥에 보일러가 깔리지 않은 공부방용 곳간을 데우는 데만 쓰고 있는 그곳에 나무 장작 몇 개를 던져 넣고, 이미 다 푼 문제집도 몇 장 찢어 넣은 뒤 타닥타닥 타는 불을 멍하니 보았다.

늘 무감하던 일상에 오늘은 감정이 널을 뛰니 뭔가에 홀린 기분이다. 실은 형제가 이사 온 뒤부턴 쭉 그런 상태라 한숨을 내쉬며 턱을 괴자, 주머니 안 빳빳한 종이 질감이 허벅지를 찌른다. 결국 그것을 꺼내 'love'라 써 있는, 손발이 오그라드는 스티커를 떼었다. 곱고 착한 한내에게, 로 시작하는 편지. 심장께가 서늘하다. 우연이지? 설마 나도 몰랐던 편지 내용을 알 리가.

〈안녕, 난 너랑 같은 수업을 들었던 지성이야. 기억나니. 세계사 반이었는데. 이리 편지를 쓴 건 일단 네가 휴대폰이 없어서인데, 무튼 난 네가 우리 학교에서 제일 고운 것 같아. 한데 내가 널 좋아하는 이유는 그래서가 아니라……〉

"어이, 박한 애."

"깜짝아!"

재빨리 던져진 종이쪼가리가 불길에 휩싸였다. 빨갛게 타오르던 게 검게 변하다 온전히 사라지는 건 그 지독한 화염 속에서 순식간이다. 마찬가지로 불구덩이를 바라보며 픽 웃는 얼굴도 혀를 내두른다. 아예 태워 버리네. 어? 박하다 못해.

"아이……. 아니, 너 때문……."

아궁이로 편지를 집어 던진 건 순전히 네놈이 날 놀릴 것 같았기 때문이란……! 뻐끔대는 내 입술은 말을 잃었고, 읽지 못한 편지는 잿더미가 되었다. 뻔한 고백이었을 테지만 성의껏 썼을 그 불길 같은 얼굴을 떠올리자 자못 미안해져 두 손으로 얼굴을 감싸 쥐다 떼니, 도리어 후련해 뵈는 얼굴이 바짝 가까워져 부아가 치민다. 어쩔 거야, 가시눈을 뜨고 묻는 내게 피식, 어깨를 으쓱인다. 너 때문이잖아! 읽지도 못하고…….

"읽으면, 뭐."

"뭐? 뭐가 뭔데."

"읽으면 뭐. 뭐가 달라, 응? 어차피 기껏 말해 줄 건 미안, 이거 하난데."

누굴 흉내 내듯 귀 뒤로 구레나룻을 넘기며 곱게 눈을 접는 그 가식적인 모양새에 눈앞의 아궁이 불이 볼에 달라붙은 듯했다.

"허, 너……. 씨, 너……. 씨."

"음?"

씨 웃는 눈이 장난스레 커지자, 내 눈뿌리에서도 창피한 열이 솟구쳤다.

"너, 너, 아…… 아까! 나, 훔쳐봤어?"

"귀찮아 죽겠는 속내에도 미안하다, 어차피 거절할 거 정성스레 받아 주고, 읽어 주고. 걔가 너 험담 깔까 피곤한 주제에 예쁘게 웃어 주고. 나 피해 자꾸 도망가고. 하지 마, 의미 없는 거."

"하, 네가 뭔데?"

"유지한."

"……그 뜻이 아니잖……."

"모른다던 내 이름, 이참에 기억하라고, 응? 넌 박한내고 난 유지한."

퍽 진지한 눈에 뭔가 미안해져 입을 꾹 다무니, 어느새 시들해진 눈으로 밖을 손가락질한다.

"편지는 됐어. 어차피 그 내용도 하찮으니."

"뭐? 네가 어떻게 아는……."

"됐고, 네 방."

"내 방?"

"구경."

구경시켜 줘. 그 말에 난 의심의 눈을 가늘게 뜨다가 잔뜩 힘이 풀렸던 몸을 벌떡 일으켜 모퉁이에 기대선 네게 다가갔다. 처음엔 퍽 당당했으나 너무 큰 덩치에 눌려 발걸음이 쪼그라든다. 아궁이 불이 활활 타오르던 검은 눈에 가까이 다가서자 초라하게 작은 내 모습이 비쳤다.

"싫어."

허, 삐딱해지는 얼굴에 옅은 만족감을 느끼며 하, 재차 터진 헛웃음을 지나쳐 살림집으로 향했다. 엮이는 만큼 아주 기운이 쏙 빠지니 이젠 볼 일이 없게 하자. 매일 마주쳤다간 공부할 기운도 없겠다. 그리 결심할 때 등 뒤에서 곳간이 열렸다.

"야! 누가 함부로 들어가래!"

건성으로 벗어 둔 소년의 신발을 마구 짓밟으며 따라 들어섰다. 이미 함부로 내 책상을 뒤적이는, 쓸데없이 훤칠한 허우대로 작은 방을 마구 어지럽히는 짐승이 보인다.

울상을 지으며 후다닥 달려가 커다란 손에서 턱없이 작아 보이는 소형 녹음기를 뺏어 들었다. 가끔 생각나는 노래들을 홀로 녹음해 오던 것이 발각되면 또 놀림감으로 전락할 테지. 또, 또 일부러 이런다 싶어 욱하는 감정을 추스르고자 잠시 열이 오르는 이마와 눈가를 손끝으로 쓸었다.

"게으를 때는. 게으름을. 알지 못한다."

책상 위에 붙여 둔 문구 하나를 나직이 읽는 선 굵은 목소리가 내 머리 꼭지에서 흩어진다. 정말 그래? 문득 살짝 일그러진 눈이 고개를 든 나와 마주쳤다.

유유히 흘러가던 눈길은 의자 등받이에 걸어 둔 파자마 위 브래지어에 멈춰 서, 느리게 슴벅거렸다. 눈 커진 내가 매가 생쥐를 잡듯 잽싸게 집어 품 안에 감추자, 기다란 눈매를 가늘게 휘며 잔인스레 눈웃음친다. 이, 이 변태 같은 게. 눈살을 바싹 찌푸린 채 발갛게 상기된 내 얼굴, 그리고 저에 비하면 아기자기한 방을 건성으로 한 번 훑고는, 별것 없다는 듯 몸 돌리던 네가 우뚝 멈추었다.

창피에 발갛게 달아오른 귓가로 붉은 입술이 내려와 차게 웃었다. 푸른 내음이 났다. 그 무섭고 재수 없다 여기던 네게 나는 시원한 내음. 내가 늘 동경하던 바다의 것이다. 해서 뻣뻣이 굳어진 내게 네가 속닥거렸다.

"우리 형은 가슴 큰 여자 좋아한다."

헉, 벌어져 벙긋거리는 입술에 집요한 시선이 달라붙었다. 이, 이…….
차례차례, 얼얼하게 달아오른 눈가, 찻주전자처럼 열을 뿜는 귓불을 훑는다. 이, 미, 미친 변태 새끼가. 그 말은 못 하고 도끼눈만 뜨자 뽀족했던 눈끝이 부드럽게 휘어지고 붉은 입매가 뒤틀린다. 그러니까.

"……꿈도 꾸지 마, 한내."

그리 갈무리하였다. 운동화에 슥슥, 발을 욱여넣고 멀어지는 걸음이 성난 듯 건들거렸다. 마치 난 누군가를 좋아할 자격도 없는 듯 아궁이 불보다 거센, 고드름보다 날 선 네 말투에 터져 나간 내 마음은 알싸했다. 잠시 눈물도 비집고 나올 정도로.

* * *

그 뒤로 이따금의 등굣길, 남자의 집 앞을 지날 때면 누군가의 빠른 걸음이 날 따라잡곤 했다. 원치 않는 동행인 건 마찬가지였는지 날 차단하듯 이어폰을 푹 꽂아 넣은 귀 끝이 늘 덜 마른 머리칼 아래 추위로 시뻘겠다.

"내가 알려 준 길은?"

그래도 어느새 맞춰진 발걸음 속도에 우린 오가는 말 없이 교문을 통과하곤 했는데, 그날은 그렇게 물어 오더랬다. 음울한 조명 탓인 줄 알았는데, 내리뜬 검은 동공은 밝은 햇살 아래에서도 비 오기 직전 하늘처럼 탁한 잿빛을 띤다. 턱 끝 상처와 날카롭게 눈을 치뜨는 버릇, 묘한 눈동자 색 등, 몇 번 마주치니 남자와는 전혀 다른 생김새들이 눈에 새겨진다.

언젠가 내 등굣길 방향을 물은 네가 빙 둘러 가는 길 하나를 알려 주며 한번 가 보라 한 것이 떠올랐다.

"안 가 봤는데."

먼 길로 뭐 하러 돌아가니. 덧대려다 말았다. 오름을 한 번 빙 두른 뒤 내려오는 길이라 한 시간은 족히 잡아야 할 듯한데, 공부하기도 바쁘니 영영 가 볼 일 없는 길이다.

뭐. 쏘아붙이려다 또 말았다. 내뱉은 말투가 송곳니보다 뾰족해 네게 긁힌 마음을 혹 드러냈을까. 눈을 돌려 학교 운동장만 쏘아보며 걸었다. 꿈도 꾸지 마, 한내. 꿈도 꾸지 마. 네 그 말을 고장 난 테이프처럼 되감기하며. 시간도 꽤나 흘렀는데 나 혼자 꿍, 네게 손에 쥔 연필처럼 휘둘리는 게 자존심 상했다.

"……."

"……."

아직 낫처럼 휘둘러지는 겨울바람이 흙모래와 섞여 뺨을 마구 긁고 눈 속까지 따가운데, 네 침묵과 눈길에 뒤통수까지 따끔거렸다.

"박한내."

"……왜."

"전교 1등 맞나."

"왜 묻니."

대답하며 따가운 눈을 비비자 뒤통수가 잡혀 돌아갔다. 윽, 금세 괸 눈물이 창피해 뿌연 시야를 옆으로 비껴 냈다. 날 가만 보던 얼굴이 딱딱하게 뇌까렸다. "그렇게." 어느새 말을 뱉는 숨결이 내 이마에 닿을 정도로 가깝다.

"안, 생겨서."

낮게 짓씹는 게 또 시비조라 네 더운 숨이 닿는 볼이 덩달아 더웠다.

"그럼 내가, 멍청하게 생겼단 말이니?"

눈앞 덜렁이는 네 이어폰을 흐릿하게 보며 같이 툭툭대니, 내 뒤통수를 농구공보다 더 쉽사리 쥐던 손이 뺨으로 미끄러진다. 그 온도에, 네 손바닥의 열기에 얼얼하던 살갗이 마치 녹을 듯하다. 거칠한 손끝이 내 눈꺼풀을 위아래로 크게 젖혔다. 흐릿한 모양새의 붉은 입술이 시야에 가득 찼다.

후, 날아온 바람에 괴었던 물이 흙먼지와 함께 뺨으로 굴러 내려갔다. 더이상 아프지 않은 눈을 들어 올렸다. 네 굳어 있는 얼굴을 보며, 고맙다 해야 할까 고민하다 내 뺨을 훑어 내는 손가락이며 코앞의 얼굴이며, 지나치게 가까운 것 같아 뒷걸음질 쳤다. 치솟는 무섬증에 심장이 뜀박질을 시작했다.

날 보던 눈을 느릿하게 깜빡이던 네가 고요히 응시하던 잿빛 눈동자만 아래로 굴렸다. 내 얼굴을 쥐던 손을 멀거니 보는 것이, 내 눈물이라도 묻어 더러워 그러나 싶었다. 이젠 홧홧해진 뺨을 느끼며, 악문 턱을 치켜올린 널 보았다.

"어."

희미한 음성이 불어오는 흙바람에 흩어졌다. 풀어져 있던 눈매가 다시 서늘한 실눈이 된 채. 뭐…… 내가. 멍청하게 생겼다고? 무엇에 대한 답이 었던가 눈을 굴리다 깨달을 때쯤, 내 속을 긁어 놓은 소년은 이미 휘적휘적 멀어진다. 처음에는 은근히, 나중에는 마른 풀에 들러붙은 들불처럼, 화가 났다. 날 이렇게 열받게 하는 사람은 처음이라 의아할 정도였다.

그날은 3월 모의고사가 있는 날이라 씩씩대는 가슴을 애써 가라앉히며 교실에 자리했다. 책상에서 나던 비린내가 이제는 희미하다. 이세준이 책상 장난질을 그만둔 것은 무엇 때문일까 생각하면 늘 날 골리던 네 얼굴이 까닭 없이 떠올랐어도 설마, 난 그리 여겼다.

"이 미친 새끼."

"무사?"

"이 미친놈이 화이트 데이 때 화이트 생리대를 주켄 햄쪄."

"헐. 헤어져."

"난 사탕 말고 초콜릿을 원해!"

"받을 남잔 이서?"

"좀 닥쳐 줄래?"

학급 애들 중 모의고사에 목매는 건 나뿐인 듯했다. 곧 있을 연인 간 기념일을 다들 고대해 마지않는 분위기 속, 나는 조용히 문제집을 꺼내 소설 지문 하나를 읽었다. 활기찬 분위기가 몰입을 방해해 소재라도 맞출 겸 〈B사감과 러브레터〉 지문을 골라 빠르게 읽어 내려가는 것은 1교시 언어 영역을 보기 전에 모든 머릿속 리듬을 지문 읽기에 맞추는 작업이었다.

〈……B여사라면 딱장대요 독신주의자요 찰진 야소군으로 유명……〉

사실상 날 미치게 하는 강박으로, 난 이것을 하지 않으면 한 지문을 통째로 오독해 줄줄이 빨간 줄이 그어질 거란 공포에 휩싸였다. 차분한 모범생 껍데기 안 은밀히 숨겨진 강박증은 귓바퀴 아래 머리칼을 하나씩 뽑게, 허벅지 안 빨간 딱지를 쥐어뜯게, 드물겐 날붙이를 대게 했다. 절대 남들에 겐 보이지 않는 곳에.

나만의 어둑한 비밀을 누군가에게 들킬 일은 없었다. 꿈도 재능도 없는 내가 공부까지 못하는 쓸모없는 인간이 될까 늘 불안에 떠는 애라는 것을, 매일 아빠의 빈자리를 그리워하고 엄마의 사랑까지 떠나갈까 무서워하는 애라는 것을 누구에게 들키는 건 내가 죽기보다 싫었으니.

〈……이 B여사가 질겁을 하다시피 싫어하고 미워하는 것은 소위 '러브 레터'였다…….〉

여사가 나와 공통점이 많네, 나도 독신주의자로나 살아야지, 하며 반가 워할 때였다.

"한내는 또 이세준이 주려나."

"아, 갑자기 박탈감 느껴."

"에이. 이세준이? 솔직히?"

"어. 솔직히, 안 부럽지."

들려오는 삐딱한 말들과 웃음은 못 들은 척, 애써 무반응을 유지하며 계 속 까만 글씨를 대각선으로 훑어 내렸다. 그런 행태가 오만해 뵐 수 있단 것도 알았지만, 관심이 불편한 사람도 있단 걸 모르는 아이들에겐 차라리 맹맹한 반응이 나은 것도 알았다.

모르는 것은 오로지 내 속이었다. 차라리 혼자가 되고 싶으면서도, 또 아 무도 없는 섬이 되는 건 무섭고, 엄마의 애정도 고픈 나. 혼자가 되길 바라 는 건지, 혼자가 되기 싫은 건지 나조차 모르겠어서.

"여자가 남자한테 주면 안 되나?"

"누구 주게?"

"기한 오빠."

"미친, 기한 오빠가 언제부터 너네 오빠라나시? 말도 고라 본 적 어시멍."

"잘생기민 다 나 오빠주."

난 무관심을 바라는 건지, 관심을 바라는 건지. 사람이 섬처럼 살 수 있을까 고민해 보면, 제 인기엔 관심조차 없을 남자라면 어쩌면, 싶었다.

"유경, 넌 지한이한테 다시 고백해 보든가. 또 차일랑가 모르겠지만."

"너 죽을래!"

하나 유지한 같은 애가 옆에 있으면 도저히 섬이 되지 못할 테지. 그 애는 짓궂은 장난기 하나로 내가 괴로워하는 걸 보기 위해 섬에서부터 뭍까지 징검다리를 열심히 쌓을 듯했다. 것도 질려 하는 내 반응을 보며 하나씩, 천천히.

모의고사가 시작되었다. 언어 영역 지문을 하나씩 넘겨 갔으나 오늘따라 집중력이 흐트러진 기분이었다. 억지로 훑던 중 마지막 지문 하나를 읽는데 뜬금없이 떠올랐다. 정말 뜬금없이, 집으로 돌아가던 남자의 가느다란 목에 내 붉은 목도리가 걸려 있던 것. 그리고 보니 그때 가져가지 않은 우산은, 다음 만남의 기약일까? 별다른 의도가 없을 걸 알면서, 그런 잡다한 생각이 꼬리를 물다 정신을 차렸을 땐 10분 정도가 흘러 있었다.

급작스레 숨 쉬기가 버거워진다. 귓가를 후비는 불규칙한 박동이 공황 상태를 가중시켜 결국 속한 문제를 모조리 날리고 말았다. 책상에 머리를 박았다. 최악의 언어 점수가 나올 게 뻔해 제정신이 아니었다. 고 삼 첫 모의고사가 제일 중요하다 하더라, 실망감이 서린 여자의 얼굴이 감은 시야에 아른거린다. 벌써부터 불안으로 심장이 뛰다 못해 꾹 짓눌러진다. 아픈 가슴께를 손바닥으로 누르며, 이것이 가끔 찾아오는 과호흡 증상이 아니기를 바랐다.

"유지한, 여긴 웬일이냐. 나 보러 옴?"

"……그럴 리가."

유지한은 여자 반에도 불쑥불쑥 얼굴을 들이밀곤 했다. 원칙상 분반에다, 항해사나 잠수부 등을 기르는 특성화 반도 만들어 한창 학교 수준을 끌어올리려 애쓰던 우리 학교는 남녀의 교실 출입을 서로 금했다. 그런데 그 애는 그런 교칙 따위 동의한 적 없다는 듯 막무가내였다. 그 꼴리는 대로 하는 점이 애들에게 인기를 끄는 이유일지도 몰랐다. 그리고 제 얼굴만 한 저 주먹에 맞을까 봐서.

"재수 없는 놈. 네놈 땜에 나 모의고사 망한 거라고."

"내가 뭘."

"아침에 네 재수 없는 면상 봐서 망했지."

하필 내 뒤에 앉은 승미가 계속 장난치듯 말을 잇는 바람에 특유의 심드 렁하면서도 나른한 목소리가 점점 가까워졌다. 승미의 말에 따르면 둘은 어릴 적부터 못 볼 꼴 가리지 않고 공유한 사이라던데 반쯤 사실인 듯했다.

"네 머리 나쁜 걸 내 탓 하게 만들어 줘서 고맙지?"

"아아, 야, 기한 오라방헌티 나 과외 좀 해 달랑 부탁해 주. 진짜 이러다 나 대학 못 간."

"꼴통이 뭘."

"아아, 야, 너희 오빠 서울대 나완. 나 같은 꼴통도 잘 가르치겠지."

"……얜 꼴이 왜 이러냐."

울림 깊은 목소리가 바로 머리 위에서 윙윙 울려 처박았던 코를 비스듬히 틀자, 이미 날 보던 눈이 인상을 쓰듯 가늘어졌다가 기어코 마른 웃음으로 변했다.

"코 빨갛다. 못나 뵈게."

하. 남자와는 다른 저 삐딱한 친화력. 그래, 난 네 그런 게 싫었다. 네놈 도 남들처럼 날 그냥 모른 체해 줬으면 좋겠다. 그저 다시 책상에 코를 박자, 사라진 줄 알았던 비린내가 났다. 내게 관계란 그 비린내였다.

늘 뒤에서 비린내가 풍겼다.

숨겨진 저의, 목적. 난 네게도 그런 것이 있을 거라 확신했다. 해서 네가 싫었다. 시들한 눈으로 속내를 검게 감추고, 겉으론 그렇게 뵈지 않는 네가. 꾹꾹 감춘 내 치부까지 툭툭 쳐 터뜨리며 날 골리는데, 내 눈에 들어간 먼지 한 톨엔 신경 쓰는 네가.

"왜 시비니, 너."

네가 내게 쌓는 돌다리를 은근 반기는 내가, 싫었다.

"시험 망했냐?"

"……."

"왜."

"……."

"전교 1등이 2등쯤으로 밀려날 것 같아 서럽디?"

재수 없어.

힘들다, 서럽다 해도 남들 눈엔 그저 저런 징징거림으로 보일 거라는 걸 알고 있어 대꾸하지 않았다. 이렇게 대놓고 말하는 사람은 이제껏 없어서일까. 뼈까지 꿰뚫는 말에 가슴 한구석이 아릿하다. 역시 그렇게 보이나 싶어 네 말처럼 서럽다.

하도 머리카락을 뽑아 늘 답답한 긴 머리를 유지하는데 날 징징대는 여자애로 여겨 서러웠고, 공부하는 게 내겐 숨 못 쉬고 헤엄치는 기분인데, 다들 내가 쉬이 한다 여기니 서럽다.

비린 책상에 코를 더 깊숙이 박자, 기다란 머리칼이 시야를 어둡게 해 남들로부터 날 차단시킨다. 다시 가빠지는 숨을 느리게 마시고, 느리게 뱉었다. 누가 날 어찌 생각하든 왜 신경 쓸까. 그럴 필요 없다. 어차피 혼자다 생각하면 속 시원히 마음도 편한걸. 그러다 뒤통수가 지그시 눌렸다.

아침에도 느꼈던, 네 뜨끈한 손이었다. 머리칼을 한 번 흐트러뜨리고는 사라지는, 참 서슴없고 사심도 없는 손짓. 그럼에도 난 놀라 자빠질 뻔하였다. 내 어두운 비밀을 들킬까 그런 것만은 아니었다.

미안.

그런 작고 느릿한 말이 들린 것도 같아 휘둥그레진 눈을 더 크게 벌리게 됐다. 시험을 망쳐 빠져나간 정신이 환청이라도 만들어 냈나 싶어 귓가에 스미는 목소리들이 아득해진다.

"유지한, 너 가?"

"그래."

"오빠한테 말해 주. 응? 나 과외! 야! 유지한!"

"······알아서 해라."

네 불퉁한 목소리에 괸 침이 썼다. 일었던 서러운 감정 따위 이미 뛰노는 심장에 뒤덮여 사라진 것은, 누군가 내 머리를 쓰다듬어 준 적이 처음이라 그런가 싶었다. 엄마도 날 안아 주거나 쓰다듬어 주진 않았으며, 백 점을 받아 가도 미소와 함께 고개를 끄덕이거나 정말 기쁘면 잘했다고 말하는 정도였으니.

그래서일 거라 여겼다. 내 뒤통수에 네 온기가 남아 있는 것 같아, 곧바로 몸을 일으키지 못하겠는 것은.

〈······사내란 믿지 못할 것, 우리 여성을 잡아먹으려는 마귀인 것, 연애가 자유이니 신성이니 하는 것도 모두 악마가 지어낸 소리인 것······〉

B여사의 말이 활자 아닌 생생한 대사가 되어 귓가에 쟁강거린다. 그렇지, 그렇지. 한데 B사감의 끝이 어찌 됐더라. 홀로 입맞춤 시늉이나 내며 미쳐 가지 않았던가.

2장. 맴돌이

난 사랑을 모른다. 하나 누군가의 껍데기에 빠져 사랑을 운운하는 게 참 허술하단 건 알았다. 눈이 오던 날, 엄마에게 첫눈에 반한 아빠가 결국 엄마를 등진 건, 제 첫 상상과는 다른 여자여서일 것이니. 첫눈에 반한다는 건 참 우습다고.

무지한 허상. 내가 어떤 앤지도 모르면서. 남들에게 보여 주고 싶은 것만 보여 주는 내게서 남들이 보는 건, 내 그림자조차 아니었으니.

"저, 한내야, 이, 이거 받아 줘……."

게다가 편지를 주던 날처럼 순진한 이 소년은 제가 조종당하는지도 모르는 머저리다.

사탕이 꽤나 정성껏 진열된 바구니를 내려다보다, 눈길을 들어 헛된 희망에 찬 얼굴을 응시했다. 오늘이 화이트 데이였던 것을 기억해 내자 목구멍이 조여든다. 두 번의 거절. 힘들었다.

"뭐 해, 박한내? 안 받고."

그런데 또, 고백은 어째 그 옆에 버티고 선 이세준에게 받은 기분이었다. 찐득한 땀처럼 몸을 핥는 그 눈길이 불쾌하고 찜찜했다. 이 고백을 거절할 시 제가 대신 난동을 부릴 듯이 부리부리한 눈깔을 뜨는, 그 작은 눈 안의 홍채가 늘 몽롱하게 커진 것이 술 냄새 없이도 취한 듯 소름이 끼쳤다.

이전의 고백 또한 수상했었다. 그래도 공부를 핑계로 잘 털어 냈다 여겼 는데, 지금 보니 이세준의 꼭두각시다. 제가 재차 고백할 용기는 없으니 못 먹는 감, 남을 통해 찔러나 보자는 식인가. 지금까진 물밑에서 날 은근하게 건드려 놓고 이젠 이렇게 대놓고 괴롭히는 이유가 뭔데. 왜. 내 앞에서 다 른 놈에게 무자비한 패배를 당한 게 화가 났니? 방패처럼 순진한 애를 앞세 워선, 비겁한 새끼.

몇 년 전 야자실, 날 제 팔 사이에 가두고 귓가에 씨근덕씨근덕 숨을 뱉 던, 이세준의 불룩했던 바지. 끔찍했지. 그 번들대던 동공이 남자의 무감한 동공과 얼마나 차이가 났나. 그런 내 속내를 알 리 없는 주위에선 부럽다, 거절당하면 개쪽이겠다, 하며 염려를 가장해 비아냥거렸다.

"고마워."

"그럼 우리, 이제 사귀는 거지?"

갈무리하고 거절의 말은 따로 해야겠다 싶어 슬며시 웃으며 받자 황당한 말이 날아든다.

"……무슨. 그게 무슨 소리야?"

"내 편지…… 안 읽었어?"

당황으로 눈꺼풀이 떨리는 건 소년도 마찬가지로, 부모상이라도 앞둔 것 처럼 낯빛이 흙빛이 된다. 아, 그제야 불에 타 재가 된 편지가 떠올랐다. 어 찌 설명해야 하나 입술을 말아 물자 사위가 험악해진다. 그게, 입을 떼자마 자 딴딴한 몸과 퀴퀴한 땀내가 훅 다가선다. 입을 틀어막고 싶었다.

"와, 요년 싸가지 좀 보소. 지성아! 나가 경행 뭐랬나, 어? 요게 겁나 잘 난 줄 안대도. 그냥 한 입 거리 계집년이."

당사자 대신 쏘아대며 나선 이세준은 아무리 크게 떠도 흰자가 뵈지 않는 곰생이 눈을 최대한 형형히 뜨며 혀를 찼다. 저열한 말들에 화가 났어도 그게 바로 놈이 원한 반응일지라 묵묵부답으로 일관하자 한층 더 표독스러워진다. 씨팔 년, 네가 뭘 그리 잘났냐. 그렇게 불쑥 다가와 코앞에서 구취나는 입을 이기죽거렸다.

온갖 수군거림과, 몰리는 날 선 눈동자들이 살갗을 타고 꾸물꾸물 기어오르는 것 같자 환상통처럼 허벅지의 상처도 같이 욱신거렸다. 언제 내가 잘났다 했던가. 도리어 그런 눈이 싫어 몸을 웅크리고 날 멸시하는 소문에도 웃고 말던 나인데.

손바닥, 손톱 옆 거스러미를 손끝으로 할퀴듯 긁어 대고 입 안 살점도 왁 깨물었다. 명문대 입학이란 한 가지에 매몰된 삶도 팍팍했다. 한데 다들 날 왜 가만두질 않고 가슴 한 번, 옆구리 한 번, 여기저기 쿡쿡 찔러 대나. 내가 눈을 까뒤집고 피라도 토해야 멈추려나.

가슴속에서 부풀던 풍선이 목 끝까지 메운 듯, 목구멍이 먹먹하게 아프다. 내 울컥한 부침을 눈치챘는지 히쭉이는 누런 이가 토악질이 나 눈을 피하는 순간, 상황에 맞지 않게 재주를 부리는 농구공 하나가 보였다. 이젠 한계다, 그런 생각이 들었을 때였다.

'귀찮아 죽겠는 속내에도 미안하다, 어차피 거절할 거 정성스레 받아 주고, 읽어 주고. 걔가 너 험담 깔까 피곤한 주제에 예쁘게 웃어 주고. 나 피해 자꾸 도망가고. 하지 마, 의미 없는 거.'

세상사 관심 없단 네 시들시들한 표정, 하나 까맣게 빛나는 눈은 흥미를 담아 상황을 지켜보는 게 확실했다. 내가 화내는 것을 즐길 뿐 아니라, 그런 날 보고자 놀려 대곤 했으니. 마주친 눈에 예상처럼 호선을 그리는 입매가 왜 예리한 바늘이 되어, 내 가슴속 풍선을 터뜨렸는지. 그 이유는 모른다. 그저 굳게 다물던 입이 툭 떨어졌다.

"그럼 넌."

"……뭐?"

"넌 뭐가 잘나 내게 그러니? 이 발정 난 개새끼야."

몇 년간 욱여넣었던 본심에도 뒷말은 영 우물우물 흘렀으나, 뜻은 온전히 전달됐는지 이세준이 벙 쪘고 교실 안엔 숨 막히는 정적이 흐른다. 악다구니를 부리는 무리들 뒤, 여전히 뱅그르르 허공을 날다 다시 커다란 손으로 떨어지는, 재주를 부리는 갈색 공만이 소리 없이 내 시선을 끌 뿐이었다.

왜일까. 숨을 턱 쪼매는 중에 그 장난스런 놀림으로 한 줌의 숨이 트이다니. 전과 달리 내 항거가 예상외라는 듯 한쪽 눈썹을 치켜뜬 채였으나 여전히 즐거운 눈치에, 또 소리 없이 벙긋대기만 하는 넌데.

'잘하네.'

입술을 읽은 내가 하, 헛숨을 뱉고 입술을 잘근잘근 깨물자 빙글대던 소년이 덧붙인다.

'도와.'

'줄까.'

여전히 가늘게 웃는 눈. 난 미간을 찌푸리며 다시 무리에게로 눈길을 돌렸다. 도와주긴. 재밌어 했던 주제에 도와주긴 뭘. 네까짓 것 없어도 나 혼자 다 처리할 수 있다.

"편지 못 읽은 건 미안한데, 난 이미 너 거절했잖아. 이러는 거 진짜, 부담스러워."

지성이란 남자애에게 말할 땐 어물어물 않고 또박또박 씹어뱉었다. 내가 그럴 수 있다는 것에 놀라 긴장되면서도 아주 시원한 속내가, 열에 펄펄 끓던 중 냉수 한 사발 들이켠 듯하다.

"편진 왜 안 읽었는데?"

그게 무척 속상한 건지 찌푸려진 얼굴에, 그 헛된 진지함이 지속되느니 차라리 내가 미움받는 게 낫겠다 싶었다. 그래, 네 말대로 이 의미 없는 거, 하지 않기로 난 마음먹었다.

"버렸어."

"하."

"공부에 방해되니까."

"지지배가, 아주 얼굴 좀 반반하다고 눈에 뵈는 게 없지?"

다시 그 유약한 남자애를 말리는 척 세준이 나섰다. 위협적으로 다가오는 눈이 희번덕거리며 날 깔보니 코웃음이 난다. 최소한 살면서 외모로 이득 본 적은 단 한 번도 없을 뿐더러, 거울 속 내가 예쁘단 생각도 안 하니, 실제로도 찬웃음이 났다.

"왜 빚쟁이처럼 찾아와 난장질이지?"

"……."

"네가, 내 반반한 얼굴에 보태 준 거라도 있고?"

하하, 이 미친년 와리네. 생채기가 난 듯 괴상한 미소를 흘리는 걸 보자, 문득 그 상처를 후벼 파고 싶어졌다. 버석거리는 입술로 덧붙였다. 네 못난 얼굴에 맞는 계집년이나 찾지 그……

하나 말이 끝나기도 전, 광인처럼 폭소한 놈이 이 개쌍년, 하며 턱을 틀어쥐었다. 손아귀에 점점 억센 힘이 실려 아픈 비명을 삼켰다. 주위 소녀들이 나 대신 비명을 흘렸다. 다리에 힘을 주었다. 무섭다기보다 구역질 날 정도로 역겨우니, 독기를 품고 노려보며 힘으로 안 되면 가랑이를 찰 기세로. 코앞의 뱁새눈도, 독한 심보에 형형히 빛났다.

"박한내, 네 년이 경 도도한 척 굴어 봤자, 얼마나 갈랑가. 네 할망이나 어멍처럼 네 년도 남정네 죽이는 팔자일 텐디 비참하게 버림이나 안 받으멍 다행……."

손, 놔. 이세준이 그 몇 년간 소원대로 내 심장을 한 점 도려 낸 참이었다. 놔, 그 손. 억누른 화가 섬뜩하게 묻어나는 목소리. 뒷목이 딱딱히 굳어졌다. 내리깐 눈에 톡톡, 공이 교실 바닥을 구르는 것이 보인다. 흡, 숨을 삼키고 뻑뻑한 눈을 들었다.

아악, 아, 아파. 손목을 잡힌 이세준이 고통에 몸부림치자 내 턱에 가해지던 악력이 사라진다. 멈췄던 숨을 헐떡이며 힘이 풀릴 것 같은 다리에 다시 힘을 주었다. 먹먹한 귓가에 서늘한 웃음이 터졌다. 씹, 같이 놀기도 수치스런 새끼들.

"이거, 씨발, 자지도 안 달린 새끼들이 뭔 계집, 계집 하고 처웃고 앉았어?"

무리들보다 머리통 하나가 큰 데다, 어깨 하나도 더 붙은 듯한 유지한이 덩치를 이용해 무리 하나하나를 내려다보며 장난스레 씹어뱉었다. 안엔 담긴 기세가 사람 가슴팍을 파고들어 심장을 꾹 움켜쥐고 제압하는 것이 이 짓에 익숙한 사람의 것이다. 내 힘없던 악다구니완 달라도 너무 다르다. 제 뒤의 존재를 몰랐던 세준은 벙벙한 표정을 못 숨기고 으윽, 잡힌 손목을 비틀며 주춤거렸다.

"내 개나 하던 게. 아주 네 세상 다 됐지. 처맞아도, 말 안 듣지."

응? 큼지막한 손이 잔디처럼 짧은 머리를 순식간에 쥐어 젖히자, 강한 힘에 딸려 올라간 두피가 겉으로 눈에 보일 정도였다. 눈을 질끈 감은 세준의 목울대를 다른 손이 감아쥐고 꾹 누르자 숨이 막혀 울먹이는 신음이 터진다. 그 느릿한 손짓 하나에 무력해지는 꼴이, 자존심 강한 소년에겐 맞아 터지는 것보다 더 비참할 만했다.

"그, 그만해."

홀린 듯 망연히 바라보다 굵직한 팔을 쥐었다. 이 이상의 소동을 멈추고 싶던 것도 있으나, 문득 내가 덤빌 수 있었던 연유에 네가 있단 걸 깨달아서다. 그게 날 위해서가 아닌 단순 흥미일지라도 네가 날 위해 나서 줄 걸 예상했던 사실을, 난 알아차렸다.

"제발 그만……."

고마웠으나, 일이 커질세라 손 아래 불끈거리는 팔을 더 꽉 쥐어도 소용이 없다. 목이 짓눌린 이세준의 검은자위가 꾹, 돌아가려 했다.

"유지한."

다급히 부르고 깜짝 놀라 멈춰 섰다. 짓눌린 목울대에 향해 있던 눈이 그 호명에 내게로 틀어진다. 날 죽일 듯, 날을 세운 네 검은 눈에 등줄기를 따라 느린 소름이 하나씩 돋아난다. 심드렁하던 눈매가 이젠 잘 벼려진 칼이라, 그 싸늘함에 얼어붙은 날 보고서야 퍼뜩 눈 끝에 힘을 푼다. 웃는 듯 살피는 듯 유지한이 그 눈을 접었다.

"이제야, 알지."

"……."

"내 이름을, 이제야 알지, 넌. 응?"

머리채를 휘어잡던 손이 그 눈꼬리처럼, 그저 짓궂은 장난이었단 듯 풀어진다. 그러나 여즉 직선적인 눈을 피해, 난 비틀거리는 이세준의 충혈된 눈가만 멍하니 보았다. 뱁새눈에 그렁그렁 우습게 맺힌 눈물에 집중하며 마른침을 삼킬 때쯤, 등 돌린 네가 성큼성큼 두 발자국을 걸어 앞문까지 도달했다가, 다시 뒤를 돌아 내리 두 걸음을 걸었다.

유지한이 이번엔 이세준이 아닌 지성의 앞에서 고깝게 혀를 차며 생각에 잠긴 눈을 내리뜬다.

네 속눈썹이 흰 뺨에 긴 그림자를 만들어 낼수록 내 가슴은 두근거렸다. 네 섬뜩한 눈을 보고 든 선뜩한 불안감. 그러게, 네가 뭔데 그럴까, 씨팔. 알지도 못하면서. 그러니 뒷마무리까진 해야 하지 않나. 안 그래, 한내? 내게만 들릴 정도로 작은 혼잣말을 중얼거리다 슬며시 입 끝을 올린다.

"그리고, 네가 준 편지."

학교 정원에 핀 개양귀비처럼 붉은 입술이 교실 안 누구에게나 똑똑히 들리도록 크게 벌어졌다.

"한내가 안 읽은 게 아니라 못 읽은 거야."

"어?"

"내가 그 전에, 찢어 버렸거든."

"어? 어어……. 그렇구나. 아니, 나, 난 괜찮아."

가엾게 말을 더듬는 소년을 보며 난 경악을 금치 못했다. 대체 무슨 말을 하는 거야. 그만해. 그 입 닥치라고. 그렇게 외치고 싶은 바람과 달리 말 그대로 난 얼어붙어, 그 눈을 굴리는 소년처럼, 머저리같이 눈만 크게 떴다.

"그래? 제대로, 알아들었어?"

멈추질 않고 계속되는 네 목소리에 교실 내 아이들 전체가 집중하고 있단 것이 바짝 솟은 솜털 하나하나로 느껴진다. 나른하고 울림 좋은 그 목소리엔 늘처럼 사람을 끄는 힘이 있어 내 멍한 정신에도 듣게만 되는데, 하물며 누군들 아니겠나. 남자애가 더듬더듬 뭐, 뭘? 하며 도망치고 싶다는 듯 눈을 굴릴 때에도.

"내가 쟤가 좋아졌단 거, 알아들었냐고."

"……"

"두 번 세 번 말해 줄까."

* * *

영원 같은 고요가 흘렀다. 긴 다리가 성큼성큼 사라진 뒤로 온갖 혼란함, 질 낮은 호기심이 적막 속에 번져 나갔다. 미쳤다. 미쳤어. 미친 게 분명하지, 너. 어? 넌 미친놈이야. 자리에 앉아 아무 노래나 최대 볼륨으로 틀고 이어폰을 꼈으나 수업 중에도 시선은 쏟아졌다. 제일 힘든 건 유경으로, 내 뒤를 채운 침묵은 나에 대한 질책이 뻔했다.

반장. 반장! 인사해야지. 점심 안 먹을 거니? 한내야……. 다희가 어깨를 툭툭 때릴 때에야 몸을 튀며 정신을 차리고, 벌떡 일어나 멍하게 차렷, 경례, 선생님 사랑합니다를 읊조렸다. 그리고 달려 나가는 인파에 휩쓸려 급식실로 향했다.

계단을 내려갈 적에도 네놈의 의도를 고민하느라 혼이 빠진다. 또 장난질이지. 아무리 생각해도 헛소리니. 멍하니 배식을 받다 영양사 선생님이 화이트 데이를 기념한 막대 사탕을 배식 마지막에 하나씩 내주는 걸 보고 더 추락하는 기분이었다.

"한내 베이커리 사장님이 주신 거다, 얘들아."

역시나 엄마의 짓으로, 내게 몰렸던 시선을 더욱 집중시키는 꼴이었다.

"근데 한내 넌, 지한이랑 언제 그렇게 친해졌니?"

유경의 단도직입적인 물음엔 원망이 가득 배어 있었다. 까끌해진 목을 가다듬고 입으로 들어가는지 코로 들어가는지 알 수 없던 수저를 쥐어짜듯 잡았다.

"안 친해."

친한 적 한 번도 없어, 내 듣기에도 이만하면 단호하다 여겼다. 허울뿐인 우정이라도 내가 먼저 깰 생각은 추호도 없고, 친구가 좋아하는 남자애를 뒤에서 몰래 채어 간 여자애가 무리에서 어떤 취급을 받는지도 잘 알았다. 지금도 충분히 외로웠다. 솔직히 여기서 더 외롭긴 싫었다. 내심 억울했다. 그 짓궂은 사내애를 좋아한단 생각을 난 눈곱만치도 한 적이 없었으므로. 내가 좋아하는 건, 내가······.

젓가락 끝에 매달려 있던 소시지가 국에 툭 떨어져 내 하얀 셔츠에 지워지지 않을 불그스름한 자국을 남긴다.

* * *

시험을 망친 날, 내 느릿한 발걸음은 남자를 찾아 헤매었다.

남자 때문에 망친 시험만큼, 보고 싶은 마음도 컸다. 남자를 보았던 슈퍼도 들어가고, 올레 길 안 집도 훔쳐보았으나, 어디에도 남자는 없었다. 의자 위에서 졸던 아주망과 어색하게 눈만 마주쳐, 결국 주머니서 꺼낸 몇백 원으로 먼지 쌓인 막대 사탕 하나를 샀다. 그것을 입 안에서 돌돌 굴리며, 남자의 집 커다란 나무 아래 늘어진 톱, 전동 드릴, 타일과 나무

널빤지, 각목 등을 살폈다.

마당 한편 활짝 열려 있는 창고는 어느새 깔끔한 화장실로 뒤바뀐 채였다. 그리고 마당에 놓인 투박한 둥근 탁자와, 통나무를 그대로 잘라 만든 듯한 의자들, 툇마루에 떨어진 액자 하나가 눈에 띄었다. 남자가 직접 찍은 사진 같아 가까이서 보고팠으나 제대로 보이지 않아 아쉬운 몸을 돌렸다. 전통 흙 돌집은 100년은 된 듯 낡아, 차라리 다 부수고 새로 지은 게 나을 텐데도 어떻게든 보수할 모양인 듯했다.

모의고사 날엔 늘 엄마가 올레 목까지 나와 날 기다렸다. 때를 늦추고만 싶어, 물고만 있던 사탕이 다 녹아 사라지도록 느리게 걸었다. 입천장과 혓바닥이 까끌까끌해질 정도로 까져 아플 때쯤엔 빈 막대기를 질근 씹었다.

초콜릿과 달리 사탕이 남기는 얼얼함이 난 좋았다. 사람은 평생 익숙한 것을 찾는다 했다. 난 어쩔 수 없이 자유보단 인내가, 혀가 저릿한 단맛보단 그 후 아릿한 아픔이 더 익숙한 건지도 모른다. 집과 더 높은 오름으로 가는 갈림길, 낯익은 윤곽을 발견한 건 그때였다.

뒷모습마저 닮은 형제였으나 그 둘이 집에 왔다 떠났던 날, 난 그 차이를 익혀 두었다. 늘 당당해 뵈는 유지한보다 남자는 어깨가 더 둥글게 굽었고, 발놀림은 건들댐 없이 일자 걸음에 가까웠다. 집으로 가는 대신, 난 남자를 따라 방향을 틀어 오름을 올랐다. 쉼 없이 울리는 남자의 휴대폰 벨소리. 남자가 그것을 무시하며 발걸음을 옮길 때마다 그의 허리춤에서 카메라 가방이 흔들렸다. 목엔 내 빨간 목도리가 여전했다.

뼈 시리게 찬바람이 나무들을 선득하게 흔드는 소리. 파도가 춤추는 소리. 그것이 귓전 가득 울려도 최대한 깨금발로 소리를 죽이며 그 뒤를 밟았다.

남자는 느릿하게 나무들이 빽빽한 검은 숲으로 들어섰다. 수림 사이, 뉘엿뉘엿 저물어 가는 해가 있는 끝을 향해, 남자가 나 있지 않은 길을 걷는다. 한참을 망설이다 우연을 가장할 정도로 시간이 흐른 뒤 그가 갔던 길을 따랐다. 제대로 나 있지 않은 길이라 사람의 발이 흙을 파헤친 홈 같은 것을 한참

뒤밟으니 곧이어 시야가 트이고, 철썩이는 시원한 소리가 나를 맞았다.

남자는 절벽 위에 있었다. 파도가 천둥처럼 절벽을 때리는 곳. 바닥에 내던져진 카메라 가방. 답지 않게 서둘러 카메라를 꺼냈는지, 카메라 용품과 노트와 펜이 바위 위를 마구 굴러다녔다. 흰 거품을 무는 파도, 주홍빛을 내뿜는 바다, 저 먼 지평선, 까마득한 기정들의 질주. 한동안 남자가 카메라 속을 파고들 것처럼 눈두덩을 붙이고 피사체를 찾아 헤맨다. 나는 거친 바람결에 바위를 구르는 노트를 주워 들었다.

〈눈을 떴다. 파도가 철썩이며 내 몸을 훑었다. 당연히 죽을 만한 높이였는데 살아났다는 것을 깨닫자마자 함께 떨어진 소녀가 떠올랐다. 그 소녀가 넘실거리는 파도에 맞추어 춤을 춘다. 네 껍데기였다.〉

묘한 소름이 돋아난다. 난 그런 소설을 즐겨 읽었다. 죽음이 나오는 문학 작품이나 스릴러 같은 장르 문학도 좋아했다.

글씨가 작아 실눈으로 다른 글도 훔쳐보았다. 잘 몰라도 힘 있는 글들이란 건 알았다. 이런 걸 몰래 보고 있다니 이제라도 인기척을 내야 할 것 같았으나, 뭐라 불러야 하나 엄두가 나지 않았다. 저기요. 이건 너무 딱딱하고. 오빠. 이건 너무 부끄럽고. 아저씨. 그건 너무 갔고. 남자. 이건 말도 안 되고. 다 마음에 차지 않는다.

게다가 카메라를 든 남자는 평소완 다르게 첫 만남처럼 날카로워, 불러도 듣지 못할 듯하였다. 결국 조금 거리를 둔 채 뒤에 쭈그려 앉았다. 엉덩이까지 바위 위에 붙였는데도, 얼마나 몰입했는지 남자는 내 존재감을 바다를 배회하는 갈매기 정도로 느끼는 것 같았다.

오늘도였다. 옆에 앉아 있는 내내 한 번도 셔터를 누르지 않는다. 몸을 앞으로 기울여 옆태를 흘끗 보니 가만 렌즈를 노려보는 눈이 서늘했다. 찍으려는 게 영 마음에 들지 않는지 가늘게 떴던 눈을 지그시 감자 유지한처럼 기다란 속눈썹이 드러난다. 엉덩이를 미끄러뜨려 남자의 바로 옆으로 가, 바위 아래에 다리를 내렸다. 이 정도면 내가 안 보일 리 없다 하는 위치에서 허공에 놓인 발을 앞뒤로 저으니 아슬아슬했다.

이리 높은 절벽에 앉아 있긴 처음이나 꽤나 사람을 홀린다. 현장 체험 학습 때 올라간 산이나 오름과는 달랐다.

파도가 하얗게 부서지며 절벽을 기어오른다. 거세게 부딪칠수록 점점 위로 치솟아, 언젠간 내가 있는 곳까지 기어코 올라 날 집어삼킬 태세였다. 흰 칼날 같은 끝이 내 목을 내려칠 듯하다. 남자가 쓴 글의 소녀처럼 죽을지도 모르나, 저 생명력 넘치는 것이 날 덮친다면 나 또한 생생해질 것 같으니. 엄마가 원하는 대학에 못 가면 어쩌지. 엄마가 나 때문에 절망하여 무너져 울게 되면 어쩌지. 그럼 차라리 죽는 게 낫겠다.

찰칵, 드디어 남자가 희끗한 수면을 향해 셔터를 눌렀다. 휘몰아친 감정이 갈무리되며 빠져나가듯, 관자놀이에서 흘러내린 물방울이 그의 기다란 속눈썹 위로 굴러 떨어졌다. 날카롭다 못해 형형하던 검은 눈에 유유한 나른함이 서린 뒤에야 남자가 카메라를 내렸다.

그가 날 돌아보았다. 절벽 위 위태롭게 앉아 즐거운 듯 허공 위로 다리를 흔드는 나를 보며.

해주야.

그렇게 불렀다. 해주야. 잠긴 목소리로, 멍한 눈으로, 날 애타게 불렀다. 해주라고.

"아……."

"……."

"한, 내요."

속상함에 뻣뻣하게 갈라진 목소리. 하나 그가 소년처럼 웃어, 난 또 볼을 붉히며 넋을 놓았다. 저렇게 말갛게 웃을 수도 있는 사람이구나. 아, 한내구나. 더 짙은 미소를 머금은 남자가 천연하게 말을 잇는다. 한

내 너도, 여길 아는구나.

"음, 이, 인사했는데 못 들으시길래요."

따라온 걸 들킬까 봐 내뱉은 거짓말이 내가 보아도 투명했으나 그는 그러니? 미안, 하며 나지막이 또 웃었다. 원하던 사진을 건졌는지 기분 좋게 휘는 눈에, 난 괜히 간지러워져 눈을 내리깔았다. 뭘 하세요? 그리 물었다. 사진 찍는 걸 뻔히 보고서도 멍청하게.

"바람을 찍는다."

"바람을, 어떻게 찍어요?"

눈구멍을 벌리며 또 머저리처럼 되물었다. 바람은 눈에 보이지 않잖아요, 하고 덧붙이면서. 아니, 보인다. 남자가 절벽 아래와 나무들 사이로 손을 한 번 휘젓자, 호수 같은 눈동자 안으로 바람에 물결치는 파도와 흔들리는 나무가 비쳐 들었다.

"왜요? 왜 하필 바람을……."

"……그 애가 보고 싶어서."

엉뚱한 답이었다. 그러나 그가 애타게 부르던 해주란 이름이 퍼뜩 떠올랐다. 난 남자가 보고 싶어 그를 찾아 헤맸는데, 남자는 자신이 보고 싶은 또 다른 누군가를 찾아 헤매며 바람을 찍고 있었다. 아, 가슴팍 어딘가 아릿한 통증을 느끼며 그가 그리워하는 사람이 바람을 닮았구나, 그렇게 강렬한 사람을 좋아하나 보다, 난 추측했다.

"한. 내."

입술만 달싹이는 새, 이번엔 잊지 않겠다는 듯 남자가 내 이름을 또박또박 발음하며 입꼬리를 당겼다.

"여기서 뭐 하니."

남자는 여전히 진실로 웃는 사람처럼 보이진 않았으나, 그 다정스런 미소에 응석을 부리고 싶어 난 얼굴에 그림자를 덧씌우고는 말했다.

"오늘 모의고사를 봤어요."

소문에 전교 1등을 놓치지 않았다던 남자라면 그의 질문과 내 대답 사이의 간격을 이해해 줄 것만 같아 앙탈을 부리며, 고충과 슬픔을 알아봐 달라는 듯 난 몸을 움츠렸다.

"아, 벌써 3월. 그렇구나. 지한이가 학교에 갔으니……."

시험 따위 별것 아니라는 그 메마른 어조가 당치 않게 위로가 되었다. 그러자마자 내가 무척 춥다는 것이 느껴졌다. 덜덜 떨기 시작한 날 지그시 보던 남자가 옷을 벗어 들어, 난 붉어진 얼굴로 손을 마구 내저었다. 아니, 괜찮…….

"목도리 못 줬네, 아직도. 아직 너무 추워서."

그 보답이라는 듯 남자는 제 목을 가리키며 내 어깨에 옷을 푹 덮어 주었다. 완연한 봄이 오고서야 내 목도리를 돌려주겠단 뜻일까. 그때까지 저와 계속 얼굴을 보잔 말인가. 그 착각조차 반가워 그만 헛소리를 했다.

"비랑 눈은, 그건…… 사계절 내내 오는데."

남자의 우산이 사계절 내내 필요하단 헛소리를 내뱉자, 그가 작게 목을 울린다. 필요하면, 가져야지. 나직이 읊었다. 난 창피하여 한참이나 곧은 목에 둘러진 붉은 목도리를 바라보다 무릎을 끌어안고 외투를 더 푹 덮어 코끝을 깊게 묻었다. 파도보다 더 어지럽게 이지러지는 내 심장 소리가 그 외투 안에서 들려왔다. 옅은 향수와 담배 내음이 내 코끝을 훔쳤다.

"바람, 시원해."

바람이 그의 새까만 머리를 쓸었다. 남자는 눈을 감으며 오늘 밤은 왠지 만족스럽게 잠들 수 있을 것 같다고 흘러가듯 읊조렸다. 역시나 흡족한 사진을 찍은 듯 미소를 짓는 그의 매끄러운 흰 이마가 바람결에 드러났다.

지평선에 잠겨 가는 해는 이제 둥근 머리끝만 내보이고 있었다. 그 사그라지는 낙조 속에서, 하얀 얼굴은 이 세상 사람 같지 않게 빛났다. 나른하게 반쯤 감긴 눈 위, 기다란 속눈썹 끝이 주홍빛으로 물들어 아름다웠다.

"한내."

겉눈을 감던 남자가 급작스레 날 불렀다. 뛰는 심장을 들킬까 재킷을 머리까지 묻으며 기어들어 가는 목소리로 네, 하고 대꾸했다.

"놓아 버림 편할 것을. 힘들다면 왜 그렇게까지 공부를 하니."

마치 내 부침을 눈치챘다는 듯이 물어 와, 오빠는 왜 그렇게까지 했는지 되물었다. 차마 엄마 때문이라 할 수 없어 그리 되물어 놓고 오빠라 불렀던 사실에 얼굴이 타올랐다. 그러나 다시 눈을 떠 낸 남자는 지는 해를 관조하며 덤덤히 생각에 잠길 뿐이다.

"난, 딱히 힘들어한 적 없다. 말대로 그냥 한 거지."

가느스름하게 뜬 검은 눈과, 힘이 들어간 하얀 뺨에 자조가 피어나는 것이 보였다.

"그래도, 너처럼 여길 떠나고 싶었던 건 맞단다."

"왜요?"

"지루해서. 그 지난한 기다림도 지루하고. 또 화가 나고……."

기다림. 그 보고 싶단 사람에 대한 바람이었나 고민하다 다시 입을 뗐다.

"그럼 왜, 왜 다시 돌아오셨어요?"

"떠나 보니 다를 게 없어."

"……."

그 말은 퍽 실망이었다. 이 섬을 떠나기만을 바라고 있는 나였다. 하지만 누군가 그럼 내게 여기 오기 전 서울이 좋았냐고 물으면 그 또한 아니긴 했다. 주로 혼자 놀던 기억은 똑같았고, 그땐 엄마도 멀리서 일을 하느라 집에 없을 때가 많았으니. 하나 종국엔 다를 바 없다면, 그럼 이 무언가 답답한 감정에서 도망치기 위해선 무얼 갈망하며 살아야 하는지, 더욱 속이 갑갑했다. 나도 모르게 날 홀리는, 절벽 아래 칼날 같은 파도를 눈으로 훑도록.

"일찍 올 걸 그랬나. 혼자 간 할망, 외로웠으려나. 영정 사진이나 다시 찍어 줄 것을."

웃는 듯 마는 듯 한 표정을 짓는 남자의 얼굴은 도리어 그걸 보는 내 마음이 쿡쿡 쑤시게 했다. 코 속까지 시큰시큰 아팠다. 혼자 있는 게 편해 뵈던 남자도 역시 나처럼 마음 한구석은 고독한가 싶어서였다. 떠나도 똑같다니 고 삼한테 너무 잔인한 말이네요. 그를 웃게 하고 싶어 농을 치자 입가에 희미한 웃음이 맺힌다. 가슴이 설레었다.

"그래서 이 섬에 돌아오신 거예요?"

다를 게 없어서? 그리 묻자 그 얼굴에 차가운 그늘이 졌다. 사는 게 더 재미가 없어졌달까. 그가 작게 말해 왔다.

"안 그래도 버티고 있을 뿐인데. 내가 하지도 않은 것들을 했다, 누군가 몰아붙여서."

그러고는 쿡쿡, 비릿하게 웃으며 날 메마른 눈으로 보았다.

"그래서 도망을 왔지. 여기로."

"……."

그래도 괜찮다는 듯 내가 웃어 보이자, 남자는 내 머리를 쓸 것처럼 잠시 들어 올리던 손을 다시 바위 위로 내리고선, 그것을 움켜쥐듯 구부렸다.

"그런데 여기에, 네가 있네."

내 몸이 저 낭떠러지 아래로 순식간에 떨어진 듯했다. 남자는 제가 무심히 던지는 돌에 얼얼하게 머리를 맞는 박한내란 개구리가 있단 걸 알까. 내가 남자에게 의미 있는 어떤 존재가, 될 수 있을까.

내 뒤통수를 쓸던 유지한의 손길이 기억났다. 그 애의 것보다 더 튀어나온, 마디 없이 더 가느다랗고 고운 저 길쭉한 손가락. 그것이 내 뒤통수를 쓸어 준다면, 유지한보다 훨씬 다정한 느낌일까. 난 어느새 그런 망측한 상상만 했다.

"그래서, 왜 악바리처럼 공부를 한다고? 그저 네 엄마 때문만은 아닌 걸 안다."

엄마 때문만은 아니라고? 그리 생각해 본 적은 없던 터라 잠시 입을 꾹 다물고 망설였다. 그러나 남자의 무감정한 까만 눈, 그 텅 빈 듯한 무관심에, 그의 관심을 일말이라도 끌 목적인지, 아니면 그 건조함이 편해선지 나도 모를 속내가 진실로 토해졌다.

"후회했으면 좋겠어요."

"누가."

남자의 드문 관심이 어린다. 내 눈에 작은 분노가 들어차는 것에 남자의 눈동자가 고요히 머물렀을 때였다.

"날 버린 아빠요."

스스로에게도 말해 본 적 없는 속내가 튀어나왔다. 내게 이런 본심이 있었나. 그저 엄마 때문인 줄로만 알았는데……. 깜짝 놀라 바람에 부르튼 입술을 얼결에 매만지자, 내 당황한 눈과 초조한 손짓을 지그시 보던 남자가 다시 입을 뗐다.

"누가 그러니? 버렸다고."

낮게 뒤엉킨 음성이 차가워, 내 서늘한 말도 곧바로 새어 나갔다.

"엄마가요."

하지만 난, 실은 모든 것에 통 무감하지 못한 난, 그리 차게 말을 뱉어 놓고도, 외투 안으로 눈을 파묻어도, 자꾸만 눈에 습기가 고였다. 내 머리 꼭지를 내려다보는 날카로운 시선이 느껴졌음에도 엉엉 울 것 같아 고개를 들 수 없었다. 이리 징징대고 유약한 내가 창피했다. 그나마 눈물이 흘러내리진 않으니 다행이다.

잠자코 있던 남자가 내 곁으로 다가왔다. 그리고 근처 카메라 가방에서 그의 두 주먹을 합친 만큼 묵직한 무언가를 꺼내 들고는, 내 얼굴을 덮던 외투를 벗겨 냈다.

"봐라."

다행히 마음이 잔잔해진 다음이라 남자의 손안에서 달그락, 돌이 부딪치는 소리가 나는 것을 가만 보았다. 커다란 주머니 입구를 연 남자가 그것을 내밀었다. 안에 든 거 하나 꺼내 봐라.

"엿보지 말고."

내가 궁금함에 슬쩍, 입구 사이로 조개껍데기의 편린이 반짝이는 걸 보자마자 그가 주머니를 뒤로 뺐다. 그의 말대로 손만 집어넣으니 꺼칠꺼칠한 조개의 표면, 그리고 매끄러운 돌멩이가 잡혔다. 어떤 걸 꺼내야 할지 몰라 눈을 동그랗게 뜨고 남자를 보았다.

"고민 말고 꺼내라. 네 미래를 훔쳐보자."

이 점괘가 꽤 믿을 만하거든, 하며 그는 여느 때와 달리 흑돌 같은 눈을 반짝거렸다. 내 미래……. 꽤나 큰 두근거림을 느끼며 때마침 잡히는 것을 꺼내 펼쳐진 손바닥 위에 올려 두고, 남자의 손에서 찬 기운이 스며 재빨리 떼었다.

내가 꺼낸 돌멩이 위엔 희끄무레한 무늬가 어설프게 그려져 있었다. 제대로 살피기 전 남자가 하나 더 뽑으라고 요구해 그렇게 세 개를 건네자, 다른 손으로 담배를 꺼내 나른하게 문 남자가 질근질근 씹으며 뜸을 들였다. 궁금증을 못 참은 내가 힐끔거리며 초조해하고서야 그가 옅게 웃으며 손바닥 안을 살폈다.

"음."

담배를 문 가지런한 치아가 드러나고, 둥글게 휘어지는 눈이 날 응시했다.

"뭐가요? 어때요?"

"너."

눈을 반짝이며 물어도 제대로 된 답이 없었다.

"네? 그게 무슨 의미예요? 저도 보여 주세요."

"안 된다, 부정 타니."

"그런 게 어디 있어요."

남자의 손을 덥석 잡고 펼치려 하자 소리 내어 웃은 남자가 손안의 것을 바다로 던졌다. 난 추락하는 것들을 막무가내로 쥐려 하다가, 내 허리춤을 쥐고 끌어당기는 남자의 작은 웃음이 천둥 번개처럼 내 귓가를 뒤흔들어, 몸을 굳혔다.

"조심. 떨어진다."

"……아."

"버려 버렸네. 아끼는 건데."

내용과 달리 상관없단 나른한 어조지만, 왜인지 씁쓸함이 묻어나 미안해졌다. 초조함과 죄책감에 휩싸인 내 얼굴을 본 남자가 답지 않게 또 웃음을 터뜨리는 바람에 질근 물던 담배가 바위 위로 떨어졌다. 색소가 연한 입술이 예쁜 곡선을 그리고 있는 그 충격적인 풍경을 차마 마주하지 못하고, 난 겨우 구해 낸 하나의 돌멩이만 보았다. 동그라미 하나. 그 안의 소용돌이. 누군가 매직으로 그려 놓은 게 세월이 흘러 희미해진 것이다. 이게 뭘까.

묻고자 고개를 들자 예리한 턱은 코앞에, 날 지그시 내려다보는 검은 눈은 바로 위에, 아주 짙게 가라앉은 채다. 어느새 저문 해에 아주아주 새카만 색으로. 덩달아 남자에게선 너무나 향긋한 내음이 났다. 살 내음인지 정신이 잠시 혼미해지도록…….

한내야. 게다가 나른한 눈매를 접으며 날 작게 불러오기까지 해 네, 하고 겨우 대답하자 손등에 그의 찬 손이 닿았다. 내가 쥔 돌멩이가 손에서 천천히 빠져나갔다. 난 헐떡이는 숨을 참느라 그저 그것을 뺏겼다.

늦었다. 집에 가야지. 나와의 접촉이 어딘가 불편한 듯, 미간을 살짝 찌푸린 남자가 옅게 웃으며 말했다.

"네."

내 입술 위로 닿는 내 것의 숨이 너무나 뜨거워, 그게 남자의 얼굴에 닿을세라 재빨리 절벽 아래로 시선을 옮겼다.

그 이후 내 모든 것이 이상했다. 처음으로 엄마에게 거짓말까지 했다. 왜 이리 일찍 집에 왔냐는 말에 시험을 잘 봤다, 거짓으로 둘러대며 방으로 뛰어 들어가 수도꼭지를 틀고 물을 끼었었다. 그래도 코끝에서, 머리칼에서, 몸 곳곳에서 남자가 내 옆에서 숨 쉬고 있는 듯한 그 몽롱한 내음이 났다.

묘한 꿈을 꾸었다. 그의 뒤에 앉아, 그가 쓴 소설을 읽고, 대화를 하고,

그가 내민 돌들을 고르는. 바위 위에 떨어져 있던, 훔쳐보았던 글을 그가 직접 낭독해 주는 꿈이었다.

한 개. 두 개. 세 개. 난 돌을 집어 남자에게 내밀었다. 어느덧 남자가 코앞에 있었다. 길쭉한 손이 품은 온기가 뒤통수에서 선연했다. 꿈에서는 서로의 입술이 닿았다.

그 생생한 감촉에 번쩍 눈을 뜨자 벌어진 입에서 숨이 색색거렸다. 활짝 피어난 꽃처럼 벌어진 마음이 통 진정되지 않았다. 누군가가 이렇게나 생각난다는 게 미치지 않고서야 가능한가. 두 손으로 마구 머리를 헝클이며 웅크린 무릎 속에 코만 파묻었다.

"이건 두 가지 의미가 있어."

집에 돌아오는 길, 내가 기어코 손에 쥐었던 돌멩이의 의미를 남자는 설명해 주었다.

"하나의 의미는, 지금처럼 앞으로도 굴러간다는 거야. 변하는 것 없는 일상."

그 말에 그만 실망해 버리자, 미소를 머금고 말을 이었다.

"또 하난."

"……."

"커다란 운명이 다가온다. 운명의 상대를 만난다. 그런 반대의 의미도 있지."

운명.

그 말을 듣고 어찌 그 생각을 하지 않을 수 있을까. 남자가 내 운명인지도 모른다는 생각을. 하나 그가 날 여자로도 보질 않는 걸 잘 아니 참 부질없는 생각이었다. 내가 늘 우습게 보던 소년들처럼, 유지한의 말처럼, 난 남자의 아름다운 껍데기에 현혹되었을지도 모른다. 그런 내 꼴이 우스웠다.

"이건 누가 만든 거예요?"

"……해주. 널 닮은 애지."

"……"

"넌 볼 일이 없을 테지만."

계속 들리는 그 이름은 왠지 남자가 사랑하는 여자일 것 같아, 날 닮았다는 말조차 희망 고문 같단 생각이 들었다. 그렇게 생겨난 그 짙은 실망감은 가슴 부근에 분명한 통증을 만들어 냈다. 그 고통을 설명할 수 있는 건…….

그러니 내가 좋아하는 사람은 유지한이 아니었다. 아니라…….

한내야. 다희가 또 내 어깨를 툭툭 쳤다.

"응?"

"그래서 너도 걔 좋아한다고?"

"누구?"

여태 멍한 정신으로 되묻자 다희가 유지한, 하며 코앞의 입술을 달싹인다. 날 의아하게 쳐다보는 다희를 보며 겨우 정신을 차릴 때였다.

"너 걔랑 사귈 거니?"

승미가 실눈을 뜨며 대수롭지 않게 말을 던졌다. 그러나 그 말 안의 뼈는 단단했다.

"아니……."

그럴 리가. 내 목소리마저 아득하게 들리는 상태로 난 중얼거렸다.

"그렇지. 한내가 예쁘긴 해도 지한이 타입은 아니지."

승미가 입꼬리를 비틀었다.

"걘 어떤 애들 만났는데?"

"글쎄, 좀 색기 있는 타입?"

"유유상종. 지 같은 타입 만난다 이거?"

"걔도 좀 색스런 느낌이 있지."

한내는 영 그쪽은 아니지, 그 말에 정신이 바짝 들어 애써 쓴웃음을 지었다. 말대로, 작고 마르기만 한 내 몸은 누가 봐도 어린애처럼 보일 테니. 남자는, 그럼 남자는…….

'우리 형은 가슴 큰 여자 좋아한다.'

"한내야말로 공부하느라 바쁜데, 뭘."

"맞아."

날 대변해 주는 고마운 누군가에게 수긍하며 쓰게 고인 침을 삼킬 때였다. 급식 판 안으로 막대 사탕 하나가 데구루루 떨어졌다. 불길함으로 하르르 떨리는 눈꺼풀을 들자 삐딱하게 선 채 슬며시 입꼬리를 올리는 낯바대기가 보인다.

"누가 그래. 내 타입 아니라고."

유지한의 고요한 눈길이 승미에게로 굴러갔다가 빙글 휘어지고는 내게로 다시 붙었다. 놀라다 못해 괴상한 비명이 터질 기세라 들고 있던 수저를 얼른 입에 문 참이었다. 서늘하게 날 주시하는 눈에서 도망치려 식판 여기저기로 눈을 굴려 대자 소년은 내 위에서 피식거렸다.

"아, 맞네. 바쁘지, 한내가."

"……."

"아니지. 바쁜 게 아니라 나한테서 도망을 치는 거지, 우리 한내가."

우리 한내라니. 대체 언제부터? 나처럼 경악했을 소녀들의 얼굴이, 굳이 보지 않아도 눈에 선했다.

"좆 빠지게 쫓아다녀야 겨우 눈길 한 번 주니."

망측할 정도로 진한, 그 분홍 사탕을 아주 제대로 보라는 듯 툭툭 튕기는 얄궂은 손가락. 무시하긴 어려웠다. 그곳에 결국 눈길이 닿자 위를 보라는 듯 손끝이 하늘을 향해 까딱거렸다.

대체 네가 내게 왜 이러는 건지 난 모르겠어. 난 네게 어찌 반응해야 하는지 모르겠다고. 목이 꽉 메었다. 입에 문 밥알만 겨우겨우 삼켰다. 내가 또 화내기를 바라는 건가, 아님 웃으며 이 말도 안 되는 장난에 장단을 맞추길 원하나.

내게 원하는 게 뭔지, 네 속내가 대체 뭔지. 그렇다고 네가 이세준처럼 그저 불쾌하지만은 않은 내 마음도 모르겠다. 그 행동의 연유가 의뭉스러워서인지, 불쾌하진 않고 불편했다.

결국 고개를 들었다. 마치 여자를 현혹해 나락에 빠뜨린 악귀 같은, 그런 수렁으로 날 끌고 들어갈 듯한 미소. 내가 눈이 마주칠 때를 기다렸단 듯, 네가 깊고 짙게 웃는다. 그래, 믿으면 안 될 것 같은 미소였다. 그리고 네가 조용히 입술을 연다.

"그러니까 내가 하잖아, 한내."

"……."

"고백."

음? 그 붉은 잇새로 가지런한 이가 장난스레 드러났다.

* * *

결국 그 딸기 사탕을 집어 들고 너 대체 뭐냐? 하며 묻는 듯한 눈길들에 난 더욱 발을 쿵쿵 구르며 거절할 듯 네 큰 걸음을 좇아 뛰었다.

"너, 너 진짜, 나한테 왜 그래? 네가 날 좋아하긴 뭘."

천천히 돌아서는 몸을 밀치듯 뜨끈한 손을 잡고, 그 다디단 것을 쥐여주며 화를 냈다. 아무리 생각해도 짓궂은 네가 날 일부러 괴롭힌단 답밖엔 없어. 네 심드렁한 눈이 날 향해 느릿하게 깜빡이는 걸 보며 소리쳤다.

"너 왜 날 괴롭혀?"

나한테 왜 그래, 큰 소리로 묻고 싶었다. 네가 괴롭히지 않아도 난 이미 충분히 괴롭다고. 그렇게 말하고 싶었다. 사실상 너 때문이 아닌, 날 괴롭히는 모든 것들에 대해서였다. 지금까지 속에서 곪아만 온 울분이 왜인지 너에게 터져 버린 것 같다.

"무슨 소리야."

어이없단 말투가 나른한 미소와 함께 돌아왔다. 마치 널 향한 내 분풀이를 다 안다는 듯한 웃음이었다.

"한내, 지금 널 구해 주고 있는 나한테. 괴롭힌다니."

"네가, 날? 구해 준다고?"

네가 날 구해 준다 생각한 건 이세준 목을 졸랐을 때까지, 딱 거기까지였다. 헛웃음이 나왔으나 내 머리꼭지부터 발끝까지, 느릿하게 살펴 오는 눈은 좀 전처럼 가식 없이 퍽 진지했다. 팔짱을 끼고 내 의중을 살피다 제 아랫입술을 문지르며 말문을 뗐다.

"너."

"……."

"그 새끼들이 얼마나 할 일 없는 놈들인지, 알잖아? 똑똑한 전교 1등이 모를까. 너무 일상이 무료한 놈들이라 널 끝까지 괴롭히고 말 거란 거, 너도 똑똑히 알 텐데, 한내."

유지한은 사람 보는 눈이 좋아 보였다. 누군가를, 혹은 무리를 잘도 휘두르는 남자애가 보는 눈 하나 없을까. 사람 내면의 간사함도, 악독함도, 비열함도 잘 알아채고, 그것을 이용하고 짓누르니, 다들 널 따르겠지. 이세준은 실제로 끈질기게 따라붙는 그림자처럼 날 괴롭혀 왔으니. 내가 침묵으로 수긍하자 어딘가 묘한 미소를 담은 눈이 날 훑어 내렸다.

"그래. 그러니까 내가 널 보호해 준 거지. 따지고 보면 너한테만 하는 봉사야. 대가도 없이 무료잖아. 그런 거지. 유기묘 임시 보호. 그런 거."

"……유기묘?"

"고양이 귀엽잖아. 나 좋아해, 특히 버려진 길고양이. 꺼지라며 털을 바짝 세운 걸 살살 구슬려 길들이는 재미, 좋지. 결국 굶주린 애정이 경계심을 이겨. 그거 확인하는 재미."

유기묘? 굶주린 애정? 날 버려진 고양이에 비유하며 비아냥대니 넌 언제나 내 신경을 박박 긁어야 성이 차는 듯했다. 그러니 어째 네게 수긍하기엔 찝찝한 것이다.

"네가 한 짓은, 강지성이, 그리고 이세준이 나한테 한 거랑 다를 바 없어."

결국 내 의지완 무관하게 전교생 앞에서 내게 고백하고 날 곤란하게 만든 것이. 그렇게 덧붙이려던 나보다 네가 더 빨랐다. 하, 내가 그 허접한 새끼랑 같다. 그럼 무를까? 그 날 선 당당함에 다시 멍멍해졌다.

"뭐?"

"네가 원하면 사실 나 박한내 안 좋아한다, 다 개뻥이었다, 말하고. 무르는 게 뭐 어렵나."

더 삐딱해진 유지한이 손을 뻗어 내 옆의 벽을 짚고는 얼굴을 더 바짝 붙였다. 붉은 색소를 과다하게 넣은 젤리 같은 입술로 속살거렸다. 그걸 원해?

"……응? 말해 봐."

사탕 배식은 인당 하나씩일 텐데 간지러운 숨에서 딸기 향이 났다. 대체 누구 걸 뺏어 나한테 준 걸까. 아님 누구에게 하나 받았을까. 인기가 많은 건 분명하니.

뚫어지게 살피는 눈에 절로 마른침을 삼켰다. 약간 짝짝이인 눈. 한쪽 속 쌍꺼풀이 다른 쪽보다 진한. 남자와 너무나 닮은, 깊은 눈동자. 하지만 텅 빈 듯 공허한 남자의 눈과 달리, 잿빛이 뒤섞인 네 심연은 그 아래 위험한 무언가가 도사린다. 표면만 언 강처럼 딱딱한 한기 아래 무언가 정교한 생명체들이 꿈틀거리듯…… 잔잔하지만은 않고 위험스레 파도가 쳤다. 마주친 눈을 피하려 해 놓고 어느새 홀린 듯 들여다보는 내가 그 반증이다.

네 말은 틀린 게 없다. 학생들 사이에도 암묵적인 계급이 있고, 그곳에서 우위를 점한 네가 날 좋아한다는 게 전교에 퍼지면 졸업 때까지 조용히 학교생활을 할 수 있을 것이다. 그리고 이세준의 괴롭힘에서도 벗어나겠지.

그런데 그것으로 네가 얻는 게 뭘까. 고작 재미? 내 굶주린 애정을 확인해 보는? 기가 막히고 코가 막히고 자존심이 상해도, 그래도, 내겐 실보단 득이었다.

"암튼 네가 날 좋아하는 건 아니란 거지? 날 도와주려고……"

머리를 굴리는 동안 날아오는 코웃음이 마치 내 셈을 알아챈 듯해서 더 따지듯 묻자, 유지한이 픽 웃고는 혀를 찼다.

"미치지 않고서야."

그 심드렁한 말에 난 세모눈을 했다. 그렇게까지 말할 건 뭐야. 미치지 않으면 날 좋아하는 게 불가능하단 말은 또 그것 나름대로 불쾌했다. 잠시 유경에게만은 이 모든 게 뻥이라고, 네가 말해 줬으면 좋겠단 생각이 스쳤지만, 그럼 유경이가 유지한을 좋아한다는 걸 당사자한테 전하는 꼴이 될 것이니 안 될 말이다. 그래. 네 말대로 아무래도 이대로가 낫다.

결론을 내고서야 흰 셔츠에 싸인 가슴팍이 코앞에서 들썩이고 있단 걸 깨닫고 얼굴이 달아올랐다.

"그럼 됐다."

"야."

갇힌 품에서 고개를 수그려 빠져나오자마자 어깨가 붙잡혔다.

"그렇다고 진짜 꽁으로?"

무료 봉사라며 입을 털더니 왜 아 다르고 어 다른가 싶어 미간을 찌푸리며 어깨를 잡은 손을 쳐 냈다. 그러자 허, 하고 허공에 놓인 제 손을 잠시 노려보더니 갈고리눈을 치켜떴다.

"미치지 않고선 내가 널 안 좋아한다는데. 너, 아쉬움 하나 없어? 내가 너 싫어하면, 넌 좋아? 어?"

"상관없는데. 왜."

차게 쏘아진 내 말투에 빙글거리던 눈매가 잠시 일그러지더니, 다시 능글거렸다.

"내가 너 도와준 거라는데. 이해력이 딸리나?"

"그래서, 뭐."

"그래서, 뭐?"

대체 내게 원하는 게 뭐야. 그 찰나, 난 유지한이 날 도와주지 않았을 경우 세준이 내게 했을 짓들을 상상해 보았다. 그리고 싱긋 웃었다. 네가 하지 마라, 의미 없다, 그리 말했던 그 귀찮음을 내포한 미소를 네게 흘리며 부러 간드러지는 목소리를 내었다.

"미안."

그러자 하, 어처구니없단 듯 비웃고는 잠깐 애먼 곳을 보며 눈을 한 번 깜빡이다 가늘게 뜨며 다시 날 본다.

"고맙다도 아니고 미안? 그저 말로?"

"그럼, 뭐? 대체 나한테 뭘 원해?"

결국 감정을 터뜨리자 더욱 가늘어진 눈매가 서늘한 웃음이 되어, 내 얼굴을 눈부터 턱 끝까지 내리 한 번 훑었다.

"오늘 야자 하냐?"

"뭐?"

"오늘 야자 하냐고."

"응."

"그럼 오늘만 째."

"뭐?"

"오늘은 그냥 집으로 바로 가라고."

"왜."

"가 보면 알 거 아냐."

먼저 돌아가는 등을 향해 난 혓바닥을 빼쭉 내밀었다.

* * *

"한내, 오늘 모의고사 성적표 나왔지?"

그러고부터 열흘 정도가 흐른 뒤, 이제야 유지한과의 소문이 수그러들고 있을 때였다. 그 이후 우리 반을 찾아오지도, 얼굴이 마주쳐도 아는 척하지 않는 소년을 보며 난 다행이라 생각했다. 그 일 때문인지 세준 무리도 접근하지 않아 일석이조라 여기던 참이었다.

그날 난 결국 야자를 째지 않았다. 도리어 야자실에서 한 달 치 내신 대비 계획표를 꼼꼼하게 짰다. 곧 중간고사였다. 절대 성실하거나 집중력이 좋은 편은 아닌 난, 틈만 나면 공상에 자주 빠져 그 공상을 방해하기 위해 노래나 바닷소리 같은 소음을 계속 들으며 공부하는 타입이었다. 정적은 날 자주 공상과 망상으로 이끄니.

타고나길 머리 좋은 애들처럼 임기응변이나 벼락치기에 강했으면 좋았겠지만, 전혀 아닌지라 반복과 노력, 엉덩이를 의자에 오래 붙이기 같은 것이 할 수 있는 최선이었다. 그를 위해선 잔잔한 일상이, 아무런 자극 없는 일상이 필수였다.

형제의 등장 이후 어쩐지 내 세계는 통 혼란스러워졌다. 이러다 또 시험을 망치면……. 그 결과를 의미하는 엄마의 얼굴을 떠올리자 끔찍했다.

성난 바다처럼 제멋대로 날뛰는 놈에게 더 이상 휩쓸릴 순 없어.

결국 난 유지한을 피해 늦은 새벽 괴한에게 쫓기듯 허겁지겁 집으로 뛰어갔다. 공부에 집중하고자 등하굣길을 걷는 대신 간간이 오는 마을버스를 시간 맞춰 탔다. 덕분에 남자는 코빼기도 보지 못했다. 그의 집 앞을 지나치지도 않았고, 집에도 엄마가 잠들 시간에서야 들어가 쓰러지듯 잠들어 소식조차 전해 듣지 못했다. 그러나 남자는 자꾸자꾸 내 머릿속을 침범했다.

일부러 꽤나 늦게 집에 왔는데도 올레 앞까지 나와 기다리고 있던 엄마에게, 난 말없이 주머니에서 꼬깃꼬깃해진 성적표를 꺼내 건넸다.

한동안 오가는 말이 없었다. 모의고사 성적표, 언어 영역 아래 처음 보는 등급이 적혀 있었기 때문일까. 아님 내가 잘 봤다고 거짓말을 했었기 때문일까. 윗니로 입술을 피 날 정도로 짓눌렀다. 차라리 거짓말한 걸로 혼났으면 좋겠다 여기며.

"과외 시작할까? 아니면 주말마다 뭍이나 시내로 학원 다니고."

집에 들어서자마자 들려오는 말에, 더 꽉 깨물린 입술이 결국 비릿하다.

"아무래도 너 혼자 하는 건 엄마도 무리인 듯싶었어."

이럴 줄 알았단 그 담담한 말투에 더 깊은 생채기가 벤다. 그렇게나 날 믿지 못할까. 난 왜 별것 아닌 말에 이리 쉽게 눈물이 고일까. 진짜 열심히 했는데. 왜 엄만 늘 결과만 볼까. 한 번이라도 우리 딸 잘했다, 아님 수고했다. 그 말 하나가, 어째서 그 말이 엄마는 그리 어려운가.

고개를 바닥으로 떨궈 암막 커튼처럼 머리칼로 얼굴을 가렸다. 상처받은 것을 들키고 싶지 않았다. 어차피 엄마에게 받을 수 있는 위안은 없으니. 엄마는 내 감정을 전혀 이해하지 못했고, 나도 내가 예민하단 걸 알았다. 엄마는 나와 정말 다른 사람이란 것도. 불필요한 갈등은 무의미했다. 해결되지 않는 문제에 상처받는 사람이 둘이면, 서로를 더 깊게 할퀴기밖에 더 할까. 나 혼자면 족했다.

"기한이한테 과외 부탁해 볼까?"

"혼자 할 수 있어요. 마킹 실수한 것뿐이니까요."

남자를 단둘이 만난다니. 순식간에 자라나는 망측한 상상과 싱숭생숭함에 내 모든 게 잡아먹히고 말 것이다. 불 보듯 뻔한 혼란. 고개를 저었다. 확신을 주고자 신중히 말을 고르는 사이, 말없이 걸어 들어간 엄마는 거실 벽에 붙은 대학 배치표 한 부근을 가리켰다.

"네 방금 성적으로 갈 수 있는 학교들은 여기잖아, 지금."

꼭대기 근방이었지만 엄마가 원하는 만큼은 분명 아니었다.

"너, 이 정도로 만족할 수 있겠어?"

네. 그 말이 목구멍까지 치솟았다. 모의고사를 어처구니없이 삐끗한 후, 공부를 할 때 예전보다 더 심한 버거움을 느끼는 나였다. 그럴수록 남자가 보고 싶어지고, 그럼 속이 더 갑갑해졌다. 어쩔 땐 이 정도로 충분하지 않아? 하는 생각이 들었다. 하나 그 답은 엄마를 실망시킬 것이다.

"중간고사 잘 볼 수 있어?"

해서 오늘처럼 매번 말을 삼키고 내 손바닥만 아프게 긁는 나를, 엄마는 평생 모를 테지.

"네."

확신에 찬 목소리를 내고자 했으나 삼킨 침이 눈물과 섞여 짭짤한 통에 목소리가 삐걱거렸다.

"엄마가 한 번 더 믿어 볼게. 다 너 잘되라고 이러는 거잖아. 한내야, 널 사랑하니까."

알고 있었다. 너무 잘 알아서, 한마디도 대꾸할 수 없는 것이니.

하지만 엄마의 사랑은, 사랑이라 하기엔 너무나 무겁고 축축했다. 자식이 그저 건강하기만 바라며 귀애하는, 그런 지극한 모성은 소설에나 있는 환상일 뿐이다 여겨 보아도, 너무나 조건부였다. 내가 만약 공부를 잘하지 못했다면. 내가 만약 엄마를 실망시켰다면. 그래서 엄마의 꿈을 대신 이뤄줄 가능성조차 보이지 않았다면. 그래도 엄마는…… 날 사랑했을까.

"다음엔 잘 볼 거예요. 걱정하지 마세요, 엄마."

방으로 들어와 불을 끄고 침대에 눕자 기어코 참았던 눈물이 터져, 엠피스리에서 아무 노래나 틀고 귓바퀴를 뒤덮는 헤드폰을 쓴 뒤 숨을 참았다. 한참 이불을 푹 뒤집어쓴 동안 엄마가 방문을 열었다 다시 조용히 닫는 소리가 들렸다. 이불 안, 눈물로 데워진 숨이 차오를수록 남자의 옷을 덮던 때가 떠올랐다.

바다와 솔 내음이 뒤섞인 남자의 체취. 파도 소리와 뒤섞인 남자의 잠긴 목소리. 닿았던 손끝. 손바닥에서 느껴지던 차분한 고동. 무감하게 날 보던 눈빛. 그런 것들. 다른 의미로 숨이 데워졌다. 미쳤어, 박한내. 이런 와중에. 너 힘들어하던 거 아니었어? 움막처럼 썼던 이불을 집어 던져도 통 잠이 오지 않아, 방으로 들이친 푸른 새벽빛에 이른 등교 준비를 시작했다.

〈아침 자습 하러 일찍 나가요.

엄마 실망시키지 않게 노력할게요.

죄송해요〉

쪽지를 남기고 엄마가 깨기 전 조용히 집을 나섰다. 등교하기엔 턱없이 이른 시각. 느릿느릿 걸어도 너무 일러 결국 반대 방향으로 몸을 틀었다. 네가 가르쳐 줬던 길을 따라 걸었다. 돌아 돌아 가면 학교에 제때 도착하겠지.

이런 길이었다. 숲을 지나자 갈대밭이 펼쳐지니 장관이었다. 바람이 불 때마다 갈대가 서로 부대끼며 서걱서걱 소리를 내는 그 우거진 곳으로 걸음을 내딛었다.

섬 바람은 2월이 제일 험하다. 아직 바람이 거센 3월, 그리고 새벽바람은 한층 더했다. 바람에 따라 마른 갈대가 흔들리며 어깨와 허리를 툭툭 쓰는 것이, 내가 그 사이를 꿋꿋이 걸어 나가는 것이 기분 좋다. 저 멀리 동백꽃이 발갛게 파도치는 것이 보이다가, 이어 푸른 오름이 나왔다. 그냥 그러고 싶어 오름을 따라 내려갔다.

엄마와 달리 난 바다가 좋았다. 거친 파도도, 끝을 알 수 없는 깊이도 공포스럽다기보다 경의스러웠다. 바다를 동경했다. 바다의 묵중하고 무한한 존재감을. 늘 바다 같은 사람이 되고 싶었다. 수많은 사람들이 구경하고, 무언가를 가져가고, 침범해도, 하나도 휩쓸리지 않고 도리어 그들을 휩쓸 힘을 여유로이 숨기는 바다. 언제나 흔들림 없는, 그런 진짜 강한 존재가 되길 꿈꿨다.

하나 공기보다도 가벼운 박한내는 먼지처럼 휘둘리기 십상이었다. 겉으로만 딱딱한 날계란처럼 실은 나약하디나약하게 휩쓸리는 존재. 제 주관이라곤, 제 확고한 생각이라곤 하나도 없어, 버림받은 헬륨 풍선처럼 평생 이리저리 세상을 떠다니기만 할 것 같다. 지금은 엄마가 그 줄을 쥐고 있지만…….

풀 뜯는 염소들을 지나자 잠녀들과 어부들이 용신님에게 풍어를 비는 당이 나왔다. 커다란 바위 앞 오래된 장수 나무. 앙상한 가지에 달린 색전들이 강풍에 나풀댄다. 그 바로 앞, 물안개가 자욱해 언제라도 신령님이 튀어나올 듯한 바다에서 파도가 갯발을 때렸다. 용신님이 진짜 있다면 나도 소원 하나 빌고 싶은데……

딱딱하게 얼어붙은 땅이라 수월하게 바다 지척까지 걸었다. 파도가 일렁이는 곳에서 신발과 양말을 벗고 연이어 있는 갯바위들을 올랐다. 해녀들은 매일 물질하러 오가는 곳이나, 내겐 꽤나 가파르고 미끄럽다.

"흐으."

찬바람과 비견할 수 없이 차디찬 바닷물이 얼음장이나, 퍼뜩 정신이 깨는 게 좋다. 오들오들 떨리는 몸으로 어느새 발목까지 잠긴 바다에 서서 일출을 감상하다, 조금 더 발을 밀어 넣었다.

아! 미끄러운 갯바위에서 잠시 허물어진 균형을 겨우 잡았다. 심장이 쿵 떨어졌다가 올라붙었다. 두근두근. 내가 살아 있단 듯 맥이 뛴다. 만조 때라 가득 찬 바다, 이 갯바위 너머는 바로 깊은 곳이다. 그곳으로 천천히 다가가 어두워진 색감의 바다를 가만 내려다보았다.

파도 소리가 어느새 어지럽다. 냉점의 한계치를 넘어선 발은 무감했다. 가빠진 숨과 함께 발을 더 바다 안으로 밀었다. 지금 날씨에 바다에 들어간다는 게 미친 짓임을 알고 있어서였다. 갑갑한 온몸에 찬물을 끼얹고 싶어서.

하, 무감각해진 건 착각이었나. 겨우 이제 발목께인데 차다 못해 칼로 쨴 듯 살갗이 쓰렸다. 꾹 감았던 눈을 다시 떴다. 반질반질한 바다 수면이 거울처럼 내 얼굴을 비췄다. 자세히 들여다보자 코 부근에서 보글보글, 구슬 같은 물거품이 솟아난다. 홀린 듯 허리를 굽혀 손을 뻗으니 물보라가 솟구쳤다. 순간 귀를 꿰뚫는 날카로운 소리가 울렸다.

"아악!"

깜짝 놀라 뒷걸음질을 치다 바위에 등이 부딪쳤다. 심장이 멎을 정도로 놀란 건 마찬가지였는지 바다같이 깊은 눈이 슴벅거린다.

"박한내."

헉헉대는 호흡을 유지한 채 젖은 머리를 뒤로 쓸어 넘기며, 유지한은 갯바위 위로 미역과 해삼 몇 개가 그물 사이로 튀어나온 망사리를 홱 던졌다. 바닷물에 젖어 새까매진 눈이 바짝 가까워졌다. 바위를 두 손으로 움켜쥐고 순식간에 드러난 상체가 또 허예 난 시벌게진 얼굴을 겨우 돌려 냈다.

아니, 돌리려는 순간 어깨부터 팔꿈치까지 길게 그어진 흉터에 눈길을 잠시 두었다. 약한 상처 부위가 으레 그렇듯 주위 살갗보다 한층 더 추위에 발갛다. 아까 본 동백꽃만큼이나.

날 뚫어지게 보는 눈과 부딪쳐, 흠흠 등을 돌렸다. 나도 보고 싶어서 본 게 아니라고 말하고 싶었다. 보면 볼수록 잘생겼을 뿐 아니라 신비롭게 생겨, 원치 않아도 자꾸 보게 되니 도리어 짜증은 내가 난다고.

"······."

"······."

"거 옷 좀 줄래."

잠긴 목소리가 지척에 있어 몸을 움칠거리자, 얼굴 옆으로 불쑥 손이 들어왔다. 손가락이 가리키는 방향에서 바위 위 교복과 수건을 찾아내곤 집어 건네자 몸을 닦고 옷을 입는 기척이 들렸다. 의식하지 않고자 물결치는 파도에 주의를 집중하는데, 물에 젖은 맨발과 귓바퀴가 아리도록 시리다.

"춥지도 않니?"

이 날씨에 맨몸 수영이라니, 몇 번을 되새겨도 미친 짓이라 물었다. 분명 저리 무식하게 잠수하다 생긴 게 분명한, 몸에 나 있는 상처도 신경 쓰이지 않는다면 거짓이다. 동정은 아니나 제 몸 걱정해 줄 부모 하나 없다는 것은, 늘 걱정이 태산인 엄마 하나가 있는 것만큼이나 힘들지 않을까 싶어.

"뭐라고?"

눈이 다시 마주쳤다. 유지한이 귀에서 꺼내는 동그랗게 뭉쳐진 껌은 잠녀들이 수압을 막기 위해 자주 쓰는 것이었다. 난 수건으로 훌훌 터는 목덜미가 추위와 몸에서 뿜는 열로 시뻘건 것을 잠시 바라보다 다시 눈길을 거

두며 툴툴댔다.

"아니, 됐다."

감기에 걸리든 말든 내 알 바인가 싶었다. 하나 그러고서도, 바다에서 죽은 할망이 떠올라 참지 못하고 덧붙였다.

"이 추운 날 누가 그러고서 물에 들가니. 네가 용신님이라도 돼? 미쳤다, 너. 수경도 안 쓰고. 게다가 혼자. 그러다 죽는다, 너."

조차가 큰 웨살 때는 대상군일지라도 헛무레를 삼가는 법이라 들어 한 말인데, 유지한은 그 걱정이 참으로 쓸데없다는 듯 바람 소리를 내며 웃는다. 그러더니 발이나 이리 내, 한다. 발?

어느새 단정한 정수리가 내 아래였다. 제 몸을 닦았던 축축한 수건으로 발갛게 붉어진 내 발을 닦아 내는 것을 멍하니 보다, 뒷걸음질 쳐 자못 섬세한 손길을 피했다. 왜 이리 접촉이 자연스러워? 그러다 네 과거 여자들에 대해 들었던 말들이 생각나 그 다정스런 손길이 영 별로였다.

내 주춤거리는 발짓에 그 애가 잠시 몸을 굽혔다가 접었던 허리를 폈다. 늘처럼 심드렁하게 혀를 놀린다.

"내가, 걱정돼?"

그리고 나른하게 웃어 냈다.

"허술하긴. 아무나 연민하고 쉽게 동정하지. 허점 많아. 의미 없는 거 하지 말래도. 이쯤. 눈 감고도 훤하니."

"참 나. 젠체는."

"내 숨이 이 섬서 제일 기니."

툭 받아치는 걸 보니 역시 괜한 걱정을 한 것이지.

"걱정 안 한다."

내가 손을 꼬무락대며 쏘아 대자 네가 한쪽 눈썹을 추켜올리다가, 실눈을 뜬다.

정 걱정되면, 하고 한결 다정해진 어조가 날아왔다.

"네가 같이 들어가 주든지. 물길 한번 터 줘?"

"뭔 소리야?"

"한번 들어가 봐. 오늘 바람은 센데 이상하게 물이 맑다."

"미쳤니. 이 날씨에?"

"나랑 안고 들어가면 되지."

"뭐?"

미친 소리를 내뱉고 몸을 수그려 나와 눈을 맞추더니 샐쭉 웃었다. 그 웃음 한번 참 불길하다 싶을 때쯤 허벅다리로 쑥, 손이 들어왔다. 순식간에 출렁이는 바닷물과 높다란 푸른 하늘을 번갈아 본 나는, 비명을 지르며 발버둥을 쳤으나 몸을 붙든 손의 힘이 장난 아니다.

"내려! 내리라고!"

미쳤어! 야! 꽥꽥대고서야 나를 갯바위에 기대게끔 내려놓는다. 씩씩 숨을 고르며 노려보자 두 얼굴의 사내처럼, 급작스레 웃음기가 사라진 얼굴이 뜬금없이, 나 그 노래 한 번만 불러 주라 했다. 노래? 황당함에 성내던 것도 잊고 난 눈만 깜빡거렸다.

"뭐?"

"네가 불렀던 노래."

"……왜?"

"듣고 싶으니."

"……몰라. 기억 안 나. 말했지만 어서 주워들은……."

"기억해, 내가."

그럼 네가 부르지. 붉어진 볼로 눈을 돌리자 낮게 잠긴 목이 울린다.

"다르지. 네가 부른 게 듣기 좋은 건데. 내가 부름 숭하지."

"……."

"기록해 놓은 악보 줄게. 불러 보아. 어?"

악보로 기록해 놨다니. 난데없이 또 얼굴이 화끈거려 뭐야, 하며 등을 돌리는데, 손목이 잡혀 다시 몸이 돌아갔다. 넌 뭔데. 몸을 들이대며 말하는 통에 결국 등에 다시 딱딱한 바위가 닿아 두 몸이 바짝 붙었다.

바다에 잠겼던 살결에서 짭짤하고 시원한 내음이 났다. 살짝 젖은 교복 셔츠 아래 실팍한 가슴팍까지 비쳐 보이자 이 구속에서 벗어나고 싶어, 기어들어 가는 목소리로 뭐가, 하고 읊조렸다. 짓궂은 데다 계집한테도 접촉이 자연스러울 너. 네게서 나는 바다 내음, 살 내음이 좋단 생각이 드는 게 껄끄럽고, 날 지그시 내려다보는 네 검은 눈길에 입 안이 바짝 마른다.

"너, 유기한 좋아하잖아."

물음이 아닌 확신이라 심장이 쿵 떨어지는 것 같았으나 긍정도 부정도 못했다. 얼마간의 정적이 견딜 수 없어져 고개를 들자 남자와 닮아 잘난 네 얼굴이 너무 가깝고, 날 주시하는 매서운 눈동자가 내 눈뿌리를 파고든다. 그것이 내 내밀한 속내까지 닿아 올 것 같아 견디기 힘들었다.

"난, 유기한이랑 닮았고."

늘 아리송한 의도를 한 겹 아래 숨기며 내뱉어지는 네 말들. 그 숨겨진 뜻을 파악하기 위해 불타듯 달궈지는 건 내 공부만 한 머리였다. 턱을 들이미는 네 삐딱한 눈 안, 햇살에 부서지는 파도가 어딘가 위험스레 잿빛으로 출렁인다. 소용돌이 같은 네 눈에 또 잠길 것 같아, 그 아리송한 속내를 모른 척 넘기고자 난 더 담담히 되쏘았다.

"닮았지. 그게 뭐."

"형은 너 같은 어린 여자애는 관심 없다 했지."

"흥, 그래서 뭐!"

붉으락푸르락해진 낯으로 바락바락 말하자, 붉은 입꼬리 한쪽이 슬쩍 올라갔다.

"너, 우리 형 상대로 이상한 상상 했구나."

"뭐? 뭐래, 이 변태가. 저리 비켜라."

꿈에 나온 광경이 머릿속에 차올라 심장이 쿵쾅대어 눈을 다시 내리깔았다.

"어떤 거. 이런 거?"

손에 닿은 가슴팍이 전처럼 단단해 꿈쩍을 않는다. 이런 상상 했어? 네 젖은 머리칼이 바람결에 날려 내 동그란 이마를 때렸다. 내 뺨 위로 부는 따스한 바람이 네 더운 숨이란 깨달음에 눈을 크게 떴다. 뭐 하는 거야. 까맣게 반짝이는 눈을 경고하듯 노려보자, 나른한 곡선을 그리던 입술이 내 달아오른 뺨에 살짝 닿는다. 헉. 난 자지러지며 날 짓누르는 몸통을 밀쳐 냈다.

"여기도 약해 빠졌어? 볼 때마다 터 있으니."

내 힘은 별다른 작용을 하지 않는 것처럼 까슬하게 일어난 내 입술 부근을 슬쩍 매만지고는 결국 제 의지로 몸을 떼었다.

"얼굴이 닮아도 형이란 생각은 안 드나 보네."

네 입술이 닿은 뺨 부근과, 네 손끝이 스친 입술의 살갗이 인두를 지진 듯 화끈거렸다. 그런 날 보며 옅은 웃음을 실없이 흘리는 게 아주, 나쁜 놈.

갯바위를 허둥지둥 내려가다가 자빠질 뻔한 날 잡아끌어 제 옆에 붙인 네가 망사리를 허리께에서 흔들며 옆에서 걸었다. 당황으로 출렁였던 가슴팍이 잠잠해지자 해녀가 아닌 사람이, 것도 남자애가 시합도 아닌데 혼자 물질하는 것을 처음 본단 생각이 들었다.

"원래 물질했니?"

"그래."

"누가 가르쳐 주던?"

"어멍이."

어릴 적 도망갔다는 엄마가? 의아함을 품고 돌아보자 내리뜬 눈이 가늘어진다.

"왜."

"아니다."

"……"

"……"

"난 엄마가 많다."

말도 안 되는 소리를 하고 있다. 하지만 난 더 이상 묻지 않았다.

보랏빛 들꽃들이 지천으로 깔린 길을 늘쩡늘쩡 걷다, 네가 그 꽃 하나를 따 제 앞니로 짓씹고는 내게 하나 건네었다. 입에 넣자 쌉쌀하고 시원한 무 맛이 났다.

"갯무꽃이다."

"그러니."

아는 척은. 내가 섬사람 아니라고 무시하나. 그러나 맛은 좋아 입을 비죽 이며 한동안 그 맛을 즐기다 물었다.

"아직 하늬바람이랑 샛바람이랑 거세지 않니?"

"봄 바다는 다정하지. 여름 바다가 변덕이 죽 끓듯 하고. 태풍이 갑자기 들이치면 까딱하다간 염라대왕 보는 거고."

"물속 헤엄 치면 재밌어?"

"재밌다기보단."

"그럼?"

"그냥 좋아."

"어떻게?"

"설명 못 해. 들어가 봐야 알아."

"흐응."

"궁금하면 알려 주고."

"그러든지."

그건 싫다 안 하네. 혼잣말처럼 중얼거린 네가 피식 웃었다. 엄마가 알면 길길이 날뛸 테지만 꼭 한 번 들어가 보고 싶었다. 늘 동경하던 곳이니 이 섬을 떠나기 전엔 한 번은.

"파도는 섬 말로 뭐라 해?"

"누."

"태풍은?"

"놀."

"수경은?"

"큰눈."

"그럼 바다가 잔잔하다, 이건?"

"바당 보랏져. 물결 칠 땐, 절 치대긴다."

"예쁘다. 노래 가사 같아."

깨닫고 보니 네가 귀찮을 정도로 이것저것 묻고 있었다. 얼마나 말을 많이 했는지 입에서 단내가 났다. 잠수할 때 속옷 잃으면 재수 옴팡지게 없단 속담이나, 처와 첩 둘을 거느린 놈이 꼭 끼니를 굶는단 섬 속담을 네가 들려줬을 땐 낄낄 실없이 웃기도 했다.

네 근처에 있던 손이 뜨거운 무언가에 감겨 시선을 내렸다. 맞잡은 두 손이 보였다. 뭐 하냐, 일갈하기도 전에 얽힌 손가락이 네 코앞까지 올라갔다.

"지금 너, 바다 들어가면 여기 다 터져. 이리 상처 내면, 못 들어가."

무언가를 알아챈 사람처럼 서늘한 눈을 따르자 내가 손톱 거스러미를 아프게 긁어내다 만든 피딱지가 보인다. 아, 후딱 손을 빼내 등 뒤로 숨기자 집요한 눈길이 한동안 내게 머물렀다. 잠시간 어두운 비밀이 들킨 것 같아 뒷목이 선득거렸다.

"먼저 가라."

학교 근방에 도착했을 때쯤 망사리를 흔들며 말하길래 고개를 끄덕였으나 평소처럼 무심히 등을 돌리는 대신 잠시 머뭇대는 모습에 가만 기다렸다. 답지 않게 망설이는 건지 한참을 뒷목만 매만진다.

"오늘, 엄마들 잠수 굿 해."

엄마라 한 게 해녀 할망들을 말하는 것이었나 보다 짐작하며 그러니, 되묻자 놀러 가자란 말이 들려왔다. 묘한 눈이 맞물린다. 멍하니 네 눈길 속에 있다 퍼뜩 그 제안의 의미를 깨닫고 눈이 둥그레졌다.

"너랑?"

"응."

"나랑?"

"어."

헛웃음을 뱉었다. 같이 놀러 갈 정도로 친한 사이인가 싶어. 아니, 누군가에게 놀자는 말을 들은 게 너무 오랜만이라 그저 눈만 느리게 슴벅였다.

"형도 갈 거다."

침묵 사이 내 눈만 보였다 말길 반복하자, 눈을 가늘게 뜨고 기다리던 네가 차게 덧붙인다.

"……갈 테냐?"

"응."

곧바로 돌아온 대답에 찡그리듯 웃는 얼굴이 무심히 돌아갔다.

"오늘은 야자 째라, 그럼."

* * *

안개 낀 밤바다. 유지한의 등에선 그런 내음이 난다.

시원스레 청량하나, 맡다 보면 어딘가 정신이 혼미하여 까딱하면 사지인 줄도 모르고 발목부터 휩쓸릴 듯한. 파도를 까맣게 숨긴 바다의 내음.

페달을 밟아 내는 세찬 발놀림 위로 내 손은 군살 없는 허리를 감싼 채였다. 뒤에 올라타 잡은 탄탄한 살의 감촉이 묘해 손끝으로 옷깃만 쥐자, 내가 더럽냐고 뇌까린 유지한이 내 손을 턱 눌러 제 배에 다시 붙여 내었다. 그 뒤로, 그 애의 가슴팍이 오르내리는 것과, 이 섬 어디서나 뵈는 태산보다 더 큰 몸통의 화통 같은 열까지 고스란히 내 손바닥 안이었다. 까딱하지 않게 정신 차려야 했다.

"잘 잡아. 여긴 세게 간다."

"힘 달려 넘어지지나 마라."

현혹된 마음을 들킬까 딱딱하게 되쏘자 네 옅은 웃음이 내 손을 진동시켰다.

"형은 미리 가 있다."

그런 말은 굳이 왜 하나. 그래도 남자를 볼 생각에 잠시 설레었다.

힘이 어찌나 좋은지 오르막에서도 속도를 잃지 않는 자전거가 빠르게 내달렸다. 유지한이 숨비 소리를 내며 찬 숨을 뱉을 때마다 내 손안에서 숨을 고르는 가슴팍이 오르락내리락하였다. 노란 유채꽃이 가득 핀 들판을 지날 땐 노랗게 물든 내 눈에 내 마음도 물들어, 나도 모르게 뜨끈한 등에 머리를 기댄 채 정신없이 눈에 담았다.

잡아 보고 싶어 쫙 펼쳐 내민 손가락 새로 노란 잔상이 스쳐가는 것을 머리에 담으며, 정말로 봄이다, 그런 생각을 했다. 밤에나 집으로 돌아가니 눈으로 계절감을 느낀 건 형제가 이사 온 날, 끝 눈이 온 날 이후 간만이었다.

어느덧 노란 꽃을 담아내던 손을 낙조의 붉은 빛이 휘감기 시작했다.

"좋다."

"이까짓 거. 더 좋은 데도 많다."

절로 나온 탄식에 네 퉁명스런 대답이 돌아온다. 치, 하며 휘파람 더 불어 봐라 하니 군말 없이 엄청나게 긴 소리를 뽑아낸다. 바다 같은 그 소리도 좋고, 등에서 올라오는 뜨끈한 온기가 내 뺨을 달구는 것도 나쁘지 않다. 점점 어두워지는 풍경과 일정하게 뺨을 훑는 바람에 스르륵 눈을 감으니 쿵쿵대는 네 박동이 선명히 들렸다. 어느덧 내 얼굴이 후끈후끈해질 때쯤 들려오는 굿판 소리가 소란했다.

"괴기 잡는 날은 잡고 못 잡는 날은 못 잡았구나. 하영 그라부라."

굿판이 거의 끝나 가는 듯했다. 거리를 둔 채 바위에 자리를 잡았다.

난 이곳 토박이가 아닌 데다, 집과 학교만 왕복하니 해녀 할망들과 일면식도 없는 사이였다. 대상군이었던 할망 이복순 씨 손녀 딸내미에 불과했으나, 그들은 아마 내가 그녀의 손녀딸이라는 것도 모르리라.

감귤, 배, 옥돔, 막걸리가 차려진 제사상에서 붉은 옷을 입은 무당이 해녀들과 대화를 나누며 굿판을 벌이다 기어코 자리에서 빙글빙글 돈다. 바다라면 질색하는 엄마 때문에 해녀 굿 구경은 처음이었다.

해녀는 숨을 참는 만큼 심해로 깊게 들어가 귀한 물건을 손에 쥘 수 있다.

숨을 참는 만큼.

그게 해녀들의 윤리이자 법도다. 그러니 늘 생사의 갈림길에서 아슬아슬한 줄타기를 하며 사는 것이다. 숨이 차 나오려다가도 귀한 전복을 보면 욕심을 못 떨쳐 숨의 한계치를 넘기고, 무욕으로 마음을 다스려도 파도가 험해지거나, 해초나 낙지가 몸을 휘감으면 그 목숨은 하늘에 맡길 뿐. 그러니 수호신인 용신, 할망 신, 인어 신은 해녀들의 유일한 의지처다.

'난 네 할망처럼 잠녀 되긴 죽기보다 싫었어. 네 아빠가 이 섬을 떠나자 해서. 그래서 같이 간 거야. 남들처럼 딸내미 끔찍이 여기는 아빠도 없으니 내 살길 내가 찾으려고. 바다 말고 뭍에서 살고파서. 그러니까 한내 너도 아빠 없다 아쉬워 마. 그리워도 마. 결국 삶은 혼자. 혼자 헤쳐 나가는 거야. 알았어? 넌 엄마에 비하면 아주 행복한 거야. 엄마가 널 도와주지 않는 게 하나라도 있어? 난 대학 가고 싶다 울고불고 빌어도 콧방귀만 들었어.'

술에 취한 엄마의 꽤나 또렷한 말이었다. 아빠와 사랑의 도피를 했단 소문은 어불성설이라는 듯.

여섯 살 때부터 바다에 끌려가 개조개라도 주워야 했던 엄만, 열다섯부턴 할망에게 억지로 이끌려 본격적으로 물질을 배웠다. 아빠도 없고 식구도 많은 가난한 집. 농사 짓기 척박한 섬. 여자가 도맡는 물질은 그나마 돈이 됐으나 엄만 바다가 늘 무서웠다고 했다. 물질을 해도 상군은커녕 하군도 못 할 것 같다, 눈물을 흘리며 애걸해도 할망은 어지간히 독한 사람이었던 듯하다.

하나 그리 강하고, 해녀들의 대빵이자 상군 중의 상군, 대상군이면 뭘 하나. 할망은 엄마가 남자와 도망친 사이, 평생을 함께했던 바다에서 운명을 달리했다.

'그날따라 전복이 몇 개나 보인다 좋아하드만.'

장례식, 어느 할망의 말이었다. 전복 하나만 더 따면 아들 대학 등록금도 문제없겠다고 좋아하던 게 할망의 마지막 모습이라.

'이자 오늘따라 숨이 길다. 대단허네.'

누군가의 경탄 어린 말이 불안감으로 변할 때까지도 할망은 나오지 않았다.

다음 날, 할망의 호미가 이웃 마을에서 떠올랐다. 이 섬에서 숨이 제일 길다던 할망은, 해서 더 갑작스런 죽음을 맞았다. 장례식에서 한 번도 눈물을 보이지 않던 엄마였으나 그 후 바다를 죽기보다 무서워한다. 바다가 할망을 죽인 거라 믿었으니.

'전복 하나 더 따려던 욕심이 물숨을 만들고, 물숨이 결국 저승으로 부른 기야.'

그러나 마을 사람들은 할망을 죽인 건 바다가 아니라 그녀의 과욕이라 했다. 제 욕심이 제 목숨 끊게 한 거란다.

그러고서도 엄마는 이 섬으로 돌아왔다. 아빠에게서 최대한 멀어지기 위해. 그리고 여태 아빠를 잊지 못해, 건축가인 아빠의 손길이 묻은 이 집에서 산다.

과거에 매몰된 엄마가 앞으로 나아갈 방법. 그 길에 내 명문대 입학이 있었다. 그래야만 엄만 할망에 대한 그 뿌리 깊은 원망에서도, 아빠에 대한 증오에서도 벗어날 테다. 아님 나까지 엄마의 인생을 망친 사람, 그런 원망의 대상이 될 테지. 엄마가 증오의 불길 속에서 고통받으며 살길 바라는 딸자식이 있을까. 엄마에게 미움받고 싶어 하는 자식이 어디 있을까.

"아고야, 아덜 왔어?"

곱슬한 짧은 머리에 키가 크고 단단한 체격의 할망이 유지한을 보며 퍼뜩 뛰어와 안기라는 듯 팔을 벌린다. 독립적인 그녀들은 다들 어딘가 대장부 같은 면이, 내가 늘 닮고 싶던 바다 같은 면이 있다.

"돌래떡이나 호끔 줍써."

네가 안기진 않고 건성으로 답한다. 아주망들, 할망들 모두 아덜, 아덜 하며 널 살가워하는 것이 이 섬을 몇 년 떠났다 온 사람이라는 것이 믿기지 않을 만큼 긴밀했다. 내 생애 누군가와도 만든 적 없던 거리감이었다.

"우리 아덜 키가 이자락 더 커샤. 용신님만 해졌져. 이 어멍은 늙어신다."

"하이고, 지금도 어디 나강 삼춘들 정신 못 차리게 곱수다."

무뚝뚝하면서도 엄마, 엄마 하는 본새가 덩치에 안 맞게 돌쟁이 애기 같아 치, 웃음이 새었다. 다들 왜 그렇게 널 좋아하는지 알 것 같기도 해서.

"받아라."

두리번거리며 보이지 않는 남자를 찾다가, 낮은 포물선으로 날아오는 것을 얼떨결에 받고 보니 흰 떡과 감귤이다.

"춥냐?"

"아니."

"그래."

짭짤한 갯내를 맡으며 시큼한 귤을 까먹고 있으니, 걱정인지 시비인지 모를 말을 던지며 돌아왔다. 내 옆, 무릎에 팔꿈치를 괴고 앉아 저도 귤을 깐다. 내 빈손에 뚝 자른 귤 반개가 들어왔다. 네게 전달받은 열이 여태 뺨에 남아, 으깨지는 과육에 잇몸이 찼다.

서걱서걱, 귤 씹는 잇소리만 이어지던 우리의 고요는 오래가지 않았다. 누게? 아덜 여자 친구? 누군가 던진 말에 잠녀들의 눈길이 온통 밀려든다.

"여자 친구는 무슨. 올해 잡힐 물건 비는 데나 신경 쓰십서."

네 툴툴대는 말도 소용없다.

"어, 쟈이 이복순 손녀똘 아니?"

"응? 얼굴 고운 거 보난 여기 사람 아닌디? 육지 사람 같고만."

"아, 저 지지바이, 몇 해 전에 온 빵집 똘래민게."

"까무좁좁해도 살결이 곱다야. 나는 바당에서 하도 타서 분도 안 먹는다."

"복순 상군도 젊을 때는 막 고완마씨. 남자 복 없어서 그렇지."

"남자 복 없는 것도 대물림되는 건디."

"야야, 입조심 좀 허라. 할망 신도 듣는디, 원."

"복순 상군이 저승에서 노한다."

"니는 올해 물질 좀 났다, 야."

"경 곧지 말라! 내가 물 혼 굿 할 때도 최고로 비싼 거 바당에 던져시난. 쳇!"

"지한이 만났음 남자 복 있는 거지, 없긴 뭐가 없수꽈?"

"이따 좋은 조개 좀 하영 멕입서. 비실비실 해 갖고 아는 숨풍숨풍 낳겠수꽈."

"우리 아덜, 곧 손지 보나?"

"지한아, 이따 여자 친구랑 조개구이 먹으라 오라이!"

요상하게 귀가 붉어지던 네가 아, 좀 시끄럽수다! 하고 버럭 짜증을 내도 낄낄낄 신난 웃음소리만 날아왔다.

"이번엔 성게!"

"간다!"

돗자리에 쌀알을 던져 점을 치던 굿판에서 좋은 쌀 점이 나왔는지 잠녀들이 우레와 같은 손뼉을 칠 때에서야 진득하던 눈들이 떨어져 나갔다. 우르르 몰려가 제 쌀 점 치기 바쁘다.

"쌀 얼마나 남았수?"

"하수다게!"

"그럼 한치!"

각자 원하는 물고기를 말하며 쌀알을 던진다. 무당은 어떤 할망에겐 올해 욕심부리면 죽는다며 호통을 치고, 저를 지켜 달라 비는 할망의 말에 바다를 향해 작은 굿을 했다. 흰 옷과 분홍 옷을 입은 무녀들은 양손에 쥔 커다란 제기 같은 것을 잠녀들 한 명 한 명 옆에서 세차게 흔들며 악귀를 쫓고 액땜을 한다. 올해도 잘 벌게 해 줍소야…….

이리 와. 굿이 마무리되는 걸 보던 유지한이 내 소매를 잡아끌고는 종이에 흰 쌀밥과 생선 반찬을 싸며 내게도 시켰다.

"이게 뭐니?"

용신님 가는 길에 드시라고 배에 태워 보내는 거난. 인상 좋은 아주망 하나가 대신 알려 주신다. 얼떨결에 내가 싼 밥도 짚을 엮은 작은 배에 태워졌다. 바다에 그것을 띄우자 옆에서 하얀 손 두 개가 맞붙는다.

"소원 빌어."

"난 물질 안 하는데."

"아무거나 빌어."

"할망 신이 아무거나 들어주시니?"

"그래."

"정말?"

"응."

"네가 어찌 아는데."

"말했지. 내 숨이 이 섬서 젤 길다고. 할망들은 내가 용신 아들내미라 하니. 걱정 말고 빌어."

"참 나. 그럼 난 할망 신 딸이게."

어이없단 듯 목을 울리며 웃은 네가 조용히 눈을 감아, 나도 바람에 나풀거리는 네 속눈썹을 가만 보다, 바다로 잠겨 드는 해를 보며 엄마의 행복을 빌었다. 그러고 나서 내 행복도. 그러고는 남자와 네 것도. 여기 해녀 할망들과 아주망들도. 구체적인 소원이라 할 만한 것은 영 떠오르질 않고 시험 잘 보게 해 달란 건 너무 하찮은 소원 같아 대충 행복으로 뭉뚱그린 게 썩 기분 좋진 않았다.

소원 뭐 빌었어? 그리 물으니 비밀이라 답한 네가 시원스레 웃는다. 널 닮은 밤바다의 내음 때문인지, 그 미소가 눈을 돌려도 눈앞에 글썽대니 내 기분은 찜찜했다. 해서 차마 묻지 못했던 것을 냉큼 물었다.

"어디 있어, 오빠?"

오빠? 인상을 구긴 얼굴이 손가락질하는 곳을 따라가, 수직 절벽 위에 대충 걸터앉은 남자를 발견했다. 어딘가 위태로운 전경이었다. 이곳과는 멀찍한 거리를 두고, 가만히 좌시하는 흰 얼굴 위로 새까만 머리카락이 자연스레 흩어져 휘날리는 모습은, 마치 강림한 용신이 인간사를 조용히 관망하는 듯했다.

오늘도 어김없이 손에 들려 있던 카메라가 날 향해 흔들렸다. 갑작스런 남자의 인사에 흠칫, 재빨리 손을 들어 답례하다 나도 모르게 헤벌쭉 벌어진 입을 느끼고 합죽이처럼 오므려 닫았다. 날 물끄러미 보는 네 시선에 날이 선 것을 알았다. 어김없다는 듯 말이 날아든다.

"아주 턱 빠지지. 응?"

다가온 손끝이 내 턱 끝을 살짝 쳤다. 그럼에도 그만 혀가 깨물렸다.

"씨, 혀 깨물었잖아!"

복수하겠단 일념으로 날렵한 턱으로 손을 날렸지만 비죽 웃는 얼굴은 요리조리 잘도 피한다. 티브이에서 봤던 이종 격투기 선수들처럼 다리는 그대로 둔 채 허리 위만 가볍게 움직이며 쏙쏙 피하는 것이, 싸움에선 내 패가 확연해 분한 마음이 일었다. 포기하고 씩씩대는 날 보며 입꼬리를 당기던 네가 허리를 슥 굽힌다.

"자."

"뭐냐."

"분하면 기회 줄게. 쳐 봐, 있는 힘껏."

"……."

"싫어? 또, 또 허술하지, 어? 한내, 이런 기회 다신 없다."

누구도 못 해 본 거야. 자. 그 말에 손을 들어 툭 하고 턱을 치는 듯 만지자, 설마, 하는 깊은 눈매가 슥 가늘어졌다.

"때린 거냐."

참말? 어이없단 말투에 뺨이 슬슬 달아올랐다. 내 생각에도 막상 마음이 약해진 탓에 쓰다듬으니만 못했다. 가늘게 뜬 눈을 예쁘게 접더니 푸하하, 웃어 젖히던 얼굴이 급작스레 굳었다. 박한내, 넌 이름과 달리 여려 터졌어.

"이리 허술하니. 널 어쩌지, 어?"

내 유약한 성정이 걱정이라도 되는지 혀를 차는 턱이 하도 날렵하여, 미끄러진 내 손끝에 어느새 네 까끌한 상처가 닿는다.

"손도 애기 같아, 부드럽기만 하고."

웃음기 어린 말에 난 퍼뜩 손을 떼었다. 어쩜 저런 말을 매순간 암시렁 않게 하는지. 하는 짓도 그렇고. 말을 들어 보면 여자애들 많이 후리고 다닌 탓이겠지 싶어 다소 입 안이 썼다. 그래서 바다로 다시 몸을 돌렸다.

"근데 그 상처는 뭐니? 팔도 그렇고."

늘 궁금했던 것을 태연한 척 묻자 별것 아니라는 듯 덤덤한 대답이 돌아온다.

"물찌 잘못 맞춰, 바위에 한 번 박았다."

예상대로였다. 이 작은 동네에서도 매년 잠녀 한두 명은 물숨을 먹어 죽고, 대여섯 명은 강한 파도나 태풍에 쓸려 여(물속에 잠겨 보이지 않는 바위)에 부딪쳐 중상을 입었다. 한 팔을 아예 못 쓰게 되기도 했다.

바다는 가차 없다. 할망처럼 한없이 자애롭게 바닷속 물건을 내주면서도 자비 없이 목숨을 앗아 가 버리는 곳. 이 섬의 바다는 그런 존재다.

"얼굴이 왜 그래."

"뭐."

밤바다의 파도 같은 검은 시선이 날 유심히 훑어 내렸다.

"너 또."

문득 뭉툭한 손끝이 내 찌푸려진 미간을 눌렀다.

"또, 내 걱정하는구나."

거친 손끝이 내 살갗을 살며시 쓸며 뺨으로 흘러내리는 동안 나도 모르게 등줄기가 흠칫거렸다. 밤바다를 가득 담아 더 깊어진 네 흑안에, 미끄러진 손짓이 내 턱선으로 흘러올 때까지 꼼짝을 못했다. 닿은 곳마다 오소소 솜털이 삐쭉 섰다. 물 흐르듯, 담긴 맘 따위 전혀 없을 네 무심한 동작에, 왜 난 바다에 빠진 사람처럼 숨을 쉴 수 없는지 그 이유를 모르겠으니. 네 말대로 네가 네 형과 너무 닮아서…….

"……안 해."

내 입술 근방까지 네 손이 침범했을 때야 겨우 입을 뗐다.

"네 걱정 따위."

찬바람에 부어올랐는지 목 안이 뻑뻑했다. 내 까끌한 말에 찡그리듯 웃는 얼굴을 보며, 난 순간 뱉은 말을 후회했다. 늘처럼 심드렁한 잿빛 눈이 어쩐지 비 오기 직전 하늘처럼 음울해 보여서일까. 넌 내게 걱정거리조차 아니라고. 네 상처 따윈 관심도 없다고. 그렇게까지 말할 필요는 없었다.

하나 왜 너만 보면, 남들에겐 생채기 하나 내기 어려워하는 내게서, 삐뚠 말들이 여지없이 튀어나오는지 나도 이유를 몰랐다. 실은 염려가 되니 몸 좀 함부로 쓰지 말라고, 최소한 바람이 잔잔할 때만 바다에 들어가라고 하고 싶었다.

그런 마음과 달리 그 말이 그저 쓰게 고여 있기만 한 내 입술 위로, 잠시 멈추었던 네 손이 스친다. 난 숨이 멎은 채, 네게서 뻑뻑한 눈길을 거두었다. 네 손끝이 늘 희게 튼 내 입술을 지나, 내가 삼키고 있던 머리카락을 빼내었다.

날 잠시 서늘한 눈길로 응시하던 네가 그래, 하고 작게 읊었다. 비릿한 미소가 새붉은 입가에 스치니 왜인지 가슴께가 욱신거렸다.

* * *

와장창 소리가 났다.

밤이 되어 유지한을 따라 굿판의 정리를 돕는 중, 굿판에서도 새끼 진돗개를 품에 끌어안고 막걸리를 들이켜며 바다만 쳐다보던 아주망 하나가 굿상을 뒤엎고 바다로 뛰어드는 시늉을 했다. 이년아, 정신 출리라게! 제일 먼저 유지한을 맞이했던 키 큰 할망이 작은 몸을 바위처럼 감싸 안고는 큰 소리를 냈다. 내 딸, 내 딸……! 몸이 무너진 아주망이 바다를 향해 갯 모래를 집어 던지며 울부짖는다.

"이미 가 분 걸 어떵호느냐. 니한테 딸린 식구를 생각해사지."

"딸아, 딸……. 나도 따라가 불크라……."

"여기 식구, 친지 잃은 사람 천진데 무사 혼저 지럴이여!"

"뭐!"

울던 것을 멈춘 얼굴이 뭐에 씐 듯 눈을 부릅떴다. 억센 힘으로 둘러진 몸을 밀치고 곧바로 밤바다를 향해 달렸다. 아이고, 쟈이 누가 좀 말려 보라게! 쟈이 저번에도 바당 강 죽을라 했쪄!

그녀 곁을 맴돌던 새끼 진도가 멍멍 짖으며 빠르게 멀어지는 인영을 따라갈 적에, 난 허덕이는 숨을 손바닥으로 틀어막았다. 도와야 한단 마음에도 발은 도리어 굳은 채. 밤바다와 밤하늘이 체구가 작은 여자를 삼켜 버릴 듯 까맣게 밀려드는 장면에 그저 눈만 크게 뜨는 내 옆으로, 바람이 불었다.

사라진 유지한이 여인을 따라잡았다. 무언가를 속삭이자 그녀는 그 너른 품으로 무너지며, 커다란 손이 등을 토닥일수록 애처럼 엉엉 크게 울다가 저를 껴안은 몸을 붙잡길 반복했다. 앞머리에 가려진 눈 아래, 끊임없이 무언가를 속살거리는 네 붉은 입술이 보였다.

네 나이였어.

밤바다보다 깊게 가라앉은 목소리. 어느새 내 옆에 남자가 있었다.

"열아홉. 바다로 간 나이가 말야."

그 말에 저 멀리서 울부짖는, 열아홉 딸내미를 잃은 여인의 목소리가 심장 속을 뚫고 들어온 듯 울컥거렸다.

"아마 여 있었음 이 섬서 제일 어린 잠녀였을 텐데. 요샌 다들 도시로 가니 어쩜 마지막이 되었을지도 모르고. 아니, 필연 그랬겠지. 바다를 너무

사랑했으니."

'너무'라는 단어를 뱉는 남자의 얼굴은, 누군가에게 감정을 도륙당한 사람처럼 서늘했다. 무엇도 담아 두지 않는 지독하게 빈 얼굴에, 저 소녀가 어쩐지 남자가 섬을 떠난 이유일 것 같다는 직감이 들었다. 그 소설에 나오던 소녀가 그녀였을까. 아니, 설마…….

……그 해주라는 사람.

남자는.

사랑하던 사람을 잃었구나.

내가 감당 가능한 정도가 아니었다. 울컥대는 무언가를 억누르고자 내 손바닥만 할퀴었다. 남자는 그녀를 살리지 못한 게 자신이라 자책하고 있는지도 모른단 생각이 들었다. 그래서 늘 저런 공허한 얼굴을 하고 사는 것이라고.

"제 할망도, 바다로 갔어요."

할 수 있는 건 그런 말뿐이었다. 생전 할망을 만난 적도 없고, 어떤 사람인지도 모르면서.

"좋으신 분이었지. 네 엄마처럼 강하고."

이 섬에서 나고 자란 남자가 할망을 아는 건 당연했다. 그가 웃는 듯 우는 듯 으스러진 눈가를 손끝으로 매만진다.

"지한이 분유 얻으러 그 집에 갔을 때 생각이 나."

괜한 소리를 했다. 이 섬사람 중 누구보다 할망을 알지 못하면서, 남자를 위로하기 위해 잘 알지도 못하는 할망의 죽음을 이용했단 생각에 뱃속이 기분 나쁘게 울렁였다.

"조개랑 쭈꾸미랑 회나 먹자게."

더 이상 어떤 말을 해야 할지 몰라 축 늘어진 여인을 안아 들고 걸어오는 소년만 지켜보자, 곁에 있던 누군가가 말했다. 상황이 정리되는 것을 지켜보던 잠녀들이 한숨을 쉬며 고개를 끄덕였다.

"딸……."

여태 뱃속을 뒤엎는 감정을 끌어안은 채 스쿠터를 하나씩 타고 사라지는 그녀들을 멍하니 보던 날, 누군가 덥석 잡았다. 늘어져 있던 여인에게서 어떻게 그런 초인적인 힘이 솟아났는지, 움켜잡힌 팔이 떨어져 나갈 것처럼 아팠다. 초점 잃은 눈이 끔벅대더니 이젠 팔 대신 내 두 뺨을 짓누르듯 움켜쥐고 해주, 우리 딸, 하는 눈물 섞인 음성을 작게 읊조렸다. 뺨을 쥔 손아귀의 억센 힘과 당황으로 입술이 헉 벌어진다.

슬픔에 넋을 놓은 아주망을 내칠 수 없어 내 뺨에 놓인 야윈 두 손을 쥐고 여인이 진정되기를 기다렸다. 우리 딸 어디 갔당 완나. 엄마가 기다렸잖아……. 울음 섞인 속삭임이 덥고 습한 숨처럼 눈두덩 위로 쏟아져, 내게도 그 눈물이 전염될 것만 같다. 그녀 딸의 나이는 평생 열아홉일 것이라, 별수 없이 엄마를 보듯 가슴이 미어진다.

"아주망, 걘 해주 누나가……."

"해주는, 바다에 있어요."

남자가 나선 건, 유지한이 그 모습을 지켜보다 다시 무너지는 아주망을 품 안에 안아 들 때였다. 어딘가 냉정한 그 목소리에 비틀거리며 손을 떼어 낸 아주망은 고개를 꺾어 남자를 보았다. 그러자 슬프게 풀어졌던 눈이 축축이 젖은 채 순간 뜨였다.

"너지……. 너야."

허공으로 올라간 검지가 부들거렸다. 그게 무슨 의미인지 아는 듯, 텅 빈 얼굴의 남자는 시선만 묵묵히 맞춘다.

"가이가 어떵 그 높은 곳에 혼저 올라가나? 걷지도 못하던 애가. 네 놈이잖아!"

비명처럼 소리친 여인이 누가 말릴 틈도 없이 손가락을 모두 펴 남자의 얼굴을 내려쳤다. 내가 놀라 벌어진 입술을 또다시 틀어막는 동안, 여인은 물러서지도, 얼굴을 돌리지도 않는 남자를 양손으로 마구 들이팼다. 그렇게 내려치면서 주저앉아 버린 몸은 여전히 고요한 가슴팍만을 힘없이 때렸다.

바람에 휩쓸리는 나무처럼 곧게 선 채 머리칼만 흔들리는 남자는, 아무런 생각도 감정도 없는 빈껍데기 같다. 여인을 바라보는 눈길을 돌리지 않으면서 그 몰아치는 말들은 부정할 의지가 없어 뵈는 것이 어떤 뿌리 깊은 죄의식처럼 보여, 도리어 또 내 마음이 욱신거린다.

한적한 산속, 버림받은 우물처럼 깊기만 한 남자의 눈. 파도조차 없는 호수처럼 고요하기만 한 남자의 눈. 늘 메마른 그 눈매를 바라보던 내 눈가도 발가우리하게 물들어 갔다.

슬며시 눈가를 훔치다 날 지켜보던 너와 눈이 마주쳤다. 붉은 입술 새로 악물어지는 이가 보인다. 곧바로 다가와 힘으로 여인을 떼어 낸 네가 발작하는 여자를 손쉽게 안아 들고 터벅터벅 걸어가 남아 있는 스쿠터에 앉혔다. 저도 뒤에 탄 뒤 다시 축 늘어진 몸과 저를, 자신의 겉옷으로 한 몸처럼 묶으며 우리를 돌아보았다. 시동 걸린 스쿠터에서 부릉거리는 소리가 났다.

"쟤 데리고 먼저 가 있어, 형. 내 자전거 부탁."

그러고서도 몇 번이고 인상을 쓴 채 쳐다보며 미적미적 출발을 미루다, 우리가 자전거에 다가서고서야 출발했다. 유지한에게 했던 것처럼 남자의 허리를 꽉 끌어안을 수가 없어 등 부근에서 흔들리는 카메라 가방을 대신 쥐어 잡자, 마치 아무 일 없었다는 듯 무심히 뒤돌아보는 눈가에 온도 낮은 미소가 비낀다.

"언덕에선 잘 잡고."

자전거에 얼기설기 매달린 야광등을 켜는 남자의 창백한 뺨에 생채기 한 줄이 나 있었다. 그것이 꽤나 깊고 길다.

출발한 자전거가 덜컥이고, 남자의 내음이 코끝을 스친다. 상상에서, 꿈에서, 몇 번이고 되새겨 벌써 낯익은 내음. 소나무 숲에 누운 듯 편안한 향이 나는 그 등에 난 닿을 듯 말듯 뺨을 기대고, 내 침묵이 남자의 알지 못할 속사정에 위로로 닿기만을 바랐다.

"그래서. 엄마랑은 요즘 어떻니."

굴러가는 자전거 바퀴가 무른 흙길을 파고들 듯, 남자의 나긋한 말은 날이 예리한 바늘처럼 나를 휘저어 절로 깨물린 입술이 아팠다. 내 가장 힘들던 점을 남자가 파고듦에, 방금 모진 것을 겪은 건 남자임에도 그가 도리어 날 걱정해 줌에.

"……괜찮아요."

정적 뒤 찬 숨을 흘린 남자가 입을 뗐다.

"괜찮을 리가."

가혹한 삶을 산 사람은, 바라는 행복만큼 자식에게 가혹하기 마련이지, 하고 고개를 푹 숙인 내게 덧붙인다.

"어쨌든 절 위해서니까. 저도……, 엄마가, 행복했으면 하니까요."

하지만, 내 삶을 제 행복과 하나로 만든 엄마가, 이따금 미워요. 그 속내는 차마 대놓고 말하지 못했다. 한동안 침묵이 흘렀다.

"엄마가 행복했음 좋겠다, 하면 지금 네 엄마는 불행하다. 그게 네 생각이구나. 엄마도 따지고 보면 남인데, 넌 꽤나 확신한다, 네 엄마의 불행을."

냉담하게 날아온 답에 할 말을 잃은 머릿속으로 늘 신경이 곤두선 여자가 떠오른다. 언제나 계획을 세우고 바삐 움직여 겉보기엔 활기가 넘치나 내 눈엔 곧 쓰러질 듯한 여자.

"엄마의 행복은 제가 좋은 대학에 가는 거니……."

"엄마가 그리 말하디?"

"대놓곤 아니어도……."

"그 말의 진위는 몰라도, 지금 네 생각을 네 엄마가 알면 불행할 테지. 네 엄마는 지금 네 속을 짐작도 못 할 테니, 음?"

저 때문에, 네가 지금 불행한 것을 알게 되면 말야. 남자가 그리 덧붙인다. 과연 그럴까. 엄마가 내 힘듦을 안다면……. 전부터 뱃속에서 울렁이던 것이 입 밖으로 울음이 되어 나올 것 같아, 난 떨려 오는 입술을 감쳐물었다.

"말하지 않으면 네 생각보다 더, 사람들은 몰라준단다."

하지만 누구보다 제 생각을 남에게 말할 것 같지 않은 건 남자였다.

"말하고 싶어도 말할 수가 없어요. 누가 옆에 서 있기만 해도 진이 빠지는……."

"네가 뭔가를 숨기니 그렇지."

다정스레 서늘한 말에 자꾸만 시큰대는 눈가를 손끝으로 쓸자, 손톱 옆 피딱지에 물기가 묻어난다.

"그렇지, 한내야?"

남자의 말은 틀린 게 없었다. 난 늘 가면을 쓰고 사니까. 그리고 그도 비슷하기 때문에 이것들을 아는 것일 테지.

천천히 달리는 자전거를 따라 일어난 바람이, 남자의 다정한 말이 날 어루만지듯 내 머리칼을 쓰다듬었다. 내가 늘 그리워하던 아빠의 손길을 꿈결에서 느낀 듯, 잠이 솔솔 오게 쓸어 온다.

"하나, 다 솔직한 게 낫다고는, 그래, 못 하지."

찬 목소리가 속삭이듯 바람결에 흘러왔다.

……어떤 건 평생을, 숨기는 게 낫거든.

절로 움직인 입술.

"오빠가 좋아요."

틀어막았으나, 늦었다. 어째서 뜬금없이 이 말이 튀어나왔나. 밤공기를 머금은 동백꽃의 붉은 무덤이 눈앞에서 어그러지는 게 꼭 내 혼란한 머릿속 같다.

잠시 얼어붙었다가, 천천히 고개를 들었다. 덤덤해 뵈는 뒤통수에 코피가 난 듯 시큰거리는 코끝을 단단한 몸 위로 묻자 진한 내음이 났다. 그러나 역시나 맞는 것 같다.

"좋아요……, 오라방이."

되감기 한 말에도 응답이 없던 남자는 목적지에 도달했을 때쯤 차분한 눈길을 돌렸다. 푸른 달빛이 희뿌옇게 서린 검은 눈동자가 천천히 내 얼굴을 담아냈다.

"그러니."

"……."

조금 더 기다려 보았지만 그게 다였다. 그러니. 단호한 거절보다 더 무신경한. 고백의 말을 내뱉었을 때보다 더 수치스러워져, 그만 귓불까지 붉어지고 목덜미가 화끈거려 견딜 수 없었다. 이제야 그동안 내게 씩씩대던 소년들의 심경이 절로 이해된다.

해변가를 달려 시끌시끌한 곳에 도달했을 때 자전거를 멈춘 남자가 고개를 완전히 돌려 냈다. 내 붉어진 얼굴 곳곳에 시선을 두고, 느릿하게 입을 떼었다. 아마.

"네 착각이겠지."

잠을 설치며 고민하고 고민하다 겨우 내뱉어진 아픈 감정이 순식간에 땅으로 패대기쳐지는 것. 그게 이런 기분이었다. 착각? 여전히 다정스런 남자라 더 무자비했다.

자전거에서 급히 뛰어내려 한 번 비틀대고는 뛰듯이 남자에게서 벗어났다. 뒤에서 조곤조곤히 날 부르는 것도 무시한 이유는 죽을 것처럼 부끄러워 열이 오른 눈뿌리가 시큰거려서였다. 남자의 말처럼 어떤 것은 솔직한 것보다 숨기는 게 낫다. 바보. 멍청이. 박한내. 눈물을 쏟기 전에 도망가야 했다.

어둠에 숨어 남자의 시야에서 벗어났다 싶을 때쯤 집으로 가는 길을 찾았으나, 바다 옆에 방풍을 위해 조성된 키 큰 나무들이 날 자꾸 가로막았다. 여기가 어딘지를 모르겠다.

눈물이 더 삐져나올 것 같을 때, 누군가에게 잡힌 몸이 돌아갔다. 한 바퀴를 돌아 어지러운 시선에, 남색 교복 재킷 안 셔츠가 달빛에 하얗게 빛나는 것이 들어온다. 울기 싫은데도, 야속하게 눈앞에 글썽이는 얄미운 눈물 때문인지도 몰랐다.

"어디 가."

"나, 그러니까, 집에."

축축한 눈을 땅으로 내려 숨기고 개미만 한 목소리를 내는 꼴이 유지한이 봐도 풀 죽은 똥개 같은지, 힐끗 본 눈썹 하나가 그림자 짙게 비틀린다. 왜. 차게 물어 와 힘없이 처졌던 고개를 휙 들었다. 얼른 혼자가 되었으면 했다.

"그냥 간다. 배도 안 고프고."

아귀에서 풀어냈던 손목을 네가 다시 손쉽게 거머쥐어 날 잡아챘다. 몸을 끌어당겨 가깝게 붙여 온다.

"모물조배기라도 먹고 가."

"싫어."

대답하자마자 가늘게 떨리는 내 턱을 쥐어 잡고 들어 올렸다. 깊게 가라앉은 눈이 이리저리 바다 위 나룻배처럼 떨리는 내 눈을 조용히 살폈다.

"뭔 일일까, 또. 대체."

"일은 뭔 일. 피곤하다."

다시 눈을 내리깔며 우물거리는 내 뒤통수를 쓰다듬듯 손을 얹는다.

"말해."

"……"

"어?"

한내.

"……괜한 짓을 했다."

답지 않게 다정한 행동에 습습하던 내 눈에 결국 눈물이 핑 돌았다.

"아니, 못된 짓이다."

남자는 날 고작 두 번 보았다. 그러니 내 고백이 얼마나 황당했을지. 내가 그동안 받았던 고백이 부담스러웠던 것처럼 섣부른 고백이 참으로 난감했겠지. 여유로운 어른인 남자에게 그것이 사춘기 소녀의 변덕쯤으로나 안 보였으면 다행이었다.

이걸 왜 또 늘 짓궂은 네게 털어놓고 있는지. 망한 시험이나 농땡이 친 야자부터 시작하여 엄마, 그리고 남자와의 관계까지 모든 게 엉망진창이라 눈시울이 점차 뜨겁다.

더 묻지 않고서, 유지한은 허리를 구부려 제 얼굴을 내 수그린 얼굴 아래에 놓는다. 깜깜한 시야가 눈물로 일렁여 희미해진 얼굴에서 나는 작은 웃음소리. 옅은 미소가 걸리는 네 입가에, 내가 질질 짜는 게 넌 마냥 웃긴가 싶었다. 한내.

"넌 우는 게 더 예뻐."

느닷없는 말에 깊숙한 감정에서 퍼뜩 헤어 나왔다. 손바닥으로 눈가를 비비자 그제야 밤바다처럼 깊게 가라앉은 눈이 보였다. 조금도 장난스럽지 않았다.

"……그게 할 소리니, 지금."

못났다 할 땐 언제고서. 눈물을 닦으며 투덜대었다.

"기분 나쁘냐, 내 말."

"뭔 소린데, 대체."

"내가 예쁘다 하니까, 기분 나쁘냔 말이야."

결국 어물어물 아니, 하고 내뱉자 뜬금없이 사람 다 똑같다 한다. 네 눈처럼 좀 직선으로 말했으면 했다. 통 못 알아듣겠으니. 남은 눈물만 툭 털어 내자 유지한은 다시 한숨과 같은 말을 뱉어 냈다.

"씨발, 왜 네가 그런 얼굴을 하냐고. 네가 뭔 짓을 했는데."

넌 뭘 안다고 나한테 그런 말을 하는데. 왜 괜히 욕까지 하며 화를 내는데……. 하지만 넌 마치 다 안다는 듯한 눈을 하고, 다 안다는 듯 나른한 입술을 쓰게 씹어 물었다.

"그래, 괜한 짓 했지. 아니, 괜한 사람한테 그런 거지."

괜한 사람? 되묻자 아니라고 고개를 저었다. 무슨 의미였을지 궁금했지만 그새 탈진한 기분이라 물을 힘이 없었다.

"가자. 내가 회 썰어 줄게."

"……네가 말이냐?"

"그래, 네가 원하면."

이번엔 꽤나 억센 손아귀가 날 잡아끌었다. 과한 체온에 내 손목이 불에 덴 것 같아 이것도 참 둘이 정반대구나 하는 생각이 든다. 맨날 내 얼굴만 보면 툴툴대더니 왜 지금은 또 이렇게 다정한 척인지, 남자들은 눈물에 약하다더니 진짜 그런지도 몰라.

* * *

유지한은 날 끌고 해녀들이 그날 잡은 물건들을 직접 요리해 파는 횟집으로 향했다. 다가서자마자 입구 옆 골목에 기대선 남자와 마주쳤다. 잇새에 담배를 끼워 문 그가 지그시 눈길을 던졌다. 맑고 깊은 눈이 한 번 느릿하게 감았다 떠지더니 구불구불 피어나는 연기와 함께 매끈한 미소가 번진다. 괜찮다, 그리 말하는 것 같다. 그 고백 못 들은 셈 칠게, 하는 것 같다.

네가 말없이 잡아끄는 대로 그 옆을 지나치며, 생각보다 덤덤한 것이 나은근 뻔뻔하구나 싶었지만, 그렇다고 대뜸 또 말을 걸 정도는 아니었다. 벌써 곳곳에서 벌어지는 술판을 두리번대며 구경하자, 네가 비어 있는 빨간 플라스틱 의자를 가리켰다.

"저 앉아 있어라."

"넌?"

"회 떠 달라며."

이런 퉁명스런 대답이 돌아올지언정 남자와의 어색한 대면보단 훨씬 나을 것 같아 너 구경할란다 하니, 회 뜨는 거 봐 본 적 있냐? 물어 온다.

"⋯⋯아니."

"살려고 꾸물대는 거 칼로 쳐 대는 건데, 너 질질 짤 텐데. 암거나 불쌍해하는 게."

잔인한 상상에 얼굴이 일그러지자 얄궂은 웃음이 돌아왔다.

"벌써부터 그 모양인데. 뭐, 그 꼴 보는 것도 뭐, 난."

"내 맘이다."

"그래, 네 맘이지."

"볼란다."

"엄마, 나 회 뜬다이."

"어어, 지한아. 어떵, 진복인 잘 데려다주고완?"

"어어."

"물건들 저짝에서 알아서 갔다 먹으라이."

제 집처럼 자연스레 주방으로 향한 네가 익숙하게 예리한 칼들을 꺼내 들고 싱싱한 갈색을 띠는 쭈꾸미를 도마로 집어 던졌다. 도마에 수많은 빨판들이 착, 탄력 있게 달라붙었다. 네가 조그맣고 동그란 쭈꾸미 머리를 거꾸로 휙 뒤집자 고개가 본능적으로 돌아갔다.

칼질 소리가 멈출 때쯤 도마를 슬쩍 보자 제거된 내장과 먹물이 보였다. 하나 그 미끈한 생명체의 입과 눈알이 자비라곤 눈 씻고 봐도 없는 네 손길에 사라지기 시작하자, 또다시 눈을 질끈 감고 말았다. 아무리 곧 먹을 식량이어도 감정 이입이 되는 걸 막을 수 없다.

꿈틀거리는 다리가 칼날 아래 가차 없이 썰릴 때마다 내 다리가 절로 움찔거린다. 그런 고통을 즐기는 주제에, 너 진짜 웃긴다. 가끔 칼을 들고 피를 보는 난 어쩌면 고통을 즐긴다고 봐야 했으나. 그래도 난도질당하는 쭈꾸미는 불쌍했다. 천장을 보며 칼 소리가 날 때마다 몸을 움찔거리고 눈을 깜빡이는 날 보며 유지한은 소리를 죽이고 픽픽 웃어 댔다.

"쫄긴. 이세준한텐 개새끼 소 새끼, 쫄지도 않고 잘도 버럭버럭 하드만은."

"쭈꾸미는 나한테 아무 짓도 안 했잖아."

웃음기 어린 목소리에 삐뚤게 대꾸하자 이번엔 꽤나 크게 웃어 오길래, 나도 잠시 속없이 웃었다. 파리 같은 천장 얼룩을 응시하는 동안 능숙한 칼질 소리가 계속해서 들린다. 몸으로 하는 건 다 잘한다더니 진짠가 보다.

엄마는 내가 설거지만 해도 공부 시간 뺏긴다며 만류하기 때문에 넌 마치 다른 세상에 사는 애 같았다.

칼질이 멈추는 소리와 고소한 냄새가 나고 나서야 난 코끝을 훔치며 눈을 떴다. 참기름장과 꾸물거리는 쭈꾸미 다리가 든 접시를 쥐고 밖으로 나가라 턱짓한다. 주방에서 나와 자리를 잡고 앉자 "엄마, 요리 좀 내주라. 맛난 걸로다가." 하는 네 목소리가 시끌시끌한 술자리 너머 어렴풋이 들려왔다.

"그럼 담달 천초 작업 도와주는 거? 조캐?"

"어."

"아고, 용신님 아덜내미가 올핸 도와준단다!"

"아덜 이제 고 삼 아니?"

"대학 안 가, 아덜?"

"안 가요."

"무사?"

나도 궁금해 귀를 기울였으나 네 답은 들려오지 않았다. 몸국, 데친 미역, 톳들을 내가 있는 상에 한가득 내오느라 바쁘다. 옆 테이블에선 해녀 할망들이 딸 잃은 아주망에 대한 얘기를 간혹 했다. 짠한 것, 아프지만 않았어도, 하는 그런 소리들. 애기 장군감이었는디 어쩌다, 쯧쯧.

어디가 아팠던 걸까. 하지만 바다로 갔다고 했으니 죽은 이유가 그 때문은 아닐 텐데…….

이미 다들 취할 대로 취한 분위기에 넋두리 같은 얘기들이 한창 나오다 이복순, 우리 할망의 이름도 간간이 들리고, 그러다가 엄마 얘기도 나와, 난 해주라는 여자에 대한 생각을 멈췄다.

"경 고운 아가 또 엇썻주. 매일 동백 지름 바르고 곱게 댕기던 그 복순 할망 자식들 중에서도 특히 자랑거리 아니여시냐. 육지 놈이랑 눈 딱 맞아서 떠나 불고나서 아주 넋이 나가더니, 경 가 분 거주. 내가 볼 땐 그릏다."

"경해도 경 억척스레 벌어먹고 사는 거 보믄 모전여전이라. 잘도 장허여."

"기난, 물질로 벌어먹고 사는 것보다 백번 나사."

"가이네 똘래미도 그리 공부를 잘헌다는디. 가가 전교 1등이랜. 남자 없는 게 무슨 대수여, 성님네는 맨날 남편이 술 먹으멍 주먹 휘두르니까 나무 타는 게 일이자녀!"

"내가 나무 타기 장인이주, 그람."

"깔깔깔."

"게도 아직 젊고 고와신디, 새 시집 가야주. 똘래미도 다 컸고."

"요새 저 우리 아덜래미 기한이랑 붙어 다니던디."

"응? 누가 그래샤?"

"내가 봔마씨."

"뭐 요샌 연하가 대세라매?"

"이 할망도 외로운가 보멘."

"아서라!"

"깔깔."

픽, 급작스레 대화가 멈췄다. 끊임없는 수다가 맴돌던 식탁 위로 접시를 꽤나 세게 내려놓은 유지한이 빈 그릇을 치운 공간에 새 반찬 그릇을 올려 둔다.

"굿하고 뒷말 넘 하명해민 복 다 까먹어 부러. 당사자도 여기 이신디."

"……."

"어어, 그래. 아덜 말 맞다."

아주망들이 다시 꾸물거리는 쭈꾸미 다리에 눈을 박은 내 쪽을 돌아보며 목소리를 낮추었다. 조캐, 미안! 하고 화끈하게 외치기도 했다.

"뭘 멍 때리고 있어. 기껏 썰어 줬으면 예쁘게 먹기나 하지."

앞에 자리를 잡은 네가 불퉁하게 말해 오자, 마음 한구석이 찌릿하면서 눈물이 나오기 직전의 감정이 들었다. 매번 삐딱해 날 성내게 하던 네게 요상하게 고맙다는 마음이 들어서인가. 잘 움직여지지 않는 손을 뻗어 젓가락을 들고 바로 앞에 있는 오독오독한 식감의 돌미역을 한 입 물자, 혀 차는 소리가 들렸다.

"사람 성의 무시해?"

이것부터 먹어. 회 접시가 코앞으로 밀려온다.

"미안."

"습관처럼 그 말 말랬지."

"그럼, 고마워."

"그래."

"맛나네."

너무 맛있어 끝없이 오물거리는 입 때문에 간신히 씹는 걸 멈추고 평했다. 보들보들, 쫄깃한 식감이 참기름의 고소한 향과 더불어 혀 위를 맴돈다. 네 말없는 손짓에 접시가 파도처럼 밀려들었다.

한번 먹기 시작하자 잊고 있던 허기짐이 찾아와, 아까 전 쭈꾸미를 동정하던 것도 잊고 정신없이 입 안에 넣었다. 늘 엄마가 정량을 정해 주는 집에서는 먹는 것도 마음껏 하지 못해 눈앞에 차려진 상이 산해진미나 다름 없다. 그렇게 마구 젓가락질을 하는데, 맞은편 의자가 덜컥거렸다.

"볼 한가득 물었네."

자리에 앉은 남자의 입가에 희미하게 퍼지는 미소를 보며 난 씹던 것을 꿀떡 삼켰다. 가슴이 두근거리고 눈을 마주치기가 힘든 것이 벌써 아무렇지 않게 날 대하는 남자 앞에 나 혼자 무던하지 못하다. 결국 켁켁거리며 손에 잡히는 몸국을 들이켜자 얼굴과 목덜미에 한 번에 열이 오른다.

"형, 저 뒤서 물 좀 갖고 와. 술도 할 거 아냐."

잠긴 목소리가 들렸다. 걱정스런 눈길인지 흥미로운 눈길인지 모를 것을 보내던 남자가 말없이 자리를 뜨자, 이제야 진정되는 가슴팍을 퍽퍽치며 소화시켰다. 아무래도 눈치 빠른 네가 알아챘나 싶었다. 하긴, 남자랑 헤어지고 눈물을 펑펑 흘렸으니 뻔한 건가 싶기도 해서 이젠 이중으로 창피했다.

"정신을 못 차리네, 형만 보면."

딱딱한 말투가 경고 조다. 나름대로 무표정에 통달했다고 생각했는데 그렇게 티가 나나 싶었다.

"많이 티 나니?"

"글쎄."

"……."

"아니, 그런 것 같진 않다."

그럼 무어냐 말하려다 아차 싶었다. 좋아한다고 인정한 거나 다름없었기에 떠본 말을 덥석 물어 버린 건가 싶다. 이번에도 주워 담기엔 늦었고. 저 멀리 술을 꺼내는 남자를 힐끗 보며 물었다.

"그럼 어찌 알았는데. 내가 오빠 좋아하는 거."

말없이 날 꿰뚫던 눈이 살며시 내리깔린다. 회를 한 점 떠 넣은 입술이 그것을 씹을 적마다 날 선 턱이 굳게 다물렸다.

"그냥 알아, 난."

낮게 깔린 촘촘한 속눈썹을 가만 보자, 느릿하게 올라온 잿빛 눈동자가 날 다시 물끄러미 보았다. 남자의 눈은 속내가 까발려질까 마주하지 못하겠고, 네 눈은 마주치는 순간 시선을 떼기 어렵다.

멈춰 선 눈길 속에, 매번이고 네 바다처럼 깊은 흑안에 홀릴 것만 같았다. 남자를 보면 바다에서 끌려 나온 물고기처럼 심장이 뛰고, 널 보면 죽은 고기처럼 심장이 멈추니, 두 형제가 날 쥐었다 폈다 농간을 한다.

내게 한참 고정되던 네 눈이 장난스레 가늘어졌다. 턱을 괸 얼굴이 가까워진다.

"어떻게 아는 지 말해 줘? 응?"

낮게 깔린 목소리가 악귀의 붉은 유혹처럼 속삭일 땐 파도 같은 눈이 날 집어삼킬 것만 같았다.

잉? 누군가 했더니 한내 조캐였네? 다행히 울림통 굵은 목소리가 분위기를 끊어 놓았다. 불판에 구워진 새조개, 백합, 그리고 알이 들어찬 쭈꾸미 머리를 식탁에 내려놓은 남자는 엄마 베이커리의 단골손님이자, 다이빙 강습소를 하고 있는 기태 아저씨였다. 우리 둘 주위로 차오르던 바닷물이 썰물에 삽시간 사라진 느낌이라 크게 숨을 들이마셨다. 이곳에 있단 걸 엄마에게 들키면 안 된단 생각이 퍼뜩 든다.

"아, 그냥…… 친구 도와주러요……."

"지한이랑 한내가 친구여? 이야, 묘한 조합이다."

어색하게 웃어 보이는 사이, 그는 유지한에게로 화두를 돌렸다.

"지한아, 올해 내 밑에서 알바 좀 해라. 사람 필요한디."

"엄마들 도와주는 거 봐서요."

"봐서는 뭘 봐서? 일당 잘 쳐줄게! 글고 훈련도 좀 하자. 올해나 내년 대회 함 나가야지. 세계 기록 깨는 것도 문제없을 놈이……."

알 수 없는 프리 다이빙이란 세계에 대해 몇 마디 듣다가, 자리에서 조용히 일어났다. 남자가 한참을 돌아오지 않자, 아까 일이 마음에 걸려 혹시나 하는 마음으로 찾아 나섰다. 하나 성가시게 해서 죄송하다, 그게 사과의 이유가 될까. 모자란 자존심인지 고백을 철회하고 싶진 않은데.

건물 문을 열자마자 계단 층에 앉은 남자가 보였다. 여지없이 손가락 사이로 피어오르는 흰 연기가 그 주위를 무료하게 채웠다. 바다를 향해 앉아 혼자 맑은 술을 따라 마시는 그의 옆으로 가 조용히 앉았다. 다시 잔을 채우던 남자가 일자로 굳게 다물던 입술을 허물었다. 날 비껴 내는 눈빛이 취한 사람처럼 묘하다. 눈매 어딘가가 싸늘해진 느낌도 받았다.

"왜 그렇게 보세요?"

참 답지 않게 물었다. 고백도 하고 거절도 당한 마당에 이런 것 하나 못 물을 건 없다 싶어 뻔뻔해지자 남자가 눈을 휜다. 꽤나 진심 어린 미소다.

여자 남자 가리지 않고 미인이라 칭할 만한 얼굴이 그런 미소까지 만들어
내자 말 그대로 절경을 본 듯 가슴이 요동친다.

"이러니 똑같으니, 그리 안 볼 수 있나."

"누가 누구랑요?"

공허한 눈으로 바다를 주시하던 그가 갈라진 목소리를 냈다. 해주랑.

"……한내랑."

그러고 보면 남자는 첫사랑도 잃고, 진짜 부모는 도망가고, 얼마 전 조모
상까지 치렀다. 죽은 첫사랑과 내가 닮았다는 말은 영 아리송했지만 이상하
게도 그 말이 나쁘지 않다. 그 여자와 내가 닮았다면, 누구에게도 마음의
문을 닫아 건 듯한 남자가 내겐 마음을 열 가능성이 조금이라도 있다는 것
아닐까, 그런 순진한 기대감 때문인지.

"널 찍어 보고 싶기도…… 하고."

담배를 잇새에 끼워 물며 혼잣말처럼 중얼거리지만, 남자는 날 찍은 적
이 없었다. 카메라 렌즈를 흉내 내듯 투명한 술잔이 고요한 눈가로 올라간
다. 하지만 난 기억한다. 셔터 위 그의 검지가 한참 망설이던 것을, 똑똑히
기억했다. 남자의 카메라가 날 향한다면 기분이 어떨까 상상하자, 원래 살
짝 굽은 내 어깨가 더 안으로 움츠러든다. 목덜미가 오싹했다.

잠시 바다를 보며 침묵하던 남자의 핏기 없는 입술은, 엎힌 물기에도 불
구하고 나처럼 희게 텄다. 가만 보다 치마 주머니에서 색감 있는 립글로스
를 꺼내 뚜껑을 열었다. 이왕 당돌하게 나간 김에 용기를 내어 남자의 턱을
쥐고, 그것을 바르자 고요한 눈매가 의아하게 접힌다. 그래도 의외로 뒤로
물러나 피하진 않았다. 버려진 고양이. 유지한이 날 보며 꺼내 들던 단어가
눈앞의 남자 위로 떠오른다.

"좋은 의미로, 닮은 건가요."

대수롭지 않은 척 행동을 마치고 묻자 눈가를 살짝 찌푸린 남자가 담배
를 베어 물었다. 이젠 생기를 채운 입술을 담배 끝으로 살짝 훑으며 작게

달싹였다. 닮았지.

"그냥도 아니고 베어 먹고 싶게, 바다마저도 사랑할 수밖에 없게, 그만큼. 마을 소년이 다 한 번씩 맘에 담아 둘 만큼 예쁘니. 너도, 걔도. 그러니 좋은 건지는 모르겠다."

"……."

"널 찍는 것도."

남자의 말은 알아듣기 어려웠으나 아무래도 내가 상처받지 않도록 애쓰는 중인 것 같았다. 오히려 이건 또 한 번의 거절이 아닐까. 결국 널 볼 때마다 난 내 첫사랑을 떠올린다, 그런 말도 되니.

"아, 욕심 많은 것도 닮았구나. 그런데 여리고."

덧붙이는 말은 더 아리송했다. 넌 허술해. 네 말이 급작스레 떠오르긴 했으나 너 말고 날 여리게 보는 사람은 드물었고, 스스로도 욕심이 많다 생각해 본 적은 없었으니까.

"제가 그래 보여요?"

아니니? 부드러이 되묻는 말이 귓가를 울렸다. 잘 모르겠다는 생각이 든다. 내가 어떤 사람인지 진지하게 고심해 본 적 없으니. 남자의 눈엔 욕심 많고 여려 보이는 걸까. 어떤 면에서?

"제가 어떤 면에서……."

"죽은 사람 닮았단 소리, 뭐 좋다고 하나. 어?"

지척에서 들려오는 소리에 퍼뜩 고개를 돌려 보니 문틀에 기대선 채 팔짱을 낀 네가 보였다. 우리 대화를 가만 엿듣고 있었는지 달그림자 덮인 얼굴이 자못 심각했다.

"그렇네."

그리 수긍하며 남자는 날 돌아보았으나 딱히 미안하단 기색은 느껴지지 않았다. 일어선 남자가 네게로 느릿하게 다가섰다.

"한잔할래, 너도?"

"여서 청승 떨지 말고. 들어가 마시지?"

피식 웃는 남자와 달리 네 얼굴은 심드렁했다.

* * *

맥주잔을 기울이는 손짓이 익숙했다. 어쭈, 고등학생 주제에. 내 아니꼬운 눈에 눈 끝을 샐쭉거리며 웃는다. 뭐, 한 입 줄까? 씰룩이는 눈썹에 고개를 가로젓고 해녀 아주망들이 끝없이 갖다 주는 자리탕과, 메밀수제비만 배 터질 지경까지 먹었다.

이따금 내게 던져지는 친근한 말들에도 그 흥겨운 분위기에 취할 수 없던 것은, 대화가 끊긴 형제간 맴도는 어딘가 팽팽한 긴장감 때문이었다. 상이한 존재감을 가진 두 사람의 기에 눌려, 난 말 그대로 쪼그라들 것 같았다.

취한 할망들이 유지한에게 와 아덜, 아덜, 유창한 섬 말로 대화할 땐 더 그러했다. 아직까지 섬 말을 알아듣지 못하는 난 어쩔 수 없는 이방인인지라. 해녀들도, 바다도, 내겐 동경의 대상일 뿐, 평생 속할 순 없으니 이 섬을 떠나는 것이 맞을 테고. 유일한 위안이라면 그 고고한 존재감 덕에, 섬 사람인 남자가 나와 다를 바 없어 보인단 거였다.

"아이고, 그럼 승미 친구여?"

굿판에서 유지한을 맞이했던 건장한 체구의 할망이 내 옆에 엉덩이를 붙이며 물어 오고서야 승미의 할머니란 것을 알았다. 네, 맞아요. 시원한 눈매가 닮았다는 것을 깨닫고 인사했다.

"이것도 먹어라. 저것도 먹고. 엄마처럼 비실비실해 갖고 영 안쓰러우니. 쯧."

이미 배는 찼으나 떠 주는 그릇을 만류할 수 없어 후룩후룩 떠먹으니 승미와 학교생활에 대한 본격적인 질문이 들어왔다. 걘 요새 관심사가 뭐라냐, 그 따라다니는 애새끼랑은 진지하다냐, 어떤 과목 성적이 제일 그지 같냐, 하나같이 아는 바 없어 난처한 것들뿐이다.

"걔 지승미랑 하나도 안 친하니까 그만 캐물어요."

하나 네 말처럼 이렇게 대놓고 말하고 싶진 않았는데. 퉁명하게 던져진 네 말에 우리 둘을 번갈아 본 할망은 그러냐, 대답하고는 말을 돌린다. 날 좋아한다고 네가 전교생 앞에서 거짓 고백을 했을 때와 비슷한 기분이었다. 의도는 몰라도 이런 순간마다 발라당 벗겨진 기분에 말 그대로 오지랖이다. 나도 입이 있으니 앞가림할 줄 알고, 우린 친구도 아닌데 뭔데 네가 참견이냐 말이다.

그렇지만 틀린 말이 아닌지라 혼자 씨근대니 픽 웃던 네가 제가 반쯤 마신 맥주잔을 들이밀었다. 코끝에 푹 익은 보리차 향이 났다. 진짜 안 마실래? 오늘도 가서 공부하나? 응? 전교 1등. 삐딱하게 기울어지는 입술을 보다 굵직한 손목을 끌어당겨 네가 입 댄 곳 반대편에 입술을 붙였다.

손안은 뜨끈하고 입 안으론 서늘한 것이 흘러든다. 시작은 내가 술 한 입 못하는 범생이임을 은근슬쩍 놀려 대며, 내가 열받는 걸 즐기는 널 설핏 당황시키려 한 것이었다. 한데 그 쓴맛에 은근한 기대감으로 가슴이 뛴다.

살짝 커진 까만 눈 안에 즐거움이 차는 것을 노려보며 쓴 물을 목구멍으로 꿀꺽꿀꺽 넘기자 씁쓰름하고 시원했다. 아기같이 생긴 게 술은 잘 마신다며 좋아하는 할망의 목소리가 들렸다. 죽은 우리 할망도 타고난 주가였단다. 화투면 화투, 술이면 술, 담배면 담배, 일이면 일, 물질이면 물질, 못하는 게 없었다는 것이다.

그 피를 난 물려받지 못한 게 분명하다. 빈 잔을 상에 탁 내려놓는 순간부터 어질어질한 것이, 생각해 보니 오늘 한숨도 못 자고 밤을 새었다. 하나 눈앞이 흐려지며 머릿속에 가득 찼던 잡생각이 사라지는 것, 그것 하나는 좋다.

"한 잔 더 줘."

믿기지 않는 듯 가느스름 떠지는 네 눈도 헛바람처럼 날 들뜨게 했다. 알딸딸한 취기에 흥이 났다. 어느샌가 잠녀 아주망과 할망들의 말에 맞장구 치며 박장대소를 하는 날 발견했다. 이제야 이 섬에 속한 기분이다.

특히 굿판을 벌였던 무당 아주망이 술에 취해 봐 주는 신점이 술판을 뒤 집어 났다. 풀린 눈으로 술을 들이켜다가 무언가에 씐 듯 또렷해진 눈으로, 너 계 넣어 뒀지! 그 계주 도망갈 거야, 이번 아들 장가 잘 간다. 니 아들 머리가 안 좋은데 니네 며느리가 호랑이야. 땡잡은 거지. 근데 너랑은 악연 이다. 연 끊겠어. 그런 말들을 내뱉었다.

"어떻게 알았수꽈!"

휘둥그레진 눈으로 입을 떠억 벌리는 아주망들이 그렇게 웃길 수가 없었 다. 언젠가부터 화끈거리는 볼을 느끼며 깔깔 웃어 젖혔다.

그러다 술에 얼큰하게 취한 아주망 하나가 횟집 구석에 놓인 낡은 노래 방 기계를 틀었다. 구성지게 흘러나오는 뽕짝 노래에 누군가 한 섞인 가락 을 폼 나게 불러 내니 조금 뒤엔 하나가 된 아주망들이 떼창을 했다.

기계에서 현란하게 뿜어져 나오는 불빛들을 몽롱하게 보다 보니 덩달아 몸이 흔들거렸다. 아는 멜로디엔 나도 모르게 큰 소리를 뽑아내기도 했다. 안 그래도 시험만 끝나면 애들이 나만 빼놓고 가던 노래방에 꼭 한 번 가 보고 싶더랬는데, 기계에서 나오는 반주라는 것이 생각보다 더 신나서 아 따, 이래서 술을 마시는구나 싶던 것이다.

"아가 목소리도 곱네. 여기, 여 한내한테도 한 곡 부르게 해 줘라!"

승미 할망이 몸집처럼 우렁차게 외치며 제 노래에 심취해 신나게 부르고 있던 아주망에게 결국 마이크를 건네받았다. 아, 아주망, 저, 저 못 불러요! 연신 사양하는 것을 아무도 듣지 않고 여기저기서 등을 떠민다.

당황하는 날 주시하는 유지한과 남자의 눈썹이 재밌다는 듯 씰룩이는 게, 그거 하난 형제가 똑 닮았다는 생각이 들어 결국 누가 마시던 막걸리 한 잔을 들이켠 뒤 자리에서 일어났다. 어질어질한 시야가 흔들거렸다. 이

참에 머리 아픈 생각들을 멈추기로 하고, 비척대며 걸어가 엄마가 자주 듣는 곡 하나의 제목을 뱉었다.

흔들리는 시야에 5, 4, 3, 하고 손가락이 줄어든다. 이게 뭘까 고민하다 보니 벌써 저만치 흘러간 반주에 서둘러 입을 떼었다. 잔잔해 별 인기 없는 곡인지 번호를 누르면서도 고개를 갸웃거리던 아주망 하나가 보여 눈을 꾹 감았다. 입을 떼자 시끌벅적했던 공간에 물이 차듯 소음이 사그라든다. 오늘 밤 그대를 위해 립스틱을 바르겠다는 철 지난 유행가는 엄마가 집안일을 할 때면 항상 흥얼거리던 것이다.

늘 굳게 다물고 속으로 삼켜 냈기 때문인지, 내 목소리의 유일한 장점이라면 때 타지 않은 미성이라는 것이었다. 어릴 땐 엄마가 내 목소리며 내 노래며 퍽 좋아해서, 엄마가 부르던 노래를 나도 따라 부르곤 했다. 웡이 자랑, 웡이 자랑, 우리 애기 잘도 잔다. 우리 애기 자는데랑 검둥개도 짖지 말라. 은동 개야 짖지 말라. 잠들기 전 들었던 엄마의 목소리는 참 고와서 나도 엄마에게 그런 위안이 되고 싶었더랬다.

아빠와 있던 서울 집은 컸어도 늘 우리 둘뿐이라 우린 서로 상처를 내기보단 의지했었다. 어렸을 땐 엄마와 이렇게 틀어지지도 않았고, 일 나갔다 들어와 지친 기색이 역력한 엄마가 날 꼭 안아 주며 내 어깨를 적시기도 했었는데. 내 목소리가 새벽녘 물안개 낀 잔잔한 바다 같다고, 깊은 바다에 들어갔을 때 그 소란함 없는 적막 같다 했었는데. 촉촉하고 어딘가 애달파 제 마음 깊은 어딘가를 툭 하고 건드린다 했었는데. 이제 엄마는 바다라면, 내가 노래라도 부를라 치면 위험하다, 공부에 방해된다 하며 치를 떤다.

술기운에 취해 얼떨떨하게 노래를 마쳤다. 요란 벅적했던 횟집 안이 고요해지고 만 것에 어색한 웃음만 흘렀다. 선곡을 너무 잔잔한 것으로 했나 싶지만 늘 가 보고 싶던 노래방에 왔다는, 그런 소원을 성취한 기분으로 자리에 돌아왔다. 해서 얼마나 시간이 흘렀는지도 몰랐다. 어제 내가 엄마와

싸우고 오늘 가출하듯 집을 나왔다는 것도.

한 곡 더 해 보라는 둥 한두 마디씩 던져지는 말들을 피해 물끄러미 날 보는 두 명의 남자 사이에 다시 자리를 잡고 앉았을 때, 남자의 휴대폰이 울렸다. 확인하는 남자의 고민 섞인 눈짓에 좋지 않은 예감으로 등줄기가 떨렸다.

분명 엄마다. 허름한 벽지에 눌어붙은 둥근 벽시계의 바늘이 자정을 넘기고 있는 것을 보고 엄마에게 말하지 말라 도리질했지만 내 생각에도 무리한 요구였다. 이렇게 밤늦게 돌아다니는 미성년자는 어떤 성인도 보호해야 할 의무감을 지닐 터다. 결국 자리에서 벌떡 일어나 나갈 준비를 하며 전화받으세요, 하고 말했다. 질질 끌려 나가긴 싫으니 집으로 어서 돌아가고자.

"데려다줄게."

비틀거리며 몇 걸음을 떼자 유지한이 날 붙잡았다.

"괜찮아. 혼자……."

"너 지금 반쯤 눈 감고 있어."

그 말에 눈앞 세상이 반쯤 기울어져 있다는 걸 깨닫고 하는 수 없이 부축을 받아들였다. 비척비척 걸어 나가다 비닐로 만들어 놓은 문에 발이 걸려 넘어질 뻔했을 때, 누군가 또 내 팔을 덥석 잡았다. 너인 줄 알았는데, 그 부여잡음에 목덜미뿐 아니라 온몸에 소름이 돋는다. 우렁찬 목소리가 뇌간까지 휘어잡아 쩌렁쩌렁 울린다.

"쯧, 짠한 게 오래는 못 살 큰게. 빨리 죽으크라. 겐디 그게 너가 애초에 태어나길 어멍 인생 망치멍 태어나 부난이라!"

새까맣게 칠해지고 피처럼 붉게 번진 눈두덩. 귀신처럼 무서운 눈이 부릅뜬 채 또렷이 오시해 오자 손끝까지 벌벌 떨렸다. 취해서인지 움직이지도 못했다.

"이분도 취하셨네."

옆에서 유지한이 한숨을 쉬었다. 내 팔을 잡아끌어 대신 움직이며, 손목에 멍이 들 정도로 세게 부여잡은 무당의 손을 꽉 쥐고 풀어냈다. 헛소리 마세요, 예? 심드렁한 네 경고에 이번엔 무당이 네 팔을 잡아챈다.

"연이 엮였어. 어? 아덜, 아주 질기고 질긴 연이야. 난리다, 난리야."

표정 변화 없이 노려보는 네 얼굴을 풀린 눈으로 유심히 보던 무당이 헉, 팔을 놓았다. 이잇. 복비 안 받을 테니까 얼른 꺼져!

"신령님, 또 우리 아들헌티 시작이우꽈."

얼른 가! 다시 오지 마! 무당이 벌이는 소란을 틈타, 유지한은 내 팔을 잡아당겨 자리에서 벗어났다.

* * *

"뒤통수 깨지고 싶나 봐?"

엉거주춤 자전거에 올라타려는 날 만류하며, 유지한은 내 팔을 다시 쥐었다. 앙상하긴. 까딱하면 부러질 것 같아 쥐지도 못하겠네. 없는 게 속 편하지. 혀를 쯧쯧 찼다. 난 반쯤 눈을 감고, 남자가 세워 둔 자전거에 내 수치스런 고백을 떠올리며 헤실헤실 풀어진 얼굴을 바짝 붉히고 있었다. 하, 그런 날 보던 네게서 비릿한 웃음이 터진다.

"왜 비웃어?"

눈을 깜빡이며 빤히 보자 괜히 먹여 지랄 났네, 하고 또다시 읊조린다.

"뭐야?"

내가 묻자 서늘한 눈길이 내 부르튼 입술에서 내 다갈색 눈으로 천천히 올라왔다.

"뭐가?"

"왜 무당 아주망이 너한테 저러니?"

왜인지 화난 듯한 네 얼굴을 빤히 보며 물었다. 무당은 너무 강한 수호신을 지닌 사람을 쫓아낸다는 말이 있었다. 그래서 해녀 할망들이 유지한을

용신님 아들이라 믿는지도 몰랐다. 수호신이라니, 뭐든 내겐 없을 게 분명
하다.

"그딴 거 뭘 믿어, 멍청하게."

정신 차려. 허술하게 휘둘리지 말고. 날카롭게 벼려진 말이 가슴을 후빈
다. 네 말처럼 오늘 참 멍청한 짓을 많이 한 게 찔려서 뿐만은 아니었다. 그
딴 거 믿지 말라는 말이 묘하게 안심되니 눈물도 찔끔 나와서.

사실 다 무시하고 싶어 꺼낸 말이었다. 엄마 인생을 망친 박한내가 곧
죽어 버릴 거라니, 너무한 데다가 말도 안 되지 않아? 하나 사실일지 모른
단 생각이 자꾸만 머릿속에 똬리를 트니 찜찜하고 울적했다.

"나 안 멍청하다. 똑똑하다구우……."

그게 유일하게 내가 잘하는 건데. 공부.

술기운을 핑계 삼아 아무 말이나 해 대자, 지그시 내려오는, 내게로 깔리
는 네 눈동자가 고요했다. 어기적거리며 걷느라 내 무게를 온통 받치고 있
는 네 단단한 팔은, 내 손이 차서인지 무척 따뜻해 또 그렁그렁 눈물이 찬
다. 자꾸만 코를 훌쩍이는 날 보던 눈이 바짝 가늘어졌다.

"하, 기분 좆같네. 거슬리게."

"뭐? 너 나한테 화났어? 어떻게 그런 말을 해."

역시 너도 날 싫어하는 거겠지. 뜨끔하면서 슬픈 마음이 들어 치켜뜬 눈
망울을 들이대자, 날 물끄러미 들여다보던 네가 나처럼 눈썹을 치뜬다. 곧
시선을 저만치 돌리고 다시 길을 걷는다.

"울화통 날 듯 답답한데, 가끔 보면 또 멍청할 만치 겁 없고. 그게 또 울
화통 나고."

"뭐가 자꾸 멍청하다니."

"공부만 잘하겠지. 하는 거 보면 헛똑똑이도 이런 헛 게 없으니."

하, 난 헛숨을 뱉으며 미간을 좁혔다. 이게 아주 보자 보자 하니까 이젠
막말이다.

"⋯⋯네가 뭔데? 네가 뭔데 나한테 맨날 막말이야? 왜 자꾸 나 무시하고 열받게 하냐고! 너 일부러 그러는 거 내가 다 알아, 나쁜 놈아!"

내 혀 꼬인 말에 몰라서 묻냐는 듯 짙은 눈썹이 씰룩인다.

"아, 그래, 말 잘했다, 한내. 내가 뭘까, 어? 내가 없었으면 네가 어찌 됐을지 까놓고 말해 볼까. 응? 이세준이 널 진짜 때렸으면 어쨌을까. 도발할 땐 선이라도 잘 타지, 계집애가 약골 주제에 수 없이 아주 무작정 말 던지지."

"그럼 나도 불알 한 대 차 줬지."

피식 웃어 낸 입술이 차게 뇌까렸다.

"한 대 맞으면? 네 비실비실한 몸은 기절이고, 쓰러져서 그 짧은 다리로 잘도 불알을 차겠다. 응?"

"⋯⋯그런가."

"뻗댈 거면 아주 쭉 그러든가. 이유경 앞에선 왜 죄지은 꼴이고."

"그건 이유가 있다."

"걔가 나 좋아하는 거, 씨발, 그게 뭐."

"⋯⋯알고 있었어?"

"모르는 게 병신이지."

"⋯⋯."

"⋯⋯."

그러나 난 오늘 유경이가 아주 잘, 이해가 되었다.

"짝사랑은, 슬프다."

"오늘 아주 잘─ 느꼈나 보다."

네 빈정거림에 또다시 찔끔 나오려던 눈물을 꾹 참았다. 이래서 어른들이 술은 즐거울 때만 먹으라 하나 보다. 몸도 마음도 물러지니 슬픈 감정이 통 꾹꾹 눌러지지가 않는다. 다리가 풀려 흐물흐물 걷다 돌부리에 발이 걸려 앞으로 고꾸라졌다. 무릎이 바닥에 닿기 전 가슴 부근을 받쳐 든 팔 덕에 겨우 살았다.

혀를 찬 유지한이 내 겨드랑이를 쥐고 날 무슨 볏짚처럼 가볍게 세운다. 귀찮은지 금세 손을 뗐다. 그런 곳에 남의 손이 닿으니 적잖이 부끄러웠으나 수그렸다 일어나니 눈앞이 더 빙빙 돈다. 비틀대는 날 이곳저곳 살피던 네가 결국 등을 돌려 앉았다.

"말로 할 때 타. 이러다 날밤 까니."

그 쭈그려 앉은 뒷모습이 듬직하고 훤칠해 잠시 넋을 잃고 보았다. 말만 곱게 하면 참 멋지고 좋겠구먼. 하나 오히려 그 삐딱함 때문에 순순히 그 말에 따르게 된다. 어쩌면 알딸딸한 술기운 때문인지도 모르지. 네 너른 등에 가슴을 대고 곧은 목에 팔을 두르자 갯바위처럼 단단하고 커다란 몸이 천천히 일어났다. 나도 모르게 환호성이 터진다.

"와, 진짜 높아."

태산 같은 키였다. 작게 웃는 네 울림이 등을 타고 전해졌다. 걸음을 옮기니 위아래로 작은 반동이 날 들었다 났다 한다. 바다에 들어갔다 나온 지 꽤나 흘렀을 텐데, 목덜미 부근에서 바다 내음이 한가득이다.

"너."

"……."

"여자애들 많이 만나 봤담서?"

"……."

"왜 말이 없니."

"뭐가 궁금한데."

다정할 만하면 왜 또 금세 싸가지가 없어지는지. 하지만 그래서 나도 아무 말이나 마구 내던질 수 있는지도 모른다.

"그럼 키스도 해 봤니."

"……."

네 커다란 등이 또 잘게 진동했다. 네가 볼 수 없는 등 뒤에서 난 바짝 인상을 썼다.

"왜 웃어?"

왜 자꾸 날 무시하는 기분이 드는 건지 아무튼 부아가 나서.

"……."

"뭔데, 또 멍청한 질문이었어?"

"아니."

"그럼."

"상상했다."

"뭐가?"

"너랑 하는 거."

얼굴이 화르르 달아올라 밭은 숨이 튀어나올까 고개를 숙였다. 뭐야. 한참 뒤에 읊조린 내 목소리가 뻑뻑하게 갈라져 있다.

"네 입술이 볼 때마다 터져 있으니. 네가 허술한 탓이지."

"그게 뭐. 난 피부가 얇아서 사시사철 터."

"……."

"근데 그 상상이 대체 왜 웃겨?"

그 상상을 우스워한 것에 꿍한 감정이 든다. 애들이 색스런 너와 달리 난 영 목석같은 타입이라 한 게 떠올랐기 때문이다.

"너 때문에 웃은 거 아니다."

"그럼."

"나 땜에."

"응?"

"……됐다. 돋구지 마."

"……."

네 꾹 다물어진 입술의 옆태를 말없이 보고 있자 네가 천천히 오름을 올랐다. 달빛이 비추는 붉은 동백꽃 무덤을 자근자근 밟는 네 발소리, 파도 소리, 바람이 우릴 스치는 소리가 들렸다. 어느덧 뺨을 맞대었던 목덜미에서 후끈한 열기가 풍겼다. 네 살 내음이 더욱 짙어진다.

"무거워?"

"……무겁긴. 등이 아파. 닿는 게 뼈뿐이라. 아까 깨작거리던 거 봐라."

"왜. 너도 가슴 큰 여자 좋아해?"

키득키득 웃으며 말하자 네가 잠시 발걸음을 멈추고는 되물었다. 가슴 큰 여자? 가늘게 뜬 눈으로 픽 웃으며 날 돌아보았다. 그러고는 느릿하게 입을 뗐다.

"넌. 커, 작아."

"뭐, 뭘 그런 걸 물어. 다 봐 놓고."

"내가 뭘 봐. 네 걸? 언제."

"내 속옷 훔쳐봤잖아!"

"훔쳐보긴. 떡하니 보라고 올려 두곤."

"아, 뭐든! 척하면 척이지. 내가, 이 몸으로 클 리가……. 흠."

난 퍼뜩 든 생각에 잠시 말을 멈추었다. 마른침을 삼켰다가 조용히 입을 뗐다.

"내가 가슴이 작아서……. 그럼, 만약 컸음 오빠가……."

하, 가지가지 한다, 박한내. 네가 짜증을 담은 목소리로 내 말을 끊고선 다시 발을 뻗는다. 손가락을 옮겨 맥이 뛰는 네 목덜미를 만져 보았다. 축 축한 땀이 배어났다.

"너 땀 나."

"만지지 마."

낮게 뇌까려 오는 얼굴이 달빛 아래, 그 귀 끝도 동백꽃이 물든 듯 붉어 진다. 생긴 것 답지 않게 간지러움을 타나. 장난기가 발동해 그 목덜미에 후– 후– 바람을 불던 난 네 맥이 한 차례 꿈틀대는 것에 홀린 듯 혀를 살짝 내밀었다. 그곳을 핥고는 아우, 짜, 하자 발을 다시 멈춘 네가 느릿한 날숨 을 아주 길게 쉬었다.

"미친 계집애가, 진짜."

서슬 퍼런 음성에 깔깔 웃음을 터뜨렸다. 넌 이젠 술 가까이도 마, 말한 네가 날 한 번 공중으로 띄워 추스르고 다시 걸음을 옮겼다. 치, 먹인 게 누군데. 눈앞에서 푸른 달빛이 둥실둥실 허공에서 춤을 춘다.

"유지한."

"왜."

"사실 이세준한테 욕했을 때 말야."

"……."

"걔가 나 때릴 거 같음 네가 나서 줄 거 알고 있었다. 그니까 내가 너……."

"아니까 됐어."

술기운을 빌미 삼아 내내 마음에 걸려 있던 것을 회개하듯 털어놓자, 당연하게 돌아오는 대답에 등에 기대었던 고개를 번쩍 들었다.

"……알았어?"

"어."

"어떻게?"

"까먹었나 본데 도와줄지 먼저 물은 건 나야. 게다가 네가 욕하기 전 나랑 눈 마주쳤지?"

"응."

"그때 네가 질질 짜더라. 도와줘, 유지한. 제발."

"참 나. 제발? 눈빛으로 사람 마음을 읽다니 너 초능력자야?"

코앞에 놓인 붉은 입술에서 바람 소리가 샌다.

"난 네가 그런 걸로 미안해하는 거, 그게 볼 때마다 열받으니까 이용 어쩌고 헛소리 말고. 더 갖고 놀아도 돼, 응?"

네 말에 여전히 알쏭달쏭한 기분일 때, 휘파람이 들려왔다. 듣다 보니 익숙한 것이 내가 홀로 흥얼대다 들켰던 노래다. 내 녹음기 한편 저장되어 있는 곡이기도 했고, 실은 만든 노래 중에 가장 좋아하는 것이며, 파도를 닮았다 혼자 생각해 오던 것. 내가 아닌 네 입에서 흘러나오니 비로소 아, 이게 이런 노래였구나 싶어진다. 기분이 좋았다.

네 등에서 흔들리며 듣는 그것이, 파도 소리와 참 잘 어우러진다 생각이 들 때였다. 갑자기 눈부실 만큼 밝은 빛이 쏟아져 고개를 들었다. 꺾어진 언덕을 차 한 대가 빠르게 내려온다. 그것을 멍하게 보다 다리를 버둥거려 등 뒤에서 내려왔다. 의아하게 돌아보는 네 손을 잡고 옆에 보이는 나무들 사이로 뛰어들었다.

엄마의 차였다. 술 냄새를 풍기며 남자애와 함께 있는 걸 들켰다간 무슨 말을 들을지 모른다. 제일로 보고 싶지 않은 건 엄마의 복받치는 눈물로, 무당의 말대로 내가 엄마의 인생을 망쳤는지도 모른단 생각. 평생 수도 없이 해 온 터다.

사각거리는 풀을 밟아 가며 점차 어둑해지던 공간이 내 모습을 아주 감춰 줄 정도로 깜깜해질 때에야 뛰던 발을 멈춰 섰다. 불길한 생각에 빠져 얼마나 깊이 들어왔는지도 몰랐다. 고개를 바짝 드니 높이 솟은 나무들 사이, 흑운에 가린 달이 보인다. 그 외엔 아무것도 보이지 않는다.

검게 빛나는…….

네 눈 말고는.

마주한 시선에 배 속에서 다시금 화끈한 술기운이 올라온다. 사르르 힘이 풀려 시선을 떨구고 쥐던 네 손을 놓았다. 하나 네가 날 놓지 않으니, 맞잡은 손이 여전했다. 오히려 그 뜨거운 손은 내 작은 손을 완전히 감싸 내고, 핏줄이 서도록 꽉 쥐어 오며, 다른 손으로 내 뺨에 붙은 젖은 머리칼을 천천히 귀 뒤로 쓸기까지 했다.

"한내."

네 목소리에 내 가슴 어딘가가 푹 잠기는 동시에 술렁인다. 심드렁한 기색이 사라진 네 나른한 말투가, 이젠 네가 그 오묘한 눈동자뿐 아니라 말로도 홀리려는 듯해서. 왜인지 늘 소용돌이치는 네 눈을 마주 보면 안 될 것 같았는데, 내 턱을 쥔 손에, 네 힘에 고개가 들렸다.

"박한내."

결국 눈이 마주쳤다. 그러자 시작됐다. 희뿌연 달빛 아래 검게 빛나는 눈동자가 그 순간부터 그물처럼 날 옭아매는 것이.

"포기해."

찡그리듯 눈을 접은 네가 어딘가 쓰게 웃는다. 형 말고.

"나 봐."

내가 막힌 숨을 꾹 뱉으며 눈을 더 크게 뜨자 거친 손끝이 내 입술을 쓸었다.

"너, 형이랑 키스해 보고 싶지."

네가 속삭였다. 쓰고, 동시에 달콤하게도 묻는다. 해서 웃기게도, 내 고개가 절로 끄덕여지게끔. 어둠 속에서도 아주 새붉은 입술이 교묘히 달싹거리는 걸 멍하니 보며 난 고개를 재차 끄덕였다.

"하고, 싶어."

"그래. 살짝, 아님 깊게."

"……깊은 게, 뭐야?"

"입 속까지 들어가는 거, 그게 깊은 거지."

"……."

"말해 봐. 어느 쪽인지."

"그럼……. 그럼, 깊게."

깊게. 내 대답을 따라 하는 네 입술이 차게 키득거렸다. 근데 난. 다시 미소를 지워 낸 네가 서늘히 입을 뗐다.

"난 너랑 해 보고 싶은데."

더 크게 벌어지는 내 눈을 잡아 두며 천천히 고개를 숙인 네가, 발갛게 열이 나는 내 귓가에 입술을 붙이고 속삭였다.

"난 박한내랑. 나도, 깊게."

그 낮게 깔린 목소리가 내 귀를 통해 스몄는지 덫에 걸린 몸이 꼼짝을 않는다. 목이 움츠러드는 만큼 얽힌 손에도 힘이 들어가 내 손가락 사이로 네 단단한 손마디까지 느껴질 때쯤, 거칠거칠한 촉감의 손끝이 긴장으로 굳어진 내 손등을 섬세하게 쓸며 깊숙이 얽혀 들었다. 굵직한 뼈마디가 내 심장이 쿵쿵대며 요동치고 있는 곳을 지그시 눌렀다. 난 좋아해. 난 남자를 좋아해. 그러나 어둠 속 유지한은 부쩍 남자와 더 닮아 보인다.

그래서 오늘 아침, 네가 제 형과 닮았나 물어 왔던 걸까. 넌 내 이런 욕망을 그때도 알고 있던 것인지. 날 이렇게 자극하고 싶었던 건지. 이미 잔뜩 부끄러운 말을 늘어놓고도 급작스레 창피해졌다. 네가 내 허술함을 탓한다면, 난 네 치밀함을 탓하겠다.

한내, 하고 귓가가 다시 간지러워졌다. 나 보래도. 그래서 다시 고개를 들었다.

"나랑 해."

응? 네 부드러운 입술이 내 달아오른 뺨 위로 자리를 옮겨 속삭이자 얼굴 전체로 간지러움이 퍼져 나간다. 절로 입술을 말아 물었다. 너도 나처럼 그 좋은 상상력으로, 날 형이라 상상해 보든지.

바짝 붙은 몸에서 깊은 바다 내음이 흘렀다. 네가 느릿한 숨을 뱉자, 겨울 밤공기는 차고, 뺨에 닿는 그 숨만 미치도록 뜨거웠다. 정적 위로 파도가 휘익, 숨을 쉰다. 네가 부르던 휘파람이 머릿속에서 떠다녔다. 멈춘 숨이 도통 다시 쉬어지지 않아, 결국 시선을 들어 날 홀리는 네 눈을 마주했다. 차라리 그게 편하다 싶어. 네게 홀려 버리는 것이.

기다랗게 자란 앞머리가 가렸다가 드러내는, 잿빛 뒤섞인 네 검은 눈동자는 밤에 보니 황홀하게 예쁘다. 깜깜한 밤하늘 속 별무리가 뒤섞인 듯. 네 저건 분명 남자와 다른 것을 안다. 하나……. 깍지 낀 손이 피가 통하지 않는 듯이 아팠다. 어느덧 내 어깨를 잡아 오는 네 손의 아귀가 선연했다.

"으, 응……. 흐."

말이 채 끝나기 전 맞붙는 입술에 눈이 감겼다. 파도가 덮친 나룻배에 탄 듯 몸이 이리저리 뒤흔들린다. 그런 느낌이다. 세찬 겨울바람에, 절벽 위 몸이 위태롭게 휘청이듯이……

부드럽고, 뜨겁고, 도톰한 입술이 각도를 틀어 입술을 물어 올 적마다 전달받은 온도에 절로 몸이 뜨겁고 숨은 허덕인다. 그런 몽롱함 속, 작은 것 하나하나 날카롭게 스며든다.

"흐읏……. 하아."

내 입술 위 살갗을 가볍게 말아 물던 입술이 더운 숨을 뿜고, 목마름을 해갈하듯 깊숙이 날 물고, 까슬하게 일어난 내 죽은 살갗을 까끌한 혀의 돌기로 쓸어 낸다. 그렇게 축축해져 매끄러워질 때까지 타액을 적신다.

잠시 영역을 벗어난 혀가 넓은 면적을 이용해 내 턱 끝부터 입술까지 맛을 보듯 쓸어 올린 뒤, 아, 탁하게 벌어진 내 입 안으로 미끄러지듯 쳐들어왔다. 입술뿐 아니라 내 몸 전체를 핥아 내듯, 혀의 미뢰를 이용해 날 음미하듯. 해서 낙지 다리처럼 내 머리 전부를 감아쥔 네 커다란 손에 두피까지 화끈거린다.

혀가 정성껏 치열을 두드려도 긴장된 몸이 완전히 열리지 않자 단단한 손끝이 머리칼 새를 느릿하게 문질렀다. 등줄기가 찌릿한 기운에 치가 떨릴 지경이었다. 거친 숨이 내 입술 위를 바람처럼 훑다가, 비틀린 웃음이 됐다.

"그래, 내 목 졸라도 좋으니."

열어.

그제야 네 옷깃을 구겨져라 틀어쥔 내 손이 보였다. 그것은 부들부들 떨고 있었고, 내 입술은 온통 눅눅했다. 뜨거운 네 손끝이 그 위를 문질렀다.

"열어."

차게. 아니, 뜨거운가.

"하아."

아니, 네 저의 따위 모르겠고 그저 혼몽한 내게, 네가 다시금 다그쳤다.

"네가 열어야, 내가 들어가지."

응? 깊게. 욕망에 축축해진 네 목소리는 오싹했다. 뒷목이 찌르르 떨리며 벌어진 내 입 안으로, 질척한 살덩이가 침범해 눅눅한 내 입천장을 쓸고 말캉한 점막을 쓸어 내 더 무르게 했다.

어느 순간부터는 시야가 까마득해지고, 눈을 떠도 한밤처럼 깜깜한 암전으로 빨려 들어간다. 끈적하게 말라붙은 침이 마찰하며 만들어 내는 소리와 흥분에 절어 허덕이는 내 숨소리만 귓가에 울렸다. 넌 숨소리 하나 거칠어지지 않은 듯했다. 죄다 뒤흔들리는 건 나 혼자인 듯이.

하아. 하악. 웃. 하나처럼 붙어 있던 입술이 질척한 소리를 내며 떨어졌을 때에도, 내 허리에 감긴 손은 내 체중을 오롯이 감당하며 장수한 나무뿌리처럼 건재했다. 난 다리에 힘도 들어가질 않는데.

넌 날 천천히 나무에 기대 앉히고는 내 턱 끝을 들어 올려 자꾸만 땅으로 꺼지려 하는 눈길을 억지로 맞추게 했다. 장난스레 웃지도, 인상을 쓰지도 않는, 다소 속을 알 수 없는 얼굴이 자못 다정하게 내 머리를 쓴다. 그게 또 기묘하리만치 기분이 좋은 게, 말도 안 되게 이상하여 마주쳤던 눈을 다시 내 발끝으로 깔았다.

네 고요하나 집요한 시선이 내 머리꼭지를 핥았다. 하나 그저 쥐가 난 듯 저릿저릿한 내 발밖에는 볼 수 없다. 이 불시착이 혼란하다. 어긋난 것이 분명한 이 관계도가. 하지만 내 욕망과 내 감정의 비껴 난 충돌에도, 그 모든 걸 떨쳐 버릴 만큼 너와의 입맞춤이 좋으니. 무지 속에 숨었던 내 욕망 하나가 확연하게 꽃을 피운 듯했다.

때마침 쭈그려 앉은 부근에 하얀 꽃이 피어 있는 것이 보여, 난 여태 떨리는 손끝으로 네게서 도피하듯 그것을 매만졌다. 톡, 칠 때마다 작은 잎이 수긍하듯 휩쓸린다. 이 섬에서만 피는 수선화였다.

"너 닮은 꽃이다."

한내.

거칠게 잠긴 목소리가 은근히 말해 와도, 그게 무슨 의미냐 물을 수 없다. 그저 은밀한 어둠이 내 붉은 얼굴을 숨겨 주길. 그런 생각만 했다. 어둠이 날 숨겼을 때 무얼 하고 싶은가 묻는다면, 네게서 달아나고 싶기도, 이 어둠을 틈타 미친 척 한 번 더 너와 입을 맞추고 싶기도 했다.

3장. 꼬리 물기

"아……."

의자에서 일어나자 눈앞이 핑 돈다. 지속되는 현기증에 쓰던 안경을 벗고 손바닥으로 눈가를 지그시 누르며 다른 손으로 쓰러지지 않게 책상을 짚었다.

3일째 밤을 새우니 어질어질함이 끝없다. 시험 기간엔 카페인을 들이부은 듯 심장이 요동쳐, 누워도 잠 못 이루는 나였다. 광인처럼 충혈된 눈으로 이미 여러 번 보고, 밑줄을 그으며 보고, 중요 부분만 형광색을 칠한 교과서를 또 본 뒤, 마지막 요약 노트까지 보면 어느새 아침이었다.

이젠 익숙해질 법도 한데, 고 삼 수험생이란 타이틀에 강박은 심해질 뿐이라 작게 적어 둔 선생님 농담까지 달달 외야 안심이 되었다. 그러니 누구도 아닌 내가 날 몰아붙여 죽일 판이었다.

이 시기에만 심해지는 난시에, 착용한 안경을 벗고 덜덜 떨리는 숨을 느끼며 가방을 쌌다. 내일 중간고사 끝 날이라, 문으로 향하는 중간중간, 책에 코를 파묻은 아이들을 볼 적마다 불안하다. 제일 오래 앉아 있어야 1등을 하는 게 정당하단 또 다른 강박증.

'게으름 피우며 요행을 바라면 안 돼.'

그건 늘 부지런한 엄마의 신념이기도 했다. 집에 가서 공부 마저 할 거잖아. 오늘도 밤새면 되잖아, 박한내. 애써 불안을 달래며 귀신이라도 나올 듯이 깜깜한 복도를 걸었다. 귀신아, 차라리 나타나 내 졸음이라도 물러라 싶었다.

내일 볼 영어 시험 범위에서 이해가 어려운 부분이 있어 집에 있는 컴퓨터를 사용해야 했다. 왜 미리 체크하지 못했나 자책하며 귓바퀴 근처 머리칼 하나를 습관적으로 뜯자 아야, 흐릿한 정신이 돌아온다.

시험 기간 내내 울렁이는 배 속, 두방망이질하는 심장에 수면 부족인 몸이 무거운 발을 따라 질질 끌렸다. 땅거미가 져 거뭇해진 운동장을 가로질렀다. 세탁기처럼 돌아가는 머리로 시험 범위의 처음으로 돌아가 달달 암기한 본문을 복기하며 주술처럼 외고, 잇새로 새는 문장들 간 연결성에 집중하며 교문을 나섰다. 스스로 빡빡한 질문을 던지며 몇몇의 인영을 지나칠 때, 이따금 누군가 날 부르는 듯해도 모든 게 꿈결처럼 아스라했다.

짜르릉.

그 소리에 꾸물꾸물 잠기던 눈이 퍼뜩 커졌다. 문 닫힌 슈퍼 앞에 선 채, 멍하니 내 가슴 부근을 보았다. 무조건적 반사인가. 네 입술이 닿을 적처럼 기대감에 펄떡펄떡 박동하는 것을 손으로 지그시 누르며 생각했다. 난 네 입술에 중독이 된 걸까 하고.

그날 이후, 여러 번 입을 맞춘 우리였다. 내가 자습 갔다 집에 가는 길, 잠시 집에 들렀다 다시 학교로 가는 길. 그때마다 네 손이 내 뒤통수를 쥐었다 떨어지면 자전거가 내 앞에 서서히 멈추곤 했다.

그날은 집집마다 통곡의 울음이 파도처럼 잇던 날이었다. 군부 정권이 학교 운동장에 마을 사람들을 몰아넣고, 담을 넘는 사람, 도망치는 사람,

비명을 지르며 몸을 웅크리는 사람 모두에게 총을 갈겨 마을 모두가 초상을 치르게 된 날. 빨치산의 거점을 없애겠다는 포부에 이 마을이 억울한 본보기가 된 날이었다.

학교를 나서는 내게 네가 어디 가냐 묻길래 할아버지 제사상에 잠시 인사를 올리러 간다 하고는, 네가 혹여나 날 기다릴까 자습 때문에 학교로 다시 올 거라 덧붙였다. 집에서 나와 내리막길을 걷자마자 네 자전거가 앞에 섰다. 네 눈은 피하기 바쁜데, 또 뒤에 말없이 올라타는 날 보며, 네가 웃음이 새는 아랫입술을 씹어 물었다.

빠르게 내달리는 바퀴에서 무언가에 대한 기대감처럼 흙먼지가 팔싹 날아올랐다. 낡은 자전거 바퀴가 빼깍거리며 헛돌면 넌 욕설을 뱉으며 발로 몇 번 두드린 뒤 다시 페달을 밟았다.

좁은 길에 직선을 그리던 자전거가 휘파람 소리를 따라 멈추자, 넌 내 손목을 쥐고 큰 보폭을 걸어 검은 숲속으로 들어섰다. 난 거의 달음박질쳐야 하는 속도였지만 개의치 않는, 욕망으로 급박한 걸음이었다. 나무가 촘촘해지고 솔 냄새가 진해지는 곳. 네가 온 가슴으로 헐떡이는 날 나무 기둥으로 밀쳐 놓고 몸을 붙였다.

난 얼굴이 발갛게 붉어져 눈을 휘둥그레 뜨면서도 또 한편 기대감으로 깜빡이며 올려다보았다. 정확히는 네 껍데기를 바라보며, 널 닮은 누군가를 상상하고자 했으나 그건 늘 뜻과는 달랐다.

그런 날 보며 뭔가를 억누르듯 한숨을 쉰 네가 고개를 숙였다. 내 키가 작아 네가 한참을 수그려야만 닿곤 했다. 입술이 맞물리자 우리는 둘 다 잠시 헐떡거렸다. 내 입술에 오롯이 몰두하듯 네가 고개를 기울여 가며 살갗을 빨아들인다.

아직은 서늘한 공기에 네 찬 코가 내 코에 자꾸만 부딪쳤다. 그래도 나보다 월등히 뜨거운 체온을 가진 너라, 입으로 온도를 전달받으면 난 늘 뇌까지 노곤하게 녹아내리곤 했다. 이상한 기척을 느낀 내가 무거워진 눈꺼풀을 들어 올린 건 그때였다.

가늘게 떠진 눈이 날 주시하고 있었다. 겉보기엔 잔잔한 네 검은 눈, 내 손끝에 닿는 느릿한 심장 박동에 의아함을 느끼며 나도 보답하듯 붉은 입술을 물고 빨았으나, 네겐 충분해 뵈지 않았다. 내 허리를 쥔 손에 급작스레 힘이 실려 아팠다. 아야, 비명과 함께 물러서다 배수진처럼 막아선 나무 기둥에 몸을 부딪치고 겁먹은 눈을 했다.

네가 아랫입술을 의도적으로 아프게 깨물어 왔다. 다시 아, 아픈 소리를 내자 속내를 숨기려 검게 칠해진 눈이 또다시 가늘어졌다.

"그만하라 해. 아프면."

쇳소리 같은 목소리였다. 내 양어깨를 짚은 손의 아귀가 어찌나 점점 세지는지, 땅속으로 발이 짓눌려 들어가는 듯했다. 선뜩하게 깨무는 네 이에, 아야, 신음하며 가슴팍을 밀쳐 내자 관자놀이에 묻은 입술이 속삭였다. 말해. 귓가에 날아드는 느릿한 숨이 그날따라 불타듯 뜨거웠다. 늘 때가 되면 덤덤히 물러나곤 했던 네가 유난히 오늘은 그러기 힘든 듯하여 어안이 벙벙했다.

"……그만해."

날 으스러뜨리고 싶어 하는 네 아귀힘에 별수 없이 말에 두려움이 실리자, 넌 뒤로 한 걸음 크게 걸으며 어깨를 쥐던 손을 떼었다. 그 가라뜬 눈에 날이 섰다.

당황하여 정처 잃은 내 눈길이 제법 불룩해진 바지에 닿았다. 보지 못한 듯 은근히 돌려지는 내 시선에 네가 피식대며 날 주시해 왔다. 걸어간 나무 기둥에 뒤통수를 기대고선 무릎 한쪽을 세워 그 위로 팔꿈치를 올리는 것이, 발기한 중심을 숨길 생각은 조금도 없고, 도리어 보란 듯 둔 것이다.

"왜."

하며 네게 입술을 빨렸던 나무에 몸을 기대자 맞은편의 네가 실소를 뱉었다. 어딘가 성난 눈길이 내 퉁퉁 부은 입술, 열락에 습기가 차 짓물러진 내 눈가와 뺨을 천천히 오갔다. 왜냐니. 더 새붉어진 입술이 작게 빈정거렸다.

"오늘은 받아야겠다."

"뭘?"

"네 노래."

"……."

"오늘은 들어야겠다고."

한동안 시선만 묘하게 얽혀 들었다. 네 서늘히 뜬 눈을 보다가 난 결국 꾹 다물었던 입술과 몸에 사르르 힘을 풀었다. 바람이 내 머리를 타고 흘러 물결치는 것을 따라 입술을 열고, 어느새 목소리를 내자 나른해지던 네 검은 눈이 반쯤 감긴다.

나도 그것을 따라 눈을 감고, 나무에 기댄 몸을 편안하게 늘어뜨리며 더 큰 목소리를 흘렸다. 내 목소리가 나무들의 호흡처럼 바람을 타고 날아가는 가뿐한 기분. 그러다 문득 네게 양 뺨이 잡혀 몸을 굳혔다.

놀라 떠진 눈에 비틀어 웃는 입매가 보였다. 여태 새어 나오던 목소리가, 잇새를 파고들어 혀를 눌러 내는 네 손가락에 뚝 끊겼다.

붉은 입가가 한층 더 잔인한 웃음을 머금을 때, 마구잡이의 혀가 입 안을 파고들었다. 욱욱대는 신음마저 삼키며 내 목구멍까지 비집고 들어와 점막이 건조해질 때까지 핥아 내고, 얼어 있던 혀도 휘감아 삼킨다.

바동거리던 나도 결국 음습한 쾌락에 젖어 어깨를 쥐고 매달렸다. 호응하듯 냉큼 두툼한 혀를 감자, 네 움직임이 뚝 멈춘다.

"한내."

입술을 뗀 네가 내 뺨을 거칠게 문지르며 입을 뗐다.

"유기한한테 뭐라 했어."

"……응?"

영문 몰라 이리저리 굴러가는 내 눈을 다시 두 볼을 쥐어 제 쪽으로 돌리며 재차 물었다.

"자전거에 형하고 탄 날. 너 질질 짠 날. 나랑 처음 이 짓 한 날. 너,

형한테 뭐라 했냐고."

무심한 눈길이 제 속내를 숨긴다. 놀라 찡그려지는 내 콧잔등을 재촉하듯 핥았다. 그냥 묻는 거야, 궁금하니. 은근히 안심시키며 답을 종용한다.

"그냥……."

"그냥."

"좋아한다……고."

그렇군. 무심히 수긍한 입술이 살며시 제 이에 씹혔다. 기울어진 고개가 내게로 다시 수그려졌다.

"그래서, 아직도 내가."

성난 미소가 다시금 삐딱한 입매를 타고 올랐다.

"유기한이랑 닮아 보이냐?"

잿빛 눈동자가 켜켜이 먼지 쌓이듯 텁텁해진 채 내보이는 감정을 죽인다.

"대답, 해."

거치러운 손끝이 눈가를 뭉개듯 쓸었다. 난 한동안 잠자코 맞추던 시선을 돌려 외면했다.

아니. 분명 그래서 시작했다 여겼는데 네게 휩쓸리다 보면 어느새 남자에 대한 생각은 잊히곤 했다. 넌 키스할 때도 도통 눈을 감지 않는다. 가까이선 남자와 너무 다른 눈동자 색과, 턱에 난 상처가 또렷이 보이는 데다가, 날 잡는 악력도 늘 멍이 남을 정도로 셌다. 그런 사람이 또 어디 있을까 싶었다.

무엇보다도, 남자는 너처럼 이렇게 야하게 키스할 것 같지 않으니 내 솔직한 대답은 '아니'였다. 그러나 아니, 그리 답했을 때 우리 사이에 무언가 달라질 것들에 난 겁이 났다.

무심하게 가라앉은 눈이 날 한참을 훑었다. 부풀어 올라 한층 더 붉어진 입술이 조용히 벌어졌다.

"이제 너한테, 무료 봉사 안 할란다."

내 심장까지 식어 내린 그 서늘한 목소리에, 차마 그게 무슨 말이야 묻지 못했다. 내 가슴엔 혼란한 애욕만이 떠돌았다. 등을 돌려 그림자가 어둡게 서린 숲을 천천히 빠져나가는 너만 멍하니 보았다. 그 뒤로 더 이상 뒤에서건 앞에서건 자전거가 찌르릉 울리는 일은 없었다.

급식실에서도 통 보이질 않던 널 다시 본 건 학급 반장들 전체가 모인 학교 간부 회의에서였다. 처음엔 알아보지 못하고 눈을 흡떴다. 눈을 뒤덮을 정도였던 덥수룩한 머리가 바짝 짧아진 것이, 생각보다 더 남자다웠다. 시원한 이목구비가 여실히 드러나 잘 어울리네 하고 말할 법했지만 대체 왜 머리를 밀었을까 신경이 곤두섰다. 더 이상 남자와 닮아 뵈지 않는 너였다.

머리는 왜 그래? 회의가 끝나고 무심히 옆을 스쳐가는 네게 물었다.

"걸리적거리는 게 좋같아서."

그 상스러운 대답, 내겐 눈길조차 주지 않는 그 무심한 뒷모습에 이토록 상실감이 드는 건, 누군가와 주고받은 온기가 처음이어서 그런 걸까 싶었다.

가끔 꿈속에서 난 누군가와 입을 맞추었다. 상대는 남자와 닮은 너였다가, 남자였다가, 다시 빡빡 머리의 너로 바뀐다. 차라리 몰랐다면 좋았을 자극의 공백은 역설적으로 그것을 갈구하게 해, 전엔 쳇바퀴 같은 안온함이었던 무미건조한 삶이, 이젠 호흡 곤란이 올 정도로 답답하다.

너와 입술이 맞붙던 감촉이 떠오를 때면 홀로 눈을 감고 입술을 만지작대다 예고 없이 몸이 뜨거워졌다. 남자애도 아니고 여자애가 이러는 게 정상인가? 사실 난 밝히는 애였던 건가? 그런 생각도 잠시, 숨을 섞을 때면 늘 핏줄이 서던 큼지막한 네 손이 떠올랐고, 그것이 부여잡았던 내 어깨와 허리를 내 손으로 감싸 쥐었다.

성교육 시간에 배운 성감대에도 손끝을 대었다. 처음엔 바지 밖, 그다음엔 속옷 위로. 긴장이 풀려 과감해진 손은 속옷 안으로. 생각보다 부들부들하니 감촉이 좋아, 갈라지는 부위의 양쪽 날개부터 시작점인 제일 끝 부분까지 더듬어 갔다. 별다른 느낌이 없다가도 날 주시하던 네 잿빛 눈을 상기하니 어딘가 뜨거워진다. 텁텁한 잿더미만 남은 아궁이에서 삽시간에 되살아나던 불씨.

"아……."

어느 지점에선 온몸에 소름이 돋아 화들짝 손을 빼냈다가, 나쁜 느낌은 아니라 손끝을 비비듯 문질렀다. 저절로 움츠러든 어깨가 파르르, 선뜩한 소름이 몸을 타고 오른다. 동그랗게 문질러 보고 위아래로 문대 보며 등줄기가 찌르르한 것을 극대화시키려 했다.

내친김에 방문 문고리를 잠그고 속옷을 벗어 던졌다. 나쁜 짓을 한단 죄책감, 그 배덕감이 설레었다. 마른침을 삼키고 손을 냉큼 넣었다. 어느 순간부터는 너와 혀를 섞는 듯 눈앞이 캄캄하고 하얗게 혼미해졌다.

실상 머릿속에서 네가 사라지는 순간은 없었다. 너는 내 상상 속 열기의 유일한 장작이었으니. 감은 눈 안으로 네가 입을 맞추었다. 내 손 위로는 길쭉하고 마디가 굵으며 손끝이 뭉툭하고 거칠거칠한 네 손이 겹쳤다. 컴컴한 시야에는 날 집어삼킬 듯 보는 네 성난 얼굴이, 다시 공허한 눈의 남자가, 그리고 다시 심드렁한 네가 나타났다.

원을 그리던 움직임이 빨라지자 만지는 부위의 살점이 도톰히 부풀어 올라 수월했다. 그 혼란 속, 상승을 그리던 쾌감이 어느 순간 덜커덕 빠르게 솟았다. 숨이 멈추고 허리가 휘었다. 몸을 떨며 신음이 흐르는 입술을 이불에 붙여 막았다. 눈앞이 새하얘지다 탈진한 듯 늘어져, 색색 숨이 터졌다.

이게 그거구나, 글로만 읽었던 것이었으나 직감적으로 알았다. 이런 붕 뜨는 감각을 혼자서도 느낄 수 있다는 것도.

이 쾌감을 위해 꼭 네가 있어야 하는 건 아닌 걸 알고 난 안도했다. 하나 다르다. 순식간에 입 안에서 녹아내리는 초콜릿처럼, 혼자 하는 행위는 달달해도 공허함이 남고 마니. 난 초콜릿보단 까칠까칠한 표면에 점막이라도 헐어 버리는 사탕이 좋았다. 마치 너와의 어긋한 입맞춤처럼.

난 남자를 좋아했다. 하지만 네 섬세한 입술이, 단단한 어깨와 커다란 손이 날 품는 것이, 네 심드렁한 눈빛이 순간 심해처럼 차게 들끓으며 날 바라보던 것이 자꾸만 떠올랐다.

그러다 우리가 얼굴을 보지 못한 지 꽤 됐으니 네 그 빡빡 깎은 머리가 얼마나 자랐나, 나에게 그 정도는 궁금해할 수 있는 권리가 있지 않나 싶었다. 우리가 친구도 뭣도 아닌 애매한 사이지만 그래도 그 정도는 알 수 있지 않냐고 그렇게 생각했는데, 마침 자전거가 따르릉 울린 것이다.

"어디 가냐."

마른침을 삼키며 고개를 돌리기도 전, 우악스레 팔이 잡혀 어디론가로 질질 끌려갔다. 아……! 외마디 비명과 함께 자전거가 쇳소리를 내며 쓰러진다.

실망감에 풀린 다리가 구르는 바퀴를 따라 도축장에 끌려가는 소처럼 비척거렸다. 길가에 패대기친 자전거에서 뛰어내린 이세준이 내게로 바짝 붙는다. 힘껏 잡힌 손목은 아플 뿐 아니라 오소소 소름이 돋게 거북하고, 짙은 담배 냄새와 섞인 탈취제 냄새, 미약하지만 어딘가 비릿한 체향에 안 그래도 어지럽던 속에서 헛구역질이 올랐다.

그러나 온통 진이 빠진 지금, 왜소하지만 억센 몸을 떨쳐 내기란 여간 힘들어 그저 짙은 어지럼증 속 정신만 차리고자 했다. 왜 하필 지금 세준과 마주친 건지, 왜 불안했던 속내가 이런 놈 때문에 하릴없이 휘둘리는지. 한계치였던 신경이 따갑도록 곤두서며 동시에 뱅뱅 돌다, 끝에선 화가 났다.

"어디 가냐고."

번뜩이는 눈이 날 깔보고, 성난 목소리가 날 채근질 했다.

"이 시간에 어딜 가겠니."

내가 듣기에도 성의 없는 대답이라 도발할 땐 선을 잘 타던 누군가의 말이 떠올랐다. 그럼에도 험악해지는 얼굴이 이젠 그저 짜증스럽다.

가장 중요한 고 삼 첫 학기 시험, 하지만 지금까지의 가채점 성적이 이

전보다 못했다. 그게 너와의 밀회에 빠져 있던 나 때문이란 생각에 괴로웠다. 차라리 지금 한 대 맞아 내일 망칠 시험의 탓할 거리를 만들어 놓을까 상상할 정도로, 난 세준의 주먹보다 엄마의 눈물이 더 무서웠다.

이미 무소불위의 힘을 과시해 오던 이세준이 네게 잡초처럼 밟히는 것도 본 데다가, 스트레스가 극에 달한 지금, 늘 날 괴롭혀 오던 놈을 봐도 이까 짓 것 하는 생각이 들었던 것이다.

"너 유지한 깔이냐."

하지만 그 말은 퍽 곤혹스러웠고 가슴마저 철렁했다.

"뭐?"

너와의 소문은 이미 잠잠해진 지 오래라 당최 무슨 소린가 싶다가, 찬물 세수를 한 듯 팽팽 돌아가던 머릿속에서 '널 너무 믿었다.'란 결론이 튕겨져 나왔다.

이세준을 비롯해 먼저 부담스레 접근해 놓고, 후엔 박한내가 저한테 꼬리 치고 발 빼었다 하는 소년들을 참 많이도 보았다. 겉으로는 평판에 꽤나 무심한 척하던 너도, 실은 박한내가 얼마나 발랑 까졌나 하며 제 입술을 물고 빨던 걸 영웅담처럼 세세히 주위에 늘어놓았을지 누가 알까. 누가 먼저 저 계집을 자빠뜨리나, 지들끼리 내기라도 했을지 모르지.

그리 생각하니 갑작스런 네 냉랭한 태도며, 나에 대한 무시도 납득이 갔다. 너도 역시 그런 비린내를 숨기고 있었다 생각하면.

그어 놓은 선들을 항상 짓궂게 침범해 오던 네게 나답지 않게 경계를 풀고 부주의했다. 이것도 내 탓이라면 내 탓이었다. 네가 그럴 애 같진 않다는 게 솔직한 속내여도 그 혹시나 모른다 하는 마음이 계속 똬리를 틀어 배신감 비스무리한 감정이 차올랐다. 그사이 쿡쿡 비릿한 웃음이 터진다.

"나 공부밖에 몰라. 그런 순진한 척, 고상한 척은 혼자 다 한게만. 결국 유지한 밑에 깔려 좋아 죽는 거 아니? 씨이팔. 그치?"

"이거나 놔줄래. 네가 상관할 바, 없으니."

두부처럼 무른 마음엔 이미 혼자 결론을 내린 생채기가 한가득했다. 게다가 쏟아져 오는 말은 상대할 가치가 없이 저질스러워, 팔을 힘껏 내려쳐 억센 손아귀에서 벗어났다.

오늘은 참 많이 힘든 날이다. 스스로를 다독이려 애썼다. 최근 도피처가 되어 주다 코빼기조차 뵈지 않는 네가 조금 많이 미워졌다. 그럴 거면 기억에 남을 만한 온기를 남기지 말지. 왜 뒤통수를 만지고 입술을 비벼서. 왜 나랑 입 맞추고 싶다고 말을 해서.

"어디 가. 사람 개무시하고!"

이번엔 어깨가 잡혀 돌아갔다. 어둑한 시야에서도 확장된 홍채가 희번덕거려 섬뜩하다. 마음대로 날 침범해 오는 손에 역한 소름이 돋아, 너에 대한 슬픈 마음을 자꾸만 보챘다. 원치 않게 애원하는 목소리가 흘러나온다. 이거 놔줘.

"제발 나 좀…… 내버려 두란 말이야."

내 힘없는 목소리에 도리어 기세등등해진 목소리가 소리쳤다.

"진짜 걔 깔 아냐?"

"아냐."

"네가 걔 자전거 타고 가는 거 다 봐신디, 아니라고?"

"아니라 말했잖아……."

"구라 존나 까네. 게민 그놈이 왜 너 얘기만 나오민 눈깔 뒤집히나!"

억센 손아귀가 잡고 흔드는 대로 시야가 흐트러졌다. 코앞에서 씩씩대는 구취가 역겹다. 내가 어떻게 아니! 이거 놔라, 역겨운……. 힘을 있는 대로 쥐어짜 소리치다, 화로 번들대던 그 눈에 묘한 애욕이 번지는 것을 보고 외면하듯 눈길을 돌렸다. 하나 결국 축축한 것이 내 입술을 문다.

토기가 몰렸다. 뭐라 말할 수 없이 비참하여, 그 참담한 감정에 뜨거워지던 눈이 기어코 흐려진다. 역겨운 냄새가 입 속으로 침범하는 것 같아 바득이를 세우고, 찢어져 버려라, 저주를 퍼부으며 왁 깨물었다. 윽, 씨…… 씹.

고통스런 신음과 함께 어깨를 얽던 손이 날 바닥으로 패대기쳤다.

책가방이 돌바닥에 부딪치고 안에 있던 소지품이 와르르 돌멩이처럼 굴렀다. 얼떨결에 바닥을 짚은 손목이 찌르듯 아파서 결국 참던 눈물이 찔끔 샌다. 흐윽. 숨이 멎는 소리가 절로 났다. 나약해 뵈기 싫어 피 맛 나는 침을 퉤 뱉어 내고 고갤 번쩍 들어 쏘아보았다.

"이, 이 쌍년이……."

네까짓 게, 씨팔. 날. 날. 핏방울이 맺힌 입술이 개소리를 닥치는 대로 늘어놓는다. 그때 난 네가 이 소년을 볼 때마다 짓던 잔인한 웃음을 떠올렸다. 나도 너처럼 그렇게 비웃어 대고 싶었다. 너, 하며 입꼬리를 뺨이 아플 정도로 당겼다.

"내가 그렇게 좋아?"

곧장 썩어 들어가는 얼굴을 향해 난 실성한 사람처럼 낄낄거렸다.

"네까짓 게 왜 이러나 뻔하지."

한데 너 따윈 내게 아무런 영향력도 없다는 듯, 부러 조곤조곤 음성을 덧붙였다.

"근데 이런다고 내가 너 따위한테 관심이나 줄까? 고백할 용기도 없어 남한테 대신 시키는 겁쟁이 주제에. 내 벗은 모습이나 상상하면서 그림 그리는 찐따 새끼 주제에."

"……이, 이, 씨발."

"씹어 먹다 뱉은 해삼같이 생긴 너 새끼한텐 이런다고 관심 하나도 안 생겨, 아니? 못생긴 네가, 내 벌거벗은 몸 상상하며 딸 쳤다 생각하면 역겨워, 아주 구역질 난다고."

"……뭐래, 이, 이……."

"꺼져."

"이 개같은 년이 뭔 착각을……."

"꺼지라고! 좀! 나 좀 내버려 둬, 그냥!"

결국 미친년처럼 귀를 막고 고함을 쳤다. 악, 악, 있는 대로 소리를 지르다가 결국 눈물이 뺨으로 흘렀고, 그걸 숨기기 위해 더 악을 썼다. 이, 이거 미친년 아니? 단단히 돌았네, 그 어멍에 그 딸이지. 개같은 년.

검붉어진 얼굴이 자전거를 밟고 멀어지는 소리가 아주 사라질 때까지 꽥꽥 소릴 지르다 정신을 차리니, 저 멀리 몇몇이 주저앉아 발버둥치는 날 멀거니 본다. 서러운 마음에 조금 더 울고 눈물과 뒤섞여 나온 콧물을 소매에 훔치며 몸을 일으켰다.

그러나 바닥을 세게 딛었던 손목이 하릴없이 아르르해 다시 엎어지고 말았다. 무슨 짓을 한 건지 몰라도, 내 어딘가가 정상적이지 않다는 건 잘 알겠다. 허탈하고, 실망스럽고, 비참한 마음. 그리고 여전히, 빈 누군가의 온기가 그리운 마음이었다.

다시 손목을 짚는데 슈퍼 담벼락 옆, 어둠에 감춰진 흰 인영이 보였다. 어둠을 비추던 빨간 불이 까맣게 사라진다. 피부가 워낙 하얘 암흑 속에서도 두드러지는 그 얼굴이 소리 없이 걸어 나오자 함께 흘러나온 담배 내음이 내 코끝을 옅게 스쳤다. 한내.

"집에 가니."

여전히 나긋한 목소리로, 오늘도 품 넓은 재킷을 입고, 가늘고 곧은 목에는 내가 건네었던 목도리를 맨 채였다. 화등잔처럼 크게 떠졌던 눈을 슴벅이며 네, 하고 창피로 물든 말을 뱉자 날 지긋이 보던 남자가 입술을 뗀다.

"가자. 오늘따라 밤이 어두우니."

다시 한번 콧잔등을 소매로 훔쳤다. 데려다주겠단 말일까. 물기 서린 눈을 비벼 닦고 붉게 상기된 얼굴과 몸을 일으켰다. 역시나 다쳤는지 손목에 시큰함이 몰려와 미간을 찌푸리자, 다가온 남자가 내 팔을 쥔다. 그 고운 손마디에서 부끄러운 시선을 거두고, 아까보다 쉬이 몸을 일으켰다.

"아까 그 당차고 화가 잔뜩 난 소녀는 어디 갔지."

말한 입술이 잠시 보일 듯 말 듯 한 미소를 머금었다. 아아, 그게. 그 발악을 들킨 것이 민망해, 난 눈길을 돌리고 발걸음만 옮기다가 결국 계속되는 적막을 못 견디고, 다 보셨어요? 하며 물었다. 무언가 되짚듯 입매를 끌어 올린 남자가 그래, 고요히 말을 뱉는다.

"약에 취해 앞뒤 분간 못 하는 놈 말이지. 그래, 봤다. 네가 엉엉 우는 것도."

"……아."

그런 꼴을 들키다니 역시 창피하다. 코를 훌쩍이며 전 상황과 대화를 곱씹다가 유지한 얘기가 나왔던 걸 떠올렸다. 우습게도 가장 먼저 든 생각은 남자가 너와의 관계를 오해하면 어쩌나였다. 남자에게 거절당해 저와 비슷하게 생긴 동생한테 접근한 걸로 생각하면 어쩌나, 그런 생각.

진실과 별반 다르지 않아 더 두려웠다. 내 안의 찌질한 속내를 남자에겐 더더욱 들키기 싫으니.

"유지한하고는 그런 게 아니고. 그냥 오해인데, 그게……. 아무튼 그런 사이 아니에요."

"……."

별 답이 들려오지 않아 흘긋 올려다보자 날 이미 보고 있던 고요한 눈과 마주쳤다. 알았다는 듯 턱을 흔들던 남자가 어딘가 쓰게 미간을 찌푸렸다. 손을 뻗어 내 손을 쥐었다. 험하게 바닥을 짚으며 까져 버린 손바닥을 지긋이 쓸어 내는 손짓에 아, 놀란 내게서 아픈 신음이 흘렀다. 하나 그 고통은 내가 늘 그러하듯 마음의 고통을 덜어 주고 머릿속을 차분히 만들어 주기도 했다.

그런 날 관찰하던 남자가 내 축축해진 눈가를 잠시 살피더니 허리를 수그리고 입을 모아, 상처 위에 달라붙은 모래알들을 불어 날렸다.

"다치지 마라."

그 다정스런 염려에, 내 얼굴 위에 얹혔던 차분함이 다시 걷혔다. 희게 튼 입술을 말아 물고, 그에게 잡힌 손을 가늘게 떨며 빼내었다. 별거 아니에요. 이런 건, 별로 아프지도 않은데. 중얼거리자 남자의 입매가 느슨해진다.

"그래. 그래도 그러면 안 되지. 넌 내게 소중하거든."

"제가요?"

"그래."

"왜요?"

"아닐 이유가 있을까."

그 두루뭉술한 말들에, 난 내가 남자에게 그 깜장 비닐봉지 같은 존재인 게 아닐까 생각했다. 한 번 쓰고 버려지기엔 아까워 소중한 그런 존재. 아니라면 역시 그의 첫사랑과 닮아서 소중한, 그런 이유에 불과할 테다.

집 근처서 머뭇거리던 내가 알아서 잘 들어갈 테니 먼저 들어가시라 공손히 말했다.

"데려다주셔서 감사합니다."

머리꼭지까지 보이는 깊숙한 인사를 하고 고개를 드니 남자가 입꼬리를 살짝 올려 희미한 미소를 짓는다. 그 무료하나 정확히 대상을 주시하는 눈과, 그 옅은 미소만 보아도 가슴 깊은 곳이 욱신거리며 심장이 떨렸다. 아직도 눈을 마주치기가 여간 어렵다. 이전까지 생각했던 것은 분명 유지한이면서. 퍽 혼란스러운 맘에 더더욱 나만의 시간이 필요했다.

그러나 발을 물리는 대신 재킷 안주머니에서 담배를 느릿하게 빼어 문 남자가 한내야, 하고 날 부른다. 불을 붙이고 흰 연기를 뱉으며 나른히 물었다.

"혼자 어딜 가려 하니? 이 지독한 밤에."

나쁜 짓을 들킨 사람처럼 붉게 무른 눈가를 손끝으로 훑으며 난 더듬거렸다.

"저. 그니까 잠깐, 잠 좀 깨고 들어가려고요……."

발갛게 달아오른 눈시울을 가라앉히고 남아 있는 눈물을 쏟아 낸 뒤 집에 들어갈 생각이었으나, 그 말에 남자가 앞장서라는 듯 뒤로 물러났다. 오늘따라 그답지 않게 끈질기다. 간지러워지는 뺨을 긁으며 결국 가려 했던 곳을 우물거리며 뱉어 냈다.

"아니, 저번에 오빠랑 점쳐 보던 데, 거기 가 보려고요. 파도 소리가, 좋아서…….'

마음이 힘드니 그곳 생각이 바로 났다. 그 말에 입꼬리를 끌어 올려 꽤나 크게 미소를 지은 남자가, 담배를 비벼 끄고 먼저 언덕을 오른다. 밤에 걷는 그 길은 나무가 바람에, 파도가 절벽에 부딪쳐 내는 울음이 한층 더 거셌다.

* * *

한내가 제 뒤를 밟을 적처럼, 기한은 이번에도 제 뒤를 밟는 또다른 기척을 느꼈다. 이번엔 소녀의 발걸음이 아닌 바퀴가 천천히 굴러가다 삐걱거리는 소리. 그의 입가가 희미한 미소를 머금었다.

그가 제 동생인 유지한의 마음이 향한 곳을 정확히 안 것은 굿판이 열리던 날이었다. 그곳에 소녀를 데려올 줄은 몰랐다. 뿐더러 소녀와 그 사이, 경계 태세를 세울 거란 건 예상했어도 그 싸고 도는 정도가 그리 심할 것이라곤 예측하지 못했다.

결국 소녀를 그로부터 보호하려는 의도보다, 소녀를 제 곁에 두고 싶은 소유욕이 그놈에게 더 크다는 걸 눈치챌 때쯤, 소녀의 노래를 듣던 유지한의 얼굴은 사진을 찍어 당사자의 눈앞에 들이밀고 싶을 정도로 넋이 나가 있어, 기한은 잠시 아연했다.

그 불퉁하고 장난스런 가면 아래 진심이 그렇게나 확연히 드러날 정도면 진짜란 얘기였다. 건들대고, 폭력적이고, 즉흥적인 겉모습 속 유지한이 사실 누구보다 올곧고, 일관적이며, 누구보다 빛을 갈망한다는 것을 알고 있으니. 그건 그가 늘 벌이는 짓궂은 게임에도 곁을 지키며 무슨 수를 써서라도 문제를 해결하려는 것으로 충분히 증명된 것이었다.

어떻게든 삶을 놓지 않으려 바다에 몸을 담그고 열을 식히는 소년. 그런 네게 좋아하는 소녀가 생겼다니. 그리고 그게 하필이면, 해주를 닮은 이 소녀라니. 그 기막힌 운명에 기한은 전율했다. 그가 항상 바라고 바랐던 뒤통수를 맞는 타격감에 온몸에 소름이 돋아날 만큼 즐거워진 순간이었다.

그가 갖고 있는 카메라 중 성능이 좋은 건 저격수가 쓰는 망원경과 맞먹었기 때문에 숲속으로 숨어들어 가는 두 인영 정도는 충분히 볼 수 있었다. 나무 그림자 아래 숨은 두 남녀가 해가 기울어 갈 동안 무엇을 하는지도 추측은 쉬웠다. 아무리 그가 유일하게 애정을 주는 동생이라 한들, 아무리 제가 소녀를 탐할 생각은 없었다 한들, 그걸 지켜보는 건 여간 복잡 미묘했다.

그래도 그는 인내하며 때를 기다렸다. 눈치 빠른 유지한이 경계심을 늦추어 올 때까지…….

'구라 존나 까네. 게민 그놈이 왜 너 얘기만 나오민 눈깔 뒤집히나!'

평생 그를 자극하는 걸 최대한 피해 왔던 소년이 갑자기 작업실로 쳐들어와 소녀를 건드리지 말라 선포했을 땐, 그야말로 소스라치게 놀랐다. 아주 빡빡 밀려 머리칼이 모두 사라진 머리통을 지그시 보다 무슨 일이냐고 넌지시 물었다.

"형 게임에 놀아나 주는 척하는 거, 질렸다고. 씨발, 알아들어?"

"……."

"내가 그만둘 테니 형도 그만두란 말이야. 걘 어차피 너무 달라. 해주 누나랑 딴판이라고."

건조하게 말하나 언제든 제 목덜미를 물어뜯을 듯한 기세에 어느새 장성한 신체 곳곳을 바라보았다. 유유히 담뱃재를 털고 싱긋 웃으며 정곡을 찔러 주었다.

"지한아, 난 아무것도 한 게 없어."

그러니, 뭔가 찔리는 건 너인 것 같은데 안 그러니.

뭐든. 씨발, 하지 마. 매섭게 말을 던진 그의 사랑하는 동생은 서슬 퍼렇게 말을 덧대고 문을 박찬 뒤 걸어 나갔다. 아님 형도 보게 될 거야.

내가 뭐든 하는 걸.

그 말만 남긴 채. 그러니 이번에 게임을 시작한 건 그가 아니라, 그가 유일하게 애착을 갖는 동생, 유지한이었다.

그 승부를 받아들이기로 했다. 그의 뒤틀린 애정은 늘 상대에 대한 파괴 욕구와 맞닿아 있으니. 그건 연인 해주에 대해서도, 동생 지한에 대해서도, 그리고 최근 눈길을 끄는 이 소녀에 대해서도 마찬가지였다. 감정이 너무나 무딘 그에게 배덕한 게임들은 상대의 그를 향한, 그리고 그의 상대를 향한, 애정의 정도를 가늠해 보는 척도가 되기도 했으니 도리어 환영이었다.

어차피 그에게 삶이란, 피부에 와 닿는 무언가가 아닌 하나의 이야기에 불과했다. 한때는 주인공이 되기도, 목격자가 되기도, 연출자가 되기도 했으나 그 무엇도 생생한 현실처럼 느껴진 적은 없었다. 이야기는, 그저 재밌을수록 좋은 것이다.

어느덧 소녀는 전처럼 아슬아슬한 벼랑 끄트머리에 다리를 내리고 앉아, 열망이 가득 담긴 눈으로 절벽을 기어오르는 바다를 내려다본다. 바다의 밤바람이 칼날처럼 소녀의 뺨을 치고, 힘없는 줄 인형의 줄을 당기듯 매섭게 머리칼을 잡아당긴다. 그는 사탕을 두고 어린 소녀를 꾀어내는 납치범처럼 구슬리는 목소리로 입을 열었다.

"조심하렴. 여기서 떨어진 사람도 있으니."

은근히 소녀의 열망에 불을 붙이는 말을 던지자, 소녀는 아, 그래요? 하며 눈만 몇 번 깜작인다. 소녀는 다시 검은 바다로 고개를 숙인다. 까딱하면, 세찬 봄바람에 몸이 날려 허공으로 떨어져도 이상하지 않을 기울기와 무게. 지한아, 네가 과연 이 소녀를 구할 수 있을까.

네가 왔다 떠난 후로 소녀는 더 고독해지고, 고립되기만 했을 뿐인데.

그 검은 소용돌이에 홀려 있는 소녀의 등 뒤로 기척을 죽이며 다가가 가는 어깨를 살짝 쥐었다. 퍼뜩 놀라 몸을 튀는 반응도 없이 어둠에 침잠해 가기 바쁜 갈색 눈동자를 주시하며, 목에서 천천히 풀어낸 목도리를 한 손에 잡힐 목덜미에 휘둘렀다.

"죽을 높이까진 아닌 것 같은데."

줄곧 되짚어 왔던 얘기를 꺼내었다.

"그래도 꽤나 높은 건지 해주의 몸은 떠오르지 않았지."

검은 허공에 흰 무늬를 그려 내던 숨이 멈칫 사라졌다. 곧 커다란 눈망울이 슬픈 연민을 가득 담고 돌아본다. 애처롭게 처진 입매가 연신 죄송하단 말을 뱉어 내, 그는 속으로 웃었다. 희미한 미소를 머금으며 아니라 고개를 젓자, 별무리를 가득 담아 반짝이는 눈에 물까지 습하게 차오르는 것이 애달프다.

찍어 보기 좋은 광경인지라 머금은 미소를 유지하며, 손을 천천히 들어 올려 소녀가 원하는 행동을 하였다. 바람에 나부끼는 머리칼을 부드럽게 쓸었다. 누구와의 신체적 접촉도 질색하는 그였으나, 손안에 든 작은 온기가 그렇게까지 불쾌진 않다 여겨지니. 해주 너와 닮아서일까. 오랜만에 느끼는 기분이다.

소녀는 이제야 깜짝 놀라 몸을 떨었다. 하나 곧 그 손짓이 마냥 기분이 좋은지 고양이처럼 나른한 눈을 뜨며 그를 물끄러미 올려다본다.

가까이서 보니 며칠째 잠을 자지 못해 눈가는 어둡고 여윈 뺨은 핼쑥했다. 모녀의 성격을 대조해 봤을 때 스스로를 어떻게 몰아세울지가 눈에 훤히 보여, 그는 자못 손길에 다정함을 더했다. 밀렸던 잠이라도 솔솔 밀려오는 건지 점차 나른해지던 갈색 눈은, 손을 떼어 낸 그가 살며시 웃자 환상을 보는 것처럼 몽롱해졌다.

그의 냄새라도 맡는지 작은 콧잔등을 씰룩이며 긴 숨을 희게 뱉었다. 부끄러워 머뭇대던 시선은 조심스레 그의 눈, 그리고 눈 아래 점으로 내려가

다가, 유려한 곡선을 그리는 입술 위에 멈춰 섰다. 생명을 다한 별처럼 잠시 거침없는 빛을 뿜는다. 그 소녀의 생명력이 눈길을 사로잡았다. 늘 죽음을 열망하는 사람만이 내보일 수 있는, 그 간절함이.

힘이 풀린 손이 돌바닥 위로 툭 떨어져 제 목에 걸려 있던 목도리 끝을 당기는 바람에 소녀의 몸이 앞으로 수그러졌다. 아야, 삐끗한 손목의 통증에 몸이 고꾸라지기 직전일 정도로 더 꺾였다.

작고 말라 가벼운 무게를 어깨로 살짝 받치며 괜찮니, 물었다. 조금만 힘을 주면 바스라질 것 같은 유약한 몸과 감정이 고스란히 맞닿아 온다. 작업 시에도 매번 촬영용 장갑을 끼고 접촉을 최소화하는 그였으나 아직까진 인내할 만하니 묘하다.

수그린 고개를 살짝 끄덕이는 소녀의 숨은 여전히 가늘게 떨려 사그라지는 숨으로 뱉어진다. 천천히 다시 올라온 눈동자엔 이유 모를 눈물과 고통이 가득 묻어났다. 머뭇대던 망설임은 사라진 채로, 고개가 바짝 들렸다. 그 상태로 몸을 더 앞으로 기울인다.

일부가 까슬하나 전체는 부드러워 보이는 입술이 그를 짓누르듯 서투르게 얹히려 했다. 미간을 좁히고 뒤로 고개를 살짝 뺐다. 그런데도 완전히 물러나지는 않고 입술이 닿을 듯 말 듯 위태로운 거리와 약간의 시간을 두었다.

그들이 지나온 나무들 사이에서 반짝, 불빛이 터졌다. 잠시 눈알을 휘감은 세찬 빛에 정신을 차린 소녀가 화들짝 몸을 떼어 내고 창백해진 뺨을 돌렸다. 귓가에 빠르게 굴러가는 자전거 바퀴 소리가 들렸다. 무, 무슨 소리예요? 뭐예요? 그는 웃으며 이맘때쯤엔 등대에서 이렇게 빛이 나오기도 한다고, 섬 일들엔 영 무지할 소녀에게 거짓을 고했다.

겁먹었던 얼굴이 의심을 풀고 무해하게 주억거렸다. 다시 언덕길을 내려왔을 적엔 수면 부족으로 코피까지 흘리는 그 작은 몸을 앞으로 숙이고, 기한은 한내의 콧잔등을 눌러 피가 새는 숨구멍을 대신 막아 주었다.

잠시 고민했다. 그 입맞춤은, 해주 너에 대한 배신이었을지. 너는 과연 슬퍼했을지, 우스워했을지. 지금도 예전만큼 네 반응은 아리송하다. 네 그 마지막 말처럼.

'난 너로 인해 인어가 되고, 넌 나로 인해 사람이…….'

네 없는 목소리가 내 귓가엔 아직도 쟁쟁했다.

* * *

와. 남자의 사진들을 보자마자 탄성이 터졌다.

남자에게 또, 해선 안 될 짓을 하였다. 그저 없던 일로 하고 싶어 집 앞에서 덤덤한 척 교과서를 꺼내 들었다. 얇은 종잇장이 펄럭펄럭 바람에 넘어갔다. 이해되지 않았던 부분을 재빨리 찾아 질문하자 흐릿한 가로등 아래에 선 남자가 허리를 스윽 굽혀 글씨를 읽었다. 아, 이건. 조목조목 설명하는 옅은 색의 입술을 흘깃거리며, 이걸 보면서도 그 일을 떠올리지 말아 보자, 무던하게 마음먹었다.

한데 교과서를 훑는 길쭉한 손이 움직일 때마다 남자의 편안한 나무 내음이 물씬 코를 물들였다. 내가 했던 짓이 떠올라 심장이 쿵쾅거렸다. 미수에 그치긴 했으나 이렇게 아무 일 없던 듯, 지내면 되는 것일지. 급작스레 어지러움이 치솟아, 손에 힘이 풀렸다.

떨어지려던 교과서를 잡으려던 손이 내 손목을 쥐었다. 다친 곳이라 어깨를 움츠리자 괜찮니 물으며 가까워진다. 다시 찔끔 새어 나온 눈물을 느끼며 남자를 마주했다. 바닥으로 떨어진 책이 둔탁한 소음을 낸다.

남자의 얼굴이 흐릿했다. 현기증을 느끼며 눈을 감자 코도 뜨끈하다. 아까부터 자꾸만 흐르는 콧물을 야속하게 닦아 내자 끈적하고 붉은 액체가 손등에 묻었다.

"아……. 코피……."

추할 모습이 창피해 황급히 고개를 들었다. 수면 부족이 무색하게 박동하는 심장 때문임이 틀림없다. 목덜미에 닿은 서늘한 손에 고개가 강제로 땅으로 향했다. 숙여. 가만. 명령하듯 덧붙인 남자가 내 콧등을 아플 정도로 꾹 쥐었다.

얼굴이 앞뒤로 남자에게 붙잡힌 채 흰 운동화 위로 뚝뚝 떨어지는 핏방울의 모양새를 관찰했다. 약한 조도에 거의 검정으로 보이는 그 색은 남자의 눈동자처럼 아득하다.

혼자만 여태 한겨울인 듯 차가운 그의 손과 대비되는 내 한여름 같은 온도가 창피했다. 점차 속도를 올리는 맥이 그가 거머쥔 목덜미에서 고스란히 느껴질 터였다. 피가 멎을 때까지 잡아 쥔 손이 통 떨어지지 않으니.

"이, 이제 된 거 같아요……."

머리에 피가 몰릴 정도라 겨우 말하자 손이 떨어져 나갔다. 더 이상 콧등을 훔쳐도 묻어나지 않는 피에 안심하며 고개를 들었을 때, 남자의 분위기는 달라져 있었다. 그의 냉담한 얼굴은 늘 표정의 역사가 만들어 낸 잔주름조차 없이 매끈하고, 동공은 공허해 어딘가 인간미가 없었으나, 그땐 생기가 돌았다.

"한내야, 하나 부탁할 게 있는데."

난 눈을 크게 떴다. 남자가 누군가에게 뭔가를 부탁한다는 건 정말 드물일일 터였다.

"연필 하나 있니?"

가방에서 꺼내 내밀자 바닥에 떨어진 교과서를 주운 남자가 무언가를 썼다. 여기 한번 들어가 줄래. 더블유로 시작하는 웹 사이트 주소를 보며 그저 고개를 끄덕였다. 고작 들어가 달라는 게 부탁의 전부인 건지 의구심을 가지며.

시험이 끝난 오늘에서야 접속하니 주르륵 사진들만 깔끔하게 뜨는 블로그가 나왔다. 이 섬에 와 있는 그 잠시간에 찍은 듯한 사진들. 보자마자 북 같은 것이 둥 내려쳐진다. 어쩌면 단지 정지한 시간일 뿐인 남자의 사진에선 어마어마한 동적 힘이 뿜어져 나온다.

드넓은 바다, 절벽 위 **빽빽한** 숲, 그 둘의 경계선. 산산이 부서지는 흰 파도가 절묘한 각도로 프레임 내에 선을 긋는 추상화 같은 작품부터, 언제 짓밟혀도 이상하지 않을 길바닥의 작은 꽃잎과, 그 하나하나의 질감을 익스트림 클로즈업으로 담아낸 작품까지…….

어쩔 땐 거시적으로, 어쩔 땐 미시적으로 피사체를 찍는 사진가의 확고한 시선이 피부로 느껴진다. 이 거대한 자연 속 인간이라는 작디작은 존재가 느끼는 허무함을, 어쩔 땐 인간보다 작은 무쓸모한 존재가 가져다주는 엄청난 아름다움을 보고 전달하는 듯했다.

역시 멋졌다. 남자는 그런 사람이었다. 시선이 이리 확고한 것도 멋지고, 그걸 타인에게 고스란히 전달하는 것도.

'한내, 진로 희망 언제 낼 거니? 9월도 얼마 안 남았다. 네 것만 빈칸으로 언제까지 남겨 둘 수만은 없잖니. 그것도 특별 대우야. 2학년 때까진 국제 변호사라고 하지 않았니? 무슨 고민이 필요하지, 응? 네 엄마는 네가 이미 그렇게 써 낸 줄 알고 계시길래 그건 내가 일단 모른 척했다. 요새 대체 무슨 일이니. 쌤 서울에 계속 있었던 거 알지. 여태껏 잘 쌓아 온 탑, 고 삼 때 무너뜨린 애들 한두 번 본 줄 알아? 중간고사 성적은 왜 이렇게 떨어졌어. 응?'

……난 언제쯤 내 확고한 생각을 가질 수 있을까.

'바람을 찍는다…….'

바람을 담은 남자의 사진에 특히 눈길이 갔다. 물, 공기, 나무, 흙, 꽃, 풀을 매개체로 바람이 형태를 그리자 적막한 이곳에 휘익 바람 소리가 흐르는 듯했다.

얼떨결에 저지른 입맞춤이 그 바람결에 떠올랐다. 닿지 않은 입술이 참으로 다행이다. 도피하듯 눈꺼풀 아래 숨어도, 그 어둠 속 한층 생생해지는 장면에 결국 컴퓨터 앞 책상에 이마를 박고 바보 같은 신음을 냈다. 대체 어떤 생각이었나. 혼란했으나 몇 가지는 똑똑히 보였다.

남자의 고적하고 공허한 눈이 여전히 내 마음을 술렁이게 한 것. 죽은 전 연인에 대한 예상치 못한 고백이 그 동요를 한층 키운 것. 그 때문인지 누구와도 깊은 심연을 사이에 둔, 멀찍한 남자가 안쓰러웠던 것.

남자에게서 나를 보았고, 누구에게도 닿지 못하는 남자에게 닿아 위로가 되고 싶었던 마음. 그러니 그 입맞춤은 설렘보단 위로의 의미가 컸을 것이나, 고백까지 했던 나인지라 마음의 갈피가 잡히지 않았다.

그 혼란의 근원엔 그 입맞춤을 유지한의 것과 비교해 보고 싶은 내 저열한 마음도 없지 않던 탓이다. 찰나의 순간이나, 그건 네 것처럼 끈적한 탐욕에 절어 감각의 소용돌이에 휩쓸리는 느낌은 아니었다. 마네킹처럼 메말라, 그저 무엇이라도 전달하고 싶은 애절한 마음이었을 뿐.

그건 남자가 내게 마음이 없음을 알아서인가, 아님 내가 남자에 대한 마음을 착각하는 건가. 혹은 그저 박한내는 마음보다는 몸의 욕구를 더 갈망하는 애일까. 혼란을 없애고자 한 행동 뒤에 더 깊숙한 혼란이 찾아온다.

'조심해.'

'뭘요?'

'지한이, 내 동생.'

더군다나 헤어지며 남자가 마지막으로 뱉은 말은 두통까지 불러올 정도로 혼돈의 꼬리에 꼬리를 물었다. 그게 무슨 뜻인데요, 묻고 싶었다. 탈진한 기분으로 가는 숨을 내쉬다, 엎드린 채 내가 있는 공간을 바라보았다.

도서관은 늘 조용했다. 섬에서 책을 읽는 아이들은 영 드물 뿐 아니라, 휴대폰을 하루 종일 사용하는 요즘엔 없다시피 한 탓이다. 1학년 때부터 독서부 회장으로 이름을 올리는 나였으나, 부원도 거의 나 혼자였다. 생기부에 적을 도서 목록을 만들고자 입부했음에도 읽는 시간은 노래 부르는 시간만큼이나 사적이라, 잠시나마 현실에서 벗어나니 내겐 소중했다.

"후……."

겨우 몸을 바로 세웠다. 대출 반납 데스크 위에 놓인 구식 컴퓨터의 모니터를 재차 살피다 블로그 내 다른 게시글로 넘어갔다. 얼마 후 개장한단 남자의 사진관이 화창한 날씨 아래 예쁘게 찍혀 있었다.

엄마의 말에 따르면 이 섬으로 오기 전부터 남자는 사진작가로 활동했다는데, 유기한이란 이름을 포털 사이트에 검색했을 땐 나오는 바가 없었다. 엄마도 자세한 내막은 모르는 듯했다. 하나 내가 더 궁금한 건, 그 많은 사진 중 왜 인물 사진은 단 한 장도 없을까였다. 어쩌면 그는 풍경 사진만 찍는…….

그때, 벌컥, 도서실 문이 열렸다. 늘 한적했던 공간에 난데없이 쳐들어온 누군가에 재빨리 브라우저 창 종료 버튼을 찾아냈다. 문 쪽에선 화면이 보이지도 않건만 그만 제 발 저렸다. 힐긋 침입자를 살피고서야 놀란 눈을 떴다. 스포츠형으로 자라난 머리, 기다랗게 뻗은 시원한 눈매, 그리고 입술이 냉큼 움직인다.

"……유지한."

반가운 마음이 반, 어찌할 줄 모르겠는 마음이 반이었다. 내 존재를 까맣게 몰랐던 것이 분명한 얼굴이 멈칫거렸다. 그래도 다시 나가진 않고 불퉁하게 등 뒤로 문을 닫는 내 앞을 가로질러 책장들이 줄지어 있는 곳으로 향했다.

네 등에 메인 기타 가방을 보다 천천히 몸을 일으켰다. 책장 사이를 이리저리 오가던 네가 욕설을 뇌까리는 것을 지켜보다 꼬무락대는 손을 숨기며 다가가 물었다.

"뭐 찾니."

"말하면 다 알고."

빈정대는 말이 냉큼 돌아와도 굴하지 않고 아주 꿋꿋이 서 있자 무심한 눈동자가 결국 날 돌아본다.

"얼추."

대답하며 네 짧은 머리를 가만 주시했다. 짙은 눈썹이 씰룩이더니 결국 책 이름 하나를 뱉었다. 기타 코드에 관한 책이라 그런 책들만 모아 둔 책장에서 찾아 꺼냈다. 겉보기에도 꽤나 복잡한 코드만 기록된 전문가용 책이다.

바로 대출해 나갈 줄 알았던 네가 딱 하나 있는 책상에 책을 던지고 기타 가방도 기대 세운다. 그 옆 의자에 털썩 앉아 팔짱을 끼는 냉담한 얼굴이 바로 맞은편이라 퍽 부담이 되나, 여전히 반가워 낯간지럽다.

"독서부, 꼭 너 같은 거 한다."

책에 꽂힌 눈길로 시비까지 터는 게 꽤나 반가운 내 마음을 알 길이 없었다.

"넌 뭔데."

"농구부."

"꼭 너 같은 거 한다."

피식거리는 웃음을 따라 눈을 드니 솟았던 한쪽 입꼬리가 모른 척 자리로 돌아와 굳어진다. 그 나른한 입술을 보자마자 부르튼 내 것을 만지작거렸다. 빨래가 사시사철 마르지 않는 이 습한 섬에서도 시시때때로 트던 것이, 너와 입을 맞출 땐 매끄럽던 게 생각나서. 그러다 느껴지는 시선이 따가워 황급히 손을 뗐다.

또 도둑이 제 발 저린 격이라 마른침을 꿀꺽 삼키며 힐끗 보자, 날 뚫어지게 응시하는 눈이 얽혔다. 깊은 눈두덩에 서늘한 기색이 물살처럼 퍼진다. 씨발. 네 침묵에도 붉은 입 모양은 늘처럼 잘만 읽혀 심장이 뛰놀기 시작한다. 허리께에서 움칠대던 손끝이 움츠러들었다. 매서운 눈이 닿는 살갗이 따끔거리는 연유가 어떤 야릇한 예감 때문인지, 불길처럼 살아난 눈빛 때문인지 모르겠다.

네가 한쪽 입꼬리를 올리며, 책 결말에 실망한 사람처럼 쥐던 표지를 탁 덮어 냈다.

"왜. 하고 싶어?"

순식간에 목덜미와 뺨까지 무르익었다. 이따금 넌 너무 직설적이라. 아등바등 숨기려던 내 욕구를 늘 대수롭지 않게 꺼내 든다. 당황으로 숨이 턱턱 막히는 나와 달리 늘 느긋함을 유지하는 네가 거슬려도, 정반대인 네게 늘 별수 없이 휩쓸리는 것이 또 나였다.

허공으로 올라간 손이 느슨히 검게 윤나는 짧은 머리를 쓸고는, 뒤통수에서 만든 손깍지에 느른히 몸을 늘혀 기댄다.

"이젠 달리, 보일 건데."

응? 일광욕을 즐기는 사람처럼 그 손깍지에 까슬한 머리를 문지르며 왜 형과 달라 보일 저를 탐스럽게 보냐는 것처럼 냉소한다. 성난 듯 매섭게 찢었던 눈을 어느새 나른함으로 뒤바꿔 낸 의뭉스런 눈동자가 잿빛으로 빛났다. 발갛게 달은 혀가 낼름, 날 농간하듯 제 입술을 훑는다.

나도 모르게 긴장으로 마른 입술을 혀로 축였으나, 네 의도적인 입짓을 고스란히 따라 한 모양새로 보일 거란 깨달음에 갈라진 숨을 훅 들이쉬었다. 네게서 신경질적인 웃음이 터졌다. 도피하듯 굴러간 눈에 삑 밀려나는 의자가 걸렸다.

"왜. 그래도 한번 해?"

짤막한 웃음에 이어 느릿한 발소리가 도서실 안을 묵직하게 울렸다.

"좋긴 좋았나 봐."

낮게 깔리는 목소리에 조소가 한가득이라, 머리가 어질어질했다.

"근데 이번엔 오로지 유지한, 나랑 하는 건데. 해?"

"……."

"유기한이란 상상, 이번엔 아마 안 될 건데. 어?"

네 건조한 음성이 날린 끈적한 제안에 다시 뱉지도 못한 숨을 또 흡 들이켰다. 마치 이전엔 네가 형 연기라도 했다는 것처럼 마냥 우스운 말을 뱉는다. 그런 적 단 한 번도 없으면서. 이래도 내가 유기한 같아? 이래도? 그렇게 움직여 댔으면서.

재규어처럼 건들건들 걷는 하체가 먼저, 곧게 펴진 등으로 위압감을 풍기며 다가오는 상체가 그다음. 긴장으로 몸을 웅크린 채 다시 까슬한 입술을 손끝으로 긁어내는 날 향해, 부러 느릿하게 움직이는 발. 그 발짓조차 왠지 야살스럽다. 한데 그 기세에 움츠러든 내가 의자 바퀴를 굴려 몸을 뒤로 무르자 막다른 길에 막힌 사람처럼 놀리던 발을 멈춘다.

네가 먹으로 그린 듯한 눈썹을 추켜올렸다. 잠시 허, 벌어진 입술은 절벽처럼 깎인 턱뼈가 단단해지며 비틀어져 닫혔다. 짙은 혐오감. 네 그 표정에 심장이 곤두박질쳤다. 그건 너 자신에 대한 혐오일까, 아님 널 원해 입술을 쥐어뜯다 이젠 도망가는 나에 대한 경멸일까.

두려운 눈을 뜨면서도 네 동백꽃 같은 입술에 설핏 욕망을 품었다. 내 다리에 힘이 풀리고 온몸이 녹진해질 때까지 네가 내 입술을 빨아 주기를 바라면서.

또 한편으론 끈끈한 소용돌이에 빠지는 것이 두렵다. 짧지만, 네 온기가 사라지고 생긴 공허를 잠시 맛보았으니. 한번 해? 밥 한번 먹을까와 다를 바 없이 구는 넌 이게 그저 재미진 놀이겠으나 난 아니니까. 내 삶은 정말 아무것도 없이 무미건조하기만 하니, 내겐 얼핏 네가 주는 그 무엇이, 절실하니.

마침 삐딱해진 네 눈썹에 저물어 가는 해의 어스레한 빛이 엱혔다. 남자다운 얼굴선이 그 빛을 따라 섬세한 굴곡과 부드러운 음영을 그린다. 그 고운 자태와 상반된 네 성난 눈길은 내 얼굴 곳곳을 뜯어먹을 것처럼 굴었다.

"아."

네가 비틀린 웃음을 지었다. 문제가 뭔지 깨달았다는 듯 과장되게 탄식하고선 빛이 들이치는 1층 창가로 몸을 꺾는다. 책장 사이로 사라진 몸. 그리고 커튼이 쳐졌다. 이제 창으로 누군가 우릴 엿볼 일을 차단하니 전구가 닳아 어스름한 형광등 불 하나만 남는다. 그 뒤론 고요했다.

네 다음 움직임을 기다리는 내내, 컴퓨터 커서의 깜박이는 소리마저 들리는 것처럼 사위가 조용하다. 그리고 쿵, 책장에 무언가 부딪치는 소리가 났다. 아, 하. 쓰읍. 네가 느닷없이 그곳에서 끙끙 앓는다. 조금 기다려 보아도 여전한 신음에, 난 의자에서 놀란 몸을 일으켰다.

"뭐야, 유지한. 괜찮아⋯⋯? 부딪쳤어?"

달린 등도 없고 커튼까지 쳐져 어두워진 책장 사이를 뛰어 들어갔다. 아! 어느새 깊숙한 곳. 아래에서 뻗어 나온 손에 팔이 잡혀 바닥으로 끌려갔다. 무릎이 닿기 전 이번엔 뒤로 밀려, 쿵 소리와 함께 책장에 뒤통수가 부딪친다. 아⋯⋯. 난 조용한 신음을 뱉었다. 팽팽, 머릿속이 도는 듯 어지럽다.

책장과 그만치 단단한 품 사이, 오래된 책들의 내음이 났다. 생각보다 아프지 않은 느낌에 눈을 떠 힐끗, 내 뒤통수를 감싼 네 손을 살폈다. 늘 놀라운 운동 신경에 헐떡이며 앞을 보자 파도처럼 검푸른 물결이 네 가늘어진 눈에서 출렁였다.

"또, 허술하지."

날 선 턱이 뺨을 스쳐 간 뒤, 네가 귓가에 낮고 깊숙이 속삭였다. 이 얕은 수에 속아? 놀란 심장이 멈출 기미가 없다. 두려움과 설렘은 한 끗 차이라 착각하기 쉽다던데, 네 어둠 속 물귀신 놀이에 놀라 돌아가시는 줄 알았으니 이 또한 네 교묘한 술수인가.

"왜 자꾸 빈틈을 보일까. 보면 난 파고들 텐데, 응? 왜 그러실까, 똑똑하신 분께서."

"⋯⋯왜. 왜 아픈 척을 하고 그래. 사람 놀래는⋯⋯."

짧은 머리 덕에 날 응시하는 날카로운 눈매가 지나치게 휜했다. 눈을 아래로 깔아 숨기자 귀밑머리에 닿은 뜨거운 손끝이 관자놀이로 올라갔다.

"궁금해서."

머리칼 안을 쑤시듯 들어와 내가 놀란 눈을 뜨든 말든 길게 한 번 쓸어낸다. 코앞의 숨이 뜨겁게 속살거렸다. 네 맘엔 나랑 하고픈 게 더 클까, 내가 겁나는 게 더 클까. 아님 내가 이러면⋯⋯.

"넌 못 이기는 척 이 어둠으로 끌려와 줄까, 아닐까."

이것도 네 짓궂은 장난일 거라 난 진정 예상하지 못했나. 아님 그래도 상관없었나.

날 꿰뚫는 말에 마른침을 삼킬 때쯤, 미끄러진 코끝이 예상과 달리 목덜미에만 앉아 느릿한 숨을 쉰다. 떨리는 내 몸이 그곳으로 온전히 전달될 것 같아 하, 하지 마, 하며 조그맣게 밀어냈다. 그럼에도 넌 농구공처럼 쥐어잡은 뒤통수를 더 꽉 쥐었고, 네 메마른 목소리는 쇄골에서 울렸다.

"그러다, 보고 싶어져서."

"……뭘?"

박한내가.

"나한테 달려오는 거."

네 입술이 닿은 곳에서도, 분명 내 귓가에 들리는 운동장 백 바퀴 돈 듯 뛰노는 내 맥이 느껴지겠지. 내리깔려 검게 흔들리던 속눈썹이 깊은 눈두덩에 밀려 올라왔다.

"내가, 네게 뭘까."

그러니 음울한 네 눈동자만 내 눈에 가득했다.

"생각을 해 봤지."

그 눈을 하고선 한 손에 쉬이 쥐어진 내 목과 뒤통수만 손끝으로 쓸며, 네 날숨에 흐으, 움츠러드는 날 지그시 지켜본다. 건조한 목소리가 이어졌다.

"형이 좋은데, 나랑 하는 건 좋고. 나랑 형이 닮은 건 안성맞춤이고. 그게, 너한테 나일 거고."

느리게 목울대를 움직이던 목소리가 서서히 멈춘다. 네 심드렁한 눈망울은 내가 널 짝사랑의 편리한 도구로 생각한단 그 말을 부정하길 바라는 듯해 보이기도, 차라리 그게 낫다 싶어 뵈기도 했다.

"그럼에도 불구하고 너한테 날 깊게, 밀어 넣고. 네가 좋다 못해 우는 걸 보고픈 게, 그게 나한테 너고."

"아."

서늘한 말을 뱉은 붉은 입술은, 표피를 채취하듯 꼬물꼬물 내 목덜미를 훑는다.

"내가 미친 거지. 네 냄새만 떠올려도 바지 뚫리겠으니."

네가 귓가에 쪽 소리를 내며 입을 맞추자 허리가 튀어 올랐다. 허공을 헤집다 허리께에 닿은 책장을 허예질 정도로 쥐어짜는 내 손을 지긋이 보며, 부러 흡착음을 내듯 입을 맞춘다. 아, 간만에 느끼는 이 감각이 미칠 듯이 좋아, 네 말대로 난 모른 척 휩쓸렸다. 헐떡이며 반쯤 풀린 눈을 감았다.

"우리 한내한테 내가, 발정이 났나."

신경질적인 목소리에 감은 눈을 더 질끈 감았다. 네가 날 떠난 이유를 추측한 목록에서 가장 마지막까지 남은 단어였다.

발정 난 사춘기 남자애들이 고작 이 셈뿐일까. 운동장에서 소녀들의 체육복 바지를 벗기고 도망가기. 탈의실 훔쳐보기. 교복 아래 비치는 속옷 끈 만지고 도망가기. 자전거 타고 지나가며 젖가슴 움켜쥐기. 호시탐탐 소녀들의 속살을 보려 하는 짐승 같은 놈들이 10대 소년이니 너라고 다를까.

다른 점이 있다면 어떤 소녀든 넘어가게 잘생겼다는 것. 야시럽게 웃으며 경계심을 쉬이 풀고 잘 꼬실 것 같다는 것.

중학생 때부터 성숙한 고등학교 선배만 만났고, 몇 살 위인 여자들이 도리어 애간장이 타 널 쫓아다녀도 한 번 만나 주곤 팽 했다더라. 너에 관한 소문은 주로 그랬다. 그러니 입술만 내주는 내가 네게 만족이나 됐을까. 답답하니 짜증이나 났겠지. 다른 놈들처럼 좀 예쁘장하다 싶어 욕정하고 재미가 덜해지니 떠났겠지. 난 그렇게 결론을 내렸었다.

"아님, 사랑?"

비아냥대던 목소리가 까끌한 웃음으로 변하자 나도 헛웃음을 뱉었다. 날 놀리는 게 넌 정말 재밌구나 싶어 쏘아보자 네 눈에도 날이 섰다. 공격하듯 자잘한 입맞춤을 퍼붓는다. 목을 타고 올라 귓바퀴를 훑는 입술. 내 솜털

하나하나가 반응하며 찌릿했다.

"아, 흣."

강한 간지러움에 비명 같은 신음이 흘렀다. 입술을 말고 고개를 뒤틀며 어깨를 밀자, 올라온 손이 내 뒤통수를 꽉 쥐었다. 흐윽, 신음이 새는 입술을 더 세게 물었다. 돌아가지 않는 고개를 최대한 땅으로 숙여도 네 입술이 부드러이 내 귓불을 무니 몸이 바르작 떨린다.

순간 허리쯤에 딱딱하게 맞닿아 오는 것을 의아하게 내려다본 내 낯바대기가 당황으로 물들자, 차게 당겨진 입술이 쿡쿡 웃고는 다시 목에 코를 묻었다. 하, 뜨끈한 숨결을 뱉었다.

"그것도 궁금했지. 내가 네 입술, 안 빨아 주는 동안."

귓가에서 음음하게 속삭여 대자 어깨가 귓바퀴까지 움츠러들었다.

"공부하느라 바쁜 울 한내가 퍼뜩퍼뜩, 유기한이랑 나 중, 누굴 더 생각했을까."

찬 바다에서 오래 지내 아가미라도 생긴 듯 늘 느리게 호흡하는 유지한은, 대신 그 숨의 온도가 아궁이 불처럼 높았다. 뜨겁게 달구어진 숨이 귓속 가득 울려 머리가 이상해진다. 이러다 망가져 버릴 듯해 고개를 마구 내저었다.

널 많이 생각하고 그리워했다, 그런 마음을 들키긴 죽어도 싫었다. 널 그저 네 형의 대타로 생각한다, 그렇게 남는 것이 내 자존심을 지키는 길일 것이니.

"내 머릿속엔 온통 넌데. 넌 어떨까."

"하…… 그만."

"난 바다에 뛰어들어도 안 되겠어서, 네 생각 하면서 매일 붙잡고 흔드느라 지금도 뻐근한데."

야, 좀……! 놀라 벌어진 턱을 네가 움켜쥔다. 마구 요동치는 눈길을 휙 들어 올린 손이 아래로 내려갔다. 네 잿빛 눈에 홀려 가빠지는 숨을 억지로, 억지로 참다가, 가늘게 뱉어 내려 애쓰는 내 숨만 고요한 독서실 안에 울렸다. 입 다물어. 조용히 하라고. 내 심장 박동만 귓속에서 아주 시끄러웠다. 날 고요한 눈으로 그러쥔 네가, 가만가만 손끝을 움직인다.

"내가 네게 뭐든. 유기한은, 위험해."

불현듯 성마르게 뱉는다. 서로 불신이 가득한 형제였다. 각자 나보고 자기만 믿고 상대를 조심하란다. 둘 다 안전해 보이진 않으니 누구 말을 더 믿기도 어려웠다.

"오빠가 뭐가, 위험한데? 정말 나한테, 너보다 위험해?"

그래도 감히 평가하자면 나와 늘 거리를 두는 남자보단 훅훅 느닷없이 치고 들어오는 네가 내겐 더 위험하지 않나 싶었다. 네가 설명이 어렵다는 듯 입매를 꾹 다물며 비틀었다.

"그렇게 무서워?"

내가? 그래? 활활 타오르던 눈의 온도가 삽시간에 차가워진다. 손의 온도는 반대였다. 여유롭고 뜨거웠다. 뼈가 도드라지는 무릎을 훑던 손가락이 그 두려움을 떨쳐 보라는 듯 경계심을 풀 속도로 서서히 들어섰다. 날 고요한 눈으로 잡아 쥐며 가만가만 손끝을 움직인다. 닿은 살갗마다 간지럼 피듯 건성으로 문지른다.

이러면서 네가 안 무섭냐고? 그걸 말이라고 하는지. 커졌다 가늘어졌다 반복하는 내 눈을 서늘하게 응시하던 네가 입만 삐딱하게 웃었다.

"난 그냥……."

잠시 말을 멈추고 고민하다 덧대었다.

"너에게 몸이 달아 있을 뿐이야. 넌, 한내?"

길쭉한 손가락이 거친 감촉과는 달리 요리할 때처럼 섬세히 움직이니, 난 놀라 깜박이지도 못했다. 유지한은 그런 날 집요하게 마주하며, 눈썹을 치켜떴다.

"응? 너도 나 딸감으로 썼냐고."

"그랬다면 어쩔 건데."

자존심이고 뭐고 갑자기 짜증이 나 내뱉었다. 잠시 수치심으로 흔들리던 내가 수긍하듯 차분해지자, 네 까만 눈이 가늘어졌다. 멈춘 손을 스르르 빼내며 예상치 못한 답에 놀란 듯 어두워진 눈을 슬며시 떴다. 내 대답을 찬찬히 곱씹는 듯한 네 반응에 심장이 뛰었다.

"나 생각 하면서, 했다고?"

붙였던 몸까지 떼어 내며 의아하게 묻는, 그 칠흑같이 어두워진 눈을 보며 난 자꾸만 차오르는 눈물을 깜빡거려 건조시켰다. 그렇게 의아한 말인가. 네 온기가 그리웠던 시간이 떠올라 서러우면서도 어쨌거나 나만 그랬던 건 아닌 것 같아 묘한 안심이 드는, 하나 내게 달은 게 고작 몸뿐이란 그 말에 실망도 드는 내가. 난 그런 내가 우스운데.

"그래. 나도 너 생각 하면서 딸 치는 게 좆같더라."

기세는 거침없어도 생전 뱉지 않던 말이 별수 없이 어색하다. 가지런한 눈썹이 비틀리고 뒤이어 붉은 입술까지 떨렸다. 이게, 씨. 제 눈을 손으로 가린 채 소리 없이 웃는 유지한은 조용히 발작하듯 몸까지 부들부들 떨었다. 잠시 뒤 손을 내리고 송곳눈을 뜬 내게 흐물흐물 풀어진 눈꼬리를 내보인다.

"나 잘해, 한내?"

얄궂은 물음. 그러나 재수 없이 자신만만한 네게 답할 수 없다. 비교 대상이 없으니. 입술을 말아 물고 눈을 피하는 날 유심히 보던 네가 심각해졌다. 뭐야. 힐끔 본 눈썹이 꿈틀거렸다.

"아니야? 못해?"

"……아니."

"이세준 그 새끼보단 나을 거 아냐."

"……뭐?!"

뜬금없이 들려온 이름에, 축축한 입술이 생각나 끔찍해졌다. 비명을 지르듯 되묻자, 뭐, 당연히 네가 원해서 했을 거라 생각은 안 했……. 말하다 말고 뭔가 깨달은 듯 욕을 지껄였다.

"걔가 나랑 했대?"

인상을 그저 구기는 반응이 곧 답이라 눈살이 와락 찌푸려진다. 미친놈. 억지로 입술을 들이댄 것도 모자라 헛소문까지. 너까지 그 말을 믿었단 말야? 실망도 실망이지만, 도저히 못 참겠다. 맞닿은 몸을 밀치고 일어나 걸어 나가려는 날 어느덧 침착해진 네가 손쉽게 막는다.

"어딜 가."

"신경 꺼, 넌."

"어쩌게. 어?"

"왜 헛소리냐, 따져야지."

"그럼 걔가 미안, 아주 순순히 수긍하고."

"그럼 어떡하라고. 뺨 한 대 갈기지, 뭐."

"고 쬐깐한 주먹으로? 내 턱도 조물대기만 하더만."

네 입꼬리가 빈정거리자 답답해진 마음에 소리가 빽 왕왕 나갔다.

"그럼, 가만있으라고? 유지한, 네가 나 허술하다 무시하든 말든 상관없어! 다들 내가 가만있으니까 만만하게 보는 거, 내가 모를 거 같아? 나도 참은 거야. 그냥 들이받고 말래. 이렇게는 열받아서 안 되겠다. 그리고, 너 미쳤어? 이세준이 나랑 했단 그 말을 믿어? 내가 그랬을 거 같아? 난 너랑 한 게 처음……."

퍼뜩 자존심이 상해 말을 멈추었다. 넌 분명 내가 처음이 아닐 것이니. 내 말에 흰 도화지처럼 매끈한 얼굴이 종잇장처럼 구겨졌다가 곧 피식거리는 웃음으로 바뀌었다. 나와 달리 어딘가 흡족한 낯으로 날뛰는 날 가만 지켜보다 나직이 입술을 벌렸다.

"내가 할까."

"뭐?"

"너한테 입술도 비벼 주고 그 새끼도 패 줄까. 네가 원한다면."

뭐, 이미 몇 대 패 주긴 했는데, 중얼거리며 내가 깨물어 대는 입술을 손끝으로 부드러이 문질렀다. 네 서늘한 눈을 잠시간 보다가, 회색과 푸른빛을 띠는 네 깊디깊은 눈을 표현할 말을 마침 떠올렸다.

네 눈은 태풍이 오기 전 까마득한 하늘처럼, 혹은 절벽 아래 물결치는 바다처럼 몽환적이다. 그러니 바다 위 인어처럼 사람의 정신을 홀려 버리는 것이다. 요망하다. 그 표현이 딱이었다.

"다른 데도, 만져 주고."

그런 고고한 눈으로 이딴 상스런 말들을 던지기나 하고.

"다른……."

"네가 원하는 곳 어디든."

낮은 목소리가 퍽 진심이라 절로 상상했다. 혼자 만지던 곳에 네 손이 닿는 상상을. 혼자 몇 번이고 머릿속에 그리던 것이라 실제처럼 생생한.

"만져도 주고. 네 입술에 하듯, 빨아도 주고."

날아든 직설에 망측한 상상을 들킬까 눈을 깔았다. 하나 절로 시작된 것은 멈추질 않고 내 숨을 색색거리게 해, 뺨을 물들인 열기가 목덜미까지 뻗쳐 갔다. 날 주시하던 네가 웃는다. 내 쇄골 부근까지 붉어지는 것을 짙은 눈으로 바라보며 말을 이었다. 그러니까 네 입술을 핥고 빤 것처럼 말야. 네 귀도, 가슴도, 젖꼭지도, 배꼽도, 엉덩이도, 보…….

"……너는? 나도 너한테 해 줘야 돼?"

결국 한계치라 말을 끊어 냈지만, 그 대답은 허락이나 다를 바 없다는 것을, 나도 알고 너도 알았다.

"너만."

웃음기 없이 진지한 제안이 내게 불리할 건 전혀 없는 게 수상했다. 대신 넌? 넌 뭘 원하는데. 미심쩍게 묻자 내 신체 곳곳을 주시하다 다시 위로 올라온 눈이 고요했다.

"또 불러 봐."

"⋯⋯뭐?"

"그 노래 또 불러 보라고."

또 뜬금없이 그 요구다. 네가 왜 이리 내 노래에 집착하는지 모를 일이
나, 무심히 뜬 네 눈 안에 파도처럼 열망이 일렁이는 게 보인다.

"대신 저번처럼 가사도 붙여서."

"기억 안 나. 그땐 그냥 아무거나⋯⋯."

"그럼 만들어. 똑똑하잖아, 너."

"⋯⋯."

"못 해? 안 돼? 싫다고?"

"⋯⋯아, 아니. 생각해 볼게."

미련 없단 듯 몸을 떼는 게 싫어 허겁지겁 붙잡자 입매를 비틀어 웃고는
뒤로 걸어 멀어졌다. 기타 가방에서 종이 한 장을 꺼내 책상에 올려놓고 한
쪽 엉덩이만 걸터앉아 기타 칠 자세를 잡고는, 기다란 손가락으로 가볍게
줄을 훑는다. 띠리링, 맑은 소리가 공간을 울렸다.

나도 다가섰다. 올려 둔 종이를 집어 들고 기타에서 흘러나오는 익숙한
멜로디를 귀로 들으며 눈으로 악보를 읽었다. 이걸 진짜 악보로까지 간직하
고 있을 줄이야. 왜? 가슴께가, 그 물살 같은 음악을 따라 찌르르, 간질간
질하고 묵직하게 울린다. 달아오르는 뺨을 식히고자 손바닥으로 거칠게 매
만질 때쯤 노래가 끝났다.

"별로지?"

"⋯⋯별로라고? 씨, 아깐 불러 달래 놓고."

"여기에. 지금 네 목소리가 없잖아. 그러니까 허전하잖아. 모르겠어, 한
내?"

떨구었던 눈을 들며, 왜 네 목소리의 가치를 모르냐는 듯 기막혀 하는
널 보았다. 별로란 말에 자존심이 상해 열 냈던 날 놓치지 않는 네 집요한
눈길이 한편 두렵다. 여전히 피하고 싶게.

잘 모르겠단 의미로 정처 없이 눈만 굴렸다. 길을 걸으며 노래를 흥얼거린 건 그저 시간 때우기이자 스트레스에서의 도피였을 뿐, 본격적으로 가사를 쓰고 반주에 맞춰 노래를 부른다는 걸 생각해 본 적이 없어, 네 해사한 미소만큼 좋게 나올 일은 없을 것이다. 그러니 자신도 없다.

"……왜? 왜 자꾸 노래를 불러 달라는 거야?"

"좋아. 욕심나."

툭 불거진 목울대를 꿀렁이고는 시들하게 말을 잇는다. 다시 말하지만 그냥, 주고받는 거야.

"이것만 해 주면 네가 원하는 건 뭐든. 그야말로 네 노예가 되겠다는데. 뭐가 그리 생각이 많아, 넌. 내가 예쁜 짓만 골라 하는데, 어?"

네 비릿한 미소가 노예보단 노예상에 가까워 그런 게 아닐까. 그저 속으로 대꾸하고 생각해 보겠다 답하며 컴퓨터 책상으로 돌아갔다.

"집 가?"

기타를 정리해 넣던 네가 물어 와 아니, 야자 해야지, 하고 답했다. 그러자 기타 가방을 메고는 같이 가자며 묵묵히 선 채 문을 눈짓해 결국 나도 자리를 정리했다.

"넌 못하는 게 뭐니."

"공부."

왠지 어색한 기분으로 복도를 걸으며 능숙한 기타 연주가 생각나 묻자, 당연하게 돌아온 대답이 날 웃게 했다. 이에 빤히 보는 시선이 느껴져 다시 무표정을 가장하곤 언뜻 들었던 해녀 아주망들의 말을 떠올렸다.

"넌, 음, 대학 안 가?"

"응."

"왜?"

"가면 뭐 하는데. 공부? 지금 공짜여도 안 하는 걸 왜 내 돈 주고 하는데."

"그럼, 앞으로 뭐 할 건데?"

"잠녀."

"뭐? 진짜?"

"……."

설명이 어렵다는 듯 눈을 가늘게 접은 낯이 역으로 묻는다.

"넌 대학 가서 뭐 할 건데."

"대학 가서……."

잊고 있던 진로 문제에 가슴이 답답해져 작은 한숨이 새었다.

"할 거 없음 노래해."

"뭐? 내가 무슨."

"너 잘해. 그리고 예뻐."

"……내가 무슨……."

"네 목소리가."

흘기는 눈에 능글맞게 눈을 접고는 덧붙인다.

"사람을 기분 좋게 해. 편안하게도, 들끓게도 하고……. 바다에 들어갈 적처럼. 난 까다로운 새끼라 나만 그런 건 아닐 거야, 한내."

처음 들어 보는 칭찬이 어색해 허공만 보았다. 또 네 시선이 집요해 빠르게 눈앞에 보이는 야자실로 걸음을 옮겼지만 작은 기쁨이 가슴 한구석에 일렁였다. 네 말이 진짜라면 얼마나 좋을까. 남자의 사진처럼, 내 무언가로 누군가의 마음을 움직일 수 있다면……

"그리고 널 보면 얘가 자꾸 서는 걸 보면 얼굴도……."

"씨. 그만 좀 해!"

"예뻐."

예뻐서 탈이지. 그 딸려 오는 웃음 참 요사스럽다.

달아오른 뺨을 아래로 숙여 머리칼로 가리며 야자실 문을 열었다. 인사할 겸 돌아보자 지그시 보는 네 눈에 또 빨려 들어가는 듯했다. 봄을 지나쳐 슬슬 다가올 무더위에 몸이 먼저 흐물흐물 녹은 것처럼 작열하는 네 눈.

네 몸에 엿가락처럼 녹아 후루룩 잡아먹힐 듯했다.

"지금, 네 입술 빨고 싶어."

이리 마구잡이로 말해 대니 내 심장도 별수 없이 턱, 멈출 수밖에. 아까 입을 맞추진 않더라니. 애간장을 태우다 못한 내가 직접 달려드는 꼴이 보고 싶어 이러나. 네가 또 의심스럽다. 열린 문으로 애들도 보이는데 얼마쯤 미친 것도 분명하고.

결국 도망치듯 들어와 자리를 잡자 실실 웃으며 따라온 네가 옆에 드르륵 의자를 빼고 앉는다. 사람이 드문 게 다행이지. 유경과는 아직도 어색했고, 겉돌던 무리에서 더 겉도는 중인데 너랑 이러고 있는 걸 들키면⋯⋯.

공부 가르쳐 줘. 남은 한껏 당황시켜 놓고 천연스레 물어 오니 어이가 없었다. 너, 공부에 흥미 없다며. 내 황당한 눈길에 샐쭉 웃다가, 결국 틈틈이 엿보던 기회로 내 볼을 몇 번 훔쳐 냈다. 그러고는 내가 주위를 황급히 두리번거릴 때마다 넌 마른 웃음이나 던졌다.

"자전거로 집 데려다줄게."

어느새 하굣길도 함께였다. 갈림길에서 나온 말에 못 이기는 척 네 집으로 발을 옮겼다. 싹 바뀌었다며 엄마가 입이 마르게 칭찬한 집 내부도 내심 궁금했던 터였다.

"아니, 들어오지 말고 여기서 기다려."

무언가 경계하듯 읊조리는 말에 당황한 발을 멈추자, 날 가만 보던 얼굴이 제 아랫입술을 한 번 문다.

"포기했지, 형?"

순간, 어쩔 수 없이 노란 유채꽃이 가득 피어 있는 돌담으로 눈을 피했다. 당황하는 내 얼굴 위로 그림자가 짙어진다. 사실 내가 먼저 키스할 뻔했는데, 오빠도 피했고 나도 순간 이건 아니다 생각했어. 차마 네게 못 할 말 같아 입술만 잘근잘근 씹자 어두워진 눈이 바짝 붙었다. 또 뭔데. 으르렁거리듯 낮게 묻는다.

"뭐야, 한내."

묵묵한 내 침묵을 깬 것은 다름 아닌 누군가의 울음소리였다. 작가님이 나쁜 거잖아요! 우리의 고개가 동시에 돌아갔다. 비애와 애통함이 가득한 여자의 흐느낌은 분명 집 안에서 들려오고 있었다. 그 앙칼진 목소리의 주인이 누군지 깨달은 듯, 욕설을 뱉은 네가 날 잡던 손을 놓고 빠른 걸음을 했다.

"따라오지 말고 집 가."

하나 왜인지 심각한 상황 같아 멀찍이 그 뒤를 따라 돌담으로 들어섰다. 바깥채 뒤편 안채로 들어가는 길, 눈물, 콧물로 뒤범벅된 여자가 보였다. 그렇게 엉망인데도 감탄이 나올 정도로 예쁜 여자. 도톰한 입술과 새초롬하게 올라간 눈매, 굴곡진 몸매와 하얗고 잘록한 허리가 가만있어도 관능적이다. 하지만 그녀의 절규가 마치 혐오스럽다는 듯 냉랭한 시선을 던지는 무정한 얼굴에선 나오는 말조차 없었다.

"무슨 말이라도 좀 해 주세요! 절 그렇게 보지 마시구요!"

가. 고요하게 흐르는 말이 냉정하다.

"싫어요. 절 다시 찍어 주세요."

"넌, 가치가 없어."

그 말에 잠깐 숨을 멈췄다가 눈을 벅벅 비빈 여자가 물었다.

"왜요? 제가 작가님한테 그런 짓 해서요?"

"아니."

"제가 잘못했어……."

"네가 못나서. 예쁘지 않으니."

널 찍고 싶지 않아. 처음으로 다정스런 미소가 퍼진 입술이 내뱉은 평가는 지독했다. 그것이 마치 화살처럼 박힌 듯, 비틀거리며 마주하던 눈을 피한 여자가 날 보았다. 잠시 그 공허한 눈을 마주 보던 난 유지한의 손에 잡혀 돌담길로 되돌아가야 했다.

"따라오지 말랬지. 오늘은 혼자 가. 다음에, 다음에 데려다줄게."

더 이상 말소리가 들리지 않는 곳, 그 서늘한 달빛 아래 네 얼굴이 이제껏 본 것 중 가장 살벌했다. 대체 무슨 일이며, 저 예쁜 여자는 누구인지 궁금했어도 묻지 못했다.

아마도 남자의 사진 모델 중 하나가 아니었을까 짐작했으나 이 섬까지 찾아오다니? 그저 일로만 엮인 사이는 분명 아닐 듯했다. 그렇다면 연인 관계였던 걸까. 그 여자가 해주일 리는 없으니, 남자가 이 섬으로 돌아온 것과 관계가 있는 걸까. 유지한은 왜 그런 험한 눈을 떴을까.

왜인지 불길한 기분이 계속되어 난 밤새 뒤척였다.

* * *

"아! 지한……. 왜……."

다음 날 아침, 빵 한 조각 입에 물고 올레 길을 나서다 비명을 질렀다. 이리 와. 내 팔을 쥐고 어디론가 빠르게 걷는 유지한에게서 싸늘한 냉기가 흘러 덜컥 겁이 났고, 아침부터 남자애와 어슬렁거리는 걸 엄마가 보면 꾸중을 들을 것 같아 현관을 초조하게 돌아보며 물었다.

학교 안 가? 여긴 왜……. 내 성마른 말에도 화를 억누르는 숨만 이어지다가, 나무 사이 한적한 곳에서야 네가 멈춰 섰다.

"너, 내가 경고했지."

움켜쥔 팔이 욱신거릴 정도로 성난 네 얼굴에서, 새는 목소리가 서늘하다 못해 무감하여 참말 두려워진다. 네가 위협적이라 무섬증이 이는 것보단, 네가 이리 화낼 일이 뭔지 예상조차 되지 않아서였다.

"무슨 말이야. 왜 이래……."

짧은 머리칼에서 떨어진 물기가 실한 어깨를 적신다. 교복 셔츠가 투명하게 젖어 든 것은 네 다급함을 의미했다. 등교 전 또 바다에 갔다가 무언가를 알게 돼 헐레벌떡 뛰어온 듯한 네가, 날 서늘히 주시하다 손에 들고 있던 휴대폰을 내민다. 고작 한 장의 사진. 그러나 난 머리를 둔기로 때려 맞은 듯 멍해졌다.

학교 게시판에 올라온 사진 한 장. 그 안에 들어찬 남자의 뒷모습, 그리고 그에게 입을 맞추는 소녀가, 아주 똑똑히 보였다. 미수에 그쳤으나 사진에서 입술이 닿은 듯 보여 누군가 작심하고 찍은 것 같았다.

"이게 왜……."

그야말로 세상이 정지했다. 그 속에 나만, 내 머릿속만 팽팽 아프게 돌아가는 느낌에 다리가 비틀거렸다. 누가 이런 걸 찍은 거지. 왜 학교 게시판에 이걸 올렸으며 지금까지 누가 이걸 본 건가. 이미 다 퍼질 대로 퍼진 건가. 만약 우리 엄마가 이걸 보면……. 창백해진 날 주시하던 네가 휴대폰을 거둬들였다.

"이게 다가 아니야."

올라온 다른 게시물은 꽤나 장문으로, 패닉에 빠진 머리로는 잘 읽히지 않았다. 처음으로 되돌아가길 몇 번이고 반복하다 결국 이 글이 갓 성년이 된 여자의 고발 글이라는 것만 겨우 깨닫고 눈물 맺힌 눈을 들어 올렸다. 한마디로, 제발 정리해 달라는 내 눈빛을 읽고, 유지한이 똑똑히 들으라는 듯 차가운 눈을 한다.

"우리 형이 미성년자를 성폭행했단 소리야."

머릿속은 더 새하얘질 뿐이었다.

"어떤 생각이 들어?"

멍하니 냉정한 눈길을 보는 내게 다그쳤다.

"형에 대해 어떤 생각이 드냐고."

어떤 생각이 드냐니. 남자는 비닐봉지와 낡아 허물어지는 집도 아끼는 사람이다. 그런 남자가 성폭행범이라니. 그럴 리 없었다. 내가 입을 맞추려 했어도 차분히 거부하던 사람이었다. 부정에 부정을 거듭하던 순간, 퍼뜩 반복해서 읽었던 문장 하나가 메아리처럼 맴돌았다.

〈그는 무척 지적이고 이성적인 사람처럼 보였으나 그것은 모두 후일 도모를 위한 연기였을 뿐이었습니다.〉

남자가 사진을 찍을 때면 내보이던 섬뜩한 눈빛. 누군가의 속내까지 알고 있다는 생각 자체가 내 지나친 오만이 아닐까. 남자를 알게 된 지 고작 두 달이었다.

"그러니 누가 형을 믿겠어."

너조차 의심하는 걸. 음울한 목소리에 헛된 생각에서 벗어났다. 순간적인 의심에도 불구하고 남자가 그랬을 리 없다는 결론에 도달한 참이었다. 분명 어제 보았던 여자가 이 사건에 관련 되었을 거란 직감에.

"아, 아니. 그게 아니라⋯⋯."

"게다가 이런 사진까지 추가됐지."

살벌하게 씹어뱉는 네 눈에 파란 광채가 번뜩, 절로 몸이 움츠러든다. 남자를 위해 해명해야 하는 걸 아는데, 울어도 해결될 상황이 아닌데도, 울고 싶었다.

"그건, 그러니까 내가 일방적으로 한 거지, 오빠는 사실⋯⋯."

"네가 일방적으로, 한 거다? 그래, 그렇겠지."

하하, 비소까지 내뱉으며 내 말을 되새김질하는 낮은 흰 피부가 대리석처럼 보일 정도로 서늘했다. 형을 포기했냐고 묻던 어젯밤의 네가 기억이 났다. 네가 나와 그 무엇도 아니니 그 입맞춤의 시도가 네게 큰 잘못도 아닐 텐데 가슴이 풀 수 없는 실처럼 뒤꼬인다. 하나 철저히 감정을 숨기는 네 얼굴에서 네 저의를 파헤치고 있을 틈은 없었다. 그러기엔 닥친 문제가 너무도 컸다.

"그래, 네가 거짓말할 리는 없겠지. 근데."

뭐가 사실이든 내가 상황을 회피할 수 없도록 몰아세우는, 네 그 냉담한 눈길에 등줄기가 싸늘했다.

"사실은 중요하지 않지. 겪을 만큼 겪어 본 네가 제일 잘 알 텐데, 박한내."

네 눈빛은 사람을 하나 죽일 수 있을 정도라 아주 날 거침없이 푹푹 찔렀다. 반박조차 하기 힘들 정도로 진실에 가까운 말이었다.

박한내가 실은 오만한 게 아니라 낯을 무척 가리는 사람이라는 사실은 아이들에게 중요치 않았다. 소문은 흥미롭고 재미있어야 하기 때문에 그렇게 만들어지고 퍼지는 것이니. 그러니 네 그런 눈이 지금 내게 필요한 것은 맞았다. 현실을 피하지 말라는 그 냉혹함이.

내 변명은 듣지도 않는 네게 마음 한편 서운해도, 서운하면 안 되는 것을 알았다. 나에 대한 뜬소문은 그저 감내하고 말아 왔으나, 지금은 다른 사람까지 엮인 것이니, 이 악물고 해결해야 하는 걸 나도 안다.

······하지만 어떻게?

"올린 사람이 달라."

현실에 부딪쳐 자꾸만 부러지려 하는 내게, 너는 다시 입술을 열었다.

"글은 사실 뻔하고. 사진 올린 거 짐작 가는 사람. 있어?"

문득 떠오른 건 수치심으로 가득하던 누군가의 얼굴이었다. 그날 만났던 소년의 희번덕대던 눈. 순간 눈을 찌를 듯 점멸하던 빛. 그 뒤 설핏 들리던 바퀴 구르는 소리······. 하지만 설마 그래도 그렇지, 그 뒤에 날 따라왔을라고. 날 보던 네 눈이 냉큼 까맣게 가늘어졌다.

"누구. 말해."

고작 의심일 뿐인 것을 발설해도 될지 확신이 서질 않아 입만 벙긋거렸다. 진짜 이세준이, 홧김에 나와 남자의 뒤를 밟아 사진을 찍은 걸까. 사람이 그렇게까지 악독할 수가 있나 싶었다. 네가 화난 숨을 고르듯 젖은 머리를 쓸어 넘기며 짓씹었다.

"한내, 말해."

"확실치 않아……."

"확인은, 내가 해."

내 안의 머뭇거림을 단호하게 잡아채고는, 손으로 내 뺨을 뒤덮는다. 가늘게 경련하는 그곳을 어루만지듯 쓸어내렸다. 서늘하던 네가 이리 해 주니 묘한 안심이 든다. 어느새 네 다정함에 이토록 기대게 된 건가. 언제 이렇게.

고개를 들자 단단한 흑돌 같은 눈이 내 전체를 담았다.

"말만 해."

"……."

"내가 뭐든 다 한댔잖아, 응?"

그 뒤로 입을 다문 얼굴은 침묵 속에서 내 답을 묵묵히 종용했다.

"이세준……인 것 같아."

결국 내뱉었다. 말하고 나서도 추측에 불과한 것이 걸려 죄책감에 휩싸였다. 게다가 네게 말한다 해서 뭐가 해결될까 싶다. 우린 둘 다 고작 열아홉에 불과할 뿐인데.

좌절하는 내게 낮게 깔린 속삭임이 들렸다. 어떻게 해 줄까. 그 은근한 물음엔 내가 원하는 건 뭐든, 심지어 남에겐 입도 못 뗄 짓궂은 것이어도 상관없단 비밀스러움이 묻어난다. 먹구름처럼 은밀한 잿빛을 띤 네 투명한 눈 안에 또 홀리듯 잠겨 들어, 난 무중력 공간에 둥둥 뜬 듯 빙글빙글 생각 속으로 빠져들었다. 네가 소리 없이 입술을 달싹였다. 응?

'어떻게, 해 줄까.'

내가 원하는 건, 뭐지. 늘 한 여자의 뒷모습을 따라 인생을 걸어왔던 내겐 퍽 어려운 질문이었다. 이세준 그 새끼가 맞다면 어떻게 해 줄까. 말해 봐, 한내. 응? 말만 해 봐. 넌 내 손을 꼭 쥐고 내 손바닥에 입술을 문대며 재차 물었다.

나쁜 길로 꾀려는 악귀의 속삭임처럼 이로 살짝 긁어내는 느낌에 어쩐지 등줄기가 저릿저릿하여, 난 파드득 속눈썹만 털었다. 나른하게 깔렸던 네 눈이 스르르 내게 올라붙었다. 원하는 걸 말하기도 전, 먼저 다 알아챌 듯한 눈으로, 작당 모의하듯 가느스름 뜬다.

"다신 그런 짓 못 하도록 패 줄까?"

"……."

"죽도록. 어? 피 보기 싫다면 바다에 던져 넣고 뼛속까지 공포를 심어 줄 수도 있고. 어때."

내 손바닥 안에서 속닥거리는, 그 뜨겁고 축축한 목소리의 은밀한 감정을 따라가니 그런 생각이 든다. 이 일로 내 잠잠한 학교생활은 종 친 거나 다름없으며, 남자와 더불어 내게도 어딜 가나 이상한 시선이 따라붙을 것이다. 한데 이세준은? 경찰에 신고해도 과연 잡히기나 할까.

일이 커져 불리한 건 이세준이 아니라 나다. 솔직한 속내는 범인이 누구든 엄마를 포함한 더 많은 사람들이 보기 전에 게시 글이 사라졌으면 했다. 그리고 가만있는 날 끝없이 괴롭히는 이세준도, 나처럼 고통받았으면……

"패 줘."

눈앞이, 손바닥에 닿는 네 숨처럼 뜨겁고 축축하게 일렁였다. 머리가 지끈거리다 못해 펄펄 끓었다.

"아주 죽도록. 사진도 지우고. 다신 날 안 괴롭히게. 그만큼 죽도록 패 줘."

"그래."

네 흔쾌한 대답을 듣고서야 헐떡이던 숨을 멈췄다. 정신이 들었다. 아니, 이건 안 될 말이었다. 폭행은 엄밀하게 법에 저촉되는 일인데 이걸 저렇게 경쾌한 톤으로 승낙하는 건 있어서 안 되는 일 같다.

"오고 가는 게 있어야 하는 건 알지, 응?"

심드렁한 목소리가 반쯤은 서늘하게, 반쯤은 짓궂게 울렸다.

"무슨……."

"네 목소리."

"아."

"이것도."

방금 전 거래처럼 음습한 입술과 혀가 날 느릿하게 옭아매다 봐준다는 듯 슬슬 놓아주었다. 그러자 퍼렇게 진동하는 숲 내음과 함께 머리가 팽팽 돌았다. 질끈 감았던 눈을 겨우 떠 냈다. 그래서? 나른해진 눈꼬리를 접으며 네가 내게 묻는다. 전까지 날 차게 몰아세우던 칼날 같은 네 모습은 온데간데없었다.

"둘 다 해 보니 어때."

열기를 품은 혀가 내 입꼬리를 야시시하게 핥으며 재촉했다. 둘 다 해 보다니. 그 말의 의미를 생각한 지 얼마 지나지 않아 화덕 앞에 앉아 있는 것처럼 뺨이 화끈거렸다.

"지금 이 상황에 그게 할 소리야?"

형제 중 어떤 이의 입술이 더 좋았냐고 묻는 의미밖엔 없었다. 그것 또한 답을 할 수 없는 질문이다. 그렇지만 남자와 실제로 입술이 닿진 않은 사실을, 굳이 네게 여기서 정정할 필요는 없다고 생각했다. 남자에게 입 맞추려 했던 건 사실이었으니 변명은 우습다. 그런 생각을 하는 새, 붉은 입술이 차게 비틀리고 서늘한 눈은 잔인하게 휜다.

"난 그게 열받은 거야. 다른 건 어찌 되든 내가 신경 쓸까? 사실 상관없어, 형은."

"무슨 소리야, 네 형인데."

"뭐, 네 대답은 알만 해. 지금 너 얼굴 보니까, 째깐한 고구마 같아."

"뭐, 뭐래. 저리 가."

"내가 걱정하는 건 너라고. 형이 아니라. 화낸 것도. 내가 무서웠어?"

네가 어딘가 어두워진 눈으로 비뚤게 웃고는 순순히 밀려나, 다시 무심해진 얼굴로 입을 뗐다. 학교 가. 등교해야지, 전교 1등.

"넌?"

"가야지. 네가 시킨 거 하고."

"진짜로 할 거야?"

"왜. 걱정돼? 내가? 아님 이세준이."

"……."

"이미 애들한텐 퍼질 대로 퍼졌지만 네 엄마가 보고 쓰러지기 전엔 내려야 될 거 아냐. 안 그래? 우리 형은 이미 좆 됐어도."

고개만 떨궜다. 엄마는 진짜 졸도할지도 모른단 생각에. 하나 네게 이리 몽땅 해결을 떠넘겨도 되는 건지, 내가 참 무책임하게 느껴진다. 스스로 할 수 있는 건 아무리 생각해도 없으니 짙은 무력감이 들었다.

"그 다른 글은."

"그건 형이 알아서 해결할 거야."

"……."

"가서 애들이 뒤에서 뭐라든 뻔뻔하게 앉아 있어. 그건 할 수 있지?"

맞닥뜨릴 온갖 시선과 수군댐이 솔직히 두려웠으나, 날마다 날 골리던 네 담담한 눈이 지금은 오히려 안심이었다. 넌 누가 뭐래도, 그 심드렁한 눈으로, 심드렁하게, 내 편이 되어 줄까 싶어.

묻는 말에 응, 하고 대답하며 끄덕이자 괜찮다는 듯 내 뒤통수를 한참 쓸던 손길이 떨어졌다. 그것에 벌써부터 마음이 허했다. 그 허함에 간간이 뒤를 돌았을 때, 내가 사라질 때까지 뒤에서 지켜봐 주는 네가 있었다.

* * *

교문 안에 발을 딛는 순간부터 운동장을 지날 때까지 따라붙는 눈들에 이미 소문이 퍼질 대로 퍼졌다는 걸 알 수 있었다. 아침 조례까진 시간이 남아 교실에 앉아 있다가는 끝없는 눈총과 수군거림을 감당해야 할 것이 뻔했다. 그래서 화장실로 가려다, 거기서 몇 번이고 험담을 들은 걸 상기하고는 학교 뒤 건물에 있는 작은 뜰로 향했다.

나무 의자에 앉자 도망가고픈 마음을 대변하듯 심장이 가쁘게 뛴다. 명상하듯 호흡을 골라도 되풀이되는 걱정과, 짓궂은 예측에 미쳐 버릴 것 같아 나무 주위를 서성이며 가쁜 숨을 고루 들이마시었다.

"아, 진짜 개소름."

새 지저귐만 들리는 그 고요한 시간은 곧 깨졌다. 들려오는 호들갑에 나무 뒤로 몸을 움츠리자 무리들의 그림자가 길게 졌다.

"경해믄 작가일 때 지가 찍던 사진 모델을? 강간범이라는 거?"

"으으, 소름 돋아. 완전 쓰레기네."

"어쩐지 눈빛이 좀."

"예술 하는 남자들이 원래 좀 경한댄. 무사, 전에 아이돌 하켄 서울 간 다영이 알지? 가이도 그 소속사 사장이 막……."

"겐디 좀 이상해. 그거 진짜믄 감옥 갔어야 되는 거 아니?"

같은 반 아이들의 목소리와 함께, 햇살에 푹푹 데워진 학교 옆 가축장의 오물 냄새가 훅 코를 찔렀다. 지독한 냄새였다.

"증거가 없댄 햄시녜. 우리 닮은 여자아이 하나 꼬시는 것, 그 오빠헌티는 완전 껌일 테주."

"그게 호끔 이상하다니까."

"넌 맨날 뭐가 이상하댄. 그거 아니믄 뭐 허러 여로 다시 돌아오나. 켕기는 게 이시난 도망 와실 테주."

누군가 석연치 않는 점을 지적해도, 재밌는 소문 앞에서 그건 합리적 의심이 아닌 얘깃거리의 방해 요소일 뿐이었다.

"그건 글치."

"경하고 그 사진 봔?"

"박한내 완전 뒤통수 후려친 거 인정?"

"대박이지. 맨날 모범생에 얌전한 척 혼자 다 핸게만."

"형 동생 다 얽히는 거 보믄, 완전 여왕벌이네. 저번에 지한이도 가이신디 고백했당 난리 나지 안핸?"

입을 틀어막았다. 너에게까지 피해를 주는 건 정말 싫은데. 숨이 걷잡을 수 없이 헐떡이고, 마구 뛰던 심장이 이젠 날뛰어 댔다. 다시 내쉴 틈도 없이 들이쉬어지기만 하는 숨이 더없이 가빠진다. 가슴에 돌덩이가 얹힌 듯 답답하고 숨을 쉬어도 꽉 막혀 폐부가 걸레처럼 쥐어짜졌다. 종국에 너덜너덜하게 힘이 풀려 앞으로 엎어졌다.

흐으. 흡. 으으.

뺨에 닿는 흙모래를 거칠게 긁으며 막혀 버린 가슴을 쥐어뜯었다. 너무 큰 고통에 눈물이 줄줄 샌다. 허벅지에 상처를 내는 건 이에 비하면 우스웠다. 아픔이 내부까지 역으로 파고들어 날 모조리 파괴하는 듯 지독했다. 그 고통의 거름이 되는 소녀들의 수다는 끝이 없어, 귀를 틀어막고만 싶었지만, 차분하고 끈질기며 지독하리지독한 몸의 발작 때문에 불가능했다.

"겐디 유지한 어떵헐꺼니. 가이도 형이 경핸 거 알아실까?"

"몰라실 테주게. 가이는 그런 아이 아니지 안해? 한 성깔 하고 고집도 완전 쎈 아인디."

"에이, 형 일을 어떵 몰라."

"아니, 경행 박한낸 또 다른 피해자라, 뭐라?"

"여왕벌이 아니고 가이도 당한 거 아니?"

"어머, 불쌍해. 설마 벌써 해신가?"

"가인 진짜 러어-브였던 거 아니?"

"아, 헐. 존나 불쌍해."

킥킥대는 웃음소리가 한동안 퍼져 나갔다.

"야, 겐디, 그 오빠 학교 옆에 사는디 완전 께름칙한 거 아니냐고."

"학교에서 대안을 마련해 줘야 되는 거 아니?"

"아니, 유지한은 뭐랜 말 없댄?"

"오늘 학교 안 와신디?"

"아, 완전 웃기다, 이거."

"난 솔직히 박한내 반응이 제일 궁금한 듯."

"가이도 올라온 거 봐신가?"

"아닐걸. 그 꼴에 공부한댄 휴대폰도 안 가정 다념네."

"내가 말해 주카. 가이 얼굴색 변해는 거 한번 보고 싶은디? 매날 마네킹 추룩 얼굴에 표정 변화도 하나 어시녜."

"미친, 생각하는 거 봐."

"잔인한 년 보소."

소녀들의 꺄르르 웃는 소리가 학교 정원에 울려 퍼졌다. 땅에 쓰러져 바들대던 난 안정을 취할 것을 찾아 흙 묻은 뺨을 움직였다. 여전히 숨이 죄는 고통에 눈물이 막을 새 없이 줄줄 흘러내렸다. 나가 가이 표정 따라 해보카? 이거 봐 봐. 깔깔깔. 미친, 존똑이네. 씨발, 연기해라. 너.

어디선가 흘러오는 코를 찌르는 강한 향에 습기를 머금은 눈을 들어 올렸다. 꽃 한 송이가 보인다.

'너 닮은 꽃이다, 한내.'

네가 날 닮았다 했던 흰 수선화가, 어찌 바다도 없는 여기서 피어났을까. 딱 한 송이만 어울리지도 않게 홀로 핀 게, 그래. 딱 내 꼴이었다.

그 꽤나 독한 꽃 내음이 향기롭진 않아서인지, 도리어 막혔던 코가 푹 찔린 듯 호흡이 조금 되돌아왔다. 몸이 의지대로 꿈틀댄다. 되찾은 이성으로 과호흡에 대한 지식을 기억해 내고 숨구멍을 최대한 틀어쥔 채 숨을 쉬었다. 흘러내린 눈물이 손가락을 타고 흙바닥을 적셔 가는 것을 흐릿하게 보며. 넌 지금 어쩌고 있을까 상상하며. 그러니 이런 상황이지만 그저 나 혼자뿐은 아니다 여기며.

"키스는 오빠가 아니라 내가 한 거야. 그리고 내가 왜 불쌍하니? 이렇게 한심하게 남 씹다 끝날 너희 인생이 더 한심하지."

지금 당차게 나서 그렇게 말할 수만 있다면 얼마나 좋을까 상상했다. 나무 뒤에 쓰러진 채 숨조차 제대로 쉬지 못하는 채로, 고통 때문에 바람 빠진 풍선처럼 쭈그러드는 몸으로, 상상만 했다.

그러나 그리 말한다 해도 뭐가 달라질까. 사과를 들을 수나 있을까. 밖으로 나가 입을 여는 순간 서러움의 눈물은 터질 것이고, 엉엉 울며 내뱉는 말은 제대로 전달도 안 될 거고, 난 더 불쌍한 계집이나 될 텐데.

날 비웃던 사람들 앞에서 또 한 번 무너지면 그것보다 비참한 게 없을 것이다. 그 상태로 땅에 주저앉아 영영 일어나지 못할 것 같다. 그러니 실현할 용기는 없었다. 비겁하게 때마침 아파 오는 몸으로 도피했다.

"아니, 겐디 그 얼굴에 안 빠질 여자가 이서?"

"이거 이거, 살인범도 잘생기멍 좋다 할 년."

"나가 언니헌티 들었는디, 그 오빠 고딩 때도 죽은 동물 찍으럼 다니고 그랬다지 안 해?"

"헐. 소름. 무서워."

"경해고 여자 친구가 죽었는디 그걸 사진으로 찍었당 하멘."

"뭐라? 와. 진짜 상상 초월 아니?"

"단단히 미친놈 아니?"

확실한 것 하나는 내가 한 입맞춤이 남자에게 독이 되었다는 것이다. 남자는 소녀들이 갖지 못한 신 포도였고, 박한내는 혼자 잘난 척하는 오만한 계집애였으니.

평소 쌓여 왔던 나에 대한 악감정이 이때다 싶어 해소할 출구를 찾은 것이니 어쩌면 나도 남자의 가해자일지도 모른단 생각이 든다. 지금도 그를 위해 나서 해명해 줘야 옳았으나 그저 아픈 몸 하나 겨우 건사하는 내가 더 없이 비겁하게 느껴졌다.

"야, 사진 다시 봐 봐."

"기여. 어? 야, 그 글 내렸다."

연이어 들려오는 말에 피떡이 된 이세준이 잠시 떠올랐어도 죄책감은 없었다. 그래도 쌌다. 아니, 오히려 그 상상을 하자 호흡이 어느 정도 안정을 찾아 간다. 착한 척하던 박한내의 실제 속내엔 악심이 드글드글한가 보다. 내가 죄책감을 느끼는 대상은 도리어 너였다.

"참말? 겐디 건 누가 올린 거? 다른 사람이라, 같은 사람이라?"

"것도 진짜 미스터리."

종이 쳐 아이들이 떠나자 비로소 돌아온 호흡으로, 난 가까스로 큰 날숨을 내쉬었다. 대체 왜 남자에게 그런 짓을 했을까. 미성년자와 얽히면 좋을 성인 남자가 어디 있으며, 풍문은 어디든 나돌기 마련인데.

한심하다. 더 늦기 전에 남자를 만나 사과를 하고 내가 학교에 해명하겠다고 말해야 했다. 그렇게 결심을 굳히니 숨결은 아주 차분해졌는데도, 가슴에 남은 통증은 아직도 시리게 아프고 피가 철철 흘렀다.

* * *

"한내야, 무슨 일이니?"

"선생님, 저 배가 아파서 그러는데, 1교시만 양호실에 가 있어도 될까요?"

"아."

"생리통이요."

"어, 어어. 그래. 그래라."

복도에서 담임을 만났다. 가지런히 차려입은 회색 양복 위에 크로스로 멘 서류 가방을 보건대, 이제 막 학교에 도착해 진상을 모르는 듯했다. 교무실에 들어가면 머지않아 파악하게 되겠지만 우선 처리할 것이 있었다.

나답지 않게 차분해졌다는 생각을 하며, 딱딱하게 목례를 하고 컴퓨터실로 향했다. 조례가 시작되어 모두가 교실로 모여들면 몰래 학교를 나설 예정이었다.

"휴우."

그동안 삭제된 사진을 확인해 보기 위해 들른 컴퓨터실은 여느 때처럼 자물쇠가 풀려 있었다. 예측 불가능한 사건들 속 예측 하나가 맞았다는 사실에 위안을 느끼며 문을 열자, 휘저어 놓은 공기 사이로 비릿한 냄새가 코 끝을 스치고, 어떤 끈적한 열기가 뺨에 와 닿는다. 안으로 발을 들이면 안 될 것 같다는 때늦은 직감. 하나 이미 안에 있던 너와 눈이 마주친 뒤였다.

쭈그려 앉아 바닥을 닦던 유지한이 날 보자마자 빠르게 걸어왔다. 부어오른 듯 붉어진 손마디에서 힘줄이 불거지고, 바닥으로 집어 던지는 걸레에 스며든 피가 붉다. 다가오는 네 눈이 형형했다.

"나가."

그러나 난 그 말과는 반대로 몸을 밀어 넣고 등 뒤로 문을 닫았다. 이 안에서 벌어진 일이 감이 왔다. 그래 봤자 핏자국이었다. 손등이 벌겋게 까진 건 넌데 그것 좀 보는 게 내게 무슨 대수일까. 이미 피 냄새는 익숙할 대로 익숙한 난데.

"나도 볼 거야, 유지한."

눈앞이 깜깜해졌다. 성큼 다가온 커다란 손에 뒤덮인 눈을 깜빡거렸다.

"얼른 나가. 여긴 왜 왔어. 씹, 걸리적거리게."

서늘한 화가 묻어나는 목소리가 어딘가 초조하다. 으으……. 닫힌 시야가 예민하게 만든 청각 틈으로 아픈 신음이 들렸다. 눈을 가린 손을 억지로 거두어 내자 날 제 품으로 끌어당겨 숨이 막히도록 안는다. 넓은 가슴에 파묻혀 눈앞이 다시 깜깜해지고 뭉개진 코끝에 닿아 오는 심장 소리가 너답지 않게 쿵쿵 뛴다. 키스를 해도 늘 느릿하던 것이 그렇게 뛰는 건 이상했다.

"안 돼."

"……뭘?"

"한내, 그냥 나가. 어?"

어둡게 깔린 목소리가 두려워한다. 대체 뭘? 뒤통수를 거머쥔 뜨거운 네 손에서 비릿한 냄새가 흘렀으나 단단한 품에서 나는 바다 내음과 뒤섞인다. 하여 난 그것이 갯벌의 향처럼 싫지 않은데.

"제발. 가라고."

애원조의 음성이 따라붙었으나, 후덥지근한 열이 느껴지는 손을 움켜쥐고는 힘껏 떼어 냈다. 오른 손등에 난 상처를 아픈 눈으로 보고는 고개를 돌리자 책상들 사이로 엎어진 이세준의 얼굴이 보였다.

기절한 상태에서 깨어나려 하는지 이세준의 슬쩍 보이는 흰자가 바르르 돌아갔다. 입 주위는 핏자국으로 범벅이고, 퉁퉁 부어오른 걸 보건대 턱 어딘가가 부러진 건 확실했다. 그 발가벗겨진 상체를 가만 보다가, 그제야 네가 걸레로 쓰던 것이 이세준의 교복 셔츠임을 깨달았다.

시선을 돌려 빤히 올려다보자 잿빛 눈동자가 가장자리로 느리게 굴러갔다.

"……얼굴은 딱 한 대."

변명처럼 뱉는다. 아니, 한 대만으로 저렇게 턱이 아작 난다고? 그리고 그만큼 네 손등도 충격을 받았을 터였다. 주로 복부를 때렸는데 네 걱정대로 죽거나 하면 안 되지, 갈비뼈가 부러져 내장이라도 찔렀나 확인하려 한 거고.

마치 살인 청부를 한 조폭 상사에게 잘못된 상황 보고를 올리는 듯 굴고 있는 유지한을 보며, 난 눈을 가느스름하게 떴다.

"그러다 걸레가 필요해서 그냥. 어쩔 수 없었다, 네 말대로 하려면……."

네 상처 난 손을 꾹 잡아 말을 멈추자 이리저리 헤매던 검은 눈동자도 멈춰 섰다.

"너, 웃긴다. 대체 왜 나한테 변명해?"

호수 같은 눈에 잔잔한 물결이 이는 것이 역시 그걸 걱정했나 보다. 물론 피비린내 나는 광경이 충격적이지 않다면 거짓말이나, 내가 부탁한 일을 해 놓고 웬 걱정일까. 혹시 내가 널 이상하게 볼까 봐 그래? 예상치 않게 네 퍽 순진한 면을 발견하자 왜인지 귀여워 웃음이 나왔다.

"이 겁 없는 지지배가. 또 그러다 무섬증 도지려고."

네 턱 끝이 내 정수리에 얹혀 쿡쿡 찔렀다.

"……뭐?"

"나, 너 나 무섭잖아. 볼 때마다 무서워하잖아. 어?"

날카로운 턱뼈가 머리꼭지를 간지럽게 건드린다.

"무섭다기보단 재수 없었지, 처음부터."

"재수 없다. 그것도 그렇겠지."

무서운 것도 사실이긴 했으나 말을 아끼기로 했다.

네가 쿡쿡 웃자 내 머리통이 같이 울려 이상한 기분일 때, 기절한 몸에서 또다시 거친 소리가 났다. 조개껍질처럼 날 단단히 감싼 몸을 밀쳐 내자 잠시 감정이 일었던 검은 눈은 찬 겨울 바다처럼 다시 가라앉았다. 날 선 눈길이 곧바로 시체 같은 몸으로 향한다. 까닥하면 몇 대 더 팰 기세라 내가 먼저 움직였다.

"큽, 개같은……."

없는 정신에도 날 알아보고 적개심을 드러내던 이세준은 일어나려다 배를 움켜잡고 좀비처럼 끅끅 입 거품을 물며 엎어진다. 그 분노가 되돌아오지 않은 일방적인 마음의 발로란 걸 알았다. 엄마가 여태 미련이 남은 아빠를 매번 원망을 담아 욕하는 것과 같으니, 그래서 이 괘씸한 자식에게 한편으론 짠한 마음이 드는 거겠지. 하지만 이번엔 정말로, 정말로 나빴다.

이런 어두운 마음도 누군가의 입장에선 사랑이라면, 사랑 따윈 정말로 이상한 것이다. 누군가를 사랑해 이런 꼴로 전락하고 싶어지는 사람이 있을까. 정말 사랑이라는 게 현실 속에서도 해피 엔딩으로 끝나는 게 가능한 걸까. 그 꼴을 한 번도 목격하지 못한 난 믿을 수 없었다.

남자에 대한 내 마음도 결국 이 꼴이다. 이 섬을 뜰 때까지, 남자도 나도 온갖 추문이 따라다닐 것이다. 남자는 떠날까, 너와 함께?

급작스레 슬퍼진 탓에 돌처럼 무거워진 몸을 움직여 털썩, 끙끙대는 이세준 앞에 앉았다.

"왜 그랬어?"

한 번은 묻고 싶었다. 날 좋아한다면서 어떻게 그런 짓을 할 수 있는지.

그것을 온전히 이해하기란 어려웠기에.

등 뒤로 무게 실은 발걸음이 들렸다. 네가 내 바로 뒤에 멈춰 서자 어쩔 수 없이 든든했다. 그 뱁새눈에서 분노가 사라지고 비굴함과 비슷한 공포심이 차오르니. 미, 미안. 미안…… . 실성한 듯 중얼중얼, 황망히 벌어지는 눈은 나 아닌 내 뒤의 널 향해 있다. 결국 본능적인 위협에만 재깍 나오는 사과가 씁쓸하다.

"입, 벌려."

무릎 꿇은 네가 내 뒤에 앉으며 말했다. 한 손으로는 날 끌어안고, 다른 손으로는 이세준이 채 입을 벌리기도 전, 허공에서 무언가를 떨어뜨렸다. 툭, 운 나쁘게 입술에 맞고 튕겨져 나온 무엇이 바닥을 굴러가는 것을 보다, 놀란 눈을 떴다.

"입에 물고 가서 치료받아. 삼키지 말고."

네 말과 함께 부러진 이 하나가 바닥에 핏자국을 남기며 멈춰 섰다. 네가 이세준의 바지춤에 손을 닦자, 사레가 걸린 듯 기침하던 목울대가 별수 없이 꿀렁였다. 이도 배 속에서 소화가 될까. 그런 고민을 하며 내 목에 파묻힌 입꼬리가 무정하게 치솟는 것을 곁눈질했다. 정말로 즐거워 보이는 얼굴에 설핏 등줄기가 서늘하다.

"가기 전에."

겨우 바닥에서 일어나던 만신창이의 몸이 네 말 한마디에 부르르 떨렸다.

"내가 복창시켰던 거 다시 한번."

"…… ."

"실시."

"나, 나는…… ."

"나랑 오늘 헤어지지 말까?"

"나 이세준은, 다시는, 박한내에게 접근하지 않는다."

"한 번 더."

그렇게 예상치도 못한 몇 번의 다짐을 들었다. 이제 눈치껏 사라져. 영영 꺼짐 더 좋고. 어서 뒈지던지. 그 말과 함께 피에 젖은 교복 셔츠를 둘둘 말아 덜덜 떨리는 허벅다리 위에 고이 놓았다.

도리어 소름이 돋은 난, 몇 번이나 다시 넘어지던 몸이 기어코 일어나 덜덜, 비틀비틀 컴퓨터실을 떠나는 것을 침 삼키며 보았다. 이렇게 다, 해결된 건가?

여전히 쭈그려 앉아 있는 네 가슴팍이 내 등에 맞닿아 있다. 이세준이 떠나고도, 날 놓아주지 않고선 내 뺨에 붙은 머리카락을 느릿하게 떼어 내는 네 품이 조금은 갑갑해졌다. 온몸이 뻣뻣이 긴장되는 통에 빠져나오려 발버둥 치자 숨이 막힐 듯 단단한 품이 날 더 세게 끌어안는다.

"왜. 어딜 도망가. 안 무섭다며, 어? 무르기 없어."

뜨겁다 못해 화염 같은 온도가 등을 타고 옮겨붙는다. 네 흥분감과 초조함도 고스란히.

"나, 나 기한 오빠한테 가 보려 했는데."

더듬더듬 말하자 어딘가 서늘한 정적이 이어졌고, 어금니 갈리는 소리가 났다. 유기한은.

"그 여자랑 있어."

"그 여자?"

"그래. 저번에 봤지. 걔가 피해자인 척 글 쓴 장본인이거든."

"아, 왜?"

"형이 좋대. 서울에서도 스토커처럼 따라다녔지."

"그런데 그런 글을 썼다고?"

"안 받아 줌 같이 나락 가자. 뻔한 얘기잖아? 그래서 그 여자를 형이 서울로 다시 보낼 거야. 그러니 형한테 하고픈 말 있으면 나중에 해. 하지만 만약 또 멍청하게 사과할 생각이었다면 나중에도 하지 마."

"……그래도."

"네 잘못, 없어."

"성질은 있는 대로 내 놓고."

왜 냈겠어. 응? 급작스레 낮아진 네 음성이 욕설과 함께 귓가에 흐트러졌다.

"네 그 똑똑한 머리 잘 굴려 봐. 유지한 이 새끼, 왜 화가 났나."

"……."

짜증 섞인 한숨 뒤로 한동안 적막이 흘렀다. 내가 남자에게 입맞춤을 한 게 화가 난 걸까 하는 생각이 들었으나, 다시 왜라는 의문이 든다. 제 형에 게 접근하지 말랬는데 해서? 고민하다 결국 다른 말을 하기로 했다.

"유지한, 음…… 저기, 고마워."

잠시 묵직한 침묵을 내뿜던 네가 한숨과 함께 다시 장난스러운 목소리를 냈다.

"내 이름 많이 불러 주네. 기분 좋은 게 또 좆같을 수도 있고, 참."

"……."

"잊지 마, 이건 그냥 주고받는 거야. 그러니 나랑 어디 좀 가자."

"……지금?"

"형 보러 갈 거였음 어차피 땡땡이잖아."

"……."

"따라와."

난 아프다는 핑계를 댔지만 넌 무단이잖아. 하지만 저 툴툴대는 얼굴은 분명 그런 것 따위 신경 안 쓸 것이라 따라나섰다.

"어디 가는데?"

"저 아래."

"아래? 운동장?"

"더 아래."

"……."

"굳이 알고 싶다면 사방이 막혔는데 또 뚫린 그런 곳."

"무슨 스무고개 해?"

넌 얄궂은 웃음만 내보였다. 아침 조례가 시작된 학교 계단은 3층에서 1층까지 내려가는 내내 인적이 없었다. 어느새 네가 내 손을 쥐고 잡아끌었다. 그 손등이 역시 부은 데다가 살갗이 붉게 까져 보기만 해도 마음이 쓰라리다.

"잠깐. 밖에 있어 봐."

1층 양호실 앞에서 걸음을 멈춘 내게 눈썹을 치켜뜨면서도 순순히 손을 놓아준다. 마치 내 말 잘 듣는 맹견 같아 괜스레 마음이 든든했다. 양호실은 학교생활 동안 처음이었다.

"어, 안녕. 어서 와. 누구지? 처음 보는데."

또렷한 인상의 단발머리 여자가 털털하고 자애롭게 웃음을 짓는다.

"아, 저…… 박한내요. 약 좀 받고 싶어서 왔는데……."

"무슨 약? 감기? 머리 아프니?"

"아뇨, 상처에 바르는…… 연고 같은 거요."

직접 치료를 받게 되면 혹여나 유지한이 이세준을 때렸다는 증거가 될지도 몰랐기에 대신 약을 받는 게 낫겠다 싶었다.

"왜? 아직 수업 시작도 안 했는데 등굣길에 넘어지기라도 했니? 어디 한번 보자."

그런데 여자가 적극적으로 흰 가운을 걷어붙이며 제 앞 의자를 턱턱 때린다.

"그냥 약을 주시면 화장실에서 바르고 오면 될 거 같은데요."

"왜? 내가 보면 안 될 곳에 있니? 선생님 여자야."

"그게 아니라……."

"일단 앉아 봐."

그냥 달라고 하면 쉽사리 받을 줄 알았던 터라 짧게 날아오는 의구심에도 당황으로 허둥지둥했다. 그런 날 바라보는 눈이 살짝 가늘어지더니 잠시 뭔가를 떠올리듯 생각에 잠겼다.

"잠깐, 이름이 익숙하다 했더니. 네가 걔구나."

가는 손가락이 탁 튕겨지더니 고음의 목소리가 한 톤 더 높아진다.

"매번 전교 1등 한다는 독한 여자애!"

"아, 네……."

"흠, 그런 애가 조례도 빼먹고 올 정도의 상처인데 보여 줄 수는 없다. 등굣길에 다친 것도 아닌 것 같은데 집이 아닌 양호실에 와서 연고를 받아 간다."

"……."

"박한내라고 했니?"

"……네."

예리한 분석에 식은땀이 나는 것 같은 때, 여자가 내 손을 덥석 잡더니 직선으로 소매를 밀어 올렸다. 손등과 손바닥을 빠르게 회전시키며 손목 주변을 살피고 반대쪽도 반복하는 것이 군인이나 경찰처럼 절도 있어 고스란히 당했다. 아무것도 찾지 못한 여자가 손을 놓고 작은 날숨을 내쉬며 팔짱을 꼈다.

자해 흔적. 방금 전 여자가 한 행동의 의도를 눈치채자 등줄기가 서늘했다. 여자가 어떤 오해를 했건 그건 누구도 모르는 진실을 포착했기 때문이다. 날 보는 올곧은 눈에 화들짝 놀라 눈을 돌렸다. 무표정한 가면이 날아가 핏기가 가시는 느낌이 들었다.

"허벅지니?"

"……네?"

눈을 내리깐 내게 꽂힌 시선이 미동 없이 집요하다. 네가 자해하는 곳 말야. 어떤 머뭇거림이나 미안한 기색 없이 오직 확신만이 가득한 물음엔 곧바른 부정이 나오기가 어려웠다. 입만 뻥긋거리던 나는 그런 거 아니에요, 겨우 뱉고 자리에서 일어나 허리를 숙여 인사했다.

"그냥 다음번에 오겠습니다."

"자."

여자가 옆 트레이에 놓여 있던 연고 하나를 재빨리 집어 건넸다.

"잘 쓰고 다음에 다시 갖고 오렴."

"……."

"언제든 좋아."

조용히 다시 한번 인사한 뒤 손바닥 위 경건하게 놓인 연고를 집어 들고 경보로 양호실을 빠져나왔다. 좋은 어른 같아 보여도, 여기에 내가 다시 올 일은 없으리라.

약을 발라 줄 틈도 없이 문을 열자마자 바로 팔이 잡아끌려, 적나라한 빛이 떨어지는 학교 운동장을 대놓고 가로질렀다.

"안 돼! 담 넘을 거야."

"뭐 하러."

"운동장, 창가에서 다 보인단 말야! 애들이 보잖아."

"그래서."

"지금 나 네 형이랑 사진 찍혀서 올라간 거 잊었어?"

"그래서."

"근데 너랑 또 이러고 있는 거 누가 보면……."

"잔말 많다, 너."

"허."

오늘 아침까지만 해도 형한테 접근하지 말랬는데 왜 했냐는 둥 화란 화는 있는 대로 내더니 이젠 별일 아닌 것처럼 구는 네가 황당해 절로 입이 쩍 벌어진다. 그런 내게, 봄 햇살처럼 은근한 목소리가 울렸다.

"나랑 만나는 걸로 해."

"뭐?"

"사진 지울 때 다시 보니 형 얼굴 잘 안 나왔어. 밤이라 어둡고. 나라고 우겨도 돼. 그러니까 네가 입 비빈 게."

"……."

"유기한이 아니라 유지한이었다 하라고."

"……뭐? 넌 머리도 짧고……."

"그 사진이 언제 찍혔는지, 누가 알아."

"……."

"헛똑똑."

잠잠히 생각해 보니 일리가 있었다. 그게 거짓말이란 걸 명확히 아는 건 이세준뿐인데, 너 때문에라도 다시 입을 열진 않을 것이니 남자에게 내가 저지른 일도 무마될 수 있었다. 대신 너와 별수 없이 엮이겠지만…….

상황을 정리하는 새, 네게 이끌린 다리는 어느새 운동장 한가운데를 걸었다. 그늘 한 점 없는 날것의 햇살이 우릴 비추니 머리꼭지부터 발끝까지 바싹바싹 말랐다. 눈이 시리게 부셨다. 네 뒷모습도. 오늘따라 유독 흰 네 목덜미, 역광에 잔상처럼 부서지는 네 몸의 단단한 선들도.

"나랑 사귀면, 입술도 나랑만 비비고. 어?"

내 손목을 쥐고 앞장서 걸으며, 이로 짓뭉개는 말을 잇는 네 가장자리가 너무 빛나서 자꾸만 눈이 시렸다. 캄캄한 어둠에 며칠 있다 처음으로 빛을 보면 이런 느낌일까. 산란하는 빛이 눈뿌리를 들쑤신다.

그 속에서 혼자 환히 빛나던 네가 내 팔을 세게 쥐며 대답을 재촉했다. 쨍한 햇살에 찌푸려진 눈이 여전히 자꾸만 아릿해, 난 남은 손으로 눈을 뻑뻑, 눈알이 빠지도록 비비며 대꾸했다.

"……그런 척을, 하자는 거잖아."

"어쨌든 형은 이제 안 된다고."

그건 나도 자꾸 찔리는 문제라 묘한 죄책감에 코만 훌쩍였다.

"대답."

"……."

"도와준 거 고마우면 대답."

"……응."

"한내, 제대로."

"알았어. 알았다고!"

어쩐지 단단히 화가 난 네 음성에 내지르듯 마구 외치고는, 뒤를 돌아 시야 한가득 빼곡한 창문들을 보았다. 다시 눈을 돌려 성질 급하게 걸어가는 네 등을 보았다. 누가 날 보든, 우리를 보든, 이제 아무래도 상관없단 생각이 든다. 왜인지, 넌 늘 내 편이 되어 줄 것 같다는 생각에.

하나 '늘'처럼 영원이 담긴 말은 왜 늘, 부질없이 들리는지.

4장. 천해

"내려."

유지한은 뒤 안장에 앉아 있던 내 허리춤을 감싸 날 땅으로 내렸다. 붉은 꽃이 사그라진 동백나무 수백 개가 빽빽이 선 들녘, 낙화한 꽃들이 뒤덮어 새빨갛게 물든 땅. 생전 처음 보는 절경에 내 눈뿌리까지 붉게 타오르는 듯했다.

타오르는 노을이 깔린 바다 같은 꽃의 무덤을 지나, 유지한은 나무숲 어귀에 자전거를 대었다. 커다랗게 뜬 눈을 두리번거리는 내 손을 다시 쥐고 숲의 검은 그림자 아래로 들어섰다.

10분 정도 걷자 어둡던 공간이 급작스레 환해졌다. 높이 솟은 나무들 새로 드러난 파아란 하늘이 시야를 어지럽게 채운다. 발아래 무르게 밟히던 흙이 어느새 단단한 돌로 변했을 때였다.

"바다잖아."

절로 웃음이 났다. 탄성을 내지르는 날 보며, 네가 말없이 눈만 내리떴다. 내 손을 쥔 네 손에 힘이 실렸다. 손끝은 거칠거칠하나 사이사이는 고운 결이 느껴지는 손. 겉은 무심하나 내겐 다정스런 짓도 간간히 하는 너와 닮았다. 바다를 보았을 때부터 쿵쿵 뛰던 것이 네 손짓에 속도를 높인다. 나 때문에 상처가 난 손등. 네게 미안했으나, 그보단 고마웠다.

네게 진 빚을 내가 갚을 날이 있을까. 내가 바다를 이리 좋아할지는 어찌 알고. 꾹꾹 숨기던 내 욕망, 내 감정을 정확하게 들춰 보는 네가 한없이 고맙고 이상하다. 해서 작은 웃음이 흐르던 내 얼굴에 거센 물살이 들이치듯, 큰 웃음이 히죽 번졌다.

"푸, 하, 음. 고마워, 진짜."

……유지한.

짐승처럼 가느다랗게 좁히던 네 눈과 마주쳤다. 잿빛 눈이 점차 벌어지다, 네가 나처럼 얼빠지게 웃었다. 다른 손을 들어 내 짓무른 눈가를 슬슬 손끝으로 쓸어 본다. 입술이 한 차례 벙긋거리다가 웃음을 지워 냈다.

"어이없네……."

"응?"

서늘하게 중얼대다가 픽, 꽤나 크게 웃으며 내 얼굴에서 손을 떼고 아냐, 하고 고개를 내저었다. 쌈박질했을 때부터 붉게 달아오른 네 목덜미의 열기가 위로 번진 듯, 발갛게 달아오른 귀 끝이 햇살에 불타고 있었다.

마침 네가 발걸음을 멈춰, 나도 멈추었다. 네가 앞을 보아서 나도 그 눈길을 따랐다. 고새 우리는 더 이상 앞으로 나아갈 수 없는 곳에 도달해 있었다.

앞은 절벽, 뒤는 나무숲에 둘러싸인 공간은 성인 대여섯이 앉을 수 있는 크기로, 닿는 시야엔 마을도, 아니 집 한 채조차 없었다. 오로지 바다와 하늘, 그리고 뒤를 돌면 나무가 있는 곳. 짠 내와 솔의 내음, 그들이 뒤섞여 만든 냄새만 나는 곳. 그런 섬 안의 섬을 가둔 바위 절벽은 그리 높진 않은 듯 내려다보이는 바다가 가까웠다.

"아무것도 안 보이네. 집도, 뭐도 없어."

"응. 아무것도 없어, 우리밖엔. 그러니 네가 원하는 건 뭐든 가능하지, 한내. 뭐든."

잡고 있던 네 손을 놓고 몇 걸음 걸어가 아슬아슬하게 내려다보자 단단한 바위 아래, 경사가 완만한 절벽이 자리해 있었다. 그리고 그 아래, 파도의 흰 검이 세차게 바위를 때렸다. 그것은 스르르, 꾸물꾸물 절벽을 타고 올라 강풍에 휘청이고 마는 내 유약한 발목을 잡아챈다.

"조심."

깜짝 놀란 내가 바다 쪽으로 흔들리자마자 내 치마 허릿단을 쥔 손이 날 끌어당겼다. 어느새 내 발목을 쥐어 잡은 유지한이 쭈그려 앉은 채로 언제나처럼 시들한 눈길을 들어 올린다.

"네가 갑자기 만져서 그렇잖아!"

내가 빽빽거리자 마른 풀때기같이 건조하던 눈 끝이 풀어져, 째진 눈이 부드럽게 휘는 모습이 마냥 순수해 보였다. 하지만 그 정반대의 음흉한 속내를 늘 느끼는 난 실눈만 떴다.

"야, 간지러워……."

엄지로 내 발목을 슬슬 쓰다듬는 낯부끄러운 손길에서 벗어나고자 발을 쳐들었으나, 그 틈을 타 내 운동화를 손쉽게 벗겨 낸다. 그런 뒤 신고 있던 흰 양말도 발꿈치에 손가락을 걸어 한 번에 없앴다. 뭐, 뭐 하는 거야. 창피함에 비명을 내질렀다. 네 나른한 웃음이 내 발끝에 숨결과 함께 날아든다.

"발만 하얀 게 고넹이 발이네, 아주."

꽤나 잘 타는 까무잡잡한 피부였으나 햇빛을 통 보지 못한 발만은 새하얬다. 그게 새삼 못생기고 웃겨 보여 발을 빼내고자 몸부림치는 날 유지한은 더 꽉 끌어 잡고 속삭였다. 쉿, 가만. 까딱하면 떨어진다, 한내. 그리고선 내 발가락 하나를 장난스레 깨물었다.

차마 못 지른 비명을 숨과 함께 삼켰다. 미쳤어. 경악을 금치 못한 내가 꽁꽁 얼어붙은 동안 내 발등에도, 복숭아뼈에도, 한 번씩 입을 맞춘다. 한참 걷느라 달아오른 발은 예민했다. 네 입술이 스리슬쩍 닿을 때마다 움찔움찔 곱아든다.

"야……, 웃."

그 적나라한 변화를 보며 미친놈처럼 실실 웃는 유지한 때문에 수치심에 악문 잇새가 어느새 헐떡거렸다. 하나 말대로 혹여나 저 아래로 떨어질까 손에 닿는 넓바위 같은 어깨를 움켜쥐고는 그만해, 더럽단 말이야, 시뻘게진 얼굴로 고함만 쳤다.

"이쪽도 벗자."

"뭐 하는 건데……."

"바위 걸을 땐 맨발이 안전해."

늘처럼 내가 창피해할수록 즐거워하는 기색을 내보이던 너도 신발을 벗어 냈다. 오리발로 써도 될 정도로 크고 곧게 뻗은 발이 저벅저벅 날 귀퉁이로 데려가자, 걸어 내려갈 수 있을 정도로 완만한 곳이 나왔다.

"내 허리 쥐고."

순순히 네 새하얀 교복 셔츠를 움키고 바위 위로 내 볼품없는 발을 내디뎠다. 내 작은 보폭에 맞춰 천천히 걸어 주는 보기 좋은 발이 내 앞에 놓였다. 아무리 완만해도 운동 신경이 좋지 못한 내겐 꽤나 가팔라 셔츠가 찢어질 듯 매달리니, 등 뒤로 뻗어진 단단한 손이 내 양손을 고이 쥐었다. 네 찢긴 손등을 보고서야 주머니에 넣어 둔 약이 떠올랐다.

"맞다. 약 발라 주려고 가져왔는데……."

걸음을 멈춘 등에 바짝 따라가던 얼굴이 쿵 부딪쳤다. 아야. 코를 그러쥐는 사이, 뒤로 기울어진 몸에 내 발은 달랑달랑 허공에 떴다. 날 안아 든 네 눈이 햇살 덕인지 가느스름하게 매서워지고, 그 안의 눈동자가 쑥색 바다를 반사하며 반질반질, 한층 더 예쁜 잿빛을 띤다.

"예쁜 말 좀 그만해. 참느라 아주 내가 죽을라니까."

"……뭘 참아?"

장난기 머금은 어조 어딘가가 사나워 두 눈을 깜빡이자 유지한의 몸과 맞닿은 내 골반 근방, 이젠 익숙해질 것 같은 무언가가 꿈틀거렸다.

"너 물고 빨고 핥고 싶어. 말로 해야 알아?"

바지 아래에서도 갯바위처럼 단단하고 햇볕을 흡수한 듯 뜨거운 무엇. 움찔하며 시선을 피한 내게, 아주 여기 온 이유도 까먹을라니까, 하고 네가 덧붙인다.

"흠, 여긴, 왜 왔는데?"

"……네가 도망가고 싶어 했잖아. 도망가자, 나랑."

……저 아래로.

나랑 도망가. 응? 시원스레 벌어지는 네 입매가 꽤나 즐거워 보였다. 허공에 둥둥 떠 있는 내 몸이 한편 네 단단한 몸 안에서 고이 품어져 있는 것이 묘하고, 내 목덜미와 다리를 받쳐 든 네 손의 온도가 내 것을 한참 웃돌아 또 묘했다. 전달된 온도 때문인지 내리쬐는 햇볕 때문인지 볼따구니가 뜨겁게 달아오른다.

바위 위에 내려진 발끝엔 시원한 바닷물이 닿았다. 발가락을 오므렸다 폈다 하며 찬 기운을 느끼는 것만으로도 기분이 맑게 갠다.

"숨 참아 본 적 있어?"

"목욕할 때?"

"얼마나 참을 수 있어?"

"바다에 들어가게?"

바다와 해녀를 동경했던 난 욕탕에 몸을 담글 적이면 혼자 숨을 참곤 했다. 물 안에 코까지 잠그고 출렁이는 천장을 보다 보면 잡념이 사라지는 것이 좋았다. 내 할망이 대상군이었으니 혹여나 나도 숨 참는 재능이 있을지도 모른다고 초시계로 시간도 쟀으나 고작 1분이 다였다.

"나 1분도 못 참는데."

잠잠히 고민하던 유지한이 교복 조끼를 벗고 셔츠도 풀어냈다. 검은 갯바위를 배경으로 해가 들지 않는 바닷속만 유영해 온 섬 소년의 희디흰 피부가 드러난다.

네 맨살에, 벌써부터 햇볕에 그을린 듯 내 약한 피부가 더욱 홧홧해졌다. 흰 돌고래처럼 매끈한 근육이 자잘하게 잡힌 가슴과 군살 없는 뱃가죽, 널찍하게 각진 어깨가 제 눈 똑똑히 박힌 그 누구라도 홀린 듯 보지 않을 수 없으니. 네 어깨와 팔 위에 여전히 지도처럼 수놓인 자상도 난 한참을 보았다.

"마음에 들어? 내 몸."

"무, 무슨. 예쁜 몸에 상처가 나 있으니까……."

그제야 네가 고개를 꺾어 날 물끄러미 보고 있단 걸 깨닫고 흠흠 대며 고개를 돌렸다. 예쁘긴 예쁘단 거네, 하며 따라붙는 말을 부정할 생각은 없어 입만 꾹 감쳐물자, 유유히 웃으며 다가와 내 뒤편 바위에 제가 벗은 셔츠를 깐다.

"넌 타고난 몸이라. 예쁘지 않기도 어렵지."

"뭔 말을 그리 꼬아서 해. 한내, 나도 너 예뻐해 주고 너도 나 예뻐해 줘."

간지러워지는 뺨을 긁으며 고개를 끄덕이자 아이 예뻐라, 하고는 과장되게 제 한 손에 폭 잡히는 내 뒤통수를 쓸고 깔아 놓은 제 옷을 탁탁 두드린다. 여기 누워 봐. 그 말대로 오늘따라 높다란 하늘을 올려다보며 눕자 배 위로 묵직한 손이 얹혔다. 그 거침없는 손길에 긴장으로 뻣뻣이 굳었다. 그런 내 몸을 달래듯, 느른한 목소리가 속삭인다. 힘 풀고.

난 입을 비죽였다. 그게 말처럼 쉬운가. 네가 옷을 홀딱 벗고 습관처럼 나른하게 깔아 보니, 예전에 건네던 다디단 입맞춤이 떠올라 배는 힘들었다.

"눈 감고, 숨을 천천히 마시었다가…… 좋아."

무게감 있는 손이 이젠 내 쇄골과 가슴 사이로 올라왔다. 어르듯 살살 문지르는 손길에 다시 숨이 덜컥 막히고 이상한 감각이 머리꼭지까지 쭈뼛거렸다. 한내, 긴장 말고. 머리칼을 부드러이 쓰는 손짓이 나른해 그제야 느슨해진 숨을 천천히 뱉었다.

"지금 넌 여기로만 숨을 쉬고 있어. 하지만 실제로 폐는 갈비뼈만 없으면 끝없이 늘어나. 일단 지금 하던 대로 여기에 20초 동안 숨을 불어 넣어 봐. 최대한 많이."

손을 아래로 내리며 내 폐를 세 부분으로 나누어 주고, 따로따로 숨을 불어 넣으라 일렀다. 평소엔 일부만 사용하는 폐의 전부를 쓰는 방법이라 했으나, 토할 것처럼 울렁거려 몇 번이고 실패했다.

다시. 다시, 한내. 네 단호한 가르침을 따르니 한 시간쯤 뒤엔 숨의 양이 훨씬 늘어난 듯 갈비뼈가 뻐근히 벌어진다. 바다의 짠 내음도 폐부 한가득 차오르는 듯하여 약간의 현기증이 이나, 자못 시원하다.

"이제 숨을 순서대로 최대한 채워 넣어 봐. 세 군데로 나눠서."

제 손이 없긴 배를 애써 빵빵하게 부풀리는 날 보며 끄덕이는 네 진지한 모습에 난 잠시 홀렸다. 넌 방학이 되면 기태 아저씨 가게서 다이빙 알바도 할 거라 했다. 평소 건들대던 모습이 아닌 저런 모습으로, 저런 얼굴로 네가 누굴 가르친다면 남녀노소 할 것 없이 네게 홀딱 반하고 말 것이다. 거기까지 생각이 닿자 기분이 이상했다.

"이제 숨 참아. 시간 재 보자."

흡. 숨을 멈췄다. 그렇게 얼마의 시간이 흐르자 폐가 쪼그라드는 기분에 거치러운 바위를 동아줄처럼 움켜쥐었다. 미칠 듯이 답답하다. 오늘 아침, 내 몸을 경련시켰던 과호흡 증상까지 떠오르자 숨이 아주 멎어 버릴 것 같은 공포심이 든다. 콧구멍을 열고 산소를 마구 들이마시고 싶어 몸을 마구 뒤틀었다.

"조금만 버텨. 네 몸 안에 비축돼 있던 산소가 풀릴 거야."

그게 무슨 소리야. 나직한 음성에 집중하며 숨을 참으려 해도 이젠 가슴이 마구잡이로 움켜잡힌 듯 아프고, 몸이 부들부들 떨렸다. 온통 일그러진 얼굴로 몸을 비틀다가 결국 숨을 훅 터뜨렸다. 젖은 눈을 뜨고 칭얼거렸다.

"흡, 하아하아. 모, 하아, 못 참겠어."

"괜찮아, 잘했어. 다시 해 보자. 이번엔 될 거 같다."

혹독한 선생님 같은 눈을 하고서, 유지한은 내가 숨을 가득 불어 넣는 것을 반복시켰다. 이전과 다를 바 없는 것 같아도 휴대폰에 뜬 기록은 1분 30초나 되었다. 고작 한 번의 시도로 인생 최고 기록을 경신해 의욕이 솟은 난, 내 발로 다시 바위 위에 드러누웠다. 폐를 딱딱 나누어 삼등분 시킨다 여기고, 각각의 부분마다 한가득 숨을 채웠다.

"숨 막혀 고통스러운 게 지나면 비장에 있던 산소가 피에 돌아 편안해져. 그 순간을 지나야 해."

하지만 그 참기 힘든 고통이 또 날 습격하자 어쩔 수 없이 몸을 배배 꼬며 바위를 마구 긁어 댔다.

내 손을 감아쥐는 두툼한 손을 쥐어뜯으며 숨을 참기 위해 별의별 생각을 다 했다. 내일은 눈뜨지 않길 기원하며 잠들던 최근, 내일 끝내야 할 공부량과 떨어진 성적을 매일같이 상기시켜 주던 엄마, 지금 이 순간처럼 숨이 컥컥 막히도록 날 쥔 일상, 그리고 오늘. 어디까지, 누구까지 그걸 봤으며 얼마나 입방아를 찧어 댈까.

그런 생각들에 산소가 고갈된 머리통이 불쾌하게 욱신거리고 맥이 미친 듯이 뛰며 동시에 짓눌리듯 아프다. 요동치는 내 박동이 널 잡은 손에서도 느껴지고 귓속에서도 들려왔다. 고통스럽다. 유지한, 숨 막혀…… 하나 숨을 참느라 말은 못하고 네 손만 세게 그러쥐었다.

"다 왔어. 이제 곧이야. 참아, 한내."

귓가에 속삭여지는 목소리가 달콤하여 고통을 덜어 준다. 네게 집중하며 생각을 비우자 찌릿, 몸 어딘가에 전기가 인다. 이젠 심장이 아닌 내 몸 전체가 발작하듯 뒤흔들린다. 피가 내 머리부터 발끝까지 혈관을 타고 팽팽 질주하듯, 통제를 벗어난 몸이 이리저리 튀었다. 의지대로 움직이지 않는 몸이 당황스러울 정도라 난 신음을 토하는 얼굴을 잔뜩 찡그렸다.

"됐어. 이제 다시 편해질 거야."

넌 흔들림 없이 차분했다. 믿음이 가는 네 손을 할퀴듯 꾹 잡고, 심히 흔들리던 내 허리와 팔다리가 잠잠해질 때까지 네 온기에만 집중했다. 어찌 이럴까 싶을 정도로 아픔은 순식간에 끝이 나고 차분함이 찾아왔다. 시야를 잃은 사람처럼 검게 감긴 눈 새로 들치던 빛줄기조차 없는 암흑이 덮쳐 온다. 이것저것 생각하던 머릿속이 까마득 몽롱해진다.

"좋아."

귓가에서 소곤거리는 네 목소리도 아득하였다. 두꺼운 손을 쥔 감각도 둔해지고, 등을 찔러 대던 올록볼록하며 딱딱한 바위의 질감도 사라져 간다.

편안했다. 그저 안락한, 물 위에 둥둥 떠 대자로 늘어진 채 따뜻한 햇살 아래 낮잠 자기 일보 직전인, 허공 위로 붕 떠 행복한 어딘가로 날아가는 기분. 의식이 소멸되듯 깜깜해져도 두렵지 않았다. 막막하지도 않은, 더 좋은 세계로 나아갈 것만 같은 확신에.

"이제 숨 쉬어."

"……."

"한내, 숨."

하지만 유지한, 그러고 싶지 않아. 기분 좋은 꿈속을 헤매듯 난 내 머릿속을 유영했다. 그 깜깜한 암흑 속, 평생 찾아 헤매던 오채색 빛이 보이는 것도 같아, 이 순간, 이 공간에 더 머물고만 싶었다.

박한내. 날 보채는 목소리를 무시하고선, 기대처럼 영롱한 빛들이 시야에 아롱거리는 것에 집중했다. 힘든 현실 따위 쳐다보지 않고 이런 거만 보면 얼마나 좋을까 싶어. 네가 날 꼬집는지 귓불과 목 부근이 계속 따끔했으나 둔해진 내 감각은 그다지 통증도 없었다.

입술이 억지로 벌어졌다. 훅, 강한 숨이 불어닥쳐 자극을 받은 목구멍이 움찔거리며 숨을 들였다. 맥주를 마셨을 때보다 백배는 더 어지러운 눈꺼풀을 서서히 들어 올리자, 날 통째로 잡아먹을 듯 성난 기세의 네 눈이 보였다. 숨구멍의 통제권을 순간 네게 빼앗긴 듯 기침이 터졌다.

"흡, 하악. 콜록."

급히 들이켠 숨에 상체가 일으켜 세워졌다. 희뿌연 바다가 설핏 푸르다. 그러나 그 뿌연 것이 또렷해지는 대신, 빙글빙글 끝없이 소용돌이쳤다. 경련을 일으킨 눈꺼풀이 세차게 파닥인다. 내 몸이 내 몸 같지 않아 무섬증에 어깨를 떨며 눈을 꾹 감았다.

날 안심시키듯 뒤통수를 어루만지는 네 손길에 숨을 다시 허덕이며 뱉어냈다. 너, 미쳤어? 숨 쉬라 했지. 죽고 싶어서 아주 환장…… . 날 어르는 손길과 달리 이를 갈며 나오는 음성은 꽤나 사납다.

"그래서. 유지한, 나 몇 초야?"

기대감 담은 눈을 크게 뜨며 물었다. 내 죽고 싶은 마음 같은 건 네게 들키고 싶지 않았다. 한동안 눈을 가늘게 뜨던 낯이 안도가 담긴 한숨을 내쉴 때, 나 또한 네가 방금 전 상황을 대수롭지 않게 넘김에 안도했다.

내밀어진 휴대폰은 거의 4분을 향해 가고 있었다. 와……, 진짜야? 이젠 진심으로 크게 벌어진 내 눈, 코, 입을 보며 넌 굳어진 턱을 쓸었다. 기뻐 어쩔 줄 몰라 하는 날 보며 걱정스레 뜨던 눈을 다시 예쁘장스레 접고, 붉은 입가를 깊게 패었다.

"나 바다 들어갈래."

이후 이퀄라이징 방법을 알려 주려던 유지한이 날 한 번 시켜 보더니 그건 내가 타고난 배울 필요가 없겠다 했다. 그 놀란 눈에 의욕이 앞서 방방 뛰는 나와 달리, 근심을 담은 신음을 뱉으며 탁한 눈을 한다. 처음 바다에 들어간 사람은 압력이나 공포심 때문에 기절하는 경우도 많다 들어, 내가 바다에서 기절이라도 할까 염려되어 저러나 싶었다. 뭐야, 바닷속으로 나랑 도망가자, 그리 말하며 사람은 다 설레게 해 놓고.

"어차피 네가 같이 들어갈 건데 뭐가 걱정이야."

"……옷 벗어."

갑자기 벌떡 일어나 훌렁 바지를 내려, 난 하릴없이 네 아래를 훑었다. 당황으로 붉어지는 눈가를 손으로 가리며, 옷을, 옷은 왜 벗니? 하고 땍땍거렸다.

"그럼 그거 다 꽁꽁 껴입고 들어가든가. 이따 학교 다시 안 갈 거야? 대학 포기하게?"

은근한 눈을 뜨는 얼굴이 웃기다는 듯 입매를 비튼다.

"아니, 그래도 어떻게 그래……."

"해파리만 피하면 돼. 벗고 위에 내 셔츠 입어. 땅딸막하니 무릎까지 충분히 덮겠네."

"씨, 그 정돈 아니거든."

그리고 내가 옷 벗는 걸 걱정하는 게 해파리 쏘일까 봐서겠니?

"안 볼 테니 걱정 말고 입어라."

어딘가 음흉한 눈웃음을 치며 등을 돌린다. 그런 네 몸의 쭉 뻗은 다리와 그 위의 단단한 등이 미술책에 나온 조각상처럼 예뻐 또 잠시 넋을 놓고 보았다. 네가 물 묻힌 손으로 머리를 쓸어 넘기는 동작에서야 화들짝 정신을 차렸다.

재빨리 뒤돌아 옷을 벗었다. 고민하다 브래지어도. 젖은 상태로 교복을 입으면 그 부분만 젖어 웃겨질 것이니. 이어 바위 위에 놓여 있던 네 셔츠에 팔을 끼워 넣자 허벅지까지 뒤덮인다. 키가 왜 이렇게 무식하게 커. 내가 진짜 땅꼬마 같잖아. 그 안에 싸이자 네 밤바다 같은 내음이 짙었다.

묘한 기분으로 천천히 단추를 잠가 나가던 내 목덜미에 낯선 숨결이 자그마하니, 뜨겁게 내려앉았다. 뒤에서 예고 없는 손이 뻗어 나왔다. 내 경직된 허리를 스르르 감아 핏줄이 설 때까지 꽉 부여잡으니, 뜨겁게 조이는 네 품 안에 갇혀 내 숨은 절로 멎었다.

단추만 부여잡은 날 보며 네가 피식 웃었다. 내 목덜미 사이로 슥 고개를 내밀고, 얼어붙는 나 대신 단추를 하나씩 느릿하게 채워 가며 잔잔한 눈길로 뻣뻣해지는 몸을 낱낱이 살펴 온다.

"숨 쉬어."

장난스런 말투에 뺨이 더 홧홧해졌다.

"네가 뒤에서 사람 놀라게 하니까……."

쉬……. 애처럼 날 달래는 소리가 쏘아 댐을 멈췄다. 느릿한 숨이 귓바퀴에 느껴지니 몸이 또 바짝 얼었다. 그럴 때 네 그 예쁜 입술이 어떤 모양을 하는지, 어찌나 야하게 붉어지는지 선연히 기억이 나 절로 마른침이 넘어갔다.

한숨처럼 느리고 기다란 네 숨이 움푹 파인 내 목덜미에 몇 번이고 자리 잡아 예민한 살갗을 오소소 일으킨다. 단추를 모조리 잠가 낸 손길이 멈춤 없이 내 아래로 향했다. 셔츠 아랫단을 끌어 올리고 슬그머니 허벅지를 쓸어 낸다. 가슴 위로 무거운 돌을 올린 듯 숨이 멈췄다. 찌릿찌릿한 것이 등줄기를 서늘하게 쓴다.

늘 내 생각을 고장 내는 썰물 같은 너였다.

네가 날 파도처럼 휘감아, 덧없는 잡념을 온통 쓸어 가 주길 바라는 무한한 기대감이 내 안에 차올랐다. 그건 숨을 참을 때 느꼈던 몽롱한 고요 안에 잠기는 것과도 비슷했다. 가끔 날 괴롭게 하는 모든 걸 잊고, 어딘가로 휩쓸려 가고 싶은 날, 넌 이따금 알아주는 것만 같아서.

내리감긴 내 속눈썹이 발개진 뺨을 쓰는 사이, 네 섬세한 손끝이 길쭉한 길이를 사용해 유연한 연체동물처럼 허벅지 안쪽으로 미끄러진다. 다른 손은 바람이 휘감은 내 머리칼을 느른히 쓸었다. 나른히 벌어져 뜨거운 숨을 뱉던 네 새붉은 입술은 내 목덜미에 오소소 돋아난 솜털을 꾸욱 눌러 내린 뒤 혀로 마무리했다.

"하아."

작은 신음을 뱉으며 난 맞붙은 네 몸에 기대고 움찔거렸다. 귓바퀴에 의도적으로 불어 넣어진 숨에 그만 힘이 풀리자, 뒤로 무너진 몸을 허벅지로 지탱한 네가 내 벌어진 다리 사이로 무릎을 받쳤다. 다른 살갗보다 유독 하얀 내 발이 바닥에서 살짝 뜨는 것이 내려뜬 시야에 보였다.

이에 확 벌어진 다리 사이, 더 깊숙이 침입하는 네 손에 숨이 마구 헐떡인다. 내 울먹이는 얼굴을 주시하며 넌 온도를 높여 가는 내 목덜미를 혀로 길게 핥아 내렸다. 손끝은 끝없이 무언가를 찾아 헤매듯 내 몸을 문지르고 간지럽히며. 규칙적이고 느릿하던 네 숨결도 뜨거워진 채 내게 닿았다.

"아⋯⋯. 흐, 아, 지한⋯⋯."

한번은 사나운 신음을 섞은 뜨거운 숨이 귓불을 집어삼켜, 난 풀린 몸을 지탱해 주는 단단한 허벅지에 주저앉아 신음했다. 아래엔 훅훅 열이 끼치는 부드러운 살결이, 오른쪽 엉덩이 부근은 딱딱한 무언가가 자꾸 찌른다.

지한, 그⋯⋯ 그만. 허벅지 가장 여린 살결을 부드럽게 쓸어 내는 네 손길에 몸이 자꾸만 바르르 떨릴 때였다. 여기구나. 낮고 무심한, 하나 어딘가 서늘한 화를 담은 목소리가 내게 속삭였다.

"네가 널 아프게 한 데가."

몽롱하던 정신이 냉큼 깼다. 날 침범한 네 손을 걷어 내려다 멈추었다. 양호실에서의 대화가 새어 나간 건지, 아님 아까 전 죽고 싶어 하던 마음이 들킨 건지 잠시 고민하며. 굶주린 고냉이보다도 눈치 빠른 네게 과민 반응을 보이면 부정할 기회도 완전히 놓치게 되니.

해서 달싹이기만 하는 내 입술을 유지한은 비스듬히 내려다본다. 이미 눈치채고도 남았다는 듯 상처 난 곳 위로 다정한 원을 그리며 내 목덜미에 코를 묻고 느리게 숨을 쉬고, 그 호흡대로 내 살갗을 쓸길 반복했다.

난 뭐라 부정할 의욕도 잃고 몸을 떨며 네 손짓에 뒤섞인 감정과 저의를 궁금해했다. 상처가 나면 네가 바라는 바다에 못 들어가니 앞으로 그러지 말란 겁박인지, 아니면 그저 네가 그동안 아팠구나, 덤덤히 건네는 위로인지. 둘 중 무엇이든 마음 부근이 이상해지고 눈시울이 뜨끈뜨끈 아팠다.

잠시 그 눈을 뜨자 네 팔을 뒤덮은 상흔이 보였다. 그 빨갛고 우둘투둘한 곳에 난 입술을 파묻고는 그 무엇도 없는 새끼 짐승이 상처 난 어미 짐승을 위로하듯 까슬한 네 살갗을 문질렀다.

"한내, 네가 이럼, 내가 아주 착각할 텐데."

네가 날 좋아한다고. 그렇게 가느다란 신음과 같은 뜨거운 숨을 뱉어 내는 날, 넌 한참을 보다 읊조렸다. 조금 뒤엔 내 바람대로 바다에 들어가자고 했다. 어느덧 내 눈에 아픔이 아닌 달뜬 열기가 만든 습기가 차오를 즈음이었다.

우리 둘은 네 주머니에서 꺼낸 껌을 질겅질겅 씹었다. 그리고 파도와 갈매기를 응시하다, 수압을 막을 용도로 단물이 빠진 껌을 동그랗게 뭉쳐 귓구멍에 넣었다. 네게 가르침을 받은 대로 호흡하며, 난 훨씬 능숙하게 산소를 채워 넣는 널 경이롭게 보았다.

내게 눈짓한 네가 먼저 물속으로 사라졌다. 이제 한동안 마시지 못할 산소를 내가 한 번 더 들이마시는 사이, 내 다리를 물귀신처럼 끌어당기는 손에 끌려들어 갔다.

물속은 차갑고 먹먹했다. 그 속에서 내 허리를 한 손으로 감싸 안은 유지한이 총알처럼 아래로 향했다. 사방에서 쏟아지는 물이 날 겁박하듯 짓누르자 퍼뜩 겁이 난다. 눈을 뜰 엄두조차 나지 않는 암흑과 적막. 무한한 밀실에 갇힌 것 같아, 저 어둠만 있는 아래로 내려갔을 때 숨이 다하면 어쩌나, 하는 걱정이 밀려들었다. 그러자 불안해진 숨이 기어코 기포를 뿜어냈다.

결국 날 붙잡은 손을 쳐 내고 다급히 위로 향했다. 숨을 헐떡일 때, 여유로운 동작으로 나보다 먼저 물 밖으로 나와 있던 네가 보였다. 내 헐떡이는 뒤통수를 가만 쓸어 주었다. 괜찮아. 네 숨의 한계를 내가 알잖아. 그리 다정스레 속삭인다.

"무서워……."

"날 믿어, 한내. 내가 널 놓칠 리 없어."

조금은 용기가 났다.

그렇게 몇 번 수면과 아래를 오고가니 심해 근처는 무리여도 눈을 떠 파란 세상을 볼 수는 있었다. 드디어 이 섬에서 처음으로 바다를 겪은 나다. 어느 순간엔 물 위로 나와도 여전히 느리게 뛰는 심장에, 바다가 이제야 날 진정한 섬사람으로 받아 준 듯 가슴이 벅찼다.

"이번엔 내가 먼저 들어가 볼래."

자신감이 붙어 폐에 숨을 가득 넣은 내가 손을 상어 주둥이처럼 만든 뒤 아래로 발을 찼다. 물을 가르는 몸을 느끼며 물살을 한 몸처럼 받아들이자, 쫓아온 손이 내 손을 감싸 맞잡는다. 네가 날아가는 화살 같은 속도로, 날 끌고 짙은 어둠을 향해 달렸다.

우린 활강했다. 그 누구보다 낮디낮은 곳으로. 몸을 짓누르는 압력이 이젠 무섭기보다 포근했다. 마치 바다가 날 꽉 껴안아 주듯이. 몸이 떠오르는 느낌이 줄었다 싶을 때쯤 용기를 내어 눈을 뜨자 날 살피던 네가 눈을 휘었다. 푸르스름한 빛 속에 흰 빛을 띠는 넌 마치 동화책에 나오는 환상의 존재 같아, 신비한 검은 눈이 파랗게 반짝이는 것에 난 잠시 홀렸다.

네가 다시 한번 샐쭉 웃더니 내 허리를 쥐고 좀 더 빠르게 아래로 이끌었다. 폐가 쪼그라들고 손발의 감각이 멍멍해졌지만 육지에서처럼 숨이 다해 고통스러운 느낌은 없었다. 약간 배 안쪽이 저릿한 느낌, 그 뒤에 몸이 파득 튀는 느낌, 그리고 오히려 나른한 기분이 찾아왔다.

그러다 어느 지점에서 멈춰 섰다. 유지한이 내 몸을 잡아끌어 물구나무 서듯 거꾸로 된 몸을 바로 세우자 마법처럼 난 아래로 빨려 들어갔다. 자꾸만 위로 올라가는 셔츠 덕에 속옷이 드러나는 것을 가리려고 애쓰다 옆을 보자, 차렷 자세를 한 네 고요한 얼굴 뒤로 햇살이 뿌연 빛을 뿌린다.

발이 바닥에 닿았다. 바다의 중력이 약간은 느껴지는 깊이라 옆의 바위를 붙잡자 떠오르는 몸을 붙들어 줄 정도는 되어, 설설 날 듯 걸을 수 있게 되었다. 그곳에선 온갖 색의 산호초들이 숲을 이뤘다. 산소 고갈로 몽롱해진 눈앞을 가득 채운 그 키 낮은 숲이 마법 가루를 뿌린 듯 반짝인다.

내 발가락 사이로 바다 생명체가 간지러운 기운을 남기며 들어왔다가 빠져나가는 사이, 저벅저벅 물속을 가벼이 걸어온 네가 손에 든 작은 물고기를 내게 쥐여 준다. 노란색의 예쁜 물고기가 내 손가락 사이 여린 곳을 쿡쿡 찌르다 바닷속으로 도망치는 것을 나는 풀어진 눈으로 보았다. 그런 나에게 네가 홀린 듯 손을 뻗는다.

머리칼을 꽤나 세게 쥐는 힘에 난 퍼뜩 고개를 돌렸다. 네가 물살에 따라 사방으로 뻗은 내 다갈색 머리카락을 손가락에 빙빙 감으며 나른한 눈을 반쯤 내리떴다. 예뻐. 네 입 모양은 여기서도 잘 읽혔다. 네가 기포를 하얗게 뱉으며 부드러이 웃었다.

넌 이 바닷속을 지배하는 용신님처럼 강해 보이면서도, 아무 근심 없이 세계를 탐험하는 소년처럼 자유로워 보였다. 그런 짓궂고 올곧은 네 눈과 마주하자, 네 입술이 내 입술에 가볍게 닿고 떨어진다. 물이 입술을 훑는 느낌, 그리고 네 붉은 입술의 몽글한 감각이 동시에 느껴졌다. 기분이 나른하게 풀어진다.

숨이 흐트러지며 기포를 내뱉자 유지한은 취한 듯 몽롱한 웃음을 흘리고선, 내 손목을 힘껏 쥐고 바닥을 차올렸다. 옆에 있는 바위들의 홈을 잡고는 암벽 등반하듯 빠르게 위로 오르는 그 손을, 난 생명줄처럼 부여잡은 채 발만 차며 이끌려 갔다.

빛이 밝아지며 물도 가벼워지고, 눈앞에 수면이 일렁일 때쯤엔 숨이 갈급해졌다. 시야가 캄캄해져 위험하다 싶을 때쯤 세찬 휘파람이 들려, 그에 맞춰 고개를 내밀고 허겁지겁, 해갈하듯 켁켁 숨을 들이마셨다. 밀려드는 산소에 온몸이 빙글빙글 돌았다. 아아, 기분이.

……기분이 너무 좋았다. 난 마구 콜록대면서도, 동시에 깔깔깔 웃어 젖혔

다. 이렇게 웃은 게 얼마 만일까. 모르겠다. 기억나는 게 없을 정도로 오래였다.

너도 웃음을 터뜨렸다. 햇살에 가늘게 뜬 네 눈이 오늘따라 올곧다. 어때, 들이마시는 숨이 이렇게 좋지? 바다가 참 아름답지? 네가 모르는 세계가 아직 이렇게 많아, 한내. 세상은 살 만한 곳일지 몰라. 허벅지 긋는 것보다 이게 훨씬 낫다고. 안 그래? 어? 네 눈이 내게 그렇게 말하는 망상을 하며 난 인중에서 흘러내리는 짠물을 마시고 헤실헤실 웃었다.

그런 날 따라 웃으며 내게 뭐라 뭐라 말하는 유지한에게서 아무 소리도 들리지 않는 바닷속 적막이 계속되었다. 뭐? 힘껏 내지른 목소리도 소거된 듯했다. 물이 들어갔나 싶어 고개를 기울여 내 귀를 툭툭 치자 네가 몸을 젖혀 시원하게 웃는다. 촉촉한 잇새로 흰 이를 드러내며 날 바짝 끌어안고는 귓불을 쥐고 뭉쳐진 껌을 빼내었다.

"박한내랑, 하고 싶다고."

소금물에 닿아 더 색스럽게 붉어진 제 입술을 손끝으로 톡톡 두드린다. 시도 때도 없이 자전거에 날 태워 입술을 들이밀 땐 언제고, 이젠 왜 자꾸 내 허락을 기다리는지. 날 기다려 주는 것처럼. 내가 저를 얼마나 원하나, 정말 원하나, 확인이라도 하려는 것처럼.

그 탐욕스러운 눈길을 좇아 내 가슴으로 고개를 떨군 난 으악, 소리를 내지르며 허둥지둥 갯바위를 올라와 벗어 놓은 옷가지들을 주워 들었다. 물에 젖은 셔츠가 브래지어도 하지 않은 몸을 적나라하게 드러내는 것도 모른 채 넋 놓고 웃고 있던 나였다.

사춘기 여자애처럼 작은 가슴을 들켰을까 물 젖은 생쥐 꼴을 하곤 고개만 팩 돌려, 날 뚫어지게 보고 있는 네게 소리쳤다.

"등 돌려! 옷 갈아입게."

곧 아침과 동일한 차림새가 되었지만 젖을 대로 완전히 젖은 네 셔츠에, 갯바위로 다시 올라온 우린 옷이 마를 때까지 그곳에 앉아 기다리기로 했다.

그동안 난 네 손등에 약을 발랐다. 바다로 들어갔다 나오는 새 수압에 터져 나간 상처가 한층 더 꼴이 엉망이 되어 있었다. 그것을 보며 쓰게 괸 침을 삼켰다. 이걸 감수하며 날 아래로 도망치게 해 주었구나. 네가 날 놀린다 여겼던, 너에 대한 예전의 내 모든 선입견이 뒤흔들리고 있었다. 네게 난 뭘까. 그런 생각을 했다.

해의 위치가 더 높아진 탓에 한여름처럼 더웠다. 시간이 얼마나 지났을까. 아마 점심쯤 된 거 같다. 박한내 인생에 무단 지각이라니. 다시 돌아가야 할 학교를 생각하자 바다가 앗아 갔던 침울함과 갑갑함이 다시금 몸을 휩쓴다.

'나랑 도망가자, 저 아래로.'

네 말처럼 너와 바다 안에 잠겼을 땐 잠시나마 까먹었다. 자애로운 할망신의 품처럼 커다란 세상이 날 폭 안아 주는 느낌. 무엇에 속해 있고, 무엇과 하나가 된 느낌. 무엇도 없고 적막하지만 동시에 외롭지 않은 그 느낌.

절대로, 어쩌면 평생을 잊어버리지 못할 것이다. 열어젖힌 교실 창문으로 느닷없이 강풍이 들이쳐, 펄럭이는 커튼에 온몸이 훅 둘려 말린 듯, 이 순간을 놓치고 싶지 않단 생각이 날 휘감았다. 오래도록 머릿속에 생생하게끔, 손안에 꼭 쥐고 싶었다.

"지한."

입술을 꾹 말아 물던 내가 조용히 부르자, 바다를 바라보던 눈길이 내게로 돌아왔다. 네 입술을 응시하는 날 지그시 보다 제 품에 넣었다. 뺨 주위 공기가 뜨겁다. 날 뜨겁게 바라보던 네 숨결이 아니라, 내가 뱉은 더운 숨이 네 쇄골 안에 담겼다가 되돌아온 것이라는 깨달음에 후끈한 숨이 더 몰아쳤다.

그런 내 입술을 심해처럼 차갑고 푸른 눈길로 바라보던 유지한이 고개를 모로 기울여 입술을 살짝 물었다. 약간만 다시 떼어 낸 제 입술을 내 붉어진 코와 뜨겁게 달아오른 이마에 한 번씩 찍어 냈다. 그러고는 제 몸 안을 휩쓰는 열기를 억누르느라 가늘어진 눈길로 파도가 모래톱을 훑듯 내 몸을 축축하게 핥았다.

"그래서?"

"……."

"어찌, 해 줄까."

난 숨만 헐떡였다. 기다란 속눈썹과 깊이 파인 미간만 바라보자, 다시 그 르렁대던 입술이 떨어졌다.

"처음이니 가볍게? 내가 네 어디를, 어찌 해 줄지, 말해."

잊고 있던 약속을 상기시키며 나보고 저를, 제 몸을, 제 혓바닥을 다 이용하라 또 한 번 종용한다. 축축한 바다에 몸을 담갔어도 어느새 입 안으로 화르륵 고인 열기에, 난 버석해진 입술을 살짝 말아 깨물고, 칼칼한 목소리를 냈다.

"일단, 입술……."

그러자 마른 입술이 혀로 핥아지고, 혀끝으로 문질러지고, 쭙쭙 소리가 나게 빨렸다. 공기 중 끈적이는 습기에 닿은 우리의 입술이 서로 떨어지지 않으려 발버둥을 쳤다. 상처 위 반창고를 제거할 때처럼 겨우 떨어진 네 입술이 다시 속살거렸다. 그리고, 또.

"아, 하아……."

"한내, 어디."

유지한은 어느 순간부터 박한 애라고 놀리듯 박한내, 박한내 부르던 것에서 성을 떼어 내고 불렀는데, 그렇다고 뒤에 다정히 야를 붙이진 않고 딱딱하게 한내, 하고 부르곤 했다. 뭔가 엄숙한 것을 선언하듯 경건하게, 한편은 다정하게 내 이름을 부르는 그 목소리가 좋았다.

네 억눌러진 목소리가 저를 말리려면 지금 말리라는 다정한 겁박으로 들리기도 했지만, 사나운 기색을 모조리 걷어 내진 않았다.

"어디. 네가 말해, 원하는 걸. 어?"

"흐, 음……. 으응. 흐."

"말 못 하겠음, 손을 써."

내가 가쁜 숨을 내쉬며 덜덜 떨리는 손끝으로 가리키자 그래, 알았어. 네가 대답한다. 입술이 아팠다. 이에 잘근잘근 삼켜져 아파 오는 입술로 신음하자 축축한 혀가 입 안을 들쑤시기 시작했다. 더운 열에 몽롱해진 새로 내헐떡이는 소리가 들렸다.

불쏘시개 같은 혀가 내 깊숙한 곳을, 입천장을 핥아 올 땐 바르르 떨다가 나도 뭔가 해야겠단 생각에 혀를 맞대고 움직였다. 묵직하게 신음한 네가 어깨를 쥐던 손을 내려 허리를 감았다. 목덜미에 닿은 입술이 살며시 아래로 내려갔다.

끝없이 다음을 묻는 너와, 널 더 아래로, 아래로 보내는 내가 있었다. 네 입술이 날 삼켜 썰물처럼 내 모든 것을 쓸어 갈 때까지. 그렇게 내가 모든 것을 비워 내자, 낮은 신음을 뱉은 네가 스스로 문지르던 손을 치웠다. 후, 한내. 씨발. 이에 바스러져 나오는 심해 같은 목소리가 신음처럼 젖어 든다. 네가 가늘게 뜬 잿빛 눈을 산해진미 음미하듯 느리게 깜빡거렸다.

"박한내."

내 입술이 퉁퉁 부풀 때까지 빨아 대었다. 난 오늘 네게 들은 내 이름 수가, 이전 1년을 합친 것보다 많은 것 같다 생각했다.

내 교복 상의와 하의를 고쳐 준 네가 내 손을 쥐었다. 가는 길 중간중간 내 다리가 간간이 풀릴 때마다 피식대다가 결국 날 업어 들었다. 내 잃어버린 단추 하나는 결국 찾지 못했다.

* * *

고루한 범생이던 내게 무단결석까진 무린지라 오후 3시를 지나고 있는 학교 시계를 보며 무단 지각에 대한 변명을 걱정하고 있을 때, 담임과 복도에서 마주쳤다.

"아까 양호실 가 보니까 많이 아파서 쉬고 있다고 하던데."

"네, 쌤. 저…… 이젠 괜찮아요."

그 착한 간호 쌤이 변명을 대신 지어내 준 모양이었으나, 눈앞의 남자는 더 할 말이 있는 것처럼 머뭇거렸다. 한내야, 잠깐 상담 좀 하자.

불투명한 녹색 커튼 너머로 힘겹게 들어오는 햇살. 어둑한 상담실에서 난 낡은 갈색 소파에 앉아 손톱을 만지작대며 나올 말을 기다렸다. 말을 고르듯 소파의 닳아 해진 팔걸이를 무성의하게 매만지던 남자가 입술을 떼었다.

"일단 선생님은, 학생이 무슨 일을 했건 그건 곁에 있던 성인 잘못이라 생각한다. 부모나 선생, 어떤 성인이 잘못한 것이지, 넌 그냥 순수한 학생일 뿐이잖니."

순수한 학생. 난 의구심에 콧잔등을 찡그렸다. 학생이고 미성년이라 하여 과연 순수한가. 어릴수록 때 묻지 않았다거나 순진하다거나 잔인하지 않다는 말이 맞을까. 남자를 누명 씌운 여자나 이세준이나, 지금 좋아하지도 않는 너와 헐떡대다 온 내가, 순수한가?

그러나 날 어르는 담임의 말투는 이미 사건의 전말을 남자의 잘못으로 단정 짓고 있었다. 내가 해야 할 말들을 고르고 있을 때 조심스런 말이 따라붙었다.

"혹시 어떤 남자가 널 대뜸 만지고 했니?"

"어떤 남자요? 누구 말씀이세요?"

꽤나 당돌한 내 말투에 당황한 듯, 남자는 주머니에서 손수건을 꺼내 이마의 식은땀을 닦아 낸다.

"그러니까 실은, 그 사진에 대한 말을 전해 들었다. 다시 말하지만 선생님은 네 잘못은 전혀 없다고……."

"성인 남자라니, 선생님이 잘못 아신 거예요. 저도 그 사진이 지한이 형에 대한 고발 글 다음에 올라와서 그렇게 보일 수 있을 거 같다고 생각해요. 하지만 사실 그 남자애는……."

"남자애?"

네 이름 한마디면 되었다. 그러면 모든 게 해결될 것임을 알았다. 하나 난 벌렸던 입술을 다시 오므려 닫고 머뭇거렸다. 네가 괜찮다 했어도 널 매번 이용하는 것이 역시나 망설여져서. 그래도 다른 방법이 딱히 없음을 알아, 쓰게 고인 침을 삼키고 다시 입을 떼었다.

"네, 남자애. 유지한이요. 저도 제가 연애할 때 아니라는 걸 알아요, 선생님. 그것과는 별개로 어쨌든……. 그 사진은 유지한이에요. 형제가 많이 닮았잖아요."

"아아, 그러니? 지한이었단 말이지?"

엄청난 골칫거리가 해결됐다는 듯 어둠이 가시는 얼굴을 보며 내가 해야 할 것은 난처하게 미소를 짓는 것뿐이었다. 내게 엄마의 피가 흐른다는 게 이럴 때 보면 확실했다.

"그 말인 즉, 성인 남자가 너에게 접근한 적은 없단 거니?"

사실을 고려해 봐도 접근한 쪽은 남자가 아닌 나였으나, 그 진실을 설득하기란 어려운 일임을 알았다. 전혀요. 그저 그렇게 대답했다.

"그래. 알았다. 그래도 고 삼이니 연애보단 공부에 집중하도록 해라. 그나저나 의외의 조합이다. 너와 꼴통 유지한이라니."

꼴통이라니. 배려 없이 던져지는 농에 애써 입꼬리를 당겨 웃고는 마지막으로 해야 할 말은 했다.

"저, 그리고 선생님, 이건 엄마에겐 비밀로 해 주세요. 부탁드릴게요. 엄마가 알면……. 마음이 여리고, 몸도 약하신 분이거든요. 제 진학 문제만 생각하시는 분이고. 그리고 어차피, 지한이랑은 헤어질 거라서요. 괜히 분란을 만들고 싶지 않아요."

"……흠, 그래. 네가 마음 다잡았다니. ……음, 그래. 다행이고, 널 봐서 엄마에게도 말하지 않으마."

"감사합니다. 선생님. 실망시켜 드리지 않을게요."

상담실을 나서 교실로 향했다. 이젠 냉소와 경멸의 시선을 견뎌야 할 때였다.

수업이 시작된 교실 뒷문을 열자 수업하던 교사를 포함한 모두의 눈길이 휘몰아친다. 천천히 자리에 앉아 책을 펼쳤다. 헛기침과 함께 다시 수업이 시작됐지만 여전히 날 주시해 오는 시선이 따끔따끔 아팠다. 결국 한 곳에서 만들어진 수군거림이 점차 퍼지다 교탁을 두드리는 소리가 나고서야 멈췄다.

눈을 감고 귀를 반쯤 막으며 콧잔등을 찡그렸다. 난 내 코끝에서, 머리칼 끝에서, 여전히 나는 바다의 짠 내에 감각을 집중했다. 햇볕과 바닷물에 쓸린 뺨이 여태 따끔거렸다. 네 열기가 파도처럼 휩쓸다 썰물처럼 빠져나간 다리 사이에 네 감촉도 잔물결처럼, 달콤한 거품처럼, 여전히 남았다.

그래서였나 보다. 날 삼키는 그 눈들에도 예전처럼 숨이 막힌다거나 공포스럽지 않은 건.

바다에 숨이 먹힐지 모른단 공포보다, 아무런 사심 없이 날 통째 바다로 삼킬 심해보다 더 무서운 건 없다. 엄마의 실망한 얼굴을 보니, 그리고 애들에게 그런 시선을 받으니 차라리 죽고 싶다 생각해 왔지만 숨을 직접 멈춰 보고서야 알았다. 난 살고 싶단 걸. 죽고 싶지 않단 걸.

그걸 알고 나니 이런 것쯤 두렵지 않았다. 그건 진짜 아름다운 게 뭔지 알게 되어서인지도 모른다.

바닷속에 잠겨 푸른 물과 하나처럼 휩쓸리던 것. 전역에서 동 시간대에 번식을 하는 미스터리를 가졌다는 신비한 산호초의 무지갯빛 향연을 감상하는 것. 작지만 찬란한 생명력의 물고기가 손가락과 발가락 새를 간지러이 지나는 감촉을 느끼는 것. 이 세상 유일한 색처럼 파아랗던 바닷속 시야. 그리고 네가 내게 선사해 준⋯⋯ 숨이 트일 듯한 열락. 그런 것들을 다시 보고, 느끼고 싶은 마음.

그러니 누구에게도 미움받고 싶지 않아 아등바등 숨을 죽이던 내 이전

모습이 부질없어 보이는 것이었다.

대체 뭘 위해서? 진짜 예쁜 것들은, 가치 있는 것들은 따로 있는데.

평생 바다를 헤엄쳐 온 넌 이 사실을 알고 있던 것이다. 나와 도망을 치려던 게 아니라 내게 보여 주려 한 것이다. 무엇이 중요한지, 무엇이 별것 아닌지. 넌 잘 알고 있었으니.

그러니 모두가 날 미워할 때도 유지한은 박한내를 미워하지 않을 것이다. ……아마도 어느 순간까지는. 그리고 그런 사람이 한 명쯤 있다면, 다들 날 미워해도 괜찮겠단 생각이, 난 문득 들었던 것이다.

그래도 수업이 끝나고 다가올 대면이 무섭지 않았다면 거짓이다. 남자가 가해자로, 내가 불쌍한 피해자로 전락해 있는 상황이 난 가장 겁이 났다. 그건 전적으로 남자에 대한 내 잘못이니까.

'나랑 만나는 걸로 해.'

네 말대로 할까 싶어도 도움을 받을 대로 받은 네게, 내가 그럴 자격이 있을까 싶어. 내가 네게, 그런 짓을 해도 될지 모르겠단 생각이 들어서, 넌 왜 날 위해 그렇게까지 해 주나 싶어.

"서울 애들은 원래 그리 거짓말을 잘하니?"

종이 치자마자 날아온 지승미의 공격에, 이미 내 의지완 무관하게 내려진 결론을 알 수 있었다. 이 섬에서 너와 4년을 친구로 지냈어도 난 결국 너와 출신이 다른 '서울 애'에다 덧붙여 거짓말쟁이구나.

씁쓸했다. 덤덤히 신경 쓰지 않으려던 마음도 조금은 쓰렸다. 승미가 힘을 얻듯 돌아보는 곳에는 눈이 퉁퉁 부은 유경이 시선을 떨군 채 앉아 있었다. 그 근처에 앉아 있던 다희가 위로하듯 등을 토닥이자 손으로 짓무른 눈가를 훔치며.

"유지한이랑 아무 사이 아니라고, 네 입으로 그랬지 안 해?"

말벌처럼 날아온 말이 날 아프게 쏘았다. 쓴웃음이 났다. 사진 속 남자가 이미 네가 되어 있었다. 나나 남자에겐 다행이나 네겐 너무나 미안한 일이다. 운동장을 빠져나가던 우리를 누군가 목격한 걸지도 모르나, 어쨌든 남자는 자취를 감추고 네가 그 자릴 대신했다.

우려했던 상황이 아닌 것에 무의식적인 미소가 스며 나왔다가 살짝 올라간 입꼬리를 느끼고 무표정한 가면을 다시 썼다. 그 순간, 그걸 포착한 얼굴에서 헛숨이 뱉어졌다.

"하, 지금 웃니? 어떵 하믄 너처럼 이기적이고 뻔뻔해질 수 있나 좀 알자. 친구가 좋아하는 남자앤 거 뻔히 알멍 아닌 척 뒤로 수작은 다 걸고. 아주 실망이다, 박한내. 의리가 이시믄 말을 해 줘야 하지 안해? 친구가 너랑 쿵짝 하는 애 짝사랑하는 거 보멍 속으로 이렇게 웃고 이서신가? 어차피 서울 대학 갈 거라고 미리 유세 떠냐, 박한내? 아주 쌍년처럼 군다?"

이기적. 뻔뻔. 유세. 연속으로 떨어져 내리는 말들이 강풍에 쓸린 갈대의 끝처럼 내 맨가슴을 날카롭게 할퀴었다. 친구. 의리. 그 말을 곱씹어 보았다. 그 말 맞아? 결국 네 입장에서 편할 대로 나오는 말일 뿐이잖아.

내가 세준에게 위협당할 때, 화장실에서 내 뒷담화가 들릴 때, 지금처럼 내가 온갖 추잡한 소문의 대상이 될 때, 내 옆에 서 준 누군가가 있었나? 내가 홀로 받는 상처보다, 제가 좋아하는 남자애가 나와 잘되지 않는지가, 그 소문이 재밌는지가 더 중요했을 테지.

날 재수없다, 고루하다 생각하며 깔보는 것도 알고 있다. 그런데 친구라니. 의리를 지키라니.

서울에서 전학 왔을 때 '서울에서 왔어? 너 진짜 예쁘게 생겼다. 나랑 친구할래?' 하고 처음 말 걸어왔던 유경의 눈에 서려 있던, 그 말도 안 되는 동경심이 싫었다. 별것도 아닌 나를 대단하게 보는 건 말도 안 되니 그래서 몸을 더 웅크렸지만, 그러니 신기하게도 아이들은 나를 그만큼 더 하찮게 보았다.

사람은 원래 그런 건가. 눈앞의 너처럼 소리를 있는 대로 크게 지르고 몸을 부풀려야 대단하게 봐 주고, 가만히 있거나 목소리를 죽이면 쪼다처럼 보는 게 본성인가.

유치하다. 저들끼리 우정의 성을 공고히 쌓고자 날 공공의 적으로 만드는 이 모든 공격과 편협함이 하찮다. 더 이상 맞춰 주고 싶지 않을 정도라 결국 의자에서 일어나 날 쏘아보는 눈과 눈높이를 맞추고 입을 뗐다.

"그래. 서울 가야지. 빨리 여길 뜨고, 좋은 대학 가서 더 공부하고 성공해야지."

조용하고 목석같은 박한내라고 해서, 누굴 상처 낼 줄 몰라서, 꾹 참았던 것이 아니다. 누군가의 약점을 파악하는 게 뭐 그리 어려울까. 약점을 숨기기 급급한 사람일수록 다른 사람이 숨기려 하는 게 뭔지 그렇게 잘 보일 수가 없고, 어떻게 상처 내는 줄도 분명히 알았다.

"그리고 그래야 지승미, 다신 너 얼굴 안 볼 테니까. 너도 여기 뜨고 싶겠지만, 네 성적으로 어차피 서울 가긴 글렀잖니?"

눈앞 얼굴에 수치심이 몰려 점점 붉어지는 광경은 죄책감이 드는 만큼 속 시원했다. 그동안 쌓인 감정들의 화풀이 대상이 네가 된 것은 미안하지만, 날 길가 돌멩이처럼 줄곧 걷어찼던 너니.

"뭐, 넌 염소 키우고 네가 그렇게 좋아하는 유경이가 그 사진 인터넷에 올려 주면서 둘이 알콩달콩 평생 지내는 것도 나쁘지 않겠다. 근데 너 염소 냄새, 똥 냄새 질색하잖아. 어떡하니. 평생 그렇게 살 수 있겠어? 불쌍하다, 너."

"박한내, 너 미쳤어? 돌았네, 진짜!"

얼굴이 터질 것처럼 부풀고 목덜미까지 붉음이 번졌다. 하나, 한번 터져 나온 독설은 질주하는 기차처럼 나조차 멈출 수 없다. 결국 누군가의 치부까지, 그 공고해 뵈는 우정의 성을 깨뜨리는 데까지 나아갔다. 그런데 유경이가 그거 아니?

"너도 유지한 좋아하는 거?"

"……뭐?"

"유경이 때문이라고 하지만 너 사실 나한테 질투 나서 이러는 거잖아.

너한테 속고 있는 저 멍청한 이유경도, 네 남친도 참 불쌍하다. 그러고 보니 너 진짜 웃기다. 네가 무슨 우정의 수호자처럼 이렇게 나서는 거 말이야. 너도 너 스스로가 웃기지 않아?"

말하는 중간 난 작은 웃음까지 흘렸다. 숨기려 했던 본심이 만천하에 고스란히 드러났을 때의 사람 얼굴이 어떻게 변하는지 똑똑히 보며, 내 내면에 이렇게 지독한 악심이 숨어 있었다는 것에 놀랐다.

"그리고 이유경, 너도 할 말 있으면 나한테 와서 직접 해. 뒤에서 내가 널 속였다 속닥거리고 불쌍한 척 질질 짜면서 사람 병신 만들지 말고. 말은 지승미 통해서밖에 못 하니?"

악어의 눈물을 흘리던 유경의 눈에서 눈물이 쏙 들어가고 입이 쩌억 벌어지는 게 그렇게 웃길 수 없었다. 이렇게 별것도 아닌 것을, 왜 진작 하지 못했을까.

하지만 난 알았다. 적어도 내겐 누굴 상처 내는 것이 양방향이라, 나 또한 이런 말을 내뱉는 나 자신에게, 또 상처받는 상대방의 감정을 고스란히 느끼며 상처받고 만다는 것을. 그저 오늘만은 가만있기 싫어, 아무런 말도 못 하는 벙어리 쪼다가 되긴 싫어서. 나도, 너도, 함께 할퀸 것뿐이다.

원래부터 친구라 할 것도 없던 허울뿐인 관계였다. 이래도 크게 변할 것도 없지. 난 따끔거리는 허벅지 상처를 느끼며 마음속 아픔을 억눌렀다.

"그리고, 유지한은……."

짧게 호흡하고 다시 말문을 뗐다. 네 말대로 우리가 사귀는 사이가 된다면 문제 해결은 쉬웠으나 그 거짓이 싫었다. 나처럼 재수 없는 계집이랑 엮이는 게 네 입장에선 좋을 리 없으니. 결심을 마치고 더 못마땅한 계집으로 보이기 위해 턱을 바짝 치켜들었다.

"너희가 하도, 걔가 여자 잘 안다, 잘한다 하길래, 궁금해서."

내 웃는 눈과 마주치는 애들마다 눈썹이 찡그리듯 모아지고 황당함으로 입이 벌어진다. 난 바다에 들어가기 전처럼 폐부에 숨을 가득 채우고 다시 입을 열었다. 그래서.

"그래서 내가 걔 얼굴 잡고 키스 한번 해 본 것뿐인데. 그게 뭐 나쁘니? 별것도 아닌 걸로 왜 이렇게 유난인 건지 난 도통 모르겠……."

"그래서 해 보니 어때."

그러다 뒤통수를 치는 낮은 음색에 몸이 얼었다.

별수 없이 천천히 뒤를 돌아 복도에 선 너를 보았다. 왜 또 여길 온 거야. 또 일을 더 복잡하게 만들고 있잖아.

교실 앞문에 몸을 기대고 웃는 듯 눈살을 찌푸리며 턱을 긁적이는 널, 잠시 가만히, 바라보았다. 분명 장난스레 눈웃음을 흘리는 평소 모습인데, 왜 그 까만 눈이 상처라도 받은 듯 풀려 보일까. 아까 우리가 나눴던, 누구와도 공유할 수 없을 내밀한 유영 때문일까 여기며.

잠자코 서 있는 날 뚫어지게 응시하던 네가 다시 입술을 열었다. 내 몸 여기저기 그 살갗의 감촉이 낙인처럼 선명한지라 잠시 목덜미가 간지러웠다.

"어땠어? 난 존나 좋던데."

이젠 얼굴까지 간지럼이 손을 뻗는다. 여기저기서 환호와 경악이 뒤섞인 침음이 날아들자, 난 붉어진 얼굴을 겨우 감추며 긴장으로 말라 가는 입술을 열었다.

"그러니까 그건 한 번 그렇게 된 거고, 그 뒤론 아무것도 없었잖아. 장난 좀 그만 쳐, 유지한."

"대체 몇 번을 고백해야 박한내가 내 마음을 받아 줄지 모르겠어. 어떻게 해야 할까, 지승미?"

뚜벅뚜벅 걸어온 발이 날 지나쳐 승미 앞에 섰다.

"어떻게 해야 박한내가 날 조금이라도 좋아해 줄까? 뭐, 지금도 나쁘진 않아. 걔가 말만 걸어 줘도 난 좋거든. 박한 지지배 좋아하게 된 걸 어쩌겠어. 나 이런 적 처음인 거 같아. 너도 그렇게 생각하지? 너 나 알잖아. 우리 평생, 친구였잖아, 응?"

승미의 얼굴이 차게 일그러졌다.

"……진심이야, 유지한?"

"그래. 그리고 나도 널 아는데, 너 원래 이렇게 우습게 안 굴어. 이럴수록 비참해지는 건 지승미, 너일 거 너도 알 텐데. 그 용심 하나 못 추슬러서, 이리 멍청하게 굴어? 어?"

유지한의 비아냥이 짙어지자, 뭐? 하는 입술이 무너진 감정을 숨기듯 뭉그러져 입 안으로 들어갔다.

"지금 참 별로야. 알지? 최악인 거. 너도."

"……내가 뭘."

"모르면, 더 문제고."

혀를 차고는 창백해진 여자애에게서 눈길을 거둔 네가 오늘 수업 끝나고 뭐 하는지 내게 묻는다. 실눈을 뜨고 진지하게 묻는 모습에 난 정말 이상하게도, 정말 이런 분위기에서 말도 안 되지만 웃음이 터졌다. 그도 그럴 것이 방금 전까지 바다를 헤엄치며 같이 있던 네가 내게 홀딱 빠진 이상한 연기를 하는 게 너무 웃겼던 것이다.

내가 입술을 말아 물며 웃음을 참아 내리는 걸 물끄러미 보던 네가 어깨를 으쓱이며 나만 보이게 실실 웃는다. 그러다 교실 문을 나서며 덧붙였다.

"뭐, 언젠가는 우리 한내가 나한테 기회 한번 주겠지. 내가 잘하는 것 중 하나가 귀찮게 구는 거니까."

그리고 다시 적막이 흐르는 교실 안으로 고개를 집어넣었다.

"아, 그리고 원래 이거 말하려 온 건데. 그거 사진 찍은 애 누구냐? 원본 파일 있음 나 좀 줘라. 형한테 부탁해서 출력해 놓게."

여전히 사람 좋은 웃음을 흘렸지만 어쩐지 눈빛이 흉흉한 데다가 목소리는 살벌했다.

교실을 더 조용하게 만들어 두고 내게 손을 흔들며 사라지는 널 보며 생각했다. 모든 걸 대수롭지 않은 문제로 만들며 흐지부지 종결시키는 게 넌 참 능수능란하구나. 참고 참다 터져 결국 악수를 두고, 정면으로 들이받는 나와 달리 넌 참 그런 수완이 좋다고, 그건 공부를 잘하는 것보다 훨씬 대단한 능력이라고.

그리고 날 또 구해 준 거지. 징글징글한 놈. 나한테서 뭘 또 요구하려고. 하지만 실제론 그게 아니란 걸 마음 한구석으로 느껴서, 그렇게 느끼는 그 한구석이 간질거리는 게 낯설고 이상해서. 그 가슴 위부터 목덜미를 긁적여 대며 교실 안을 가둔 침묵 속에서 자리에 앉아 책을 폈다.

날 선 눈길. 어안이 벙벙한 눈길. 여태껏 축축한 누군가의 눈길. 고요를 메꾸며 다시금 시작된 수군거림. 하나 그 소용돌이 안에서, 난 정말 아무렇지 않게 앉아 있었다. 당황하지도, 주눅이 들지도 않은 채, 그저 널 생각했다. 나와 너무 다른 너를. 해서 내게 또 다른 세계를 알려 준 너를. 여자를 유혹하는 악귀처럼 생겨선, 용신님처럼 수렁에 빠진 날 건져 준 너를.

내 깊은 상처를 다정스레 매만져 주던 너를.

난 어느새 너만을 생각했다.

* * *

푹푹 세차게 때리는 햇볕에 피부가 따끔거린다. 내딛는 흙길마저 더위에 녹아 물컹한, 습하디습한 이 섬에서 한여름이란 땀으로 멱도 감겠다 싶은 계절이다.

수증기 같은 공기가 숨구멍을 턱턱 막아 대는 것을 느끼며, 난 저 앞 올레 길을 돌아 사라지는 훤칠한 뒷모습에서 어느새 자란 머리 한 가닥이 보기 좋은 뒤통수에서 삐져나와 있는 걸 가만 보았다. 왠지 그 시위하는 모양새가 제 주인과 닮아 있어 웃음이 샌다.

"퉤, 이 더러운 새끼. 상종 못 할 범죄자 새끼. 바당 더럽히지 마랑 썩 떠나 부러! 니놈 새끼 땜에 흉년이야!"

나뭇등걸처럼 걸걸한 고함에 올레를 지나치려던 발을 멈추자, 곧이어 집기가 부서지는 우당탕탕 소리가 나 헐레벌떡 돌을 디뎠다. 또 시작이다. 두어 달 동안 몇 번이고 반복된 일이었다.

"아, 삼춘들, 술 꼴아서 애먼 사람 잡지 말고 좋은 말 때 갈 길 가세요."

집 앞에 서서 두 명의 남자들을 막아선 건 여지없이 유지한이었으며, 딱 보기에도 후덥지근한 낮술에 될 대로 취한 남자들은 심지어 이 마을 사람도 아니다.

남자의 결백은 증명되었다. 애초에 범죄자란 증거도 없었으나 그 누명도 벗겨졌다. 뒤늦게 어린 여자를 잡으러 온 그녀의 부모가 강요했는지 눈물로 설득했는지는 모르겠으나, 여자는 폭탄 글을 터뜨렸던 학교 홈페이지와 남자의 블로그 각각에 정정 글과 사과문을 올렸다. 그것은 인쇄되어 마을 회관과 골목, 심지어 잠녀들의 일터 앞에도 벽보로 붙었다.

그리고 현재 남자는 엄마와 사귀는 중으로, 일단 마을에선 그렇게 알려져 있는 상태였다. 마을 사람들에게 둘러싸여 무섭게 추궁당하는 남자를 엄마가 구해 주려 거짓말을 뱉었는데, 그것이 지금까지 현상 유지 중이었다. 처음엔 엄마답지 않게 손해 보는 장사를 했다 여겼으나 남자가 내 과외를 해 주기로 했단 말을 듣고 나선 납득을 했다.

복잡한 사건의 연속이 만들어 낸 엉뚱한 결과였고, 또 겉보기만 그런 가짜 관계이지만 어쨌거나…… 엄마는 그 문제의 사진을 보지 못했고 지금도 알지 못한다. 당연하나, 유지한과 나의 관계가 어떻게 되어 가는지도 몰랐다.

그러니 유지한과는 멀어질 수밖에 없었고 학교에서도 우리는 거리를 두었다. 엄마가 데이트하는 남자의 동생과 딸이 만난다는 소문이 돈다면 상상만으로도 들려올 추문들은 감당 불가인지라 엄마를 위해서라도 그러면 안 됐다.

유지한의 뒤편에선 오늘따라 더 창백해 보이는 남자가 있었다. 무언가에 얻어맞은 듯 이마에서 피가 흘러도 여전히 미세한 표정 변화조차 없는 건 일이 발생할 때마다 한결같았다.

남자는 희생양이었다. 올해의 바다는 왜인지 물건들을 많이 내주지 않았다. 그럴 때마다 탓할 대상이 필요했던 섬사람들이 이번 해는 낙지 여인이 아닌 남자를 점찍은 것이다. 용신님이 분노할 만한 잘못을 한 사람.

그러나 범죄의 진위 여부는 중요치 않았다. 술을 진탕 먹고 인생 한풀이가 필요할 때 행패를 부려도 저항 못 할 사람이 필요할 뿐. 더군다나 남자가 정말 가해자라도 되듯 조용하니 이런 패악이 끊이질 않았다.

남자는 두드려 맞든 집이 부서지든, 그 폭력이 제가 아닌 제삼자를 향하는 것처럼 묵묵히 감내하곤 했다. 아니, 감내보단 감정이 마모되다 못해 상실된 사람처럼 무심했다. 남자 대신 분노하고 대항하는 건 항상 유지한이었다. 둘의 기묘한 역학 관계를 느낀 것은 그런 것들을 목격하면서부터다. 둘은 하나가 되어야 할 것 같았다. 하나가 둘로 분리된 느낌이라는 게 정확할까.

마치 유지한은 남자의 모든 감정을 대신 느끼는 것 같고, 일말의 동요도 없는 남자는 십자가에 못 박힌 예수도 아니고 유지한이 행하는 폭력을 대신 속죄하는 것처럼 뵈는 게, 악마와 성자를 고의적으로 분리시켜 놓은 것처럼 괴이했다.

"삼춘들, 무구한 사람 들쑤시면 다음부턴 나도 가만 안 있어요."

"씨팔, 하늘이 알주, 네 이 천벌 받을 놈!"

"씨발, 당장 안 꺼져?"

결국 험한 소리를 내뱉은 유지한이 고래잡이처럼 우악스레 둘을 밀치자, 사내들은 욕설을 뱉고 비틀비틀 갈지자 걸음을 그리며 사라졌다. 내일이면 이 일을 기억도 못 할 인사불성임이 틀림없었다. 서늘한 화가 여태 남은 얼굴이 날 발견하곤, 먼저 바다에 가 있으란 듯 턱짓을 한다.

남자가 조용히 눈동자를 움직였다. 의미를 파악하듯 우리 둘을 번갈아 보다, 엎어진 간판을 주워 들어 사진관이라 쓰인 부분을 탁탁 털었다. 남자의 소문 때문에 장사가 될까 싶었는데 의외로 이 섬 할망들이 영정 사진을 찍으러 많이들 온다 했다. 섬에 놀러 온 관광객들의 야외 촬영이나 웨딩 촬영을 이따금 맡기도 하는 모양이고.

"이따 보자, 한내야."

간판에 묻은 흙먼지를 털어 내던 남자가 나긋이 말하자, 옆에 쭈그려 다른 집기들을 정리하던 유지한의 눈썹이 씰룩인다. 마음에 들지 않는 기색이 역력했다.

"이마 찢어진 거 같은데 얼른 치료하세요……."

깨진 유리 조각 하나를 집어 들어 남자의 발치 근처 쓰레기 봉지 안에 넣으며 난 조심스레 말했다. 흰 피부 위, 선을 그리는 붉은 핏방울이 늘 비현실적인 그의 분위기를 더 묘하게 만들어, 마치 몽상 속 인물 같았다. 한편으론, 부서질 대로 부서져 체념조차 일상이 된 소년 같기도 했다.

난 여전히 남자에게 미안했다. 그 일이 있고 아직 제대로 된 사과조차 하지 못한 것도, 엄마의 사업가적 마인드가 남자와 사귄다는 거짓말을 하면서도 발휘되어, 대외적인 연인인 그를 집으로 오게 해 내 과외를 하게 한 것도. 엄마에겐 뭐랄까, 일석이조의 느낌 아니었을까. 난 그것을 말리지도 못하며 속으로 남자에 대한 죄책감만 키워 갔다.

"한내, 냅둬. 너 덤벙대다……."

"아야."

"그 봐라."

"네가 갑자기 말 걸어서……. 앗!"

말릴 새도 없이 내 손끝을 잡아채 빨아들이는 핏빛 입술. 당황으로 눈을 굴리다 그걸 다시 물끄러미 보는 남자를 발견했다. 목덜미와 뺨을 내달리는 열기를 억누르며 손을 빼내려 했으나 놓아주지 않는다. 입가에 보일 듯 말 듯 짓궂은 미소를 매다는 네가 보였다.

남자의 무력하던 동공에 전조등이 탁, 하고 켜지듯 빛이 들었다. 이제 막 선명해진 시력으로 엄마를 찾는 갓난아기처럼 집요해진 눈길이 내 얼굴 이곳저곳을 훑어 낸다. 카메라로 찍어 내야 할 피사체를 쪼개어 관찰하듯. 혹은 우리의 관계를 눈치챈 걸지도 몰랐다.

힘을 준 손가락을 네 잇새에서 빼내자 그 궤적을 남자의 고요한 눈길이 따랐다. 깊게 베였는지 다시금 새어 나오는 핏방울을, 난 엄지 끝으로 문질러 닦아 내며 손안에 숨겼다.

"그만 가라. 너 있음 방해만 돼."

끼어드는 말투가 퉁명스러워 결국 난 형제에게 차례로 인사하고는 집을 나섰다. 조금 더 걷자 유지한이 매번 자전거를 세워 두는 장소가 나왔다. 체인 감기는 소리가 나고, 더운 바람이 뺨을 훑었다. 이젠 녹색 잎만 남은 동백나무 숲에 자전거를 대고 한동안 걷자 바다와 숲에 둘러싸인, 탁 트인 시야의 공간이 나온다.

네가 알려 준 곳이나 이젠 나도 한 지분을 차지한 기분으로, 주머니에서 작은 노트와 엠피스리를 꺼내 들고 녹음된 멜로디를 들으며 말들을 적어 나갔다. 쓰다 지우길 반복해 깜지처럼 까매진 노트 한 면이 내가 느낀 창작의 고통을 고스란히 대변하고 있었다.

"눈을 감으면…… 밀려오는 바람에."

아니, 바람이 아닌가. 바다……. 바람…….

"바다……. 바람……."

"바람이야, 바다야."

"깜짝아!"

목덜미에 느껴지는 숨결을 왁 움켜쥐고 고개를 돌리자 실눈을 뜬 유지한이 내 허리에 손을 감았다. 재빨리 이어폰을 빼내어 주머니에 쑤셔 넣자 짙은 눈썹이 씰룩인다. 아직?

"아직. 안 됐어."

"대체 얼마나 더 기다려야 하지. 이래서야 거래 성립이 되나."

"……흠흠."

할 말이 없어져 파란 물결로 눈을 굴리자 그 자세 그대로 몸을 일으켜 날 짐짝처럼 가볍게 들어 올린다. 유지한, 야, 내가 이러지 말랬지! 몸을 버둥거리자 한 손으로 내 신발을 가볍게 벗긴 뒤 내려 주었다. 우린 완만한 절벽을 조심조심 내려가 밀려오는 바닷물에 발을 담갔다. 이런 날의 바다는 가뭄 속 단비처럼 그렇게 시원할 수가 없다.

유지한은 봄 내내 해녀 아주망들의 천초 작업을 같이했고, 방학쯤부터는 아저씨를 따라 다이빙 강습을 도왔다. 게다가 나와 바다를 헤엄치는 시간도 있으니 그야말로 하루 종일 바다에서 사는 셈이었다. 그러나 지루한 기색은 한 톨도 없었다. 사랑. 그래, 넌 정말 바다를 사랑하는 것 같았다.

김이 서리지 않게 치약을 문질러 닦은 수경을 쓰고, 질겅거리며 씹은 껌을 귓속에 넣는 동안, 넌 갯바위 위에 앉아 바다에 발을 담근 채 날 기다렸다. 곱고, 또 동시에 남자다운 몸 선은 아무리 보아도 눈에 담기 지나칠 정도라 적응이 어렵다. 크진 않은 근육에도 원체 골격이 커서 보는 사람을 압도하고 시선을 자연스레 끌어 모으는 몸. 왜 남자가 널 모델로 삼지 않는지 궁금했다. 저와 너무 닮아 민망한 건지.

내 작은 가슴에 딱 달라붙은 민소매와 면 반바지를 쳐다보는 노골적인 눈을 흘기며 난 옆에 잽싸게 앉아 몸을 가렸다. 바닷속으로 빠르게 들어가기 위해선 유지한처럼 맨몸이 제일 좋지만 그럴 수는 없으니 달라붙는 옷이 간편했다. 게다가 난 너와 달리 추위에 민감했다.

숨을 가득 들이마시고 내쉬기를 반복하며 폐를 가득 키우고 산소를 채운 뒤 머리부터 고꾸라지듯 바다에 넣었다.

내 손을 쥔 유지한이 킥을 차며 빠르게 아래로 향했다. 이곳에서의 은밀한 만남을 지속하며 바다에 들어가게 되면서 이런 잠수를 '프리 다이빙'이라 부른다는 걸 알게 되었다. 기구를 사용하는 스쿠버 다이빙과는 달리 간편하고 질소 문제를 걱정하지 않아도 되나, 심해로 들어가 햇빛이 미약해지고 뇌 속 산소가 부족해지면 사방이 똑같아 보여 어디가 위이고 아래인지 알 수 없는 위험이 도사렸다.

까딱하다간 수면으로 올라가려다 심해로 향하거나, 수평으로 바닷속을 헤맬 수도 있었고, 산소통 없이 한 호흡만으로 바다를 다녀오는 프리 다이빙에서 그런 헛갈림의 끝은 익사였다. 하여 훈련이나 시합에선 심해까지 연결된 가이드 로프를 이용하는데, 유지한과의 수영에선 그 큼지막한 손이 내 가이드 로프가 되곤 했다.

넌 숨의 한계치를 모르는 것처럼 수영했고, 지구의 자성이라도 느끼는 것처럼 방향을 잃는 일도 없었다.

하나 사람이 한계가 없을 리가. 가끔 네가 혼자 잠수를 하다 정신을 잃기라도 하면 어쩌나 걱정이 되었다. 프리 다이빙 세계 선수권 대회에서 신기록을 세우다 사망한 젊은 선수들을 알고 나선 더 그랬다. 입과 코에서 피를 토하다 사망한 선수의 동영상을 본 후엔 가끔 네가 그리 되는 꿈도 꿀 정도였다.

아직 대회 경험은 없다 했지만 나간다면 금세 기록을 세울 것이 틀림없을 실력인 건, 영상에서 본 어떤 선수보다 더 편안하게 심해를 유영하는 네 모습에서 알 수 있었다.

다른 선수들이 기록 단축을 위해 폐를 상처 내는 고통을 감내하며 인간 신체의 한계를 뛰어넘는 데에 혈안이 되어 있다면, 넌 마치 바다에서 태어나 아가미라도 달린 듯 편안하게 물질을 하니까. 숨을 쉬지 않는 것엔 아무 고통도 없는 듯. 비로소 이제야 고향에 돌아온 인어처럼.

그러니 아마 내가 이 섬을 떠나도, 넌 평생 바다와 살겠지.

발을 차며 밑으로 향할수록 바다가 날 사방에서 품는다. 그 안락한 포옹은 점점 거세지고, 나중엔 묵직한 솜이불 안, 잠들기 직전의 나른함이 된다. 푸른색이 시야를 점령할 정도로 약해진 햇살에, 내 멍해진 감각과 머릿속은 방향 감각도 상실한 채 심해가 아닌 수평으로 물을 가로질렀다.

어느 때부턴 바다가 자석처럼 날 아래로 끌어당겨 이 세상의 또 다른 관문으로 이끄는 듯했다. 블랙홀 같은 심해. 내 숨으로 그곳까진 못 닿아도,

거대한 천해가 미약한 존재인 우리를 빨아들인다.

나처럼 똑바로 선 널 보았다. 꽤나 자란 검은 머리와 기다란 속눈썹이 물살에 따라 출렁였다. 그런 네가 두 손을 맞잡고 내려가는 중에 날 품에 넣고 가볍게 입을 맞추었다. 몽롱함에 몽롱함이 더해진다.

느릿하게 움직이는 몸. 감각이 무뎌진 손발에서 느껴지는 건 내 심장 박동뿐……. 나른해진 시야. 꿈을 꾸는 듯한 환각 상태. 꿀렁꿀렁, 팔다리를 부드러이 훑는 물살. 뺨을 해초처럼 훑는 내 머리칼. 행복한 기분이 점차 전신으로 퍼져 나갔다. 이대로 무한히 잠기고 싶었다. 그러나 네 숨은 충분해도, 내 숨은 곧 끝이 난다.

비틀거리는 내 손을 쥐고 네가 기민하게 발을 찼다. 수압이 떨어지며 빠르게 팽창하는 폐부 때문에 가슴이 시큰시큰하다. 햇빛이 반짝이는 수면에 다다랐을 때, 남아 있는 숨을 모조리 뱉어 냈다. 보글보글, 공기 거품을 가르며 빛나는 수면을 깨고, 휘파람을 불며 힘껏 산소를 취했다.

"하아. 하아."

헐떡이는 내게서 수경이 벗겨져 나갔다. 찌르는 여름 햇살. 감긴 눈은 저절로 웃음이 된다. 잇새로 스며든 물이 짭짤했다. 낮잠에서 막 깨어난 아이처럼 난 보드라운 행복을 음미하며 키득거렸다.

"아, 뜨거."

당연한 수순처럼 유지한이 날 그늘이 깃든 검은 바위 위에 앉혔다. 강한 햇빛에 쩍쩍 말라 가던 검은 바위가 내가 떨군 물기에 축축해졌으나 손으로 짚은 곳은 불에 달군 쇳덩이처럼 뜨겁다. 어깨 잡아. 깊게 잠긴 목소리가 배꼽 위에서 속삭였다.

"네가 잘하는 것처럼 머리를 죄다 뜯던지."

"내가 언제……."

"뭐든."

웃으며 말하곤 아직 물속에 잠긴 채 상체만 내밀어 날 바짝 끌어당긴다.

끌려간 발끝이 바다 수면을 소금쟁이처럼 훑을 때, 갈매기들이 끼룩대며 우리 위에 있는 하늘을 뺑뺑 돌았다. 난 어지러운 이마 위로 손등을 올렸다.

색색대며 가쁜 숨을 고르는 내게 속옷을 입혀 준 손길이 뒤이어 허벅지 자상을 쓸었다. 새로운 생채기가 생겨난 건 없는지, 잘 낫고 있는지 확인하듯 낱낱이 살핀다. 살갗을 훑는 네 거친 손끝이 간지럽다. 더없이 부끄러워도 비견할 만큼 좋아 난 눈을 부드러이 감았다. 바다에 푹 잠긴 발 덕에 식어 내린 몸도 소용없이, 금세 열이 붙는다.

"아, 너무 타면 안 되는데."

한여름은 한여름인지라 흠뻑 젖은 옷이 얼마 안 돼 땀을 조금 흘린 것 정도로 메말랐다. 해 없는 바닷속은 괜찮으나 이리 갯바위에 누워 있으면 원체 까무잡잡한 내 피부가 한 단계 더 어두워지는 건 당연지사라, 예리한 엄마의 눈에 걸려들지도 몰랐다. 그렇게 된다면 야자실 공부를 핑계 대며 바다를 방황하는 일도 끝이리라.

그래도 너와 유영하는 절정 뒤에는 이렇게 풀어진 채 벌러덩 누워 있는 것이 당연한 수순 같았다. 내 걱정 어린 얼굴 위로 흰 교복 셔츠가 덮였다. 고개를 돌리자 나완 달리 전혀 타지 않은 고운 살결의 얼굴이 바스락거리는 천 안으로 들어온다.

내 눈, 코, 입을 이리저리 예리하게 훑는, 퇴폐적이면서도 서늘한 네 눈매는 여전히 처음처럼 속내를 읽기가 어려웠다. 용광로 같은 감정이 늘 맹수처럼 들끓는 것 같다가도, 그 혼란함을 심드렁한 표정 아래 손쉽게 감춰내기 때문이다.

발목 부근이 간지럽더니, 어느새 네 잘 빠진 발목 복사뼈 위에 툭 걸쳐진 까만 발이 허공으로 슥 들린다. 크기와 색이 상극이라 보기 묘했다.

"발만 흰 게 없네. 맘에 들었는데. 고냥이 발 같은 게."

이런 말도 아무렇지 않게 내뱉는 네 뻔뻔함은 여전했다. 버려진 길고양이, 날 그리 불렀던 네가 기억난다. 결국 내 굶주린 애정이 내 경계심보다 크단 걸 확인하고서, 넌 재미있어 하고 있을지. 불시착으로 시작된 우리의 관계가 네 말대로 흘러가는 것이 잠시 껄끄러워 말을 돌렸다. 나 이제 여기 자주 못 올지도 몰라. 고 삼 마지막 방학이고 이제 수능이라……

기말고사는 중간고사보다 성적이 더 떨어졌다. 전교 1등은 유지했지만 제2 외국어 하나가 2등급이 나오자 초조해진 엄마가 남자에게 과외를 받자고 다시 얘기를 꺼냈다. 한내. 네가 입매를 비스듬히 틀었다.

"아쉽겠네. 내가 빨아 주는 거, 좋아하잖아."

말처럼 난 널 만져 준 적도 없고 수영 실력도 한참 아래인 데다가, 아직 약속한 노래를 불러 준 적도 없다. 그러니 네가 아쉬울 건 없고 내가 아쉬울 건 있으나, 나만 아쉽다는 그 말투가 서운했다. 넌 나와 있는 게 별달리 즐겁지 않니. 꿍한 감정에 빠져 있다가 귓가에서 퍼지는 잠긴 웃음에 송곳 눈만 떴다.

"왜 웃어."

내 양 뺨을 단번에 쥔 손이 달궈진 귓불과 홧홧한 볼, 민감해진 턱선을 한 번에 쓸었다.

"……오늘, 형이 너 과외 해?"

"응."

네 날렵한 턱이 굳어져 잠시 침묵했다.

"오늘이 처음?"

"아니, 두 번째."

"잘 가르쳐 줘?"

"응. 기한 오빠 진짜 똑똑해. 모르는 게 없는 것 같아. 사실 이 학교 선생님들은 제대로 답변해 준 적이 없거든. 나보다 모를 때도 많고. 그래서 교육 방송 질문 게시판을 이용했었는데 진짜 오빠는……."

순수한 흥분을 감추지 못하고 주절대다가, 가늘어진 눈과 좁아진 미간을 발견하고 뚝 말을 끊었다. 아! 우리의 얼굴을 안락하게 덮었던 천이 순식간에 사라졌다. 눈물이 날 정도로 강한 빛이 내리쳐 난 눈꺼풀을 꾹 닫았다.

"일부러 이래?"

푹 잠긴 음성에 다시 눈을 떴다가, 네 깊어진 시선에 그만 눈을 피했다. 그 찰나의 순간, 별무리가 얼비친 밤바다 같은 네 적요한 눈에서 강렬한 불티 같은 것이 휘날린 것도 같다. 열렬히 사모하는 누군가를 보듯.

하나 한여름은, 모든 판단을 흐려 놓을 정도로 온도, 습기, 작열하는 빛, 그 모든 것이 어지럽지 않나. 햇살이 눈뿌리를 찔러 댄 덕인지 순간 심장이 쿵쿵 뛴다. 문득 너와 함께 흘러간 시간을 떠올렸다.

남자와의 과외 시간에 늦을지도 모르겠단 생각이 불쑥 드니, 그걸 좋은 핑계 삼아 뜨거운 네 손에서 떨리는 몸을 떼어 내고, 벌떡 일으켰다.

"나, 나 이제 과외 할 시간이라 먼저 간다. 지한, 너 자전거 좀 쓴다!"

숲을 가로지르며 뜀박질하다 뒤를 돌아 바다 밑으로 사라지는 널 잠시 보았다. 한여름은 너무나 무덥다. 네 자전거에 오를 때쯤엔 그새 햇볕에 그을린 뺨이 화끈거렸다.

* * *

해가 기울어도 습하고 더운 날씨는 여전했으나, 집으로 가는 길은 내내 땀을 식혀 줄 바람이 불었다. 집 근처 오르막에선 급작스런 강풍에 비틀대다 넘어질 뻔도 하였다. 평소 바닷바람보다 훨씬 더 센 것이 곧 불어닥칠 태풍을 예고하나 싶다. 그래도 근래 가장 행복한 올 여름, 무사 무탈하게 지나갔으면.

"한내, 왜 이제 와!"

날 발견한 엄마가 가게 문을 열고 나와 소리쳤다.

"몇 시예요? 오빠 벌써 오셨어요?"

"아니, 얘는. 밥 먹고 해야 하니까 좀 더 일찍 오지. 웬 자전거야?"

"아, 친구 거 빌려 탔어요."

"그래. 빨리 들어와. 시간 다 됐으니까 간단히 먹자."

무척 배가 고팠지만 나올 식단이 눈에 선해 기대감이 없는 채로 집 안에 들어섰다.

"왜 이렇게 얼굴이 빨개? 요새 왜 이렇게 까매졌어. 박한내, 선크림 안 바르니?"

엄마의 발끝이 더듬더듬 움직이더니 거실 소파 아래에서 체중계를 꺼냈다. 발라요. 가만 대답하고는 공기를 최대한 뱉어 낸 후 올라섰다. 엄마는 내 까만 피부가 촌스럽다며 싫어했다. 나중에 서울 가서 촌도 아닌 외딴섬서 왔단 걸 들키면 망신살이니, 원체 하얀 저와는 다른 내 피부가 까매지지 않게 잘 관리하라 타이르곤 했다.

"오십이."

체중계 위 숫자를 엄하게 읽는 목소리에 기분이 푹 처졌다. 학업 스트레스 때문인지 늘 마른 체중을 유지해 왔었는데, 요새 무게가 꽤나 늘어나 엄마의 또 다른 고민거리가 됐다. 유지한과 바다를 헤엄쳐 다니니 빠질 줄 알았던 살이 도리어 찐 이유를 모르겠다.

"너, 엄마 몰래 뭐 먹고 다녀? 요새 무슨 스트레스받을 일 있어? 혹시 사람들이 너한테 뭐라고 하든? 내가 기한이 만나는 걸로?"

"아니요. 그런 거 없어요."

내가 남자를 좋아했다는 걸 전혀 알지 못하는 엄마였다. 내 마음은 나에게조차 모호했다. 여전히 남자는 내 마음을 사로잡는 구석이 있었으나 이 감정이 명확히 무언지 난 그저 무지했으니. 동경, 연민, 두려움. 그 모든 것의 혼재였다.

어쨌든 그 소문이 내게 영향을 미치는 것은 그 무엇도 없었다. 엄마와 남자가 진짜 사귀는 것도 아니었고, 말도 안 되는 뜬소문으로 몰매 맞는 남자가 나도 가여웠다. 그저 내 탓인 듯 미안했다. 게다가 그림자처럼 조용한 남자를 쫓아다닌 건 학교 여자애들이었으니 실제로는 반대 아닌가.

"엄마 때문에 네가 어려서부터 이 소문 저 소문 듣고 자라게 한 건 미안한데⋯⋯."

"엄마, 저 정말 신경 안 써요."

엄마가 이혼한 문제로 미안해하는 건 질색이라 말을 잘라 내고 식탁 위 물병을 들어 컵에 따라 냈다. 아직 입 안에 남아 있는 짠물을 헹구어 내고 쓴침과 함께 꿀떡 삼켰다.

"어쨌든 기한이 그 애가 생긴 건 완벽해도 성격은 좀 맹한 게 있잖니. 도와줄 수밖에 없었달까."

남자에 대한 엄마의 평이 의외였다. 내가 본 남자는 어리숙하기보단 남은 인생조차 관심 없는 노인네에 가까웠기 때문이다.

"뭐랄까, 좀 백지 같달까. 여자로 치면 백치미가 있다 해야 되나. 남자한테는 좀 안 맞는 표현이지만⋯⋯."

지적으로 똑똑했으나 어딘가 텅 빈 느낌이 있는 건 사실이라 고개를 끄덕였다.

"그런 게 네 아빠랑 좀 닮은 구석이 있어서."

"⋯⋯."

"내가 무슨 말을 하니. 어서 밥이나 먹자."

아빠에 대해 생각하고 싶지 않은 건 나도 마찬가지라 다시 고개를 끄덕였으나, 아빠가 남자와 닮았다는 말은 어딘가 충격이었다. 내 뼈저린 고독을, 사람들과의 좁힐 수 없는 거리감을, 그 모든 것을 자연스레 이해해 줄 남자가 내 아빠였으면 좋겠다는, 그런 생각을 내가 한 적도 있던 듯해서.

내 돌아오지 못한 체중을 체크한 엄마가 오늘도 자그마한 식판에 밥과 반찬을 배식해 주고 가게로 돌아갔다. 유치원에서나 쓸 법한 유아용 배식판에 든 잡곡밥과 생선 구이, 산나물 무침을 해치우고서도 여전히 배는 고팠다. 잠시 엄마가 원망스러웠다. 공부뿐 아니라 모든 면에서 내가 완벽하길 바라는 엄마가 너무하단 생각에.

그러고는 과연 엄마는 행복할까 의문이 든다. 저 좋다 따라다니는 남자들 모두 마다해 낸 엄마였다. 단순히 싫어서가 아니다. 정말 괜찮은 아저씨가 있어도 엄마는 시작조차 안 했다. 나 때문이었다.

엄마는 열여덟, 그러니 내 나이 때부터, 내 나이만큼, 날 위해 스스로의 인생을 지우개질 하며 살아왔다. 엄마는 나보다 더 갑갑할 것이다. 나보다 더 숨 막힐 것이다.

그런 엄마에게 미운 감정이 드는 나 스스로가 제일 미웠다. 어느새 엄마의 희생을 당연시하는 내가. 이까짓 것 아무것도 아닌데. 다른 집에 비하면 걱정 없이 공부만 하는 난 아주 호강을 하는 것인데. 당연히 행복해야만 하는데. 왜 자꾸 답답하고 지치며 힘이 드는 건지. 왜 벌써부터 바다가 그리워지는 건지. 나약한 내가 밉다.

바다에 잠겨 오랫동안 숨을 참고 나면 수면에서 들이쉬는 그 지긋지긋했던 한 숨이 너무나 소중해지기 때문이다. 그 자유로운 숨이 터지는 순간이 늘 그리웠다. 네가 내게 선사해 주는 그 절정. 그 순간엔 살아 있다는 게 너무 절실하고 행복하단 생각이 들어서.

지친 느낌으로 방에 들어와 침대에 눕자 갑자기 그런 생각이 들었다. 엄마가 남자에게서 아빠를 본다면, 엄마가, 남자를 사랑하게 될 가능성도 있을까? 습벅이던 눈이 스르르 잠겼다.

아직도 바다인가 보다.

따뜻한 바람에 날린 머리칼이 내 얼굴을 간지럽혔다. 그러다 간지러움을 만드는 게 바람이 아닌 그만큼 부드러운 손길이라는 걸 깨닫고 푸스스 웃음을 지었다. 이따금 꾸는 꿈이었다. 아빠가 내 머리칼을 쓸어 주는. 행복하고, 너무 행복해서 꿈인 게 확연한. 해서 슬프디슬픈 꿈.

하나 난 분명 바다에 있다 자전거를 타고 집으로…….

눈이 번쩍 뜨였다. 아무도 없는 침대를 두리번거리다 침대 맞은편 책상 의자에 걸터앉아 반쯤 넘어간 책을 손에 쥐고선 날 물끄러미 응시하는 남자를 발견했다. 사이엔 방 끝에서 방 끝까지의 거리가 있었으니 내가 느꼈던 손길이 그였을 리 없는데도 괜히 얼굴이 무르익는다. 그저 꿈이었겠지.

생각하느라 반쯤 내리뜬 눈을 연신 깜박였다. 남자도 날 따라 기다란 눈매를 슴벅이는 걸 보고는 퍼뜩 몸을 일으키며 마른세수를 했다.

"아, 죄송해요…….”

"더 자렴.”

"아니에요. 언제부터 계셨어요? 깨우시지.”

"35분쯤.”

시계조차 보지 않고 대답한 남자가 살짝 미소 지었다. 거리감이 무색하게 그의 존재를 깨닫자마자 긴장으로 굳어졌던 어깻죽지가 더 뻣뻣해진다.

"일어났으면 이리 오고.”

탁, 하고 무언가 맞부딪치는 소리가 났다. 덮어 낸 책을 책상 위에 내려놓은 남자가 날 가만 기다렸다. 다가가는 내내 그 고요하게 가라앉은 검은 눈동자가 내 쭈뼛거리는 걸음걸이, 곱아 든 손가락, 긴장으로 깜빡거리는 눈꺼풀을 촘촘하게 훑어 올렸다. 왜인지 방을 꽉 채우고도 터질 것처럼 부푼 긴장감에 숨이 죄였다.

남자는 유지한처럼 상대를 깔아 내리는 위압적인 시선을 던지진 않았다. 다만 늘 깊은 심연을 그와 타인 사이에 끼워 둔 듯 생기 없는 눈길을 두곤했는데, 요즘엔 왜인지 내 일거수일투족을 프레임 하나하나 쪼개듯 관찰해 왔다.

남자가 날 이렇게 바라보기 시작한 건 최근의 일이었다. 혹시 내가 그 사진에 대해 아직 사과하지 않은 게 화가 난 걸까? 남자와 과외를 하게된 건 이번이 두 번째였고, 저번 주엔 남자가 떠날 때까지 고민으로 입만 벙긋대다 말았다.

"바다 냄새가 나."

그 나른한 목소리에 놀라 쓰러지듯 앉은 의자에서 끽, 불편한 소음이 났다. 유지한과 바닷속에 들어갈 때 입던 옷을 갈아입지 못한 채였다. 아, 그, 그래요? 왜지…….

팔을 들어 모른 척 킁킁 냄새를 맡았다. 죽은 첫사랑이 잠겨였다 했으니 이런 내음에 익숙할 남자라, 그래서 날 뚫어져라 보았나 싶었다. 그는 늘 그 여자를 그리워했고, 내가 죽은 그녀와 닮았다고도 했으니 일리가 있었다.

남자가 내게서 그의 죽은 연인을 보고 있다는 추측이.

어떤 사람이었을까. 오직 바다를 사랑해 해녀가 된 그 소녀는 나와는 달리 자유로운 영혼을 가졌을 테다. 어쩌면 바다에 잠길 때도 그 찾아오는 죽음을 담담히 받아들였을지 모른다. 누구에게든 관심 없어 보이는 남자가 잊지 못할 사람이라면 분명 대단했겠지.

그러다 급작스레 붙잡힌 손목을 내려다보았다. 그것을 제 얼굴로 천천히 끌고 간 남자가 콧잔등을 살포시 내린다. 옅은 숨이 한 차례 내려앉았다 날아가는 느낌에 숨을 멈추었으나 붙잡힌 손목 아래 맥이 날뛰었다.

"아!"

손가락 한 부근이 눈물이 핑 돌 만큼 따끔했다. 깨진 유리에 베였던 상처를 일부러 건드리는 그 이유 모를 행동이 혼란하다. 피가 다시 새어 나오는 그곳을 살피듯 고개를 숙인 남자의 입술이 닿을락 말락 했다. 그 비린 것을 입으로 빨아냈던 유지한이 떠올랐다.

"집 앞에 지한이 자전거가 있던데."

생채기 위로 스며드는 숨결에 순간 오한이 들 때, 남자가 말했다.

"둘이 많이 친해졌나 했지."

집 구석에 안 보이게끔 세워 둔 자전거를 보았는지, 오늘따라 유난히 또렷해 보이는 검은 눈길을 요리조리 피하다가 눈을 덮던 남자의 머리가 짧아졌다는 것을 깨달았다. 머리가 다시 자란 지한과 비슷한 길이였다.

그래서인가. 남자의 얼굴을 볼 때마다 너와 하는 은밀한 장난들이 쉽사리 떠올라 죄 지은 사람처럼 위축되었다. 남자에겐 너완 아무 사이 아니라, 거짓말 아닌 거짓말을 한 적도 있었다. 아니, 실제로 지금도 아무 사이는 아니지만 명확하게 아무 사이도 아닌 건 아니니까…….

"아, 그냥 가끔 급하면, 빌려 탈 때가 있어요."

당황으로 달아오른 뺨을 느끼며 잡힌 손을 빼려 할수록 쿵쿵 뛰는 심장이 터질 듯하여 스멀스멀 겁이 났다. 남자가 유지한이 내게 했던 행동을 복기하는 것처럼 상처 위로 입술을 내릴 땐 숨이 멈췄다.

"읏……."

날 바라보는 시선을 떼지 않은 채로, 남자가 부드러운 입술을 오므렸다. 찌릿한 통증과 함께 축축한 것이 그 위를 훑는 것까지, 유지한이 했던 동작과 기묘하리만큼 똑같아 난 눈을 보름달만큼 크게 떴다. 그 동작의 끝에서, 그 나른한 입꼬리가 만드는 짓궂은 호선까지도 같으니, 마치 제 동생이 이런 행동을 내게 했던 이유를 묻는 듯했다.

"너와 내가, 찍힌 사진이 있었지."

손가락에서 입술을 뗀 남자가 내 손목을 천천히 제자리로 돌려놓고서 제 손을 거둬들였다.

"아, 그게, 안 그래도 사과드리려 했는데……."

"왜 그게."

순간 서늘해진 눈이 부드럽게 휘어졌다. 명백한 가짜였다.

"지한이가 됐지?"

"아, 그게. 오빠한테 피해 안 가게 하려고……."

"하지만 그건 나잖아."

왜 그런 거짓말을 하냐는 물음을 담아내듯, 까만 눈이 천천히 감겼다가 떠졌다.

"오빠한테 이미 그런 소문이 났는데 저랑 괜히 또 이상한 소문이 돌면 오빠한테 좋지 않잖아요. 물론 저는 오빠가 그러지 않았다는 것을 알지만 사람들은……."

뭔가 변명할 필요가 없는 것을 남자에게 변명하는 이상한 기분으로 난 횡설수설하였다.

"그리고 그 여자가 오빠가 좋아서 쫓아다니고 오빠한테 그런 나쁜 짓을 한 것처럼, 저도 저 혼자…… 오빠를……."

……좋아서 억지로 입을 맞추려 한 거고. 그 뒷말은 차마 꺼내지 못했다.

"나한테 너는."

다정한 미소가 날 보았다.

"다르지."

"……아, 물론 제가 오빠에 대한 이상한 소문을 만들거나 한 건 아니지만 저도 혼자 오빠를 좋아해서 막, 그러니까 그런 거니까……."

그러자 공허한 무기물 같던 얼굴에 알 듯 모를 듯 한 균열 같은 것이 그어졌다. 그렇게 내 붉어진 얼굴을 한참 응시하던 얼굴이 느릿하게 입을 떼었다.

"전에도 말했지만, 네가 날 좋아한다는 건 논리적으로 성립이 되지 않아."

"……네?"

"하나 나한테 너는, 유일한 바람 같은 거니까."

유일한, 바람? 남자는 카메라로 바람을 찍는 것에 집착하는 바가 있었고, 바람이 그 여자 같다 말한 적도 있었다. 그러니 내가 유일한 바람이라는 건 대체 어떻게 해석해야 할까. 그런 말을 뱉는 얼굴에선 놀랍도록 표정이 없어 파악이 어려웠다.

"만약 네가 내게 피해를 줬다 판단했다면, 난 네가 날 찾아와 사과해 주길 바랐을 거야. 아님 몰매 맞는 날 불쌍히, 어여삐 여겨 주던지."

"아, 죄송……."

"그걸 내 동생으로 탈바꿈시키는 대신에 말야."

어떤 말을 해야 할지 몰라 입만 달싹거리다가 죄송합니다, 하고 뒤늦은 사과를 했다.

"아니. 근데 역시 네가 나한테 피해 준 건 없으니. 미안해할 건 없다. 그저, 아쉬울 뿐."

그 메마른 웃음을 보며, 대체 무엇이 아쉽다는 건지, 한데 내가 남자를 좋아하는 게 논리적으로 성립 불가라는 건 무슨 말인지 난 고민에 빠졌다.

"그런데 제가, 오빠를 좋아하는 게, 논리적으로 성립되지 않는다는 게 대체 무슨 말이에요?"

텅 빈 듯한 남자의 모습과 관련이 있는 것 같아 물을 수밖에 없었고, 욱하는 감정이 약간은 담겨 버렸다. 고백을 거절한 건 괜찮다. 그러나 내 마음을 상대가 말도 안 된다, 그리 확신을 갖고 정리하는 건 싫었다. 애초에 내 감정 자체가 말이 안 된다니. 아무리 생각해 봐도 그건 좀 그랬다.

혹여나 남자가 스스로를 사랑받지 못할 사람이라 생각하는 건 아닌지, 그건 남자에게도 좋지 않을 생각이라 마음이 아프게 쓰이기도 했다. 정제되지 못한 감정이 일렁대는 내 눈을, 남자의 조용한 눈길이 파고들었다.

"내가 지한이면 좋겠다는 생각을 예전부터 하곤 했어. 요샌 더. 내 동생은 넘칠 정도로 풍부하지, 너처럼. 넌 지금도 이렇게."

"……."

"나는."

아무것도 없단다, 하고 차가운 목소리가 작게 덧붙였다.

"난 아무것에도 닿을 수가 없어."

냉소가 남자의 목을 울렸다.

"그렇게 태어났으니 어떻게 보면 인간으로서의 자격 요건을 온전히 갖추지 못한 불량품이지. 신기한 건, 그래선지 남들은 나를 통해 제 자신을 쉽게 투영해 내. 내가 아닌 누군가로 날 규정하고 판단을 내리지. 물은 형태가 없으니 어떤 그릇에 담든지 그 그릇 모양을 하잖니. 남들이 보는 내가 나였던 적은 없어. 그건 너에게도 마찬가지일 테지. 난 공기처럼 존재하지 않는 거나 마찬가지니. 너에겐 이해가 어려운 말이겠으나."

난 그저 슬픈 눈을 뜨며 고개를 저었다. 남자를 이해한다 생각했다. 적어도 누군가 나를 맘대로 규정하는 것에 대해서는.

"내가 하는 말을 자기 비하나 우울증 같은 정신적 질병과 헛갈리지는 마렴. 이미 공신력 있는 기관에서 확인도 받은 거니."

하나 남자는 그와 내가 다르다, 명확히 선을 긋는다. 내 마음을 아프게 했던 건 그 말 자체보다는 그 말을 하는 남자의 얼굴이 너무나 평이해서였다. 심지어 그 흔한 자기 연민도 없이 저 자신에 대해 불량품이란 낙인을 찍어 대는 것이 내 마음을 무섭도록 아프게 흔들어 놓았다.

남자가 나와는 정반대의 것을 평생 욕망했다는 것을 깨달았다. 난 늘 차라리 아무것도 느끼지 못하길 바랐는데. 남자는 평생, 뭔가를 느끼길 바라며 살았나 보다. 그러자 갑자기 너무나 슬퍼졌다.

"그게 무슨 말이에요. 인간의 성립 요건을 갖추지 못했다니. 그런 말이 어디 있어요! 그리고 제가 오빠를 내 멋대로 판단했는지 오빠가 어떻게 알아……!"

잠자코 내가 말하는 것을 지켜보던 남자가 내 뺨에 손을 올렸다. 나오던 말이 숨과 함께 멈춰 들 만큼, 그의 손은 언제나 놀랍도록 서늘했다.

"이상한 건, 너한테 가끔 그 애의 영혼이 보인단 거야."

마네킹처럼 표정 없던 얼굴과 죽어 있던 눈에, 먹구름에 가려졌던 달이 차오르듯 빛이 찼다. 마침내 무언가를 느낀 사람처럼 차가운 손끝이 내 달아오른 눈가를 지분거리며 쓸자, 난 남자가 한 말의 의미를 깨달았다.

"네겐 이렇게 닿아도, 불쾌하지가 않거든. 내겐, 신기한 일이지."

그는 역시나 내게서 제 죽은 첫사랑을 보고 있는 것이다. 어쩌면 내가 바다에 들어가게 된 순간부터 그 여자의 내음이 내게서 나기 시작했는지도 모른다.

그 여자의 영혼. 이것이야말로 남자의 착각일 확률이 높아 보였으나,

난 남자가 아무것도 느끼지 못한다는 말이 거짓이란 증거가 지금과 같은 순간이라 여겼다.

"오빠는 그럼 영혼이나 신이 있다고 믿어요?"

섬사람들은 용신, 할망 신, 혼령을 믿고, 바다에서 죽은 혼령을 위로하는 제사도 자주 지냈다.

"내가 신을 믿는다는 것 역시 모순에 가까워. 전지, 전능, 전선한 신이라면 나 같은 걸 만들었을 리가 없거든. 하지만 나처럼 인간적인 감정 따윈 없이 가혹하기만 한 신이라면 또 모르겠다."

불현듯 내 얼굴에서 손을 뗀 남자는 책상 위 교과서와 질문 리스트를 펼쳐 들고, 다시금 무감정한 얼굴로 아무 일도 없었다는 듯 과외를 이어 나갔다.

신은 믿지 않으면서 그 여자의 영혼이 있다곤 어떻게 믿어요? 내 어떤 부분이 그렇게 닮았는데요? 그 여자와 내가 다른 부분은 보이지 않나요? 만약 닮았다면, 제가 어떻게 오빠를 도와줄 수 있는데요? 아직 남자에게 묻고 싶은 것이 많은 나는 제대로 집중하지 못했다.

과외가 끝나고 책을 정리할 때쯤 남자가 보던 책이 눈에 밟혔다. 그것은 책이 아닌 그가 이것저것 쓰던 노트처럼 보였다. 그가 쓰는 글을 뒤에서 한 번 훔쳐본 적이 있어 나머지 글들이 궁금해졌다. 남자를 알게 되면, 어쩌면 내가 남자를 도와줄 수 있을지도 모른단 오만한 생각을 했다.

"오빠, 노트에 써 놓은 글들 좀 보여 주시면 안돼요?"

날렵한 콧대가 멈춰 섰다. 인형처럼 매끈한 얼굴이 말없이 나를 빤히 보아 아무래도 일기처럼 사적으로 쓴 글들을 보여 달라는 건 너무 간 건가 싶어 민망해졌다. 그때, 입가에 옅은 미소가 아름답게 드리웠다. 여전히 홀리도록 근사한 미형의 얼굴이 입술을 열었다.

"그럼 난, 너를 찍어 봐도 될까."

"······저를요?"

예상치 못한 말이었다. 남자가 돈벌이 외에 작품으로 인물 사진을 찍은 건 본 적이 없었고, 울고불고 저를 찍어 달라 매달리던 여자를 거절한 것도 보았으니까. 의아해하는 내게 남자는 심해같이 고적한 눈을 깜박이며 고개를 끄덕였다.

"예전부터 네게 부탁하려 했어. 그래서 내 사진들도 보여 줬던 거고."

어딘가 소년 같은 순수함이 묻어나는 얼굴을 보자, 난 남자가 불량품이란 걸 믿을 수 없었고 믿고 싶지도 않았다. 바람을 찍으며 그 사람의 영혼을 느낀단 남자였으니 그녀와 닮은 날 찍으며 그녀의 영혼을 느끼고 싶은 건지도 모른다고 추측했다. 사진을 찍는다는 게 쑥스럽긴 해도 남자에겐 그게 필요하단 직감이 들었고, 남자의 글을 볼 수 있다는 달콤한 유혹에 넘어가지 않을 순 없었다.

"좋아요."

* * *

남자는 가지고 왔던 노트를 책상 위에 그대로 둔 채 떠났다. 까먹었을리는 없으니 보라고 둔 것이다. 난 엄마가 타 준 생식 한 잔으로 저녁을 때우고 공부방인 고팡에 앉아 어딘가 경건한 느낌으로 남자의 노트를 펴 들었다. 누구에게도 보여 주지 않는 그의 내면 한구석을 들여다본다는 생각만으로도 설레었다.

남자가 쓴 대부분의 글들은 짤막한 일기나 수필에 가까웠다. 아니면 시라고 해야 할까. 넘어가는 한 장 한 장이 아까워, 몇 시간 동안 아껴 가며 종이를 넘기다 보니 어느샌가 시원한 소음이 뒷배경에 섞여 든다. 여름비가 오고 있었다. 가끔 부는 비바람에 고팡 창문에 발라 둔 창호지가 휘파람을 내며 흔들거렸다.

〈느끼지 못하는 삶이란

자라나는 목적을 잃은 채 그저 위로만, 위로만 뻗어 가는 나무와도 같다
땅에 뿌리박힌 존재는 바람이 필요하다
뒤흔들어 무언가 느끼게 해 줄 존재가
가슴속 바람을 느끼게 해 줄 거친 흔들림이〉

글 하나가 유독 눈에 박혔다. 내가 처음부터 느꼈던 남자의 고적함은 단순히 부모에게 버림받았다는 사실 때문만은 아닌가 보았다.

형제가 이사 온 날부터, 무미건조했던 내가 남자를 본 순간부터, 내 내면 어딘가가 툭 건드려졌다. 톡톡 내리는 봄비에 비로소 꽃망울이 봉곳봉곳 터지듯, 그날 내린 눈송이에 난 두드려 맞아 피어났다. 비로소 삶을 느끼며. 그러니 난 남자에게 감정적인 빚이 있었다.

만약 남자 또한 나를 통해 세상을 느끼는 거라면 나도 그의 끈이 되어 주고 싶었다. 이런 감정은 묘한 연대감이나 유대감이라 해야 할까. 아님 동병상련이나 연민? 만약 내가 그의 첫사랑과 닮아 아무것도 느끼지 못하는 그의 유일한 바람이 될 수 있다면, 그걸 거부하는 건 도리가 아니다.

그렇게 결심할 때 고팡의 문이 두들겨졌다.

자정이 넘어 엄마는 자고 있을 시각인 데다 내가 공부할 땐 절대 방해하는 법이 없는데. 빗소리인가 의아함을 느끼는 새 좀 더 큰 소리가 났다.

다가가 문을 열자 바람에 실려 든 소나기가 내 얼굴부터 잠옷 바지, 발등까지 온통 적신다. 젖은 눈가를 닦으며 고개를 드니 흠뻑 젖은 유지한이 장난스레 웃고 있다. 들고 있는 우산은 왜인지 무용지물이 된 듯한 꼴로, 한 손을 티셔츠 안쪽으로 쑥 집어넣은 채 몸을 들이밀었다.

"안 들여 줘? 지금 등 뒤가 난리야."

눈을 가늘게 뜨며 물어 오고서야 허겁지겁 방 안으로 들였다. 대 하나가 부러진 장우산을 대충 접어 비가 쏟아지는 밖으로 내던진 유지한이 방으로 들어서 문을 닫았다. 그러자 쏟아지던 빗소리에 먹먹하던 공기가 고요해졌다.

그 머리에서 물이 뚝뚝 떨어지는 통에 수건을 찾아 두리번거렸지만 그런 게 공부방에 있을 리 없어 결국 대형 방석 위에 있던 담요를 건넸다. 그러니 불룩 튀어나온 제 품을 가리키며 손이 없다고 어깨를 으쓱거린다.

"다른 손 있잖아."

"네가 닦아 주는 게 더 좋으니까."

"누가?"

"나. 그리고 너."

뻔뻔하게 답하고는 잘 닦아 보라는 듯 허리를 구부려 키를 맞추길래 난 슬며시 비집고 나오는 웃음을 그대로 보이며 검은 머리 위로 담요를 덮었다. 물기를 털 듯이 비벼 주자 응석을 부리는 고양이처럼 머리를 살랑살랑 흔들어 온다. 너야말로 버려진 고냉이 같다, 뭐. 그래서인지 고냉이 쓰다듬듯 괜히 마음이 간질거린다. 이렇게 큰 건 있지도 않을 텐데.

"나 이거 줘."

"뭘?"

"이거. 담요."

"왜?"

"냄새 나. 너한테 나는."

수건 틈 사이로 빙글대며 웃는 얼굴에, 목에 떡이라도 걸린 것처럼 헛기침이 나왔다.

"나한테 무슨 내가 나는데."

"달달하고 비릿하고. 네 것처럼 맛있는. 그런 네 살냄새."

창피한 소리나 해 대는 입술을 담요로 문대듯 덮자 작게 웃더니, 제 몸을 대충 쓱쓱 닦으며 품 안에 숨겨 왔던 것을 꺼내 들었다.

"이게 뭐야?"

층층이 쌓인 밀폐 용기 두 개에 각각 희멀건 액체와 불그스름한 덩어리가 들어 있었다. 뚜껑을 열자, 콧속을 후비는 냄새에 순식간에 침이 고여 꿀딱 삼켜 냈다. 강제 소식 중이라 참기름과 된장의 고소한 냄새만으로도 배 속이 울었다. 들렸으려나. 살며시 눈을 굴리며 눈치를 보자 몸이 앞으로 떠밀렸다.

"이것부터 먹어."

강제로 의자에 몸을 내리자마자 흰 죽이 코앞에서 깨 향을 풀풀 풍긴다.

"이게 뭔데?"

"갱이죽. 오늘 뻘에서 잡았다. 이 철에만 나는 건데 네가 뭐 먹어는 봤냐. 서울 촌년이."

말 좀 곱게 하라며 눈을 흘겼어도 목구멍에 응어리가 걸린 듯 말이 먹혔다. 네가 품에 넣고 온 죽에서 김이 펄펄 나서일까. 아님 종일의 배고픔이 만든 서러움 탓인가. 괜스레 눈물이 날 것 같아 바라보고만 있자, 네가 조급하게 다른 용기를 떠민다.

"입맛 없음 이거 먹든가."

그건 나도 아는 음식으로, 초고추장이 아닌 된장으로 만든 이 섬 특유의 물회였다.

"이걸 나 주려고 가져왔다고? 이렇게 비가 오는데?"

"어."

귀 끝이 봉숭아물을 들인 손톱처럼 물들어 가는 걸 보니 유지한이 원래 이렇게 귀여운 애였던가 하는 고심에 빠지게 된다. 음식을 가만히 내려다볼수록 배 속이 고프게 조여 들었다. 하지만 살을 빼는 중이었는데.

"빨리 좀 먹어라. 사람 성의 생각 안 해? 이거 뜨끈한 게 내 몸 덕이라고."

"……치."

"몸에 살 좀 붙으니까 괜찮드만. 비쩍 곯아 가지고."

재촉하듯 한 번 더 밀어 주며 뇌까린다. 탱글탱글한 회가 눈앞에서 흔들리는 게 참 맛있겠다. 허기진 본능이 죄책감보다 먼저였다.

"근데 숟가락은 안 갖고 왔나 봐?"

아. 정갈한 눈썹이 당황으로 꿈틀거리는 것에 키득거리며, 난 비바람 사이를 재빨리 뛰어갔다. 어둠 속 주방에서 조심스레 수저 두 짝을 챙겨 돌아오자 나도 비에 젖은 생쥐 꼴이 됐지만 그것마저 바다에 들어갔다 온 듯 들떴다. 둘 다 흠뻑 젖은 꼴로 하나뿐인 담요를 같이 뒤집어쓴 채 바닥에 꿇어앉아 음식을 나눠 먹었다.

유지한의 말에 따르면 겡이는 작은 바닷게로 이 철에만 잡을 수 있단다. 그 걸쭉하고 따뜻한 죽을 떠먹자 진한 게 맛이 물씬 입 속 가득 퍼졌다. 맛있다……. 탄식하며 용기를 박박 긁다 네가 떠 준 물회도 한 점 받아먹었다. 네 눈이 만족스럽게 휘는 걸 보며 나도 절로 눈을 크게 떴다. 만족감에 미약한 신음이 샌다. 우리 한내, 굶었어? 급히 먹음 체한다. 흐뭇하게 웃으면서도 꼭 얄미운 말을 덧붙이는 너였다.

"넌 안 먹어?"

"난 이거나."

허겁지겁 뜬 죽을 급하게 후후 불어 젖힐 때마다 세워 안은 무릎 위, 점점이 떨어진 것에 네 입술이 부드러이 와 닿는다. 그것을 핥아먹은 까칠한 혀가 뒤이어 맨살을 둥글리며 쓸어 올린다. 무릎도 예민한 부위란 걸 처음 알았다. 담요 안 발가락이 자꾸 곱아들어 장난스레 웃는 널 밀쳐냈다.

"형이랑 과외는 잘했고?"

"응."

"형이 뭐 쓸데없는 소리 한 건 없지?"

"무슨 소리?"

"뭐든."

잠시 사진 얘기를 해야 하나 고민했다. 하나 남자가 저를 불량품으로 여긴단 걸 넌 아마 모를 테니 그 내밀한 얘기를 시시콜콜 떠벌리는 건 당사자에 대한 예의가 아닐 듯하다. 아무리 형제라 한들 묘한 긴장 관계가 느껴지는 둘인지라, 모든 걸 공유하진 않을 것 같으니. 뭔데? 채근하는 목소리에 또 아무것도 아니다 답하고 말았다.

"내일 올 거야?"

통을 싹싹 비우고 배가 불러 노곤해진 내게 묻는다. 한 담요 아래 싸여 네 후끈한 열기가 내게 달라붙는 게 꼭 아궁이 앞에 앉은 것 같았다. 찹쌀떡처럼 너와 함께 녹아내려 하나로 눌어붙을 것처럼.

난 마른 입술을 혀끝으로 한 번 훑었다. 바다엔 사실 매일매일 가고 싶었다. 하지만 엄마가 눈치채면 끝이었다. 수능 뒤엔 이 섬을 떠날 테니 어쩌면 영영. 공부에 방해된다는 이유뿐 아니라 엄마는 바다를 무서워하니. 그야 엄마의 엄마를 잃은 곳이니 당연했다.

"내일 공부하는 거 봐서……."

끄덕여진 고개가 날 향해 기울었다. 내년엔 너, 서울 가서 대학 다닐 테지. 느릿하게 내려온 눈길이 내 입술 주위를 맴돈다.

"이 섬으로 돌아오진 않을 거고, 다시는. 맞아?"

그럴 생각이었다. 온통 이 섬을 떠날 생각만 했었는데……

내게로 고개를 숙인 네게서 장난기가 사라진 눈을 보았다. 바다에서 헤엄칠 때 말곤 이러고 있는 게 처음이라 등줄기가 선득하고 앞가슴엔 불이 붙는다. 코앞에 놓인 도톰하고 붉은 결이 선명한 네 입술이 내게 주는 감촉을 알고 있어, 그저 내 입을 벌려 가만 물고 싶었다.

고개를 들어 네게 가까워졌다. 내 저의를 묻듯 가늘어지는 잿빛 눈의 농도가 짙어진다. 평소 느릿한 네 숨도 박자를 놓쳤다. 평소라면 이미 날 삼킬 듯 물어 왔을 너인데, 말없이 날 주시한다. 먼저 움직여 보라는 듯하여 참다못해 가늘게 뱉은 내 숨이 바르르 떨리었다.

"나도 좀 예뻐해 줘."

"……."

"한내."

찢어진 눈매가 느슨히 풀어지며 잠시 서글픈 빛을 띤다. 그것을 홀린 듯 보았다. 잿빛 하늘에 먹구름이 낀 듯 애달픈 네 눈. 퍼붓는 빗소리에 간간이 들이치는 작은 천둥이 그르렁거렸다. 들끓는 속내를 애써 잠재우는 네 심경을 대변하듯이.

심장이 꾹 짓눌려지는 감정을 느끼며 손을 올렸다. 힘이 바짝 들어가 단단해진 네 턱 끝을 쥐자 쉽게 풀어져 벌어지는 네 잇새를, 파고들었다. 두툼하고 말랑한.

살짝 닿았다가 떨어질 때에서야 수줍음이 몰려와 눈길을 아래로 떨구었다. 네 무릎 위에 얹혔던 네 손에 우둘투둘하게 핏줄이 섰다. 그것이 움직여 네 턱을 붙든 내 팔을 우악스레 쥐는 순간, 딱딱한 소리를 내며 문이 울었다.

몸이 바짝 굳어졌다. 벌떡 일어나 손에 든 담요로 유지한을 덮으려 하다 덩치에 비해 턱없이 작단 걸 그제야 깨달았다. 뇌가 제 기능을 멈춘 것처럼 삐거덕거렸다. 널 숨길 공간을 애써 찾다 이 작은 방에 그런 곳은 없다는 것을 깨닫는다. 치닫는 공포에 호흡 곤란이 올 듯했다.

"한내, 뭔 일……."

문밖의 목소리가 뭔가를 본 듯 잦아든다. 네 신발이 그곳에 있었다. 허공에서 떨리는 내 손을 걱정 말라는 듯 감싸 오는 따뜻하고 커다란 손이 느껴졌으나, 지금은 네게 기댈 수 없었다. 마음이 찢어지는 걸 느끼며 맞잡은 손을 빼내려는 순간 문이 열리고, 엄마의 눈은 곧바로 이어진 손아귀에 꽂혔다.

그 가라앉은 시선이 음식 흔적이 남은 밀폐 용기와 수저들로 내려갔다가 다시 올라오는 사이, 난 결국 잡은 네 손을 떼어 냈다. 놀란 듯 허공에 멈춰 선 것을 보며, 입술을 악물고 맞이해야 할 것을 향해 시선을 돌리자 말없이 질질 끌리는 슬리퍼에서 떨어져 나온 물이 나무 바닥에 흥건한 자국을 남긴다. 닫히지 않은 문이 세찬 비바람에 거친 소리를 내며 점점 더 많은 비를 들여보냈다.

고개를 완전히 들었다. 엄마의 창백한 얼굴, 그 커다란 눈 안에 가득 서린 슬픔이 보였다. 보름달이 초승달이 되듯, 눈가가 점점 더 일그러진다. 입에서 신물이 오르고 관자놀이에서 맥이 뛰논다. 목구멍이 타는 듯 조여들지만, 뒤늦은 변명이라도 필요했다.

"엄마, 이건. 이게 그러니까…… 우리가 오늘……."

옆에서 몸을 일으키는 기척이 들렸다. 눈앞에 있던 엄마가 사라졌다. 짝, 귓가를 할퀸 마찰음이 작은 방 안에 메아리쳤다.

눈을 깜빡이며 고개를 돌렸다. 얼굴이 사선으로 꺾여 내려간 너와, 허공에 떠 있는 엄마의 손을 번갈아 보았다. 돌아간 고개를 바로 한 네가 엄마를 가만 내려다본다. 엄마의 고요했던 얼굴이 지진 난 땅처럼 쩍쩍 갈라진다. 감히 네가 내 딸을……. 네가. 무슨 짓을 하는 거야. 이 미친 양아치 같은…….

"엄마!"

이 순간이 믿을 수 없어 난 그저 의미 없는 말만을 외치고, 혹여나 또 후려칠까 엄마에게 한 발짝 다가섰다. 제 뺨을 손끝으로 한 번 훑은 유지한이 조용히 인상을 구긴다.

"제가, 무슨 짓을 했는데요."

"그걸 몰라서 물어? 당장 꺼지고 한내 앞에 다신 보이지 마! 누구 앞길을 막으려 그래! 순진한 애를 망쳐 놓으려고! 내가 너희 형제 도와준 게 얼만데! 네까짓 게 은혜도 모르고 감히!"

이리 이성을 잃고 소리치는 엄마는 처음 보아 정신을 차릴 수 없다. 항상 냉랭할 정도로 냉정을 유지하던 사람인데 다짜고짜 공격부터 하니 믿기지 않았다. 차라리 내게 화를 냈음 감내하면 그만일 것이나 엄마는 유지한 탓만 했다.

"엄마, 그만해요! 우리 아무 짓도 안 했어요!"

"얠 망치는 건, 아줌마예요."

당연하다는 듯 유지한이 대꾸한다. 제발 그만해. 급작스레 슬퍼진 난 울고 싶었다. 제발 더 이상 네가 엄마를 자극하지 않길 바라며 꾹 눈을 감았다가 떴다.

"얘가 얼마나 힘들어하는지 아줌마가……."

"나가라."

말을 자른 엄마는 다시 차분히 가라앉았다. 문 쪽을 손가락질하며 꾸짖는 눈빛이 날 본다. 빨리 문으로 내보내지 않고 뭐 해. 그런 눈에 순순히 팔을 잡아끌자, 희게 그늘진 얼굴이 내게로 돌아왔다. 네 손등이 덜덜 떠는 내 뺨을 한 번 쓸어내렸다.

"또 왜 우냐, 바보처럼."

아, 내가 울고 있었나. 바닥으로 눈을 떨구는 날 다시 한번 더 쓸어 주고는 손을 떼고 허리를 굽혔다. 달그락대며 정리되는 용기들이 소리를 냈다. 그릇을 다시 품에 안은 네가 미안, 하고 내게만 들릴 정도로 속삭인 뒤 걸음을 옮겨 문을 나선다. 땅을 아프게 때리는 빗소리가 폭포처럼 떨어지다가 닫히는 문과 함께 잦아들 때까지, 난 그곳을 보며 눈물만 바닥으로 떨구었다.

"살면서, 힘들지 않은 건 없어."

날 한참 보던 여자가 말했다.

"삶은 원래 고통스러운 거야. 그럴 때마다 이렇게 울고 무너지면 어떻게 살아갈래?"

하지만 엄마, 삶이 이렇게 힘들기만 하다면, 왜 계속 살아가야 하는데? 고통스런 시간을 하루하루 지우고 유예하는 삶은 대체 무슨 의미가 있는데? 엄마는 그 고통을 어떻게 감내하는데? 날 보고, 내 희망찬 미래를 상상하며? 그럼 내가 엄마의 족쇄인 거야? 아니, 나 때문에 엄마 인생이 고통스러운 것 아니고?

"나도 너 때 힘들었어."

"……."

"그래서 네 아빠랑 사고 치고……. 너 엄마처럼 되고 싶어? 박한내, 정신 똑바로 차려. 지금 남자애랑 노닥거릴 때니?"

그래서 엄마는 날 낳은 게 후회된다는 말이야? 지금 그렇게 불행하단 말이야……?

"엄마를, 배신하지 마."

"……."

"장래 희망은 왜 건축가로 써 냈니? 무책임하게 널 버린 아빠란 놈이, 그 새끼가 아직도 그리워?"

"그런 거…… 아니에요."

"엄마가 널 위해 얼마나 많은 걸 포기했는데 넌……."

"엄마, 제가 잘못했어요……."

"……."

결국 감정을 삭이다 실패한 엄마가 문을 열고 사라졌다. 바닥으로 숙여진 고개가 너무 무거워 다시 위로 들어 올릴 수 없다. 나무뿌리처럼 몸을 수그려 땅을 최대한 파고들었다. 물에 온통 젖은 나무에 흘러나온 눈물도 더해져 고동색으로 물들어 가는 것이 가물가물 보였다. 과호흡이 일어난 몸을 애벌레처럼 둥글게 말았다. 무릎을 꽉 감싸 안아도 온몸이 사시나무처럼 떨린다. 가슴께가 죽을 것처럼 아프다.

네게도, 엄마에게도, 미안했다. 오늘도 내가 싫어진다. 나까짓 게 뭐라고 이렇게 사람들을 상처 입히나. 차라리 태어나지 말 것을. 태어나서 엄마 인생을 망치지 말 것을. 내가 무어라고 네가 뺨을 맞아야 하나. 지독한 자기혐오에 사로잡히는 날이었다.

* * *

집으로 들어섰다. 네게 더 불똥이 튈까 주워 왔던 반찬 통과 우산은 홧

김에 어딘가로 집어 던진 채. 오한이 발할 정도로 서늘한 비를 두들겨 맞았
는데, 속에 이는 화로 열이 끓어 애꿎은 대문을 내려쳐도 삭이지 못했다.

하나뿐인 가족이 어떤 의미인지 알고도 남았다. 그러니 그 자리에서 네
게 해 줄 수 있는 건 무엇도 없단 걸 알면서, 늘 꾹꾹 눌러 참던 눈물을 대
역죄인처럼 흘려 대는 네 모습에 가슴이 저며서 괴로웠다.

내 탓이라 화가 났다. 들키면 어찌 될지 뻔히 알면서 구차한 질투심에
가지 말아야 할 곳에 갔고 나서지 말았어야 할 상황에 나서 상황만 악화시
켰으니 내 탓이란 걸 안다. 내 탓인데도 내버려 두고 왔다. 이불을 뒤집어
쓰고 홀로 숨죽여 울고 있을 네 모습이 선해도 난 그 무엇도 할 수 없다.

처음으로 내 처지를 한탄했다. 열아홉 고등학생. 가진 그 무엇도 없어 양
아치로밖에 뵈지 않는. 한편으론 가족도 아닌, 그저 남일 뿐인 너란 계집에
게 왜 이런 절박한 감정까지 드는지가 여전히 혼란해, 가까스로 젖은 몸을
방으로 들였다.

한 번도 내 방에 들어온 적 없던 사람이 침입자처럼 어둠 속 의자에 앉
아 있는 것을 보았다. 불길한 기운이 서늘하게 목덜미를 훑었다. 그 그늘진
얼굴을 말없이 응시하며, 물에 젖어 이마와 뺨에 질척하게 달라붙은 머리칼
을 한숨처럼 쓸어 넘겼다.

책상 조명 하나만 밝혀진 어두운 방, 조명을 등진 유기한의 얼굴은 어둠
에 파묻혀 흰 눈자위만 반뜩거린다. 빛을 흡수한 검은 동공은 눈두덩이가
몽땅 파먹힌 시체처럼 휑뎅그렁하다.

많이 젖었네. 핏기 없는 입술이 달싹거렸다.

"아무리 물에서 자란 너라도 감기 걸린다."

내가 비를 맞고 올 것을 알았다는 듯 내밀어지는 수건을 본 뒤, 나와 닮
은 얼굴을 매섭게 오시했다.

"······뭐야?"

설마, 아니겠지 하면서도 즐거운 듯 입매가 호선을 그리고, 그 검은 눈길

이 내 부어오른 뺨에 와 닿아 한층 짙어지자 욕지기가 절로 치민다. 씨발. 가지런한 손톱이 톡톡, 책상을 느른히 두드리는 소리가 의도적이라 신경을 긁었다.

"가희 누나가 손이 맵나 보네."

"……형이야?"

분노가 드글거리는 뱃속을 느꼈다. 그 혹시나 하는 미약한 가능성을 믿으려 하는 내 얼굴을 보며, 유기한은 천천히 고개를 기울였다. 뭐가? 웃으며 묻는다. 뻔한 답인 거 너도 알고 나도 알지만, 꼭 네 말로 듣고 싶다는 듯한 말투에 젖은 발을 움직여 바닥 위 혼탁한 물 자국을 이었다.

허공에 있던 수건이 바닥으로 떨어지기 전, 엉겨 붙은 몸이 먼저 땅바닥을 굴렀다. 쉴 새 없이 빗발치는 둔탁한 소음이 쿵쿵 뛰는 내 심장 소리에 묻힌다. 씹. 또라이 새끼. 씹, 윽. 새끼야.

"헉……."

퍽. 제 동생의 유례없는 주먹세례에 기한의 하얀 얼굴 곳곳과, 기어코 입 안에서도 핏물이 터져 흐른다. 그러면서도 웃음을 잃지 않는 얼굴이었다.

수차례 난타하다, 결국 뼈끼리 뭉개지는 느낌이 날 정도로 힘 조절이 안 되자 지끈거리는 주먹을 거두었다. 이딴 게 유기한에게는 무의미한 짓이라는 걸 알고 있을 만큼은 머리가 자란 탓이다. 그 자발적 포기에, 누워 있는 얼굴에서 하하 하고 비릿한 웃음이 터지는 것을 보며 눈을 한껏 우그러뜨렸다. 늪에 빠진 듯 질척이는 발을 앞으로 놀렸다.

책상 위에 놓인, 농락하듯 비밀번호 따위는 설정되어 있지 않은 휴대폰에서 박한내의 엄마에게 전화가 걸렸던 통화 목록을 확인하고 결국 그것까지 벽에 던져 박살 냈다. 번쩍, 불이 발했던 기계가 부스러지며 검은 선이 갔다. 형이지만 진심으로 찢어발겨 죽이고픈 살심까지 느끼는 건 오랜만이라 열기에 지끈거리는 머리를 짚었다.

"넌, 침착함이 부족해. 늘 감정적이라 멀리 보질 못하고."

바닥에 누워 지그시 지켜보던 가증스런 남자가 피가 붉게 서린 입술을 열었다.

"어서 사이코 새끼가 훈계질이야, 씨발."

사람 같지도 않은 게, 겨우 삼켜 낸 속내에 가짜 같은 웃음이 오로지 도발을 위해 날아왔다. 콜록대며 몸을 일으킨 기한이 조용한 목소리를 냈다. 그렇게 지한아, 왜 날 도발해. 가늘게 뜬 눈 아래 이글거리는 동공을 보며, 차게 말을 이었다.

"원래 나에게 왔어야 할 아이를 중간에 가로챈 건 그렇다 쳐."

가로챈? 지한의 눈썹이 생명체처럼 묘하게 뒤틀렸다.

"오늘 아침 내 앞에서 대놓고 물고 빠는 건 네 생각에도 심했지? 한심한 수컷처럼 제 여자 도장이라도 찍고 싶었던 건가, 이해하려 해 봐도 영 짜증이 나서."

점점 더 가늘어지던 지한의 눈이 미세한 찡그림으로 변했다. 유기한의 말 어딘가, 놓친 저의가 숨겨져 있는 듯했다. 고백도 거절하고, 박한내에게 별다른 접근을 보이지 않았던 남자가 하기엔 영 이상한 말인지라.

"나에게 왔어야 할 아이를, 중간에, 가로챘다고?"

"그래."

순간 뭔가를 깨달았다. 경악을 담은 균열이 진절머리 나는 헛웃음으로 바뀌었다. 학교 게시판에 때마침 글이 올라온 것도, 그것이 너무나 깔끔하게 사라지고 사과문이 올라온 것도, 형 앞에서 벌벌 떨던 그 여자를 생각해 봤을 때 무언가가 타이밍도 영 이상하다 여기긴 했는데.

'왜? 한내 데려다주지 않고. 접근 안 한다더니, 다시 가까워졌나 봐?'

고발 글이 올라오기 전날, 떠나지 않겠다고 고집을 부리며 비틀거리는 여자를 데리고 철문 안으로 들어서며 묻던 남자를 기억했다. 접근 안 한다던, 네가 먼저 제의한 그 약속을 왜 어기느냐는 질타이기도, 나도 다시 내 마음대로 하겠다는 선포로도 보였으나 그 여자의 해결이 더 시급해 보여 흘려들었다.

'할 얘기 남았어? 그냥 빨리 내보내. 내가 빠른 배편 알아볼 테니까.'

난 이 끝없는 사건 사고에 벌써부터 지친 기분이었다. 형 놈에 대한 첫 기억, 노곤한 단잠을 자던 그 더운 한여름, 다리에 통증을 느끼고 깨어났을 때부터 내 인생은 거의 내 유일한 혈육인 유기한을 어떻게 다룰 것인가에 초점을 맞추어 왔으니.

'엉아……'

고인 땀이 식어 내려 서늘했던 등줄기. 장판에 눌려 얼얼하게 아팠던 뺨. 물고기를 잡는 작살 중 사람의 몸통도 꿰뚫을 수 있는 큰 것으로 내 다리를 찍어 누르던 유기한. 다리가 사라지고 몸통 세 부위 중 하나가 없어 동그란 공처럼 보였던 개미들이 내 옆을 줄지어 기어가던 것을 멍하니 보던 나. 앞으로 기는 속도가 굼벵이처럼 느렸던 다리 없는 개미들. 내 다리를 자르려는 형제에게서 벗어나려, 바둥대며 앞으로 나아가려 하던 나도 딱 그 꼴이었다.

지한아. 핏기 없는 입술. 시골 밤하늘처럼 빛 한 점 없이 까마득한 눈. 내 공포에 질린 눈이 꽤나 마음에 드는 것처럼 비틀렸던 그 창백한 입술.

'도망가 봐.'

작살이 뒤로 물러났다. 도망가. 던져지기 위해 스프링을 눌리듯 당겨진 것을 보며, 난 벌떡 일어나 아픈 다리로 헐떡이며 쉬지 않고 달렸다. 날아온 작살이 저며 놓은 발목에서 피가 줄줄 새는 바람에 동선을 들킬까 바다로 뛰어들었다.

깊은 바닷속까지 잠수해 들어가 사방이 물인 곳에 숨어서야 진정했다. 곪은 상처에 가해진 수압에 눈앞에서 가까워지는 바위를 보면서도 정신을 잃었다. 깨어났을 땐 어깨 하나가 박살 난 상태였다.

머리 어딘가 고장 난 유기한. 짐승 같은 유기한. 하나 그 커다란 남방큰돌고래와, 매철 방어를 노리고 달려드는 흉상어도 난 길들이는데, 유기한이라고 안 될 게 뭔가.

그놈의 공격성이 나오기 전 먼저 애들을 공격하며 쌈박질을 하고, 그걸 즐기듯 바라보는 남자의 잔인한 욕구를 어느 정도 채워 주기 시작했다. 한바탕 대거리를 벌일 땐 그의 흉내를 낼 때도 많았다. 어떻게 하면 본능적으로 똥오줌을 지릴 만한 겁을 줄까 고민할 땐 내 유일무이한 형제를 떠올리면 들어맞았던 것이다.

언젠가부턴 내가 본래 잔인한 놈인 게 아닌지 헷갈렸다. 다행인지, 어느 순간 유기한의 잔인성은 밖으로 표출되지 않고 내면으로 숨어들어 사람들과 거리를 둔 채 조용히 관찰하는 성격이 되었고, 그 관조적 태도가 악마 같은 잔인성과 달리 언뜻 그를 신비한 존재로 뵈게 함에 난 가끔 실소했다.

타고난 두뇌는 공부부터 해서 모든 것엔 전국권에 들 정도로 뛰어났고, 어려서부터 그를 파악하며 자라 온 난 사람 다루는 것엔 일가견이 있었다. 알고리즘을 채우듯 머릿속에 입력되는 말과 출력되는 말을 집어넣으니, 습득력이 높은 남자가 보통 사람보다 더 섬세한 사람으로 보이는 것에 나조차 놀랐다.

그러니 말하자면, 우린 서로의 내면을 각자의 겉모습으로 바꿔치기한 것이다. 딱 거기까지였으면 좋았을 것이다. 하지만 잘난 겉껍데기는 무관심한 태도도 묘한 매력으로 승화시켜, 광신도 같은 계집애들이 따라붙곤 했다.

'걸리적거려.'

그 표정 없는 얼굴에, 등줄기가 얼음장처럼 싸늘해졌다. 유기한이 한창 도로변 근처를 서성이거나 바닷가를 거닐며 죽어 가는 동물을 찍는 것에 몰두하던 때였다. 죽어 가는 고양이, 개, 생선, 거북이. 찍어 온 사진들 중에 의도적으로 만든 상황도 있을 거라 확신하던 때였는데 아마 거기까지 쫓아가 귀찮게 했던 동급생 소녀들이 있던 모양이었다.

'형, 생선은 몰라도 다른 건 상처 내지 마.'

그렇게 말해 본 적이 있었다.

'뭐가 다르지?'

유기한은 되물었다. 생선과 고양이가 뭐가 달라. 하나는 피를 내도 되고, 하나는 안 되는지.

'어차피 둘 다 먹지도 않을 거라면 말이야.'

그야 고양이는 귀엽고 사람도 잘 따르잖아, 그 말밖에 떠오르지 않아 그리 대답하려다 그만두었다. 애초에 인간이나 인간성이 중요한 가치로 전제되어 있지 않는 사람에게 귀엽다는 논거는 먹힐 법한 설득이 아니었다. 그 말이 틀렸다는 확신이 없어 더 말을 잇지 못했는지도 모른다.

섬에도 대량 어업이 확산되고 있어 바다에 들어가 물고기 떼와 놀다가 나오면, 상품성 없는 작은 생선들이 바닷가에 한가득 버려져 있곤 했다. 물에만 다시 넣어 줬어도 도로 살아갈 애들이었으니, 그 어부들과 형의 차이가 뭘까 고민해 보았을 땐 답을 내기 어려웠다. 형도, 아직 나 외의 사람에게 손댄 적은 없었으니까.

살아 있는 모든 것에 애정이란 없는 남자. 언제 폭발할지 모르는 그의 주위에서 여러 가지 상황들을 가정하고 끝없이 예측해 나가는 일은 버거웠다. 문제가 터지기 전에 해결해 버리는 게 가장 완벽히 상황을 통제할 수 있는 길이었다.

유기한에게 접근하는 여자들을 떨궈 낸 것도 마찬가지였다. 고개를 갸웃대며 날 보던 여자. 머리에서부터 시작되어 발끝까지 천천히 떨어져 내리는 끈적한 시선. 이미 바닷속에서 내가 먹을 물고기도 작살로 잡던 때로, 그땐 아무도 날 열두 살로 보지 않았고, 형과 같이 다니면 모르는 사람은 다들 쌍둥인 줄 알 정도였다.

'형이 그쪽 싫대.'

'무사?'

'별로 형 취향이 아닌가 보지.'

'너 몇 살?'

'……열둘.'

'근데 키가 겁 커? 네 형이랑 비슷해 보이는디. 네가 보기에도 내가 못난?'

'아니, 딱히.'

'너 기한이랑 똑 닮았다이.'

그렇게 형에게서 떨어뜨려 놓은 여자애가 여럿, 가끔 묘한 표정을 짓는 형을 보게 된 건 그때였다. 바닷가에서 음산한 것들을 찍으러 다니던 유기한이, 바닷속에서 헤엄치던 해주 누나와 만났을 무렵. 난 그녀가 유기한을 바꿀 것이라 믿었다. 절벽에서 떨어져 죽기 전까지는.

'뭐가 걱정되는 거면 여기서 기다리든지.'

내 경계 어린 얼굴 위로 철문의 그림자를 덧씌우며 고요히 웃던 유기한. 폐건물처럼 서늘한 기운만 내뿜는 작업실로 들어가던, 갓 소녀티를 벗은 여자는 두려운 듯 몸을 작게 떨었고, 그럼에도 급작스레 고발 글이 올라왔다. 왜 그땐, 그것이 수상하다 여기지 못했는지.

"그 글 올린 거, 너였어?"

스며 나는 짙은 경멸을 이젠 굳이 숨길 필요도 없었다. 아무리 내 사이코 형이라도 일부러 눈초리 세례를 받고 싶어 할 리는 없으니 그런 짓을 한 원인은 분명 박한내, 너일 것이다. 제정신이 아닌 남자가 그랬던 이유를 정확하게 파악하긴 어려워도 네 동정심이나 죄책감, 그런 걸 이용하려 했던 거겠지. 겉보기보다 그런 거에 약한 너니까. 하지만 왜?

그 사진이 함께 올라올 걸 예상했던 게 아니라면……. 아, 너무도 어이가 없어 미친놈처럼 헛웃음을 뱉었다. 우리 형이라면 그랬을 수도 있지. 늘 이 괴물을 과소평가한다니까.

"아무리 너여도 내 걸 건드리는 건 싫어."

"걘 형 것도 아니고, 해주 누나도 아니야."

"해주가 아니지만 일부는 해주야. 그리고 난 걔가 해주와 달리 늘 혼자인 게 마음에 들거든."

"……하, 미친."

눈앞의 이 미친놈은 너와 함께 고립되기라도 바랐던 걸까. 모든 사람들에게 따가운 눈초리를 받던 네가 혼자가 되다 못해 결국 저만 곁에 남도록. 해주 누나처럼 저를 떠나가지 못하도록. 하나 그 사진을 보고도 내가 널 붙잡을지는, 그 사진을 나로 둔갑시킬지는 몰랐을 터였다.

"먼저 조건을 단 건 너였잖아? 서로 물러서자, 길길이 날뛰던 건."

어긴 것도 너고. 그 비릿한 웃음의 저의에 어금니가 씹혔다.

"아무리 그래도 야외에서 물고 빨다, 누가 사진이라도 찍으면 어쩌려 그래."

사진. 물에 젖어 번들거리는 목에 핏대가 빳빳이 솟았다. 그 목울대가 거칠게 꿀렁이고, 잘 벼린 칼날처럼 날 서 있던 턱에 단단한 힘이 들어가는 것을, 기한은 낱낱이, 신체 부위를 각각 나누어 윤곽선과 음영을 관찰한다.

그는 제 동생에게서 생전 처음으로, 모든 가면이 허물어지고 충격과 공포에 휩싸이는 얼굴을 볼 수 있게 된 것에 놀라워하며 웃었다. 씨팔, 이에 짓씹어진 욕이 살기라도 담은 듯 서슬 퍼렇게 내뱉어지는 것도.

"어디 있어."

으드득 이가 갈리는 소리가 났다. 목을 조르듯 기한의 멱살을 잡아 쥐었다.

"내가 그걸."

순순히 줄까. 휘둘러지는 주먹 앞에서 짧은 휘파람으로 경고음을 내 그 동작을 멈춰 낸 기한이 얄팍하게 웃으며 읊조렸다. 창백해진 낯이 내내, 억박질러도 이미 패색은 짙었다.

"네가 아는 나라면 오히려 짜증 나서 뿌리면 뿌리지 맞는다고 내놓진 않지. 날 지금 죽여 그 가능성을 없애면 또 몰라."

"형은……."

"하지만 넌, 내가 아니잖아? 넌 내가 되기 싫잖아. 그게 환멸 나잖아, 응? 지한아."

"……쳐돌았어, 너 새끼는."

"알고 있었잖아."

자비 없이 두드려 맞은 탓에 서서히 부어 가는 얼굴을 당겨 웃으며, 기한은 물에 흠뻑 젖어 처연해 보이는 소년의 얼굴을 바라보았다.

"그러게. 날 내버려 두지 그랬어."

"……."

"바다에서도, 집에서도. 두 번이나, 응? 날 살렸지."

"어어, 안 그래도, 지금 존나 후회 중이야."

"……."

"두 번. 두 번의 기회를 내가 놓쳐 버렸네. 어? 네가 뒈지게 놔뒀어야 했는데."

형제는 함께 웃었다. 기한이 손을 들어 올려 지한의 턱 끝에 매달린 물방울을 손가락 끄트머리로 쓸어 추락시켰다.

"내가 뭐든, 한댔잖아."

"……."

"하지만 또, 너무 쉽게 얻는 건 재미없으니 이만하면 많이 봐줬다."

씨발, 좆같은 새끼. 그리 뇌까리며 허탈하게 웃는 지한을 보며, 기한도 간만에 즐겁더라, 하며 전혀 움직임 없는 눈매로 웃어 젖혔다.

"아, 너도 그랬지. 걔를 건드리면 뭐든 하겠다고. 그래서."

분노와 패배감으로 입술을 악문 지한을 보며, 기한은 이 말로 설마 이 형제 관계가 끝이 날까 즐거이 생각하며 말을 뱉었다.

"네가 뭘 할 수 있니."

"……."

"가진 건 잘 쓰는 몸 하나뿐인 네가."

입매를 차게 비틀며 형형한 눈을 뜨는 얼굴은 그와 소스라치게 닮았어도 늘 상극의 감정을 담고 있는 탓에 언제나 바라보는 맛이 났다.

"잠깐 신음하게 한 거. 너 말고도 누구나 가능한 데다 그건 그냥 네가 나랑 닮은 탓이고. 말 그대로 일탈은 일탈일 뿐, 그게 일상이 될 순 없는 건 너도 똑똑하니 잘 알 테고."

마음 한구석에 늘 똬리를 틀고 있었을 것이나 애써 외면했을 말들을, 구구절절 짚어 내며 잘난 얼굴이 무너질 때까지 난도질했다.

"넌 걜 더 고립시키고 네 수준으로 망쳐 놓을 뿐이고. 아빠가 없다 해도, 그 엄마 품에서 고운 공주님처럼 자란 애가 아무것도 없는 널 정말 좋아해 줄까. 널 위해 다른 걸 다 포기하면서? 네 성깔이면 분명 걔 엄마한테도 한 소리 했겠지만, 그러니까 네가 안 된다는 거야, 내 동생아."

머리보다 몸이 먼저 나가니. 기한은 쯧, 차게 혀를 차고 한숨 같은 웃음을 내며 그의 동생을 보았다. 가늘게 뜬 눈매가 타격을 입고 찬찬히 허물어지다가도, 독기가 여전히 스멀스멀 매섭게 살아나려 드는 게 역시 유지한다 웠다. 그래야 더 짓밟는 재미가 있겠지.

"짠한 게 또 얼마나 울고 있을까. 너한테, 엄마한테 미안해서. 아무것도 아닌 너 때문에."

"그딴 궤변, 다른 사람은 몰라도 나는 안 넘어가."

"안 넘어가면 어쩔 거지? 내가 만약 진짜 사진이라도 갖고 있으면 어쩌려 그래. 응? 지한아."

아득아득 이 갈리는 소리가 마치 달달한 노래 같아 희미한 미소를 지었다. 그러다 한 차례 탁한 숨이 어둠처럼 짙게 날아 든다. 지한은 이 상황에 넌더리가 나다 못해 어이가 없다는 헛웃음을 뱉고는 입을 열었다. 안 그래도, 그동안 형에게 묻고 싶은 게 있었어.

잡았던 멱살을 놓고 턱을 들어 젖혔다. 그 곧고 사나운 눈매가 조명 아래 짙은 명암을 드리운다. 아름다운 선과 절절한 감정. 지금 손에 카메라가 있다면 찍고 싶은 순간이었다.

"해주 누나……."

그 이름이 음산하게 내뱉어지자 사위가 고요해졌다.

"······형이 죽였어?"

이번 침묵도 꽤나 길었다. 그 아래 깔린 저의를 파악하는 노력도 지쳐 힘들어질 때까지 일그러진 눈길을 마주 보며 입을 다물던 기한은 후, 하고 입꼬리를 살짝 당겨 웃었다. 지한아, 지금껏 그게 궁금했어?

"그게, 왜, 궁금할까. 네가 그때 증언도 했잖아. 해주가 떨어지고 나서, 내가 떨어지는 걸 봤다고 말이야. 너, 거짓말했니? 나를 위해서?"

"······해주 누나가 떨어질 때, 형의 손이 닿아 있는 걸 봤어. 구하려 한 건지 밀었던 건지는 아무도 모르지. 당사자 말고는."

"내가 해주를, 죽였다?"

"······."

기한은 잠시 피식피식 헛바람이 든 사람처럼 웃었다. 그러고는 하얗고 붉게 가라앉은 얼굴로 대답했다. 그렇기도 하고, 그렇지 않기도 하지.

"진실은 둘 중 하나겠지."

"아니, 진실은 둘 다야."

믿기 힘들겠지만. 눈을 더 가늘게 휘며 조용히 답변을 마치고는 다시 입을 열었다.

"그리고 네가 궁금한 게, 내가 다른 소녀한테도 그런 짓을 할까, 인 거라면."

끝맺음을 하듯 서늘히 말문을 닫은 남자가 눈을 더 가늘게 접어 웃었다.

"답은 이미 알겠지."

난 뭐든 한다 했으니.

하. 충격을 뱉어 낸 얼굴에 자잘한 균열이 일었다. 그 균열이 실금이 되고, 다시 그 실금이 온 얼굴을 산산조각 낸다. 유지한은 내가 그 애 앞에 나타나지 않으면 만족하겠어? 하고 잘 벼린 칼 같은 서늘함을 애써 숨기고 고요히 묻는다. 창백한 입술이 피에 젖은 미소를 머금었다.

너에게 불리한 게임이긴 했다. 넌 그 소녀를 해치는 모든 걸 막고 싶은 만큼, 그 소녀를 사랑하니까. 내가 뭐든 하듯, 너도 뭐든 하겠지. 네 마음을 포기하는 것까지 포함해서. 아아, 즐겁다. 이렇게 재밌을 수가 있나.

"날 키워 줬지. 엄마 대신 날 먹여 주고. 아빠 대신 돈 벌어 날 재워 주고. 나도 형을 키웠어. 건 나쁜 짓이다. 건 저리 해라. 참 꼴 우스운 가족이야. 응?"

"……."

"그리고 난 이제 형이……."

"……."

"진심으로 죽길 바라."

"난 지한아, 널 사랑해."

하하, 사랑? 지랄하네. 그동안 내가 이용당해 주니 재밌었지? 오늘부로 끝이야, 미친 새끼야. 지한은 제 꼴이 우습다는 듯 킬킬거렸다.

"털끝 하나 다치게 해. 네가 바라던 그 끝, 기꺼이 내가 가져다줄 테니. 어?"

아주 갈가리 찢어 죽여 버릴 거야, 너. 서슬 퍼런 눈으로 제 집을 나서는 지한을 보며, 기한은 찢어진 입술을 혀로 핥았다. 푸하하, 그 피 붉어진 입술 사이로 화사한 웃음이 터졌다.

5장. 심해

"왜 그동안 성적이 떨어졌는지."

더덕을 부드럽게 짓이긴 제육볶음 위로 깨가 솔솔 뿌려졌다. 먹음직하고 푸짐한 밥상은 산에서 난 것부터 바다에서 난 것까지 내가 좋아하던 찬들로 꾸려졌다. 입에도 못 대던 어여쁜 장미 모양의 사과파이가 부엌 한쪽에 대기한 것을 보며, 이게 엄마 나름대로의 사과란 걸 알았다.

"원인을 알았음, 해결해야지."

탁. 검고 긴 생머리가, 양념 통을 놓고 젓가락을 집어 든 여자의 등에서 휘날린다. 여자는 저를 닮지 않은 딸을 빤히 보며 답을 기다렸다. 네 공부 방해할 소년, 다신 만나지 마. 그 속뜻에 당연하게 끄덕였어도 가슴께가 지끈거렸다.

뺨을 얻어맞으면서까지 날 찾아올 멍청이가 너일 리 없고, 우리 안 비스무리한 것이 공유되는 어떤 유대가 생겼다 해도, 네게 우리의 놀음은 끽해야 재밌는 장난 정도였을 걸 안다. 그 집착하는 노랜 녹음해 둔 뒤 개학하면 던져 주자. 그리 여기면서도 어쩐지 명치께가 먹먹히 아려 간만의 수륙진미는 얼마 입에 담지도 못했다.

"엄마가 널 못 믿는 건 아냐. 그래도 한동안, 학교 말고 집에서 공부하는 게 좋겠다. 어찌 생각하니."

재차 끄덕, 말아 문 입술이 비릿해질 때까지 턱에 힘을 주었다. 하루 종일 감시 아래 공부하라니 당연히 싫었어도 싫다 하면 어떤 반응일지 뻔히 보이니. 실상 선택권 없는 선택지를 선택지처럼 던져 주는 엄마가, 내 맘을 더 힘들게 했다.

"그리고, 머리 자르자. 공부에 방해되니. 엄마가 해 줄게."

손톱 끝으로 문지르던 거스러미가 픽 뜯기는 통증이 날카롭다. 머리 따위, 대머리가 되어도 대수일까. 그 안에 숨겨진 의도가 날 아프게 할 뿐. 애플파이를 입 안에 욱여넣으며 고개를 끄덕였다.

서걱서걱, 귀밑머리 3센티미터만 남았다. 다행히 하나씩 뽑아 대던 머리칼은 어느 정도 자라 있었다.

그 후 일주일간, 매일같이 엄마는 전 과목 모의고사를 실전처럼 치르게 했다. 체벌은 아니나 일종의 체벌. 빨간 줄이 하나씩 그어질 때마다 채점하는 눈초리를 감내해야 하는 식은땀 나는 시간. 방학이라 빵집에 손님이 오거나 엄마가 배달을 갈 때 말곤 꼼짝없이 집에 있었다. 잘 때를 제외하면 모녀가 거의 한 몸처럼 붙어.

가끔 욕조에 몸을 담갔다. 코끝까지 미끄러져 들어가 숨을 참으며 물결 치는 하얀 천장을 보았다. 나도 예뻐해 줘, 한내……. 바다에서 혹여나 날 기다릴 널 상상하며. 네 집 건너편 모퉁이, 그 자리에 붙박인 자전거는 곧 네가 바다에 없단 신호일 테다. 그러니 무엇도 아니며 오지도 않을 계집을 기다릴 바보는 당연 없겠으나, 그래도 혹여나 네가 날.

그럴 리 없지.

생각은 늘 부정으로 끝났다. 말 그대로 밥 내주고 뺨 맞은 격. 그 자리에서 입 하나 벙긋 못 한 나를 네가 보고 싶어 할 리 있겠냐고. 나 같아도 정이 뚝 떨어지고 말았겠지 싶어서다.

어둠이 찾아와 이불 안으로 들어가서야 제대로 숨 쉴 수 있는 기분이 들었다. 다시 잡아 뜯기 시작한 머리칼이 벽과 침대 사이, 어둠이 서린 공간에 쌓여 갔다. 부위가 귀밑보다 더 깊숙한 머리통 중간으로 옮겨 갔을 뿐.

다리 사이 상처를 만지작대며, 서랍 깊숙한 곳의 커터 칼을 살갗에 대는 상상을 했다. 다시금, 찌릿한 고통 뒤 새는 피를 보며 아픔을 감각하는 순간을 갈구했다. 무디고 무뎌져야 살아갈 수 있는 나날들에서 그 생생한 감각을, 한순간이라도 허락받을 수 있기를……

그제야 난, 형제가 나타난 이후 한 번도 허벅지를 긋지 않았다는 걸 깨달았다.

"한내야, 주기로 한 자료, 기한이가 내일 사진관서 받아 가라더라."

몸무게가 다시 원래 체중으로 돌아온 날이었다. 난 잠시 엄마를 보던 눈을 깜박였다. 남자는 그런 말을 한 적 없으니 약속했던 사진을 찍고 싶어 한다는 걸 알 수 있었다.

"못다 한 과외도 마저 해 준다고 하니. 갔다 오자."

"네."

잠시 진심으로 웃었다. 드디어 집을 탈출할 수 있단 기대감과, 가는 길에 어쩌면 바다에 들러 볼 수 있겠단 생각에.

엄마가 데려다줄게. 하나 싱크대 물에 푹 잠기는 커피 잔과 함께 덧붙는 말. 아아, 이제 바다엔 영영 발을 담글 수 없을 것이다. 너와의 시간도 끝이겠지. 체한 듯 명치 부근이 무지근하고, 눈뿌리는 얼얼했다.

* * *

남자의 집에 들어섰다. 바깥채 마루에 앉아 책을 읽던 남자가 자리에서 일어나, 내 짧아진 머리와, 내 뒤의 엄마를 차례로 보며 서늘히 눈썹을 추어올렸다.

"설마 안에까지 따라 들어올 건 아니겠죠."

"뭐 한번 보는 것도 안 되니?"

"지한이, 집에 없어요."

"……."

"그러니까 걱정 말고 돌아가요. 한내, 집에는 내가 데려다줄 테니."

건성으로 덧붙는 말을 보아하니 엄마가 우리에 대한 얘길 남자에게도 한 모양이었다.

"몇 시쯤 끝날 거 같니. 내가 데리러 올게."

날 지그시 보던 고요한 눈 아래 짧은 한숨이 샌다. 그제야 남자의 광대 부근에 누르스름한 멍 자국이 보였다. 또 술 취한 마을 누군가 찾아와 해코지를 했나 싶어 마음이 착잡해진다.

"이렇게 나 불편하게 하면 그냥 안 해요. 내 본업도 아니고."

"……협박은. 알았어. 잘 데려다줘, 그럼. 한내야."

네, 엄마. 억지로 수긍한 엄마가 내게서 확답을 받은 뒤 멀어진다. 그 뒷모습이 요연히 사라지고서야 바깥 공기를 간만에 마신 사람처럼 숨을 터뜨리는 내게, 남자가 옅게 미소 지었다.

"근데 오빠 얼굴이……."

"그래, 넌 머리가. 이쪽이다."

멍든 얼굴을 숨기듯 돌려 낸 남자가 날 어느 공간으로 안내했다. 사진관이라 쓰인 콘크리트 건물로 들어서자 널찍한 암실이 나왔다.

벽면부터 바닥재까지 새카만 공간은 햇빛이 차단되어 더 검고 텅 비어 보였다. 가장자리엔 여러 가지 조명 기기들이 설치되어 있고, 검고 네모난 조명 두 개가 스탠드로 고정된 채 밝혀져 있었다. 대형 비닐우산처럼 생긴 것이 그 빛을 반사하며 반짝거렸다.

소품으로 뵈는 의자나 매트리스가 층층이 구석 모서리에 쌓인 것을 보고 있자니, 남자가 날 지나쳐 입구 바로 우측에 있는 방문 하나를 연다. 세련된 디자인의 컴퓨터 두 대가 널찍한 책상 위에, 맞은편 책장엔 앨범과 책들이 한가득 꽂혀 있는 것으로 보아 작업실인 듯했다.

남자는 공부하는 데에 쓰일 보충 자료들을 던져 준 뒤 질문할 게 있는지 물었다. 선생으로서 그는 간략하게 요점만 전달해 주는 타입으로, 내가 스스로 할 수 있다 여기는 건 무참히 건너뛰고 설명을 생략했다. 내 능력을 믿어 주는 남자의 방식이, 난 좋았다.

"지금 널, 찍어 보고 싶은데."

과외를 마친 남자가 본론으로 들어가자며 날카로운 손짓으로 책을 덮었다.

"하지만 제가 아무런 준비가……."

"준비할 건 없어."

"……아."

"그냥 앉아 있으면 돼. 원래 내 방식은 아니다만 네가 모델 경험이 없으니. 촬영도 오래 걸리지 않을 거고."

"……."

어쩌면 안 찍을지도 모르지. 혼잣말 같은 남자의 말에 개미 똥만 하게 알겠다고 답했다. 잠시 앉아 있어라. 남자가 자리에서 일어나 등을 돌렸다. 세팅하고 부르지. 남자가 사라진 빈 공간에 잔음처럼 남은 목소리는 오늘따라 냉철하다 못해 어딘가 사무적이다. 남자가 방을 나서고 얼마 지나지 않아 방문 너머 철제 기구가 삐거덕 움직이는 소리가 들려왔다.

급작스런 사진 촬영, 남자가 날 오롯이 응시하며 사진을 찍어 낸단 상상에 몸이 긴장으로 덜덜 떨렸다. 안절부절못하고 손을 비비다 머리라도 정리할까 싶어 거울을 찾았으나 그조차 없다. 결국 손가락빗으로 대충 빗다 진열된 책들로 눈길을 돌려 남자의 작품이 있을 사진첩 비슷한 걸 찾아, 나열된 제목을 훑었다.

사전 탐색이 불안증을 가라앉혀 줄지도 몰랐다. 니체, 플라톤, 쇼펜하우어, 볼테르 등의 철학 서적들이 대부분인 두꺼운 책자들 사이 결국 『유해주 사진전』 이라 적힌 얇은 책자를 찾아냈다. 사진작가 유기한이 검색되지 않은 이유. 마음 한구석이 찡해진다. 얼마나 사랑했길래, 이 생의 연이 끝났어도 그 사람의 이름을 절 명명하는 데에 쓰는 것인지.

표지부터 노랗고 푸른, 영롱한 색채의 하늘 위를 비행하는 새 하나가 보인다. 흐릿하나 시선을 집중시키는 존재감을 발산하며.

아니, 새인 줄 알았던 것은 나체의 사람이다. 물기 어린 눈으로 세상을 바라보는 카메라의 시선, 그럼으로써 낙하하는 소년 혹은 소녀를 두루뭉술 표현해 내는 남자의 시선이 돋보였다. 나체인데도 외설적이지 않게, 그저 살갗을 드러낸, 한 어린 영혼의 추락하는 무력함이 보는 사람에게까지 자비 없이 파고들도록……

그 서글픈 감정에 순식간에 잠겨, 난 책장을 넘겼다. 지금까지 보아 온 남자의 사진에선 인물이 없었기에 그가 풍경을 찍는 작가라 생각해 왔다. 책자 속 사진들 또한 거대한 자연이 등장해 풍경 사진처럼 많은 여백을 남겼으나, 세밀히 들여다보면 아이처럼 생명력 넘치고 인어처럼 신비로운 사람 하나가 꼭 등장한단 차이가 있었다.

샘솟는 호기심과, 남자의 작품이 일궈 낸 고양감이 그의 사적인 공간을 마구 파헤치고 있다는 죄책감을 지워 냈다.

어느덧 구석에 숨겨져 있던 오래된 앨범마저 꺼내 들어 첫 장을 펼치자, 한 소녀의 얼굴이 시야를 채웠다. 카메라를 가만 응시하는 눈. 소녀는 검은 시선 하나로 겹겹의 굴곡진 인생을 말한다. 남자를 처음 보았을 때처럼 난 첫눈에 그 소녀에게 사로잡혀, 마른침을 삼키며 그 오래된 파일을 조심스레 넘겼다.

사진전에서 찍어 낸 게 아닌 필름 인화 방식으로 하나하나 현상되어 비닐에 꽂아 넣어진 예전 앨범. 난 그 소녀가 누구인지 직감적으로 깨달았다.

어딘가 익숙한 소녀의 이목구비가 묘하게 거울 속 내 낯을 떠올리게 해서만은 아니었다. 다만 카메라 뒤에 선 작가가, 그 소녀의 다층적인 아름다움을 한 장의 사진에 얼마나 담아내고 싶어 했는지 여실히 느껴져, 모르려야 모를 수 없었다.

이 섬의 아름다운 공간들은 모두 그 앨범에 모인 듯했다. 그걸 오롯이 드러내 주는 건 그 공간 안 하나같이 등장하는 소녀.

절벽 위를 아슬아슬하게 뜀박질하고, 바다 위를 인어처럼 하늘하늘 헤엄치고, 논밭 안에서 얼굴만 빼꼼 내밀고 장난스레 웃었다. 바닷가에서 꼬챙이에 구운 생선을 몇 끼 굶은 야인처럼 물어뜯고, 모닥불로 뛰어들어 미치광이처럼 춤을 추어도 아름다운…… 마른 신체를 옷 껍데기 없이 낱낱이 드러내는 이 소녀를, 이 소녀의 자유로움과 무지갯빛의 무해함을 사랑하지 않기란 불가능하니.

신에게 선택받은 듯 모두에게 빛을 내뿜는 사람들은 분명 있었다. 이 소녀처럼. 또, 유지한처럼.

하나 그 소녀가 이 세상 사람이 아닌 걸 알아서일까. 그 과한 활기와 밝음은 어쩐지 시한부 선고를 받은 자의 마지막 일탈처럼 위태롭다. 그래도 다가올 제 죽음조차 개의치 않을 듯한 소녀이기에, 제 죽음 따위, 제 삶을 방해할 수 없는 듯 불나방처럼 빛을 발한다. 그 죽음의 그림자가 도리어 소녀의 빛을 한층 더 밝힌다.

해주. 남자가 사랑한 사람이었다.

남자의 사진전 작품들을 다시 들춰 보았다. 그제야 그 사진들이 소녀를 찍었던 사진들의 재현임을, 남자가 오로지 그녀를 추억하기 위해 사진을 찍어 왔다는 것을 알 수 있었다. 그녀의 사진을 본 적 없는 사람들은 재현이라는 것을 모를 터이나 직접 비교해 본 난 알았다. 엄마처럼, 남자는 과거에 켜켜이 갇힌 사람이란 걸.

삐거덕, 문이 열리는 소리에 멈춰 있던 손으로 허겁지겁 앨범을 덮었다.

잠시간 뒤에서 미동이 없던 남자가 천천히 걸어와 몸을 수그렸다. 내 가늘게 떨리는 손을 지나, 무릎 위에 놓여 있는 그것을 집어 들고 소중한 물건을 다루듯 한 번 쓸어 낸다. 그리고 책장 구석 깊숙이, 그것을 꽂아 넣는 남자. 그의 가장 내밀한 곳을 훔쳐본 난 죄인처럼 바짝 굳어 있었다.

"가자."

찬 화가 서린 고요한 목소리가 비스듬히 떨어져 내려, 난 더한 긴장으로 뻣뻣해진 다리를 움직여 남자를 따라 방을 나섰다. 조명이 사라진 암실은 그야말로 빛 한 점 없는 밤처럼 깜깜했다. 나온 방에서 새던 빛이 시야를 가늠하게 하는 유일한 것이었으나 그마저도 남자가 닫아 없애, 시각마저 차단되자 긴장하다 못해 오싹오싹 오한이 든다.

"이제부터 촬영이 시작된다고 생각하면 돼. 위험하니 잡아라."

내밀어진 팔을 그러잡자 유지한보다 야윈 것이 손아귀에 잡힌다. 그 안에서 내 심장이 뜀박질했다. 박쥐라도 되는 것처럼 깜깜한 앞길을 무리 없이 걸어 나가던 남자가, 여기 앉아, 하며 코앞조차 보이지 않는 암흑 속에 날 던져 놓았다.

그를 잡던 내 손을 남자가 떼어 내고 사라지자, 맹인견을 잃은 맹인처럼 불안이 엄습했다. 시킨 대로 조심스레 엉덩이를 내렸다. 얇게 깔린 천 하나가 느껴져 생명줄처럼 그러쥐었다. 암실 내부는 곱아든 어깨가 가늘게 떨릴 정도로 추운 기운이 흘렀다.

남자의 모델이 된다는 것을 알았을 때부터 몹시 초조했으나, 훔쳐본 사진도 들키고 말 없는 암흑 속에 그저 던져진 지금, 불안감은 최고조다. 내 가빠진 숨이 적나라할 정도로 사방은 쥐 죽은 듯 고요했다. 암실이라 차음도 완벽히 되는지 풀벌레 소리 하나 없는 공간. 난 계속해서 남자의 소리를 찾아 귀를 열었으나 들리는 건 그 무엇도 없었다.

"이, 이렇게…… 찍는 건가요?"

아무것도 보이지 않는데요? 긴장을 풀고자 아무 말이나 던져 보아도 대답도, 소리도, 작은 움직임조차 되돌아오지 않았다. 도리어 내 질문이 남자의 촬영을 방해하는 것일지 모른단 생각에 차마 말은 더 잇지 못했다. 그냥 맡기기만 하면 된다고 했으니까.

축축해진 손바닥만 손톱으로 자국을 냈다. 그러나 아까 본 남자의 사진, 그 자유로운 소녀를 떠올리자 바닥에서 겨우 찰랑이던 자신감마저 사라진다. 나는 내 안을 긁어모아 쥐어짜 내더라도 그렇게 될 수 없다. 그건 불가능했다. 그렇게 타고난 사람은 노력해도 따라잡을 수 없다. 얼굴만 닮았지, 완전 다른 사람이니까. 나와 달리 너무나 빛나는 사람. 그 생각에 식은땀까지 났다.

"어떻, 어떻게 해야……."

혹시 몰라 척추는 꼿꼿하게 세운 채 어둠에 익숙해지기 시작한 시야에 남자를 담으려 애썼다. 여태 내리는 비에 눅눅한 암실 안이 내 진땀으로 더 축축해진다. 그 서늘했던 공간이 내 열띤 숨에 달아올랐다. 그 공기마저 고요하여, 환기되지 않는 채 내 뺨 주위를 덥게 채워 갔다.

열기를 따라 가빠지던 숨을 수차례 헐떡인 뒤에야 비로소 검은 실루엣들이 눈에 걸리기 시작했다. 대부분이 날 둘러싼 조명 기기들이었다. 곡선 진 실루엣을 볼 때마다 난 그것이 혹시 남자일까 살폈다.

마침내 남자를 발견했을 땐 그가 거의 내 코앞에서 날 보고 있다는 사실을 깨닫고, 놀라 뒤로 자빠질 뻔했다. 비스듬히 올라가는 입꼬리가 다시 어둠 속으로 물러났다. 아, 하아, 흐……. 놀라 터져 나온 숨이 불규칙해졌다.

어버버한 정신 상태에 돌입했을 때 탁, 소리가 났다. 지이이잉. 전구에 전기가 차는 소리가 뒤를 이었다.

"아……."

확장된 동공에 강한 빛들이 쏟아져 들어왔다. 심해에서 올라왔을 때 맞닥뜨리는 한여름의 칼날 같은 햇살. 머릿속까지 꿰뚫는 주홍빛이 사방에서 몰려왔다. 그것들이 날 찔러 대는 순간, 찰칵. 거친 셔터 음이 근방에서 터졌다.

교묘하게 설치된 빛의 파도에서 벗어난 남자는 어둠속에 몸을 숨긴 채 날 향해 카메라를 눌러 댔다. 난 오롯이 드러나는 한편, 일방적인 관찰자인 그는 압도적 무기로 겁먹은 사냥감을 한 방에 사냥하듯 냉혹하게 검지를 놀렸다. 철컥, 탕. 내게 카메라가 아닌 총을 조준하고 쏘는 듯했다.

"어떻게…… 그냥 가만히 있으면……."

난 한밤중 숲에서 길을 잃고 포위된 어린 노루였다. 초조하게 낑낑대며 고개를 이리저리 꺾어 보고 눈알만 굴렸다. 초조함은 이제 분명 남자의 촬영을 망칠 거란 두려움으로 변하고 있었다. 그가 원하는 자유로운 영혼을, 내가 가지고 있을 리 없을 테니.

그런 불안과 공포에 휩싸여, 보잘것없이 자그마한 몸은 점점 더 안으로 구부러졌다. 쭈그러들기만 하는 한심한 계집이 필름에 찍히고 있을 뿐이었다. 내 비참한 몰골이……. 결국 공포감이 극도로 치달은 상황에서 찰칵, 셔터 음이 다시 내 귓가를 할퀴었다.

"그, 그만……."

강하게 쬐는 조명 빛에 훤히 노출된 눈엔 이미 눈물이 고여 있었다. 그것이 점점 더 습해졌다. 내 염원과 달리 남자의 셔터 소리는 빠르게 간격을 좁힌다. 무자비하게 카메라 렌즈를 닫았다 열며, 그 안에 무너지는 소녀를 찍어 낸다. 이런 모습을 적나라하게.

싫다. 싫어. 드러내기 싫어. 들키기 싫어. 그 마음만이 날 지배했다. 내가 그녀처럼 보일 리 없어. 아마도 정반대로 찍힐 거야. 생각만으로도 너무나 수치스럽다. 누구에게도 도움이 못 되는 내가, 어떻게 남자를 도울 수 있을 거라 착각했던 걸까.

"제발…… 그만…… 흑."

복받친 감정에 결국 눈물이 터졌다. 무릎을 세운 남자가 천천히 일어나는 소리가 들렸다. 오빠, 그만요. 그만할래요. 그쪽을 바라보며 난 애처롭게 빌었다.

남자는 말없이 빛이 집중된 날 향해 한 걸음 걸어 들어왔다. 카메라의 커다란 렌즈가 남자의 검은 동공처럼 무심히 날 내려다본다. 그 옆으로 보이는 반쪽짜리 얼굴은 땀에 젖은 채 빛을 받아 반짝이는 다이아몬드처럼 희었다. 남자가 허리를 숙여 더 깊게 다가온다. 뾰족한 무기처럼 한껏 가늘어진 눈매 옆으로 관자놀이부터 흘러내린 땀방울이 맺힌다.

남자는 완전히 내게 몰입해 있었다. 어둠에 삼켜졌다 다시 빛 안으로 기어들어 온 검은 동공이 불에 타오르듯 이글거린다. 한편으론 차가운 무아지경에 이르러 냉정히 순간들을 쪼개어 나가고 있었다.

아니, 난도질당하는 것은 시간이 아닌 나였다. 내 비틀대는 눈썹, 충혈되고 확장된 채 투명한 막을 채운 눈, 발갛게 찡그려지는 코, 울먹여 일그러지는 입술, 혼란함을 드러내듯 땀에 젖고 가닥진 머리카락. 차마 숨기지 못한 내 감정의 편린 하나하나까지 남자는 바라보며 제 것으로 화한다.

욕망을 넘어 탐욕으로 이글대는, 남자에게선 그야말로 처음 본 모습에 난 잠시 넋을 놓았다. 내 안의 웅크리고 있던, 어둠에 숨겨져 있던 욕망 또한 한껏 일었다. 나도 저런 모습을 하고 싶다는. 저렇게 오롯이 몰입할 수 있는 무언가와, 누군가와, 하나가 되는…… 그런 순간에 있고 싶다는 욕망. 후, 남자가 긴 숨을 작게 내쉬는 틈에 빛을 노랗게 흡수한 내 눈에선 눈물 한 방울이 더 흘러내렸다.

찰칵. 카메라 렌즈가 닫혔다 열리는 것이 멍한 시야에 잡혔다. 그것을 부여잡은 손등에 퍼렇게 선 핏줄이 꿈틀거렸다. 길쭉한 손이 툭 떨구어지고 드러난, 완전히 땀에 젖은 날카로운 얼굴에서 사르르 힘이 풀린다. 잠시 다른 세상을 경험하고 온 사람처럼, 남자는 완연히 넋 나간 눈을 고요히 응시해 왔다. 느슨히 풀어진 창백한 입술이 벙긋대었지만 새어 나오는 것은 없었다.

"나는."

한참 만이었다.

"필요해. 네가……. 네……."

오래도록 목이 졸린 사람처럼 깊게 잠긴 음성이 마치 살려 달란 마지막 비명처럼 흘러나왔다. 그가 카메라를 떨구며 무릎을 꿇어, 그 무릎을 미끄럼틀 삼아 바닥으로 굴러떨어진 카메라가 충격을 받아 덜거덕 소리를 냈다.

필요하다. 네가. 한내야. 난 네가. 중얼거리던 남자가 손을 뻗어 내 붉어진 눈가를 쓸자, 늘 찬 기운에 난 흠칫거렸다. 남자의 행동은 기묘했다. 누구와도 거리를 두던, 심지어 입술을 맞대어도 감정을 차단하던 남자는 왜 이제 와서 내게 닿아 오려 하는 걸까. 그 카메라 속에 무엇이 있길래.

엄마를 잃은 어린아이처럼 날 애절히 보는 남자를 보며, 난 카메라야말로 남자가 세상과 맞닿을 수 있는 방식이 아닐까 생각했다. 깜깜한 밤 아래 홀로 집에 돌아가던 내가, 이러다 저 검은 바다에 삼켜져도 아무도 모를 것이다란, 그저 이 세상 나 혼자뿐이란 생각이 들 때, 노래를 불러 내 입에서 나온 소리. 그것을 내 귀로 들으며 내가 이 세상에 존재하는 것을 확인하듯, 남자는 어딘가 결핍된 제 존재를 이리 확인하는 것이 아닐지.

남자가 내 붉은 뺨 위로 흘러내린 눈물을 느릿하게 닦아 냈다. 그리고 움찔거리는 내 얼굴에서 손을 떼고 물러났다. 제 지문 위에 묻은 내 눈물에 살며시 핏기 없는 입술을 댄다. 깊이조차 알 수 없는 새카만 눈은 전과 같아도, 난 분명 본 듯했다. 남자에게서 거세된 것 같았던 감정, 그의 열망이, 내겐 언뜻 보이는 듯했다.

* * *

긴 장마가 이어졌다.

"여기 부분. 도서 관리 위원이 부족했을 때, 네가 독서부 회장으로 일 처리를 도맡았다. 이건 분명 좋게 보이지 않지. 이 문항은 말 그대로 리더로서 협력을 이끌어 냈단 걸 담아야 하거든. 네 참을성이 아닌."

빛 하나 들이치지 않고, 공기조차 순환 없이 그 자리 그대로 고이는 사진관 안은 오늘따라 후덥지근했다. 난 대꾸하는 대신 텁텁해진 입 안에 체리 맛 사탕을 털어 넣고 뺨에서 뺨까지 굴려 끈적하게 녹였다.

작업실엔 여고생 입맛의 달달한 간식이 가득했다. 사진관 손님의 접대용인 줄 알았으나 남자가 혼자 독식하는 것을 보고 오롯이 그의 취향이라는 것을 깨달았다. 최근에는 통 엄마 가게에 남아 있지 않던 마카롱을 발견하고서 남자가 나처럼 유치한 입맛을 지녔다는 걸 확신했다. 애기 같다. 잠시 웃었으나, 술도 좋아하는 남자니, 미각에서 절제보단 자극을 추구하는 사람인가 보다 생각하자 말이 되었다.

말을 멈춘 남자가 더워 붉어진 내 얼굴을 주시했다. 아, 잠시 또 딴생각했다. 오빠가 무슨 말 했지. 눈을 굴리자 남자가 입꼬리 끝을 슬며시 당겼다. 넌 꼭 맛을 번갈아 먹는구나. 아. 작아졌지만 여전히 입 안에 있던 청포도 맛 사탕을 다른 뺨으로 굴려 내보였다. 양 볼이 불룩해진 우스운 꼴로 두 맛을 같이 먹는 걸 보여 주자 남자가 소리 없이 입매를 비튼다. 나도 따라 웃자, 가만, 작게 손짓했다.

"아니, 눈은 깜박여도 된다."

녹은 단물에 어금니가 시릴 때까지 눈만 깜박이자 찰칵, 여지없는 셔터 소리가 남자의 조막만 한 얼굴을 가린 카메라에서 들려왔다. 찰칵. 그 소리엔 반사적으로 깔고 앉은 방석을 그러잡게 되나, 그럼에도 까만 렌즈를 응시하는 게 한결 편해졌다. 달아오른 뺨은 불안보단 더위에서 연유했다.

더워. 난 멈춰 있는 선풍기를 흘깃거렸다. 끝까지 안 틀려나. 남자는 사진관에서의 과외를 고집하며 촬영을 지속했다. 수시 원서와 자기소개서를 내는 철이 돌아오자 첨삭까지 자처하며 나와 보는 시간을 늘렸다.

남자가 내게서 보고 싶은 게 무언지 짐작조차 가지 않았다. 원래의 짐작처럼 죽은 연인을 내게 투영하고 있는 건지, 아니면 다른 무언가가 있는 건지.

첫날 찍은 내 사진은 남자의 첫사랑을 찍은 것과는 확연히 달랐다. 섬의 전경에서 뛰노는 모습을 담은 여자의 사진과 달리, 내 사진은 암실 촬영으로만 진행됐다. 언젠가 보았던 홍콩 멜로 영화처럼 주홍빛의 그림자가 내 얼굴을 이리저리 갈라놓는 사진들이 다수였다. 작가로서의 의도, 혹은 야외로 나가면 마주칠 시선. 하나 남자가 남의 눈을 신경 쓸 리가. 의도적인 것이라 볼 수밖에.

대신 내게서 뭔가를 끌어내기 위해 남자는 암실 내 환경들을 은근슬쩍 바꿔 놓곤 했다. 어쩔 땐 이런 습한 무더위를 조성하거나, 느리고 몽환적인 음악에서 빠른 비트가 심장을 때리는 음악으로 선곡을 바꾸고 날 살피기도 했다. 그런 습기나 음악의 파동 또한 사진에 담기기 마련이라며.

과외는 사진 작업 공간에서 그대로 이루어지곤 했는데, 어쩔 땐 딱딱한 의자가, 어쩔 땐 푹신푹신한 깃털 방석이 날 맞이했고, 그는 예상치 못한 순간 카메라를 들이밀었다.

남자는 오늘도 딱 한 번 셔터를 누르곤 카메라를 물렸다. 그는 셔터를 낭비하는 법이 없었다. 낭비하느니 차라리 안 누르는 주의라는 남자는 한땐 필름만 썼어, 그리 말한 바 있었다. 그 말처럼 해주라는 여자를 찍었던 사진들엔 필름의 거친 질감들이 남아 있었다.

"디지털이 편하긴 하지만, 무한대로 찍을 수 있으니 셔터의 낭비가 많아져. 그건, 시간을 쪼개고 쪼개서 그 한순간을 포착하려는 사진 본래 목적을 방해하거든. 결과물이 빨리 나올 순 있지만 마음에 쏙 드는 일은 없게 되지. 해서 셔터의 수를 제한해. 깨는 법은 결단코 없게."

"……한 번도요?"

"한 번도. 네게서 포착하려는 건 최대로 집중해야만 하니까."

"제게서 포착하려는 게 뭔데요?"

"……그건. 네가 나중에 결과물을 보게 되면, 말해 주련. 실은 나도 모른다. 같은 걸 보고 싶은 건지."

"……."

"아님, 전혀 다른 걸, 보고 싶은 건지도."

그러고선 카메라를 버려두고 또 혼자만의 생각에 잠겼다. 그에게서 첫날과 같은 반응을 다시 보진 못했다. 그도, 나도, 첫날처럼 몰입하진 못했다. 지나 돌이켜 보건대 처음이라 모든 게 무지하고 뭣도 준비되지 않았다는 혼란스러움이 나비 효과처럼 우릴 몰입시킨 듯했다.

출력한 사진을 남자에게서 받았을 때, 난 탄성이 뒤섞인 헛웃음을 흘렸다. 뒤이어선 눈시울까지 붉어졌다. 남자의 카메라 안에선 내가 이리 빛날 수 있구나. 남자의 재능, 혹은 피나는 노력으로 이룬 성취는, 가슴 뛰게 놀라웠다. 특히 늘 스스로가 싫어지고 마는 나 같은 사람에게 남자의 카메라에 담길 수 있단 건 축복이었다.

사진의 소녀는 분명 박한내지만 처음 본 나였다. 붉은 노을이 어느 부분은 강하고 어느 부분은 부드러이, 음영이 드리운 소녀의 이목구비는 아름다웠다. 마른 뺨을 적시는 눈물은 연약해도, 카메라를 응시하는 눈엔 아픔과 함께 강한 성정이 느껴져 거센 물살 같은 생명력이 흘러넘쳤다. 그건 내가 끝없이 소망해 왔으나 내 안에 존재할 리 없다 생각했던, 바다 같은 나였다. 이런 날 끌어내어 포착한 남자의 재능에 감탄만 나왔다.

그날 촬영을 마치고 돌아와 남자의 가명인 유해주를 검색해 보았다. 10대 때 해외 유명 공모전에서 상을 휩쓸어 사진작가 최고 등급 MFIAP 타이틀을 획득한 천재, 해외 큐레이터 눈에 띄어 아마추어 시절 없이 개인 전시회를 연 괴물, 유명세 속 곧바로 프로 데뷔할 만큼 실력과 운을 겸비한 사진작가. 이 정도일 줄은 몰랐던 정보들이 쏟아져 나오자 세계적으로 유명한 건축가라던 아빠가 떠올랐다.

남자가 이 섬으로 온 연유에 한 여자가 퍼뜨린 유언비어가 있다는 것도 알게 됐다. 제목만으로도 깜짝 놀라 자빠질 수많은 기사들. 그 여자의 제보 이후, 사진계의 고질적 문제였던 수많은 성폭력 사건 피해자들이 줄줄이 다른 작가들을 고발하면서, 그 시발점이 된 남자는 해명할 기회도 잃은 듯했다. 실제로 기회가 있었다 해서 남자가 적극적으로 해명을 했을지도 미지수였지만…….

어느 기사에서도 그의 사진은 볼 수 없었는데, '극도로 노출을 꺼리는 사진작가, 뒤가 구린 놈들은 다 이유가 있다'라는 악의성 댓글에서 그 이유를 유추할 수 있었다. 그러나 그 여자의 말이 진실이라면 남자를 따라 섬까지 쫓아와 매달릴 이유는 하등 없을 테니, 분명 그 여자야말로 사랑에 눈 먼 거짓말쟁이겠지.

그리 대단한 남자니, 사진 속 난 오롯이 그 능력의 결과물이라는 게 명백했지만서도, 난 머저리처럼 사진 속 나와 사랑에 빠졌다. 이 소녀가 되고 싶어. 아니, 그 뒤부터 카메라 앞에 설 때면 마법에 걸린 신데렐라처럼 그런 소녀로 잠시 변모해 버리는 환각 상태에 빠지곤 하는 것이었다.

남자의 죽은 연인처럼 나도 당당하고 빛나는 사람이 될 수 있지 않을까. 분명 남자와의 촬영에서 난 내 몸을 무겁게 짓누르던 모든 중압감을 던져 버리고 일말의 자유로움을 감지했다. 남자의 말대로, 난 욕심덩어리였나 보다.

"한내야."

하지만 남자는 지금처럼 어딘가 불만족스러워 보였다.

"……네?"

"이해했지? 좀 더 갈등 상황이 명확하고 네가 그것을 협조적으로 해결한 사례를 쓰는 게 좋을 것 같다는 거. 네가 그냥 혼자 도맡았다는 건 도피적으로 볼 거야."

자기소개서는 엄마가 원하는 경제학과에 맞춰서 작성 중이었다. 엄마가 어떻게 구슬렸는진 모르나, 담임은 내가 건축학과에 지원하려고 했던 사실을 생활 기록부에서 지워 주겠다고 했다. 그게 마치 부정행위처럼 느껴져 찝찝했으나 엄마와의 갈등은 더 이상 피하고 싶어 알겠다고 답한 후였다.

"도피요?"

"그래."

그녀의 뜻에 따라 순탄하게 쌓아 온 교내외 활동과 학업 역량을 녹아 내어 쓰면 되는 자기소개서 1, 2번 문항은 문제없었으나, 갈등과 협업을 작성해야 하는 3번 문항. 거기에 마땅히 떠오르는 에피소드가 없다는 걸 남자가 지적한 것이다. 제대로 된 친구 하나 없이 갈등만 회피하며 살아온 내 고교 시절이 참 적나라하니 얼굴이 익었다.

"······네. 다시 한번 생각해 볼게요."

하지만 없는 걸 거짓으로 짜낼 순 없는 노릇이다. 급격히 아파 오는 머리를 쥐어뜯는 중에 남자가 묘한 소리를 냈다. 종이를 거꾸로 든 채 무언가 유심히 본다. 아, 아아아! 씨, 앗, 보지 마세요! 검은 눈에 흥미가 감돌길래 냉큼 뺏어 들었지만, 이미 정독을 마친 남자가 내게로 눈을 들어 올린 뒤였다.

"한내, 너 문학에 재능이 있구나."

까만 눈이 흑요석처럼 빛났으나 난 어색하게 웃었다. 고개를 미친 듯 저으며 종이로 얼굴을 가리고 전혀 없어요, 전혀, 하고 속살댔다. 유지한이 불러 달라 노래를 불렀던, 그 노래 가사가 적힌 곳을 손안에 쥐어 가리며. 근래 난 자해 충동이 들 적마다 커터 칼을 꺼내 책상에 올려 두고, 그 노래를 흥얼거리다가 가사를 메모하고 점검하는 이상한 버릇이 생겼다.

허벅지 긋는 대신이었다. 날을 갖다 대지 않은 건, 기회가 되면 바다에 언제라도 들어가고 싶어서, 혹은 내 모진 흉을 매만지던 네가 이런 짓 마, 하고 갈고리눈을 뜨던 게 생각나, 혹은 남자의 사진 속 난 그런 짓을 하지 않을 듯해서.

이유는 복합적이었으나 바다와 바다에 있던 너에 대한 그리움이 태반이었다. 남자의 집에 올 때마다 유달리 차림새와 단장에 신경을 쓰고 집 안 다른 채에도 기웃거린 이유였다. 한데 어찌, 이리 한 번도 볼 수 없는지. 이젠 안심한 얼굴로 사라지는 엄마를 보면, 분명 남자가 우리의 만남은 없을 거란 무언의 약속을 한 듯한데, 어째 이리 한 번도?

종이 위에 적힌 가사를 속으로 한 번 읊어 보니 입 안이 쓰다. 완성됐는데. 네게 들려주기로 했는데.

"근데 오빠는 왜, 유지한은 찍지 않아요?"

"……걘 내 앞에선 절대로, 진짜 감정을 드러내지 않으니. 재미없지."

"걔는, 어디 갔어요?"

"……글쎄."

"제 얼굴 보기 싫대요? 아님 우리 엄마 때문에 일부러……."

계속되는 질문에 남자가 무정한 눈으로 내 얼굴 위를 훑었다. 틀림없이 초조한 눈을 하고 있을 내 눈, 코, 입 곳곳을. 걘, 널.

"두려워해."

그 검고 무정한 눈을 난 오래도록 들여다보았다. 짓궂은 장난인지 진심인지 알고자. 말도 안 돼요. 그러곤 헛웃음을 뱉으며 부정했다. 넌 무서움을 모르는 놈이었다. 심지어 숨을 멈추는 것도 편안해 뵈고, 틈만 나면 고양이가 쥐 다루듯 날 장난으로 물고 빠는 게 다였는데 날 무서워한다니 말도 안 됐다.

"사실이야."

"왜요?"

"내가 걔가 제일 무서워할 말을 해 줬으니까."

"무슨……."

"그건 말 못 해 주겠다."

"뭐……."

"걘 누굴 아프게 하는 걸 싫어하지."

"하지만 두들겨 패는 건 아주 잘하던데요."

피떡이 된 이세준을 똑똑히 떠올리며 말하자 남자가 드물게 모양 좋은 입술을 크게 벌리고 눈을 가리며 소리 없이 웃어 젖힌다. 아, 잘하지, 그건.

난 남자의 뺨에 생겼던, 이제 흔적만 남은 멍 자국을 보며 같이 웃었다. 설마 네가 한 건 아니겠지 여기며.

"잘하는 것과 좋아하는 것. 둘은 다르니."

"하지만 걘 저한테 고통 준 적이 없는데요. 유지한이 그렇게 말해요?"

"……."

"무슨 소리를 하신 건데요. 걔 때문에 제가 고통받고 있다고 했어요? 왜 그런 말을……. 저희 엄마 때문이라면……."

"난 좋아하거든. 누구 고통 주는 걸."

그런 말을 진지하게 뱉는 검은 눈이 선득거리자 뒷목이 칼에 벤 듯 시리었다.

"누가 우는 것도 좋고 피 흘리는 것도 좋아. 반대로 내가 고통받는 것도 좋고. 보통 불가능하니 가능하면 말이지만……."

"……."

"그리고 난 내가 원하는 걸 갖는 데에 어떤 수단도 가리지 않고 동원하지."

남자의 서늘함을 가만 주시하다 보니 이제야 그의 본얼굴을 본 듯하다. 일면 이해했다. 나 또한 아무것도 느끼지 못하는 것보단 고통을 택했던 사람이니. 누굴 아프게 하는 건 못 해도 대상을 나 자신으로 한정해서. 방향은 달라도 그 기저는 닮았을 것이다.

"난 널 담고 싶은데 그 앤 널 사랑하니까 어쩌겠니."

"……사랑, 이요? 무슨 소리예요."

난 시시껄렁한 농담을 들은 듯, 아까 전 남자처럼 입을 벌려 푸하하 크게 웃었다. 유지한이 박한내를 사랑한다니, 그건 더더욱 말이 안 되었다. 도리질하는 내게 남자는 의미 없는 부정이라는 듯 무료하게 눈동자를 흘려보냈지만.

"어쨌든 걘 널 무서워해."

"……."

"너도 오히려 안심하고 있지 않니. 넌 이곳을 떠날 거고. 걘 남을 테니까."

그 말엔 애써 웃으며 반박할 수 없었다. 올해가 끝나면 필연적으로 다가올 이별, 이렇게 차차 멀어지는 게 도리어 낫다는 걸 은연중엔 알고 있는 터였다. 오빠는……. 난 한동안 입술만 감쳐물다 무겁게 입을 떼었다.

"그 언니를 사랑한단 걸, 어떻게 알았어요?"

권태로운 낯에 잠시간의 빛이 스쳤다. 말을 뱉는 남자의 입가에 얼핏 황홀한 미소가 휘감겼다.

처음으로, 하고 그가 창백한 입술을 떼었다.

"무서워졌을 때 알았지."

"……뭐가요?"

"그 애를 잃는 게."

"……."

"그럴 거면 내가 먼저 죽이는 게 낫지 않을까, 그런 생각을 했으니."

그만큼 무서우니 알게 됐지. 느른히 달싹이는 입술이 머금은 미소가 오싹해, 나도 모르게 헉 벌어진 입술을 오므려 닫았다. 잃어버리느니 죽여버리고 싶은 마음, 남자가 생각하는 사랑은 그러하구나. 어떤 것도 눈에 담을 것 같지 않은 황량한 느낌의 그가 그런 어마어마한 집착을 보였다는 게 상상되지 않으면서도, 촬영 때의 집요함을 떠올리니 또 그럴 수도 있겠다 싶다.

"어떨까. 어떤 사람이 널 그리 사랑하면?"

남자가 실눈을 뜨며, 그게 사랑일까? 무섭지 않을까, 하고 덧붙였다. 음, 눈을 깜빡이다 "뭐, 목숨까지 제멋대로 하려 하니 굉장히 자기중심적이죠." 답하니 그가 그렇지, 하고 또 크게 웃어넘긴다.

"제가 싫어하는 사람이 절 그리 사랑하면 너무 싫겠죠? 폭력적이고."

그 말을 하며 떠올린 얼굴은 이세준이었는데, 그래, 폭력, 하며 남자가 자조를 섞어 동조한다.

"하나, 만약 제가 사랑하는 사람이 절 그렇게 사랑해 준다면……."

"음?"

"전 좋겠어요."

흐음, 의뭉스런 소리를 낸 그의 눈물점에 묘한 웃음기가 서린다. 왜지?

"사랑하는 사람을 위해 내 삶을 전부, 목숨까지 바친다. 전 그런 동화 같은 사랑 안 믿어요. 아니, 못 믿어요. 그런 희생적인 사랑. 오빠 말대로 사람은 다 이기적인데 어떻게 그게 가능해요. 하지만 또 마음 내준 사람이…… 언젠가 절 떠나 버릴 것 같으면 너무 불안하잖아요. 불안하니, 어찌 마음을 줄까요."

한때 난 날 배척하는 사람들 때문에 내가 혼자인 거라 생각했다. 그러나 최근엔 그 원인이 내 내면의 문제다, 그리 인정했다. 누구에게도 깊은 마음을 내줄 수 없는 이유.

그건 아빠가 첫눈에 반했던 엄마를 순식간에 떠나 버렸던 것처럼, 누군가와의 연은 그 한순간, 눈 깜빡거림만큼이나 짧을 수밖에 없는 거라, 내가 늘 간주해 버리기 때문이라는 걸.

"그렇게 날 떠나기 싫어하는 사람이어야, 내가 사랑할 수 있을 거예요……. 이게 정상은 아닐지라도."

날 평생 떠나지 않을 사람이어야. 말을 잇는 날 보며, 남자는 서늘하고 탁한 낯으로 침묵했다. 설핏 과거에 잠긴 듯 눈꺼풀이 반쯤 내리덮이는 것을 보면서 난 날 떠나간 널 떠올렸다. 넌 지금도 그 바다에 있을지, 날 가끔은 생각할지.

"그러니 마음에 들어요. 뜬구름처럼 두루뭉술하지 않고, 현실적이고, 납득되니까. 또 그 정도로 거센 마음이, 변하긴 쉽지 않을 테니까."

그렇게 말을 끝내려다 무언가 부족해, 고민 고민하다 덧붙였다.

"그러다가 서로 정말 정말 사랑하게 되면, 서로 뼛속까지 믿게 되면, 그런 어두운 마음도 예쁘게, 변할 수 있지 않을까요. 진짜 사랑이라면 변할 수 있을 거라 믿어요. 서로를 믿고, 아끼……."

작게 읊조리다 힐끔 바라본 남자는, 웃음기가 걷힌 채 말 그대로 백짓장처럼 허옇게 질려 있어, 난 놀라 말을 멈췄다. 오빠, 괜찮으세요? 그 서늘할 것 같은 뺨에 손끝을 대자 얼음장 같은 손이 퍼뜩 내 손을 쳐 낸다.

제 얼굴을 가렸던 손을 남자가 다시 아래로 떨굴 때까지, 난 가만 숨을 죽였다. 가늘게 떨리는 고운 손 아래 핏기 없는 입술이 파르르 떨리는 것을 지끈대는 가슴께로 보며.

"시간 됐다, 한내야. 정리하자."

남자의 공허한 눈을 다시 보았을 땐, 어느새 매끈한 미소가 입가를 휘감고 난 후였다. 그가 몸을 돌려 얼굴을 숨긴다. 카메라를 정리하는 뒷모습이 그와 닮은 누군가를 상기시킨다. 해주라는 여자를 잃는 게 그만큼 두려웠던 남자. 그렇다면 너는 내 무엇이 두려웠던 걸까. 왜 몸을 아예 숨겨 버린 걸까.

유지한, 너는.

* * *

밖에서 사진을 찍을 모양인지 남자는 커다란 카메라 가방을 두 개나 멘 채 집을 나섰다. 어김없이 모퉁이에 덩그러니 놓인 자전거 하나가 보인다. 이젠 그것의 비뚤어진 정도와 꺾인 손잡이의 모양새까지 눈 감고도 훤히 그리겠다.

몇 주 전부터 그 자리, 개미 똥만큼의 미동도 없이 버려진 자전거가 그 주인의 행방을 더 궁금케 한다. 대체 어디 있길래. 대체 뭘 하길래 날 한 번도 찾아오지 않고 제집에서조차 코빼기도 뵈지 않나. 그러고서 나 참 뻔뻔하단 생각이 들었다. 아직도, 네가 날 찾아와 주길 바라다니.

"잠깐 바다에 가 볼까."

남자가 물어 왔다. 이미 바다를 향해 발을 꺾은 채였다. 이젠 그 여자처럼 밖에서 날 찍을 생각인 걸까. 남자에 대한 헛소문은 여전했으나, 내 엄마의 애인으로 알려져 있어 마주치는 읍 사람들은 애인 딸내미까지 챙기는구나, 다정하게도, 하며 여기곤 해 괜찮으리라 생각했다.

그저 바다에 가고 싶었다. 너와 만나곤 했던 그곳 바다색이 장마 후엔 어찌 변했고 갯바위 위 조개껍질이 어찌 반짝이며 빛날지, 하나 미칠 듯 궁금해도 그곳에 남자와 가 볼까 하니 마치 널 배신하는 것 같아 말았다.

"걸어가긴 좀 멀겠구나."

남자가 방치되어 있던 네 자전거를 냉큼 끌어 내린다. 먼지를 탈탈 털어 올라탄 뒤 날 기다렸다. 망설임은 순간뿐. 여름 해가 뜨겁게 달군 안장 위로 엉덩이를 올리고 남자의 허리와 카메라 가방을 붙잡았다. 묘하게도 이럴 때마다 형제의 모든 것들을 비교하게 된다. 내음. 야윔새. 등의 굽어진 정도. 운전할 때의 사소한 움직임 같은 것들을.

꽤 먼 거리를 달렸다. 정처 없이 흔들리는 갈대숲을 지나서도 꽤나 멀리. 해안가를 달리는 자전거에서 푸른 지평선 선박들이 보일 때까지. 그러다 갯벌 흙이 묻은 낡은 채취선 하나가 파도에 출렁이며 주상 절리에 코를 쉼 없이 쿵쿵 박는 곳에 도착했다.

그 앞에서 남자가 자전거를 세운다. 설마 했는데 소나무 널빤지를 대충 끼워 만든 그 배에 올라타, 내민 손을 까딱거렸다. 남자의 찬 기운은 내 손이 닿아도 따뜻이 데워지는 법이 없다. 그 서늘함에 새삼 목적지에 대한 불안감이 솟는다.

늘 예상외의 행동을 하는 남자. 그런 면에서 형제는 둘 다 날 두렵게 하기도, 설레게 하기도 했으니.

"악! 오빠, 이, 이거 괜찮아요?"

출발하는 배가 기우뚱 뒤집어질 것처럼 흔들렸다. 남자의 카메라 가방을 붙잡고 물귀신처럼 매달려 비명을 지르자, 그저 신선처럼 옅게 웃은 남자가 살뜰히 노를 저었다. 그 미소조차 이제 난 불신했으나, 다행히 배는 섬 바로 근처 부속 섬에 무사히 정박했다.

남자가 걷는 대로 잠시 따라 걷다 푹푹, 발이 늪처럼 꺼지는 모래밭 근방에선 신까지 벗어 들면서도 의아했다. 이런 곳에서 대체 무슨 촬영을 하려나 싶어서.

"듣고 보니, 찍어도 괜찮겠다 싶어."

그러다 남자의 시선 끝에서 배 한 척을 발견했다. 코끝으로 밀려드는 강한 짠 내. 폐부 가득 차는 진한 그리움. 검은 옷과 빨간 옷을 입은 사람들이 배와 바다 위에서 수면을 내려다보며 가만 숨을 죽이는 것이 보인다. 엄청나게 기다란 렌즈를 카메라에 끼운 남자가 파인더에 눈두덩을 갖다 대고 그곳을 주시했다. 찍을 무언가의 등장을 기다리듯.

다시 바다로 돌아가는 내 고갯짓에 맞추어, 은물처럼 희게 빛나는 수면이 파사삭 깨졌다. 철썩, 모래밭을 치는 파도. 그리고 찰칵, 셔터가 닫혀 든다. 숨을 훅 마시는 휘파람이, 이 먼 곳까지 명료하다.

코빼기도 뵈지 않던 네가, 그곳에서 젖은 머리 올려붙이고 멀끔한 얼굴을 내보인다. 마스크를 벗고 배 위 사람에게 오케이 사인을 보내는 수면 프로토콜을 행하며 유유히 웃는 네 모습이 내 멍멍해진 눈매 사이로 스며든다. 옆에서 그 모습을 비스듬히 내려다보는 눈길이 느껴졌다. 그럼에도 내 눈에 보름달처럼 차올랐을 그리움을 지우진 못했다.

"괜찮아요."

네 낮게 깔린 음성이 속살거림처럼 아득했다. 넌 아주 괜찮았구나. 나 없어도 여전히 바다에 잠겨…….

곧바로 또 다른 잠수를 준비하듯 호흡에 따라 크게 부풀었다 조여드는 흉곽. 예전보다 그을린 것 같은 몸이 물기에 젖어 모래사장 위 조개껍질처럼 반짝거렸다. 배에 쭈그려 앉아 네 상태를 살피던 중년 남자가 너무 이른 잠수를 만류하듯 손을 내저어도, 답답하단 듯 손에 쥔 물안경을 배 위로 집어 던지고는 기어코 다시 바닷속으로 사라진다.

그런 널 따라, 나도 숨을 들이쉬었어. 뻣뻣해진 흉곽에 숨을 넣어 억지로 부피를 늘렸다 조이고, 널 따라 바다에 들어간 듯 멈추었어.

고개를 가로젓는 배 위 얼굴은 해녀의 집에서도 본 바 있는 기태 아저씨로, 아무래도 유지한은 대회 훈련을 받는 듯했다. 올해 이 섬서 프리 다이빙 대회가 열리지만 저는 출전 안 할 거라던 그 빈정거림이 생생한데.

'기록? 하, 그까짓 점수 관심 없어. 그냥 바다에 들어가는 게 좋은 거지. 깊이. 갈 수 있는 그 끝까지. 다른 이유 필요 없어, 내겐.'

'근데 바다는 끝이 없잖아. 네가 용신님 아들이래도 그건 못 해.'

'그게 좋은 거야. 끝없는 거. 그리고 난 끝을 보려 하는 거.'

'……'

'……난 날 끝없이 받아 주는 데가 필요한 거니까.'

네 심드렁한 얼굴이 머리에 가득 찼다. 멈춘 호흡이 덜컥, 폐에 산소를 들여라 아우성을 친다. 바다를 떠나 있던 몇 주간, 욕조에서 숨을 참아 왔던 터라 그나마 네 기나긴 무호흡을 따라갔다.

사위가 고요하다. 내 옆에 선 채 카메라에 눈을 댄 남자에게서도 숨소리 하나 없이, 카메라도 음울한 침묵을 흘린다. 장마가 끝난 여름의 끝자락치고 잿빛을 띠는 하늘이 무척이나 흐린 날.

꽤나 시간이 흐른 듯했으나, 미동 없이 잔잔한 수면을 지켜보았다. 끝나 가는 숨. 왜인지 짙은 초조함이 인다. 항상 내 숨에 맞춰 잠수했던 네 숨의 한계를 난 알지 못했다. 하나 길면 얼마나 길 것인가. 사람은 고래가 아니니 분명 한계가…….

흡……. 헉……. 결국 콜록콜록, 폐부 깊숙이 산소를 빨아들이는 내게 남자의 촘촘한 시선이 닿는다. 내 갈고리눈은 바다만 보았다. 여전히 고요한 흰 물결만 저 멀리서 흘려 보내는, 잔혹하다면 잔혹한 그 바다를.

길었다. 너무 긴 시간이 흘렀다. 초시계와 음파 탐지기를 번갈아 바라보던 아저씨에게서 심각한 기운이 느껴지자마자 수면이 깨졌다. 너와 함께 내려갔던 잠수부 하나가 물을 뱉어 내며 배 위로 급히 수신호를 보낸다. 같이 올라왔어야 할 넌 없었다.

안전을 위해 바다에서 대기하던 또 다른 구조 다이버 하나가 급하게 바닷속으로 잠수했다. 물을 내리치는 오리발 하나가 큰 물보라를 만들며 푸름 속으로 사라지자, 내 몸도 멋대로 움직였다.

무른 모래에 푹푹 발이 빠진다. 물 앞에 섰을 땐 바다에 들어갈 때마다 늘 입었던 티 하나만 남긴 채였다. 희미한 기대를 못 버리고 언제나 바다에 입수할 준비를 하고 있던 나. 내 낯을 마구 때려 오는 물거품 위로 떠오른 잔상은 물속에 다시 들어가기 전 네가 내보인 얼굴이었다. 건조한 눈매에 슬며시 탐욕이 피어나는 낯.

그건 날 바라보는 엄마의 얼굴이 되었다가, 전복 하나 더 따겠단 욕심에 다음 날이 되어서야 나온 할망의 얼굴로 변했다. 그건 널 잃기 싫다는 내 욕심과도 닮았을 것이다. 누군가를 구하긴커녕 나 한 몸 건사할 재간도 없으면서 무작정 코를 박았으니. 심지어 숨도 엉성하게 채워 넣었단 걸 깨달았을 땐 이미 입으로 물을 한껏 먹으며 두 팔을 맥없이 휘젓고 있었다. 그래도 두 눈 힘 팍 주고 뿌연 시야를 두리번거렸다.

같이 들어갔던 잠수부가 널 시야에서 놓친 거라면, 심해에서 가이드 로프가 제시하는 방향을 잃고 옆으로 새 버렸을 가능성이 컸다. 밥 먹듯 바다에 들어가던 너라면 옆으로 새지 않고 해를 찾아 위로 올라올 것이나, 아직까지 보이지 않는다는 건 정신을 잃었다는 뜻이다.

숨이 다한 프리 다이버들이 정신을 잃기 가장 좋은 구간은 의외로 수면 근처. 그리고 밀물이 들어오는 시간대엔 내가 서 있던 바닷가 근처를 부유할 가능성이 높았다.

판단은 재빨랐으나 공포감에 지배된 몸은 유연하지 못했다. 혹여나 정말 네가 어디론가 휩쓸려 가 버렸으면. 그 생각에 차디찬 물속에서마저 눈시울이 뜨겁게 아렸다.

정신을 다잡으며 몸을 숙여도, 정리되지 않은 숨에 자꾸 물숨을 들이켰다. 하나 다시 수면 위로 올라갔다 오면. 그러면 늘 제멋대로인 네 뇌가 물속에 잠겨 멈춰 버릴 것만 같아 그럴 수 없었다. 들이켠 물숨이 폐를 칼날처럼 찌른다. 푸른 시야는 점차 희미하고, 절로 발버둥 쳐지는 몸은 방향을 잃었을 때였다.

눈앞이 환히 걷혔다. 내 몸을 번쩍 끌어 올린 누군가가 가슴 아래 퍽, 통증을 가했다. 구토감에 배 속부터 딸려 온 물이 잇새로 쿨럭쿨럭 쏟아진다. 누군가의 손가락이 억지로 까 낸 눈꺼풀 사이로 빛이 직격으로 쏟아졌다.

"뭐 하는 짓이냐, 박한내."

눈이 부시다 못해 머리가 띵했다. 미친 듯이 기침하며 뿌연 눈을 파닥였다. 출렁출렁한 물이 내 몸을 훑더니 곧 등에 푹신한 모래 바닥이 닿았다. 내 이마 위로 떨어지는 허억대는 숨결.

멀쩡한 상태의 유지한이 험악한 눈을 하고선 내 볼따구니를 꼬집었다. 지한……. 용신님 아들로 불릴 만큼 타고난 잠수부인 넌데, 초짜 잠수부가 혼자 생난리를 치다 또 민폐를 끼쳤다. 아아, 쨌든 네가 무사한 거였어. 정말 다행이다. 그러자 다른 감정이 솟구친다. 분명 평소보다 어둡고 흐린 날인데, 해가 찔러 대니 정말 눈뿌리까지 아파.

"네가…… 흑, 죽은 줄……."

예전보다 야윈 네 얼굴이 어둡게 가라앉는다. 이 와중에도 널 원망하기 바쁜 이기적인 내 목덜미에 따뜻한 숨이 닿았다.

"또 괜한 걱정. 내 숨이 이 섬서 젤 길다 했잖아."

낮게 속삭여 오는 목소리에, 지한, 하고 울먹거림이 터졌다.

"나 땜에 뺨 맞아서……."

"…….."

"이젠…… 내가 싫어?"

그러자 햇살 속, 연회색으로 빛나던 네 눈이 순간 벌어졌다가 장난처럼 가늘어진다. 그건 또 무슨 소리야. 붉은 입술에서는 헛웃음이 샜다. 널 싫어하다니. 언제 똑똑해질래, 한내. 픽 웃으며 뇌까린 얼굴이 고개를 들자, 짭짤하게 젖은 입술 두 개가 스치듯 멀어졌다. 네 멀어져 버린 입술이 아쉬워, 반쯤 감은 눈을 뗴지 못하니 얄궂은 눈이 휘었다. 아재들 다 보는 데서 하고 싶어?

"아쉬우면 다시 기절한 척 눈 감아. 빨리. 해."

그게 뭐야. 괜스레 입술을 감쳐물 때쯤 이제는 익숙한 소음이 찰까닥, 들려온다. 서로에게만 이리저리 교차하던 우리의 눈동자가 우리 사이로 난입한 까만 물체에게로 돌아갔다. 카메라에서 눈을 떼고, 손마저 떼어 낸 남자가 입가에 옅은 미소를 감추었다. 원하는 걸 드디어 찍었다는 듯.

그렇게 마주한 형제의 시선이 하도 싸늘하고 치열해서, 중간에 낀 난 파도에 한 번 휩쓸리고 암초에도 부딪쳐 난파당한 배처럼 몸이 푹 까라졌다. 늘 그리워했던 바다에서 오늘은 험하게 다뤄져 늘어진 내 몸을, 유지한이 천천히 안아 들어 그대로 느릿하게 제 형을 지나쳤다.

*　*　*

이 찜통에 쪄 먹을 새끼! 칼로 회 떠 먹을 새끼!

"아, 미안하다 했잖아요."

걸쭉한 욕설에 짜증을 내던 유지한이 곧바로 날아오는 오리발 하나를 잽싸게 피했다.

"아, 그러니까 왜 내 실력을 안 믿어."

제 걱정을 해 줘도 그저 남 일인지, 온도 차가 여실한 그 퉁명함에 기태 아저씨는 단풍처럼 붉어진다.

"이, 이 새끼가 또. 또 이 지랄하네. 사람 목숨이 너 새낀 그저 장난이지? 얼마 전 선수 하나 죽은 거 몰라? 네놈처럼 글케 자만하다 훅……!"

화산 돌 하나에 쭈그려 앉아 대화를 훔쳐 듣던 나도 동의하듯 고개를 끄덕이며 몸을 덮은 수건으로 축축한 머리를 짜냈다. 그러다 시큰둥하게 굴러가던 잿빛 눈동자와 마주쳤다. 예고 없이 숨이 할딱였다. 네게 악랄한 저주라도 걸렸나.

네 언제나 같은 눈길에도 하릴없이 가빠지는 숨을 원망스레 삼키며 괜스레 해녀들의 탈의장으로 쓰였단 오래된 불턱으로 눈길을 돌렸다. 이제 이들의 훈련용 쉼터로만 쓰이는 모양인지 여기저기 널브러진 다이빙 장비며, 사람 수에 맞게 늘어진 침낭이며, 아예 합숙소를 차린 듯했다. 남자의 집에 갈 때마다 네가 뵈지 않던 이유가 있던 것이다.

"훈련은 무슨. 곧 출전인데 안전 타령. 졸보처럼 굴고 있으니. 기록이 늘겠냐고요? 언젠 세계 최고 만들어 주겠다 사람 꼬드기더니."

유지한은 생각보다 시시한 훈련에 제 숨이 길단 걸 증명하기 위해 잠수부를 따돌리고 바다에 숨어 있다 나온 모양이었다. 제정신으로 할 짓은 아니었으나. 뭐랄까. 유지한다웠다.

"그래, 씨팔 놈. 너 말 잘했다. 대회 출전 안 한다, 시시하다. 불판 주꾸미처럼 튕기던 새끼가 갑자기 왜 미친놈처럼 눈을 희번덕대나. 엉? 이참에 말 좀 해 봐라. 한내야, 너도 들어 봐라."

애꿎은 불똥이 여기까지 튀게 생겼다. 휘어진 눈썹이 내게 절절이 호소해 온다. 첫 출전에, 세계 신기록 세우는 놈이, 세상에 있겠니? 응?

"있어. 나."

자신만만한 대답이 아주 칼 같아 내가 키득 웃음을 뱉자 아저씨의 눈이 더 억울해졌다. 이눔이 정말! 욕심 부리지 말고 국내 기록부터 깨, 엉? 네가 바다 위해 태어난 놈인 거 이 섬서 모르는 사람 없다. 한데 갑자기 뭘 증명하려 이 지랄이니. 엉? 조카야, 말 좀 해 봐라.

그러자 잘만 놀리던 주둥이가 돌처럼 꾹 다물어져 묵묵부답이다. 나도 무척이나 궁금하던 답이지만 저 고집엔 들을 수 없을 성싶었다. 네가 바다에서 날고 기는 애라는 건 익히 알았지만 무려, 세계, 신기록이라니. 무리하는 것 같아 걱정이 일었다. 갑자기 왜. 그저 바다가 좋은 거라고, 한때는 잠녀가 꿈이라더니 한 끗 욕심이 죽음과 닿는 스포츠엔 왜 갑자기 욕심을 내는 건가.

머리도 좋은 것 같은데 차라리 공부 좀 해서, 나랑 서울⋯⋯.

순간 화끈대는 뺨을 덥석 움켜쥐었다. 나야말로 걱정이다. 대체 무슨 정신인지가.

그때 문이 열리고 출사 나갔던 남자가 돌아왔다. 머리부터 발끝까지 흠뻑 젖은 데다 손에 쥔 카메라에도 물기가 맺혀 있다. 내 옆 바윗돌에 자리한 남자가 가방에서 꺼낸 마른 천으로 카메라를 닦고 방수 커버로 보이는 투명 껍데기를 벗겨 낸 뒤 다시 귀한 보석을 매만지듯 꼼꼼하게 렌즈를 닦았다. 섬세하고, 물 흐르듯 매끈한 그 손놀림을 멍하니 지켜보다 물었다.

"바다에 들어갔다 오셨어요?"

"응."

"오빠도, 물속 헤엄 해요?"

"하지."

섬에서 나고 자란 남자니 새삼스런 질문이었으나 남자가 잠수하는 게 통 상상되진 않았다. 해녀 굿에서도 바다와는 거리를 두는 느낌이었는데⋯⋯. 그러다 그의 연인이 바다에서 죽었단 걸 깨닫고 생각이 짧은 내 돌대가리를 후려치고 싶었다.

"처음이야, 그 애 없이 들어간 건."

"⋯⋯아."

내 속을 읽어 낸 듯 그 적막한 눈을 마주하며 머저리 같은 소리만 내다

목에 걸쳤던 수건을 건네며 물었다.

"왜 바다에, 들어가셨어요?"

그러자 남자가 받은 수건에 코끝을, 이어 뺨에 문대며 눈가에 만든 희미한 웃음을 흘긴다.

"한내한테 바다 내음이 나니, 나도 들어가 보고 싶어."

아. 무언가 당황스런 대답에 또 혀끝만 둥글리니, 고심하듯 이마를 좁힌 그가 입을 다시 뗴었다.

"네가, 바닷속에 들어간 걸 찍어 봤음 해."

놀랄 틈도 없이, 매섭게 눈길이 날아든다. 내가 고개를 돌리는 것보다 껄렁한 목소리가 먼저였다.

"뭐야?"

남자를 노려보는 유지한의 눈은 흉흉하리만치 매서웠다.

"모델 하는 계집도 아닌 걸 왜 찍고 지랄이지, 어?"

입술이 안 짓뭉개지는 시비조의 욕설이 희미하게 들리니 남자가 그저 물끄러미 응시했다. 그러자 짐승처럼 가늘어진 눈을 내게로 돌린다. 공부하느라 바쁜 줄 알았더니. 고약한 맛의 껌처럼 짓씹고는 저도 답답하다는 듯 젖은 머리를 헝클며 잿빛 눈동자를 걷었다.

"밥 먹고 집 가라. 어? 네 엄마 또 성 내기 전에."

입술을 꽉 말아 문 내 뺨이 움푹 패었다. 내 공부를 방해한다고 네가 뺨까지 맞았는데 생각 없이 남자와 노닥거린 걸로나 보였을까. 이렇게 얼굴을 본 게 얼마 만인데 집에나 가라니.

아니, 서러운 이유는 네가 아닌 내 마음에 있었다. 네가 바닷속에 잠겨 버린 줄 알았을 때, 그동안 네가 얼마나 그리웠나 깨달아 버린 내 마음에. 이젠 내가 싫어졌을까. 그게 얼마나 무서웠나 깨달아 버린 내 마음에.

"섬 지리도 모르는 게. 여기 얼마나 위험한지 알아? 생각 없이 밖에 나다님 이번엔 내가 네 엄마한테 일러바칠……."

"나…… 나한테…… 흐, 왜 그래애……."

억울함 가득한 목소리에 눈썹 하나가 삐딱해지는 네 얼굴이 빛 반사가 난 듯 흐려진다. 널 탓할 것도 없는데 왜 이런 말이 나오는지. 또 이기적인 마음이라 난 잠시 뜨겁고 축축한 눈을 손안에 감추었다.

"아이고, 참. 이 새끼 참. 이놈은 말을 참 밉게 하지 안해? 그러고 보니 네 엄만 잘 있지? 기한이가 더 잘 알려나? 허허."

당황한 아저씨가 물으나 마나 한 안부를 묻는 새, 흐리게 번진 얼굴이 코앞에 왔다. 손목이 잡힌 채 끌려 나갈 적엔 흘러내리지 않게 애쓴 짠물이 그렁그렁해 시야를 잃었다. 희뿌연 바닷속처럼 네 손만 잡고 휘둘려 걸었다. 땅거미 지는 바닷가가 그저 어둑하고, 쌀쌀한 바닷바람이 뒷목을 할퀴어 온다.

"씨발, 매정하던 게 이젠 걸핏하면 질질 짜고 사람을……."

네 혼잣말 같은 성에 눈물 많은 것도 죄야? 하고 쏘아붙이자, 네가 작은 한숨을 쉰다.

"……아니. 죄는 아니지."

"난 네가……."

망막 위로 출렁거리는 물이 흘러넘치지 않도록 입술을 꽉 깨물자 앞서 가던 걸음이 주춤 멈춘다. 뭐. 이를 악물고 참는 내게 아주 매섭게도 다그친다. 나 뭐. 눈물을 꾹 참느라 대답할 수 없는 걸 뻔히 알면서 또 못되어 가지고.

"내가."

"……."

"뭐."

한 차례 더 다그치는 음성엔 마치 화도 서린 것 같아 결국 고개를 숙인 뺨 위로 눈물이 흘러내렸다. 악물던 입술도 작게 떨렸다. 시큰하게 움찔대는 콧등으로 밤바다 내음이 스민다. 어느새 이 내음까지 너로 각인시킨 네가, 아무래도 나빴다.

"……난, 네가…… 진짜 보고 싶었단……. 흡."

흐르던 말을 멈추었다. 보고 싶다. 누구에게도 꺼내 본 적 없는 말이 어색하고 낯부끄럽다. 또, 내 진심이 일말이나 네게 전해질까 싶어.

흐린 눈에 잡힌 발이 크게 다가오는 동시에 팔이 앞으로 이끌렸다. 부딪친 입술에서 바다가 남긴 짭짤한 맛이 났다. 막무가내의 혀가 밀려든다. 아랫도리를 바짝 붙인 몸이 들끓는 속내를 억누르듯 목덜미에도, 관자놀이에도 핏대가 섰다. 전처럼 날 애태우던 여유는 티끌도 없이. 피 냄새를 맡은 상어가 달려들 듯 빨고 물어뜯는다.

"웬일로, 하, 솔직해. 어?"

흡착하고 짓뭉개던 입술을 떼고선 차게 속삭인다. 내가 안 빨아 주니 이젠 나 유혹해? 아님 또 아주 날 미치게 만들려고, 응?

"어차피 내 욕심에 꾸역꾸역 만나던 거. 내가 이세준 패 준 게 고마워서. 네가 그리 잘났다 좋아하던 형이랑 가까워졌는데, 왜. 싫어? 널 보면 내가 쫄쫄 굶는 기분이야. 너 알잖아, 내가 너 보면 미쳐 날뛰는 거. 몰라? 그게 좋아? 네 취향은 그래? 네가 무심해서 화나고. 예뻐도 화나고. 그렇게 내가 너만 보고. 그거 몰라, 너? 근데 한내, 넌……."

"……."

"내가 그저 도피처지. 근데 또 그것조차 어떠냐 싶은 내가 아주 미쳐 돌은 거지. 그치."

하하, 자조를 빚어낸 입술이 다시 내 잇새를 파고들었다. 그저 일탈. 어차피 날 떠나. 넌 날 잊을 텐데…….

난 그저 숨 쉬던 것을 턱 멈추었다. 네가 내게 탁한 숨을 끝없이 뱉었다. 하, 근데 나도.

"……."

"나도."

"……."

"네가 보고 싶더라."

한내. 욕지거리를 질근대던 입술이 날 다시 삼켰다.

"바다에 코만 박아도 이젠 네 노래가 들려. 생각 안 나고 배겨? 나도 아주 내가 구질구질해. 그래도 어쩌겠어."

내 입술 퉁퉁 붓게 해 놓고 농을 친다. 또 나만 숨이 차 헐떡대는 꼴에도 어쩐지 안심되어 울 것만 같았다. 다시 네 품 안에 갇혀, 내가 보고 싶었단 네 한마디에 몸이 녹는다.

내 도피처. 내 썰물. 널 그리 생각했었으나 이젠 의문이 든다. 네가, 내게 뭘까. 내가, 네게 뭘까. 네가 내게 그저 발정 난 것이어도 내가 보고 싶었다니 난 그저 좋은걸. 네 가슴에 귀를 파묻자 네 심장 소리가 기나긴 동굴을 지나듯 울려 퍼진다.

유지한이 내 짧은 머리칼 아래 드러난 뒷목을 손끝으로 만지작거리더니 아기를 어르는 엄마처럼 어화둥둥 움직이며 느린 곡조를 흥얼거렸다. 아, 머리 잘려 못생겨졌는데. 갑자기 든 생각에도 내 외로이 만든 노래가 네 목소리가 되어 절로 내 마음을 어른다.

"나 그거 다 만들었는데……."

"불러 봐."

그것을 듣다 또 터져 나온 서운함에 꾸물대며 말하자, 몸을 멈춘 네가 냉큼 다그친다.

"지금?"

"응."

"……지금은 안 돼."

"왜."

왜 또 안 되는데. 다시 모래처럼 팍팍해진 네가 내 답은 듣지도 않고 고개를 숙여 다시 입술을 겹쳤다. 부드러이 달랜다 싶게 날 쥐던 손이 허리로 내려가 꽉 움켜쥐었다. 아……. 안 되겠다, 한내. 안 되겠어. 턱 끝까지 흐른 침 한 방울까지 다 훔쳐 먹을 기세로 날 삼키며 내 몸을 들어 안고 푹 파인 돌 구덩이 같은 곳으로 향했다.

"여기 뭐하던 덴 줄 알아?"

"몰라……. 흣…… 간지러……."

"읍에서 용신한테 제물 바치던 곳이래."

"……흐."

"너같이 바다가 좋아할 계집, 여 돌에 딱 묶어 놓고 1년 뒤 오면 흔적 없이 사라져 있더란 거야. 아, 용신님이 잡아갔구나. 용신님이 있구나. 그게 또 신앙을 공고히 하고……."

"뭐야……. 무서운 말 하지……, 너 그거 거짓말이지?"

등줄기가 서늘해져 네 머리칼을 동아줄처럼 움켜잡자 부드러운 숨결이 웃음과 함께 뜨끈하게 퍼져 나간다.

"무서우면 딱 붙어 있어, 나한테."

"그, 그게 뭐야……."

"섬사람들 말대로 내가 진짜 용신님 아들이고 네가 그 제물이면 좋겠다. 그럼 아주 야금야금, 흔적도 없이 내가 널 먹어 치워 줄 텐데. 안 된다 하든 말든 내 맘대로."

"흐으……."

"다 씹어 먹고 쑤셔 넣을 건데."

그날 난 내 것을 삼키는 너보다 더 아래로 내려갔다. 네가 입 안으로 들어올 때마다 턱턱 막히는 숨에 눈물을 흘리며.

그사이 빛 한 점 없이 어두워진 돌 터 경사면에 네가 들이 눕고선, 네 몸 위에 날 이불처럼 얹었다. 함께 올려다본 하늘은 까마득한 어둠이 드리웠고, 총총 그 위를 수놓은 별무리가 우릴 내려다본다. 네가 날 바투 감싸, 뜨끈한 돌침대에 누운 듯 편안하고, 하나처럼 맞닿은 몸이 들썩일 때마다 네 시원스런 살 내음이 코끝을 스친다.

"오늘 너 집에 못 가겠다."

네 손끝이 거칠거칠 내 뺨을 훑었다.

"왜?"

"곧 비 와. 아니어도 이런 밤엔 배 못 띄워."

네 가슴팍에 뒤통수를 댄 채, 하늘을 보았다. 여전히 구름 없는 별무리가 찬란하게 빛났고, 떨어지는 빗방울도 없다.

"맑은데? 곧 비 올지 어떻게 알아, 넌?"

"공기가 달라져. 냄새랑 바람, 그런 게. 산에 구름 걸린 거 봐도 알 수 있고. 그 형세가 구름이 산 목을 죈다고 해. 그리고 어쩔 땐 바다 들어가 보면 알아. 바다에서 소리가 나. 특히 놀 오기 전."

놀은 태풍이란 뜻임을 네가 전에 알려 주어 이해했다.

"넌 사실 기러기나 상어, 뭐 이런 걸로 태어났어야 하는 거 아닐까? 가끔 소름 돋아."

네 웃음을 따라 그 위에 탄 나까지 덜덜 떨리는 게 마치 한 몸 같다.

"잘못 태어났나. 바다에서 태어났음 좋았을지도."

그런 네가, 부모에게 버림받았단 어조를 그리 덤덤히 말하는 것도 싫고.

"뭐니. 잘만 태어났으면서."

"내, 어디가?"

"너, 인기도 많고."

"박한내가 말해 주는 거, 듣고 싶네."

창피스럽게 그런 걸 말로 어찌해. 입술만 비죽거리자, 또 나한테만 박하지. 깊은 한숨이 길게, 길게 날아온다.

"후회할 거야."

"⋯⋯뭐?"

이런. 허겁지겁 뱉은 말이 영 뜬금없이 날아가, 근지러운 눈가를 뻑뻑 긁으며 덧붙였다. 음. 그러니까.

"널 다시 보면, 널 떠났던 부모가 너 다시 보면. 네가 너무 잘 커서 땅치고 후회할 거야. 이렇게 잘난 너 떠났던 거. 나라면 그러겠어. 몸도 얼굴도 잘나디잘났는데."

잠시 침묵하던 네가 곧 쓸쓸하게 웃어넘겼다.

"네 눈에도 내가 잘나 보인다, 몸이랑 얼굴이. 딴 건 모르겠고?"

그렇게 말하고 싶었던 거냐? 내가 키득거리며 장난스레 끄덕이자 네가 마른 목으로 웃으며 귀에서 살랑이는 내 머리를 만졌다.

"머리, 네 엄마가 이랬어?"

아, 못생겨 보일 텐데. 그러나 대수롭지 않게 이까짓 머리, 하고 난 투덜거렸다.

"그래, 이까짓. 넌 대머리여도 예쁠 거야. 어? 뭐처럼 머리칼이 세 가닥뿐이어도."

그게 뭐야. 난 또 낄낄 웃다가 잔기침을 했다. 우리의 섞임이 꽤나 거칠었던 탓인지 까슬까슬해진 목이 계속 기침을 토하자, 뒤에서 날 감싸 안고 목 아파? 하며 물어 온다.

"응."

그리 대답하며, 널 위해 내가 얼마나 애썼는지 생색내고픈 마음이 들었다. 그 노고가 어여뻐서라도 네가 날 더 오래도록 보아 주었으면 했다. 날 떠나지 않고 계속.

누가 날 아빠 없는 계집이라 연민하는 게 제일로 싫었던 난데, 이젠 날 처음부터 도와주던 네가 날 비쩍 곯은 길고양이처럼 불쌍히 여겼으면 싶어진다. 가엾이 여겨, 엉겨 붙는 날 차마 버리지 못하고 쯧쯧거리며 관심 한 톨, 방구석 한편 내줬으면 싶은 생각. 언제부터 네가 이리 간절해졌는지 모를 일이다.

"입, 벌려 봐."

양 뺨을 제 한 손에 쥐고 옴짝달싹 못 하고선 작게 벌린 입 안을 들여다본 네가 한숨을 쉰다. 내가 까불지 말랬지.

"요새 못 자? 입 안 꼴이 왜 이래. 사람 미안해지게."

"좋았어. 아파서."

솔직한 말을 꺼내 들자 가늘게 뜬 눈으로 자조를 섞어 웃는다.

"……내가 널 아프게 하는 게, 좋았다고."

"네 말대로 난 늘 질질 짜잖아. 요즘엔 더…… 너무 울고 싶더라고."

자그마하게 말해도 파도를 뚫고 전달되는 말이 설핏 창피스러우나, 너 때문에 울 수 있어 좋았다, 난 그리 덧붙였다. 일상이 갑갑하고 답답해 자못 울고 싶었는데, 너 때문에 눈물을 흘려 보낼 수 있어 좋았다고 하며 달빛에 희게 핀 네 얼굴을 올려다보았다.

네가 왜인지 아픈 눈으로 입술을 꾹 감쳐문다. 나도 이것이, 정상적이지 않은 감정이란 걸 안다. 마치 누군가 내게 우는 걸 허락해 주었다는 감정은, 내 생각에도 이상했으니.

"맘껏 울 수 있어 좋았어."

"……."

"혼자가 아니라, 네 앞에서 울어 좋았나……."

걸핏하면 질질 짜는 내 모습이 지긋지긋했던 내게, 내 안을 파고드는 가혹한 행위는 일종의 편안함이라. 목에 침입한 살덩이가 만드는 눈물이 하품 같은 생리 반응처럼 지극히 당연해, 자연스레 울 수 있어 좋았다. 이젠 네가 내 커터 칼이 되는 것이라면, 난 도리어 좋다.

그리고…… 네가 날 원하다 못해 통제를 잃고 거칠게 움직이는 것도. 내가 이 세상 유일무이 가치가 있는 존재인 것처럼 스며드는 것이. 한낱 순간의 네 발정일 뿐이라도, 사랑이 뭔지 몰라도 사랑받고 있단 느낌에. 지한아, 이게 정상은 아니겠지?

그러고 보면 난 늘 아닌 척 그런 것에 은근히 집착하곤 했다. 정상인 것과 비정상인 것. 정상적인 가정과 그렇지 않은 가정. 어디에도 속하지 못하는 비정상, 박한내. 하나 지금은, 아무래도 좋았다.

"네가 나 때문에 펑펑 우는 게, 난 아주 꼴리고 좋아."

내게 질세라, 서슴없이 부딪쳐 오는 말에 난 킥킥 웃었다.

"맘 같아선 너한테 박아 넣고, 네가 눈물 콧물 질질 짜다 기절할 때까지 하고 싶어."

죄어 오는 목 끝으로 우는 듯 웃자, 그곳으로 곧게 뻗은 손가락이 들어와 혓바닥 위를 쓸다가 입천장을 쿡쿡 찌르며 장난을 친다. 행위를 묘사하듯 혀를 문지르며 간지럼 태우는 움직이는 두 개의 손가락 때문에 살며시 벌어진 잇새로 침이 흘렀다. 이게 뭐야, 창피하게. 입술을 왁 오므리니 그 마디 굵은 손가락을 쪽쪽 빠는 모양새가 되어 더 부끄럽다.

"밤새 이렇게 네 입에 쑤셔 넣고, 네 턱이 얼얼해질 때까지 못 빼게 하고 싶고."

"……으응, 이제 빼 줘……."

혀를 긁어 대던 손가락이 미련처럼 은실을 그리며 빠져나가자 난 결국 입을 크게 벌리고 웃다가, 짐짓 무서운 척을 했다. 너, 무서워……. 그러자 네 웃음이 따스한 물살처럼 내 뒷목에 퍼져 머릿속까지 흐물거렸다.

"와, 여기 별 진짜 잘 보인다."

"그러게."

"엄청 깜깜한데 또 별 때문에 눈부시니까 기분 이상해."

"그래, 나도."

건성으로 답하며 내 뺨에 닿기 바쁜 네 입술에, 난 고개를 돌려 별빛에 휩싸인 네게 눈을 내리떴다.

보통 사람은 얼굴이 푹 퍼져 못나 뵐 텐데도, 참 서나 누우나 잘난 얼굴이었다. 짙은 눈썹, 매끄럽게 솟은 콧마루, 나른하게 퍼진 입술, 날렵한 턱으로 이어지는 완벽한 선 하며, 깊은 눈두덩, 기다란 속눈썹 아래 반쯤 잠겨 소용돌이치는 그 검회색의 눈. 마치 하나의 예술 작품 같아 절로 눈에 아로새겨진다.

지금 널 찍어 평생 간직하면 딱 좋겠다 싶으니, 남자가 집요하게 사진을 찍어 대는 게 순간 이해가 갔다. 그 깊고 까만 눈에 떠 있는 찬란한 별무리가 내 눈에도 보석처럼 박혀서.

"형한테 관심 끄라는 내 말은."

죽어도 안 듣지. 내 뺨에 손끝으로 선을 그리며, 네가 서늘히 읊는다. 아, 괜히 심장이 철렁했다. 네가 뺨까지 맞은 상황에 내가 이때다, 오빠랑 시시덕거린 건 아닌데. 그게 아닌데. 네가 내게 실망할까 맘이 다급해졌다.

"아냐. 진짜로! 오빠랑 뭐 해 볼 마음 그런 거, 전혀 없어."

"마음 없는데, 모델까지 해 주고? 카메라 앞에서, 형한테 웃어 주고 그랬어?"

분명 산들산들 봄바람 같던 분위기였는데, 갑자기 어두침침, 싸늘해졌다.

"그냥……."

"그냥."

네가 한번 참고 들어 주겠단 듯이, 짤막히 날 따라 읊었다.

"오빠한테 내가 필요한 거 같고, 도와줄 수 있는 게 나뿐 같고."

하. 네가 혀를 찬다.

"내가 너 첨부터 뭐라 했어. 허술하댔지. 함부로 사람 동정하지 말랬지. 사람 이용하는 데 도가 튼 놈이야. 동정할 사람이 없어 그놈을 동정해?"

"아니, 넌 왜 오빠한테 그렇게 박한데? 네 형이잖아!"

"내 형이니까. 그러니까 알지. 사고가 나기 전 수습하는 게 바로 내 인생이었으니까. 그러니까, 네게 다 까발리고 싶은 것도 참는 거잖아."

형이니까. 내 유일한 가족이니까.

네가 이를 으득거렸다. 네가 내게 숨기고 있는 게 뭔지는 모르겠다. 하지만……

"여기 나 데려온 것도 오빠야. 너 다시 만나게 해 준 것도 오빠라고."

"형이 여기 널 그냥, 데리고 왔다고?"

"응."

그 말에 네가 고심에 빠진다. 대체 뭔 수작이야, 하. 징글징글한 새끼. 형한테 하는 말이 예의가 없다 못해 지나쳤다. 그 정도로 사이가 나빴나. 얼굴을 마주치기만 해도 투견처럼 으르렁댈 정도로? 의아했다.

"그래도 안 돼. 유기한은 위험해."

생각 정리를 마친 네가 단호히 말한다.

"안 그래도 널 몇 번 찾아갔었어. 네 엄마가 늘 있어, 네 얼굴은 못 봤어도."

우리 집에 찾아왔었다고?

"계속 여기서 훈련받은 거 아니었어, 너? 집에도 없던데."

"우리 집에 왔다고?"

"오빠랑, 촬영······."

네 눈에 숫, 시퍼렇게 날이 섰다. 내 어깨를 꽉 부여잡고 작게 흔들어 난 움츠러들었다.

"넌, 씨발, 겁도 없이 계집애가 사내 혼자 있는 집에 드나들어. 어? 변태 새끼면 어쩌려고."

"참 나, 오빠가? 푸, 변태는 무슨. 누구 몸에 손대는 것도 꺼리는 사람을."

내가 말도 안 된단 듯 옅게 웃자 네가 하, 미치겠네, 하며 눈을 굴렸다. 그럼 집에 안 오고 어디 있었어? 지금 잠시 사정이 있어 기태 아저씨네 신세 지고 있어. 사정? 무슨 사정?

"됐고, 이제 형이랑 접촉은 최소화해. 형이 하는 말에, 휘둘리지도 말고. 불쌍해하진 더더욱 말고."

"그게 무슨."

"대학 합격하면, 이 섬 바로 떠나. 형한텐 알리지 말고."

떠나라니. 넌 내가 널 떠나 버려도 좋다는 건가.

"그 정도로, 내가 오빠 피해야 해?"

"그리고 사진, 이제 찍지 마. 공부 핑계 대면서 그만둬."

"하지만 그러면, 오빠는 아무도 없잖아. 유일하게 맘 준 게 전 연인 같은데, 이제 이 세상 사람도 아니고. 그럼 누가 옆에서……."

"그게, 하. 해주 누난……!"

네가 터져 나오려던 말을 애써 삼키며 이마와 눈가를 거칠게 문지르고는 슬며시 비소를 흘린다.

"한내, 형은 너한테 집착하고 있어, 응? 내 말 들어."

"집착? 그 정도는 아닌데……. 그냥 나한테서, 그 여자를 엿보는……."

"하, 그렇다 치자. 그럼, 난?"

네가 답답하단 듯 뇌까렸다.

"네가 보기에 난, 곁에 누가 많아 보여?"

"그렇다기보다…… 오빠는, 나 아님 아무도 없는 거, 같아서……."

"나도. 나도 너뿐이야! 안 믿겨?"

네가 원하는 답은 차마 하지 못하겠다. 솔직히 넌 친구도 많고, 과거에 여자도 많았다 하고, 나 아니어도 될 것 같단 느낌에. 네가 날 도와준 것도, 네 거친 겉모습 속 본래 다정한 성품 때문인 듯싶어. 날 이렇게 애타게 원해 주는 것도, 과연 얼마나 갈까 싶어.

"이쁜 짓은 내가 다 했는데. 넌 내 형 놈이나 더 신경 쓰니. 내가 호구 새끼지, 그래."

"그 말이 아니잖아. 정말, 넌! 난 네게 해 줄 수 있는 게, 아무것도 없고, 해 준 것도 없고. 네게 내가 필요한지, 난……."

"하, 내가 요새 무서운 게 뭔지 알아?"

"너도, 무서운 게 있어?"

남자가 했던 말을 상기하며 묻자 어딘가 음울한 목소리가 떨어졌다.

"이러다 너랑, 끝까지 할까 봐 무서워."

"……그게 왜 무서운데?"

"……바다에 들어갈 때 무서운 건 전보다 더 깊이 들어가고 싶어질 때야. 너무 좋으니까 조금만 더 깊이. 그럴 때 가끔 이러다 죽을 수도 있겠구나 싶어. 이렇게 뭍으로 나가기 싫으니, 이러다 내가 숨 막혀 뒈지지. 그래도 그럴 만한 가치가 있으니 차라리 그래 볼까, 이런 생각."

"……"

"그런 마음이 너한테도 들어. 그러니 미치겠지. 그러다 네가 날 밀어낼 바엔, 걍 내가 널 바다처럼 삼켜 버리고 싶다고. 알아?"

"……"

"근데 네가, 내게 필요 없다고?"

내 말 알아들어? 날 선 물음이 내겐 퍽 다정하게 들리는 탓에, 무슨 대답을 해야 할지 몰라 입술만 물었다. 나를 저 바다에 비견해 주는 네게 무슨 말을 할까. 그래도 그 말이 듣기 좋고, 그러다 못해 벅차다.

사실 나도 너와 입술이 닿기만 하면 밀어닥친 밀물에 잠기다 못해 깊은 바다에 빠진 기분이라고 말해 줄까. 하지만 그래서 네 말대로, 너와 정말 끝까지 해 버리게 되면?

나도 그런 욕망이 못내 두려웠다. 그것에 또 중독되어 공부도 하기 싫어지고 이 섬에 남아 너와 함께하기만을 간절히 바라게 되면 어쩌나.

그 정적 위로, 어쩌면 반가운 불청객이 존재감을 드러냈다. 차디찬 빗방울이 이마를 톡톡 두들기다 뺨으로 떨어져 내려, 내가 다시 불턱으로 돌아왔을 땐 기운이 아스스하고 화살처럼 팍팍 꽂히는 매서운 폭우가 쏟아지고 있었다.

기태 아저씨가 오늘 배 띄웠다간 초상을 치른다고 말할 때에서야 엄마 생각이 났다. 나와 유지한의 모양새를 차분하게 훑어보던 남자가 네 엄마한텐 내가 연락했다, 그리 말해 왔다.

"……엄마가 뭐래요?"

"가희 누나도 비를 멈추게 할 순 없으니까."

"……네, 감사합니다."

바위를 그저 툭툭 때리던 빗소리는 곧 귀가 먹먹해질 지경이 되었다. 우리의 관계를 자못 궁금한 눈길로 지켜보던 아저씨 세 명도 잔챙이 같은 물고기를 넣고 끓인 라면을 후루룩 먹은 뒤 일사분란하게 취침 자리를 마련하기 시작했다. 그래 봤자 좁디좁은 쉼터는 세 개의 빈 공간이 전부였다.

"자, 한내가 여서 자라!"

아저씨가 제일 안쪽, 그나마 아늑한 위치에 놓인 침낭을 탁탁 때리며 말하고 곧바로 두 번째로 아늑한 공간을 차지했다. 다른 두 명이 슬금슬금 나머지 공간을 차지하자 형제 둘만 덩그러니 남았다.

"유지한, 이리 온! 기한이도 좋고! 침낭은 내 거다만 옆에서 자는 건 허가하마."

그 말을 가볍게 무시하며 걸어간 유지한이 내가 들어갈 침낭을 열었다.

"들어가."

"……."

"얼른."

들어가 눕자 열린 틈새로 가느다랗게 뜬 잿빛 눈만 보였다.

"잘 자라, 한내."

침낭이 확 채워진다. 답답하면서도 꽤나 안락한 포대기에 쌓인 기분인데, 두툼한 천 한쪽이 풀렁 우그러진다. 눈 감아, 두리번거리지 말고. 천 하나 두고 낮게 속삭이는 네 목소리에, "아니, 유지한! 여로 오라니까!" 하는 삐진 기색이 역력한 목소리가 저 멀리서 들려왔다.

"아, 됐어요. 여 고추 달린 짐승들이 네 명은 있는데 옆에 내가 있어야 째깐한 계집애가 안심이나 하지."

"여기 너 말고 짐승이 어디 있냐! 들짐승처럼 덩치만 크고 성질 더러운 새끼가."

"……그나마, 내가 제일로 안전하지."

"기한이가 이리 와라, 그럼. 침낭 안에서 같이 자는 것도 허락해 줄게!"

그러자 조용히 발 옮기는 소리가 가까워지고 침낭 반대편도 어그러졌다. 내 쪽으로 몸을 튼 남자가 느릿한 한숨을 쉰다.

"삼춘 말대로 여기 제일 위험한 놈이, 있어."

"그 걱정, 아무 의미 없을 건데. 이미 다 지나간 일이라."

반대편에서 무심한 시비조가 중얼거렸다. 다 지나갔다니. 무슨 소릴 하는 거야, 오빠한테. 몇 시간 전 일이 파노라마처럼 떠올라, 난 서늘하던 사위가 후덥지근하게 느껴질 정도로 얼굴이 무더웠다. 때아닌 난을 이유 모르게 벌이는 형제 사이에서 이불만 꼭 움켜쥐고 숨을 죽였다.

"매정한 새끼들. 저, 저러다 감기나 처걸리지."

"삼춘, 이제 좀 자자요!"

이런 사정을 알 리 없는 아저씨가 꿍얼거리자 다른 삼춘이 졸린 목소리로 핀잔이다. 구시렁거리는 소리와 함께 화덕 불이 줄어들었다.

어두워진 시야 속, 침낭 지퍼를 채우는 소리가 간간이 들리고는 적막이 찾아왔다. 빗소리에 집중하니 하도 짠물을 내어 짓무른 눈꺼풀이 무거워진다. 오늘 겪은 감정의 등락도 기분 좋은 피로감을 불러왔다. 어느덧 폭포처럼 세찬 빗소리도 익숙해지고 저 멀리 드르렁 코 고는 소리도 들렸으나 지척의 숨소리는 양쪽 모두 차분히 고르다.

"한내야."

낮은 음성에 반쯤 감기던 눈이 다시 떠졌다. 잠시 누가 부른 건지 헛갈렸지만 남자가 누워 있던 쪽 침낭이 금세 두들겨졌다.

"……네, 오빠."

"그래서 아까 전 제안에 대한 대답은."

괜찮겠니. 남자가 물어 온다.

"……제가 수영하는 걸요?"

"글쎄, 일단 바닷속 널 담고 싶으니."

해주라는 여자의 사진을 하나둘 떠올려도 바닷속 모습은 어디에도 없었다. 카메라만 해도 한두 푼이 아닌데, 비싼 방수 장비를 고등학생이 갖추기란 어려웠을 테니. 그때 찍지 못한 사진을 지금 찍으려 하는 건가 싶었다.

남자가 내 안에 있는 제 죽은 연인을 보고 싶어 한다는 걸 안다.

설핏 서운했던 적도 있으나, 한편 그 자유로운 소녀가 내가 되길 꿈꾸는 나였으니 우리의 목표는 하나로 통했다. 남자가 내 안의 그 소녀를 꺼내 주기를.

넌 안 된다 했으나, 그래도 싫다 말하고 싶진 않았다. 아니, 실은 사진으로 남기면 얼마나 좋을까 생각했다. 이 섬을 떠나기 전, 어쩌면 너와 바다에 있는 날……

"지한이랑 같이, 들어가도 돼요?"

고민하다 묻자 침낭 건너, 남자의 말이 잠시 멈추었다.

"걔가 좋아할지 모르겠다."

"좋아."

남자가 입을 떼었을 때, 역시나 잠기운 없이 또렷한 네 목소리도 튀어나왔다.

"……"

"……"

"그럼 저도 좋아요."

안 그래도 꽉 막힌 공간, 숨 막힐 듯한 긴장으로 갑갑했던 통에, 급히 말한 뒤 눈을 감자 조금 뒤 남자의 숨소리가 새근새근 바뀌었다. 나 또한 몽롱해지며 수마에 빨려 들어가 온몸이 빙글빙글 돌았다. 네가 그야말로 바짝 붙어 있는 통에 천을 사이에 두어도 네가 지닌 폭염 같은 온기가 고스란히 느껴진다.

스륵. 스르르. 뱀같이 유연한 무언가가 움직이는 소리가 났다. 지퍼를 열어젖힌 손이 슬그머니 내 뺨을 어루만졌다. 쓰다듬는 손엔 몽롱한 잠기가 서려 있어 이젠 눈꺼풀이 추가 달린 듯 무거웠다.

"잘 자, 지한, 아······."

너도, 하는 까끌한 목소리가 되돌아왔다. 맹목적으로 날 붙잡던 손이 나른해지는 숨소리와 함께 목으로 스륵 내려간다. 목덜미를 쥐고 살살 쓰다듬는 손길이 느려져도 자못 따뜻한 온도라, 저 멀리 날 부르는 무엇에 호응하듯 난 살며시 눈을 감았다.

계속 너와 잠들고 싶단 생각이 들었다. 피로에 지쳐, 울다 지쳐 잠드는 것이 아니라, 행복한 기분으로······ 매일 너와 잠이 들면, 참으로 좋겠다.

* * *

태풍 속 이틀간, 잠시 비가 방울지는 수준으로 바뀔 때면, 유지한은 어김없이 위험천만한 바닷속으로 잠수했다. 비 온 뒤 바다는 또 평소와 다르다 했다. 물고기 떼가 탈로 직전 기차처럼 속도를 높이고, 바다색은 한층 더 진해지며, 우르릉, 바다가 아프게 울부짖는다나.

"그거 나도 볼래. 나도 들어갈래."

"또, 까분다."

"왜? 나도 이제 물안경 없어도 바다 잘만 들어가는데. 숨도 늘었단 말이야."

"물숨 먹고 또 질질 끌려 나오고 싶으면, 해 봐."

"또 말 못되게 한다."

그러자 눈을 휘며 웃다가 턱을 괴고 내 댓 발 나온 입술을 손끝으로 퉁긴다. 그러다가 아니, 정말. 하고 싶음 해, 했다.

"죽을 고비서 둘 다는 못 살아도 내가 너 하난 살리지."

그게 그저 말뿐인 걸 알면서도 왼 가슴께가 찌르르 우는 것처럼 아파 온다.

"나 끌고 나오던 네가 죽으면 나도 죽겠지, 어떻게 나 혼자 살아."

비논리적이야. 괜히 입술만 더 삐죽인 난 결국 바다 앞 주상 절리에 기대어 빗방울로 목을 축이며 유지한이 무사히 바다에서 나오기를 기다렸다. 습기에 물안개가 낀 바다는 자오록했다. 그러다 잠시 맑아졌던 하늘 속으로 까만 구름이 먹이를 찾는 이리 떼처럼 매섭게 달려들고, 빗방울은 굵어져 뺨에 떨어질 때쯤, 유지한이 고개를 내밀고 휙, 숨을 쉰다.

먹구름을 비춰 내 먹빛이 된 바닷물과, 그 수면을 자욱이 덮은 물안개. 그곳에서 흰 물고기처럼 빛나는 몸이 느릿하게 걸어 나오는 걸 보면 마치 너 자체가 바다의 강함을 고스란히 담고 있는 것 같아, 어떤 경의까지 느끼며 널 지켜보게 되었다.

네가 실은 저 아래서 태어난 게 아닐까 생각이 들곤 했다. 네 엄마 아빠가 어디 도망간 게 아니라, 바다야말로 네 진짜 부모인 게 아닐까 하는 그런 생각이.

내가 평생 갖지 못한, 어디에도 구속되지 않은 그런 자유로움을 한껏 내뿜는 소년. 그게 유지한, 너였다. 그러니 너에 대한 내 감정, 선득거림과 설렘이 뒤섞인 이 오묘한 감정은 아마도 자유에 대한 선망에서 기인한 거겠지. 남자가 말한 사랑 그런 건 아닐 거라고, 난 짐작하곤 했다.

아, 역시 바다에 들어가고픈 마음이 들끓었다. 폭우가 그치면 엄마가 감시할 집으로 돌아가야 했다. 해서, 지금 저 위험천만한 곳으로 잠수하는 것이 유일한 탈출구로 보이기도 하였으므로…….

내게 다가오던 네가 급작스레 기태 아저씨에게 끌려 숙소 안으로 잡혀가는 것을 보며, 어느새 느껴진 한기에 몸을 떨던 때였다.

"누나한테 또 전화가 왔네."

등을 감싸는 푹신한 담요를 느끼며 남자의 손에 들린 휴대폰을 바라보았다. 잠 못 이루고 날 걱정할 엄마를 알면서도, 떨어져 있고픈 마음이 솟구치는 것은, 극과 극의 자석이 붙을 수 없듯 내겐 일종의 불가항력이다. 내 시선을 눈치챈 남자가 그것을 뒷주머니에 집어넣고 몸을 내려앉았다.

"네가 그동안 공부하느라 밤새서 그런지, 몸이 안 좋아 자고 있다 했다. 기태 아저씨랑 통화도 시켜 줬어. 지한이 있다는 얘기는 빼고."

"……감사합니다."

남자는 전부터 엄마를 버거워하는 날 이미 아는 듯한 눈치다.

생각에 잠긴 듯한 남자의 검지가 제 무릎을 툭툭 두드리는 것을 지켜보다 눈길을 드니, 흥미를 담은 새카만 눈이 내 속내를 내밀하게 관찰해 온다. 재킷 안주머니에서 담배를 꺼낸 남자가 펴도 되냐 눈짓하길래 고개를 끄덕이자, 꺼내 든 은장 라이터 뚜껑이 경쾌한 소리를 내며 열렸다. 바람을 가리고 라이터 휠을 당겨 담뱃불을 붙이는 유려한 손길을 난 가만 응시했다.

"펴 봐도 돼요?"

담배 끝이 빨갛게 타들어 갔다. 설핏 커진 검은 눈이 느릿하게 굴러왔다. 눈 한 번 슴벅거린 남자가 옅게 웃자 흰 연기가 허공으로 둥그렇게 흩어진다. 그러더니 물던 담배를 느긋하게 빼내, 손가락 새에 끼운 채 내 잇새로 밀어 넣어 준다.

흡, 한 차례 들이쉬는데 매캐한 연기가 코 안을 싸하게 찔러 켈록켈록, 허리를 숙여 자지러졌다. 희미하게 웃는 소리가 났다. 무게가 실리지 않은 손이 뒤통수를 조심스레 쓸더니 떨어진다.

"바다, 들어가고 싶니."

남자는 다시 제 입으로 가져간 담배를 느른히 연기로 뱉으며 물어 왔다.

"네."

절벽 사이 희부연 안개와, 먹빛 수면 위 둥둥 떠 있는 바다의 정경이 마치 죽은 자라도 걸어 나올 듯 신령스러워서일까, 간간이긴 하나 꽤나 굵게 뚝뚝 떨어지는 빗줄기가 저 하늘 누군가의 눈물 같아서일까. 적막한 남자의 눈은 마치 지독한 회한에 사로잡힌 사람 같았다.

"그 언니는……."

남자가 누구를 떠올리는지 뻔히 보여 절로 메는 목을 가라앉히고 다시 물었다.

"그 언니는, 바다를 좋아했나요."

잠시 침묵하던 남자가 바다를 보던 눈을 고정한 채 천천히 말문을 떼었다.

"……늘 인어가 되겠다 했어. 이 섬에는 신지끼 전설, 외국에는 인어 공주가 있으니 그 존재가 거짓일 리 없다며. 심해에 있다는 인어의 길도 매일같이 찾으러 다니고."

"…….."

"그 정도로 좋아했지. 바다에서 숨 쉴 방법을, 찾을 정도로."

한숨 같은 말이 모래를 적셨다가 바다로 다시 끌려가는 물거품과 함께 끝이 났다.

그녀의 시신은 바다에서 떠오르지 않았다 했다. 그렇다면 그녀는 인어가 되어 그 소원처럼 살고 있을까. 마주친 적도 없는 사이나, 난 그 책자 안, 순간의 사진에서조차 반짝이던 소녀의 얼굴과 미소를 잊을 수 없었다. 누구라도 그럴 테다. 가늘고 섬세한 이목구비를 감싼, 그 특유의 분위기가 참 아름다운 사람이니.

"한겨울, 들릴 리 없는 숨비 소리가 들리면, 전 늘 그게 인어의 휘파람이라고…… 생각했어요."

그러니 오빠가 찾던 소녀의 영혼은 정말 바다 어딘가 있을지도 몰라요. 가당찮은 말일지 모르지만 그 작은 위로의 말이 부디 그에게 닿기를 바라며 그를 보았다. 여전히 바다를 주시하던 남자가 반쯤 감겨진 눈을 잠시 손바닥 안에 숨긴다.

그래, 걘 인어처럼 헤엄치던 애지. 지한이만큼 잘했으니. 손가락 새로 연기처럼 스미는 말. 담뱃불이 필터 끝까지 올라 그의 여린 살갗까지 태울 기세라, 조심히 빼내어 바닥에 버렸다. 우리는 고요한 파도 소리만 죽인 숨으로 삼켰다.

머리가 지끈대는지, 남자가 눈을 가리던 손으로 관자놀이를 꾹 눌러 짚는다. 분명 소녀의 엄마인 아주망은 소녀가 죽기 전 잘 걷지도 못했다 말했지만, 사진 속 소녀는 쉴 새 없이 다리가 움직이고 춤도 추었다. 그 당시 아파서 다리를 못 쓰게 된 걸까. 그런데 왜 그 절벽으로 올라가 떨어지고 만 걸까. 그 열아홉에 갇혀 버린 남자를 혼자 두고……. 설마.

스스로?

'처음으로 무서워졌을 때 알았지. 그 애를 잃는 게. 그럴 거면 내가 먼저 죽이는 게 낫지 않을까, 그런 생각을 했으니.'

'유기한은 위험해.'

말도 안 돼. 미친 생각이야. 파도가 날 홀리던 절벽. 그곳에서 떨어진 아름다운 소녀. 소녀와 함께 있던 남자.

섬뜩한 남자의 말과 함께 한순간 뇌리에 스친 영상은, 날 향한 뜬소문만큼이나 얼토당토않았다. 네가 뭐래도, 남자에게 못할 짓이다. 올 흉년이 다 네놈 탓이라며 모함질 한 그 사내들과 내가 다를 게 뭔가. 자책으로 미간을 좁혔을 때였다.

"넌 참……, 묘한 아이야."

다시 드러난 이목구비가 서늘한 웃음을 흘리며 날 비스듬히 내려다본다. 심연처럼 검은 눈이 잠시 선득하게 번뜩인다. 촬영 때만 내비치던 끈끈한 기운이 내 얼굴 곳곳을 재단했다.

"너와 내가 닮았다, 여긴 적 있지. 이 세상에 디딘 발이 한 발쯤 붕 뜬 느낌. 그 이방인 같은 모습이. 하지만 내 안엔 나만 있고, 네 안엔 너만 없으니, 우리가 닮을 순 없겠지."

네 안엔, 너만 없지. 그 말이 띵하게 날 치고 가슴까지 스며 와 두 눈이 시큰해졌다.

감정이 없다는 남자가, 어찌 남의 감정은 뼛속까지 침투해 휘두를까. 그의 말처럼 감정이 죽어 잔혹한 신처럼 객관적일 수 있기 때문일까. 감정 없는 바다처럼, 이 비처럼, 초월한 시선을 가진 그라서.

"그리 살면, 안 되나요?"

"세상을, 떨어지는 낙엽처럼, 살 수 있나. 누군간, 가능하겠다만."

대자연은 무가치적인 무기물이라 너른 품처럼 한없이 이해받는다는 느낌을 주다가도, 부지불식간 잔인한 폭풍우로 돌변하니. 마찬가지로, 실상 안이 텅텅 빈 내 허울을 지적하는 남자가 내겐 한여름에 예고 없이 몰아치는 태풍처럼 잔인했다. 떨어지는 낙엽처럼. 이전에 나의 삶은 분명 그랬다. 엄마라는 바람이 부는 대로, 중력을 거스르지 않으며.

"네가, 해주와 닮았다 여긴 적도 있지. 아주, 틀리진 않아. 하지만 그 앤, 제 빛남을 지나치게 잘 알았다면 넌, 그걸 하나도 모르니."

아래 흰자가 보일 정도로 형형했던 눈이 나른하게 접혔다.

"그러니 널 가장 닮은 사람은 내 동생일지도 모르겠으나, 역시 넌 그냥 너다. 사진 속 네 모습을 너도 이젠 봤겠지."

고개를 갸웃, 기울이며 고민해 봐도 난해한 말들이다. 하나 그 의미를 더 묻기도 전에, 남자가 분 휘파람이 내 입술을 멈추었다. 남자가 아름답게 웃었다. 여길 떠나, 네가 네 엄마에게로 돌아갈 때.

"지한이도 떠나."

그 차게 떨어지는 말에, 서늘히 돌변한 낯을 난 얼어붙은 눈으로 올려다보았다.

"걘, 네가 이 섬을 떠나는 걸 가장 무서워한다. 어차피 떠날 거면, 지금 그 앨 떠나는 게 나을 거란 건 똑똑한 너도 이해할 거야. 넌 욕심이 많은 애잖니. 네 엄마도 상처 주기 싫고, 너도 상처받기 싫고, 지한이도 잃기 싫겠지. 하나, 그걸 다 가질 순 없어. 선택해야지. 지한이는 너와 달라. 네 엄마처럼 네가 숨 막힐 때까지, 너만 볼 거야. 네 목이 졸려도. 내 동생은 그런 놈이지."

"⋯⋯."

"둘 다 상처받기 전, 네가 떠나."

한내야. 벌어진 입 안, 흡, 하고 절로 들이켜지는 숨에, 담배 연기와 뒤섞인 찬바람이 폐부까지 찔러 온다. 콧속이 시큰하다. 어조는 한없이 다정해도 냉정할 뿐 아니라 경멸까지 담은 눈으로 거침없이 잔혹한 말을 하는 사람. 이제 보니 남자는 그런 사람이었고, 정답에 가까운 말들에 뭐라 대꾸할 수도 없었다.

"그 전에 여서 추억 하나 남기는 건 나쁘지 않겠지⋯⋯."

네가 감당할 수 있으면 말이야, 한내. 투둑투둑. 굳어진 내 정수리와 뺨 위를 세차게 가격하던 빗방울이, 삽시간에 멈춰 들어 고개를 들었다. 샤워를 마쳤는지 옷을 갈아입은 네가 하늘처럼 파란 우산을 들고 있다. 그 색만큼 네 뽀얀 낯은 청명했다.

"한내, 잠깐 어디 좀 가자."

우산 그늘이 진 얼굴에서 속을 읽으려 애썼으나, 평소처럼 시들하게 저의를 숨긴다. 남자와의 대화에서 받은 충격이 컸는지 목소리가 곧바로 나오지 않아, 억지로 숨을 들이쉬어 목을 가다듬었다.

"비. 흠, 비 오는데. 어딜 가?"

"조금 있음, 그쳐."

네 낯을 보자 후드득 쏟아질 것 같은 눈물을 꾹 참으며, 네 우산 밖, 곧 천둥이라도 칠 듯 번뜩이는 회색 구름으로 눈길을 돌렸다.

"그치긴커녕, 점점 쏟아지는데?"

"아직도 날 못 믿네, 넌."

네가 가는 눈을 뜬다. 흘깃 돌아본 남자의 검은 눈은, 내 선택을 가늠하듯 오묘한 빛을 띤다.

"믿어."

몸을 일으키자마자 유지한은 제 형으로부터 날 보호하듯 감싸 쥔 몸을 우산 안으로 들이고 걸음을 옮겼다. 남자를 다시 바라보며 인사할 엄두가 나질 않아 하늘을 가둔 파란 장우산을 올려다보며 종종걸음을 디뎠다.

"그래서 어디 가는데?"

물으면서도 어지러운 숨을 가다듬었다. 왜 이렇게 속이 울렁이는지 까딱하다간 토하겠다.

'둘 다 상처받기 전, 네가……'

"너랑 둘만 좀 있게."

네가 답한다. 단단한 바위처럼. 너른 바다처럼.

"그럼, 바다?"

네가 예전에 말한 우리 둘만의 공간은 뭍 누구도 볼 수 없는 푸른 물 아래, 우리 둘과 물고기들만 있는 곳이었으니.

"아니."

"그럼?"

"장마 때만 열리는 곳."

뭘 그리 깜짝 선물이라도 되는 것처럼 비밀스러운지, 잔말 말고 따라오라는 뉘앙스에 난 작은 섬을 두리번거렸다. 빗방울이 흰 포말을 만드는 검푸른 바다 외 보이는 것은 섬을 둘러친, 100미터 높이의 깎아지른 절벽뿐이었다.

유지한은 비에 젖어 짙은 색을 띠어 가는 절벽 중 하나로 걸어가 쥐었던 우산을 내게 들리고 뛰어내렸다. 멀리서 봤을 땐 뭍과 바로 이어지던 절벽과 땅 사이, 성인 남자 보폭 정도의 구덩이가 파여 있다.

뒷주머니에서 수건 두 장을 꺼내 든 네 흰 뺨에 툭, 빗방울이 떨어졌다.

얼른 다가가 우산을 디밀자 무릎에 보드라운 감촉이 닿는다. 진지한 낯으로 내 양 무릎에 작은 수건을 하나씩 묶어 낸 네가 가까이 오라 손짓했다. 아! 잡힌 허리춤에 놀라 떨군 우산이 젖은 모래 바닥을 뒹군다. 늘처럼 뜨겁고 단단한 몸. 갑자기 그 알처럼 딱 좋은 온도와, 내게 알맞은 강도의 네 몸을 파고들어, 세상 모든 것으로부터 숨어 있고 싶단 생각이 든다.

그 아쉬운 품에서 떨어지고서야 절벽 아래 숨겨진 동굴 입구가 보였다. 따라와. 무릎 아프면 말하고. 우산과 신발을 비에 젖지 않는 돌 틈에 쑤셔 넣은 네가 벌써 네 발로 저만치 기어 들어간다.

그 덩치 덕일까. 네 드넓은 어깨를 수용하기에도 비좁아 뵈던 동굴이, 직접 들어갔을 땐 널찍하진 않아도 딱 아늑한 정도였다. 귀마개를 낀 듯 빗소리가 확 가신다. 갯바위의 습한 냄새를 한층 강화한 듯한 물 내. 널 따라 몸을 둥글게 말았다. 손바닥과 무릎을 부지런히 놀렸다.

"내 무릎이 아프면, 네가 뭘 해 줄 수 있는데?"

푹신한 수건에 덮여 전혀 아프지 않음에도 물었다. 내가 욱신대는 건 저 무릎 아닌 이 가슴께인데, 네가 이것까지 어찌 해결해 줬으면 하는 마음에.

"그젠 아픈 게 좋다며."

"……그건 너…… 네가 날 아프게 하는 게 좋다는 거지."

이 딱딱한 돌바닥이 아니라. 내가 들어도 요상한 말이 낯부끄러워 속삭이듯 덧붙이자, 저 멀리의 뒤통수가 궁금함 말해 보든가, 했다.

그사이 네 발이 내 시선을 붙든다. 헤엄칠 때마다 네 기다란 발가락이 곱게 뻗어 있는 것이야 늘 봐 왔지만, 단단한 사내의 발바닥이 대리석처럼 그렇게 눈부신 흰 빛을 띠고 있는 것은 처음 본다. 가던 걸음을 멈춘 유지한이 움찔거리며 고개를 돌려, 제 발바닥을 간지럽히는 내게 미간을 좁혔다.

"한내."

경고조로 읊조린다.

"넌 간지럼도 안 타? 반응이 뭐 이래."

또 손을 놀렸다. 곱아드는 발가락이 만족스러워 깔깔대다가 비틀비틀 돌벽에 처박히고 말았다. 아파…… 튀어나온 돌에 어깨를 찍힌 탓에 소리가 절로 나왔다. 그러자 벼르던 네가 손을 내리뻗어 제 누운 몸 위로 날 끌어올렸다.

훅, 떨어진 심장이 심해에 푹 잠긴다. 꽤나 깊어진 굴은 캄캄했고, 짠 내와 물 내가 뒤섞여 났다. 그리고 네 특유의 내음이 코끝을 맴돌았다.

물을 좋아하는 소년답게 늘 나던 비누 내음, 시원한 바다 내음, 짐승처럼 어딘가 위험한 살 내음. 거기에다 이젠 모래처럼 다정하고 부드러운 내음까지 섞여 나니, 내 허리를 감아 오는 단단한 손에 감싼 공기마저 날옥죈다.

"고새 다시 비쩍 곯아서."

뻣뻣해진 눈꺼풀을 들자, 네 까만 눈이 훅 짙어져 요요하게 빛난다. 음식을 갖다 바친 보람이 없지, 어? 탁하게 갈라지는 목소리로 스산하게 혀를 찬다. 뼈마디를 짚어 내듯, 등줄기를 느릿하게 타고 오르는 손에 한기에 쭈그러들던 몸이 후끈 데워진다. 하아, 네 손에 뒷목이 잡혀 난 사냥당한 토끼처럼 밭은 숨을 뱉었다. 한내.

"널 만나니까 세상이 더 좆같아."

훗. 네게 제압당한 목덜미부터 정수리까지 낱낱의 솜털과 머리털이 곤두서서 저릿저릿 간지럽다. 화가 난 걸까. 아님 치솟는 화를 억누르나. 네 짓씹힌 음성이 탁한 욕망을 담아 웅웅거리는 동굴로 퍼져 나갔다.

"네가 갖고 싶어."

내가 진짜 미친놈이라도 될 것 같으니. 동굴처럼 냉기 어린 목소리에 꼭꼭 묻어 두던 네 까만 심연이 묻어났다.

"근데 또, 너만 있음 세상만사 다 좋을 것 같으니. 영 판단이 안 서."

난 너의 차게 들끓는 눈을 보았다. 네 감정도 나처럼 선망과 유사할까.

그리 생각하면서도 내까짓 것 중 갖고 싶은 게 뭐가 있을까 하는 슬픈 생각도 든다. 하나 네 흔들림 없이 곧은 눈동자가 보인다. 내 속내와 껍데기와, 그 모든 것을 집요하게 핥아 내는 네 날 선 눈에, 몸이 먼저 반응하듯 살갗 여기저기가 또 간지럽다.

"씨발, 이 말도 안 되는 게 대체 뭔지, 똑똑한 네가 말해 봐. 어?"

어둡게 벌어진 잇새서 흐른 숨결이 입술 위로 뜨겁게 내려앉는다. 그것만으로도 너와 입을 맞춘 듯 네 성난 손길이 닿던 곳이 벌름거린다. 그곳에 딱 맞춘 듯한 네 아랫도리도 돌처럼 단단했다.

"가져."

작게 속삭였다. 나치고 꽤나 단호한 그 말은, 철저히 유지한이 아닌 박한내의 욕심을 담았다.

남자의 말대로 난 욕심덩어리다. 유지한이 박한내를 마음껏 채워 주었으면 좋겠다는. 네 원대로 망가뜨려도 좋으니 너와 하나로 합쳐지고픈 내 불가능한 욕망을 마음껏 풀어 헤쳐 주었으면 좋겠다는……. 내가 늘 타인과 필연적으로 유지하던 거리감을 상실하고픈, 그런 괴이한 욕심이 솟았다.

"네 말대로 잘근잘근 씹어 먹고 물어뜯고 쑤셔 박고 하란 말야. 너 하고픈 대로……."

지금 이 순간만이라도 정말 네가 날 가지고, 내가 네 일부가 될 수 있으면, 여한이 없겠단 생각만 든다.

'지한이를 떠나.'

귓가에 웅웅대는 말을 그저 무시했다.

"갖고 싶음, 가지면 되잖아. 날."

네 뜨거운 날숨. 느긋하게 올라온 고개가 모로 기울었다. 뒷목과 뒤통수가 내리눌렸다.

"읏, 아……."

차가운 코가 스치고, 바짝 마른 입술이 애간장을 태우며 느리게 닿았다.

호흡이 뭍으로 나온 물고기처럼 걷잡을 수 없이 뒤흔들렸다.

박한내는 제 감정에 느린 아이다. 하지만 그땐 너무나 분명했다. 이렇게 선명한 감정은 처음이었다. 머리론 이별을 고민하면서도, 네가 날 헤집어 주길 바라는 이 감정. 이 천벌을 받아도 좋을 이기적인 탐욕이.

"지한, 하, 아, 제발⋯⋯."

돌아간 몸이 묵직한 무게에 짓뭉개지듯 깔렸다. 잡아, 네 소원대로 해 줄 테니까. 그리 뇌까리며, 벌써부터 어질어질 녹아 버린 내 팔을 제 목에 둘렀다.

양손과 양다리로 아기 코알라처럼 네 단단한 목과 허리를 감아 붙들자, 재규어처럼 매끄러운 움직임이 내 몸을 흔든다. 금세 도달한 너른 공간의 뒤에선 싸한 빗소리가, 앞에선 습한 동굴 냄새와 다른 짭조름한 냄새가 났다. 아마 바다로 통하는 다른 입구인 모양이었다.

그러나 동굴 벽에 기대앉은 네게 목뒤가 꽉 붙잡혀 윗입술, 아랫입술, 양 뺨과 귓불 할 것 없이 아플 정도로 빨려 뒤를 돌아볼 틈은 없었다. 어지러운 내 시야 속엔 단 하나의 얼굴만이 있다. 언제부터 이 남자다운 얼굴이 제 형과 달리 보이며 시선을 더 사로잡았는지⋯⋯.

아! 집요할 정도로 씹힌 입술이 찌릿거린다. 무섭도록 끈질긴 행위에 도망가려는 본능을 달래듯, 뒷덜미를 느른하게 만지던 손이 두피를 치밀하게 파고든다. 가지 마. 도망가지 마. 속삭이는 네 손짓을 따라 기분 좋은 소름이 서늘하게 등줄기를 훑었다. 싫어? 네 속삭임에 고개를 저었다.

"더 세게, 더 아프게⋯⋯. 해 줘."

그래서 평생 이 순간을 기억할 수 있게. 네가 내 안에 한가득 새겨지도록.

내 머리카락을 몸이 뒤로 젖혀질 정도로 끌어당긴 네가 드러난 목덜미를 빨았다. 두피에 통증이 느껴질 때쯤 손에 힘을 풀어 그것을 따라 찌르르한 전기가 정수리를 타고 올랐다. 선득한 한편, 눈이 저절로 감기는 혼몽한 감각이 인다. 몸이 하르르 잘게 떨린다. 이곳이 너무 추워 난 폭염 같은 네 품을 파고들었다. 벌써 묵직해진 것에 축축해진 것을 비비었다. 네게 마치 스며드는, 이 감각이 이상했다.

"하아, 이, 이상해⋯⋯."

난, 네 앞에선 늘 이상해, 한내. 그리 속삭이며, 네가 천천히 네 옷을 끌어 올렸다.

내 걸 삼키고, 나 땜에 우는. 처음 널 봤을 적부터 네 이런 얼굴이 떠올라. 내가 드디어 형처럼 미쳐 버린 줄 알았지. 틀린 말도 아니야. 그런 네가 이리 예쁘니.

아랫배부터 움츠러들기 시작해 몸의 온 근육이 스프링처럼 눌리고 눌리다, 계란 노른자처럼 팍 터져 버린 몸은, 뼈와 근육을 잃은 듯 노곤하게 힘을 잃고 늘어지기 시작했으나 넌 도통 끝낼 생각이 없었다.

네 노래도, 네 울음도 사랑스러워. 들려줘 봐. 네 울먹이는 노래.

나한테 아무것도 감추지 마. 응? 울어 줘.

내가 목이 쉴 때까지 울부짖게 한 뒤 급작스레 그만두었다. 왜 너는 안 하고 그만둬? 묻자 이따 또 할 거니까, 라 답한다. 밑이 쓰린 만큼 눈을 흘겼어도, 처음인 날 배려해 제 욕구를 참아 내 준 걸 알았다.

네 침입에 신음하며 습기로 축축해진 눈을 내리감던 날 떠올렸다. 아픔을 매개로 너와 하나로 이어졌다. 바위에 붙은 따개비처럼 날 진득하게 따라붙던 외로움 없이 고독을 몰아내는 이 따스한 고통이라면 언제든 환영이었다. 이제 넌 나랑 하나야. 내 거야. 은밀하게 속삭이던 너도 나와 같은 마음이었을지.

"장마 때만 생겨나는 동굴이야."

온몸이 늘어진 우리는 한 몸처럼 들러붙어, 비가 그칠 때까지 밖을 내다보았다. 동굴의 동그란 프레임 속, 하늘과 이어진 바다가 아름답게 젖어 든다. 들어온 입구 반대편, 바다로 연결된 구멍에서 물이 울컥울컥 차올랐다

빠지길 반복했다. 네가 그곳을 가리켰다.

"여기로 들어가면 해저 동굴이 나와. 그 끝엔 바다가 있어. 조금 더 올라가면 수면이야. 바로 하늘을 볼 수 있지. 썰물 때 그 근처 기정에 올라 동굴 입구에 있는 바다를 내려다보면 바닷물이 동굴로 빨렸다가 뿜어지길 반복해. 음료에 꽂힌 빨대를 불면, 기포가 솟구치는 것처럼 동그랗게."

"바다가 숨 쉬는 것처럼?"

숨. 그렇지, 하며 내게 작게 웃는 네 모양새가 마치 새끼 고양이를 다루는 눈이라 명치께에서 알싸한 통증이 인다.

"살아 움직이는 그림 같아."

눈물처럼 쏟아지는 비를 바다가 너르게 받아 낸다. 까만 구름을 비추어 내는 옥색 바다가 비를 맞아 튀어 오르고, 그 산란한 빛이 여러 가지 색을 띤다. 마치 초현실주의 그림 같은 이 전경을 남자가 보았다면 금세 셔터 한 번 눌러 냈겠지.

멍하니 바다의 움직임을 목도하며 난 상념에 잠겼다. 남자의 눈부신 재능, 유지한의 타고난 재능, 박한내의 불확실한 미래, 너에 대한 정의되지 못한 복잡한 감정들, 우리의 예정된 이별, 남겨지고, 실망할 엄마……. 많은 것들이 순식간에 이것저것 떠올라 한참 헤어 나오질 못했다.

지금 이 순간은 너무나 행복한데, 난 다시 불행해지는 생각을 한다. 내 못된 습관이 또 시작됐다. 상처받는 게 싫어 늘 최악의 상황을 가정하고, 그 상황이 도래하면 원래부터 기대한 적 없다, 발뺌하며 덤덤한 척하는 습관…….

"무슨 생각이 그리 많아."

네가 설핏 인상을 쓰며 묻는다. 너와의 일을 후회하진 않는지 살피듯. 틀린 말은 아니었다. 이 좋은 걸 차라리 몰랐으면 좋았을까 싶다. 평생 마모되어야 하는 아픔이, 너무 커지는 건 싫은데.

"……바다, 들어가고 싶어."

검게 몰아치는 바다를 보며 말했다. 바다에 들어가지 못하고, 너도 보지 못한 그 한 달가량, 난 물 뿌림을 받지 못한 이파리처럼 칙칙하게 시들어 갔다.

"바다가 날 안아 줄 땐 외롭지 않아서, 행복해."

묵묵히 경청해 오는 네 눈길에 덧붙였다.

"깊은 곳으로 들어갈수록 몽롱해지고, 다른 생각이 없이 바닷물의 차가움, 멈춰 있는 호흡, 물의 압박감, 그 감각에만 집중하게 되는 게 좋아. 너도 그렇지?"

그리 말을 뱉다가, 바닷속에 잠긴 기분이 너와의 몸 섞음과 무섭도록 닮아 있다는 생각이 들었다. 네가 그래서 무섭다 말했구나. 이해했다. 숨이 막힐지언정 빠져나가고 싶지 않아 두려운 이 감정을.

"가끔 차라리 엄마 배 속으로 다시 들어가면 좋겠다, 그런 생각을 하는데. 바다에 들어가면 그게 현실이 된 거 같아. 그래서 좋아."

네가 이 말을 이해할 것이라고 확신했으나 쳐다본 얼굴은 어딘가 예리한 화가 돋아 있었다. 그런 얼굴을 하는 널 보면 심장이 우그러들며 콩닥콩닥 뛴다. 네가 그런 얼굴을 할 때마다 내뱉은 말들이 내 내면 깊은 상처들을 꼭 캐내기에.

마음에 안 드네. 네 무감정한 눈이 서늘히 입을 벌렸다. 허벅지 안쪽을 파고든 네 거친 손끝이 상처 부위를 지그시 눌렀다.

"네가 바다를 좋아하는 이유가."

몸을 떨 정도로 아프게 짓누르는 것이 스스로 다치게 한 행동에 벌이라도 주는 것 같아 그저 눈을 슴벅이는 것밖엔 할 수 없었다. 내 짓무른 눈망울 위에, 유지한이 느릿하게 입을 맞추고서 숨처럼 속삭인다.

"왜. 너 혼자 어디 긋고 죽기는 힘드니, 바다에서 황홀경 느끼며 뒤지고 싶어?"

뭐? 아냐! 곧바로 부정하면서도 이따금의 충동을 들켰단 생각에 벌써부터 가슴께가 시큰하니 뛰었다. 네가 고개를 잠시 기울이며 사나운 성미를 애써 죽였다.

"네가 바다에 뛰어들어 골로 가. 그럼 내가 어떻게 할 거 같아?"

"······안 그래."

"어떻게 할 거 같냐고."

퍽퍽하게 갈라진 네 목소리에 뭐라 답할지 모르겠다.

"몰라······."

"내가 끝까지 가는 놈인 거 이젠 알겠지. 널 내게 묶어 두지 못한 날 자책하고, 열받아 나도 널 따라가지."

"······."

"널 끈질기게 찾아내고. 다시 그런 짓 못 하게, 네 몸을 아주 나한테 묶어 놓겠지."

"내가 무어라고."

"한내."

"응."

"널 찾는담 한 몸처럼 묶어서라도 널 내 눈에서 떼지 않겠단 말이야. 널 찾을 거고. 그러니 만약 네가 갈 거라면 나도 데리고 가는 게 좋을 거야. 난 이제 바다보다 너니. 너도 그렇게 해. 나로 만족해."

알았어? 무서우면 그런 짓 마. 대답을 종용하는 얼굴이 낭만적인 동시에 선득하다. 너만은 내가 죽어도 선연히 기억해 주겠구나, 애처롭게 슬퍼해 주겠구나 싶고, 또 그러니 그저 잘 살아야겠다, 다짐도 생겨나는 것이었다.

"지한, 난 죽고 싶은 건 아닌 것 같아."

그러자 날 협박하는 와중에도 불안으로 흔들리던 네 잿빛 눈에 안심이 찼다. 손을 올려 그것을 부드럽게 덮은 네 풍성한 속눈썹을 매만졌다. 깜빡이는 눈꺼풀이 막지만 않으면 이 안, 마치 비 오는 하늘을 꾹꾹 뭉쳐

놓은 듯한 네 어여쁜 눈을 파고들고 싶다. 네 매끈매끈한 표면을 만져
보면 좋을 텐데.

한땐 사라졌으면 했다. 이렇게 살다 엄마의 기대를 저버리고 그녀의 인
생을 망친 딸내미가 되느니, 친구들에게 비정상을 들켜 따돌림당하는 애가
되느니, 혼자가 되어 고통받느니, 차라리 없는 존재가 되는 게 낫겠다고.
하나 그 끝 눈이 내린 날, 내 내면 어딘가가 바뀌었다.

"아무 감정도 느끼지 않으니, 네가 날 아프게 하는 게 좋고, 차라리 우는
게 좋아. 슬픔도 무언가를 느끼는 거잖아."

인생이 힘들다면, 슬퍼하는 것도 잘 살아가는 거잖아.

"그리고 난 슬픔밖에는 진실함을 느끼지 못해. 행복은 왜인지 내 삶에
있어선 안 되는 일 같아. 통 믿을 수 없으니, 그 행복의 끝을 자꾸 떠올리면
서 다시 슬퍼지고 말아. 이상하지?"

난 이 행복이 영원할 거라는 걸 믿지 못하나 봐. 그래서 어쩔 수 없이 슬
퍼져.

"그러니 난 네가 아프게 해 주면 좋고, 슬프게 해 줘도 좋아. 그러
면······."

내 말의 작은 조각, 그 틈새의 숨도 놓치지 않고 듣겠다는 듯 끈질기게
날 핥는 네 눈길을 마주 본다. 내 그 아픔이 싫다는 듯 성을 내면서도, 그
근원이 네가 되면 좋겠단 말엔 넌 슬그머니 열기를 품으니. 올곧아 뵈는 시
선에도 하릴없이 깊은 결핍이 묻어나는, 그래서 나와 닮은 네가 난 점점 더
좋아진다. 난, 그것이 못내 두렵다.

"그러면, 내가 살아 있는 것 같고 그러면······, 그러면 살고 싶다는 생각
을 하게 돼. 죽는 게 낫겠다, 그리 생각한 게 얼마나 철부지였나 싶어져."

그러니 유지한은 박한내에게 행복을 준 것이다. 정확히 말하면 너무 행
복한 만큼 슬퍼지고 두려운 감정을 선사해 준 것이었다.

허벅지를 긋던 순간들마다, 난 삶을 절절히, 제대로 느끼고 싶었다. 답답

하고 어딘가 잘못된 거 같아 미치고 팔짝 뛸 지경처럼 고통스러워도, 그 통증조차 제대로 느끼지 못하고 하루하루 공부로 시간을 지우며 유예해 가는 것이 갑갑해서. 무언가를 터뜨리고 싶어서. 행복할 수 없다면 고통이라도 생생히. 이 세상에 박한내가 발자국을 찍어 나가고 있다는 걸 절절하게 느끼고 싶어서. 그래서 그리하였다.

죽고 싶어서가 아니라 제대로 살고 싶어서. 아플 때 아프다고 말하고 싶어서. 그러나 이 세상 나만 힘든 것도 아니니, 날 억지로 쑤시고 베어 상처를 낸 뒤에야 아픔을 느끼는 게 정당한 것 같은 탓에.

그땐 정말 몰랐다. 절절한 감정을 내게 가져와 줄 누군가가 있을 것을. 넌 늘 나를 뒤흔들었다. 내 안에 묶여 있던 감정들을 풀어놓고, 그렇게 날 이 땅에 붙잡아 주었다.

"그러니 지한, 난 네게, 너무너무, 고마워……."

"……좋은 말인가?"

불규칙한 숨만 내뱉던 네가 중얼거렸다.

"고맙다는 말. 어? 그거 좋은 거냐고."

씹, 어쩐지 미안하단 말 같아 썩 기분이 더러워서. 그렇게 뇌까리고는 또 한참 말없이 날 응시했다.

난 네 몸에 싸여, 네 팔에 등을 기댄 채 고개만 돌려 널 바라보았다. 그 눈길은 애절하여 내 속살까지 따끔따끔 아프기도, 마른 들에 피어난 불처럼 성이 나 내 마음에도 화르륵 옮겨붙기도 했다. 미안. 네가 처음부터 싫어했던 말인데. 어쩌면 우리의 이별을 이미 속에 품고 있는 내가, 네게 미리 건네는 인사인지도 모르겠다.

널 떠나야 할지 모른다. 남자의 말이 내 깊은 두려움 속으로 침투해 뿌리를 내리고, 가지를 내뻗고 있으니 숨이 막힌 사람처럼 흉통이 답답해진다. 네가 없다면 난 또, 혼자가 되겠지. 하나 이 순간만큼은.

너라는 바다에, 잠기고 싶다.

너무나.

"부탁이 있어. 지금, 바다에 들어갈 수 없잖아. 그러니……."

갑자기 든 충동은 나조차 놀라웠다. 너에겐 더 그렇겠지만 이 어두운 갈망을 도저히 떨쳐 낼 수가 없다. 난 간절한 한숨처럼 말을 뱉었다.

"네가 잠깐, 내 목을 졸라 줘."

"……."

"그러면, 좋겠어."

속에서 올라온 신물을 삼키며, 난 네가 곤두세웠던 눈썹 사이를 서서히 좁히는 것을 애써 보았다. 역시 너도 이것만큼은 이상하게 볼까.

자해의 방법은 수만 가지. 한때 잔혹한 놀이 방식으로 문제가 되기도 했던 이 유명한 방식을 내가 시도하지 않았을 리가 없다.

하지만 딱 한 번이었다. 이세준이 내 책상에 해 놓은 장난을 처음 발견하고 속으로 웃던 친구들을 본 날, 옷장에서 옷걸이와 기다란 옷가지를 빼냈다. 온몸에 힘이 풀리고 까무룩 정신을 잃었다. 몇 초 뒤 발작하듯 일어나 목울대를 감쌌던 옷가지를 푸르며 다신 하지 않겠다 다짐했다. 계속하면, 중독될 거였다. 혼자 이러다간 진짜 죽을 수도 있겠다 싶었다.

하나 전신을 전율케 한 그 느낌. 삶과 죽음의 경계선, 그곳에 서 있을 때에야 난 삶을 긍정할 수 있었으니.

그러나 네게 부탁한 게 그런 이유인 것뿐은 아니다. 너와 더 가까이 맞닿아, 널 내게 더 새겨 넣고 싶은데. 그래서 평생 기억하고 싶은데. 음침한 난 이런 방법밖에는 모르겠어서. 목이 졸려 가물가물 정신을 잃어 가는 느낌은 바다에 들어갈 때와 유사하니, 네가 내게 그런 것을 선사해 주는 사람이면 좋겠어서.

너라는 바다에, 잠기고 싶어서……, 난.

하지만 역시 이것까지 이해해 달라 하는 건 무리인 것이다.

"아니. 아니야. 이건 너무 이상한 부탁……."

"나라고 그러고 싶지 않을까."

날 바짝 뒤에서 끌어안은 네가 낮게 속삭여 온다. 껴안고 있던 팔을 앞으로 뻗어 내 목을 쉬이 감싸자 구부러지는 부분이 내 목울대를 압박했다.

"기분 좋겠지. 좋아 죽겠지."

굵은 것이 힘주어 내 목을 틀어쥐는 것만으로도 긴장한 어깨가 본능적으로 안으로 말리고 숨이 턱 막혔다.

"네가 날 그렇게까지, 믿어 주는데."

뺨에 부드러운 입술이 몇 번, 솜털처럼 내려앉는다.

"그러다 깨어날 때, 네 눈에 나만 있을 텐데. 얼마나 좋을까. 응?"

어딘가 싸늘하고 음습하나, 침착한 네 목소리가 이어졌다. 바다에 들어갔다 나왔을 때처럼, 내가 삶과 죽음의 경계에 섰을 때 삶의 가치를 확연히 느낀다는 걸, 너도 눈치챈 것이다.

"네가 너 혼자 상처 낼 거면. 차라리 내 손에서 했으면 하지, 나도."

팔이 목을 더 바짝 죄여 와 난 눈을 꾹 내리감았다. 온몸이 바짝 긴장되어 떨렸다. 한데 압박감을 느끼기엔 턱없이 부족한 힘에 살며시 눈을 떴다. 널 돌아보았다.

바라본 네 눈이 너무도 아파 보여, 네 눈길만으로도 목이 졸린 듯했다. 말 그대로 누군가 목을 죄고 가슴을 온몸으로 내리누르는 듯해서, 숨이 막힌다.

"근데 그것보단, 한내, 네가 날 좋아한다 말함 좋겠어."

네가 쥔 목으로 말했다. 나 또한 가슴께에 몰아치는 감정에 목구멍에서 울컥대던 피가 눈으로 뜨겁게 튀어나올 듯했다.

아, 그런 거였나. 그랬나. 널 좋아한다는 말 대신, 난 네게 그런 걸 부탁했던 건가. 그 말은 나에겐 너무도 어려우니, 그 말을 입으로 뱉어 버리면, 너에 대한 마음이 걷잡을 수 없어질 거니까. 이미 걷잡을 수 없는데. 그러니 네게 내 목을 졸라 달라 하며 너에 대한 마음을 표현하는 나는, 얼마나 뒤틀린 걸까.

"근데 그 말을 못 하겠지."

"⋯⋯."

"넌 날, 넌 아직⋯⋯."

아직 날 좋아하는 건 아니겠지. 네가 속으로 삼킨 말이 귓가에 울리는 것 같았다. 그런 게 아닌데. 하지만 부정하면 너에 대한 마음을 고백해야 할 것이다. 벌써 이별을 생각하는데 옳지 않잖아. 그사이, 내 목엔 다시 팔이 감겨들었다. 힘은 느슨히 풀린 채.

"그래도 네가 내게 바라는 게 이거라면. 난 뭐든 하지. 하지만, 네가 내 것이 되어 기분 좋은 것보다, 네가 정신을 잃고 날 떠나 어디론가 가 버리는 거. 난, 씨발, 그게 더 싫어. 그러니 이게 한계야, 씹. 못 한다고."

으르렁거리는 빗줄기와 파도가 우는 사이로, 내 뺨에 나른하게 떨어지는 홧홧한 숨결의 끝이 불안하게 흔들거렸다. 뜨거운 뭔가가 자꾸 목구멍에서, 눈구멍에서 울컥 치민다. 손끝이 벌벌 떨려 견딜 수 없다. 너에게 말해 버릴 것 같다. 널 좋아한다고.

난 새어 나가려는 말과 함께, 터지려는 눈물과 함께, 숨을 삼켰다.

"그래도 네 옆에 있을 거야. 언제든. 네가 네 팔목을 긋고 싶어도, 언제든 내가."

모든 것들을 안으로 먹어 버렸다. 눈꺼풀에 힘을 풀며 어둠 속으로 잠겨 들었다. 이미 노곤노곤하게 풀어진 몸. 어둠 속에서 아롱거리는 그 환락의 불을 다시금 잡으려 애쓰며. 내 목울대가 네 단단한 팔뚝에 닿는 것을 느끼며.

홀로 기도를 조였다. 목구멍에서 뛰는 내 맥이 천둥 번개처럼 들끓었다. 반딧불 같은 빛이 무지갯빛으로 산란했다가 여기저기, 날 잡아, 날 잡아라, 외친다. 검었던 눈앞이 탁, 전등 스위치가 눌리듯 새하얘졌다. 관자놀이에 닿는, 메말라 거칠어진 네 입술을 느끼며 난 숨을 계속 참았다. 서서히 정신이 아득해졌다.

누군가의 다리에 머리를 댄 채 눈을 떴다.

수묵화에 점처럼 찍힌 달 같은 잿빛 눈동자. 그것을 감싼 길고 날카로운 눈매에 창백하리만큼 흰 얼굴. 굉장히 곱상한 소년.

그 까만 눈빛이 날 격정적이면서도 애틋하게 바라보는 것이, 초면이었으나 눈을 뗄 수 없을 만큼 날 홀리게 한다. 어떻게 사람이 이렇게 생길 수 있을까. 그러면서도 어딘가 낯이 익어, 난 손을 뻗어 매만졌다. 그러자 온몸의 감각이 쥐가 났다 풀리듯 정전기가 일었다. 발끝에서부터 머리꼭지까지 찌르르했다.

황홀할 정도의 수려한 소년이 거친 손끝을 뻗어 축축한 침이 흘러나온 내 입술을 문질렀다. 하, 발간 입술이 작게 신음하는 것을 멍하니 보자, 찌릿한 불꽃이 내 몸 이리저리 튀었다. 난 손끝 발끝을 움찔거리며 부들부들 떨었다.

"한내……."

그 부름에 애틋함이 가득했다. 그 탓에 널 알아보았다. 뇌가 잠시 제대로 기능하지 못해서 처음엔 누군지를 몰라보았다. 그 깨달음과 별개로 몸 곳곳에서는 모든 세포가 경련했다. 감각의 소용돌이가 몰아쳤다.

"지한, 아, 아, 나…… 몸이 이상해……."

울먹이는 날 매만지며 나른한 숨을 한 차례 내쉰 네가 고개를 숙이고 덜덜 떨리는 내 입술을 약하게 물었다. 그것만으로도 허리가 배배 꼬이며 절정에 도달할 듯했다. 투박한 손가락이 아래로 내려갔다. 죽음을 목도한 생선처럼 허리가 튀었다. 어떤 때보다 예민한 감각이 발끝부터 척추를 휩쓸고, 머리 꼭대기까지 솟았다.

"아……. 훗, 지한아, 나 미칠 것 같아. 아……."

한내. 네가 내게 속삭이며 찬찬히 등줄기를 쓸어도 발작 같은 떨림이 지속된다.

"숨 쉬어……."

내게 속삭이는 입술을 물어뜯듯이 삼켰다. 말캉한 그것을 빨며 비로소 헐떡헐떡 받은 숨을 몰아쉬었다. 순응하듯 혀를 빨아 당기는 나를 보며 유지한은 눈물로 범벅된 내 뺨을 매만졌다.

난 딱 이대로 죽어도 좋을 만큼 행복했다. 해서 더 큰 눈물을 터뜨리고 엉엉 울다가, 푹 땀에 젖은 몸만큼 지쳐 결국 탈력감에 팔을 늘어뜨렸다. 하나 눈앞의 얼굴은 여전히 지나치게 색정적인 빛을 띤다. 자지러졌던 내 반응에 비로소 만족한 듯했다.

"하아, 지한아, 하아, 다음에……."

넘치는 자극으로 귓속에서도 쿵쿵대는 심장이 불안했다. 널 또 언제, 하아, 웃, 만날 줄 알고. 불안을 고스란히 담아낸 말에 나도 그저 입술을 겹쳤다. 네가 다시 내 안으로 침투하는 순간 그저 폭우 속 파도에 덮쳐진 갈매기처럼 파드득대는 것이 유일하게 할 수 있는 행위였다. ……누군가에게 내 넋까지 빼앗긴.

그 온전한 통제의 상실과, 아득한 휩쓸림.

난 그게 내가 평생, 인생에서 바라 마지않았던 것임을 깨달았다.

* * *

비가 그쳐 숙소로 돌아가는 길, 네 등에 업혀 말갛게 개는 바다를 바라보며 완성한 노래를 들려주었다. 아, 내 기타가 있어야 하는데……. 넌 아쉽다는 듯 입술을 핥았지만 지금 또한 내겐 완벽하다고 덧붙였다. 가사에 들어간 바다도, 바람도 우리의 관계 같아 마음에 든다며. 숙소에 도착해 그 포근했던 등에서 내릴 때, 네가 급작스레 뒤에서 날 품었다.

내 등과 맞닿은 가슴팍, 온몸으로 삐져나온 듯한 네 심장이 웅웅 울렸다. 마치 숨 쉬는 동굴, 그 깊은 곳에 들어앉은 것처럼. 그러나 넌 말이 없었다.

네 상태 어딘가가 이상하다는 것을 느꼈다. 지한. 내가 부르기 전 네가 날 먼저 조용히 부른다.

"한내."

응. 대답하자 사랑이 뭘까, 물어 온다. 난 손끝으로 코끝을 훔치며 말아 문 입술을 질근거렸다. 늘 희게 트던 입술이 하도 물고 빨려 매끈매끈했다. 그것을 깨물고 씹으며 고민해 봐도 결국 몰라, 하고 말할 수밖에. 나는 아빠도 없고, 엄마가 날 사랑한다고 느낀 적도 없어서, 모르겠어…….

"나도."

네가 음음하게 덧붙인다. 하지만 말하고 싶어.

"……응?"

"사랑한다."

"……."

"그 말이 너에겐 하고 싶어져."

박한내.

애타게 따라붙는 내 이름에 왠지 가슴이 아플 만큼 찡 울려, 아무 말도 할 수 없다. 그저 좋아 심장이 뛰는 만큼, 그만큼 죽도록 무서워진다. 네 작은 한 마디 한 마디가 내 물렁해진 가슴을, 내 심해를 깊이 파고들어 심장 꽉 아프게 조여 매는 것이. 해서 나도 똑같은 말을 울컥울컥 되돌려주고픈 것이.

언제나 내 주위를 맴돌아 힘든지도 몰랐던 답답함이 실은 평생을 눌어붙은 고독이란 것을 깨닫게 해 준 네가 먼 훗날 어느 순간 내게 등을 돌려 멀어져 버릴 것이, 그 순간 퍼뜩 겁이 났다. 남자가 내게 남긴 말이 네 심장 소리와 함께 내 귓가를 파고들었다. 우리 둘 다 아프기 전, 널 떠나라던 그 말이.

* * *

폭우가 잠들자 순식간에 푸른 하늘이 깨어났다. 하늘과 바다가 하나처럼 이어진 지평선을 보며 내일 집에 돌아가는구나 생각하니, 싸늘한 바람을 맨 살갗에 두드려 맞은 듯 몸이 떨렸다.

"춥다……."

"얼른 마셔."

황혼이 지는 바다는 이가 시리도록 찼으나, 오랜만에 만난 차디찬 소금 물에 정신은 생생히 깬다. 그래도 저체온증은 위험해 두 번의 잠수마다 물 가 모닥불 앞에서 몸을 녹이고 따뜻한 차를 마셨다. 강골을 타고난 유지한 은 같이 잠수했음에도 끄떡없어 물 밖에서도 내 몸에만 이불을 덮어 대느 라 바빴다.

뜨겁게 데운 물을 한 모금 넘겨 배 속을 이완시키는 사이, 파리해진 낯 의 남자가 잠수복을 입고 걸어왔다. 촬영 장소와 카메라 간 거리는 꽤나 멀 어 바닷속에선 남자를 볼 수 없었다. 그가 촬영하던 곳 위에선 남자의 발에 밧줄을 묶고 잠수를 도와주는 아저씨들이 배에서 대기했다. 어쨌거나 꽤나 위험한 촬영인 데다가 그 창백한 낯을 보니 오늘 꼭 촬영을 하고 싶다 말했 던 내가 도리어 죄를 지은 기분이다.

"셔터 누르셨어요?"

"아니. 벌써 너무 어두워, 노출을 길게 해야 할 것 같아. 문제는……."

잠시 말을 멈춘 남자와 눈이 마주치자 그 안에 일렁이는, 촬영 때만 드 러나는 그의 광기에 순간 소름이 돋는다.

"그동안 네가 얼마나 숨을 참을 수 있을까."

굳은 입매로 내 답을 기다리던 남자가 이 촬영을 위한 네 욕심은 어느 정도인지 묻듯 눈을 지그시 내리떴다. 난 뜨거운 차를 한 모금 들이켰다.

이 사진을 통해 내 다른 모습을 발견할 수 있단 걸, 남자의 사진 속 내가 어떤 때보다 빛날 수 있다는 걸 알았다. 스쳐 가는 이 순간을 붙잡고 싶은 마음은 나도 남자와 마찬가지라 당연히 욕심이 났다. 그리고 난, 여전히 남자 가 이 세상과의 끈을 이어 가길 바랐다. 나라도 그 실마리가 되어 주기를.

"얼마나 참아야 하는데요?"

"최소 4분."

"못 해."

"할 수 있어요."

동시에 답한 널 돌아보며 자신만만하게 웃었으나, 말도 안 되는 짓거리 하지 말라는 표정이 돌아온다.

"그때까지 못 버텨. 기온도 낮아서."

"뭐 죽기라도 더해?"

태연한 물음에 눈썹이 더 치솟는다. 뭐, 네가 있는데 그럴 일도 없을 거고. 덧붙이는 말에 곧바로 완만해지는 곡선. 심드렁한 얼굴로 눈길을 피하는 네가 이젠 부끄럽기 때문임을 안다.

"너랑 사진을 남기고 싶어. 이 섬을 떠나기 전에."

그러자 말없이 물에 들어갈 준비를 하는 네가 사랑스럽다는, 꽤나 낯 뜨거운 생각이 들었다가 그만큼 울적해졌다.

"바닷속 노출이 아예 없어서 지한이가 조명기 역할을 해 줘야 해. 노출 시간 동안 이걸 들고서 한내 주위를 계속 돌면서 빛을 쏘아 줘."

손전등을 건네받은 유지한은 여전히 불만인 얼굴로 끄덕거렸다. 우리는 촬영 지점 근처 바닷가에 서, 남자가 배로 돌아가 촬영 준비를 마칠 때까지 기다렸다. 유지한. 어. 너 왜 갑자기 잠수 기록에 집착해?

"세계 신기록 세우면 뭐 해? 돈 많이 벌어?"

내 욕심에 대한 생각은 네 욕심으로 넘어갔다. 마침 촬영 준비가 끝났단 신호가 배 위에서 날아와, 내 젖은 머리를 한 번 더 털어 준 유지한은 내 담요를 벗기고, 어깨 위에 날 얹어 바다로 걸어 들어갔다. 네 가슴까지 잠기자 내 몸에도 닿는 바다가 시리게 차다.

"그럼 뉴스에도 뜨고, 티브이에도 나오겠지."

서서히 날 담그고 내 손을 그러쥔 채 지정된 위치로 헤엄쳐 가던 중 네가 덤덤히 덧붙인다.

"날 잊어 먹진 마."

"……응?"

"최소한 내가 서울 가기 전."

네 어깻죽지에 닿는 내 숨이 잠시간 뜨거워지는 것을 느끼며 죄는 목구멍을 작게 울렸다. ……응.

"욕심 부리지 말고 참을 수 있을 만큼 참아. 잠녀 생활 30년 한 할망도 욕심부리다 가는 게 바다야. 안 그럼 사진이고 뭐고 억지로 끌고 나올 줄 알고."

그렇게 간 할망을 떠올리며 고개를 끄덕이자 물안경을 쓴 유지한이 숨 쉬어, 말해 온다. 폐에 가득 숨을 채워 넣고 먼저 잠수한 네 뒤를 따랐다. 네가 내게 사랑한단 말을 했을 때부터 명치 부근에 찌릿찌릿한 통증이 멈추질 않는다. 수경도 없는 맨눈에 짠물이 닿자 기분 좋은 시큰거림이 인다. 동굴에서 이것저것 한 여파로 온몸의 살갗도 따끔거린다. 그래도 못내 기분 좋다.

밤바다는 파랗지 않았다. 수면이 있을 발 근처는 희끄무레한 달빛이 아른거렸지만 내려갈수록 그것마저 사라진 암흑이었고, 내 손을 잡아끄는 네 손이 유일한 생명줄이었다. 우리 둘만이 있는 바다, 작지만 거대한 그 세상이 너무나 좋은 이유였다. 위험하나, 아무런 방해물도 없는.

숨이 고갈되며 몸에 찌르르한 전기가 흘렀다. 중력과 부력의 경계선쯤 촬영하는 깊이에 도달하자 유지한은 손전등을 켰다. 이젠 네 손을 놓아야 했다. 깜깜한 물속 혼자 남은 느낌이 조금은 불안해도 환한 불이 있는 곳이 곧 네가 있는 곳임을 알았다.

남자가 있을 곳을 돌아보았다. 포즈에 대한 별다른 지시는 없었다. 천천히 수면 위로 올라가기만 하라고 말하였다. 산소통을 멘 채 렌즈를 통해 내가 있는 곳을 보고 있을 그를 상상해 보았지만 아무것도 보이지 않았다. 오직 내 주위를 반딧불처럼 뱅뱅 돌고 있는 너만이 있을 뿐.

불빛에 따라 슬쩍슬쩍 실루엣만이 뵈는 네 유연하고 기민한 움직임에, 네가 날 노리는 거대한 고래나 상어처럼 느껴진다. 내 눈을 향해 쏘아지는 불빛도 위협적이었다.

그에 따른 무섬증, 그리고 네가 나의 유일한 생명줄이란 위안. 널 처음 보았을 때부터 느꼈던 그 모순적인 감정들의 기묘한 균형 속, 난 수면을 향해 손을 뻗고 다리를 차올렸다. 근방을 헤엄치는 네 파동이 내 살갗을 훑을 때마다 네 손이 날 쓰다듬듯 간지럽다. 고갈되는 산소, 천해가 주는 몽롱함에 등줄기가 오싹오싹했다.

손 새로 흐르는 모래알처럼 숨이 흐르르 닳는다. 주위를 아른거리는 네 반딧불이가 꿈속처럼 뿌옇게 아롱거렸다. 찰칵, 남자가 셔터를 누르는 환청도 먹먹한 귓가에 들려왔다. 남자와 오랜 촬영을 해 오며 어느덧 내게 마법의 주문이 된 그 소리. 그건 남자의 첫사랑이었던, 바다처럼 강인하고 자유로운 그 여자로 변모하는 마법이었다.

소심하고 음침하고 착한 척하나 그 안엔 억눌린 화로 가득한 박한내가 아니라, 유약한 내면을 솔직하게 드러내는 강인한 여자애로. 그 마법에 취해 난 자유로워졌다. 딱 붙는 옷가지들도 갑갑해 벗어 던진 채 사진 속 그 여자처럼 바다와 하나가 되어.

바다가 날 애무하는 쾌감을 느끼며 수면으로 떠오르는 중, 하나씩 허물을 벗자 네가 내 주위를 돌며 생성하는 물의 파동이 더 생생했다. 마치 그 파동이 내 몸을 감싼 물거품이 되어 날 수면으로 밀어내듯, 네 유연한 움직임은 네 능숙한 애무와 흡사했다.

찰칵. 다시 들리는 그 셔터 소리에 맞춰 난 마치 꿈결 속 인어라도 된 것처럼 몸을 주욱 늘려 펴며 허리를 휘었다. 남자가 있을 곳을 보았다. 환각인지 멀리 있어야 할 그의 얼굴이 바로 근방에 있었다. 드러난 한쪽 눈이 까맣게 불타며.

날 파고드는 예리한 시선에 목덜미부터 머리칼까지 쭈뼛거렸다. 눈이 가느스름하게 감겼다. 살갗이 살아 있는 것처럼 찌릿거리며 비명을 질러 댄다. 분명 오르가슴과 유사한 고양감과 함께, 셔터를 누르기 직전의 손가락이 보인다.

난 확신이 들었다. 분명 남자가, 그의 전 연인을 내게서 보았을 것이라는 확신이, 누구와도 소통을 어려워하는 남자와 내가, 카메라를 통해 얘기를 나누었다는 확신이 들었다. 남자가 너무 외롭진 않았으면.

찰칵. 남자가 셔터를 누르는 것을 목격하는 순간, 날 비추던 불빛이 사라졌다. 어둠. 그 속에서 말캉한 것이 입술에 닿는다. 지한. 네 부드러운 입술. 널 껴안자 촛불이 꺼지듯 성큼 다가온 어둠이 날 삼켰다.

블랙아웃이었다.

* * *

남자는 기태 아저씨의 차를, 난 남자가 가져왔던 유지한의 자전거를 얻어 탔다. 공허한 심연처럼 날 주시하는 남자의 눈을 애써 피하며.

"혼자서는 바다에 들어가지 않는다."

"절대."

"절대로."

바닷속에서 기절한 뒤 수십 번 되뇐 말을 또 한 번 뱉은 뒤에야 유지한은 날 놓았다. 하나 내가 집으로 들어가는 대신 다시 자전거 앞에 서자 의아하게 올려다보는 얼굴을, 이번엔 내가 품에 넣었다.

유지한은 키는 큰데 얼굴은 참 작다. 내 가슴께에 폭 들어오는 얼굴이 긴 숨을 뱉으며 내 등을 꼭 끌어안고 내 목덜미에서 흔들리는 짧은 머리칼을 쥔다. 엄마 품이 못내 그리웠던 아기 같아. 이젠 숨기려 들지 않는 네 맹목적인 애정에, 그 아래 놓여 있을 깊은 결핍에 내 일그러진 눈시울이 볼그족족히 물든다. 잠기려 하는 목을 애써 열었다.

"나 그냥, 그냥 이젠, 바다에, 안 들어갈래, 지한아…… 혼자랑도, 너랑도."

등을 쓸던 다정한 동작이 스르르 멈춘다. 난 울음을 참으려 애써 미소를 지었다.

이젠 정말 괜찮아.

"너 덕분에 괜찮아진 것 같아. 더 이상 죽고 싶지 않아, 나. 아주 잘 살수 있을 것 같아."

"……노래, 노래 불러 줘."

네가 조용히 읊조리며 내 가슴팍에 귀를 댄다. 내 심장 소리를 들으며 바닷속에서 안정을 취하듯 내리감는 기다란 눈매. 뜨거워지는 눈을 감고 입을 떼자 네가 가만 숨을 죽이며 내 노래를 들었다. 오늘따라 파도 위로 흘러가는 내 목소리가 마침표처럼 고요했다.

"너 말대로, 네가 이세준 패 주고, 내가 노래 불러 줬어. 응?"

마침내 끝난 노래에, 몸을 붙든 손은 뒷말을 예감한 듯 그 말 말아, 하지말아, 하며 머리칼을 불안하게 휘감는다.

"한 번 더, 한내……."

"그러니까 우리 약속한 거, 서로 다 지켰어. 응?"

나무뿌리처럼 날 단단히 붙든 네 손아귀를 느끼며, 그저 우리가 약속이 오가는 관계였던 것처럼 꺼내 드는 이 말이 얼마나 약았는지, 난 안다. 행복 속에서도 슬픔을 굳이 들추는 이 버릇도, 더 이상 사람에게 기대고 싶지도, 그래서 실망하고 싶지도 않은 내 깊은 결핍에서 비롯됐겠지.

하지만 난 떠나고, 넌 여기 남을 것이다.

누군갈 떠나며 지독한 상처를 남기는 아빠가 되고 싶지 않았다. 바다를 사랑해도 너처럼 이 섬에 남아 해녀가 될 역량도, 누군가의 바다가 될 깜냥도 없는 나였다.

'갠, 네가 이 섬을 떠나는 걸 가장 무서워한다. 어차피 떠날 거면, 지금 그 앨 떠나는 게 나을 거란 건 똑똑한 너도 이해할 거야. 넌 욕심이 많은 애잖니. 네 엄마도 상처 주기 싫고, 너도 상처받기 싫고, 지한이도 잃기 싫겠지. 하나, 그걸 다 가질 순 없어. 선택해야지. 지한이는 너와 달라. 네 엄마처럼 네가 숨 막힐 때까지, 너만 볼 거야. 네 목이 졸려도. 내 동생은 그런 놈이지.'

세계 신기록에 집착하다 목숨을 잃을지도 모르는데, 네가 무리를 하고 있다. 우리가 서로에게 너무 필요한 존재가 되는 것이 난 겁이 난다. 무엇보다, 난 엄마가 되고 싶지 않았다. 언젠가 네가 날 떠날 날, 그 미래를 곱씹는 것만으로도 난 견딜 수 없다.

한때 엄마는 내 세상의 전부였다. 엄마가 내게 모진 말을 해도, 난 한없이 다정했던 때를 추억하며 버텼다. 그랬던 엄마니까 언젠가 내 힘듦을 알아주겠지. 참고 말을 잘 듣다 보면 알아주겠지. 이걸 바라니까 이것만 잘하면 다시 날 사랑해 주겠지. 그렇게 기대하고 실망하고, 또다시 기대하고 실망했다.

넌 늘 내 기대를 뛰어넘어 붕붕 뜨게 하니, 불현듯 되짚어 볼 때마다 현실 같지 않았다. 그러니 이제 남은 건 내리막뿐.

네가 내게 실망하는 일. 내가 네게 실망하는 일. 박수 칠 때 떠나라는 말도 있지 않은가.

만약 우리가 계속 만나 내리막을 걷는다면, 하여 네가 날 떠난다면, 난 엄마처럼 과거에 사로잡혀 널 지독하게 그리워하다 누군가에게 내 목을 졸라 달라 애원하며 널 떠올릴 것만 같았다. 아니, 떠난다는 널 구차하게 붙잡고 내 목을 졸라 주고 가 달라 밑바닥까지 보이며 애원할지도 모른다.

게다가, 날 동아줄처럼 부여잡은 엄마가 있었다. 앞으로는 그녀의 소망을 하나하나 꺾어 나갈 삶을 살 것이다. 그러니 지금까지 날 홀로 키워 온 엄마의 기대 하나는, 그 정도는 충족시켜야 제대로 된 자식일 테다. 내가 잘하는 것은 공부뿐이었다. 그걸 제외하고는 아무것도 없었다. 내 노래를 좋아하는 건 너뿐일 것이다. 난 현실을 알았다. 너무도 잘 알고 있었다.

"……안녕, 지한."

등을 꼭 쥐던 손에 마지막 힘이 풀린다. 내 품에서 떨어진 고개가 한동안 올라오지 않아, 불어오는 바람이 몇 번이고 네 까만 머리칼을 쓸어 넘겼다.

왜?

거칠어진 목소리가 속삭이듯 물어, 참으려 해도 서서히 짠물이 차오른다. 또다시 네가 버림받았다, 그리 생각하진 않았으면 했다. 하나 내 이 복잡하고 비관적인 생각들을 어떻게 설명할 수 있을지 몰랐다.

공부밖에 할 줄 모르는 박한내는 그런 데엔 재능이 없었다. 외우고, 규칙에 따라 똑같이 내뱉는 것. 그러니 마음이 벅차오르는 건 이제 됐어. 이젠 충분하게 누렸어. 더 이상 휩쓸리면 떠나기가 더 힘들 뿐이야. 결국 홀로 잔뜩 겁을 먹어 도망치는 것이니, 널 버린다 생각해도 틀린 말은 아니었다.

네가 가벼이 얼굴을 들었다. 네 그 고요한 눈으로, 네 물음에 답도 못 하는 내 무심한 눈동자 속, 우물처럼 끌어 담아지는 눈물을 응시하며.

"내가 사랑한다 말해서. 한내, 그래서 겁이 났어?"

내가 또 널 무섭게 했어? 울지도, 화내지도 않는 해끄무레한 낯으로 그저 힘없이 미소를 지었다. 차라리 네가 울고 화라도 냈다면 좋았을 것이다. 그렇다면 네 그 까맣게 웃는 눈이 먹먹할 정도로 슬프다는 것을 내가 못 알아챘을지도 모르는데.

"아니, 아니야, 아……."

결국 또 나만 닭똥 같은 눈물을 비겁하게 흘리며 네게 감정을 떠넘겼다. 그래서 그 모습을 멍하니 보던 네가 손을 올려 내 젖은 볼을 닦아 줄 수밖에 없게끔 하며. 네가 내 뒤통수를 쥐고 살며시 앞으로 당겨, 입술로 내 눈가를 매만지다 떨어졌다.

"왜."

"……."

"넌 우는 것도, 소리가 없을까."

뜻 모를 소리를 하며 또 웃었다.

"그게 얼마나 마음 아픈지, 넌 모르지. 넌 네 꼴을 못 보니까, 응?"

그 말처럼 입술을 말아 물며 흐느낌이 새어 나가지 않게 애쓰다, 네 말에 밭은 눈물이 터졌다. 생각보다 울보고. 한내, 네 이름에 물이 들어 있어서 그런가. 응? 날 박한 애라 놀리던 네가 내 이름의 뜻을 알고 있을 거라곤 꿈에도 몰라, 눈물이 참아지질 않았다.

"알았어. 알았으니 나 땜에 울지 좀 마."

"너 때문에 우는 거 아니……야……."

이별은 고하는 건 나인데 왜 내가 울고 위로를 받는지. 지독한 죄책감에 눈물방울이 멈추지 않는다. 내가 너무도 이기적인 존재가 된 것 같다. 그 생각에 콧물을 킁킁 먹으며 울음을 멈추었다. 그러고는 눈을 비벼 닦으며 네 품에서 한 발자국 떨어져 나갔다.

"아님, 웃어 보고."

코를 훌쩍이며 눈가를 풀어 웃자 가만 보더니 굳은 입매로 비식 웃음을 낸다.

"예쁘네, 어이없게. 못 잊지, 이런 얼굴. 어떻게 기억에서 지워. 응?"

곧 전과 같은 시들한 표정으로 되돌아가, 흉 진 턱을 쳐들고 하늘을 보았다. 초연한 낯과 달리, 하늘과 꽤나 긴 눈싸움을 하는 잿빛 눈이 망연했다.

"예감 안 좋다. 큰 태풍이 올 것 같아. 집에만 박혀 있어."

"……응."

"한내야."

"응?"

"나 서울 가면, 우린 보는 거야. 대답해."

네가 애써 살가운, 그러나 눈매는 굳은, 웃음을 내보인다. 이 이별은 그 저 우리 관계에서 찰나일 뿐이라, 그리 생각하며 헛된 희망을 찾는 듯했다. 하지만 내가 이 섬을 떠나는 즉시 넌 바다를 유영하고 모든 사람들의 사랑을 받으며 날 잊어 갈 테다.

"……응. 당연하지……."

"티브이도 꼭 보고. 나 나오면."

한순간 가졌다가 빼앗긴 사랑을 그리워하며 도저히 마모되지 않는 아픔에 고통을 겪는 건, 어디서든 혼자인 나일 테고. 그러니 우리가 다시 보는 일은 없을 것이다.

"지한, 위험한 거 하지 마. 응?"

그러니 남자는 틀렸다. 우리 중 누군가가 누군가의 숨을 옥죈다면, 그것은 네가 아닌 나일 테니. 그리고 그건 다시 내 숨을 고통스레 옥죄겠지. 그러니 결국 이 또한 네가 아닌 날 위한, 내 이기적인 선택이다. 그 순간 난 깨달았다.

난 바다 같은 너에 비하면 턱없이 모자란 사람이라, 네 옆에 있을 자격이 없단 걸. 결국 이 끝이 맞단 걸. 네가 내게 한없이 실망하기 전에, 그나마 좋은 모습으로. 그리 생각하니 이 이별이 다소 괜찮다.

"재밌었다. 얼른 들어가."

"……."

……벌써 보고 싶다.

네 그 마지막 말에, 먼저 등을 돌려 자전거 페달을 밟아 멀어지는 네 뒷모습이 점이 되어 사라질 때까지 난 발을 떼지 못했다. 정말 끝이야? 이별을 고해 놓고, 떠난 네가 다시 돌아와 날 안아 주길 바라는 마음 한 구석이 너무나 비겁하여, 빗줄기를 쏟아 내는 게 하늘이 아닌 내 눈이라 한동안 발을 못 떼었다.

떠난 동안 폭우가 와서인지 굳게 잠긴 대문에 빵집도 닫힌 채였다. 힘없이 옮기는 걸음이 온통 진이 빠진 듯 비척거렸다. 올레 목에 들어서자마자 네 말처럼 빗방울이 뺨 위로 톡톡 떨어지고, 해도 순식간에 숨어들어 네 눈동자 같은 잿빛이 사방에 깔린다.

남자에게 오늘 내가 집으로 돌아간다는 것을, 엄마에게 말하지 말라 하였다. 계획은 엄마 앞에 예상치 못하게 나타나 그 딱딱한 방어막이 헐거워졌을 때 그동안 하고 싶은 말을 우다다 내뱉는 것이었다. 하나 현관 손잡이를 잡자 덤덤한 척 다잡았던 마음이 비틀거렸다.

정확히 무슨 말을 하고 싶은 걸까? 다만 이렇게 가다간 우리 둘 사이엔 메꿀 수 없는 구덩이가 생겨날 것이다.

엄마가 짜 둔 내 인생 설계가 고작 대학 입학으로만 끝날 리 없다. 유학, 취업, 거주지, 결혼할 남자, 자녀 계획……. 박한내를 남부럽지 않은 딸로 만들기 위한 욕심에, 우리 모두를 벼랑 끝까지 몰아세우겠지. 치사랑은 끝이 있어도 내리사랑은 끝없다 하니, 그 사랑이 곧 욕심인 엄마는 날 손에 쥐고 놓지 않을 테다.

난 늘, 엄마를 사랑하고 싶었다. 곡식을 훔쳐 먹는 쥐새끼처럼 있는지도 몰랐던 원망, 알고 보니 집채만큼 몸집을 불려 내 애정을 집어삼키기 직전이더라. 딸에게 인생을 바친 엄마를 증오하는 딸. 그동안 내가 날 학대한 이유는 이 지독한 죄책감 때문이니 해결치 않으면 끝내 내 손목까지 너덜해지리라. 그리 다짐했다.

그래. 한내 네가 그렇게 힘들다면, 네가 원하는 대로 해라.

그 말이 한 번만, 딱 한 번만, 듣고 싶었다. 그 말 한마디면 기꺼이 엄마가 원하는 학과에 진학할 것이다. 중요한 것은 엄마가 내 선택권과 의지를 존중해 주느냐, 그거 하나였으니. 그러면 엄마가 날 있는 그대로 사랑한단 것을 믿을 수 있고, 그런 엄마를 위해선 모든 걸 할 수 있었으므로.

사랑해, 엄마.

그 말을 해 주고 싶었다. 네게 들은 그 말이 너무나 좋았기 때문에. 엄마는 나 때문에 수많은 고백을 거부하고, 그런 말들을 듣지 못해 왔을 여자이기 때문에. 엄마가 들었을 아빠의 마지막 말은 아마도 널 더 이상 사랑하지 않아, 였을 테니.

결국 네가 아닌 엄마를 택했다. 이게 맞는 거란 확신은, 없다. 그냥 그래야 한다고…….

또 울컥한 탓에 붉은 눈이 가라앉을 정도로 현관 앞에서 시간을 보내다 불 켜진 거실로 들어섰다. 하지만 엄마는 부엌에도 없었다.

구름에 가려진 해 때문에 평소보다 어둑해진 거실을 걸어 엄마가 있을 방으로 향하다, 난 퍼뜩, 평소와 다른 것이 날씨뿐만이 아님을 깨달았다. 공기가, 소리가 낯설다. 엄마 방에서 들려오는 어떤 소리. 그리고 내가 지나친 무언가가 또 있었다. 평소와 다른 무언가를 보았으나, 미처 판단을 놓친 것. 그게 뭐지?

머리로 인지하기 전, 목덜미에 오돌토돌 소름이 돋았다. 재빠른 직감으로 고개가 돌아갔다. 한 대 맞은 듯 시야가 비틀거린다.

신발. 낯선 신발이 현관에 있었다. 코가 약간 닳은 남자의 구두. 어딘가 익숙하나 나와 섬에 함께 있던 남자일 리도 없고, 엄마에게 구애하던 남자들의 것도 아니다. 그런데 왜 익숙할까?

무언가 끔찍한 것을 볼 것만 같아 차마 발이 앞으로, 뒤로도, 나아가질 않는다. 엄마의 방에서부터 들려오는 소리가 가까이 갈수록 낯익어서. 들뜬 호흡 소리가 선연하여. 엄마가 남자와 방에서 어떤 것을 하는지 짐작할 수 있었다. 하나 그게 왜 끔찍할까. 엄마에겐 당연히 남자가 없을 거라 생각해서? 아니, 그런 것만은 아닌, 분명 불안하고 끔찍한 직감이 존재했다.

엄마도 내가 이걸 보길 원치 않을 거야……. 도망가자.

그러나 난, 결국 그 방문 앞에 멈춰 섰다.

"이제 그만요, 선생님."

새어 나오는 엄마의 작은 목소리에, 내 귀가 환청을 만들어 내는 것이 아니라면 분명 그렇게 들은 것 같아서. 엄마가 선생님이라 부를 수 있는 대상은 한 명뿐인데, 맑고 쟁쟁한 목소리에 실린 탁한 감정이 날 충격에 빠뜨렸다. 왜 엄마가, 담임과 원치 않는 관계를 맺어요? 그 이유에 분명 내가 있을 거라는 추측은 절대 망상만은 아닐 것이다. 난 깜박임 없는 눈으로 문만 노려보았다.

"서, 선생님, 잠시만, 무슨 소리가 들렸어요."

남자의 헐떡임이 멈추는 문에서, 지독한 생선 비린내가 났다. 난 내 발 근처에 널브러진 것을 물끄러미 내려다보았다. 삼촌들이 밤낚시에서 잡은 물고기들을 싸 준 것. 저건 다시 씻어서 먹을 수 있을까? 발에 묻어 더러워졌으니 못 먹나? 난 그런 쓸데없는 생각을 하며 피식거렸다. 눈뿌리는 불에 타듯 아파 오는데. 아프다 못해 시야가 새빨개지는데.

"무슨 소리요? 한내 어머니, 자꾸 이런 식으로 흥 떨어지게 하실 겁니까? 먼저 제안한 건 어머닙니다. 해 달라는 대로 해 드렸지만 원상 복구는 일도 아녜요. 제가, 흠, 서울에서 교직 생활 오래하고 교사로서 자부심도 있는데, 생기부 손댄 것은 좀, 흠, 양심에 많이 찔립디다."

"어머, 선생님, 저희가 보낸 날들을 잊으신 거예요? 다만 한내가 언제 돌아올지도 모르고, 그래서 오늘은 제가 영 몰입이 안 돼요. 고 삼 애가 얼마나 예민한지 아시죠? 저야 선생님이 제 외로운 날들을 위로해 주시면 좋지만……."

"허허, 그렇죠. 이 섬에서 미인이 혼자. 우리 나이 비슷하지 않나? 나도 이 섬에서 언제 장가갈지 모르는데, 한내 엄마 둘째 생각은 없어?"

재미난 농담을 들은 듯 웃어 젖히는 깔깔거림. ……선생님도 참. 그 간드러지는 목소리에 비릿한 냄새가 찌르는 콧속이 뜨끈했다. 생리 때마다 찾아오는 빈혈처럼 바닥에 뒹구는 생선이 눈앞에 가까워졌다가 멀어졌다 제 맘대로 크기를 늘려 댄다. 어지럽고, 토할 듯이.

배를 한 대 맞은 것처럼 뜨겁게 짓눌린 위장이 목구멍으로 쏟아질 듯했다. 그 작열감과는 반대로, 예리한 침 수백 개로 찔린 듯한 머리는 얼음장처럼 서늘해진다. 난 깨달았다. 이 좆같은 장면이, 피할 수 없는 나의 현실이라는 것을.

"잠깐 그럼 제가 물 좀 떠 올게요. 매실차 괜찮으세요?"

"좋지. 나이 먹으니까 좀 쉬엄쉬엄하는 게 좋아."

"호호. 잠시만요……. 제가 맛있……."

그 지옥문 같던 입구가 열리는 순간, 난 엄마의 눈이 있을 위치에 내 눈을 맞추었다. 내 내부에 도사린 잔인한 성정이 또다시 튀어나왔다.

난 엄마가 내 눈동자를 똑똑히 보길 원했다. 하여 수치스러워하기를. 이 순간이 아니면 또 널 위해서 그랬다, 그렇게 둘러댈 테니. 그것이 사실일지언정 그런 변명 따위를 듣고 싶지 않았으며, 이 여자에겐 눈물도 사치다. 대신 이젠 머리끝까지 화가 솟구쳐, 귓속과 입 안까지 지글지글 끓었다.

이렇게까지 해야 했어?

엄마는, 그래야 직성이 풀렸어요?

쾅! 입술을 움찔댈 때, 잠시 열렸던 문이 도로 닫힌다. 열렸던 적도 없는 듯, 날 본 적 따위 없는 듯. 생각해 보니까 선생님, 매실액이 다 떨어졌네요……. 제가 제때 담갔어야 하는데, 올해 한내 수험에 신경 쓰느라…….

"하. 하하……."

그 닫힌 문이, 한참 동안이나 득시글하게 열기가 끓는 눈뿌리를 마구잡이로 걷어찼다. 고급 목재를 매끈하게 갈고 닦아서 결을 살린 이 문을, 아빠가 직접 골랐다 했던가.

배 속을 달구는 열기에 속이 날뛰어 숨이 헐떡인다. 또 세워진 엄마의 저 단단한 벽. 내 정당한 의문과 분노는 성적과 합격이라는 결과를 위해 또다시 무시당하고, 내일이면 여자는 정성껏 밥을 차려 주면서 아무렇지 않은 일상으로 이 일을 덮고 내가 침묵하도록 만들 것이다. 엄마는 늘 그런 식이다. 늘…….

시야가 희게 번쩍였다. 쾅광. 천둥 치는 소리가 뒤이었다. 아아, 네 말처럼 제대로 된 태풍이, 온 모양이지.

엄만 몰라. 내가 어떤 결심으로 그 애를 떠났는지, 엄만 몰라. 어떻게. 어떻게 나한테 이럴 수가 있어? 엄마는 내가, 내가 죽어 가는 게 보이지 않아? 갈라진 목소리가 천둥소리에 뒤덮여 묻힌다.

"……끔찍한, 끔찍한…… 사람이야, 엄마는……."

천둥조차 날 무시하는 것이다.

"내가 안 보여?!"

배에 힘을 주고 소리를 뱉자 이번엔 문을 뚫어 버릴 정도로 큰 소리가 튀어나왔다.

"왜……. 왜 맨날. 또 날 위해 이랬다는 그딴 말 하지 마요. 엄마는 내가 어떤 생각을 하는지, 어떻게 느끼는지, 신경조차, 안 쓰잖아……."

"……."

"난 늘 엄마 땜에 죽고 싶다 생각하는데, 엄만 날 위해 산다는 말로, 내가 죽지조차 못하게 해……. 그렇게…… 그렇게, 엄마는…… 끔찍한 사람이야."

문 안에서는 "한내가 왔나요?" 하는 당황한 목소리만 들려올 뿐, 여자는 침묵했다. 난 엄마를 이겼다는 생각에, 그 여자를 드디어 수치스럽게 했다는 생각에 달아올랐고, 그동안 참아 왔던 분노를 모조리 쏟아부었다.

"누가 이런 거 원한댔어. 다 엄마 욕심인 거. 어려서 못 한 것들 나한테 대리 만족 느끼는 거, 내가 몰랐을까 봐? 근데 그거 알아요? 이런 거 되게 더러운 짓이란 거. 창녀가 하는 거랑 다를 바 없단 거. 똑같아. 돈 대신 딸내미 받는 거지……. 아님 진짜 돈도 받았어? 더러워. 너무…… 더럽다고……."

발끝에 짓뭉개지는 비린 생선을 피가 뚝뚝 떨어져 물들이는 것을 보며, 난 아릿한 콧속을 손바닥으로 마구 문질렀다. 그리고 잔인하게 고민했다. 이 말을 덧붙임으로써 엄마를 부숴 버릴 수 있겠지. 지금 산산조각 난 내 마음처럼.

"그러니, 아빠가 떠났지."

그 말을 뱉는 내 목소리가 너무나 차가워서, 살갗에 징그러운 소름이 돋는다. 그걸 떨쳐 버리기 위해 아무 말이나 내뱉어야 할 만큼, 내 쟁쟁한 목소리가 혐오스럽다.

"엄마가 이런 사람이라, 이렇게 차가운 데다가 못되고 더러운 사람이라. 그래서 아빠가, 엄마가 싫어졌던 거야."

나 때문이 아니라 엄마 때문에.

"내가 아니었음, 아빠가 엄마를 더 일찍 떠나 버렸을걸."

엄마에게 하고 싶은 말을 쏟아 내겠다는 계획은 성공적이다 못해 완벽한 끝을 맺었다. 말하며 떨지도, 눈물을 흘리지도 않았으며, 엄마가 묵묵히 내 말을 들어 주게 하는 것에도 성공했다.

내 마음대로. 드디어.

하하하.

그리고 그때서야 놓쳐 버린 하나가 떠올랐다. 문을 닫기 전, 엄마의 얼굴이.

난 추악한 입술을 틀어막았다. 몸을 돌려 뛰쳐나갔다. 나를 휩쓸어 버릴 정도의 장대비가 쏟아진다. 하나 틀어쥔 입에서 손을 뗄 수가 없어, 눈에 뵈는 남자의 우산을 지나쳤다. 빗줄기가 눈앞을 가늠하기 어렵게 만든다. 아아아, 아픈 짐승이 울부짖는 소리가 내게서 새었다. 창백하게 질려 가던 여자의 고운 얼굴이 뿌연 시야를 채워 나갔다.

엄마는 울고 있었다. 수치스러운 얼굴이 아니었다. 그건 절망에 빠진 얼굴이었다. 날 무시한 게 아니라 모른 척해 달라, 그리 애원한 엄마의 등을 나락으로 떠민 건 나였다. 나쁜 딸년. 나쁜 년. 비열한 년. 그건 정말 저열한 짓이었어. 엄마에게 그런 행동이 쉬운 선택이었을 리 없잖아. 그렇잖아. 박한내, 이 모자란 년아.

헉. 헉헉. 흡. 헉. 발길이 닿는 대로 길을 올랐다. 내리막길은 오히려 자빠져 버릴 것 같고, 집 앞에 멈춰 서 있고 싶진 않으니. 다시 엄마의 얼굴을 마주할 수는, 차마 그럴 수는 없었다. 눈을 뜰 수조차 없이 쏟아지는 비에 눈앞의 수림 사이로 뛰어들었다. 곧바로 생각나는 하나의 장소를 향해 뛰는 것을 멈출 수 없었다. 멈춰 버리면 주저앉아…….

다신 일어설 수 없을 것이다.

……다시는.

하지만 깎아지른 기정 앞에선 잠시 멈출 수밖에 없었다. 남자와 내 갑갑한 미래를 점쳐 보던 까마득한 절벽 아래, 검푸른 파도가 절벽을 삼킬 듯 하얀 손 갈퀴를 마구 내젓는 것을 봐 두었던 곳. 나도 이대로 삼켜졌으면 했던 곳. 난 그 앞에서 멈춰 섰다.

막힌 하수구에서 구정물이 쿨럭 솟구치듯 절벽을 쳐 대는 파도가 역겹다. 온갖 현실에 구역질이 나 다시 빈혈기가 솟았다. 바다가 가까워졌다 멀어지길 반복했다. 속눈썹을 타고 떨어지는 빗물들이 시야를 뿌옇게 가렸다. 두 다리가 비틀댔다.

차라리, 저 칼날 같은 흰 거품이 절벽을 타고 올라 내 목을 쳤으면. 겁쟁이라 떨어질 용기도 없는 내 등을 누가 떠밀어 버렸으면. 그래서 물거품이 되어 사라졌으면.

'더러워.'

가장 더러운 것은 주워 담을 수 없는 말들을 내뱉은 내 입이었다. 엄마가 아닌, 나 박한내였다.

입술이 찢어져 아파 올 때까지 손등으로 문대다가 엄마의 처절했던 얼굴이 떠오르자 기어코 눈물이 터진다. 난 윽윽대며 꾸역꾸역 울었다. 빗소리에 묻혀, 또 소리 없이. 하나 이번엔 내 눈물을 닦아 줄 네 손길도, 입술도, 없다. 네 온기가 없으니, 이 벼락같은 하늘의 울음을 그저 흠뻑 두드려 맞으니, 너무나 춥다, 지한.

내가 충분히 성적이 좋았다면, 되도 않는 반항심에 아빠 따라 진로 희망을 쓰지 않았으면……. 아빠를 따라 건축가가 되길 원한 것도 아니야. 그냥 엄마를 나처럼 상처 내려고……. 내가 이렇게까지 이상해진 이유, 그거 한 번 생각해 달라, 되도 않는 생떼를 쓰려고…….

틀림없이 날 낳은 걸 후회하겠지. 이젠 정말, 후회할 거야. 날, 정말 버릴 거야. 아빠처럼, 엄마도. 그 생각에 그저 물에 젖어 사라지고만 싶었다. 널 처음 본 날 내렸던 그 흰 눈처럼, 바다 수면에 닿자마자 녹아 없어졌으면. 그랬으면.

'열받아 나도 널 따라가지. 널 끈질기게 찾아내고. 다시 그런 짓 못 하게, 네 몸을 아주 내 몸에 묶어 놓겠지.'

문득 무심하게도 뱉어졌던, 그러나 내용은 아주 질척이던 말이 떠오른다.

너와 함께 있음 난 살고 싶었다. 누구도 아닌 나답게. 그리 예쁘지도 않고 뒤틀린 나라도 그저 나답게……. 넌 그래도 내 편일 것만 같아서. 하지만 날 위해 널 버려 놓았다. 그러니 더 이상, 네게 의지할 수도 없어. 그렇게 이기적일 순 없어.

"……너지?"

폭우보다 서늘한 목소리가 먹먹한 빗소리를 뚫었다. 환청 같은 그 소리에 비틀대며 뒤를 돌았다. 거센 바람에 시야를 가렸던 머리칼이 걷히자, 웃고 있는 여자 하나가 드러난다.

"선생님이 요새 찍는 애가, 너지?"

제 입술처럼 새빨간 우산을 든 여자. 다른 손엔 빳빳하고 두꺼운 종이 한 장을 흔들며. 저번에 봤을 때와 정반대의 분위기이나 분명 낯익은, 남자에게 찾아와 펑펑 울다 억울한 누명을 씌워 버린 여자.

좋지 않은 예감이 목덜미를 쳤다. 나처럼 마른 그 몸을 밀치고 재빨리 도망치는 장면이 머릿속에 그려지는데도, 난 도리어 이럴 때마다 몸이 빳빳하게 굳어 버린다. 엄마에게 혼날 때처럼, 정지 상태가 되었다.

"응? 너도 말을 못 하니?"

"……."

"응? 그 여자처럼 말이야. 이 섬에서 죽었다던 벙어리 여자."

눈물에 흘러내린 마스카라 사이, 여자의 투명한 갈색 눈이 날 파고들었다. 엄마의 마지막과도 비슷한, 그런 처절한 눈을 하고서는 깔깔 웃고 있는 얼굴은 기괴해 보인다.

말 못하는 여자. 해주. 그래서 몸의 표현이 그리 자유로웠나. 이 와중에도 그 여자가 부러웠다. 나와 달리 자유로웠던 그녀가……. 바다에 잠겨, 화려한 물거품처럼 사라진 여자가.

"넌 너무 작위적이야. 그런 평을 많이도 들었지……."

여자는 제 손에 들린 내 사진을 잠시 보았다. 촬영 때도 그랬어. 이것저것 너무 신경 쓰는 게 많다고 말이야. 자연에 더 녹아나 보라고. 시선 좀 그만 의식하라고. 그게 내 탓도 아닌데. 맨날 눈치만 보고 살아서 그런 건데. 작가님도 참 너무한 남자야.

허공으로 던져진 빨간 우산이 바람을 타고 날 지나쳐 아래로 떨어졌다. 바람의 저항 때문에 깃털처럼 아주 서서히 추락하는 것을 눈으로 좇자, 어느새 여자는 코앞으로 다가와 있었다. 난 잘게 뒷걸음쳤다. 그러니 절벽 끄트머리였다. 젖은 관자놀이에 펄떡펄떡 맥이 뛰는 게 느껴진다. 까마득한 아래, 바다 위에서 빨간 원이 이리 와, 이리로, 손짓하듯 너울거린다.

"그래. 이렇게 하라는 거겠지. 비가 오면 우산도 안 쓰고 이렇게 비도 맞고 자연과 하나인 것처럼 말이야."

여자가 킬킬거렸다. 고운 화장이 비에 젖어 어그러지고, 곱게 컬을 넣은 머리가 축 늘어지고, 부푼 블라우스가 젖어 들며, 그 아래 검은 브래지어가 가면을 벗은 속내를 드러내듯 비친다. 풍선 바람이 빠지듯 쪼그라드는 얼굴도 급작스레 침울해졌다. 손에 쥔 사진이 젖어 갔고, 여자는 바람결에 흐느적거리듯 종이 인형 같은 몸을 하늘거렸다.

"나한테 뭔가 있다고는 했어. 그걸 끄집어내 주려고 이 얘기 저 얘기 해주기도 했고. 여기 선생님이 얘기한 적 있어. 숲으로 들어가면 절벽 하나가 나오는데 그곳에서 혼자 글을 쓰거나 사진을 찍었대. 혼자 있기 좋은 곳이라고 말했어."

한 발자국 더 가까워진 얼굴 속, 그 눈동자에 희번덕거리는 광기가 한층 더 빛을 발했다.

"누구 하나 빠뜨려 죽여도 아무도 모를 곳이라고, 가끔 그런 상상을 하곤 했다고."

비소가 걸린 붉은 입술을 매만지던 검지가 고민하듯 제 턱 끝을 톡톡 두드렸다. 그리고 다섯 개의 손가락이 쫙 펼쳐진다.

고민하던 여자는 그 손 대신 사진을 쥔 손을 앞으로 뻗었다. 그건 자연스레 내 가슴팍에 닿았다. 숨이 멎었다. 하지만 내 심장은 그 손 아래에서 미친 듯이 뛴다. 나와 내 사진을 번갈아 보던 여자가 네 마지막 얼굴처럼 슬프게 미소를 짓는다.

"내가 그 여자나 너보다 못한 게 뭐야. 더 예쁘고, 생각도 이렇게 깊은데……. 내가 이렇게나 작가님을…… 사랑하는데……."

제대로 된 사랑을 받지 못하며 자라나는 사람은 사랑이 무엇인지 짐작조차 어렵다. 사랑이 아닌 다른 감정을 사랑이라 착각하기도 쉽다. 내가 남자에 대한 마음을 사랑으로 착각했듯이……. 당신도 나같이 그런 불쌍한 여자구나. 그리고, 온몸에 바람이 불었다.

내 짧은 머리칼이 공중에 나부끼다 눈을 뒤덮었다. 빠르게 멀어지다 사라진 여자의 슬픈 얼굴이 엄마의 마지막 얼굴과 겹쳐, 여자가 힘껏 밀쳐 낸 가슴이 시큰거렸다.

안 돼. 수직으로 날 때리는 빗방울에 눈이 완전히 감겼다. 미안하단 말도 못 했어. 사랑한단 말도. 벌써 보고 싶다. 너와의 마지막이 떠오르는 순간, 바다가 날 집어삼켰다.

짠물이 콧속으로 밀려든다. 억지로 숨을 뱉으며 밀어냈다. 꽤나 높았나. 사지가 부서지는 고통에 눈조차 뜰 수가 없다. 네 말대로 태풍 속 바다는 우르렁 고함을 쳐 댔다. 심지어 물속에서까지 거친 파도가 치고, 보통의 부력도 없어 물살에 휘말린 몸은 점점 더 깊게 잠겨 든다. 허우적대는 팔다리는 그 거대함에 아무런 힘도 미치지 못했다.

웃기게도, 바다에 잠기기 전 난 습관처럼 폐에 숨을 채웠다. 어느 정도 바다에 단련된 탓에 그 깊은 바닷속이 엄청나게 두렵지도 않았다. 무서웠던 것은 팔다리를 꼼짝없이 옭아매고 내 의지와 상관없이 내 몸을 휘둘러 대는 바다의 엄청난 힘이었다.

하나, 얼마 전 깨닫지 않았던가. 그 자기 통제의 상실이 내가 평생 바라마지않았던 것임을.

내 발로 엄마를 차마 배신할 수는 없으니 누군가 나 대신 날 조종해 이 지긋지긋한 일상에서 날 빼내 줬으면 좋겠다고 손꼽아 오지 않았어? 그러니 어떻게 보면 소원 성취잖아.

손목을 그어 죽는 것보단 이렇게 바닷속에 잠겨 죽는 것이 더 그럴듯하고, 덜 추하겠지. 사고사나 타살로 처리되면 엄마도 내 끝맺음이 제 탓이다 자책하지 않겠지. 비록 아까의 일이 있었어도 날 평생 착한 딸로 기억할 거야. 그게 버림받는 것보단 낫잖아?

또 바다의 일부가 되어 삶을 마치는 것. 우리 할망이나 그 자유로운 여자처럼 바다에서 삶을 마감하는 것. 그건 말 그대로 바다가 되는 것이니 외롭지 않고, 나쁘지 않은 끝이잖아.

난 버둥거리려 애쓰던 손발에서 천천히 힘을 풀고 그 쓰나미 같은 휩쓸림에 몸을 맡겼다. 숨을 참아도 콧속으로 물이 들이치고 기어코 목구멍으로 물숨이 꿀떡꿀떡 넘어갔다. 눈을 감은 채로 휘둘리며 난 정신을 잃어 갔다.

바다에 잘근잘근 삼켜지는 것처럼.

6장. 심해의 문

털털털, 원치 않게 잘도 구르던 자전거가 미끄러졌다. 예상처럼 비가 쏟아진 흙길이 질척여 헐겁던 바퀴가 기어코 길가로 빠진 바람에 넋을 놓고 달리다 하마터면 두렁을 구를 뻔했다. 몸을 세우며, 지한은 끝을 고하던 한내를 떠올렸다.

예상 못 한 바 아니었다. 아니, 길고양이 같은 너니, 어느 순간 도망도 치겠지. 그리 여겼으나 이건, 지나치게 빠르다. 피어난 내 마음의 정체를 깨닫자마자 지게 하다니 난 그리 무른 놈이 못 된다, 박한내.

비가 내리기 전까진 곱게 피어 있었을 운 나쁜 수선화 하나를 보는 정신이 여태 멍했다. 육지에선 귀하디귀하나 습한 이 섬에선 간간히 뵈는 꽃이다. 하얗고 자그마해 선녀라는 별명까지 달린, 연약해 뵈는 꽃. 하나 예쁜 겉과 달리 살상이 가능한 독성을 품어 소들은 거들떠 안 보는. 햇빛도 많이 받아야 하고, 물도 많이 필요한 욕심 많은. 그럼에도 어찌 됐건 곱디곱고 속 알맹이는 강한, 눈 속에서도 피어나는……

……한내, 너를 닮은 꽃.

그러니 어쩌면 소란하고 짜증 나는 이 세상 속 유일무이 빛나는 존재일지 모르는 그것이, 거무스름한 진흙에 뒤덮여 흰 빛을 잃었다. 무언가의 징조 같아 바퀴를 구를 수 없다. 가슴 한구석이 바윗돌 괸 듯 묵지근하니, 태풍이 올 거란 예감 때문만은 아니었다. 불길한 기분이 끊기질 않고 한내, 너와의 거리가 멀어질수록 지독해진다. 내 나쁜 직감. 이건 왜인지 꼭 틀리는 법이 없는데.

병신. 좀 전에 여지도 없이 걷어차여 그런 건 아니고? 속마음 한쪽이 속살거리는 통에 신경질적인 웃음이 샜다. 그래, 너 한 번 더 보고픈, 그런 구차한 미련. 질척대는 착각일지 모르지. 그래도 어쩌겠어. 내가 널 봐야겠어.

자조를 욕으로 뱉으며 일단 방향을 되돌렸다. 네 엄마한테 또다시 뺨을 때려 맞아도 늘 여상한 척하는 네 낯바대기, 그 꼴 다시 보고 와야 불안감이 가시겠다 싶어.

새침하기 그지없던 게 언제부터 질질 짜는 울보가 된 건지, 또다시 마음 아프게 훌쩍이며 끝인사라 혼자 다짐하길래, 알았다고 답했어도 난 욕심이 많은 놈이라 순순히 따라 줄 맘은 추호도 없었다. 갈 데까지 가 놓고, 물고 빨고 서로의 것을 삼키고 숨까지 맡겨 놓은 사이에 대체 어딜 도망가려 그래. 도망가도 붙잡아 와야지.

사실 다 모르겠고 지금, 그저 네 질질 짜는 얼굴이라도 봐야 할 성싶다. 빗물에 늘어지는 앞머리를 이마 위로 쓸다, 빗물에 헐거워진 바퀴가 삐꺼덕삐꺼덕하는 것까지 꼭 불길한 운명의 암시 같아 미간을 구겼다. 이 정도 힘쓴 거, 숨이 차지도 않는데 입 안에 쓴 물이 괸다. 아무 근거 없는 것은 아니었다.

빌어먹을 새끼 유기한은 왜 박한내를 유지한에게로 데려왔나. 그게 목 안의 가시처럼 걸린다. 꺼지라 되도 않는 협박을 할 땐 언제고, 왜. 바퀴가 원 모양으로 회전할 때마다 사고에 사고를 거듭하고 꼬리와 꼬리를 연결했다. 생각은 유기한의 근본적인 열망에 가 닿았다. 유기한이 박한내에게 원하는 것.

그게 몸도, 마음도 아니라면…….

사진.

그래, 그놈이 네 사진을 원하는 것은 분명했다. 어떤 사진? 기절 직전의 널 내가 물속에서 끄집어낸 것. 네가 몸을 덜덜 떨며 기절 직전까지 바닷속을 헤엄친 것. 그런 것들을 찍기 위해 내게 데려왔다? 앞뒤가 맞지 않는다.

유기한에게 사진이란 어떤 의미인가. 사진에 대한 그 병적인 집착은 본질적으로 갖지 못한 것을 기어코 탐하려는 욕심으로, 감정적 불구자라는 제 결핍을 채워 줄 수단이었다. 유기한은 제겐 없는 감정들을 줄곧 사진으로 수집해 왔다.

죽어 가는 동물 사체를 찍을 때까지만 해도 어린 소년은 어쩌면 살인광인 형이 죽음에 집착하는 것일지도 모른다고 여겼다.

하지만 지금 와 생각해 보니 오묘하게 다르다. 유기한이 내 다리를 쑤시며 도망가라 킬킬댈 때, 그 눈빛은 무엇에 집중하고 열광했나. 죽음이 아닌, 죽음을 목도한 생명이 생전 어느 때보다 삶을 갈망하는 감정, 그 삶을 아등바등 연장해 나가고 싶어 하는 열기에 집착했다.

늘 삶에 미련이 없던 남자. 왜 세끼의 밥을 챙겨 먹고 꼬박꼬박 잠을 자면서 삶을 연명해 나가야 하나, 도통 이해하지 못했던 사람. 아무리 똑똑해도 무미건조한 지식의 습득은 권태와 무료만 불러올 뿐, 결국 다채로운 감정 없이 삶의 존재 이유를 찾을 순 없다. 모든 생명이 존재의 의미를 찾는 것은 너무나 당연하므로, 남자는 남이 가지고 있는 다채로운 것들을 사진으로 빼앗아 오기 시작한 것이다.

그러니 유기한이 마치 희로애락의 결정체 같던 고해주를 사랑했던 것은 자연의 순리처럼 당연했다. 그렇게 24시간 일거수일투족 게걸스레 찍어 대던 탐식도 사랑이라 칭할 수 있다면…….

작가 예명에도 떡하니 그 죽은 이름이 박혀 있는 걸 보고 참 지독하다 싶었는데. 하지만, 한내, 너에 대한 내 마음도 별반 다를 것이 없다.

죽음. 감정. 결핍. 탐식. 한내. 해주. 그 남자가 네게 원하는 것. 거의 다 온 것 같은데 뭘까. 실마리들이 모여도 온전한 결론을 토해 내질 못하고 있으니 씹, 욕설이 나온다.

"으헛! 까, 깜짝이야!"

비바람도 때려 맞고 생각도 하느라 빠개질 것 같은 머리를 헤집으며 아랑곳없이 질주하다, 급히 골목을 꺾어 내려오는 누군가를 칠 뻔했다. 급히 발을 내리고 핸들을 돌려 자전거를 멈춰 세우자 뒤늦은 비명이 날아든다. 우산을 휘두르며 둔한 반응을 보이는 건 분명 박한내의 담임이다.

"아, 안녕하세요."

"어. 어. 그래, 지한아. 조, 조심해서 다녀야지! 응? 다, 다음에 보자."

자전거를 멀리 피해 빗길을 잽싸게 뛰어 내려가는 게 제 발 저리는 도둑처럼 수상쩍다. 다시 몸을 돌리다, 홱 눈길을 되짚어 꽁무니 빼는 뒷모습을 노려보았다. 명품이란 것이 으레 그렇듯, 보일 듯 말 듯 묘한 무늬가 새겨져 젖은 빛을 반사해 내는 저 검은 우산은 분명 네가 들던 형의 것이다. 뭘까.

이젠 불안과 공포가 걷잡을 수 없이 속도를 내 내달린다. 튕겨져 나가려는 바퀴를 억지로 구르자, 얼마 안 가 올레 앞까지 나와 있는 네 엄마와 마주했다.

망연히 비를 보는 모습이 겉보기엔 여상해도 아귀힘은 전혀 없는 손에, 그 위 우산이 바람에 날아갈 듯 휘청인다. 네 집은 산 중턱에 있어, 올레를 지나지 않아도 대문까지 훤히 들여다뵈는데, 훤히 열린 현관에 비가 들이치고 있는 데다가, 어디에도 네가 없다. 두 조각이 날 듯 지끈대는 관자놀이를 누르며 급히 물었다.

"아주머니, 한내. 한내 어디 있어요."

시선이 마주친 여자의 손에서 기어코 우산이 떨어졌다. 너처럼 작은 몸이 흠씬 젖어 든다. 난 앞머리와 속눈썹에서 떨어지는 물을 문질러 떨구었다. 심장이 거칠게 뛴다. 급박하게 자전거를 세우고 떨어진 우산을 주워 들었다.

"무슨 일이에요."

다그치듯 묻자, 한 우산 아래에 선 네 엄마가 오늘따라 왜소한 몸을 덜덜 떨고, 벙긋대던 입술을 일그러뜨렸다. 한내, 한내가⋯⋯.

"한내가, 왜요?"

도망가듯 떠나던 남자와 눈앞의 여자, 그리고 네 부재를 계속 연관 짓다, 여자의 뭉개지고 부푼 입술과 흐트러진 눈가의 화장을 발견했다. 씨발. 네가 싫어하는 욕을 그칠 수가 없다. 한내가⋯⋯. 여자가 결국 억눌린 흐느낌을 뱉어 낸다.

"한내 지금 어디 있냐구요!"

조급한 외침에도 제 감정에만 빠져 윽윽 눈물을 흘리느라 고개만 가로저으니, 답답해 미쳐 버리겠다. 여기선 답이 없다. 우산을 쥐어 주고는 급히 자전거에 몸을 실었다.

"차, 흐윽, 찾아⋯⋯ 주렴⋯⋯. 한내 좀⋯⋯."

"아줌마도 가만히 있지 말아요. 찾아야죠. 엄마가 돼서 대체 왜 그러는데! 걘 맨날 죽고 싶어 하는 애라구요! 알긴 해요? 관심이나 있냐구, 씨발⋯⋯."

"아니, 하, 흡, 아니야⋯⋯."

푹 팬 눈두덩. 모래성처럼 순식간에 허물어지는 눈.

난 구겨진 얼굴을 돌려 냈다. 엄마도 모르는 게 엄마 운운을 하다니. 하지 말아야 할 말이었다. 네가 또 오지랖 부렸다며 싫어할 행동임이 분명하다. 하나 너를 찾는 게 급선무였고 저 여자는 충격요법이 필요해 보여 그리하였다. 네가 만약 따진다면 그리 답할 것이다.

"찾으면, 찾으면 엄마가 미안하다⋯⋯ 미안하다 한내에게 전해 줘, 지한아⋯⋯."

페달에 발을 올릴 때쯤 달려온 여자가 내 팔을 붙잡고는 펑펑 눈물을 쏟는다. 그 모습이 박한내, 너와 많이 닮아 급작스레 마음이 쓰였다. 더 이상 지체할 수 없어 다급하게 알겠다며 전해 주겠다고 답했다.

"그리고 이 우산……."

"됐어요. 아줌마, 어디 찾을지 모르겠음 바닷가, 아니, 아니. 높은 데 위주로, 돌아봐요. 죽으려면, 어디서든 떨어져야 할 테니."

내 생각에도 꽤나 잔인한 말을 뱉고, 페달을 밟아 내렸다. 굵은 빗줄기가 뺨을 긁자 마구잡이로 긁어내진 네 허벅다리가 떠오른다. 넌 이럴 때 엉엉 울며 말할 친구 하나 없는데. 그러니 혹시 날 보러 형네 집으로 가고 있을까. 그러나 내게 미안해서라도 찾아오지 못할 널 안다.

한내, 지금 날씨에 바다로 뛰어들었다간 정말 죽고 말 거다. 험한 산세, 태풍 하나 겪지 않고 곱게만 자란 네가, 과연 그걸 알까. 난데없이 습격하는 태풍처럼, 온몸을 휩쓰는 내 두려움은.

이 무섬증은 형에게 다리가 잘릴 뻔했을 때 말곤 처음이다. 그 정도로, 죽어 버릴 정도로 두렵다. 네가 진짜 내 곁을 떠나 어디론가 갈까 봐. 내 손에서 의식을 잃은 널 또다시 볼까 봐. 그것만으로도 바다가 하늘로 뒤집혀 송곳처럼 쏟아진다.

갈림길에선 내리막 대신 오르막을 택했다. 죽으려면 어디서든 떨어져야 할 테니까. 얼떨결에 내뱉은 말 때문이었다. 게다가 마음이 힘들 땐 오르막길을 오르는 것보다 내리막길을 걷는 게 더 힘든 법이니. 다리에 힘이 풀려 주저앉을 널 떠올리며.

그러다 퍼뜩 그 낮잠에서 자다 깨었을 적, 등줄기가 괴이할 정도로 서늘한 기분을 느꼈다. 죽음. 감정. 결핍. 탐식. 한내. 해주. 그 맞추다 만 퍼즐들이 왜 다시 떠오르는지.

네 엄마와 담임과의 관계, 그 빌어먹을 새끼는 눈치 까고 있었을까, 퍼뜩 의문이 든다. 네 엄마와의 관계에 꽤나 공들이던 것에 의구심을 품었었기에. 일기 예보를 확인하고, 마침 태풍이 와 우리가 섬에 갇힐 걸 알고 있었을까. 그사이 네 엄마가 그런 짓을 벌일 걸 알고 있었나. 결론을 내리지 못한 채 휴대폰을 꺼내 들었다.

유기한에게, 부재중 전화 하나가 와 있다. 왜? 마치 흉몽 속을 헤매는 기분으로, 손끝을 움직여 전화를 걸었다. 불길한 연결음이 시작된다. 강풍이 몰아친 자전거가 비틀거리다 무언가 번쩍했다.

……사진.

해주 누나의 모든 걸 낱낱이 찍어 놓고도 형 놈이 갖지 못한 사진. 거기까지 생각하다 바닥으로 처박혀 흙바닥에 옆통수를 퍽 부딪쳤다. 원심력을 견디지 못하고 기어코 탈주한 바퀴가 눈앞에서 비틀비틀, 바람에 쫓기며 굴러간다. 땅으로 처박은 머리가 욱신거렸다. 높은 곳에서의 추락. 밀던 손. 가느다랗게 허공을 부유하던 몸.

해주 누나가 죽던 날, 유기한은 그 절벽 위에 있었다. 함께 떨어졌지만 분명 소녀가 먼저였고, 그는 분명한 시차를 두고 나중에 떨어졌다. 늘처럼 바다에서 놀던 유지한은 그걸 목격했고, 바로 제 형을 구했다.

시체조차 떠오르지 않은 소녀.

심지어 그 죽은 몸조차 확인해 보지 못하고 그의 유일한 연인을 떠나보내야 했던 소년. 그럼에도 유기한은 소름이 끼칠 정도로 덤덤했다. 눈물도 없이 그저 지나가듯 한마디 했을 뿐.

'그날 카메라를 가져가야 했어. 그 마지막을 찍었어야 했다고.'

빗물이 고인 등줄기가 서늘해진다. 지한은 벌떡 몸을 일으켜 다시 내달렸다. 집어 든 전화기는 아직도 연결음이 울린다. 넌 해주 누나가 떨어진 그 장소를 알고 있나? 분명 떨어지기 좋은 장소이긴 하나, 간다 해도 어떻게 하필 그 장소로…….

수목 아래로 들어서 우두둑 쏟아지던 빗물이 멈추던 때, 지한의 걸음도 우뚝 멈추었다. 알고 있다. 너와 형의 입맞춤, 갈가리 찢어발기고 싶어도 잊지 않던 그 사진. 둘이 앉아 있던 바위 절벽. 확신할 순 없지만 그 새끼가 데려간 절벽이라면 그곳일 터였다.

그는 입술이 비릿할 정도로 이를 악물었다. 나무들의 검은 그림자 사이를 헉헉대며 내달리던 중, 좁은 길 새로 긴 머리의 여자가 설핏 보여 죽을 힘을 다해 달렸다.

"선생님."

붙잡힌 여자가 백치처럼 웃으며 돌아보았다.

"네가, 헉, 왜 거기서, 나와."

"작가님, 제가 죽였어요, 제가, 작가님의……."

"비켜. 씹. 씨! 헉……. 내, 한, 내……."

그 새끼가 이용하기 딱 좋은 여자를 보자 퍼즐은 얼추 맞춰진다. 그날따라 정말 미친년처럼 뵈는 여자의 손을 쳐 내고 허벅지가 터질 때까지 달렸다. 그저 억측에 불과하길 바랐다. 한내……. 한내야. 제, 발.

절벽 위에 도달했다. 이미 아무도 없는 그곳에 서서, 곧장 바다를 훑었다. 보이기만. 보이기만……. 마음이 다 닳도록 빌고 또 빌었다. 목숨 바쳐 구하겠으니 제발 보이기만 하라고.

"보이기만, 보이기만 해……."

빗줄기 때문에 희뿌연 시야 속, 까마득한 아래. 네가 여기로……. 죽도록 아파져 오는 눈뿌리에서 뜨거운 핏줄기 같은 것이 흘러내린다. 지한은 이마 위로, 뺨 위로, 축축하게 떨어지는 물을 닦아 내며 실없는 말을 뱉었다.

늘 느리게 뛰던 심장이 심장병으로 죽을 사람처럼, 목구멍까지 차올라 퍽퍽 무자비한 주먹세례처럼 뛰었다. 초조하게 공회전 하던 눈에, 돌 틈에 낀 빨간 원 하나가 보였다. 우산처럼 보이는 그것. 네가 저기에 있을까. 형이 정말 그런 미친 짓까지 한 걸까. 이 비안개로 뒤덮인 시야 속 카메라를 뒤지고 있을 시간은 없었다.

더 이상 망설일 여유는 없다. 지한은 그리 판단했다. 그저 최대한 빨리 내려갈 수 있게 발을 차, 아래로 몸을 날릴 뿐. 그가 늘 들어갔던 바다의 깊이에 비하면 이 정도 높이쯤 새 발의 피니.

* * *

감겼던 눈을 번쩍 떴다. 눈앞의 물살은 소용돌이쳤고, 팔다리는 얼어붙었나, 부러졌나 꽁꽁 묶인 듯했다.

절벽 위에서 보았을 땐 삼켜지면 그저 좋겠다 싶었다. 삼켜져 죽어, 내가 이 거대한 바다가 되길, 분명 그렇게 바랐는데 지금은 소스라치게 무서워 몸이 발작했다. 바다가 아닌 다른 것이 빙글빙글 코앞에서 휘몰아친다. 산소가 부족해지면 환각을 본다 하던데 이것도 그런 환상인가.

난 결국 이렇게 죽는 걸까.

남자가 찍은 사진 속 난 울어도 강인해 뵌다. 고통 속 그걸 고스란히 수긍하며 살아가고자 하는 의지가 대단해 뵌다.

고통의 외면은 쉽다. 아무것도 느끼지 못한다고 세뇌하며 아픈 감정을 유예하는 것은 쉬웠다. 허벅지에 칼날을 넣고 다른 고통으로 뒤덮는 것도 어렵지 않았다. 하나 그건 결국 뒤틀린 내면과 깊은 심연에서 소용돌이치는 어두운 욕망들, 그리고 언젠가 화산처럼 터질 폭발물을 만들어 낼 뿐. 해서 더 늦기 전, 엄마에게 솔직한 감정들을 털어 내고 싶었다.

그러니 내가 원한 건 삶을 통째로 집어삼킬 바다가 아니다. 바다가 아닌 네가 날 삼킬 때를 이젠 알고 있으니. 삶을 긍정할, 그 기분 좋은 채워짐을 알게 되었으니. 사람이 사람에게 그런 존재가 될 수 있다는 것을 난 너로 인해 알아 버린 것이다. 남들에게 속내를 숨긴 채 심연에 홀로 웅크려 있는 것이 얼마나 고독한지, 섬과 섬 같은 우리 사이에 네가 만들어 낸 돌다리가, 네 손에 내 손을 얽는 것이 얼마나 행복한 건지. 알아 버리고 말았으니.

눈앞의 사진이 파도에 휩쓸려 우그러지니, 강인한 소녀가 시야에서 사라진다.

'벌써 보고 싶다.'

자전거 페달에 발을 올리던 네 표정. 하늘을 보며 숨을 한 차례 허덕이던 네 잿빛 눈. 다시금 네 헛발질과 비틀거림. 감겨 내린 어둠 속, 너무나 선명한 네 마지막.

실은 나도 네가 매일 보고 싶어, 지한. 그리고 그리 되지 못할 것이 두려워. 왜 그 말을 되돌려주지 못했나. 후회가 때늦다. 그때도 그저 눈가만 짓무르도록 울며, 네가 내게서 등을 돌리게 두었다. 그러니 싫다. 너도 없는 이 바다에 나 혼자 잠겨 버리긴 싫다.

지한, 날 구해 줘. 또다시 나를……, 이기적인 나를 구해 줘. 하지만 여긴 나 혼자였다. 내가 네게 갈 수밖에는 없는 거야. 그렇지?

뜨거운 눈뿌리에 소금물이 스며 쓰렸다. 그 눈을 깜빡이며 몸을 곧게 세우고 팔을 움직이니 부러지진 않았는지 서서히 물살을 거스를 수 있었다. 저 멀리 떠내려가는 빨간 우산이 보여 저것만 잡아 보자, 물귀신처럼 날 잡아매는 바다에서 뻣뻣하게 얼어붙은 발을 차올렸다.

관건은 손이 닿는가가 아니었다. 남은 숨이 없다. 또다시 기절해 버리면 이번 삶은 끝이다. 문젠 내가 그 몽롱하게 정신을 잃어 가는 느낌을 좋아한다는 것이다. 나약함은 포기 빠른 내 몸을 금세 뒤덮으니, 그 혼몽함을 계속 걷어 내어야 한다. 어느 때보다 삶에 대한 집착이 필요한 순간이었다.

어깨에서 팔이 떨어져 나갈 정도로 뻗어 올렸다. 기절 직전일지언정 그 우산 끄트머리라도 손에 쥐게끔, 악착같이. 하나 시력을 잃어 가는 장님처럼 시야가 깜깜해진다. 우산은 물살에 휩쓸려 멀어지는 속도가 배는 빨랐다. 대각선으로 올라가야 하니 하염없이 시간이 흐른다. 손에 닿을 듯 말 듯 우산 손잡이가 위치를 끝없는 숨바꼭질처럼 바꾸었다. 뻗어진 손가락조차 희미하니 믿을 건 내 감뿐이었다.

이젠 강렬한 태양처럼 빨간 원이 가까워진다. 아마 이쯤 우산대가 있겠거니, 손끝을 이리저리 휘둘러 대면서 발을 찼다. 팔다리는 무감각하다가, 어느 순간 능지처참당하듯 찢어질 것처럼 고통스럽기를 반복했다.

순간, 예상했던 딱딱한 감촉 대신, 손 아래 따뜻하고 뭉클한 무언가가 느껴진다. 내 손을 아플 정도로 꽉 쥐어 오는 뜨끈한 온기. 가늘게 떠진 눈에 겨우 초점을 맞추자, 한 남자가 보였다.

쌍꺼풀이 진 동그랗고 큰 눈, 얄따란 입매에 음울한 고뇌가 스민, 그 아름다운 남자가 날 끌어당긴다. 그를 본 순간부터 굳어 버린 몸을 남자가 고이 품에 넣고 부드러이 내 뒷머리를 쓸었다.

아…….

한내야.

"아……."

보고 싶었어.

아……. 아니야. 이건 덧없는 환상. 내 넋을 빼 가려는 도깨비. 물귀신의 조롱. 그저 부정했다. 이 사람이 내게 돌아올 리가 없다. 몽롱한 정신에도 찾아온 행복은 떠밀고 현실을 직시했다. 심해 잠수를 했다 올라오는 사람에게 흔하디흔하게 나타나는 환각 증세일 뿐이리라.

그러나 그 품의 따스함, 부드럽고 찬 손의 감촉, 그리고 묵직하게 콧속을 파고드는 향수 내음이 도저히 떠나보낼 수 없게 진짜 같아서. 언제 어디선가 우연히 마주치더라도 화를 내리라, 모른 체하리라 생각했는데 이리 매달리고 싶은 마음이 들 줄은 몰라서. 그 남자에게 떠나지 마. 다시는 가지 마. 당신 딸 버리고 부인 버리고 그 여자한테 가지 마. 그리 말하고 싶었다.

"한내, 왜 우니. 오랜만인데 얼굴도 봐 주지 않고."

몽글몽글한 울림이 남자의 가슴께에서 울려 고개를 들어, 나와 하나처럼 닮은 이목구비를 마주했다. 도자기처럼 섬세하게 굴곡진 뺨이 내 손 아래와 닿자 빙글빙글 입매를 올리는, 그 미소가 어쩐지 기한 오빠를 닮아 있다. 그러니 별수 없이 가짜겠지만. 그래도, 말해 보고 싶었다.

"나도, 보고 싶었어."

그렇게 말해 보고 싶었다.

"아빠······."

한 번이라도······.

"너무 보고 싶었다고······. 왜 이제 왔어? 응?"

내 야멸찬 원망과 달리 남자의 웃음이 기쁨으로 짙어졌다. 그러나 난 차마 다신 가지 말라 할 수 없었다. 어차피 떠날, 그 환상 같은 존재에게······.

도리어 발로 차고 뺨을 내려치며 빈정대고 싶기도 했다. 어쩌면 난 아빠 때문에 평생 사랑을 할 수 없을지 모른다고. 이리 겁이 많아 포기가 쉬운 사람이 돼 버린 건 다 아빠 때문이라고. 지금도 눈시울이, 온몸이 타오르듯 뜨거워지는 게 죽기 직전이라 그런가 싶어 그냥 자포자기하게 되는 내가 싫다고.

하나 싫다고. 죽기 싫다고. 이제 가. 꺼져 버려, 개자식. 엄마의 젖가슴처럼 포근한 품에서 발버둥 치듯 벗어났다. 아빠보다 더 보고 싶은 사람이 있으니 우린 작별해야 한다고. 아빠, 난 가야 해. ······한내야······.

"이제 가. 다신 나타나지 마."

다신 날 약하게 만들지 마, 다신. 한내······. 일그러지고 어두워지는 남자의 얼굴을 지나 손을 뻗었다. 수면의 파동이 일렁이며 얼굴이 사라진다. 그 희미해지는 낯을 볼 수 없어 눈을 꾹 감은 채.

그게 나약한 마음이 만들어 낸 함정임을 알면서도 날 버린 아빠를 용서하겠다고 빌었다. 그러니 나 좀 살게 한 번만 도와 달라고. 깜깜해진 머릿속으로 네 인영도 잠시 떠올랐다.

네가 보고 싶어. 좀 도와줘. 아무나. 제발. 바락바락 외쳐 대며 발을 차자, 순간 너와 사진을 찍을 때처럼 물거품이 몸 주위를 감싼다. 중력을 거스르듯 위로 떠밀린 몸이 두둥실 떠오른다. 내가 도와줄게. 그러니까 기한이를 너무 미워하지 마.

흰 기포 사이사이로 반짝거리는 연한 녹색의 비늘이 찰싹이는 소리. 이 것도 환각일지, 멍한 눈을 뜨는 때 딱딱한 물체의 질감이 손끝에 잡혔다. 아주 꽉, 부여잡고 희미해지는 정신을 떨쳐 내듯 몸을 빼내자, 무게에 저항하며 바다 위에 떠 있으려는 우산이 느껴진다.

머리끝에 우산살이 부딪친다. 더 이상 참을 수 없는 숨을 훅 들이쉬었다. 코를 마구 파내듯 쓰라린 짠물, 그리고 달콤한 산소가 함께 코끝을 스민다.

아아, 살았다.

가늘게 뜬 시야에 빛이 찬다. 돌아오지 않는 시력으로 하늘을 빨갛게 뒤덮은 우산을 보자 미친 듯이 웃음이 났다. 내 자발적인 의지가 날 살게 했다는 것이 즐거워서. 이제 어디 바위에 앉아 비가 잠잠해지고 배가 지나가기를 기다리면 되겠다.

그러나 물 밖으로 나오자마자 다시 정신을 잃을 정도로 파도가 몰아친다. 원하는 방향으로 몸을 트는 것조차 무리였다. 켁. 커억. 코를 찰싹 휩쓸고 지나간 파도에 거한 물숨을 먹고 쓰라린 코로 물을 뱉으며 헛구역질을 했다.

지푸라기라도 부여잡기 위해 빨간 우산 밖으로 고개를 내밀었다. 아아, 그러자 희미한 시야 사이로 거대한 까만 구가 들이닥친다. 거대 암석이 머리 위로 떨어지듯, 도저히 피할 수 없는 속도로. 하, 망했다. 불가항력의 지구 멸망을 운명처럼 맞이하듯, 난 눈을 감았다. 나의 끝이 쏜살같이 도래한다. 이건 도저히 피할 수가 없잖아.

눈을 꾹 감으며 온몸을 공벌레처럼 말고선, 할 수 있는 걸 하려 했다. 손에 쥔 우산으로 날 보호했다. 눈 한 번 더 부르감자 엄청난 충격이 몸을 때렸다. 머리에 지진이 났다.

걱정했던 블랙아웃은 물 밖에서 일어났다. 흐려지는 정신에도 하하하 웃음이 났다.

슬픈 운명은 결코 피해 갈 수 없는 걸까 싶어. 그런 걸까, 지한. 우스운 역설이다. 인생의 모순이야. 이 죽음을 예감한 순간에서야 확실히 알게 되니. 사랑이 뭔지 잘 몰라도 네가 날 사랑한다는 것을, 그리고 나도 널 많이, 아주 많이 사랑한다는 것을. 아, 이 말 네게 해 줘야 하는데. 그럼 날 향해 더없이 환하게 웃는 널 볼 법도 한데. 네 티끌 없이 말간 미소를 본 적은, 아직 없는 듯하니.

눈앞의 가는 빛이 아롱거리는 걸 목도하며 난 정신을 잃어 갔다. 어둠에 삼켜지는 그 빛의 끝자락을 마지막 순간까지 그러쥐려 애쓰며, 난 널 생각했다.

……지한.

네 말처럼 태풍이 오니,

바닷속에도 바람이 분다.

모든 걸 고요하게 삼키던 그 강인한 바다도, 태풍 앞에선 휩쓸려 버리고 마는 것이다.

그게 바로 너였다.

그것이 내게로 온 너였다.

내 숨을 죄고 내 숨을 튼 바다. 날 나락으로 쓸고 수렁에서 건진 바람. 내 돌담을 와르르 허물어 버린…….

내 노래가 향한 사람.

……유지한, 바로 네가.

내 사랑이었다.

* * *

낯익은 목소리가 들렸다.

"한내, 정신 차려."

"아……."

"한내, 하, 정신, 하, 차려."

손을 더듬어 날 껴안은 사람을 찾자 얼어붙은 손안, 따뜻한 체온이 담긴다. 그것만으로도 알 수 있었다. 유지한, 너를. 지한아. 그래, 나야. 나 눈이 안 떠져. 아……파…….

말하고 싶은 것을 분명 다 생각해 놓았는데 막상 나오는 건 영 쓸모없는 징징거림과 훌쩍임뿐이다.

"그러니까 내가, 하, 선을 잘 타라 했, 지, 한내, 넌……."

"……지한아."

"넌 무슨 우산으로, 하, 바위를…… 막아. 바보처럼. 씨, 하, 너는 내가…… 없음…… 어, 찌, 하게."

"네가, 보고, 싶었어……."

"하아…… 나…… 도…….."

낌새가 이상했다. 지한? 애써 눈꺼풀을 떠 낸 시야가 불그스름하다. 한내, 내 말 들어. 내가, 약속, 하아.

그제야 내 손을 뜨끈하게 휘감은 것이 네 온기가 아닌 네게서 흘러내린 피라는 것을 깨달았다. 코앞 네 일그러진 얼굴을 타고 내리는 것이, 내게 떨어지는 빗물에도 섞여 든다. 눈앞이 새빨개진다. 턱이 덜덜 떨렸다.

"너 왜. 피. 피가, 나?"

"내가 나는, 죽어도 넌 살려 준다…… 했어, 어?"

"지한, 아, 지한아. 너 병원, 병원을."

"잠깐 물속, 들어, 가자. 날…… 믿어."

네 상태가 얼마나 심각한지 살피려 했으나 몰아치는 비와 바람, 출렁이는 물 때문에 눈앞에 있는데도 네 낯은 희끄무레했다. 칼날 같은 파도가 네 품에 안긴 내 턱 끝까지 출렁였다. 눈을 굴려 네 가슴을 관통한 빨간 우산살을 물끄러미 보았다. 믿기지 않아 그렇게 한참 동안. 이게 뭐, 야……. 흐윽. 이상한 신음이 샌다.

"숨, 숨, 참아."

분명 심각한 상황에서 넌 아주 덤덤해 뵌다. 침착하고, 실없이 웃기까지 해서 더 이 상황이 받아들여지지 않는 것이다. 나도 몸의 감각이 없는데, 넌 나, 그리고 나와 부딪치려던 그 바위 사이에 끼어 있는데 어찌 그리 태연한지.

"정신…… 차려, 한내. 여기 있단, 죽어. 숨 참아."

몰아치는 목소리. 하나 혈색이 사라진 네 창백한 얼굴이 보이자 눈뿌리가 울컥했다. 내 말, 윽, 알아 들어? 말하는 것조차 고통스러워 뵌다.

뜨거운 눈물을 목으로 넘긴 채 고개를 끄덕이자 앞으로 수그려진 단단한 몸이 날 품에 넣었다. 네 몸을 관통했던 것이 빠지며 뿜어져 나온 피가 파도에 쓸려 사라진다. 잠수를 위해 숨을 채울수록 폐부에서 네 붉은 것이 샌다. 난 눈물 대신 숨을 채우고자 이를 악물었다. 네가 날 껍질처럼 감싸고, 손에 단단한 악력을 실었다.

"참았, 지."

"지한, 난……."

너를. 왠지 그 말을 해야 할 것 같을 때, 곧 높다란 파도가 날 집어삼켰다. 얕은 수심에서 헤엄치며 한 방향을 향해 고집스레 나아가는 너를 느꼈다. 이따금 수면으로 얼굴을 내밀어 숨을 쉰 뒤 물속 내게 입에서 입으로 숨을 나누어 주는 너를.

하지만 네 노력이 무색하게 네게 겨드랑이를 잡혀 끌려가며, 난 의식을 잃어 갔다. 거대한 상어, 고래, 그런 것들이 내 주위를 맴도는 환각이 감은 눈 안에서 펼쳐진다. 유지한, 지한, 나도, 널, 사랑하는, 것, 같아, 무의식 속에서만 되뇌고 말았다.

한내의 블랙아웃을 보는 지한의 눈동자가 까맣게 잠겼다. 관통당한 틈새로 검붉은 피를 뿜는 제 뱃가죽을 내려다보며 천천히 수를 세었다. 후두가 닫혔을 것이니 너무 늦으면 위험했다. 2분. 그 내로 널 구할 것이다.

결국 소녀의 몸에 온 힘이 빠져나갔을 때에야 둘은 해저 동굴 앞에 도착했다. 그 입구로 바닷물이 빨려 들어갔다가 뿜어져 나오길 반복하며 작은 소용돌이를 만들어 낸다. 지한은 그것을 잠시 가만 보았다. 바다가 숨 쉬는 것처럼? 소녀가 했던 말이 이명처럼 귓가에 울렸다. 새어 나간 피만큼 시야도, 몸도 비틀거렸다.

품 안의 한내를 다시 단단히 안고선, 가는 눈으로 바닷물이 다시 밖으로 나오길 살피다가 천천히 헤엄쳐 동굴의 입구로 향했다. 조금 뒤 밀물처럼 밀어닥친 바닷물이 둘의 몸을 순식간에 동굴 속으로 밀어 넣었다. 품 안의 몸이 다치지 않도록 품어 안고선 그 물살을 따라 발을 차, 지한은 안으로 빠르게 진입했다.

그 끝은 둘이 몸을 섞었던 널찍한 동굴에 닿았다. 하악, 컥……. 산소를 들이켜는 동시에 폐부에서 피가 섞인 물을 뱉었다. 머리가, 눈앞이, 어질어 질하다. 늘 바닷속을 미친 듯 헤집고 다녀도 이런 적은 없어 픽 웃음이 났다. 몸을 다치긴 다쳤나 보다 여기며 기절한 네게 인공호흡을 해 돌아온 숨을 확인했다.

다른 곳은 괜찮았지만 다리 하나가 조금 뒤틀려 있다. 제 옷을 찢은 지한은 조금이나마 한내의 다리를 똑바로 고정시키려 했으나, 늙은 병자처럼 손끝이 덜덜 떨려 반쯤만 성공했다.

씨발. 온몸의 기력이 모두 소진된 것 같았다. 겨우 안간힘을 써, 발갛게 물든 나머지 옷을 길게 찢어 그의 상처에서 스미는 피를 이용해 더 붉게 만든 뒤, 누군가 볼 수 있게 동굴 입구 바로 안쪽에 구조 신호용 매듭을 만들어 달았다. 겨우 남은 힘을 끌어모아 기절한 소녀의 몸 옆으로 다시 비척비척 걸어왔다.

비릿한 내음들 속에서, 환각처럼 네 살 내음이 났다. 쓰러지듯 몸을 뉘였다.

대충 들어도 바다를 때리는 강풍은 그칠 기미가 없다. 채 빠지지 않았던 우산살이 물살에 더 깊게 박혀 들어서, 아니면 갈비뼈가 부러져서, 숨 쉬기가 벅차다. 혼자 구조 요청을 하러 가기는 글렀고, 이 거슬리는 걸 빼낼 힘조차 남은 게 없으니. 너만 있으면 내가 나약해지니, 한내.

힘없이 풀리는 눈을 겨우 뜨고, 작고 파리한 입술에 입술을 맞대며 자그마한 몸을 최대한 품었다. 항상 차던 네 몸이 지금은 뜨끈하게 느껴지는 건 내 몸이 식어서일까.

네 다갈색 머리에 코를 묻다가도 간간이 그 옆 바닥에 울컥울컥 피를 뱉었다. 뜬 시야가 시력을 잃어 가는 심 봉사처럼 깜깜해지니. 입술에선 헛웃음이 새는데, 눈을 감기는 두렵다. 만약 이대로 영영 눈을 뜨지 못하면, 널 보는 지금이, 네 말대로, 정말 마지막이 될 거니. 아까워서 감지를 못하겠다.

어떡하지, 한내. 지금 네 모습도 어이없이 예쁘니. 이리 눈 감기가 아까우니. 어떡하지. 그래도 넌 살릴 거라 내가 자신했는데. 지금도 덧없이, 그 자신도 없는 약속을 해 주고 싶은데. 적어도 널 혼자 가게 두진 않는다고. 너만은 내가, 내가 지키겠다고……. 아무것도 널 해치지 못하게 내가…….

한내를 한 몸처럼 끌어안으며 지한은 정신을 잃었다.

* * *

우레 같은 천둥이 친다. 낙지 여인은 무릎 사이에 코를 묻고 몸을 벌벌 떨었다. 먹는 약, 바르는 약, 종류 가리지 않고 갯일 한 돈으로 사 모은 약들이 눈앞에 늘어져 있었다.

진양이, 진양이가 울어……. 천둥이 칠 때마다 여인은 중얼거렸다.

"치료, 치료해 줘야……."

결국 몸을 벌떡 일으켜 찾아 나섰다.

진양이가 아프게 된 것은 모두 그녀의 탓으로, 첫째 잘못은 주인집 아들내미의 사랑한단 감언이설에 속아 갈대 위로 쓰러진 것이고, 둘째 잘못은 애 빨리 떼고 다른 남자에게 시집가라는 주인집네 말을 철석같이 들은 것이다. 이것저것 집어삼킨 독극물에도 기어코 살아남은 아이는 대신 죽은 넋으로 나와 열 살이 넘도록 엄마란 말 대신 마, 마 하며 울화통 터지게 했다.

내 잘못으로 태어난 생, 내가 책임져야지. 내 손으로 저 가여운 목숨을 거둬야 한다. 하나 그 독한 것도 견디고 태어나선지 수면제를 왕창 먹여도 다음 날 멀쩡한 눈을 땡그렇게 뜨고, 마, 마, 침만 흘리니.

제 자식 아닌 새끼가 태어난 날, 도망가듯 원양 어선을 탄 남편의 배가 전복됐다는 소식에, 미련 없이 사내아이를 업고 까마득한 절벽을 올랐다. 이리 천둥이 벼락처럼 치는 날, 낙지 여인은 망설임 없이 바다로 뛰었다.

정신을 차렸을 땐 혼자였다. 옆에 있던 내 새끼가 어디 갔냐 물으니 죽었단다. 시신은요? 못 찾았다. 그, 그럼……, 그럼 살아 있을 거예요……. 어차피 쥑이려 했던 아 아녀? 그런 놈 찾긴 왜 찾어? 미안타 해도 알아듣지도 못하는 병신한티. 그냥 평생 사죄하며 사쇼. 남편도 쥑이고, 자식도 쥑이고 혼자 살었네. 쯧.

칼끝 같은 말들이 가슴을 찔렀으나 그래도, 그래도 머저리였던 내 새끼가, 분명 몸 하나는 튼튼했다는 걸 누구보다 애미인 내가 잘 알아. 안다고.

그 뒤 아들을 찾아 섬 주위 떠돌던 여인은 이 작은 섬, 바위 굴 옆 주인 없는 무덤을 발견하고는 아들내미 송장이 있을까 땅까지 팠다.

내 죽을 자리다. 빈 무덤을 보며 그리 낙인을 찍은 때부터 낙지 여인은 이 바위 굴에 자리를 잡았다. 근방 배가 오면 혹여 진양일까 생각하고, 천둥이 쳐도 진양이가 왔다 여겨 나가 보았다. 절벽에서 떨어진 탓에 성치 않을 아들내미의 모습을 상상하고 치료할 약들을 틈틈이 모아 두며.

거센 태풍이 여인의 흰 머리를 하얗게 적시고 시야마저 희게 가두었다. 또다시 새하얀 천둥이 쳤다. 무덤 위에 올라가 두리번거리자 비바람과 비안개가 가득한 시야 속, 흐릿하게 움직이는 인영 하나가 보인다. 진양아! 진양…….

눈을 비비고 다시 살피자, 목매단 사람이 동굴 안에서 흔들거린다. 안돼……. 안 돼! 그곳으로 갈 배가 없는 여인은 그저 발만 동동 구르다,

모아 두었던 약들을 이불보 안에 꼼꼼히 싼 뒤 바다가 잠잠해지기만을 기다렸다. 동이 터 썰물이 지자 아직 빗살이 내려치는 갯밭 위를 잔걸음으로 뛰었다.

진양아, 엄마가 가! 엄마가…… . 도착한 동굴 입구엔 바람에 흔들리는 매듭 하나가 있었다. 그 천에 생명처럼 스며든 검붉은 핏물을 빗물이 쭉쭉 빼내는 중이었다. 그것을 시체로 착각한 것이, 허탈하다.

그래도 혹여나, 헐떡이며 들어서자 죽은 것처럼 보이는 소년 하나가 몸을 한껏 웅크리고 있었다. 우리 아들이 잘 자랐다면 지금쯤 이렇게 잘 컸으리라, 생각한 바로 그 모습으로. 상처가 난 몸도 예상대로 꼴이 엉망이었다.

"진양아…… ."

무겁게 늘어진 몸을 끙끙대며 바로 눕히자 그 안에 숨겨져 있던 창백한 여자애가 드러났다. 허옇게 질린 그 갸름한 얼굴을 한 번 쓸어내린 여인은 가져온 약들을 돌바닥 위로 쏟아 내고 얼어붙은 두 몸 위로 담요를 덮었다.

바위 위에서 매질이라도 당한 듯, 피부 곳곳에 찰과상이 줄을 잇고 뼈가 부러진 군데군데 뒤틀린 신체도 눈에 띄었다. 특히 진양의 숨결에선 폐병 환자처럼 거친 소리가 났고, 불규칙적인 숨이 오갈 때마다 찢어진 복부에선 새붉은 피가 뿜어진다.

아들이 저 소녀를 구하려 했다는 것을 직감한 여인은, 저와 달리 올곧고 유순하게 자란 그 낯을 애틋하게 어루만졌다. 죽으면 안 된다…… . 살려 줄게, 애미가…… 미안해. 미안하다. 지혈부터 시작하며, 드디어 아들에 대한 책임을 다했다는 기쁨의 눈물이 수척한 뺨 위로 흘러내렸다.

"아…… ."

그렇게 하루가 지나자 소녀의 몸이 발작하듯 한차례 경련했다. 퀭해진 예쁜 눈이 가늘게 떠졌다. 보석이 될 때까지 모래알을 꾹꾹 정성껏 뭉쳐 놓은 듯 영롱한 갈색 눈이 커다래졌다. 지, 지한…… . 지한, 너 왜, 왜 이래.

흑. 일어, 나……. 파랗게 터진 소녀의 입술에선, 여인이 아는 것과는 다른 이름이 흘러나왔다.

* * *

이딴 질 낮은 걸 그 가격에 팔아먹나. 얇은 비닐 팩의 가루가 탁한 갈색인 것에 남자가 조소하고는 소량을 세면대 위에 털어 놓고 비강으로 흡입했다. 깊은 눈매가 설핏 으스러질 때 벌컥, 화장실 문이 열렸다.

검은 모자를 깊게 눌러 쓴 소년 하나가 뛰어든다. 한 명의 인기척만을 감지한 소년은 땅을 보며 곧장 걸어와 허리 품에 감추었던 칼을 남자의 복부 부근에 들이대며 위협적인 목소리를 깔아 댔다.

"너, 가진 현금 다, 다 내놔. 씨팔, 있는 거 다 알아. 그, 그 지갑 꺼내."

남자가 눈을 느리게 감았다가 떴다. 소년의 허술한 강도짓을 느린 시선으로 훑고, 핏기 없는 입술로 나른한 웃음을 비틀었다. 몸속 혈류로 느리게 퍼진 약 기운에 서서히 몸이 포근히, 가벼워지는 중이었다.

"그거라면 약속한 대로 변기 뚜껑에 넣어 놨잖아."

부드러운 음색이 입술에서 흘러나왔다.

"마, 말로 할 때……."

"분명 가져가고 물건을 뒀을 텐데. 이제 와서 이 머저리 같은 강도짓은 뭐지?"

말 군데군데 서늘한 웃음기가 섞여 든다. 흉기에도 전혀 겁먹지 않는 태도에 소년은 도리어 어깨를 옹송그리며 지랄하지 말고 내놔, 씨발 하고는 이를 딱딱거렸다. 고개를 기울인 남자가 깊숙한 모자 아래 누런 얼굴을 살폈다. 낯익은 얼굴의 정체를 깨닫자 더 짙은 웃음이 유려한 입가를 파고든다.

"아, 이런, 지한이 친구였구나."

그 과장된 말투에, 작은 눈이 바짝 커져 냉큼 올라왔다. 순간 유지한이 되살아났나 착각할 정도로 흡사한 얼굴에 아, 저, 하는 혼란스러운 탄식을 뱉자, 남자는 픽 웃으며 칼은 그렇게 쥐면 안 되지, 하며 친절히 저를 찌를 방법을 타일러 준다. 갈비뼈에 걸리지 않게 모로 눕혀서, 자 이렇게……. 직접 해 보라며 팔을 무방비하게 벌려 주기까지.

나이 열여덟에 약을 제조해 팔아넘길 뿐만 아니라, 그걸 빌미로 협박해 돈을 갈취하는 범죄의 길을 걷다니. 하나 그 길로 성공하기엔 영 배포도, 능력도 없는 소년의 글러 먹은 미래가 그 질 낮은 약에서도 보였다.

기한은 느슨해진 입매를 쓰다듬으며 소녀와 있던 소년의 모습을 떠올렸다. 가질 수 없는 걸 갈망하며 발악하는 인간의 꼴이 얼마나 추악한가, 그 자조와 같은 생각을 덧대며.

그러나 약 기운에 기분이 좋아진 상태인지라 화사하게 웃어넘겼다. 포기하고 덜덜 떨리는 칼을 주머니 안으로 숨기는 소년의 모자챙을 위로하듯 툭툭 때렸다.

"온 김에 지한이 보고 가련? 이 병원이라. 말 그대로 코앞인데."

"아, 아니. 전……."

세준은 유지한이 평생 일어나지 않길 바라는 속내를 숨기며 손을 내저었다. 자신을 개 패듯이 팬 소년이 차라리 뒈졌음 하는 마음이 어디가 잘못되었나. 어려서부터 바닷속에서건 육지 위에서건 괴물로 통하던 놈.

하나 그날은 그야말로 방어할 새 없이 다짜고짜 주먹을 날려 저항할 의지를 털끝조차 남기지 않았다. 세준은 바로 깜깜한 고통에 점령당했다. 고작 주먹 한 방, 한데 절벽 위에서 떨어진 바위가 후두부 급소를 내려친 느낌에 씨발, 씨발. 욕지거리를 되새김질했더랬다. 전신이 풍 걸린 개새끼처럼 덜덜 떨려 지독하게 비참했다. 실핏줄이 터졌는지 흐릿하고 붉은 시야 속, 흘긋 바라본 얼굴은 불지옥에 강림한 악귀 같았다.

'삭제.'

'⋯⋯뭐, 뭘.'

'뭘?'

'아, 아니⋯⋯.'

'세준아, 삭제.'

이상하게 박한내에 관해선 그 무서운 성깔이 배가 되던 놈. 해서 세준은 꼭 한내를 망가뜨리고 싶었다. 박한내뿐 아니라 유지한의 얼굴이 일그러지는 꼴을 꼭 보고 싶어.

어려서부터 사라졌으면 하고 늘 바라 마지않았던 놈이었다. 힘쓰고 날렵하게 몸을 놀리는 건 늘 자신 있었지만 항상 유지한의 뒤에 가려졌다. 무슨 시합이건 1등으로 세준의 이름이 불리는 날은 없었다.

도깨비 같은 놈.

세준은 애들에게 둘러싸인 뒷모습, 그 그림자 밑에서 중얼거리곤 했다. 게다가 얼굴이 반반한 놈은 여자들에게 인기도 많아 고작 중학생 코흘리개에 불과한 나이에도 동급생뿐 아니라 여자 선배들까지 목매는 경우가 허다했다.

'어멍 아방도 없는 새끼가.'

제가 우위를 점한 건 그거 하나였다. 하지만 그 말을 딱 한 번 뱉었을 때, 그 시꺼먼 눈에서 도깨비처럼 빨간 불이 번쩍였다. 그 뒤는 기억이 사라진 채 거의 죽기 직전까지 두들겨 맞고 병원에서 깨어났다. 그 뒤 그놈을 보면 자동 반사처럼 몸이 먼저 굽신거리니, 세준에게는 유지한 따까리, 꼬붕, 그런 말들이 덧씌워져 수치심에 치를 떨었다.

유지한이 전학 간 날, 그날은 세준이 다시 태어난 날이라 해도 무방했다. 유지한이 차지했던 것들을 손에 넣었다. 얼마 안 되어 박한내가 전학 왔을 땐 마침 그 새끼가 없어진 뒤라는 사실이 운명처럼 다가왔다.

그런데 그만 보면 무슨 더러운 것을 보듯 쳐다보며 도망을 다니는 계집. 심사가 뒤틀렸다. 다른 애들한텐 걸레처럼 실없이 웃어 주는 주제에. 아빠

없이 자랐다는 소문을 듣고는 그럼 그렇지, 고개를 끄덕였다. 여자고 남자고 부모 없는 연놈들은 어딘가 문제가 있는 것이다.

한데 그 둘이 눈이 맞을 줄은 정말 몰랐다. 괴물 같은 새끼랑 걸레 같은 계집이. 그게 역겨워 견딜 수 없었다. 박한내가 정말 걸레처럼 유지한의 형하고 붙어먹는 걸 보자 구역질이 날 정도였다.

학교 홈페이지에 고발 글이 올라오자 하늘이 준 기회라 여겼다. 철저하게 경찰에 신고가 들어갈 시나리오까지 고려해 아이피 추적을 피해야지, 하고 머리를 굴려 학교 컴퓨터를 썼는데, 어찌 알고 찾아왔는지 모를 일이다.

머리 뒤엔 명치였다. 허, 억, 흐으헉. 끝나지 않을 듯한 기나긴 고통이 차라리 죽는 게 낫겠다 싶었다. 황급히 벌어진 입에도 숨은 쉬어지지 않고, 쪼그라든 폐와 흉통으로 무언가 역류하는 것 같기도. 그야말로 생사의 갈림길에 섰다.

수치를 느낄 새도 없이 바짓가랑이를 덜덜 떨리는 손으로 부여잡고 애원했다. 커억, 에, 지한, 아, 큽, 제, 발…… 피가 뒤섞인 눈물로 흐느끼며 틀어진 컴퓨터에서 사진을 지우자 잘했다는 듯 힘을 실은 손이 머리를 툭툭 쳤다. 그러다 농구공을 쥐듯 부여잡고 악력을 실었다.

'으윽…… 다, 다 했다……. 다 했다, 지한아…….'

'그래. 그러니까 이제 벌 좀 받자.'

'버…… 벌?'

'응, 우리 한내가 그러라네.'

우리 한내? 눈이 터져 붉게 번진 시야에 이글이글 불타는 검은 눈이 잔인한 웃음을 실었다. 씨발. 그때에서야, 박한내와 사진이 찍힌 인물이 유지한의 형이라는 걸 떠올렸다. 자신이 끔찍한 화풀이 대상이 되었다는 것을 섬찟 깨닫고는, 티끌 같은 희망까지 버렸었더랬다.

하나 눈앞의 이 남자를 보니, 이 남자도 동생 만만치 않게 눈에 살기가 그득하여 얼른 도망을 쳐야겠단 직감이 든다.

우물쭈물 망설이는 소년을 보며, 남자는 흐음, 하는 묘한 소리를 내고는 아까의 모든 게 단순 장난을 위한 연기였던 것처럼 얼굴에서 서서히 표정을 지워 나갔다. 그럼 용건은 끝났나? 내가 버러지한테 쓸 시간 따윈 없어서, 결국 한기 어린 축객령이 떨어졌다.

유지한은 그래서 졸업 때까지 학교에 안 나와요? 벌써 뒈진 건 아니죠? 그리 물어보려던 세준은 그 피 한 방울 안 나올 견고한 얼굴에 설설 뒤꽁무니를 빼다 결국 다다다 뛰쳐나갔다.

* * *

삐- 삐-

제 동생의 심장이 제대로 뛴단 뜻의 심전도 소리엔 안심이 되어야 마땅한데, 팽팽하게 당겨진 신경 줄은 클라이맥스로 치솟는 현악기처럼 쥐어뜯긴다. 영양 주입용 호스가 파리한 얼굴에서 빠져나간다. 창백한 것 말곤 워낙 강골에 회복력도 좋은 놈이라 눈, 코, 입도 온전하고, 부러졌던 뼈며 찢어졌던 피부며 모두 일정 수준 이상 회복한 상태였다.

오로지 의식만 없는, 코마 상태 12주 차. 눈뜨고 일어날 가능성이 30퍼센트 아래로 떨어진 상황이랬나. 기한은 잠시 마르게 웃었다.

수액 팩을 갈고 주사 줄이 연결된 팔로 수액이 주입되는 상태를 관찰한 간호사가 보호자 침상에 걸터앉은 그를 돌아보았다. 아. 얼굴을 붉힌다. 등 뒤로 짚어 낸 손에 나른히 힘 푼 몸을 기댄 남자는 그녀의 직업적 본분, 그가 중환자의 보호자라는 상황을 잊게 할 만큼 퇴폐적인 미색을 풍겼다. 내리뜬 검은 눈이 반박자 느리게 올라왔다.

"끝난 겁니까?"

"예, 이따 담당 선생님이 한 번 상태 체크하러 오실 거예요."

큼큼, 헛기침한 간호사가 단추가 풀린 셔츠 사이 흰 살결에 몽롱한 시선을 둔다. 잠시 동안 그렇게 흘러간 시간을 깨닫고 당황한 눈을 들자 비스듬한 웃음을 던지던 남자가 창백한 입술을 열었다.

"그만 가 주시죠. 중요한 손님이 올 거라."

"아, 네. 죄송합니다. 쉬세요."

새빨개진 얼굴로 뛰쳐나가는 여자에게 의미 없는 시선을 두던 기한은 그 위에 떠 있는 벽시계로 눈을 옮겼다. 그의 말대로 얼마 안 가, 몸집이 작고 가녀린 소녀 하나가 짐짝처럼 커 보이는 기타 가방을 멘 채 힘없이 병실 안으로 몸을 들인다.

"왔구나, 한내."

어느새 풀어진 매무새를 갈무리하고서, 남자는 전처럼 부드러이 웃으며 소녀를 맞이했다. 약효가 주는 포근한 기분, 신경을 갉작이는 기분이 한층 강해진다. 발끝은 둥둥 뜨고 두피는 저릿저릿하다. 안녕하세요, 오빠. 따뜻한 갈색 눈은, 말하는 초반에만 그를 스치고, 곧장 다른 곳을 향해 돌아갔다.

순간 그 온기가 깃든 눈동자를 저에게로 되돌리고픈 충동에 휩쓸리나, 완벽하게 아름다운, 완성된 사랑 이야기에 제삼자가 끼어들 곳은 균열 같은 틈새조차 없었다. 그걸 원한 건 분명 저였음에도……. 어찌 이렇게 추악하게 나약해졌나. 이젠 신경을 갉작이는 쪽이 한층 더 우세해져, 흡연이 절실하다.

밖에 나가 한 대 재빨리 피고 올 수도 있으나, 기한은 누워 있는 소년의 옆에 의자를 끌어와 앉는 소녀의 뒷모습을 응시하는 쪽을 택했다. 그리 보고 있을 적마다 마주침 없는 일방적인 눈길이란 게 얼마나 쓰고 텁텁한 맛인지 인생 처음으로 느껴 보곤 했다.

작은 시선만으로도 낯을 발그레 붉히던 예전의 소녀가 미련처럼 떠오르는 것도 전에 없이 묘한 상태여서, 그는 요새 손대지 않던 것들에 의존하는

지경까지 나약하게 추락했다.

"있지, 지한아. 나 오늘 대학 발표 났다. 합격이래. 이젠 지긋지긋한 공부는 끝이다, 그치? 만세. 만세."

가느다래서 여리고 유순한 성정을 고스란히 담은 소녀의 목소리는 이제 웅얼웅얼대는 일 없이 곧게 뻗어 나간다. 그러다 잠시 말을 멈추고 탁자 위 립밤을 집어 든다. 아이, 참. 왜 너는 점점 날 닮아 가니. 이렇게 만날 입술이 트기나 하고. 혼잣말 같은 말을 슬프게 흐트러뜨리며, 조심스런 손짓으로 송장 같은 얼굴에 그것을 발랐다.

"아, 그리고 내가 네가 좋아할 만한 거, 녹음해 왔는데. 이제 파도 소리는 지겹지?"

탁상 위 플레이어에 USB를 꽂아 넣는 손길이 분주하다. 소녀는 말과는 달리, 거의 매일 새로운 소리를 녹음해 열 시간짜리 파일로 만들어 왔다. 그것을 틀어 놓고, 누워 있는 소년의 손끝, 발끝, 속눈썹 등등 온갖 군데에 치켜뜬 눈을 바짝 기울이며 떨림 반응을 관찰하기 바빴다.

시간 날 때마다 찾아와 쉬지 않고 종알대고, 제가 만든 노래를 불러 주고, 유지한의 기타까지 가져가 엉성한 코드가 능숙해질 때까지 음을 만들어 쳤다. 내가 여기 있어. 유지한, 내가 여기 있잖아. 왜 거기서 넌 잠만 자는데, 잠탱아……. 소리 없는 몸부림. 소리 없는 눈물.

그게 아주 똑똑히 느껴지는 덕에, 하도 가까이서 지켜본 기한은 어느새 저도 그런 감정을 지닌 사람이 된 것만 같았다. 카메라란 매개 없이 그런 감정을 흡수한다는 건 지나치게 적나라하고, 썩 불유쾌하다.

새로운 파일에선 새 소리, 나뭇잎이 서로를 스치는 소리, 저 먼 바다 소리가 생생하게 흘러나왔다.

"왜, 우리 집에 안 쓰는 창고 하나 있다 했잖아. 바닥에 판판한 돌 하나만 있고, 외벽은 구불구불하고, 뾰족한 지붕을 가진……. 딱 한 사람만 들어갈 작은 창고. 그래서 쓸모도 없는 거 지어 놨다고, 엄마가 아빠 욕을 그렇게 했었거든? 근데 어제 내가 그 돌 위에 앉아 있는데 나무 벽 틈새를 비집고 들어오는 햇살이 너무 좋은 거야. 바닥에 생긴 잔물결 같은 그림자도 너무 예쁘고. 그래서 거기서 너한테 불러 줄 노래를 불렀는데. 아, 노래? 궁금하지? 아직 비밀인데에. 기대해애. 빨리 듣고 싶으면 지금 일어나든지……. 그니까 들어 봐. 그때 갑자기 바람이 불었어. 그런데 내가 뭘 들었는 줄 알아?"

타이밍 좋게 소녀가 말을 멈춘다. 힘없이 널브러진 손을 꾹 쥐어 잡고 어떤 소리가 플레이어에서 흘러나오길 기다린다. 바람이 불고, 그것이 나무 벽에 부딪친다. 그리고 그 뒤에 휘이이이익, 아주 기이다란 휘파람 소리가 울렸다.

"그니까 내가 맨날 겨울에 들었던 숨비 소리가 글쎄, 그 창고가 냈던 소리더라니까. 난 인어나 그런 걸 기대했는데……."

"……."

"우리 아빠가 만든 거였다니. 어이없어. 참. 어이없지."

절레절레 가로젓는 작은 고개에, 오밀조밀한 옆태가 기한의 눈에 담겼다. 도톰한 입술이 후후 예쁘게 머금은 미소가 그의 입꼬리도 나른히 당긴다.

무료한 관성처럼 입에 물던 니코틴이 요즘 중독자처럼 갈급해진 이유는, 제가 통제를 잃었다는 증거란 걸 알고 있었다. 원하던 대로 권태감은 사라졌으나 그다지 만족스럽지 못한 삶인 건 하등 동일하다. 안에서부터 천천히 무너지고, 먼지처럼 바스러지는 자신을 느끼며, 기한은 소리 없이 웃었다.

장장 네 달을 누워 있던 동생 덕에 소녀의 얼굴을 아주 꼼꼼히도 뜯어본 기한은 소녀가 만들어 낸 표정이 해주의 것과 아주 다르다는 것도 알게 됐다. 소녀의 사진을 찍을 때 미처 몰랐던 것이다. 그 이유는 소녀가 오로지 저 한심하게 누워 있는 소년에게만 그 표정들을 내보이기 때문이겠지.

하여 해주와 한내, 이제 둘은 아예 접점이 없는 인격체로 느껴졌다. 아마, 문제는 거기서부터 시작된 듯했다. 저 작은 소녀가 더 이상 해주의 투과물이 아니게 된 것이…….

"그래도 그 소리 들으니까, 아빠가 용서됐어. 아빠도 나처럼 숨비 소리를 좋아했으니, 그런 하등 쓸데없는 걸 지었을 거 아냐. 그 바다랑 가까운 유전자, 그걸 내게 준 걸로, 난 아빠를 용서해 주기로 했다고."

소녀가 조곤조곤, 말이 되기도 하고 안 되기도 하는 논리를 쏟아 낸다. 어쨌든 기한은 희미하게 웃었다. 속에서 차가운 화가 나기도 했다. 하나 그것이 향하는 대상은 불분명하다. 속이 어지럽다. 오늘 떠나기로 마음먹은 탓인지.

"이 휘파람 소리가…… 네 숨비 소리랑 비슷하기도 하고. 그래서, 무튼. 그렇다고."

"……."

준비해 온 말을 다 마치고 또 다른 말로 무어 할까 고르는 사이에, 무거운 침묵이 작은 어깨 위로 내려앉았다. 말을 쏟는 내내 즐거운 듯 솟았던 어깨가 추욱 힘없이 처진다. 축축해지는 눈은 굳은살이 사라진 길쭉하고 곧은 손에서, 굳게 다물린 기다란 눈으로 향했다.

지한, 네 아주 촘촘한 속눈썹이 만든 짙은 그림자가 너무도 무거워 보여. 그래서 네가 눈꺼풀을 들기가 더욱 어렵지 않을까 하는 그런 실없는 생각이 들어.

아주 잠시, 물기가 맺히던 갈색 동공이 몇 번의 깜빡임으로 건조해졌다. 소녀는 울지 않았다. 운다는 건, 유지한이 일어날 가능성을 포기하는 것이나 다름없다며 이를 악물고 아주 꾹 참아 내곤 했다. 그 애는 내가 또 질질 짠다고 싫어했으니까요. 갈색 호수처럼 맑은 눈이 힘을 꽉 주고 누관을 막으려 애썼다. 부산스레 움직이던 입술이 윗니에 꾸욱 아프게 짓눌린다.

소녀는 짧은 숨을 들이켰다가, 말과 함께 내뱉었다. 나…….

"대학 안 가려고."

"……."

이런 말엔 미친 계집애가, 하며 네가 일어나지 않을까. 반응을 기다리듯 부르트고 갈라진 입술을 슬쩍 훔쳐보던 소녀의 등이 결국 앞으로 굽어, 기어이 무너져 내렸다. 내가, 어떻게, 널, 두고, 가. 안 가. 난 네 옆, 에만, 있을, 거야. 그 말을 눈물 없이 꾹꾹 뱉다 보니 쿨쿨 꿀잠을 자는 네가 알아듣기 힘들 만큼 토막 나 버렸다.

네게 이별을 고한 나인데 또 네 옆에 있겠다며 내 멋대로 고집부리고. 난 정말 너한테 너무 제멋대로다. 못됐다, 나. 그러니 일어나서 나 좀 혼내줄래? 박한 애. 박한 계집, 하고 나 좀…….

'쯧, 짠한 게 오래는 못 살 큰게. 빨리 죽으크라. 겐디 그게 너가 애초에 태어나길 어멍 인생 망치멍 태어나 부난이라!'

'연이 엮였어. 어? 아덜, 아주 질기고 질긴 연이야.'

뇌관을 뒤흔들던 무당의 말을 잊지 않았다. 여기 누워 있어야 할 것은 본래 나다. 한내는 그리 믿어 의심치 않았다.

사건 이후 무릎 위부터 허벅지까지 길게 난 상처가 사타구니 옆, 본래 있던 상처와 연결되어 하나가 된 것도 다 이유 있는 것으로 봤다. 우리 연은 그렇게 질기니, 이게 끝일 리 없다는 거야, 알았어? 질기다 못해 우린 이미 하나라고. 네가 날 너한테 꼭 묶어 두겠다 했잖아.

침대 위로 엎어진 채 입술에 닿아 오는, 네 것인 듯 아닌 듯, 매끄러운 손가락. 그 끝에 습한 숨과 함께 입을 맞추었다. 바다 내음이 사라진 네가 어불성설처럼 느껴진다. 대신 소독약 냄새가 나. 이미 가 버린 사람처럼……. 말도 안 돼, 정말. 말도…….

이렇게 매일같이 꼬박꼬박 동일한 시간에 오는 한내를, 기한은 꼬박꼬박 지켜보았다. 늘 하던 일과처럼 힘들어하는 기색도 아니었으나 점점 야위어

가는 뺨. 안 그래도 조그맣던 얼굴이 작아져만 간다.

"한심한 놈. 빌빌대서 제 여자나 울게 하고."

그의 주먹만 한 소녀의 얼굴이 부드러운 뭔가에 푸욱 감싸졌다. 이젠 저처럼 창백해진 지한의 뺨과 깊어진 안와를 바라보며, 기한은 한내의 뒤에서 읊조렸다. 그날, 자신과 달리 소녀를 구하기 위해 거침없이 몸을 던지는 인영을 똑똑히 상기하며.

제 동생이 형인 자신을 몸에서 도려내고, 이겨 먹고, 소녀를 구할 수 있을까에 대한 궁금증. 기한은 그 결과는 자신의 완전한 패배였다 인정했다. 이 찬란한 이야기에서, 자신은 조연도 아닌 엑스트라급도 되지 못했음을.

톡 쥐면 부러질 듯, 한 줌의 목에 몽실몽실한 새붉은 실뭉치를 감아 주고, 살짝 들린 고개 앞에 손을 넣어 한 바퀴 감아 돌렸다. 약에 예민해진 후각 사이, 달큰한 소녀의 내음이 넘실거린다. 손을 떼자 정전기가 일어 부스스 일어난 머리칼 끝이 그의 어둑한 손아귀에 걸려든다.

그것을 본능적으로 감아쥐고 손톱 끝으로 질근거렸다. 드디어 촉촉한 눈망울이 저에게로 와 닿는다. 탁한 의중을 감추며 입꼬리를 느슨히 당기자 제가 건넨 말을 위로라 알아들은 소녀가 따라 옅게 웃는다.

그 미소를 보며 기한은 제 탐욕을 잠재웠다. 이젠 그 미소가 영원하길 바랐으니. 네 추락을 염원하던 나로선 참으로 염치없단 걸 알면서도, 뒤늦게 네 추락을 원치 않는 내 심연을 알게 됐으니. 그 깨달음은 뒤늦어 되돌릴 수 없어도, 그 상황에서 그는 제가 할 수 있는 유일한 것을 해야 한다 맹세한다. 그 하나, 널 위해, 사라지는 것.

"그러게요. 확 그냥 서울 가서 딴 놈이나 만날까 봐요."

그 장난말조차, 틈만 나면 고개를 드는 죄의식을 건드린 건지 속눈썹이 가만 젖어 들고, 말간 얼굴이 급속도로 어두워진다. 그에 대한 마음을 사랑이라 착각해, 유지한에게 상처 줬던 날들을 떠올리나. 글쎄, 그렇게라도 그를 생각해 준다면 기꺼이 즐거워하리라.

힘이 들어간 손끝에 머리칼 하나가 딸려오는 것을 느릿한 시선으로 바라보던 그가 차게 입술을 열었다.

"그래. 서울로 가렴. 네가 바란 것처럼 이 섬도 벗어나고. 지한이도, 나도, 떠나고. 이놈 뒤늦게 일어나 땅 치고 후회하는 것 좀 보게."

제가 듣기에도 진담인지 장난인지 구분이 가지 않는 말투였다. 평생 썼던 가면은 그의 껍데기에 하나처럼 눌어붙어, 전달하려는 진심도 가짜가 되고, 그 가면 안 제 진심조차 가면과 혼동이 된다. 무엇이 진심이고, 무엇이 연기인가.

"공부하고 싶다면 공부를 하고, 놀고 싶다면 놀고. 나도 서울로 갈 거니 나와 같이 작품을 찍어도 좋고. 네가 필요한 건, 나에게 있으니. 그게 뭐든. 내게 부탁해도 좋아."

확연한 건 네가 이 소녀를 갖는 걸 지켜볼 순 없다는 것이니, 소녀가 떠나지 않는다면, 떠나는 건 그가 될 것이다. 커졌던 다갈색 눈이 짓궂은 장난을 도모하듯 가늘어진다. 역시나 그의 어둠이 어디까지나 깊고 얼마나 탁한지, 말간 소녀는 짐작조차 못했다.

"난 지한이와 달리 네게서 상처받지도, 상처 주지도 않을 거니 맘대로 이용해도 좋고."

장난스레 늘어놓으며 순진한 소녀를 구슬리는 제 모습이 이렇게나 우스울 수 없다. 시선 한 자락 받으려 몸부림치는 그 말들이 하나같이 뒤틀린 진심이라는 것도.

"그럼 지한이는요?"

여전히 그의 의도는 까마득히 모르는 소녀는 후후 말갛게 웃었다. 아마 그가 충격 요법으로 소년을 깨우려는, 제 프로젝트를 적당히 거들어 주나 보다, 여기는 듯했다.

"오빠도 가만 보면 거짓말 못해요."

햇빛에 바싹하게 구워져 예쁘게 반짝이는 모래알처럼 말간 눈동자. 그것을 동그랗게 떠 낸 낯으로 소녀는 가만 입꼬리를 끌어 올렸다. 그 어둑한 틈새의 분홍빛 혀를 보며 그가 무슨 상상을 하는지도 모르고 차분히 혀끝을 굴린다.

오빠는 절 사랑할 수 없어요. 그리고 제가 유지한 사랑하는 거 다 아니까 괜히 이러시는 거죠?

사랑, 그 노골적인 단어 사용에 그는 눈썹을 둥글게 치켜올렸다. 사랑의 완성을 본 소녀는, 이제 사랑이란 단어를 말함에도 주저함이 없다. 더 맑고, 더욱 빛에 가까워진 아이는 환하게 빛난다. 그 빛 한 조각이 욕심나, 카메라 들고 발버둥 치던 그의 어둠은, 그 환함 앞에서 한층 더 어둡고 탁해지기만 할 뿐. 그 빛은 오롯이 소녀 혼자의 것이었다.

"제가 서울도, 어디도, 가지 않을 것 뻔히 알면서."

"……."

"대학은 내년에도 갈 수 있어요. 저는 지한이 옆에 있을 거예요. 오빠랑 저랑은 아마, 카메라 안에서밖에 사랑 못 할 걸요. 그렇죠?"

그가 자신을 사랑할 수 없다, 명확히 결론을 내린 소녀의 말들이 한 치의 의구심도 없어, 존재조차 몰랐던 그의 여린 구석이 속속들이 찔린다.

"으음."

어딘가 따끔거리는 느낌과 함께 순식간에 분노가 들불처럼 번진다. 그는 소녀의 목도리를 단단해지도록 매듭지어 잡아당겼다. 열렬한 사랑 고백을 일어나지 못한 동생 대신 그에게 하느라 맥박이 빠르게 뛰는 가는 목을, 저 목도리 대신 자신의 손이 감아쥐는 상상을 하면서도, 단단해진 턱을 애써 느슨히 풀어 내고 다시금 입가를 당겨 다정히 웃어 보였다.

"흐음. 한내가 언제부터 이리 논리 정연하게 말을 잘했지."

잔인한 상상을 하듯 눈을 굴렸다.

"뭐, 그것도 나쁘진 않지. 앞으로 지한이와의 관계가 좋지 않을 때마다 네가 날 생각하는 것도. 나를 만날 때마다 내 옆에 있다면 어땠을까, 내 사진기 앞에 선다면 어땠을까, 상상하는 것도. 넌 또 상상력이 워낙 좋으니."

깔깔 웃은 소녀가 뒤늦게 답했다. 그럴지도 모르죠. 그가 말한 대로의 상상이 아니라, 누워 있던 소년이 벌떡 일어나 제 곁에 있는 것을 상상하듯, 행복한 미소가 활짝 벌어진 입가에서부터 복숭앗빛 뺨으로 번져 나갔다.

"그러니까. 난 어쩌면 그 애보다 네 안에 더 깊숙이 자리할 테니, 내가 진 거라곤 생각 안 한다."

"……."

"이런 생각을 하는 내가, 넌 아직도 무섭지 않니?"

"음, 안 무서운데요?"

단호한 말을 내뱉는 눈동자 안엔, 그에 대한 연민이 여전히 자리했다. 기한은 뒤틀린 웃음을 삼켰다. 진실을 모조리 안다면 저 감정은 낱낱이 사라져 재가 되고, 분노가 대신 들어찰 것을 안다. 그러나 너만큼은, 내 껍데기를, 텅텅 비어 악만 남은 내 속을 영원히 몰랐으면 했다.

"오빠가 저한테 우산을 주셨을 때, 그게 어떤 의미였는지 오빠는 모르실 거예요……. 오빠처럼 단단한 사람이 되고 싶었거든요."

단단한 사람. 그래. 관자놀이가 지끈대며 속이 까맣게 타도, 기한은 그런 단단한 사람처럼, 여유로이 웃었다. 너만은 바스러지는 날 모르길. 원하는 것을 너무 뒤늦게 깨달아 무너지는 나를. 그리고 너만은 바라는 것을 꼭 얻기를. 그게 내가 아닐지라도.

붉은 목도리가 그의 작별 인사임을 모르는 소녀는 눈을 내리깔아 분홍빛 손끝으로 보들보들한 감촉을 만지작거렸다.

"솔직하게 말하지 않으면, 아무도 몰라주던 그 말도, 저에겐 큰 도움이 됐어요. 그리고 무엇보다 오빠 사진이 보여 준, 제 모습도요. 그런 사람이 되고 싶어졌어요. 오빠가 보여 준."

울음 섞인 미소가 눈꺼풀 아래로 숨어든다.

"너도 평생⋯⋯."

짙은 속눈썹이 다시 허공으로 들렸다. 드러나는 햇살처럼 밝은 눈동자와 마주하자, 기한은 어딘가 까끌거리는 혀를 꾹꾹 눌러 붙였다.

"모를 거란다. 네가, 내게 어떤 의미인지⋯⋯."

이번엔 진심이 조금은 전달된 건지, 소녀가 의아하다는 듯 눈매를 우그러뜨렸다. 오빠, 무슨 일, 있으신 거 아니죠? 걱정스럽고 다정한 어조가 귓가를 맴돈다.

무슨 일, 있지.

하지만 그는 최근 흐릿한 잿빛 눈동자가 눈꺼풀 아래에서 자취를 보였다는 것을, 그 몽롱한 의식이 누구를 찾듯 병실을 한 바퀴 휘젓다가 힘을 잃고 감기는 것을, 희게 튼 입술이 한내라 말하듯 달싹이다 스르르 풀어지는 것을, 그 시간이 몇 초에서 1분 정도로 늘어나고 있다는 것을, 의식이 돌아오고 있는 증거인 게 분명하다는 것을, 소녀에게 말하지 않았다.

대신 눈을 가늘게 휘며 웃었다. 그 해사한 웃음에 소녀의 볼 위로 잠시 예전과 같은 열기가 붉은 흔적을 남겼다가 사그라든다. 날 향한 미지근한 온기. 그거면 충분했다.

네가 담긴 마지막 사진으로, 찍어 간직하기에.

"내일부턴 간병인이 종일 올 거야."

아⋯⋯. 소녀의 속눈썹이 빛을 받아, 예쁜 그림자를 만들며 깜빡거렸다.

"서울, 진짜 가세요?"

"⋯⋯아마."

"안 그래도 기사 봤어요. 오빠에 대한 누명이 풀려서 정말 다행이에요."

의문이 풀린 얼굴로, 소녀는 꾀꼬리 같은 목소리에 기쁨을 담아 종알거렸다. 오빠가 작가 일 계속하시게 되어 기뻐요. 오빠 사진 정말 좋거든요. 다음에 지한이 깨면 저랑 같이 또 찍어 주세요. 바다에 들어갈 수 있게 되면……. 축축한 말의 끝이 도달하는 곳은 늘 한결같았다.

"그러마."

지키지 못할 약속을 뱉어 낸 뒤 기한은 손을 올렸다. 햇살 아래 노랗게 빛나는 다갈색 머리칼. 한 번 쓸어 부드러운 결을 느낀 뒤, 자그마한 귀를 손끝에 담자 물끄러미 올려다보던 몸이 작게 경직된다.

쓰린 마음을 옅은 웃음으로 대신하며, 기한은 고개를 숙여 한내의 반드러운 이마 위로 입술을 내렸다. 닿아 오는 감촉은 부드럽고, 온도는 미지근하니 따뜻했다. 불쾌한 대신…….

그렇군. 이런 감정. 지한, 네가 느꼈던 것은, 그리고 내가 느낀 것은.

뒤늦다.

제 몸에서 생겨난 그림자를 한 꺼풀씩 벗겨 내자, 소녀의 낯은 다시 빛 속에서 환히 발했다. 이젠 너도 네 빛남을 알 테지. 서늘한 손끝에 아직 남아 있는 그 반짝임과 따스함, 그는 한 순간 한 순간을 사진으로 찍어 내듯 눈에 담으며 느른히 중얼거렸다.

"이 정도 벌은 받아도 싸지. 여유롭게 누워만 있는 놈한테."

하하하, 울 것 같은 낯이 가까스로 웃어 낸다. 곧 그 얼굴에 미소가 지어질 것을 그는 알았다. 떠난 후라, 자신은 볼 수 없다는 것이 도리어 다행일 것이다. 그 미소를 보고서, 그것이 향하는 대상을 가만두기란 힘들 것이니.

"한내야."

"……네?"

"내가 잘못했어."

"……."

"……."

"걱정 마세요, 오빠. 그리고 그 여자가 한 일이 오빠 잘못은 아니잖아요. 그렇게 생각하시면 안 돼요, 알았죠? 지한이는 제가 잘 돌보고 있을게요.

곧 일어날 거예요. 그때 전화하면 얼른 달려오세요."

곧은 마음처럼 손끝에서 올곧게 뛰는 맥. 그는 손안에 담았던 온기를 천천히 놓아주었다. 날 용서해 주렴, 그런 자기 연민과 합리화를 담은 말은 가당치 않다. 하여 기한은 소녀는 알아듣지 못할 용서만 뱉고, 마지막으로 저를 닮은 얼굴을 바라보았다. 흑백 사진 보듯 희게 색이 바랜 손으로, 푸르스름해 보일 만큼 창백해진 동생의 뺨을 느릿하게 쓸었다.

피부색도 하나처럼 닮은 형제, 그리고 우리에게 같은 피를 물려준 그 창백한 여자……. 네가 아니라 그 여자였다. 이렇게 파리하게 시들길, 내가 소망한 대상은.

'……기한아, 엄마 나갔다 올게.'

졸린 눈을 비볐다. 앞니에 씹혀 립스틱이 뭉개지는 입술이 보인다. 순간적으로 눈을 굴렸다. 미닫이문 앞에 놓여 있는 묵직한 가방과, 개다리소반 위 분유통, 반쯤 차 있는 젖병.

'어딜요.'

이 야밤에, 어딜. 짙은 화장에 짐을 한가득 든 채 일하러 갈 리는 만무하니 물었다. 한참 침묵하던 여자의 눈이 더 희게 반짝이고, 그것이 눈에 반쯤 고인 눈물이라는 것을 깨달을 때쯤, 여자는 말없이 그의 뺨에 손을 댄다.

그 접촉이 이루 말할 수 없이 불쾌했다. 일단 가까워진 몸에서 나는 달큼한 젖내가. 또 젖몸살이 날 만큼 젖이 흘러넘쳐도 갓난쟁이나 그에게 모성을 담은 접촉은 손꼽았던 여자가 급작스레 애정이라도 솟아난 듯 더듬어 대니. 불쾌하다.

발정 난 고양이가 우는 듯한 소리가 들린다. 포대기에 싸여 있던 갓난쟁이가 곧 일어날 듯 칭얼거리며 쪽쪽 젖 찾는 소리를 내자, 여자의 몸이 죄의식을 떨쳐 내듯 한차례 부르르 떨린다.

'부, 분유는…… 저기…… 있고, 오늘 아침…… 먹일 건…… 하나 타 놨어. 저기……에.'

늘 소녀처럼 가늘었던 목소리가 점점 더 가늘어지는 바람에 알아듣기가 힘들었고, 가리키는 손끝은 떨림이 심했다. 엄마 가, 갈게. 문이 열리고, 커다란 가방도 문밖으로 납치되듯 끌려 나간다. 닫히던 문이 틈새만 남겨 두고 멈춰 섰을 때, 망설임과 죄책감이 부질없이 묻은 목소리가 다시 스며들었다.

'혹시…… 혹시 분유 다 떨어지면, 옆집 복순 할망한테 찾아가. 그래서 좀 얻어 오면 돼. 조금 기다리면 뭍으로 간 네 할망 오……, 올 거니까.'

변명의 말을 줄줄 늘어놓던 여자는 문틈 사이로 입술을 꾹 다문 제 아들을 보며 퍼뜩 움칠했다. 손목만 하릴없이 벅벅 긁고, 어린애답지 않은 서늘한 눈이 그녀를 고요히 응시해 오자 치 떠는 탄식을 뱉었다.

'어, 엄마가 다시 데리러 올게. 꼭.'

꼭이야……. 결국 새끼 둘을 버리고 도망간단 자기 고백과 다를 바 없는 말. 여자는 문손잡이를 잡는다. 세게 밀린 문이 벽에 부딪치며 다시 만든 틈새로, 가느다란 흰 다리가 부리나케 도망간다. 최근 외박이 잦고 새 남자 냄새를 묻히고 돌아오는 날들이 많았어도 설마 젖먹이까지 버리고 갈 줄은 몰랐기에 설핏 충격이었다.

하나 서운하지도 슬프지도 않은, 다만 그저 매서운 충동이 몸 전체를 휩쓸었다. 저에게 겁먹어 후다닥 도망치는 저 다리를 잡아 쥐고 싶다. 잡아 쥐다 못해 영영 저 위선적이고 위악한 짓거리를 할 수 없도록 만들고 싶단, 그런 충동이…….

빛이 사라져 가는 눈에서 아득한 공포심을 맛보고 싶었다. 그와 놀랍도록 닮은 그 휑뎅그렁한 검은 눈에서. 하지만 그러는 대신, 기한은 발정 난 고양이 소리를 내는 제 동생에게로 고개를 돌렸다.

으앵으앵. 우는 네 소리가 찰나엔 마치 엉아, 엉아, 하는 듯해서. 흠. 어쩔까. 때 묻은 천장을 보며 잠시 고민했다. 갈라진 입술을 혀끝으로 잠시 매만지다, 메마른 음성을 흘렸다. 네 이름을 지어 줄게. 넌, 유지한이야. 나보다 한 획 더 붙여서.

뭔가가 결여돼 제 엄마까지 치를 떨게 한 나보다, 넌 하나가 더 있는 것이다. 그게 뭐든. 그 하나가 덧붙은 네가, 나보단 낫겠지. 그건 사실이 었다. 날 놓고 도망간 여자 대신 네게 한 짓에도 너는 날 떠나지 않았으니. 바보 같으니.

동생. 지한아. 내가 졌어. 그래도 넋 놓고 그리 누워 있지는 마라. 날 죽인다 칼을 갈고 쫓아와야지.

눈빛을 번뜩이는 미소가 천천히 사라진, 매끈한 얼굴로 그는 천천히 걸음을 디뎌 나갔다.

소녀 앞에서 처음으로 가면을 벗고 메마른 민낯으로 작별을 고했다. 이번에는 차마 다정스런 미소를 만들기 어려운 탓에.

"안녕, 한내."

* * *

남방 구치소는 하루 두 번, 운동장 산책을 나갈 때면 끼룩끼룩 갈매기 소리가 들리고 바다 냄새가 났다. 컴컴하니 사방이 차단된 방 안의 시간은 늘 뭔가 증명하려 쫓겼던 서울과 달리 고요했다. 마음이 잠잠하고 평화로워지는 이 공간, 이곳의 삶이 서아는 마음에 들었다. 해서 어떠한 처벌도 달게 받을 생각으로 기다리던 중이었다. 바깥세상에 더 이상 남은 미련은 없었으니.

하지만 법정에서 말곤 볼 일 없을 거라 생각한 남자가 나타났다. 이 세상 유일한 미련, 그 남자가 배릿한 바다 냄새를 온몸에 묻히고선, 무자비할 정도의 냉담한 눈길로 그녀를 본다. 다시 마주할 거라 짐작 못 한 탓에 몇 달간 수양에도 불구하고 깊숙한 곳의 동요를 숨길 수 없다. 이런 상황에도 얼굴이 누렇게 뜨는 칙칙한 하늘색 옷이 썩 예뻐 뵈지 못할 것만 같았다.

서아, 하고 벌어진 잇새로 그가 교도관에게 거금을 주고 기어이 물어 든 담배의 생명이 하얗게 흩어진다.

"예뻐졌네."

흰 안개 사이 흩날리는 그 나른한 음성이 믿기지 않았다. 내가 환상을 보는 걸까. 풀어졌던 눈에 힘을 주었다.

권태롭게 휘어지는 눈이 오롯이 날 보고 있단 것이 믿기지 않는다. 그의 카메라 앞에 피사체로 선 것도 아니고, 손아귀 아래 쥐어져 고통의 눈물 흘리는 것도 아닌데, 왜 저 눈물 나도록 아름다운 남자가 자신을 찾아와 가만 보아 주고 있는 것일까. 예쁘다니. 늘 예쁘지 않다, 했으면서……. 고독함에 지쳐 혼잣말이 늘어나다 못해 내가 미쳐 버린 것이다. 그렇게 여겼다.

[자수해.]

제가 한 그 끔찍한 짓을 보기라도 한 듯, 휴대폰에 뜬 문자에 곧장 경찰서로 갔기 때문일까. 그가 내린 명을 잘 따랐기 때문에? 하나 질투에 눈이 멀어 그 소녀를 죽이려 한 죄를 결코 용서받을 순 없다 생각했는데.

서아는 뚫린 유리 벽 너머 남자를 샅샅이 살폈다. 그는 왼손 검지에 갈색 실처럼 보이는 무언가를 한 바퀴 감아쥐고 허공을 본다.

촬영 현장서도 늘 접촉을 최소화하고, 냉철한 시선으로 순간을 포착하며, 두말할 것 없는 결과물을 낸 뒤 훌쩍 떠나 버리던 남자. 눈앞에 있어도 말 붙일 구석을 찾기가 어렵고 늘 저 위에서 사람들을 좌시하던 사람. 그러나 항상 세상에서 한 발 벗어나 있던, 그 느낌이 오늘은 부쩍 강했다.

"……용서해 줄래, 날?"

나지막하게 그 나약한 소리를 내뱉었을 땐, 안에서부터 무언가 와르르 무너지는 것 같았다. 제가 아는 천하의 유기한은 누구에게 사과하는 법도 없고, 동정을 사는 것도 질색하던 사람이었으니.

"선생님……."

요동치는 시선을 겨우 들어, 무너진 음성과 달리 매끄러운 얼굴에 안심하던 찰나, 거칠게 흔들리다 풀썩 무너지는 검은 눈동자에, 제 심장도 가루가 되어 흩어진다.

느긋하게 올라와 물러진 눈가를 가리는 손동작이 물 흐르듯 해도, 조각 같은 손끝이 희미하게 떨린다. 그곳에서 누군가의 머리칼이 빛을 흡수해 노랗게 빛났다. 다가서기엔 너무나 멀었던, 신처럼 견고하던 남자가 저 실낱같이 사그라지는 연기처럼, 세상 자그마한 티끌로 흩어지려 한다.

무기물 같던 눈은 늘 고요하고 흔들림 없이 서아를 봐 주곤 했다. 그녀의 아픔에도 휘둘린 적 없이, 공감하는 것도 없이, 차마 말하지 못한 상처의 간극과 여백을 이해하고 채워 주듯……. 해서 그 시선 속에서, 서아는 늘 구원받았다. 고통은 삶에서 당연하니 삶은 누구나 고통이라, 그 눈빛은 늘 그리 말해 주어서. 그런 그가 지금 위태롭다.

한순간, 서아는 기한이 제 생명을 끝마치려 한다는 걸 깨달았다. 견고하든 위태롭든 늘 한결같이 아름다운 사람. 기한은 서아에게 그런 남자였다. 그런 사람이 삶을 끝낸다는 건 있을 수 없는 일이다. 왜인지 몰라도 이 사건의 무엇이 남자와 관련 있다. 의아한 점은 많았다.

'죄송해요, 선생님. 제가, 제가 다 잘못했어요……. 제가 왜 그랬는지 모르겠어요……. 제가……. 선생님을, 너무, 꼭, 사랑해서…….'

오랜만의 재회에서 순식간에 흘러넘친 검은 눈물이 회색 바닥으로 뚝뚝 떨어지고 그의 구두 앞코에도 묻었다. 그의 고향인 외딴섬. 그 안의 작업실은 그처럼 싸늘한 기운이 흘렀다. 더러운 듯 미간을 구긴 그가 한 걸음 물러나자, 서아는 의자에서 엎어지듯 그의 바짓가랑이를 움켜잡았다.

'선생님……, 절 버리지 마세요, 절……. 제가 그랬던 건 다 선생님을…….'

'자기 연민. 유약한 합리화. 감정 중에서도 중독적이라 쉬이 빠져나올 수 없지. 네가 빠져 있는 거야. 널 불쌍히 여기니 이 정도는 괜찮다며 남들까지 쉬이 네 수렁에 빠뜨리지. 네가 나한테 한 짓처럼. 결국 넌 널 고장 내는 것으로 끝나지 않아. 기어코 다른 누군가도 나락으로 끌어들이겠지.'

잔혹한 진실로 그녀를 난도질하며 담배 한 개비를 필터 끝까지 피운 남자가 책장으로 향했다. 그러고는 종이 한 장, 펜 하나를 꺼냈다. 코앞에 순백의 종이가 내밀어진다. 의아해하는 그녀에게 명했다.

'그때 네가 내게 느낀 감정. 네가 날 거짓 고발할 때 느꼈던 분노. 여기에 써. 아주 상세히. 밖에 나오지 말고 반성해. 그럼 용서도 고려해 볼 테니.'

입가에 옅은 미소를 띤 채 구슬리듯 말했다. 그리 달콤하고 다정한 그의 음성을 이전에 들어 본 적 있던가. 여자는 순순히 따랐다. 섬 한편 방에서 홀로 자숙하던 서아는 그녀가 남자를 고발한 것을 다시 취하했단 묘한 벽보를 보았다. 돌아가는 상황을 이해할 수 없었다. 남자가 모델로 쓰는 소녀를 발견한 건 그 이후였다.

그 문자. 그가 날 이용한……. 전말이 궁금했으나, 그랬다 해도 좋았다. 그에게 쓸모가 있었다면. 해서 그에게 조금이나마 용서받을 수 있다면.

"용서……해, 드릴까요?"

삶을 놓아 버리고 싶을 때 그를 만났다. 촬영 때마다 그는 서아의 고통과 그 연유를 스스로 고백하는 시간을 제안했다. 남자는 그 냉혹한 눈으로 그 끔찍한 삶을 낱낱이 들어 주고 삶을 나아갈 수 있게 도와주었다. 이번엔, 이번엔 내가 그 역할을 해 줄 수 있을지도 모른다.

낭창한 손 아래, 서서히 공허한 눈이 드러났다. 서아는 애써 냉정한 목소리를 내 본다. 이게 마치 하나의 재밌는 연극인 듯, 남자는 가늘게 눈을 휘며 기울인 고개를 까딱거렸다. 하나 이미 그 안의 절실함을 보았으니, 흔들림 없는 맘으로 의아했던 것부터 꺼내 들었다.

"저에게 자수하라 문자를 보내신 건, 그때의 저를 보셨기 때문인가요. 아님 제가 그럴 거라 예상하셨기 때문인가요."

연기를 길게 내뱉은 입술이 망설임 없이 작게 달싹였다.

"둘 다."

……그랬구나. 잔잔히 밀려오는 충격을 갈무리하며 다음 질문을 던졌다.

"제가 오빠가 없을 때 집을 뒤질 걸 알고…… 잠시 집을 비울 거란 연락을 하신 건가요?"

"그래."

여지없는 대답에 서아는 입술을 깨물었다. 듣지 않아도 답을 알 듯한 질문을 천천히 던졌다.

"그 여자애의 사진도, 집 주소도 일부러 저 보라고 던져두신 건가요?"

"그래."

이미 삶의 종결을 생각하는 남자의 대답은 자포자기처럼 일말의 망설임도 없어서, 그 무자비함에 상처받는 사람은 또 그녀였다. 그러나 남자가 제 감정을 조종했다 해도 그 소녀를 밀어 버린 순간은 오롯이 그녀의 선택이었음을 안다.

혹여나 그것은 그녀에 대한 남자의 시험이었을지도 몰랐다. 네가 내게 구하는 용서가 진심인지, 다신 네 고통을 다른 이에게 전가하지 않을 자신이 있는지. 그게 만약 한 번 더 부여된 기회라면, 그것을 걷어찬 건 저 자신일 테다.

하지만 그게 다는 아닐 것이었다. 남자를 이렇게 흔들어 놓은 그 무엇, 그가 유일하게 사랑한 연인의 죽음, 무척 닮아 있던 소녀. 난공불락의 철옹성 같은 남자에게 상처 혹은 약점이란 게 있다면 그녀들이 관련 있을 것이다. 그렇다면 이번엔 꼭 내가 그를 구하고 말 거라, 그에게 필요한 존재가 되고 말 거란 결심을 단단히 굳힌 서아는 떨리는 입술을 재차 열었다.

"선생님의 죽었다던 애인이요. 저 작가님 집에서 그 여자 사진도 봤어요. 그 여자애랑 소름 끼치게 닮았더라고요."

"그런 줄, 알았지."

옅은 웃음이 자조적이고, 어딘가 무디게 흘러나왔다. 그녀의 다음 대응을 속속들이 예측하는 새카만 눈은 지독히 찼다. 방금 전의 위태로움은 존재한 적 없던 것처럼. 하지만 충혈된 흰자위.

그에게 자신은 벌레처럼 하찮은, 그런 환멸의 대상이라 대하기 쉬운 걸까. 하여 누구에게도 말 못 할 고해 성사라도 하고자 온 것일까. 서아는 쓰게 고인 침을 삼켰다.

"저에게, 해주……. 그 여자와 작가님 얘기부터 들려주세요."

바람이 작게 새는 웃음소리가 들리고, 유리 구멍을 뚫고 매캐한 연기가 침입한다. 마르고 골격이 좋은 상체가 유리 칸막이를 향해 수그러졌다. 그녀의 어딘가가 기특하다는 듯 오묘한 웃음을 지으며 남자는 제 관자놀이를 느릿하게 매만졌다.

그리고 이야기를 시작했다.

* * *

"인물 사진을 찍어 보는 게 어떻겠니."

늙은이가 제안했다. 이미 그의 사진을 도용해, 해외 공모전에서 여러 번 수상한 뒤였다. 악한 심성을 지닌 사람은 아니었으나, 얼마 남지 않은 죽음 앞에서 조급함을 숨기지 못하는 범한 자였다. 그 대가로 고가의 사진기와 현상할 공간을 빌릴 생각이었으므로 따지고 보면 자발적인 거래였다. 그런 시답지 않은 사진쯤이야 얼마든지.

그러나 인물 사진이라……. 얼마 전 그의 조모를 찍어 보았던 결과물은 생각대로 썩 마음에 들지 않았다.

"살아 있는 것들에겐, 흥미가 없어서요."

건성으로 답했다. 굳이 찍어 보고 싶은 인물이 있다면 죽은 사람들일 것이다. 특히 그 여자가 죽어 있는 모습이라면 신나게 셔터를 눌러 댈 용의가 있었으나 그 외에는 썩 관심 가지 않는다.

"한번 찾아보기라도 해 봐라. 조금이라도 눈길 가는 사람이 없는지."

세상을 바라보는 그의 눈은 여전히 공허했으나, 그 뒤로 그에게 말 거는 사람을 몇 초쯤 유심히 보는 버릇이 생겼다.

해주는 눈썹, 코, 입술, 커다란 눈, 손과 발이 모두 각자의 생명체인 것처럼 활력 있게 움직이는 계집이었다. 상어가 되었다가, 고양이가 되었다가, 희로애락 감정 그 자체가 되기도 하는. 마을에서 가장 예쁘다 소문이나 있을 뿐 아니라, 그 불길 같은 활기는 사람뿐 아니라 동물들의 눈길까지 사로잡곤 했으니.

그러니 분명 죽은 사람과는 거리가 먼데도, 해주는 몇 초 이상 눈이 머무르게 된 유일한 자였다. 그는 첫눈에 사람의 수명을 예측하는 버릇이 있었는데, 그건 대부분 들어맞았고, 왜인지 그 소녀에게서는 죽음의 냄새가났다. 아마, 저 계집이 벙어리 병신이기 때문이겠지. 그리 여기며, 한번 카메라 앞에 세워 볼 법하다 생각했다.

수화도 필요 없이 특유의 표정만으로도 감정을 전달하는 해주와 달리, 기한은 그렇지 못했다. 별수 없이 수화를 익혔다. 글로 써 보여 줘도 충분했을 터이나 궁금했다.

어디로 눈을 돌려도 절 보는 시선과 항상 부딪쳤으나 그 벙어리 소녀와는 같은 학교인데 눈길조차 비낀 적 없다는 것을 깨달은 것이다. 내 외모에 홀리지 않는 네게 내가 급작스런 관심을 표했을 때, 네 그 적나라한 표정은 어떨지 궁금했다. 네 옆에서 얼쩡거리는 사내놈들이야 넘쳐 나니 차별성도 뒤야겠고, 어차피 결핍된 감정만큼 머리는 뛰어나게 좋았기 때문에 널 조금 지켜보아도 간단한 문장 정도는 하루면 습득할 수 있었으니.

「나, 너를, 카메라로, 찍고, 싶어.」

쉴 새 없이 움직이던 눈, 코, 입이 멈췄다. 잘 알아듣지 못했나 싶어 한 번 더 느리게 동작하자, 네가 내게로 뛰어왔다. 손짓 대신 뜬금없이 목을 잡고 입을 맞춘다. 티브이의 끈적한 것과는 거리가 먼 것이었다. 말로 의사

소통을 하기 어려운 다른 종족, 예를 들면 돌고래, 더 나아가 외계인과 소통하려는 화해의 손길에 가까운, 하여 굉장히 희한한 느낌의 접촉.

그는 누가 그의 어깨를 잡는 것에도 끔찍한 혐오감을 느끼곤 했다. 주먹다짐하며 고통을 주고받는 것은 늘 환영이나, 소통 목적으로 닿아 오면 살심이 배 속에서부터 끓어올랐다. 다가와 치근덕거리며 사진 찍는 것도 방해하는 계집들을 갈가리 찢어 놓고 싶기도 했다. 그래서 지한에게 알려 저에게서 떨어뜨리길 유도했다.

그러니 누구와 입술을 비빈다는 건 상상에도 없던 일이다. 한데 그 보들보들한 살에선 사람의 살 내음보다 바다의 짠 내가 강하게 나서인가, 아님 성적인 기색은 조금도 없어서일까. 이상하게 그 벙어리 소녀와 살이 닿는 것이 나쁘지 않았다. 부드러운 살덩이를 찢고 싶은 갈증 옆에, 다시 한번 닿아 보고 싶은 갈증도 동시에 들었던 것이다.

그가 묘한 눈길로 한참을 쳐다본 후에야, 해주는 잡았던 손을 풀고 허겁지겁 손을 놀렸다.

「내 모든 몸을, 내 모든 장소를, 내 모든 행동을 놓치지 말고 찍어 줘. 하나도 놓치지 말고. 단 하나도.」

대충 그런 의미로 이해했다. 삶에 대한 집착이 참 강하기도 하지. 늘 희미하게 삶을 느끼는 저완 반대라 호기심이 일었다. 놓치면 너 나한테, 제목을 긋는 시늉을 하며 눈을 빛내는 소녀를 선으로 쪼개고 나누어, 이목구비 곳곳을 머릿속에 넣었다.

「죽는다.」

깔깔, 웃음을 터뜨리는 얼굴 위, 떨어지는 빛의 음영까지도. 별 시답지 않은 흉내였다. 하나 날 죽여 준다니. 그거 참 마음에 드는 말이라 그래, 답했다.

「약속.」

잠잠한 대답에 유치하게 내밀어지는 그 작은 손가락을 감아쥐며 약조했다. 네 삶의 조각, 단면의 편린까지 이 세상에 기록해 주겠다. 널 위해서가 아닌 그 맹언이 급작스레 마음에 꽂혀서.

네 빛남이랄지, 네 어둠이랄지를 내가 전부 가지고 싶단 욕심. 나에겐 없는 것을 모두 다 가진 너에 대한 갈증. 그것은 너에 대한 내 짓궂은 소유욕의 시작이었을지 모른다. 그때도 여전히 네 주위엔 죽음의 그림자가 아른거린단 느낌이었으니. 그건 뱃속에서 오래도록 잠자고 있던 허기, 네 무엇이라도 먹어 치울 수 있을 것 같은 배고픈 허덕임이었다.

해주는 괴담이나 전설이라면 눈에 불을 켜고 읽어 내려갔다. 그중 가장 빠져 있던 건 '신지끼'라고, 섬에 산단 인어의 괴담이었다. 관련된 서적이면 밤을 새서 읽다가 「그거 아니? 저 서양에 사는 인어 아가씨는 말을 못한단다. 나랑 닮았지 않아?」 하고 손짓, 발짓을 하기도 했다. 바다 아래 있다는, 그 어두운 심해서도 하얗게 빛난단 인어의 길을 찾겠다며 쉽 없이 물질하기도 했다.

거의 모든 순간을 함께, 널 찍어 갔다. 끼니를 자주 잊던 내가 꼬박꼬박 세끼를 챙겨 먹고 처음으로 바다에 들어갔으며, 누군가와 밤을 지새우는 대화를 나누었다. 네 다채로운 낮을 보고 있을라치면, 그것을 카메라에 담을 때면, 고양감이 내 안 곳곳을 채워 나갔다.

그저 네가 겉보기에 아름다운 인간이기 때문일까. 내 일상에서 나보다 네 비중이 점점 커져 갈 때쯤, 이따금 공포가 습격하곤 했다. 이러다 내 삶에서 네가 다시 사라진다면, 내 삶은 다시 텅 비어 버릴 것이란 절망감. 그것은 손에 쥘 지푸라기 하나 없는, 그야말로 아득한 추락일 것이다.

"지한아."

"어."

"누가 내게서 도망치지 못하게 하려면 어떻게 해야 할까."

"……."

"그걸 죽이지 않고서 말이야."

형제 관계보단 경찰과 도둑 놀이 하는 관계에 가깝던, 우리 사이에 내가 늘 던지는 농담이었다. 하나 아마 그때 그 앤 내가 자기 다리를 작살로 잘라 내던 때를 기억했을 것이다. 젖내 나는 열다섯. 그럼에도 나와 쌍둥이처럼 닮은 낯에 깊숙한 공포가 스며들었다.

　　"⋯⋯형."

　　"응."

　　"사람 다리를 자르면 죽어."

　　"확실하니?"

　　"저번에 서핑하다 상어한테 다리 먹힌 사람 봤지. 곧바로 죽었잖아."

　　"⋯⋯."

　　응급 처치나 다른 게 문제였을 거라 잠시 생각하자, 눈치 빠른 동생이 덧붙인다.

　　"그리고 다리 없다고 도망 못 가? 휠체어나 차가 있는데."

　　"그렇다."

　　난 더 좋은 생각이 났단 듯 눈을 굴렸다. 아, 그럼 눈을 없애는 게 낫겠네. 형. 응. 그럼 그 누나는 죽은 거나 다름없어. 왜? 지금처럼 웃지도, 헤엄치지도 못할 테니까. 열심히 설명하는 두 뺨이 열로 붉게 물든다. 나와 껍데기는 닮았어도, 나와 달리 귀여운 놈이었다.

　　"왜지. 왜 웃지 않지."

　　"형을 무서워할 거야."

　　"⋯⋯."

　　"그럼 형이 다가오면 웃는 대신 울기만 할 거야."

　　"⋯⋯."

　　그러나 난 네가 그러지 않을 것을 알았다. 넌 내 음습한 말조차 예쁜 말로 바꿔 내겠지.

　　그래서 그 말을 해 주자 해주는 또 깔깔 웃었다. 그리고 「그런데 그러면 네가 내 예쁜 눈을 볼 수가 없잖아. 나도 예쁜 널 볼 수가 없고.」 라 답했다. 하여 그래, 수긍했으나 널 내 옆에 붙여 놓고 싶단 욕망은 사라지지 않았다.

해주는 섬 대표로 수영 대회에 나갈 정도로 물질이 뛰어났다. 지한에 비해서도 뒤처지지 않을 정도였는데, 한번은 물속에서 예고도 없이 기절했다. 누군가 그 목을 조른 듯 순식간에. 한 번도 없던 일이었다.

물속에서 건져진 몸은 축 늘어져 의식이 돌아와도 한참을 일어서질 못했다. 늘 뛰거나 물장구치던 다리에 힘이 들어가질 않는다 했다. 상태는 괜찮아졌다가 나빠졌다를 반복했고, 혼절한 몸을 바닷속에서 건져 오는 일이 잦아졌다.

기한은 저에게 신과 같은 초월적 능력이 있어, 제 음습한 욕망이 실현된 건 아닐까 의심했다. 잠시 그 사실이 기쁘기도 했으니. 넌 이제 내게서 도망가지 못할 거라는 사실이 흡족했다. 하나 지한의 말대로, 해주의 빛은 점점 쪼그라들어 짙은 어둠 속, 꺼지기 직전 아스라한 빛만 남기었다.

「바다가 그립다.」

말했지만 더 이상의 잠수가 불가능할 정도였다. 결국 늙은 사진가를 찾았다. 해주를 육지에 있는 병원에 데려가 달라 사정했다. 누군가에게 뭔가 부탁한 것도, 이렇게 간절한 마음도 처음이었다. 그는 알았다 했지만 대신 조건을 달았다. 네 재능을 낭비 않고 내 뒤를 이어 사진가가 되겠다 약속하면.

해주의 사진들을 내놓았다. 홀로 간직하고만 싶던 것이었다. 노인은 유기한의 이름으로 해외 공모전에 내겠다고 했다. 그에 유기한 말고 유해주의 이름으로 내라 말했다. 내가 찍었어도, 그건 네 찬란함 덕에 존재하는 사진들이었으니.

해주는 병원에 가는 것을 극히 거부했으나, 결국 그의 손에 이끌려 하얀 건물을 찾았다. 며칠에 걸친 오랜 검사 끝에 병명을 말한 의사는 즉시 입원할 것을 권했다. 지금은 다리와 손만 위축된 것이나 나중 가서는 호흡기의 근육도 위축될 것이며, 숨을 쉬기도 힘들어져 누워 자지도 못할 정도가 될 것이라 했다. 그리고 종국엔, 숨이 멈출 것이라고.

하지만 병원에 입원해 있어도 죽는 것은 똑같다는 말에, 넌 기어코 섬으로 돌아왔다. 아직은 걸을 수 있었고, 걸을 수 있을 땐 오로지 걸으려 했다.

그러다 갑자기 이전의 빛을 회복했다. 코앞에 당도해 있는 죽음이 오히려 기쁘고 반갑다는 듯. 이 병을 앓고 있는 환자 중 절반은 인지 장애를 동반한다는 것을 조사한 그는, 소녀의 병이 급속도로 악화되고 있다고 판단을 내렸다.

「결국 내 소원대로 되는 거야.」

바다가 휘몰아치던 날, 바다 앞에서 해주는 말했다. 굳어진 손가락. 알아보기 힘들어진 글씨. 그러나 얼굴 근육이 웃는 상태로 굳어진 게 아닐까 걱정될 정도로 밝은 미소를 띤 채였다. 그러다 손에 힘이 돌아온 듯 또박또박, 글씨를 아주 꾹꾹 눌러썼다.

〈난, 인어가, 되는 거야.〉

기한은 잠시 흔들린 눈동자를 들어 올렸다. 투명한 수면 아래 욕망이 휘몰아치는 갈색 눈이 있었다. 넌 늘 여리디여렸지만 욕심도 많고, 그것 또한 솔직히 드러내던 계집이었다. 그 눈이 반짝이며 말해 왔다. 「너도 알지? 인어는 다리가 없잖아. 나처럼 목소리도 없고.」 하고.

입을 꾹 다물고 네게 말하지 않았다. '하지만 인어는 물속에서 기절하지도 않고 미끄러지듯 헤엄쳐. 넌 지금 바다에 들어가면 끝없이 가라앉을 거고.' 하고.

어차피 휑뎅그렁하게 늘 텅 비어 있는 눈이라, 너도 내 속내를 알아채진 못하리라 여겼다. 글씨도 못 써 아무하고도 소통 못 하는 너란 계집의 속내를, 눈치 빠른 난 모조리 알더라도. 그저 밝기만 한 너란 계집은 날 절대로 모르리라, 병에 걸린 네가 오롯이 내게 의지해 와 내심 흡족한 내 마음도.

넌 모르리라, 그렇게 여겼다.

「내가 인어가 되면, 넌 그걸 꼭 찍어 줘야 해. 알았지? 우리 엄마가 만약 슬퍼하면, 슬퍼하지 말라고 그 사진을 꼭 좀 보여 줘야 해. 내가 인어가 되어, 인어의 길을 찾아, 바닷속으로 간 거라고.」

네가 칼을 들어 내 배 속을 짓이겨도 이렇진 않을 듯했다. 난 평생 느꼈던 감정의 폭이 남들과 달리 얄팍하기 짝이 없어, 찌릿한 쾌감이나 고통 둘 중 하나인데, 이건 분명 짙은 공포심이리라. 네가 바닷속으로 사라진다 상상하니 내 배 속을 갈기갈기 찢어 모든 감각을 없애고 싶었다. 너 덕에 처음으로 느끼게 된 것들이 이젠 저주스러웠다.

여전히 널 열심히 찍었다.

그러면 마치 네가 영원히 사라지지 않을 것처럼.

태어나서 처음으로, 평범한 감정을 지닌 보통 사람이 아니라, 고장 난 채 태어난 내 모습이 싫어졌다. 이런 걸 욕망한 게 아니었다. 난 네가 영원히 내 옆에 있길 바랐을 뿐. 존재한단 모든 신을 저주했다. 그리고 차라리, 차라리 네가 날 떠나기 전, 내가 널 죽이면 어떨까 욕망했다.

네가 어차피 날 떠날 거라면, 난 네 마지막 숨이라도 가지고 싶었다.

어느 날, 인어가 되기를 기다리던 해주는 높은 곳에 가고 싶다 했다. 기한아, 우리 바다 전부를 볼 수 있을 만큼 높은 절벽 위로 가자. 응? 부탁이야. 팔 아래 스케치북을 끼고 있었다. 무게가 느껴지지도 않는 몸을 등에 업고 언덕을 올랐다. 가느다란 발목이 허리께에서 힘없이 덜렁였다. 서 있을 순 있어도 걸을 순 없었다.

바닷바람이 그 높이에선 한층 더 거셌다. 근육이 빠져 한결 더 가늘어진 몸이 바람에 날아가진 않을까 생각했지만, 해주는 기어코 내려 달라 했다. 처음엔 손짓으로 설명하려 했다. 하지만 너무 느렸고, 나중엔 숨조차 가빠졌다. 결국 스케치북이 펼쳐졌다. 넌 그것을 아주 오랫동안 계획했음이 틀림없다. 그 글씨는 아주 깨끗하고 선명했으니.

「난 죽는 게 아니야. 바닷속에서 인어가 되어 영원히 살 거야. 인어의 길을 찾아 새 친구들도 만나고.」

썼다 뜯었다를 반복했는지 두께가 아주 얇아진 스케치북엔 지우개질을 한 흔적도 가득했다. 넌 나 몰래 그런 것들을 계획하고 있었나. 차가운 분노가 뱃속을 휩쓸었다. 하지만 기한아, 난 널 떠나는 것도 싫어. 그러니까.

「네가 날 인어로 만들어 주는 사람이 되면 좋겠어.」

숨이 멈추는 것 같아서, 근육 없이 뼈만 남은 몸을 부여잡았다. 어디서 그런 힘이 솟은 건지 거센 힘이 내 손을 뿌리친다. 제가 신은 신발을 벗겨 달란 손짓.

"싫어."

그리 말하였으나 고집 어린 눈에 물이 차, 져 버린 것은 나였다. 내가 널 장악했다 여겼는데, 잠식당한 건 어느새 나였으니.

무릎을 꿇어 움츠러든 발에서 신을 벗기자 자그마한 손이 그것을 집어 바다로 던졌다. 아득한 높이. 바다가 바다에 빠지는 소리조차 집어삼켰다.

힘들어 불규칙해지는 숨을 한차례 고른 네가 다시 힘을 끌어모아 스케치북을 넘겼다. 네 죽음에 동의할 때까지, 날 끝까지 설득시키고 싶다는 듯. 하, 한기 어린 헛웃음까지 터졌다. 네 숨을 갖고 싶다, 그리 생각한 적도 있으나. 그러나.

「난 네가 그러고 싶어 하는 걸 알고 있어. 네가 어딘가 이상하다는 것도 말야. 내 친구들은 다들 네가 너무 멋지다고만 하지만, 난 처음부터 네가 괴상하다 생각했거든.」

아무 생각도 할 수 없어 눈물이 차오르는 네 눈만 보았다. 알고 있었다면, 왜 날 좋아했는지 이해할 수가 없으니.

「난 널 알고 있어. 어쩌면 너보다 잘. 넌 바보라서 무디니까.」

내가 바보고 네가 나보다 날 잘 알고 있다니, 그건 참으로 웃기고, 말도 안 되는 소리라 생각하며.

「날 바다로 보내면, 넌 많이 아플 거야. 아픈 게 뭔지 알게 될 거야.」

젖어 가는 네 눈을 지그시 보며 고개를 서서히 가로저었다. 그래도 아프지 않을 것임을 알았다. 난 그저 화가 나겠지. 엄마란 여자의 뒷모습을 볼 적처럼 분노하겠지. 그러니 널 지금 내 손으로 끝내는 게 네 말대로 나을지도 모른다고.

「난 너로 인해 인어가 되고, 넌 나로 인해 사람이 되는 거야. 알겠어?」

또다시 고개를 가로로 저어 냈다. 난 태어날 때부터 결여된 인간이며, 괴물이라면 괴물 같은 인간이라고. 제대로 된 사람이라 할 수 없다고 이미 확신했던 때였다. 해주는 마지막 장을 넘기고 있었다.

「이제 날 바다로 보내 줘.」

기한은 아무런 흔들림 없이, 정지한 인형처럼 멈췄다.

"싫어."

제 갈라진 목소리가 너무나 아득하여, 마치 끔찍한 흉몽 속에 있는 듯했다. 넌 가쁜 숨을 가늘게 내뱉고, 도리질한다. 내 추악한 욕망을 읽은 듯, 넌 싫지 않아, 하듯. 그리고 다시 앞 장으로 돌아갔다.

「난 너로 인해 인어가 되고, 넌 나로 인해 사람이…….」

다시 한번 그 어처구니없는 글을 읽다, 결국 담담한 갈색 눈을 지그시 보았다.

"카메라도 안 가져왔어. 네가 인어가 되면 찍어 달라 했잖아. 네 엄마에게 보여 달라……."

늘 느릿하고 낮던 음성이 이젠 엄마에게 떼쓰던 애기처럼 들렸고, 늘 잔잔하던 시선은 이제 폭풍 속 배를 탄 것처럼 흔들린다. 왜인지 차마 말을 이을 수가 없어, 고개를 숙여 말을 고르던 중 섬뜩한 기운에 퍼뜩 고개를 들었다.

얼어붙어 둔중해진 손이 허공을 쓸었다. 절벽 끄트머리에 아슬아슬하게 걸쳐진 뼈만 남은 몸. 말 그대로 발끝만 땅 위에 붙어 있는 채, 움직이면 그 진동만으로도 떨어질 것 같아 숨조차 쉬지 못했다. 그 순간조차 잔망스레 웃고 있는 네가 원망스럽다는 생각만 머릿속에 맴돌았다.

네가 밉다. 내 눈앞에 나타나 내 공허를 채워 준 네가, 증오스럽다.

순간 네 말할 수 없는 입술이 달싹였다. 생전 처음으로, 네 예쁜 목소리가 들린 것 같았다.

"제발." 하고.

그 웃는 얼굴이, 내가 네 마지막 소원을 들어주지 않은 것이 너무나 고통스러운 듯 아파 보였다. 겨우 한 발자국. 그리고 네가 사라졌다. 내 등은 아직 네 온기가 남아 있는 것 같은데, 마지막으로 닿은 네 얼굴은 차디찼다.

나도 절벽 끄트머리에 섰다. 이미 사라진 인영을 찾아 눈을 돌렸다. 네 말대로 아팠다. 아파서 온 구멍에서 피가 줄줄 새고 꾹 짜인 심장이 폭탄처럼 터져, 분수 같은 피가 되어 눈구멍으로 터져 나올 것처럼.

새빨갛게 변한 시야가 어지러웠다. 만약 그 순간이 내가 보통 사람이 된 순간이라면, 난 그와 동시에 삶에 미련을 버렸다. 죽음을 고민한 적이야 많았다. 늘 그래도 미련이 없다 여겼는데 네가 없다면, 더더욱 무슨 소용일까.

바닷속 어디에도 넌 없었다. 네 소원대로 인어가 되었다면 날 구하러 오겠지. 아무 미련 없이 의식을 잃었지만, 원망스럽고 사랑스러운 내 동생 유지한. 해안가로 끌려 나오자마자 다시 뛰어들었으나 이미 네 옷자락, 아니 실오라기마저 쥘 수 없을 때였다.

후회는 늘 뒤늦다. 만약 내가 일말의 망설임 없이 널 따라갔다면, 네 소원대로 널 밀어내는 게 아닌, 너와 함께 떨어졌다면, 네 마지막을 볼 수 있었을까.

평생 답을 모를 물음을 고민했다. 비명을 지르며 절벽을 내려치는 흰 검의 소리와, 바람이 나무 머리채를 휘어잡는 소리 사이에서 네 휘파람 소리를 찾아 헤매었다. 풍성한 머리채, 지느러미, 기다란 꼬리와 빛나는 비늘 같은 것들, 혹은 혼령 같은 실마리가 그 풍경 속에 숨어들어 가진 않았을까. 예상이 되는 곳을 찾아 렌즈를 대었다.

해가 저물어 가면 저물어 가는 대로, 하루 종일 빛의 기울기에 따라 날선 감각을 쪼개고 쪼갰다. 네가 떨어진 곳 주위를 배회하고 인어의 흔적을 좇았다. 그렇게 내 다시금 공허해진 마음엔, 어느새 다시 바글바글 끓는 화가 들어찼다.

그 여자처럼, 결국 너도 날 버렸다.

세상 어디도 없는 인어가 되겠다니 황당한 소리가 아닌가. 결국 초라한 마지막을 보여 주고 싶지 않았던 네 구차한 자존심이 내 곁에 있는 것보다 더 중요했던 추악한 진실을 예쁘게 포장한 말에 지나지 않으니. 그 분노의 끝은 자조였다. 증오의 감정만 아는 소년은 사랑했던 사람을 잃어도 불쌍해하고 슬퍼하기보단 미워하고 화를 냈다.

그러니 네 죽음으로 내가 슬픔을 알 수 있을 거란 네 말은, 틀렸다.

소년은 고교 생활이 끝나는 마지막 날까지만 소녀를 기다리기로 했고, 그때까지 시신이 떠오르지 않자 돌처럼 차가워진 마음으로 이 섬을 떠났다.

그 후 가장 후회스러웠던 것이 있다면 그렇게 많은 널 담아 놓고도 네 마지막 모습만은 담지 못했다는 것이었다. 네 육신마저도 남겨 주지 않을 거라면 그 마지막은 약속처럼 남겨 두고 갔어야 하지 않느냐, 그리 원망했다. 내게 사진은, 단순히 삶을 저장하고 포착하는 의미만은 아니었으니.

내겐 없고, 금세 휘발되는 찰나의 감정을 수집하는 수단이었다. 그걸 놓쳤단 건 너와의 관계를 미완성한 것이나 다름없었으므로…….

"다음 주엔 그 소녀와의 얘기를 들려주세요."

슬픈 동화 같은 이야기를 듣고, 일주일이면 무너진 마음을 충분히 수습하고 목숨을 버린다는 생각 따위 내버릴 수 있는 기간이라 생각한 서아가 말했다. 그 이야기를 들으니 아, 내가 끼어들 틈은 애초에 없었구나 하는 것을 알아버려 마음 깊은 곳이 처절하게 쓰렸다. 그래도 남자가 이 얘기를 들려준 사람은 제가 유일하리라.

옅게 웃으며 담배를 비벼 끈 그는 그러겠다 말했다. 애타게 바라던 대로, 그 남자의 유일한 버팀목이 된 것 같은 기분에, 서아는 행복했다.

* * *

"그 여자애가 떨어지는 장면을, 찍으려 하셨어요?"

일주일간 기한이 했던 말을 되짚어 본 서아는 그를 만나자마자 제가 내린 결론을 꺼내 들었다. 그사이에 그는 더 창백해졌고 피부는 거칠해졌으며, 핏발 선 눈은 시리게 붉었다. 여상스럽게 담배를 물던 입술을 당겨 희게 웃고는, 죽어 가는 사람처럼 느릿느릿 답한다.

"그래."

"그래서 찍으셨어요?"

"아니."

전자는 늘 잔혹한 그다운 답이었으나, 후자는 예상과 달랐다.

"처음엔, 내가 그걸 찍고 싶은 거라 생각했지."

해주의 놀랍도록 펼쳐지는 감정들을 보고 그것을 찍어 제 것으로 만들며, 기한은 자신의 안이 그 다채로운 빛으로 채워지는 것 같았다. 그 변화가 사랑 때문이란 자각이 부족하다 못해 없던 소년은 그 작용이 그저 사진의 힘이라고만 여겼다.

하나 텅 빈 그를 가득 채웠던 소녀가 바닷속 물거품이 되어 사라지자, 그는 제 존재를 추동하던 유일무이한 힘이 모조리 소멸된 상태에 빠졌다.

이전부터 권태롭던 삶은, 이제 지독한 상실감과 허기를 껴안은 채 하루하루 무력감을 연명해 나가는 것에 지나지 않았다. 먹고, 자고, 심지어 사진을 찍는 것조차 예전 같은 감각을 주지 못했다. 그것을 상쇄하여 삶을 기쁨으로 뒤바꿔 줄 환희, 쾌락, 나아가 고통까지 모조리 탐식해 봐도 답은 없으니.

그때, 해주가 사라진 섬에서 나타난 해주를 닮은 소녀. 한내는 그것을 해결해 줄 한 줄기의 빛이며 유일한 실마리였다. 어떻게, 어떤 방식인지는 몰라도 탈출구가 되어 줄 거라 확신할 수밖에. 그는 그렇게 절박한 상태였으나, 이미 오랜 권태에 잠식되어, 그 절박함을 제대로 인지하지 못했다.

"그 사진을 찍는다⋯⋯. 사실 나한테 별다른 의미는 없었어. 재밌을 것 같았지. 내가 보기에 그 소녀는 분명 어디서든 떨어져 죽어 버릴 것 같았거든. 그 참에 내가 완성하지 못한 퍼즐을 완성해 볼까 생각한 것뿐이지."

"⋯⋯."

"모든 건 확률 싸움이지. 확실한 건 아무것도 없었고."

태풍이 와, 소녀와 그가 섬에 갇힐 것을 알고 있었고, 소녀와 그가 집에 없을 때, 누군가 그의 집에 침입해 작업물을 뒤지고, 소녀가 없는 집에선 소녀의 엄마가 제 욕망을 이루기 위해 최후의 수단까지 쓸 거라 예상했다.

그 확률을 높이기 위해 그는 서아에게 최근 사진을 찍는 소녀가 있다는 것, 그가 집을 비워 둔다는 것을 넌지시 전달했고, 그 작업물들과 소녀의 집 주소를 눈에 잘 보이는 곳에 던져두었다.

또한 이미 소녀의 담임과 선을 넘기 직전이던 소녀의 엄마에게 사소한 생기부의 오점이 꽤나 큰 것처럼 부풀려 말했다. 소녀에겐 정신적 충격을 주기 위해 소년과의 이별을 종용하고, 죽음과 자동 연상이 일어날 만큼 하나의 장소를 각인시켰다.

하지만 그 무엇도 가능성이었을 뿐, 절대 완벽한 계획이 아니었던 이유는 모든 것이 그저 재미, 짓궂은 장난의 일종이었기 때문이다. 그건 그 혼자 진행한, 고해주와 유기한과의 게임이기도 했다.

말대로 그는 여전히 화가 나 있었다. 그에게 커다란 상실을 남기고 떠난, 그 증오스러운 소녀에게 네 생각은 모조리 틀렸고, 널 닮은 소녀를 이용해 네가 증오할 만한 일을 할 것이며, 네 마지막 갈망과 슬픈 애환을 대타를 사용해 갈취할 거라 킬킬대고 싶었다.

사람이 변할 거라 믿었던 소녀와, 그걸 믿지 않았던 소년. 그러나 서아도, 한내의 엄마도 선택의 기로에서 제가 살았던 방향을 틀고 옳은 길로 간 사람은 아무도 없으니.

사람의 타고난 생김새가 변할 리 없다. 유기한이 제대로 된 인간이 될 수 있을 거라 생각했던 고해주의 생각은 글러 먹었고, 모두 그의 삐딱한 짐작대로 흘러갔으니, 네가 아닌 내 승리다. 그리 말하고 싶었다.

유지한도 마찬가지였다. 소녀를 걸고 진행된 게임에서 유지한은 유기한을 이겼지만, 그의 짐작대로 행동했다는 점에서는 아니었다. 그 소년이 저와 달리 망설임 없이 소녀를 구할 거라 예상했으니. 유지한은 유기한과는 달리 애초부터 그렇게 올곧게 태어난 아이였으니까.

이 이야기에서 가장 뒤틀린 인간은 어쨌든 그 자신이었다. 인물들을 암암리 조종하여, 오로지 오래된 권태에서 벗어나기 위해 누구의 아픔도, 생명도 외면하고 이야기의 철저한 관찰자로 남고자 했던 자신.

그리고 그는 지금, 그 대가를 톡톡히 치르고 있었다.

"하지만 내가 진짜 보고 싶었던 건, 소년이 소녀를 구하는 장면…….
아마 그랬던 것 같다."

저도 알지 못했던 깊은 심연은 그러했다. 제 구원받지 못한 사랑 이야기가 저를 닮은 동생과 해주를 닮은 소녀를 통해서만은 구원받기를 갈망했다. 그것조차 뒤틀린 마음이다. 삶을 제대로 살아가진 못하고, 그저 흘러가는 이야기로서만 관조하는.

너무나 뒤늦은 깨달음이었다. 소녀의 추락을 보았을 때, 심장이 같이 추락하는 지독한 상실감을 또다시 느끼고, 쥐던 카메라를 놓치고 물속으로 뛰어들었을 때에서야 그는 알았다.

구하고 싶었다. 살리고 싶었다.

그가 죽어도 상관없었고, 그 소녀를 그가 아닌 동생 유지한이 구한다 해도 좋았다. 그 순간, 그저 네가 살기를 바랐다. 추락을 바랐던 것도 자신이면서. 해주야, 사랑과 증오가 하나일 수 있는 걸까. 그는 묻고 싶었다.

물속을 헤매던 몸을 수면 위로 빼내었을 때, 그는 다시 물속으로 잠기는 뒤섞인 인영을 보았고, 뒤를 쫓다 의식을 잃었다.

그러니 그는 또 한 번 소녀를 구하는 것에도 실패했고, 그에게 남은 유일한 것인 사진을 찍는 일에도 실패했다. 장난으로 위장했던 지독한 집착. 그리고 그 가면과 껍데기가 하나처럼 눌어붙어 제 진심조차 모르는 인간. 그는 이제 제자신이 끔찍하게 싫었다.

이전 사랑의 종말을 고하고 새롭게 시작된 사랑은 그 깨달음과 함께 순식간에 저물었다. 누구의 탓도 아닌 오롯이 그의 탓이었다. 그는 절대 제대로 된 인간이 될 수 없었다. 가질 수 없는 걸 갈망하며 발악하는 추악한 인간. 그런 인간이 왜 삶을 지탱해 나가야 하는가.

"이젠, 해주의 얼굴이, 생각나지 않아……."

텅 빈, 껍데기 같은 얼굴이 속삭였다. 기억하려 사진을 보아도 뒤를 돌면 또 다른 소녀의 얼굴이 해주의 얼굴을 덮어 냈다. 하지만 그 소녀의 얼굴은 그 소녀를 위해 지워야 했다. 그러지 않으면 제가 또 어떤 위해를 가할지 믿을 수가 없었으므로.

그러니 이제 유기한을 채우고 있는 건 무엇인가. 아무것도 없었다. 거대하게 몸집을 키운 공허감이 허황된 껍데기까지 먹어 치우고 있으니, 그는 먼지처럼 철저하게 바스러지는 자신을 느꼈다. 관자놀이부터 시작된 두통이 온 두피로 퍼져 나가, 마치 뇌가 압착기에 짓눌리는 듯한 고통이 그를 습격했다. 어그러져 흐물흐물해진 뇌의 잔해가 펄펄 끓는 열기가 되어 뻥 뚫린 두 눈으로 새어 나오는 것 같았다.

"선생님……."

서아는 유리 벽에 열 개의 손끝을 바짝 맞대었다. 그리고 충격을 담아 흐느꼈다. 하얀 손에 힘없이 쥐어져 까맣게 탄 필터의 끝, 이제 가느다란 연기조차 피어오르지 않는 그 꺼진 생명처럼, 심해처럼 가라앉은 남자의 검은 눈에서는 마지막 발버둥 같은 투명한 액체가 피처럼 흘러내렸다.

턱 끝에 매달린 물방울이 힘없이 바닥으로 뚝뚝 추락했다. 늘 세상에 초연한 듯, 공허한 한편 견고한 얼굴을 하던 남자가 이제는 여실한 허무만을 담은 얼굴로 소리 없이 울고 있었다.

충격에 휩싸여 아무런 말도 할 수 없었다. 손을 뻗어, 감촉과 온기로 위로해 주고 싶어도 이 순간 허물어질 것 같은 저 남자에겐 닿을 수 없다.

이런 밑바닥을 내보이는 와중에도 한 폭의 그림처럼 아름다운 얼굴이 저 남자에게는 저주와 같으리라. 그의 상처를 끌어안고 내가 치유해 주겠다 당당히 나서기에는 그는 여전히 너무나 고귀해 보였다. 아무도 감히 그에게는 닿으려 하지 못할 것 같으니 저 남자는 영원히 고독하겠구나, 예측이 되었다. 그는 심지어 자신이 우는지도 모르는 것 같았다. 멍한 눈길은 그의 내면만을 파고드는 듯 정처가 없으니.

그에게 자신은 아무것도 아님을 알고 있었다. 그의 눈 속에, 그녀는 그 소녀나 죽은 연인과는 달리 너무도 추한 인간이라 길바닥에 지나가는 개미만도 못하다는 것을. 그래서 남자는 허공에 대고 말하듯 이곳에 와서 이런 얘기들을 토로하는 것이리라.

"선생님, 제가 있잖아요……."

그래도 그는 그녀를 살려 준 사람이었고, 그녀가 살아가는 이유였다. 그녀는 남자의 카메라 앞에서 한없이 무너지며 양아버지의 추악한 손길에서 울던 소녀가 되었고, 텅 빈 방 안에서 친아버지가 훔쳐 간 통장의 잔해를 바라보다 안정제를 삼킨 뒤 욕실로 들어가 팔을 긋던 여자애가 되었다.

기한을 만나고서야 서아는 비로소 과거의 자신을, 그 불쌍한 여자애를 마주할 수 있었다. 남자의 눈앞에서 웃고, 화내고, 탈진할 때까지 분노하며…….

그녀가 인생을 바쳐 사랑하는 사람. 그러니 어떻게든 살리고 싶었다.

"작가님이 저 이용한 거 다 용서해 드릴 테니까, 그러니까 매주 저 보러 와 주세요……."

"……."

"흑, 그럼 용서해, 흑, 드릴게요……."

"……."

"선생님은 잘못한 게 많아요. 벌을 받아야 해요. 제가, 제가 선생님의 벌이 되어 드릴게요. 저 엄청 싫어하시죠? 경멸하시죠? 저 다 알고 있어요. 그러니까 절 보러 오는 걸 선생님이 벌받는 걸로 치세요. 그렇게 속죄하세요……. 선생님이 사랑하는 사람한테 잘못한 거, 그렇게 속죄하시라구요……. 흑……."

남자의 눈물은 닦아지지 않고 그저 흐르고 흐르다 다 비워진 뒤에야 멈춰 메말랐다. 그렇게 한차례, 속에 있는 것을 모두 비워 내듯 눈물을 흘린 남자는 껍데기조차 남지 않은 것 같은 얼굴로 바스러지는 미소를 지었다. 그러마, 그렇게 사그라지는 연기처럼 속삭였다.

* * *

찬물에선 체온을 뜨겁게 올리고, 강한 수압엔 몸을 돌처럼 단단히 만들고, 물속에서도 아가미가 달린 생선처럼 숨을 쉰다. 백일도 안 된 갓난쟁이부터 바다를 헤엄쳤고, 아홉 살부턴 작살을 던지며 그날 먹을 물고기를 잡고 개조개도 주웠다. 그렇게 바다와 함께 자랐다.

그래. 그게 나다.

지한은 머리를 물속으로 집어넣고 부력에 저항하며 팔을 송곳처럼 만들고 발을 개구리처럼 차, 빠르게 아래로 향했다. 그러다 그저 바다의 부름에 몸을 맡기면 스르르 긴 혀를 낸 바다가 그의 몸을 감싸 빨아들였다.

바다의 무게가 사방에서 짓눌러도 두려울 건 없었다. 폐는 꽉 쪼그라들고, 심장의 뜀박질은 느려지고, 심장에서 뿜어 나오던 피는 손끝과 발끝에서 역류해 머리 회전이 멈춰 멍해지지만, 그것이 그가 기다리고 바라던 바다이니.

그러니 숨이 다하지 않는 이상 육지로 올라갈 이유는 없다.

깊은 바다는 소리가 없다. 말 그대로 육지에선 없는 적막이 편안해, 그는 공중제비를 돌고, 가만히 누워 있기도 하며 소란한 것들을 정리하곤 했다. 시야는 어두우며 동시에 새파란 것이, 가을 하늘도 이렇게 파랗진 못하니 육지에선 볼 수 없는 색이다.

소란한 것들이 사라지면 그를 편안하게 해 주는 바다와 같은 것들만 머릿속에 잔재한다. 예를 들면, 그 노래 소리. 그런 것이 먹먹해진 귓속에 울려 퍼진다.

청아한 목소리를 따라 탁탁 돌벽에서 리듬을 타던 우산. 설핏 힘이 풀린 발걸음. 바람에 흩날리던 다갈색 머리카락. 날 보고 깜짝 놀라 경계심을 담던 커다란 밤색 눈. 빽빽 소리를 지를 때 귀엽게 달아오르던 모래 빛 뺨. 녹조처럼 발갛게 부푼 입술. 혼자 흥얼거리는 한 음 한 음에 여러 가지 감정의 색이 묻어나고, 복숭앗빛으로 금세 달아올라 눈매와 눈썹이 쉴 새 없이 모양을 바꾸던…….

……내가 유지한인 건 알겠는데, 그 모래알 같은 계집은 대체 누구일까.

알 수는 없어도 그 연상에 가닿으면 안온하던 가슴 한구석이 미어질 듯 아릿해 파도에 휩쓸려 간 소중한 추억처럼 그립고, 심해를 뚫지 못한 저 한 줄기의 빛에도 눈이 시리다. 계집의 이름은 늘 떠오를 듯 말 듯 떠오르지 않았다. 답답한 가슴이 쿡쿡 쑤시기까지 하니, 거슬렸다.

이 물과 관련 있던 듯한데……. 지한은 공기 같은 물을 손으로 한 번 휘젓고 다시 발을 차 물속을 유영했다. 몸을 꼭 죄는 물이 살갗을 서늘하게 쓸 때마다 정신은 몽롱해져, 붙잡고 싶은 기억의 조각은 하루하루 모여 가는 게 아니라 도리어 사라져만 간다.

몽혼함에 취해 정신없이 유영하다, 해저 동굴 어딘가에 잠시 몸을 뉘였을 때 풍성한 다갈색 머리가 눈앞에서 구불구불 펴져 나갔다.

또 왔냐. 그리 생각하자 사람도 생선도 아닌 잡종 계집이 화려한 얼굴을 일그러뜨린다. 비늘 편린이 무지개 빛깔로 반짝이는 기다란 꼬리가 철썩, 그가 있는 동굴 입구를 때렸다.

"이게. 너도 심심할 거 아냐! 나만 심심해? 정 떨어지는 소리 좀 작작 해, 정 떨어지는 새끼야!"

심드렁한 눈이 그 이목구비를 유심히 살폈다. 기억 속 소녀와 굉장히 유사했지만 동일 인물이 아니란 확신이 드는 건 그 맑은 목소리와 달리 꽤나 걸걸한 음색을 지녔기 때문이다. 바다의 시작인 시냇물, 그리고 폭풍 전야 속 바다만큼 괴리가 커 헷갈릴 수도 없이.

게다가 표정이나 동작도 그 걸걸한 목소리만큼 크니, 보고 있으면 삭신이 쑤시고 눈뿌리가 얼얼할 만큼 피곤했다. 그래도 누군가를 연상시키는 얼굴인지라, 지끈거리는 뒷머리를 헤집을 때였다.

"내가 그 애랑, 그렇게 닮았니?"

지한은 미동도 없는 산호색의 얇은 입술을 응시하다가, 반짝이는 갈색 눈으로 시선을 옮겼다. 이 인어가 입술을 움직이지 않고 말하고 남의 생각도 제 맘대로 읽는다는 걸 깜빡하곤 한다. 아니. 전혀 달라.

"역시 내가 더, 예쁘지?"

허리를 비틀어 우아한 공중회전을 돌고 치렁치렁한 머리를 휘둘러 대던 인어는 쯧쯧, 가소롭단 눈길에 눈을 치떴다.

"그럼, 성격은! 걔 성격이 어떤데! 나보다 나아?"

일단 걔 너처럼 뻔뻔하지도 피곤하지도 않아. 너랑 달리 귀엽지.

"누가 네 취향을 물어봤어? 나도 너처럼 무례하고 건들대는 양아치는 딱 질색이야! 네 형처럼 과묵하고 음침한 게 더 좋다고."

형? 나한테 형이 있다고? 멍한 눈으로 고개를 갸웃거리자, 한숨이라도 쉬는지 비죽거리는 입술에서 공기 방울이 보글보글 올라온다.

"아, 대체 왜 하루 지나면 기억력이 원상 복귀야? 이 금붕어 같은 놈아!"

뭐래, 이 잡종 계집이.

"뭐, 잡종? 아, 진짜 도와주기 싫어진다니까. 그냥 콱 뒈져 버려라."

회칼에 꼬리 썰려 볼래?

"너…… 너, 이미 한 번 죽은 나한테 그러고 싶어?"

뭐 이딴 게 다 있어. 다갈색 눈에서도 공기 방울이 보글보글 떨어졌다. 뭐, 이딴 걸로 질질 짜. 코 빨개지니까 더 못나 뵌…….

지한은 말을 하다 욱신거리는 뒷머리를 부여잡았다. 코 빨갛다. 못나 뵈게. 뒤엉킨 필름처럼 혼재되어 쏟아지는 기억들. 하나라도 붙잡으려 애를 쓰자, 그렁그렁 맺혔던 눈물이 말간 다갈색 눈에서 또르륵 굴러떨어진다.

'난 네가 정말 보고 싶었단 말…….'

날 보고 싶어 하는데 질질 짠다라. 가는 눈으로 딱딱해진 턱을 문지르는 사이, 다시 후우, 공기 방울이 뿜어진다.

"아, 기한이 보고 싶다."

기한……?

"음, 그래도 너 때문에 가끔 목소리도 들었으니까. 이대로 만족해야겠지. 나 구하려고 뛰어들 때보다 한내라는 애 구하려고 뛰어든 게 더 빨랐던 건 용서가 안 되지만……."

"한내……?"

중얼거린 그 이름이 왠지 고통스럽다. 벌어진 입 안으로 짜디짠 바닷물이 쏙 밀려들었다가 빠져나간다. 앗, 하며 인어는 두 손으로 제 입술을 틀어막고 배시시 웃었다.

"에이, 기억해 내게 하는 게 재밌는 건데. 스무고개도 하고."

한내.

한내? 한내. 한. 내. 어조를 달리 해 가며 끝없이 그 이름을 되새김질하는 소년을 보며 인어는 풋, 입가를 패며 웃었다. 심각한 얼굴은 영락없이 붕어빵이다.

그녀는 희미한 빛이 있는 천장을 향해 눈길을 두었다. 이젠 동생도 찾아오지 않는구나. 결국 이 소녀와 소년을 위해 넌 떠나기로 한 걸까. 그래도 네가 날 아직 따라오진 않았으면 좋겠는데……. 만약 오면 넌 나한테 이것저것 혼나야 해. 나도 그렇고. 난 네 목소리를 하루 더 들으려고, 너와 닮은 이 얼굴을 하루 더 보려고, 이 소년을 여기 가두어 두었거든…….

머리 위에 떠 있는 한 줄기 빛이 깜빡깜빡 점멸했다. 크기를 키웠다가 줄였다가를 반복하는 빛. 지한이 쥐어뜯던 머리를 들어 올렸다. 인어의 다갈색 눈에 아쉬움과 기대감이 동시에 들어차는 동시에, 바다 전체가 진동하듯 웅웅 울리며 물의 거대한 파동을 만들어 낸다.

인어는 동굴 속으로 들어가던 지한의 팔을 붙잡았다. 그리고 끌어낸 넓은 등짝을 퍽 걷어찼다. 순식간에 몇 미터를 솟구쳐 오른 지한이 고통과 의아함으로 찡그린 눈길을 돌렸다. 뭐야. 저 신호 뜨면 동굴로 피하라며.

"미안. 뻥이었어! 헤헤."

뭐?

커다란 눈을 가늘게 휘며 의뭉스럽게 웃는 인어의 눈매가 왜인지 누군가를 연상시킨다.

"사실 저쪽으로 가야만 해. 널 기다리는 사람이 있거든."

……기다리는 사람?

"기억해 봐. 그 애를 처음 본 날, 그날은 끝 눈이 내렸어."

널 처음 본 날, 내렸던 끝 눈. 지끈대는 관자놀이를 누군가 내려친 듯했다. 그 통증과 함께 스멀스멀, 희미한 연기로 시작해 거센 물살, 종국엔 해일이 되어 흘러나오는 기억들.

한내.

박, 한내.

널, 처음 본 날.

……그날은, 끝 눈이 내렸다.

구슬픈 상엿소리가 흐른 날. 할망을 담은 관이 높은 오름을 올라, 깊은 구덩이에 내려지고, 읍 사람들이 흙을 덮고 달구질을 한 날. 할망이 땅에 묻힌 날이었다.

그런 날, 난 슬프기보다 화가 났다. 바알갛고 노오랗게 꾸며졌던 상여가 불에 타고, 여인들 사이로 흐느낌이 퍼져 나갔을 때도, 정작 죽은 자의 혈육인 나와 내 형제는 슬픈 탄식조차 없는 입술을 꾹 다물었다. 그저 할망 위에 놓인 흙을 발로 밟아 단단하게 하는 것. 그게 할망에 대한 우리의 유일한 애도였다.

형의 눈길은 영정 사진에 박혀 있었다. 5년 전 할망에게 그 사진을 찍어 주고는 썩 맘에 들지 않는다며 쓰레기통에 필름을 처박던 게 기억났다. 핏줄이 뭘까. 할망의 사진도 유기한에겐 그저 작품 중 하나일 뿐인데. 할망도 마찬가지. 칙칙한 조명 아래, 제 친손자를 향해 짓는 웃음이 무표정과 다름없는데 그게 영정 사진이 됐다.

꼴 우스운 가족이었다. 그 구성원 중엔 오늘도 역시나 코빼기도 뵈지 않는 여자도 포함이었다. 해서 화가 났다. 날 낳고 다른 사내랑 뭍으로 바로 도망갔단 그 여자를, 혹여 한 번 볼까 순진한 기대를 했던 나란 놈한테.

무덤 옆, 둥그런 돌담을 쌓아 올리면서도 오름 너머 보이는 바다에만 시선을 두었다. 내 안식처였던 푸른 짠물. 잠그지 못한 지 장장 4년이라 그 안에 열 오른 몸을 푸욱 가라앉히고 싶었다.

난 그런 놈이었다. 할망의 죽음보다 내 욕망이 더 중요한 놈. 그저 유혹하듯 반짝이는 수면에 홀려 있다가, 삼베 치마 쥐고 눈물 콧물 찍어 내던 여인네들 사이 담담하게 서 있던 지승미네 할망이 가자미눈으로 핀잔을 주고서야 애써 다시 돌덩이를 쥐는, 그런 놈.

뭍과 달리 물질 하는 여자가 생계와 전통을 책임져 온 섬. 그중에서도 마을 대장 격인 지승미 할망은 실상 내 어멍이었다.

안 그래도 4년 만에야 코빼기를 디민 후레자식이 대뜸 '할망 장례 소식이나 저 온 거 지승미한텐 비밀로 해 줘요, 귀찮아.' 하자, '이 궂것, 어떵 매정한 게 니 할망, 니 어멍 똑 닮았젠!' 하는 악매가 돌아왔다. 덕분에 귀청이 찢어질 뻔하였다. 하나 내가 돌아온 소식을 그 귀찮은 계집애에게 알렸다간 바다에 가기도 전 이리저리 시달릴 터였다.

운구 때부터 간간이 내리던 눈이 장례가 끝나 갈 적엔 아주 펑펑 쏟아져 내렸다. 눈꺼풀을 깜빡여 속눈썹 위에 쌓인 눈을 털었다. 재차 흐릿한 푸름에 눈을 두며 한 사람의 끝을 기리기엔 그래도 아늑한 날이라 여겼다.

홀로 바다에 들어가기에도, 썩 나쁘지 않은 날이라고만.

발인을 마치고 기태 삼촌에게 빌린 트럭에 올라탄 뒤, 단출한 이삿짐 사이 4년 전 입던 중학교 교복을 찾아냈다. 이걸 입고 바다에 갔다 학교로 갈 계획을 짰다. 할망의 집에 도착해 차에서 내린 형이 한참을 돌아오지 않아 트럭에서 내렸을 때였다.

'해주야.'

형의 혼잣소리에 가슴이 철렁했다. 카메라가 향한 곳, 계집 하나가 떠나간다. 벌써 4년 전 일. 이젠 돌아와도 괜찮겠거니 여겼는데 일렀나.

불안을 품고 집에 들어서자 올레 목 밖, 어귀 담에 걸쳐진 정낭이 바닥으로 툭 떨어져 기어코 그 연상을 불러왔다. 까마득한 기정 위, 떠밀던 손, 그리고 긴 허공을 비행하던 가느다란 몸.

아니, 그건 그냥 실수였어. 과연 실수였을까. 아니, 도리어 구하려던 거 겠지. 하하하, 네 형이란 놈이 누굴 구하려 든다고? 순진한 새끼야. 두 개의 마음이 내 안에서 속닥거려, 곧장 바다로 가 몸을 잠근 뒤에야 평온 해졌다.

이참에 섬에 돌아오자 했던 건 서울에서 지독한 스캔들에 휘말렸던 형이 아닌 나였다. 오로지 바다에 들어가고 싶어서, 바다로 둘러싸인 이 섬에 남아 있고 싶어서였다. 조용하게 바다만 어루만지는 것. 가능한 만치 깊은 물속으로 숨어들어 가 푸른 물살이 일렁일렁 내 몸을 어루만지는 것.

상상만으로도 더없이 충만한 삶이었다. 날 소란하게 만드는 어떤 인물, 어떤 사건만 없다면. 예를 들면 유기한 같은.

사고가 나기 전 수습하는 것이 내 인생이었다. 외해가 아닌 안에서 밖으로 뻗칠 해일을 막는 내부 방파제. 보통 사람들이 좋아하는 말과 행동, 싫어하는 말과 행동, 법, 도덕, 관습에서 비정상적으로 여겨지는 말과 행동. 고작 초등학생이었던 내가 그것을 주절주절 열성을 다해 설명할 때, 재밌다는 듯 눈을 빛내던 형. 그 남자에게 내가 도움이 될 거라 멍청하게 믿어 왔다.

글쎄. 지금 와 생각해 보면 다리가 잘릴 뻔했는데도 제 옆에 꾸역꾸역 남아 뭐라도 해 보려 바동대던 애새끼가 그저 기특했던 게 아닌지. 이거 하면 안 돼? 왜 안 되지? 순진한 척 물어 오던 건 그저 장단 맞추기, 혹은 제 딴에 나이 차 나는 동생과 놀아 주기, 그 정도가 아니었는지. 쟤가 거슬린다며 형형한 눈을 뵈던 건 내가 제 꼭두각시처럼 움직이는 게 즐거워서였겠지.

해주 누나가 죽고부턴 도리어 심신이 안정되는 듯 뵈기도 했다. 대학 수업은 거의 방치 상태에, 간혹 풀린 눈, 잔뜩 터진 얼굴로 돌아오는 밤도 있었으나, 평론가와 거래처에서 인정받는 작품 활동을 하며 섬에서의 일은 잊고 그곳에 몰두하는 듯해 보였다.

그러니 유해주란 예명에 한 모델이 먹칠을 한 그 사건이, 형에게 그렇게 큰 타격이라고 생각하지 못했다. 왜 그 공격성이 제 내면으로 파고들 거란 생각은 못했나.

　첫 번째 자살 시도부터 생사를 오갔다. 그러니 유기한에게도 이 섬이 나으리라 여겼다. 그 철저한 성격에 다음번은 확실할 것이라. 이 섬에선, 삶에 자그마한 미련이나마 생기겠지 싶어.

　더없이 만족스런 기분으로 바다에서 나왔을 때, 네가 보였다. 정확히는 네 머리꼭지가. 몇 년간 공백이 무색하게 같은 인물만 마주치는 마을이다. 그러니 그 작은 몸집, 풍성한 다갈색 머리, 촘촘한 속눈썹, 어깨가 구부정하니 어색하게 선 자세만으로도 이 섬서 처음 보는 애란 걸 알았다.

　천천히 널 관찰해 가다, 애기같이 조막만 한 손에 들린 그 우산에 눈길이 닿았다. 찬바람이 훑는 등줄기가, 눈송이가 녹아내리는 곳곳이, 서늘했다. 형이 패션 사진가로 활동하면서 받아 온 그 한정판 명품 우산 뭐시기.

　코끝을 맴도는 짠 내에 도심 속 찌든 매연만 맡던 코가 뻥 뚫려 버린 듯, 이보다 더 기분이 좋을 수 없었건만 깊은 곳에서 꾸물대던 불안감이 몸집을 키웠다. 내가 아는 유기한은 그 누구든, 그게 무엇이든, 호의를 보이는 일이 없었다. 단 한 사람만 빼고.

　'누구?'

　그제야 네 얼굴이 보였다. 찬물에 식힌 몸에서 슬그머니 오른 열이 정수리까지 찼다. 초면인데도 기묘하게 낯익은 계집. 해주야. 형의 서늘한 혼잣말이 귓가에 울렸다.

　'형, 해주 누나는 죽었어.'

　형에게 몇 번이고 해 주던 말. 하나 너를 보니, 순간 나조차 확신하지 못했다. 늘 바다를 머금은 듯 촉촉한 물을 담던 갈색 눈. 햇살을 품은 듯 가무잡잡하고 매끄럽던 피부. 숱이 많아 어깨를 뒤덮을 정도로 치렁거리던 머리칼. 푹신한 모래밭 같은 낯이 해주 누나를 연상시켰으므로.

'넌 아직도, 엄마가 차로 데려다주더라, 애기처럼.'

떠보듯 던진 말에 움츠러드는 네 몸을 보며 역시나 오늘 아침, 형이 찍던 계집이 너란 걸 확인하고 가까이 가 네 얼굴 곳곳을 뜯어보았다. 이 섬에 친척이 있냐 물으니, 아니, 하고 파도에 묻힐 지경인 모기소리가 분홍 입술에서 터진다.

희게 텄으나 푹신해 뵈는 입술. 자그마하나, 잘 빚은 장독처럼 티 없이 맑은 목소리. 그것만으로 네가 해주 누나가 아니란 걸, 아니 내가 무서운지 그것을 꾹 감쳐물던 네 모습에서, 날 보고 더더욱 동그랗게 말리는 네 어깨만으로도 짐작이 가능했다.

불 중 제일로 큰 불. 마치 태양 같아 아무리 캄캄한 어둠이라도 존재만으로 환히 밝혀, 한땐 그 빛이 형의 어둠까지 스몄을지 모른다 생각했던 사람. 그게 해주 누나였다.

넌 내 시선조차 마주하지 못하는 게 한겨울 옅은 해조차 아니고, 깜깜한 밤 구름 뒤에 숨어 버리는 은근한 초승달보다 뿜는 빛이 옅었다. 나와 유기한이 쌍둥이처럼 닮아도 다르듯, 넌 해주 누나와 완연히 달랐다.

잡힐 뻔했던 전복이 도망친 뒤 아가리를 꽉 다물고 바위에 빨판을 딱 붙여 내는 것. 형의 우산을 동아줄처럼 부여잡고 내게서 도망치려는 네 꼴이 딱 그랬다.

진심으로 입을 벌리고 하하 호호 웃어 본 적은 있을까 싶은 네 어색한 미소가 날 향하자, 왜인지 난 삐딱해졌다. 네가 움츠러든 원인 중에 이세준, 지승미, 이유경이 있다는 게 명백하니, 내 친구라 자신하는 놈들에게도 부아가 났다.

네 곧은 말투에 네가 서울에서 왔다는 걸 짐작했다. 해서 이곳에 섞이지 못한다는 것도. 그럼에도 왜 이세준 같은 허접한 놈이 무례한 말을 던져도 꽁꽁 언 생선처럼 가만있는지, 왜 희게 튼 입술만 그리 잘근대고 참는지가 신경질이 났다. 해서 나도 괜히 널 자극하고, 네가 이세준을 미워한다는 걸

반드시 보고, 네가 꽥꽥 소리를 지르는 것도, 기어코 보려 했다.

'너, 휴대폰 줘 봐.'

그 별것도 아닌 말에 몸을 펄쩍 튀고, 동그랗게 뜬 눈으로 떡가래 같은 입술을 어물거리다 어떻게든 도망치는 네가, 네 솔방울 같은 갈색 눈에 서리던 겁이, 네 등 위로 아른거렸다.

내가 네게 겁을 주었나.

'한내 진짜 휴대폰 없어. 쟤네 엄마가 완전 그거거든. 극성. 극성.'

만난 순간부터 캥거루 새끼처럼 붙어 다니던 이유경이 조심스레 시야에 끼어들자, 급작스레 네가 진심으로 웃을 땐 어떤 모습일지 궁금증이 일었다. 그 충동적 상상은 파도치는 수면, 그 위 비친 인영처럼 제대로 된 밑그림조차 없이 희미했다.

어쨌거나 날 썩 좋아하지 않는다. 그건 확연하니 그리 기분 좋진 않았다. 이세준한테 대신 복수도 해 주고, 못났다 한 것도 아니고 예쁘다 한 기억뿐인데, 내가 이세준 저 새끼처럼 네게 지저분한 쪽의 관심이라도 있을 줄 알고 그러는지. 하, 웃긴 계집. 하나 속내는 왠지 까맣게 탔다.

'지한아, 근데 오늘 학교 오는 거야?'

'아니.'

원래의 계획을 바꿔 집으로 향했다. 네 무표정이 묘하게 순진무구해 뵈는 게, 무심한 얼굴에도 묘하게 이용하기 좋아 뵈는 게 거슬렸다. 그건 우리 형 눈에도 명백할 것이라, 평범하지 않은 사고 회로를 돌리는 그 남자가 네게 이상한 집착이라도 보인다면, 위험한 건 다름 아닌 너일 터였다. 난 네 말간 얼굴이 불안했다.

낡은 돌흙 집. 수명이 100년은 더 됐지 싶은 그 집은, 홀로 죽어 가던 노인의 모습을 고스란히 흡수한 듯 퀴퀴하고 암울해 보였다.

할망도 딱 그런 사람이었다. 우리 형제가 도망간 제 딸이라도 되듯 늘 매정한 눈에, 뭍으로만 일을 나가 당시 갓난쟁이였던 난 해녀 아주망들 손을 전전하며 자라야 했다.

그동안 형은 무얼 했을까. 무얼 하며 홀로 그 시간을 버텨 냈나. 나 없을 땐 그 여자에게 학대까지 받았다던데. 그 늙은 사진가에게서 카메라 하나 받아 들고 뭘 찍고 다녔나. 그 생각을 하면 어쩐지 가슴이 시큰했다.

그러니 삶을 놓으려는 유기한을 애써 손에 쥐는 건, 형이 아닌 나였다.

띄엄띄엄 놓인 잇돌을 잽싸게 건너 집으로 들어서자, 마당에 심어진 삼나무 아래 쭈그려 앉아 땅을 파는 남자가 보였다. 날 닮은 얼굴. 그것을 감싼, 어울리지도 않는 붉은 목도리가 눈에 밟혔다.

'어울리지도 않는 그 목도리는 뭐야. 벌써 노친네처럼 뼈가 시려?'

'……해주가, 줬어.'

검은 속내를 우수 서린 미소 안에 감추는 얼굴에, 난 눈썹을 씰룩였다. 죽은 사람은 씨발, 왜 자꾸 찾아. 형이 널 찍은 건지 알고 싶어, 잽싸게 눈을 굴려 카메라 가방을 찾았으나 뵈지 않았다.

그동안 형은 땅에서 녹슨 열쇠 하나를 찾아, 돌흙 집 바깥채 옆에 영 이질적인 콘크리트 건물을 열었다. 형에게 사진을 알려 줬던 노인네가 사망하며 남겨 준 이 오래된 집은 형이 빌려 쓰던 작업실이 있었다.

필름 인화 작업을 위해 빛을 차단한 암실 내부는 곰팡이의 쿰쿰한 냄새가 더해져 마치 동굴 같았다. 발을 디디는 곳마다 먼지가 푹석했고, 몇 년을 방치해도 여전히 현상액 냄새가 봉봉 떠돈다. 그 정처 없이 떠다니는 먼지만큼 내 마음도 심란했다.

'여긴 왜 다시 기어들어 와? 사진 안 찍겠다며.'

'내가?'

'인물 사진은 그만두겠다며.'

'흐음. 정확히, 찍고 싶은 사람이 없을 거라 했지.'

정육점처럼 붉은 빛이 암실 치곤 꽤나 드넓은 공간을 비추다가 치직, 반딧불처럼 깜빡였다. 그 빛을 반사해 내는 검은 눈을 살피다 에두른 본론을

456 태풍이 오면 바다 속에도 바람이 분다

꺼냈다. 박한내란, 여자애 만났어?

암등을 손끝으로 툭툭 쳐 점멸을 멈추던 남자가 눈을 굴렸다. 응. 그 입만 웃고 있었다.

유기한은 기민하게 돌아가는 속내를 감추는 새카만 눈으로 답하고는, 책장으로 돌아서 먼지 쌓인 앨범을 뒤적였다. 그렇게 바쁘던 움직임이 조용히 멈추었다.

근데, 네가 걔를 어떻게 아니?

낮게 깔린 목소리에 잠시 회색 암실의 싸늘한 공기가 내 뒷덜미를 휘감았다. 가끔 가면을 벗는 남자의 목소리는 어쩔 수 없는 선득함이 있었다.

'나도 만났으니까. 형 우산을 꼭 쥐고 있던데.'

'흠.'

해주 누나의 오래된 사진에 시선을 뺏긴 남자에게 소리 없이 다가가, 새빨간 목도리 위로 코를 내렸다. 자그마한 네 귀에 아무 말이나 속삭이던 때, 내 뺨을 간질이던 머리칼에서 났던 네 비누 향. 그 어딘가 갯비린내를 닮은 피처럼 비릿한 냄새.

네 목도리였다.

'그 계집애 이름은 한내야. 해주가 아니라.'

우스운 농담이라도 들은 듯 음습한 웃음이 내뱉어진다. 몇 년 묵은 텁텁한 먼지가 내 목구멍에 진득하니 달라붙은 것 같아, 등을 돌렸다.

'그래서 걔한테도 접근하려고? 전처럼.'

비수처럼 등에 내리꽂는 말이 내 떳떳지 못한 과거를 끄집어냈다. 몸을 돌려 빙글대는 얼굴을 보았다.

'글쎄, 그럴 생각은 없었는데. 형 얘기를 듣다 보니, 그리고 싶은 마음이 드는 것도 같고. 뭐, 형만 쥐 죽은 듯 있음, 그럴 일 없을 텐데. 계집애들, 다 형 낯짝 보고 홀리는 거니.'

'그럼 이 섬으로 왜 돌아오자 했어, 지한아. 너야 바다가 그리웠겠지만

나는 해주 생각이 나 버리는걸.'

'그러니, 왜 서울에서도 애먼 여자애를 망쳐 놔. 어? 정신 나간 애들, 모델로 쓰지 말래도.'

'누가 누굴 망쳤다니. 건 있을 수 없는 말이지. 사람은 제 생긴 대로 사는 거지, 누군가에 의해 바뀔 순 없거든. 그러니 걘 어차피 그렇게 될 애였어, 나처럼.'

'……'

'……할망이 갔어. 넌 슬프디?'

매끈하리만큼 표정 없는 얼굴이 문득 진지하게 묻는다.

'제대로 키워 준 적이야 없어도 최소한 집에서 잘 수 있게 해 줬으니, 슬프지. 그러니 슬퍼야지. 보통 사람이라면.'

그렇구나 하듯, 어린애처럼 끄덕이는 천연한 얼굴. 물론 형은, 그랬을 리 없겠지만. 내가 덧붙인 말에 느릿하게 올라온 고개가 날 물끄러미 응시했다.

'네 생각과 달리, 우린 그리 다르지 않을지도 몰라, 동생.'

너도 그다지 슬퍼 보이지는 않았다는 듯 까만 눈이 날 주시한다. 꽤나 부정하고 싶은 사실인지라 지독한 불쾌감이 목덜미를 쳤다. 코웃음만 났다.

'그러니까 너도 알지. 내 동생. 난 뭔가 느낄 수만 있으면.'

……뭐든 해.

말한 남자가 나와 지독하게 닮은 눈을 가늘게 접어 웃는다. 그러니 날 잘도 아는 네가, 날 잘 막아 보라는 듯.

난 뭐든 해.

형만 보면 무서워 벌벌 떨던 어린 날의 유지한이 있었다. 날 협박하거나 자극할 때, 형이란 남자는 늘 그런 말을 내뱉었다. 쉬이 죽지도 않고 이리저리 잘 도망치는 쥐새끼, 날 재밌게 갖고 놀기 위한 마법의 주문처럼.

코흘리개일 때의 얘기일 뿐이나, 어쩐지 바다가 준 안식을 모조리 빼앗긴 기분으로 그 피 붉은 빛 아래에서 빠져나온 날. 그날부터 난 널 주시했다. 등굣길에서도, 급식실에서도, 운동장에서 공을 차고 던질 때도, 사내새끼들의 은근한 눈길이 돌아가는 곳을 보면 늘 네가 있었으니. 굳이 찾아다닐 수고도 없었다.

'없다며, 휴대폰.'

나만 보면 허겁지겁 달아나는 눈에 짜증이 나, 한번은 네가 도망칠 수 없는 교실 창문에 파리처럼 달라붙었다. 내 눈길은 그렇게 피해 대면서도 내 소리 없는 입술은 잘도 읽어 내는 네가 묘하게 즐거워서.

이 학교에서 네 자리가 어디쯤인지 알고 있었다. 네가 괴롭힘을 당한다는 것도, 널 찾아온 네 엄마를 보고, 네 엄마에 대한 네 피학적인 감정의 깊이가 얼마나 쓸데없이 깊은가 눈치채는 것도 어렵지 않았다.

네 화려한 외모와 달리 무심한 겉껍데기 아래 숨겨진 네 연약한 속내의 위태로움, 다시 그 아래서 스멀거리는 독기, 그리고 다시 그 아래 깔린 피학적 자책……. 네 잔잔한 껍데기 안에서 소용돌이치는 모순과 충돌이 난 자못 흥미로웠다.

아이들에게 빵을 나눠 주는 네 낯이 아파 보였다. 무심한 눈길에서 곧 짠물이 쏟아지기 직전이란 걸, 넌 내게만은 들킨 것이다. 바다에서 갓 나왔을 때처럼, 난 들이쉬는 숨으로 짤막한 휘파람을 냈다. 얇은 창 너머 들렸을 법한데, 얼어붙은 갯벌 같은 얼굴은 그저 굳어 있다. 내게 시선 한번 던지지 않고 자리에 앉는다. 한동안 네 머리꼭지를 보았다.

넌 내게 들켰다. 네 차분한 발이 의자 다리에 걸려 잠시 휘청이던 것을. 그 딱딱한 가면 아래 입 안 살을 깨물어 파인 볼과 파르르 떨리는 아랫입술을. 허벅다리 위 교복 치마를 억세게 움켜쥐는 손까지도.

파리 새끼가 귓가를 윙윙 맴도는 것처럼 그 모습이 내 신경을 갉작였다. 네 손등이 허예지는 만큼, 넌 모든 구멍을 틀어막으려 했다. 눈물이 찔끔조차 흘러나올 수 없도록. 끌어모을 수 있는 어둠은 모조리 끌어모아 주위에 검은 장막처럼 뒤덮고 싶어 하는 꼴이 딱 '난 전복이 아닌 평범한 개조개일 뿐이니 잡아먹지 마.' 하는 것 같았다.

난 입꼬리가 슬그머니 올라갔다. 잡아먹지 말라 하니, 잡아먹어 보고 싶어.

형이 혹여나 네게서 해주 누나를 찾아내진 않을까, 하며 시야의 끝에 널 둔 지 며칠 째. 난 네가 해주 누나와 정반대라 판단 내렸다. 해주 누나가 빛 이라면, 넌 빛 한 점 없는 어둑한 구멍을 찾아 헤매는 바퀴벌레와 같으니 형도 그 차이를 알아채는 것은 어렵지 않으리라.

하나 그게 과연 안심할 일인가, 달리한 생각에 불안했다. 형은 그걸 더 좋아할지도 모른단 불길한 예측이 들었다.

나조차, 네 미소뿐 아니라, 네 눈물이 보고 싶어졌으니.

네 껍데기가 벗겨진, 그 속의 절절한 감정을 맛보고 싶은데, 그 작은 몸 안에 꾹꾹 눌러 담겨진 건 척 보기에도 기쁨보단 슬픔이었다. 그러니 그 내 용물이 스프링처럼 툭, 터져 네 마른 뺨 위로 흐른다면 내겐, 그러니까 깜 짝 선물만큼이나 좋을 텐데 싶었던 것이다.

그러니, 단지 짓궂은 장난기라 여겼다. 너에 대한 내 관심을 정의하자면.

다시 휘파람을 불었다. 창가를 벗어나는 대신 내 발 아래 흐드러지게 핀 개양귀비만 지르밟으며, 발아래 짓밟혀 떨어진 붉은 꽃잎들이 피 웅덩이처 럼 퍼져 나갈 때까지, 네 장막 친 검은 머리칼을 잡아채 걷어 내고팠다. 창 문을 주먹으로 내려쳐 깨뜨리고 다시 휘파람을 불어 동그랗게 뜬 네 갈색 눈이 날 향하도록 만들고 싶었다.

난 바위를 움켜쥐는 그 고집스런 전복을 내 괴물 같은 힘으로 뽑아내고 마는 성미였으니, 너와 나 중 누가 이기나 볼까 싶기도 했다.

저걸 뭔 보물이라고 고이 갖고 있어? 날 선 시선이 네가 책상 옆에 걸쳐 놓은 형 우산에 닿아 더 가늘어졌을 때, 이세준이 내 어깨를 쥐었다. 손끝 만 닿아도 부아가 나는 놈.

'너 졌다. 너 아니었음 좆 대가리만큼도 안 되는 고자 새끼들이라. 너 빠지니 상대 안 돼 재미없더라.'

예쁜 계집애들만 보면 희롱을 일삼던 검붉은 입술이 옴죽거리더니 내 뒤의 널 보았다. 몸을 수그려 붉은 꽃 사이를 헤집더니 개중 한 개를 뽑아, 잎 하나를 뜯어 먹고 씨익 웃는다.

'난 저 지지바이만 보면 요 꽃이 생각나더라.'

질근질근 씹으며 양귀비, 하고 거들먹댄다. 관상용으로 심은 개양귀비들 사이, 이따금 성분이 다른 진짜가 섞여 있는 게 보였다. 진짜는 꽃잎에 검은 반점이 크고 꽃대도 모양을 달리했다. 야산에 찾으러 가기 귀찮았던 몇 놈들이 겁대가리를 상실하고 아예 여기에 씨를 옮겨 심은 모양이었다.

한데, 웬 양귀비? 눈을 찌르는 붉은색을 보며 난 혀를 찼다. 넌 그런 과시적인 색의 꽃하고는 어울리지 않았다. 양귀비처럼 원치 않는데도 사람의 시선을 끌고 독성을 몰래 품고 있어도, 이보단 좀 더 습기를 머금고 흰, 그런 꽃.

수선화, 그 꽃의 이름을 생각해 냈을 때였다.

'분명 자리에 처박혀 바람결에 몸만 나부낄 뿐인디, 사름을 홀리고 중독성 있어 자꾸만 짓씹게 하거든. 그렇지 안해?'

그 말이 신경 줄을 긁었다. 안 그래도 이세준이 널 은근히 골린다는 것을 현승에게서 들은 바가 있어, 네가 저리 울상인가 싶었다.

뱁새눈이 내 미세한 짜증에 즐거운 듯 실눈이 되어도 화를 삭이려 했다. 자극할수록 비열한 짓을 하는 새끼란 걸, 그러니 네가 나 대신 이 새끼의 화풀이 대상이 될 수 있다는 걸 알아. 네 눈물이 보고 싶지만 다른 놈이 그 원인이 되는 건 싫으니 나 또한 너처럼 모순적인 놈이었다.

하여 잎을 씹는 입술에 야비한 주름이 지는 걸 잠잠히 보려고만 했으나.

'그년, 보는 만큼 입술 맛도 좋더라.'

한계였다. 하, 턱이 절로 젖히고 웃는 듯 눈이 가늘게 뜨였다가, 내 주먹이 주머니 속에 들어 있는 것을 보며 안심하는 놈에게 발을 올렸다. 켁, 으윽……. 늘 씹어 대는 양귀비를 그놈 콧속 가득 느끼게 해 주고, 붉은 꽃무덤 위 발작하는 얼굴을 발로 짓눌렀다. 흉부 깊숙한 곳을 걷어차여 쉬이 멈추지 않는 기침. 허덕이는 숨.

그놈이 앞니로 뭉개던 잎을 제 흐르는 침과 함께 다시 뱉어 낼 때까지 운동화 밑창으로 더러운 입술을 자근자근 뭉갰다. 씨팔, 괴물 같은 새끼. 그렇게 짓씹고 있을 비열한 눈을, 난 마주 보며 잔인하게 웃었다.

'내가, 하지 말라 했지.'

더 실린 힘에 발발거리던 몸이 둥글게 말린다. 저 계집, 괴롭히지도 말고. 수작 부리지도 말라고. 전처럼 게거품 물고 뒈졌다가 니 애미 애비도 못 알아볼 상태로 깨어나고 싶지 않으면, 새끼야. 약만 처물고 대가리가 나쁘니 고 몇 년 새 까먹었지?

뻐근해지는 뒷목을 문지르며 발을 거두었다. 몇 번이고 더 밟아 주고 싶으나 상대해 줄수록 거머리처럼 들러붙는 성미라 후회되었다. 분명 네게도 그 원한이 갈 텐데 그 맥아리 없는 꼴로 네가 뭘 할까 싶어.

'개가…… 뭔데 그래, 씨팔. 알지도 못하면서.'

부들대며 일으켜진 몸이 조그맣게 칭얼거린다. 내가 과민 반응을 한 건지. 하나 늘 역겹던 저놈 새끼랑 네가 입을 비비는 상상만으로도 속이 뒤집히니, 후회는 없었다.

절로 일그러진 눈을 돌리자 여전히 고개를 처박고 있는 네가 보였다. 미동도 없는 게 무슨 석상 같아 씹, 욕설이 나왔다. 자꾸만 짜증이 울컥거리고, 코끝엔 뺨을 할퀴는 바닷바람에 섞인 갯비린내가 난다. 널 닮은 내음에 왜 이리 답답한 감정이 드는지, 아무래도 네 답답스런 낯이 날 자꾸 건드리는 듯했다.

─오늘 가희 누나가 놀러 오라네.

내 가증스런 형에게서 전화가 온 건 그때였다. 가희.

난 너와는 외모도, 성격도 다른 30대의 미인을 떠올렸다. 하늘하늘한 몸선은 딸과 똑 닮아도 창백한 피부, 의도적인 색을 흘리는 눈매와 입매, 그리고 남자들이 저를 보는 시선을 유리하게 써먹는 당당함이 너와는 아주 딴판인 여자. 차라리 네가 그런 성격이었다면, 마음이 편했을 것도 같았다.

─간다고 했어.

둘이 언제 번호 교환까지 했는지 몰라도, 유기한이 그 초대에 응하는 목적이야 뻔했다. 널 보러 가는 것이다.

'난 뭐든 해.'

밑바닥을 찍은 약쟁이처럼 늘 삶을 지루해하는 남자. 오늘 하루의 재미만 갈구하는 유기한의 음성이 지끈대는 관자놀이에 울렸다. 네가 보통 몇 시쯤 야자를 끝내고 집에 갔는지 기억을 헤집었다.

약품 냄새가 나는 컴컴한 과학실 안, 사내놈들은 말린 잎을 넣은 담배를 태웠다. 지한아, 여기.

치워. 내밀어진 담배를 거절하자 이세준은 그것을 몇 번 눈길만 스쳤던 맹한 놈 하나에게 건넸다.

'어? 아니, 난…… 괜찮…….'

'물어, 씹 새꺄.'

짜증 섞은 손짓으로 버벅이는 입술에 담배를 쑤셔 넣은 이세준이 라이터로 불을 댕겼다. 어벙한 소년이 들이쉰 숨에 불이 옮겨붙을 때까지 애꿎은 볼기를 올려붙이며.

그 명백한 화풀이의 원인이 나란 걸 알았으나 난 그저 심드렁했다. 난 그런 놈이었다. 잠수 대결을 했을 때도 널 구해 주려 했다거나, 이세준의 복수를 대신 해 주려 했던 게 아니라, 그저 네 무심한 겉 얼굴과는 다른, 네 그 가식적인 웃음과는 다른, 네 진짜 얼굴을 보고 싶은 내 욕심 때문이었다.

무언가 지루했다. 눈길을 돌려 10시를 가리키는 시계를 한 번, 창가에서 내다보이는 학교 정문을 또 한 번 보았다. 넌 공부에 아주 목숨을 걸은 듯, 늘 땅거미 진 학교를 마지막에서야 나섰고 그날도 아직이었다.

기침을 쏟아 내는 입에서 매캐한 냄새가 날아온다. 작작하라는 욕지거리를 뱉으며 어둠이 서린 과학실을 나섰다.

가축이 낑낑 앓거나 노인네들이 복통으로 쓰러져도 현대 의학 기술의 힘을 바로 빌리기 어려운 섬에서 아이들이 약에 취하는 일은 꽤나 흔했다. 야산 텃밭에선 양귀비나 대마가 얼마나 잘 자라는지, 섬에 꽁꽁 갇혀 언제나 같은 일상이 지겨운 놈들에겐 떨쳐 내기 힘든 유혹일 테지만 내겐 아니었다. 입 대 본 적 없는 건 아니나 내게 자극적인 것은 바닷속뿐이니, 폐를 해할 것은 관심 없었다.

최대한 깊게.

바다에 한해 내 욕심은 끝이 없었다.

그 욕심이 어느샌가 네게 향하는 걸, 그 묘하고 몹시 거슬리는 물살을 느끼며, 몇 발자국 걸었을까. 몸이 부딪치는 소란이 들렸고, 이세준의 신경질적인 웃음이 낄낄낄 터져 나왔다.

'아아, 이 새끼 보라게.'

'아, 안 돼…….'

'나한테 말도 없이 고백하려 핸? 박한내한테?'

네 이름이 흘러나온 마지막 문장에 발이 멈춰 섰다.

'아…… 아니. 이. 이리 주라…….'

'어어, 이걸 얼마나 들엉 댕긴 거, 응? 졸보 새끼. 건네줄 배짱도 없어 갖고. 야, 현승, 애 좀 잡아 보라. 꽉 잡아! 난동 피운다, 씨팔.'

하지 말라! 울부짖는 소년 앞에서 고이 적은 연애편지가 낭독되었다. 엿듣던 내 입에서 바람 소리가 새어 나올 정도로 애틋하나, 정작 네가 어떤 앤지는 전혀 모르는 무지함으로 가득 찬 연서였다. 난 끝없이 피식거렸으나 또 께름칙했다. 넌 뭔 살이 꼈나, 왜 이상한 놈들만 줄줄 꿰고 다니나 싶어.

'씹, 이놈 새끼, 나가 눈물이 다 난다. 어? 나가 도와주마. 오늘이라, 오늘. 어? 너 오늘 고백하라! 야, 이거 더 빨아, 씨발. 게민 너 닮은 찐따 새끼도 용기 낼 수 이서!'

왜 꼭 저런 찐따 새끼들만.

학교 후문, 제일 키가 낮은 담벼락을 향해 손을 뻗었다. 내 키만 한 담 위에서 휘영청하게 밝은 달도 한 번, 운동장에 생긴 그림자가 없는지 한 번 살피며.

정문까지 이어진 담을 길바닥 걷듯 걸으며 휘파람을 불었다. 본래 사람이라면 날뛰는 아드레날린에 심장이 요동쳐야 하는 상황에, 내 내부는 도리어 고요해진다. 바다 아래서 참는 숨에 익숙해진 심장은 늘 느리게 뛰고, 어릴 적 유기한보다 공포스러운 것은 없었으므로.

어느새 정문 근방이었다. 그림자가 가장 어두운 곳에 걸터앉아 밤하늘의 고적한 내음을 맡았다. 몇몇 아이들이 교문을 나서는 것을 하품하며 보고서야 넌 나타났다. 비도 오지 않는데 형의 검은 우산을 움켜쥐고, 딱딱하게 얼어붙은 흙바닥을 콩콩 찍으며.

수줍은 그림자 하나가 그 뒤를 쫓았다. 덜덜 떨며 주머니에서 꺼낸 종이를 어찌할지 몰라 하다, 마구 달려들어 네 등을 쿡 찌른다. 그 모자란 행동에 웃음이 터지려는 입술을 깨물었다. 가슴팍을 담 위에 바짝 붙이고 펼쳐질 네 반응을 기대했으나, 그 소년이 네 등을 찌를 때부터 썩 좋은 기분은 아니었다.

네 커진 눈이 그 편지를 내려다보다, 몸을 떠는 소년에게로 올라갔다.

'미안.'

의외로 찼다. 거절은커녕 안절부절못하다 아침부터 꾹꾹 참아 내던 눈물을 한 방울 흘리진 않을까 설핏 기대했는데.

반은 실망, 반은 더 즐거웠다. 도도하고 재수 없는 계집이라는 네 평이 왜 흘러나왔는지 알겠으니. 처음 내게 보였던 허 찔린 맹한 표정은 늘 무심한 가면을 쓰려는 네게선 쉬이 볼 수 없는 얼굴일 것이며, 아까 날 무시하던 행동은 앞으론 그 얼굴을 절대 내보이지 않겠다는 표명쯤 되겠다는 것도.

네 줏대가 좋았으나, 네가 내게 그런다면 아무래도 좀 섭섭한데 싶었다.

'우리 고 삼이잖아. 공부에 집중하고 싶어서.'

미안한 듯 미간을 모은 얼굴에 웃음꽃이 피었다. 네가 슬그머니 귀밑머리를 쓸어 내며 예쁜 웃음을 가장한다.

퍽 친절해 뵈고 어여뻐도 날 속여 넘길 정도는 아니었다. 그저 전처럼 네 얼굴이 만약 성을 다해 웃으면 어떨지 궁금하고, 거절당한 남자애들이 가지는 열패감 뒤섞인 악다구니를 이미 알아 버린 탓에 참으로 친절하려 애쓴다, 생각이 들어 설핏 네가 짠했다. 그렇다고 제 엄마처럼 그걸 잘 구슬려 이용할 영악함은 또 부족한 게.

소년이 떠나가고도, 넌 받아 든 편지를 보며 한참을 서 있었다. 홀로일 때만 보여 줄 그 가감 없는 표정이 높이 때문에 희미하여, 난 다리로 담을 감싸 쥐고 박쥐처럼 거꾸로 매달려 기웃거렸다. 널 훔쳐보는 내 꼴이 영 흉하다는 생각을 한편 하면서도, 네 죄책감 서린 얼굴을 어찌 안 볼 수 있나 싶어.

그사이, 다시 우산을 땅에 툭툭 쳐 대며 집으로 가는 네 뒷모습이 보였다. 난 허접한 소년이 운동장에 숨어 있던 이세준 무리에게 뛰어가는 것까지 지켜보다 뛰어내렸다.

그리고 네 작은 발걸음을 따랐다. 네 집에선 형이 기다리고 있을 테니 네 종착지가 곧 내 목적지였고, 전에 차를 타고 온 것을 보았을 때 거리가 꽤 멀 것이라 예상되어 귀에 이어폰을 꽂았다. 휴대폰에서 흘러나오는 기타 연주를 들으며 유유히 발을 놀렸다. 처음엔 멀찍이, 하나 골똘히 생각에 빠져 미행당하는지도 모르는 눈치라 바로 뒤까지 따라붙었다.

저벅저벅. 큰 발에서 나는 소리는 파도 소리가 묻어 주겠거니. 난 달의 빛무리가 구름에 덮였다 되살아나는 것을, 기다란 머리칼이 네 등 위에서 바람을 타고 길게 휘날리는 것을 지켜보았다. 강한 섬 바람을 버티기 위해 구불구불 지어진 돌벽을 네가 우산 끄트머리로 그어 대며, 톡톡 튀기는 소리에 맞춰 걸음을 옮기는 것도.

네 뒷모습에서, 음울한 무표정일 게 분명할 네 앞모습이 선연하니 네 어색한 웃음이 다시금 떠올랐다.

내 상상은 네 진짜 웃음은 어떠할지, 그건 어떤 조건에서 가능할지에 대한 것으로 차츰 옮겨 갔다. 바닷가에서의 기억을 떠올려 봐선, 널 괴롭히던 이세준을 코앞에서 줘패 줘도 도리어 경멸스레 인상 쓸 듯했고, 낙지가 가엾다고 다시 놓아주는 걸 보니 맛있는 걸 먹어 보라 쥐여 줘도 그저 덤덤할 듯했다.

하. 퉁퉁 튕기는 기타에 맞춰 난 내 찌푸려진 미간을 쓸었다. 낙지를 떨구며 발을 동동 구르던 네 긴장된 몸, 반면 흐물흐물 풀어지던 네 눈 끝, 미끌미끌한 눈물이 맺히던 네 눈동자. 또 웃는 것 말고 우는 것은 어떨까 상상이 닿자 뒷목이 저릿하고, 촉각이 곤두섰다.

씨팔, 뭐야. 오묘한 감각을 털어 내다 아랫배가 뻐근하여 한동안 내 아랫도리만 멀거니 주시했다. 돌았구나, 어? 그렇게 생각했다. 유지한, 네가 아주 미쳐 돌았다고.

'그년, 보는 만큼 입술 맛도 좋더라.'

그딴 허접한 새끼와 동급이라니, 씨발. 짜증스러워 머리를 헤집어 상상을 비워 냈다. 연주에 집중하며 애써 몸을 나른히 풀어 낼 때였다. 바다에 들어가지 못했던 시간 동안 빠졌던 클래식 기타 연주, 눈앞 네 가느삭은 종아리가 그 노랫소리와 유사한 박자를 탔다.

손을 올려 한쪽 이어폰을 빼내자 돌담 너머 바닷소리가 귓전을 때렸다.

그 바다의 울먹임 같은 소리. 그처럼 가느다랗고 섬세한 반면, 깊은 울림이 있는 네 목소리가, 구불구불한 돌담을 따라 바다가 있는 곳까지 흘러간다.

왜인지 손이 천근만근 무겁게 느껴진다. 간신히 들어 올려 다른 쪽 이어 폰도 빼냈다. 넌 네 귀로 스며든 바닷소리를 입으로 다시 뱉어 내며, 가벼이 발을 놀린다.

늘 뭔가를 억누르는 네 얼굴에 그것이 물처럼 흘러 마구 웃고 우는 모습은 어떨지, 그런 난잡한 상상을 하던 중, 느닷없이 발견한 건 네 청아한 목소리와 바다를 닮은 노래였다. 나란 놈을 비웃고 싶어도 웃음이 그저 멎었다.

그 노래가 무슨 잠 오는 주문이라도 되는 건지, 푸욱 젖은 듯 전신이 무겁다. 깊디깊은 심해, 물이 날 사방에서 짓누르듯. 나른해진 속눈썹이 뺨 위를 간지럽힌다.

그렇게 바닷속 깊이 몸을 잠글 때처럼, 내가 피리 부는 사나이를 쫓아가다 사라진 애새끼들이라도 된 것처럼, 네 노래가 어디 외딴 동굴로 들어간다 해도, 그 끝이 절벽 낭떠러지라 해도 따라가겠다고 마음먹게 되니. 씨발, 이게 뭐. 귓속을 파고드는 네 절절한 넋두리가 내 머릿속을 곤죽 냈다.

네 우산이 돌벽 틈에 걸려 땅으로 툭 떨어지는 바람에 노래가 잠시 끊겼을 때에야 퍼뜩 정신을 차렸다. 헛웃음을 뱉었다. 잠시 너란 요상한 계집애한테 아득하게 홀리었다. 서늘한 바람이 척추를, 목덜미를 차례차례 훑어 냈다. 찌릿한 경각심과, 묘한 불쾌함이 인다.

다시 시작되는 네 노래에 저항하듯 입술을 모았다. 과연 이번에 낸 소리엔 네 다갈색 눈이 날 돌아봐 줄지. 분명 네 노래를 내게 들킨 게 창피해서라도 그리하리라, 즐거워하며.

그날, 네가 내 형을 좋아한다는 걸 알았다. 그렇구나. 너도 형의 겉껍데기에 휩쓸렸나. 네가 바라보던 아궁이 불이 내 뱃속을 달구는 양, 기분이 더 불쾌하게 타올랐다.

네게 꿈도 꾸지 말라 일갈해 놓고, 난 허접한 놈처럼 네 근방을 맴돌았다. 네가 내 형에 빠져 있는 꼴이 보기 싫었으나, 내 형이 네게 흥미 있단 건 확실했으므로 널 내 시야 안에 두어야 안심이 되어서.

하나 고작 그것뿐이라 단언할 순 없었다. 널 구해 주겠다며 네게 고백한 것도. 네 굶주린 애정을 찾는 재미를 보겠다며 널 골린 것도. 네게 바다에 함께 들어가자, 노래를 들려 달라 조른 것도. 유기한에게 고백하고 울며 돌아가던 널 붙잡아, 내 옆에 두고, 무언가를 먹이고, 네 노래에 다시 정신이 홀리고. 다른 놈에게 마음을 고백한 네 입술에, 텁텁한 기분으로 날 내 형이라 상상하라 꼬드기며 입을 맞추고 빨아 댄 것도.

틈만 나면 낡은 자전거 바퀴를 두드려 차고 페달을 밟아 네가 내 뒤에 타길 기다린 것도. 그렇게 틈을 엿보고 나무 밑으로 널 데려가 네게 몸을 맞대고 네가 날 두려움이 아닌, 기대감 서린 눈으로 바라볼 때 네 속살을 헤집던 것도. 정확히는 내 껍데기를 보며, 날 닮은 누군가를 상상하고 있는 네 얼굴을 향해, 가슴 부근에서 솟구치는 걸 참고 고개를 숙인 것도.

고작 그뿐은 아닐 것이었다.

말했듯이 난 욕심 많은 놈이라, 욕망 가득한 놈이라, 늘 하고픈 대로 살아왔다. 널 향한 내 감정이 뭔지는 몰라도 그저 그러고 싶어서. 네가 웃는 것, 우는 것, 욕망하는 것, 그 모든 것을 내가 보고 싶어. 진실한 감정을 담은 네 눈이, 날 향했으면 싶어.

그러나 쳇바퀴 같은 일상 속, 보답 없는 고통스런 연심에서의 도피. 너에게 그것이 내 입맞춤의 의미라는 걸 뻔히 알고 있었다.

그래서 난 연유 모를 짜증과, 삼키고 삼켜도 달래지지 않는 탈출구 없는 허기를 느꼈다. 그때마다 널 아프게 쥐고 널 아프게 깨무는 날 보면서, 네 두려움 서린 눈을 다시금 보며, 나도 두려웠다. 네가 내게 긋는 그 명확한 선에 어느새 주체 못 할 화가 펄펄 끓어서.

네게 노래를 불러 줄 것을 종용했다. 네 목소리는 바다를 닮아, 그저 홀로 있고 싶어 하는 나무인 내게 넌 불이기도 물이기도 했으니.

네 입술은 날 활활 불태워 들끓게 하기도, 네 목소리는 날 네 물 안에 푹 잠그게 하여 살살 어르기도 했으니.

가지에 달린 푸른 잎들을 바람이 뒤흔든다. 그것을 따라 흘러가는 네 목소리가 내 속 알맹이 어딘가를 흔들어 댈 때, 네게 집요해지는 내가 있었다. 너에겐 내가 무엇도 아닐 텐데.

깜짝 놀라 떠진 네 눈. 눈 안에 담긴 것이 당황과 나에 대한 두려움뿐일지라도, 뻐근한 만족감이 뱃속을 휘감았다. 그런 내가 우스웠다.

네 쇄골 위에 놓인 다른 내 손 아래, 네 심장이 팔딱팔딱 뛴다. 내가 다가가기만 하면 긴장으로 높아지던 네 심박수, 기대감으로 눈을 깜빡이면서도 날 무서워하는 네 입술에, 엄지를 흘려 넣어 또로록 굴러가던 혀를 눌러 냈다. 여태 새어 나오던 음색이 뚝 끊긴다. 네가 날 보며 경악을 금치 못한다.

난 잔인하게 웃었다. 내 비뚤어진 상상이 네 솔방울 같은 눈에 방울방울 떨어지는 짠물을 만들었다. 그 상상에 찰칵, 불을 붙이며 네 벌어진 잇새에 혀끝을 밀어 넣었다. 네 욱욱대는 신음, 네 여린 점막, 굳은 네 혀도 삼켰다.

최대한 깊게, 내 끝없는 욕심으로 네 비틀거리는 허리를 휘감아 품 안에 욱여넣었다. 답답한지 몸을 비틀면서도 별수 없이 내게 휘둘려 의지해 오는 네가 즐거웠다.

네 입술을 물고, 내 난잡한 상상에 다시 불을 붙이면서, 난 그보다 더 깊은 충동을 향해 나아갔다. 네 펄떡이는 조그마한 가슴에 손가락을 찔러 넣고, 내 형을 보면 멀리 있든 가까이 있든 설렘으로 뛸 그것에 내 이름을 새겨 넣고 싶었다. 네 안에 든 것을 모조리 밀어내고 날 침입시키고 싶은 감정이 일었다.

그 이유 모를 감정.

그저 형의 전 연인을 닮아 접근하고선, 순진한 네 마음을 현혹해 내가 형과 닮지 않았냐고 입술을 훔친 것뿐인데. 네 노래처럼, 요사스런 네가 내게 뭔가 주문을 건 게 틀림없었다. 그러다 내게 호응하듯 움직이는 혀에 난 퍼뜩 움직임을 멈추었다. 내 우악스런 놀림에 네가 물처럼, 바다처럼, 그 놀림을 흡수하는 것이 거슬려서.

입을 떼고 유기한에게 뭐라 했냐며 캐물었다. 네 기어들어 가는 목소리가 다섯 음절을 같은 음으로 속삭인다.

'좋아한다, 고.'

뒷목이 저릿하여, 다시 고개를 수그렸다. 뻔한 말을 왜 물었나. 좋아한다고, 그 말이 날 향하길 바랐다. 생소한 감정은 통제 잃은 본능을 불안한 한 계점까지 몰고 갔다. 무엇도 불확실한 상황에서 그저 날뛰는 내 본능만이, 내 욕심만이 확실했다.

유기한과 다를 바 없는 놈.

누구에게서도 한 번도 느껴 보지 못한 이 감정이 내 폭력적인 내면을 한껏 충동질하는 것 같아, 마치 내가 내 형제와 별반 다를 것 없이 느껴졌다. 형과 닮은 내 폭력성이 놈들을 향한 적은 많아도 계집을 향한 적은 없었는데. 하필 내게 비집고 들어갈 만한 틈새를 보여 준 네가 설핏 원망스러웠다.

애초에 네가 원한 게, 내가 아닐 거라면.

네게 등을 돌려, 자전거에 올라타서는 계속 헛도는 바퀴를 굴려 질주했다. 바다로 향하던 핸들을 돌려 마을에 딱 하나밖에 없는 미용실로 갔다. 천이 뜯어진 검은 의자에 거칠게 앉자 내 목에 흰 천을 두른 미용사가 다듬어 줄지 묻는다. 그냥 짧게 잘라 달라 했다가, 시작된 가위질에 말을 바꿨다.

'걍 밀어 줘요. 최대한 짧게.'

죽어도 유기한이 되고 싶지 않았다. 닮아 보이기도 싫었다.

특히 너에게는.

잠시 거리를 두면 이 날뛰는 내면이 정리될 거라 여기며 급식도 빼먹었건만, 운동장에서 뜀박질을 할 때면 꼭 네가 앉아 있을 창가로 눈이 돌아갔다. 네 붉어진 얼굴이 울상이 되던 것, 날 두려워하던 네가 눈을 반짝이며 숨을 헐떡이던 것. 그것만 떠올려도 내 상상은 불순해졌다.

머릿속의 기억은 꽤나 순수했다. 입술만 좀 비비고 청량한 노랫가락을 들었다.

하나 그걸 빌미로 내가 만들어 낸 상상은 난잡하고 거칠기 이를 데 없어서 운동장에서 널 본 날이면, 난 어김없이 집으로 가 한껏 발기된 자지를 꺼내 놓고 이 생각 저 생각을 하며 살갗이 아릴 때까지 흔들어 댔다.

말 그대로 좆같은 기분이었다. 네 단정하던 얼굴이 설핏 무너진 것을 본 순간부터, 난 네 정숙하고 단단한 벽이 와르르 무너져 환희와 눈물바다가 되기를 꿈꿔 오고 있었다.

그리하여 그 방향 잃은 눈길이 기대어 오는 것이, 코앞에 있는 나이기를.

그러니 네게서 거리를 둔 건 참 부질없는 짓이었다. 널 보자마자 내가 그렇게 무너질 것을, 내가 없는 사이 네가 유기한과 있게 될 것을 알았다면. 그 사진을 보고 마치 나락에 떨어지는 기분이 들 것을 알았다면.

이세준이 풍 걸린 개새끼처럼 벌벌 떨 때까지 패며 난 유기한을 떠올렸다. 날 닮은 내 유일한 혈육을 짓이기는 상상을 수도 없이 했다.

'바다잖아.'

그러다 탄성을 지르는 널 보았다. 네가 보지 못한 이 섬의 곳곳을 보여 주고 싶었다. 처음 보는 것에 눈을 빛내는 너. 그 모습을 처음 보는 게, 다름 아닌 나이기를.

숲새를 비집은 빛줄기가 얼비치는 네 얼굴을 은근히 좋았다. 푸름이 가득한 절경에 놀라 탄성을 내지르는 네 모습에 절로 패는 입가를 느꼈다. 손 안에 든 네 손은 꽉 쥐면 바스러질 만큼 작고, 연필만 쥐고 곱게 자라선지 자지러질 만큼 부드러워, 핏대가 설 만큼 눈이 돌아가 해 댄 간만의 주먹질 덕에 손등 상처가 벌어져 쿡쿡 쑤셔 와도, 꾹 쥐게만 되니.

'예쁘다……'

조잘거리는 도톰한 입술. 그 위 희게 튼 까슬한 살갗. 몸에 우꾼거리는 열기가 돌았다. 네 입술을 물고 싶어 갈급해졌다. 충동질하는 본능을 참아 내느라 핏대가 섰다. 피가 거꾸로 솟는 쌈박질을 했으니 몸이 달아오르는 건 당연하나, 그 심한 정도가 바다에 들어갈 예정인 게 다행인 수준이었다. 아마 찢어발겨 씹어 먹어도 시원찮을 그 사진 때문이겠지.

밤하늘 아래 붉은 목도리를 두른 네가 눈꺼풀을 부드럽게 닫고 있던 장면을 상기하자, 눈에 보이는 아무 나무 기둥 하나에 네 가느삭은 몸을 제멋대로 밀어붙이고, 사나운 성미를 욕심껏 쏟아 내고 싶어진다. 그러나 지금은 네 울먹임을 없애 주려 온 것이니. 겨우 마음 다잡고 어금니만 짓씹으며 눈을 좁힐 때였다.

'다시 한번 고마워…….'

내 안에 품어져 있던 네 손이 도리어 내 것을 감싸 꾹 힘을 준다. 짙은 바다 내음이 나는 곳. 어느새 날 향해 있는 네 말간 얼굴 위로만 하얀 빛이 쏟아져 내렸다.

……유지한. 동그랗게 쌍꺼풀 진 유순한 눈매가 가늘어지고, 뒤이어 초승달처럼 곱게 휜다.

내뱉은 제 말이 부끄러운지 기다란 속눈썹을 팔랑거리고, 까슬한 입술의 끝자락이 뾰족해진다. 홀린 듯 손을 뻗었다. 혼자 운 것의 분명한 증거일 불그스름하게 부어오른 네 눈가를 쓸며. 울면서 웃냐. 널 또 골리고 싶었으나, 말조차 멎었다.

박한내, 네 웃는 얼굴.

궁금증이 해소됨과 별개로, 쿵 심해까지 추락한 심장이 다시 뛸 기미가 없이 멎었다. 몸이 푹푹 빠지고 침잠했다. 바다에서야 익숙하나, 사람에게도 이럴 수 있을 줄이야.

난 하릴없이, 네게 잠겨 가고 있었다.

고작 한 번 웃어 준 거 가지고.

'어이없네…….'

'응?'

네 천진한 낯이 홀로 중얼대는 날 보며 두 눈을 슴벅거렸다. 이리 어이 없이 예쁘게, 형에게도 웃어 주었을까. 치졸한 마음이 내면을 습격하자 분노 비슷한 열기가 또 배 속을 긁는다. 내가 드디어 돌았나 보다.

난 미친 사람처럼 픽픽 웃었다. 네 부드러운 살결을 차마 더 만지지 못하고 손을 뗐다. 사나운 기세를 잠재운 눈을 부드럽게 휘며 웃었다. 네가 날 무섭다 여기지 않아도 그건 내 어둡고 탁한 속내를 다 모르기 때문일 것이라 여기며.

하지만 뼛속 깊은 깨달음 하나가 날 때렸다. 미소만으로도 날 이리 만들 사람은 평생을 뒤져도 너 하나뿐일 거라는 것. 이 순간부터 난 네게 속해 버렸기에, 널 내 걸로 만들기 위해 온갖 용을 쓸 거라는 것도.

네 웃음을 또다시 보고자, 난 죽음을 각오하며 바다에 뛰어들고, 사람을 패는 그런 미친 짓도 몇백 번이고 할 거라는 것도 온몸으로 절실히.

네가 날 받아 줄까. 아니, 밀어내도 몇 번이고 찍어야지. 병신 짓은 하지 말고 네 작은 틈새를 벌려 낼, 쓸 수 있는 수는 모조리 써야지. 그런 생각을 하며 날 보고 웃는 네 눈, 코, 입을 하나하나 담았다. 그것이 영원하길 바랄 수밖에 없지 않나. 그것에 내 넋을 빼앗기고 말았으니.

고마워.

네 말간 목소리도 가슴께에 저절로 새겨진다. 미안하단 말보단 발전했어도 당연히 충분치는 않다. 좋아한다고. 네가 형에게 했던 그 말이 다음엔 내게로 향할 수 있게. 거스를 수 없는 물살처럼 한 방향으로만 흐르는 나 혼자만의 진도에 난 실소가 흐르는 입가를 긁적였다.

사랑. 그 단어를 처음으로 진지하게 고민해 보는 내가 우스워. 그러니 내가 널 참말 좋아하는구나. 대체 언제부터 네게 이렇게 홀렸나. 우습고 우스우나, 그게 다름 아닌 너인 게, 그저 너니까 기분이 째져서 어쩌면 난…….

한내, 널 첫눈에 사랑했나 보다,

싶어.

빛 속에서 누군가가 중얼거려 고개를 치켜들자, 멀거니 지켜보던 인어가 방싯 웃는다. 참, 네 마음의 안정을 위해 네 기억 몇 개는 내가 훔쳐갈게. 그냥 알아만 두라고.

"잘 가, 못된 놈아."

그 말을 기점으로, 분명 알고 있던 눈앞의 얼굴이 점차 낯설어진다. 이미 빛에서 들려오는 노랫소리에 정신이 팔려 있던 난 씁쓸한 얼굴을 향해 손만 한 번 흔들고 발을 차올렸다.

나를 둘러싼 물거품이 없었다면 몸을 내리누르는 무게감에 땀을 뻘뻘 쏟았을 것이 분명했다. 하나 멀었던 빛이 가까워질수록 파동을 만들어 내며 나를 감싸던 목소리가, 아주 낯익고 가슴이 미어지게 그리운 목소리가 날 따스하게 부르고 있었다.

속도를 높이고자 유연하게 움직이는 허리 짓처럼, 소녀의 목소리가 일정한 리듬으로 그의 몸 주위를 뱅뱅 돌아 몸을 가벼이 띄웠다. 어느덧 코앞에 놓인 빛을 향해, 지한은 손을 뻗었다. 관자놀이를 무겁게 짓눌러 몽롱하게 만들던 수압이 사라진다.

몸이 가벼워질수록, 너에 대한 기억들이 생생해진다. 알고 있었다. 고작 목소리만으로도 날 벅차게, 그리고 바다에 들어온 듯 먹먹하게 만드는 너를.

한내.

오직 나에게만 웃어 주던 다갈색 눈동자. 다른 세계의 문을 열어 준, 네 희게 튼 입술. 질질 짜면 예쁘게 물들던 코. 늘 손끝에서 잡힐 듯 바람처럼 빠져나가, 내가 구겨질 듯 움켜잡던 탐스러운 머리칼.

땅보다는 바다 같은, 화려한 해보단 은근한 달 같은. 멍게처럼 시원하고 묘한 내음이 나기도, 어쩔 때는 꽃처럼 달달한 내가 나던.

늘 날 품어 주던 고요한 바다 같고, 졸졸 흐르는 말간 냇물 같던.

"지한……."

……나의 한내.

웅웅, 눈이 멀 듯 빛을 발하는 태양 속에 난 손을 담갔다. 네 손이 그것을 꼭 잡아 준다. 내 손등을 나긋하게 쓸어내리는 작고 부드러운 손가락이 느껴진다. 그 위로 뜨겁고 축축한 무언가가 한 방울 톡 떨어지자, 심장이 반사적으로 지끈댄다. 생소한 감각이나, 더없는 행복감 또한 전신에 퍼진다.

눈을 슴벅이다 그것을 잡고, 있는 힘껏 몸을 끌어 올렸다.

점차 선명해지는 귓가에 어설픈 기타 연주가 들린다.

다음 코드를 재빨리 잡지 못하고 머뭇대는 손. 겨우 잡은 코드나 박자는 영 엉망이나, 그 위에 얹힐 목소리를 기대하며 난 숨을 죽였다. 식어 가던 몸으로 네 몸을 감싸 안고 기절한 게 마지막 기억인데, 기타 코드를 익힐 정도의 긴 시간을 기다리게 했구나. 그런 착잡함이, 반가움보다도 먼저다.

그래도 네 눈길이 오롯이 나를 향해 있으니 이 시간이 유쾌했다. 빨리 눈을 떠 날 두근거리게 만들 네 얼굴을 보고 싶으나, 그 이후 네가 혹여나 또 이별을 고할까, 쉽사리 눈을 뜨기는 싫다.

내가 깨어나 네가 마음의 짐을 덜고 나면, 저번처럼 날 홀로 남겨 두지는 않을지, 그러니 며칠 더 눈 뜨지 않은 척 이 순간을 즐길지. 아니, 네가 나만 이렇게 봐 준다면, 난 이리 평생 누워 있어도.

"지한, 네가 듣기엔 좀 어설프……."

연주가 멈추었다.

"지……, 지, 아, 지한아?"

네 놀란 목소리가 얼굴 위로 떨어지고, 습한 숨이 닿는다. 어쩔 수 없이 슬그머니 눈을 떴다. 네 얼굴을 볼 수 없을 정도로 하얀 빛이 눈앞에 산란해 다시 꾹 감았다 떴다.

"하…… 아, 한, 내."

목소리가 푹 잠겨 말 그래도 병자 같으니 내 꼴이 대충 예상이 갔다. 무거운 눈꺼풀을 깜빡일수록, 예상대로 눈물을 글썽이는 너도 점차 보인다. 울보. 코찔찔이. 그래도 늘 어이없이 어여쁜 너다.

지한은 버석한 입꼬리를 끌어당겼다. 왜인지 미끌미끌, 과일 맛 나는 입술을 혀끝으로 핥으며 제 것 같지 않은 손을 천천히 뻗었다. 아직 감각이 돌아오지 않아 네 얼굴에 천천히 가 닿을 동안 이 아까운 시간이 꽤나 흘러 버린다. 네 얼어붙은 낯에서 유일하게 흐르는 네 눈물을 겨우 엄지로 받아 냈다.

여전히 난 네 얼굴이 움직였으면 했다. 활짝 웃거나, 아니면 질질이 아니라 아예 엉엉 울거나. 그리고 그 이유가 오로지 나 때문이길.

"이상하게 울긴."

그러자 뺨이 아프게 꼬집혔다. 네 굳어 있던 눈, 코, 입이 씰룩거리고, 눈도 입도 억울하게 찢어진다. 어여뻐. 이별을 고하며 울던 네 얼굴과 비교하며, 난 닫힌 입매를 비집고 삐져나오려 하는 웃음을 삼켜 냈다.

네가 꺽꺽 우는 게 가슴이 뻐근할 정도로 귀여우니, 여기서 더 웃으면 네가 더 성을 낼 텐데 별수가 없다. 더 마른 듯한 몸을 둘러싼 베이지색 코트를 보니 여름이 한참 지났구나 싶다. 그 시간 동안의 너를 놓친 것이 아쉬웠다. 나를 기다리며 시무룩했을 그 얼굴도 난 모조리 기억에 담고 싶으니.

"이게…… 흑, 웃어?"

울음과 함께 짜증을 내던 네가 내 가슴팍을 후려쳤다. 갈비뼈가 다 붙었는지 아프지 않음에도 제풀에 놀라 굳어진 널 보며, 부러 인상을 찌푸리며 신음을 내었다. 풀어 헤쳐진 네 달달한 눈매에서 더 많은 눈물이 쏟아진다. 아, 너무 예쁘다. 그래도 이젠 슬슬 달래 줘야겠지.

"나 보고, 하, 싶었구나. 우리 한내. 응?"

흐읍, 흐윽. 울음을 삼키던 얼굴이 고개를 바투 주억거린다. 네가 이리 솔직한 건 예상치 못했는데.

"죽다 살아나길 잘했네. 한 번 더 갔다 올까."

일말의 과장도 없는 진심에 작은 손바닥이 재차 그의 가슴팍을 때린다.

"내가 언제 너보고 대신 죽어 달래? 네가 뭔데. 네가 뭔데 날 살리려……, 흡, 그래……?"

진심도 아닌 것을 삐딱한 진심 대신 내뱉는 것도 여전히 귀엽긴 하지만 '네가 뭔데'라는 말은 영 좋지 않은 성미를 건드린다. 난 젖은 모래밭 같은 네 뺨을 느릿하게 닦아 내며 슬며시 웃었다.

"널 가장 사랑하는 사람이지. 대신 죽어도 좋은."

네가 놀란 숨을 들이켠다. 난 잠시 습관처럼 빙글대던 눈매를 굳혔다. 다갈색 눈이 바람에 일렁이는 갈대처럼 흔들린다. 네 짓무른 눈가를 다시 찬찬히 쓸어 냈다. 제 행복을 믿지 못해 고통과 슬픔만 와닿는다던 박한 내이므로, 사랑이라는 이상적이고 추상적인 단어에도 행복보단 슬픔을 느끼거나, 의심을 하거나, 경기를 일으키는 반응이 더 자연스러웠다.

나는 뭐 다르냐 묻는다면 나 또한 마찬가지였다. 날 사랑한다는 고백에도 속으로 비웃으며 '그래? 미안. 난 너 안 사랑하는데.' 하고 말던 나였는데.

너에게는 애간장이 탔다. 다시 축축해지던 눈이 눈꺼풀 속으로 숨어드니, 난 숨이 멎는다. 여전히 너에 대한 감정은 내 통제를 벗어나 몰아치는 바닷속처럼 날 내몰았다.

네 목소리에, 네 눈에, 네 몸 안에 잠길 땐 한없이 좋다가도, 그 눈이 조금이라도 날 벗어나면 한없이 불안하다.

너를 내 손안에 오롯이 휘어잡고픈데, 눈 뜨고 코 베인 사람처럼 종속된 건 다름 아닌 나란 걸 깨닫고 눈앞이 깜깜해진다.

이젠 바다에 잠겨도 네가 없다면, 절대 안식을 얻지 못하리란 깨달음에 가슴이 먹먹해진다. 이게 사랑이 아니면 뭔가. 이걸 갑갑하고 의심 많은 네게 어찌 설명해야 할까.

"동굴 안에서, 널 감싸 안고 정신을 잃으면서 그런 생각을 했어. 이 상처가 깊어, 내가 만약 죽거나 불구가 되면 어떨까."

네 눈이 일그러진다.

"차라리 그게 낫겠다. 난 그러면서 눈을 감았어. 알아? 너도 알다시피, 난 빌어먹을 놈이라 영 못됐거든. 한내, 네가 날 그렇게 떠날 거면, 차라리 내가 뒈져 늘 죄책감을 달고 사는 네가 날 평생 기억했으면, 난 그걸……."

사랑해.

지한은 하던 말을 멈추었다. 한내의 입술을 지그시 응시하며. 여전히 희게 터 혀끝으로 살살 감아 질근질근 씹어 주고 싶은 입술을 눈에 가득 담았다.

"사랑한다고, 지한."

역시 이 감정은 수명을 갉아먹는 게 틀림없다. 생전 처음 호흡 곤란이 올 것 같아, 지한은 억지로 숨을 멈추었다. 아, 이게 뭐라고 이렇게……. 우그러들다 못해 심장이 쥐어짜지는 것 같았다.

겨우 입술만 움직여 비틀었다. 뜨겁게 옥죄어 오는 듯한 눈가를 손끝으로 장난스레 훑었다. 가벼이 넘기지 않으면 몸 안을 뜨겁다 못해 아프게 채운 무언가가 터져 버리겠다. 죽을 것 같다. 네게 잠기다 못해 잠식되는 나 때문에, 이러다 내 본능이 널 강제로 잠식해 버리려 하면 어쩌나. 그러다 널 해친다면.

입술만 달싹이는 얼굴 위로 작은 그림자가 졌다. 늘 보호해 주고 싶던 가느슥한 팔, 그 야윈 몸뚱아리가 턱 끝부터 머리꼭지까지 알을 품듯 감싸니, 코끝 가득 네 향이 났다. 네가 무게를 실지 않으려 애쓰며 날 꼭 안는다. 살짝 뭉클한 가슴이 와 닿았다. 네 거세게 뛰는 심장 박동이 내 얼굴 전체로 퍼지는 바람에 턱 아래부터 온통 붉어진다.

네 달콤한 내음에 며칠간 밤을 샌 듯 졸음이 쏟아진다. 간만에 말을 해서인지 목구멍, 콧구멍은 온통 얼얼했다. 하지만 지한은 이 순간을 놓치면 안 된다는 것을 직감했다. 네가 껍데기 사라진 전복처럼 물러져 솔직해지는 이 순간을. 지장을 찍든, 구두 계약을 맺든, 다신 내게서 발 못 빼게 몰아넣고 단단한 자물쇠를 걸어 가두어야지. 해서 무거워지는 입술을 억지로 떼었다.

"휴대폰부터 사."

"……휴대폰?"

"그래야 한내 네가 어디 있든, 내가 알 수 있지."

탐스럽게 다시 자란 다갈색 머리가 부드러이 눈가를 쓴다. 깃털 같아 잠기운이 한층 더 몰려왔다. 아아, 나른하다. 바닥없는 허공을 비행하는 기분으로, 난 짐짓 속으로 웃으며 겉으로는 협박성이 짙은 얼굴을 했다. 햇살에 빛나는 네 머리칼 끝을 손끝에 빙빙 돌려 감으며 음, 그리고, 고민하는 척해 본다. 이미 한참 전부터 세워 두던 계획이지만서도.

"넌 서울 가서 대학 다니고, 돈은 내가 벌게. 난 다음 대회 나가서 기록 세울 거고, 거기서 받은 돈으로 집도 살 테니까."

"집?"

"같이 살자."

"같이?"

"아님? 나랑 뭐, 장거리 연애라도 하려고?"

"연애?"

"아, 당장 결혼할까?"

"……그런. 우리 나이가……. 좀 이른……."

눈이 나를 벗어나 떼구루루 굴러간다. 왜, 나 사랑한다며? 볼품없는 말이 튀어나오려던 입을 애써 다물었다. 좀 이르다는 말은 아예 가능성을 차단하는 건 아니니. 괴기를 잡을 때도 겁먹는 걸 몰아붙이는 건 금물이다.

네가 전과 달리 내게 경계 없이 무해한 미소를 되돌리니 이걸로 됐다. 정말 예뻐 아무도 보지 않았으면 좋겠어서, 결국 네 까슬한 입술에 혀를 눌러 붙였다.

더, 더 너와 약속할 것이 많은데. 몽롱한 잠이 파도처럼 날 덮쳤다. 널 구하러 뛰어들던 그때처럼, 아찔한 나락으로 떨어지는 기분이다. 그러나 네 곁이라면, 그곳이 심해 같은 나락이라도, 난 언제고 뛰어들겠다. 너란 태풍이라면 뿌리가 뽑힐지언정 대수인가.

그러니 잠결에도 끝까지 입을 떼었다. 내가 다 알아서 할 테니 곁에만 있어, 한내. 날 다신 떠나지 말고. 눈을 떴을 때, 내 옆에 있고. 어?

네가 또 위험한 짓 하게 내버려 둘 줄 알고? 너나 내 옆에, 아주 가, 만, 있어. 화난 종달새가 재잘거린다. 시답잖은 드라마에서 줄곧 떠들던, 죽어도 좋을 행복이란 이런 거겠지. 반쯤 잠든 정신에도 실실, 휘파람 같은 웃음이 새니.

그래, 한내. 넌 내 바다의 시작이고, 내 심해니. 넌 내 시작이며 내 끝이니.

널 위해.

"네 곁이라면…… 어디든, 한내……."

……난 뭐든 하겠다.

〈완결〉

외전

오늘도 습관처럼 우편함을 살폈을 땐 엽서 하나가 들어 있었다. 재빨리 꺼내 후면을 살피고 실망처럼 숨을 뱉었다. 띄운 사람도, 어떤 사연도 써 있지 않은 것을 앞으로 다시 넘기자 유럽의 어느 마을 어딘가 뛰노는 아이들이 보인다. 그 따스하고 정겨운 사진 위를 손끝으로 한 번 훑고 서울 외곽 빌라를 나섰다.

이른 아침, 누군가의 짜증과 땀 젖은 몸이 부딪는 지하철을 탔다. 깜깜한 굴을 벗어나 지상을 달리는 전동차 안, 살갗을 쿡쿡 찌를 정도의 햇살이 객실 내부를 가득 채운다. 한여름이었다. 어쩔 수 없이 네가 생각나는 계절이라 어지럼증처럼 눈을 감았다. 살갗을 태우는 열기가 나의 열아홉, 날 파고들던 너와 한없이 닮아서……

"한내, 웬 캐리어야? 학교 끝나고 어디 가?"

"아, 정원 선배. 안녕하세요. 저 고향 내려가요, 주말 동안."

"아, 거기 어머니 계신댔지. 그럼 비행기 타겠네?"

"네. 아침부터 짐 싸느라 졸려 죽겠어요."

"내가 가려 줄 테니까 옆에서 자라. 어차피 학점 때우는 강의일 텐데. 야야, 그럼 너 취직 턱은 언제 사냐? 신입생 때부터 연애하신다, 공부하신다, 취업 준비하신다. 맨날 바쁘더니 이번엔 도와줘서 고맙다고 꼭 밥 쏜다며. 결국 너한테 밥 얻어먹는 건 그른 거지? 이러고 졸업할 거지? 매정한 가시나야, 응?"

"에이, 사야죠."

"너, 씨, 맨날 말로만? 네 그 정치 공약 같은 말에 기대했다 실망한 남자애들이 한 트럭이야. 아, 맞다! 나 너한테 물어볼 거 있었다."

"또 뭔데요. 왜 불안하지."

이거. 이거 너 아냐? 들이밀어지는 휴대폰을 보았다. 기타를 치며 노래를 부르는 여자의 얼굴은 입술 위로 잘려 있어 신원을 알아낼 정보는 딱히 없음에도 곧장 아니라 하지 못했다. 한내, 너 맞지? 체구나 긴 머리나 목소리나 딱 봐도 넌데, 응? 야, 게다가, 이 계정에 그 남자 영상이 있던데. 내가 한 눈썰미 하잖아. 재빠른 손끝이 다른 동영상 하나를 틀어 냈다.

그러자 네가 나왔다. 네가 세계 신기록을 세운 아시안 컵, 까만 슈트를 입고 푸른 바닷속을 진입하는 너를 수중 드론이 매끄럽게 쫓는다. 오리발도 착용하지 않은 채 오롯이 맨몸으로 넌 발끝부터, 허리, 손끝까지 돌고래처럼 유연한 파도를 그리며 물살을 가른다. 목표 지점에 도달해 화이트 카드를 뽑고는 두려움 없이 턴을 해 수면으로 달렸다.

물 위로 고개를 내민 네가 오케이 사인을 그리는 프로토콜을 하자 물 위에 뜬 사람, 배 위에 앉은 사람, 너 나 할 것 없이 환호하고 박수를 보낸다. 모노핀이나 바이핀 없이 기록을 세우는 CNF 종목에서 전 세계 신기록을 1미터 차이로 갈아치운 너였다.

영상은 거기서 끝나지 않았다. 수경과 노즈클립을 벗은 네가 그 잘난 얼굴을 드러낸 채 배 위에 앉아 시원스레 웃는 것까지 이어진다. 경기 기록용 카메라를 향해 핏기 없이 새하얘진 얼굴을 나긋나긋 풀어 히죽 웃고는 유독 까매진 눈을 휘어 손을 흔드는 것까지. 뭍으로 나오자마자 그 카메라를 너라 여기고 인사했어.

하나 사람 보는 눈은 다 똑같나 보다. 시합 당일서부터 이미 프리 다이빙 카페에서 알음알음 화제가 됐던 너였다.

"학교 앞에서 맨날 너 기다리던. 응? 네 남자 맞잖아, 그치?"

말없이 흐음, 하는 내 묘한 신음에, 맞지? 하며 음흉한 웃음이 따라붙는다.

그 계정은 그저 우리 둘을 기록하던 공간이었다. 선수권 대회나 해외 연습을 나간 네가 내게 사적으로 보내 주던 영상은 비공개, 대회 영상은 공개로, 이따금 네가 조르고 졸라 불렀던 노래는 얼굴 없이 올려 두던 곳이었다. 한데 내게 수심 200미터 블루 홀을 소개해 주던 네 영상이 내 실수로 공개 처리되면서 네 팬들이 몇몇 찾아왔다.

그때까지야 소수였으나, 네가 갑자기 유명해지고부턴 말이 달랐다. 너 덕분에 계정이 소위 떡상을 했다. 심지어 내 자작곡으로 미니 앨범을 내잔 제의도 들어오고, 내가 네 여자 친구인지 아닌지 추측하는 댓글도 한가득했다. 일부는 애인이라 확신한 네 팬들의 욕설이다.

"내가 이리 잘생긴 얼굴 까먹을 리가 없거든. 야, 원래 네가 이렇게 노래 잘하는 줄 몰랐다? 근데 이걸 보자마자 딱 그때 기억이 나는 거야. 신입생 때 노래방서 네가 노래했을 때 다들 너한테 홀딱 반한 게. 캬, 내 기억력!"

"선배."

"응?"

"조용히 해요."

"왜. 비밀이야? 네 남친 유명세 탔다고 벌써 관리하는 거야? 너 이제 그 뉴스 연예란에 나오는 거 아냐?"

"하하. 참 나. 그런 거 아니고 그냥 싫어요. 여기저기 말 도는 거."

"한내, 너 은근 까칠한 거 알지?"

"잘 알죠."

"치. 그래도 밥은 살 거지?"

"그럼요, 그럼요. 수업 시작해요, 선배. 저 좀 잘 테니까 잘 가려 줘요."

참 나, 알았다. 입을 삐죽이는 선배에게 너처럼 히쭉 웃곤 겹친 팔 위로 코를 묻었다. 그러자 생각이 났다. 코 빨갛다, 못나 뵈게. 뭍과 달리 고립된 섬, 우리가 아옹다옹하던 그 시절이. 솔직히 난 그립다. 바다에 갇혀 네가 나만 보던 그때가, 지한.

공항에 도착했을 즈음엔 시답지 않은 투기심을 잠재웠다. 비행기 옆 좌석엔 작은 체구의 아주머니가 앉았다. 옷에 나는 갯 비린내가 동향분인가 싶어 기웃거리다 이어폰을 귀에 꽂았다. 웃음이 났다. 그 떠나고 싶었던 섬을 너 덕에 고향이라 여기고 있다는 게.

네게 온 메시지는 없다. 이제 오후니 한창 연습하고 있을 널 알아도, 별수 없이 마음이 아리다. 내 비행기 표까지 찍어 보내 주었는데 섭섭하게 연락 한 통 없어?

실상, 문제는 나다. 출발한단 연락 그까짓 것 먼저 하면 될 것을 섭섭함을 땅속 장독처럼 깊이 묵히는 내가 문제인 것이다. 어딜 가든 일상을 속속들이 공유해 주는 너인데, 내 마음은 너무 좁아 바다는커녕 냇물보다 못하니 한내, 늘 이름값도 못하는 나다.

네 시합 영상을 다시 틀었다. 유려하고 여유로이 세계 타이틀을 거머쥔 네 모습을. 최근엔 모노핀을 착용하거나 로프를 붙잡고 들어가는 연습을 하고, 이퀄라이징 방법을 안정화시키는 작업에 한창인 너였다. 다른 부분에서도 세계 기록을 갈아치우고 말겠다며 욕심을 부린다.

네 만용이 아님을 안다. 넌 해낼 것이다, 분명히. 그러나 난 네 시합 영상조차 온전한 얼굴로 보지 못한다. 혹 코피를 쏟고 고통에 눈살을 찡그릴 널 볼까, 트는 것조차 망설인다.

옆에 뜨는 네 추천 동영상을 망설이다 눌렀다. 딱 붙는 슈트가 각 지고 단단한 몸 선을 드러냈다. 모노핀을 아름답게 차는 네가 수경과 노즈클립 없이 깎아내린 듯한 옆태를 드러내며 시꺼먼 지옥문 같은 바다 블루 홀을 향해 영롱한 눈을 빛낸다. 그 목숨을 내건 탐험을 고대하듯, 찬란하게 웃으며 물 기포를 뱉었다. 그 공포가 서린 곳의 중심으로 장난처럼 몸을 던진다. 새까만 어둠이 네 흰 얼굴을 삼켰다.

그것만으로도 내가 공포에 질린 받은 숨을 몰아쉴 때, 넌 손에 쥔 휴대폰을 들어 올리고 시원스레 입 끝을 휘며 동영상을 찍는다. 심지어 영상 통화를 걸더니 여자 친구로 보이는 어떤 어여쁜 여자에게 야스럽게 화면 위로 뽀뽀를 날렸다. 뭐야.

오리처럼 부루퉁해진 내 입술을 매만지며 댓글 창만 한 번 훑었다. 신인 배우임? 국민 남친감이다. 대박. 홀린 듯 입술 내밀음. 사람 아니고 인어 아님?

광고 기획자, 누군진 몰라도 콘셉트 참 여심 흔들게 잘 뽑았다. 앞으로 회사 다니면 그런 마케팅 기술이나 배워야겠단 생각을 뚱하게 했다. 얼마 전 네가 유명해진 이유였으나, 티브이에서 나와도 고개를 홱 돌리던 광고였다.

휴대폰 광고? 어떤 콘셉트인데? 수중 광곤데, 키스 신 나오니 한내, 넌 보지 마. 자칫 질투 난다. 보지 마, 응? 은근한 웃음 흩뿌리며 당부하길래 진짜 질투가 날까 미루었는데 참 나. 이게 키스 신? 네 장난기는 여전했다. 그래도 짜증이 나 열 오른 볼을 긁적였다.

대회 우승 후 여기저기서 들어왔던 자잘한 스폰이야 유명세완 거리가 멀었다. 하지만 중국 모 브랜드의 야심찬 방수 휴대폰 광고를 찍게 되고, 거기에 네가 세운 세계 신기록까지 합쳐져 젊은 여자들 사이 유지한이란 이름을 모르는 이가 없게 되었다. 이 분야 세계 타이틀은 아시아 남자 중 네가 처음이라고, 네가 최초라고, 전 언론이 죽어라 널 광고한다.

너에 대한 내 사랑은 우리 엄마의 것처럼 무겁고 축축하다. 축축하다 못해 썩어 문드러졌는지 퍽 삐뚤어졌다. 네가 세계 최고에 매달리는 것도, 돈을 벌겠다 광고를 찍는 것도 썩 좋지만은 않으니.

병실에 누워 있는 널 또 보는 건 죽어도 싫고, 네가 만인의 연인이 되는 것도 사실 싫다. 그게 네 행복이라면, 네 욕심이라면, 그리고 내가 네 연인이라면 맞장구칠 준비가 언제든 돼 있어야 하는 걸 안다. 내가 속이 좁다 못해 돼먹질 못한 거겠지.

"그 남자, 당신 애인?"

네? 아뇨. 아니에요. 잠결처럼 대답하다 거칠거칠하고 끝은 촉촉한 목소리의 주인을 깨달았다. 분명 인심이 좋아 뵈는 아주머니가 있었는데, 그 자리에 턱 하니 앉은 널 멍하니 보다, 누가 널 알아볼까 머리에 얹혀 있던 선글라스를 눈으로 턱 내렸다. 그 위 미간에 깊은 선이 팬다.

"아뇨? 아니에요?"

얼굴은 왜 가려, 한내. 나 보기 싫어? 그리 말하는 네 품을 재빨리 파고들었다. 코가 짓눌리는 따스한 가슴팍에 네 살 내음과 바다 내음이 흐르니 눈물부터 났다. 잔잔한 고동을 가만 들었다. 이것만으로도, 아무것도 안 했는데 벌써부터 좋았다.

"보기 싫냐고? 이게 나 때문이야? 유명해진 너 탓이지. 누가 알아보면 이리 하기 힘드니 그렇지."

"그래서 그 남자, 네 애인 아니라고."

"맞지, 맞지. 내 애인. 세계 최고지."

내 은근한 비꼼을 눈치챈 네 몸이 잠시 굳어진다. 한내.

"응."

네 품에서 빼꼼 고개를 들자 제 입술을 톡톡 두드리길래 주위를 살피다 재빨리 네 입술을 한 번 물었다 놓았다. 포옹보단 이거지, 애인 사이는. 네 능청에 뾰족했던 마음이 사르르 녹아내리나, 네게 녹은 이가 나 하나뿐은 아니란 생각이 다시금 들끓었다. 학창 시절부터 그 작은 섬에서도 인기를 독차지했던 너와 사귀는 내 숙명으로 여겨야 하는지.

그래도 서울에 오고 처음 일이 년은 투 룸 빌라에 함께 살며 그 작은 곳에서 옹기종기 서로만 보던 우리였다. 내가 학교를 가면 넌 수영장을 가거나 알바를 가고, 내가 수업을 마칠 즈음 날 데리러 왔다.

집에 가 네가 미리 봐 온 장으로 맛있는 걸 해다 내 입에 넣어 주고, 함께 거울을 보며 양치하고, 서로의 눈을 마주한 채 네가 내 머리를 말려 주고, 아직 축축한 머리칼을 쥔 네가 내 입술을 빨곤 했다. 한 침대에서 한 이불을 덮고 자고, 햇살이 비치면 함께 일어난 네가 통통 부어도 예쁘다며 내 뺨을 쓸어 주었다. 늘 네 살 내음을 맡아서, 네 바다 내음에 이리 짙은 그리움을 느낄 일도 없었다. 그런 네가 이젠 저 먼 섬에나 있다.

"섬에서 연습하는 거 아니었어? 굳이 여기까지 나 데리러 올 거 없는데. 자리는 또 어떻게 바꿨대."

쿡쿡 웃는 네 웃음이 귓가에 부드러이 흩어진다. 죽고 못 사는 애인인데 떨어져서 슬프다니까 흔쾌히 앉으라 하시던데. 어쭈, 이젠 아주맘까지 꼬셔? 한내. 응. 이럴 땐 내가 그리 뒤꼬지 말고 뭐라 하라 그랬어. 말해 봐. 어? 찡해지는 코끝을 쓸며 입을 떼었다.

"보고 싶었어, 유지한. 나 데리러 와 주니까 너무 좋다."

나도, 박한내. 보고 싶어서 죽는 줄 알았다. 진짜 숨 멎을 뻔했어. 딱딱한 애정 표현에도 서슴없이 되돌아오는 네 말에 난 뜨거운 햇볕을 쬐듯 나른한 눈을 감았다.

너 없는 동안 밀렸던 잠이 쏟아져 착륙 후에야 뺨에 닿는 네 입술에 깨어났다. 학기가 끝나 방학이 되어도 계절 학기, 인턴, 동아리 활동, 그리고 너와 시간을 보내느라 늘 바빴다. 엄마도 이따금 서울로 올라오곤 해서 4년 만에야 돌아온 이 섬마을이 익숙하고도 낯설었다.

진한 짠 내를 코로 훑고 푸른 전경을 눈으로 훑었다. 떠나갈 때와 단 하나도 변함없는 그곳에서, 입구에 걸린 대형 현수막 하나만 바뀌어 있다. 서울대 합격 당시 내 현수막을 걸던 엄마의 환한 웃음이 기억난다.

"하, 네 이름 걸려 있을 때가 보기 좋았는데."

그 당시 나처럼 창피해 죽겠단 네 말투에 부러 골리듯 그것을 천천히 읽어 나갔다.

"세계 참피온, 유지한. 잠녀 중의 최고봉. 아덜, 네가 이 마을의 자랑이다!"

아, 진짜 할망들. 달아오른 이마를 식히듯 문지르는 네 손을 쥐어 잡고 마을 안으로 당당히 발을 디뎠다. 너와 이리 손을 잡고 훤히 낯을 드러낸 채 다닐 수 있는 곳이 이젠 서울 아닌 이 마을이 되었다는 게 참 우습다 생각하며, 올레 목까지 마중 나와 있는 엄마를 향해 손을 흔들었다.

식탁 한가득 깔린 진수성찬을 먹는 내내 엄만 내가 야위었다고 한탄했다. 나보다 더 자그마한 손이 내 어깨와 팔을 끝없이 쓸어내리며 나뭇가지보다 앙상하다, 내 딸 잘 좀 챙겨라, 하며 널 가자미눈으로 흘긴다.

아, 나도 울화통 나요. 요리해 먹이고 팔로 베개 해 줘, 몸으로 이불 해 줘, 푹 재우고 한두 달 찌워 놓고 한 주 어디 갔다 오면 도루묵이라, 어? 죽겠다고. 그리 말하는 넌 이제 나보다 엄마 친자식 같다.

늘 한 몸 같아 서로를 생채기 내던 엄마와 나. 이제 청초한 얼굴은 보름달처럼 밝고 홀가분했다. 내 대학 현수막을 걸 때부터 구김살이 가시던 낯이 떠올랐다. 날 향한 엄마의 사랑은 결국 조건부였나.

설핏 씁쓸했어도 그게 할망에게 제대로 사랑받지 못한 엄마의, 나에 대한 나름의 사랑 방식이었단 걸, 이제는 안다. 내가 너와의 사랑이 처음이라 서툴렀듯, 엄마도 엄마가 처음이었을 터였다. 멀리 떨어지고서야 비로소 엄마를 아끼는 내 마음도 알았다.

"참, 기한이 소식은 아직 없고?"

아. 말을 뱉은 엄마가 내게 미안하단 눈짓을 하며 제 입을 헙, 막았다. 내가 대학을 가고 긴장이 턱 풀린 엄마의 본성은 사소한 건망증부터 시작하여 은근 허술한 데가 많다는 것을 알게 되었다. 난 엄마를 닮았던 거구나. 엄마가 엄마라서 강했던 거구나. 이제야 알았다. 엄마도 그동안 무리했던 것을.

유지한의 눈이 가늘어지는 걸 보며 난 아침에 온 엽서를 떠올렸으나 입을 떼진 않았다.

넌 남자를 기억하지 못했다. 내게 형이 있다고? 이름이 뭐? 유기한? 제 명의로 남아 있던 거금의 통장, 이미 해결된 병원비, 그리고 가족 관계 등록부를 떼어 보고서야 의구심을 거두었으나, 아직까지 남자란 존재 자체가 제 인생에서 없던 사람처럼 행동한다. 사건의 전말을 대충 듣고도, 밤도둑처럼 쥐새끼처럼 떠난 이유가 있겠지, 하며 건성으로 대답하곤 말았다. 머릿속 기억은 분명 없다는데도 무의식중 몸이 거부하듯 인상을 구겼다.

나도 굳이 네 기억을 회복시키려 하지 않았다. 유지한이 깨어난 날, 남자는 홀연히 떠났다. 작품 활동을 재개한다더니 그 흔적은 없고 직접 찍은 사진일 것이 분명한 익명의 엽서만 생존 신고처럼 1년에 한두 번 보내온다.

이유가 있을 것이라 여겼다. 어쩌면 그 여자가 날 떠민 원인이 저에 대한 감정 때문이라 나와 네게 미안해서일지 모른다고, 그저 때가 되면 나타날 것이고, 그때면 네 기억도 어련히 돌아올 것이라고 막연히 생각했다. 게다가 남자의 얘기를 흘릴 때마다 넌 왠지 불쾌한 기색을 띠어 내 입을 다물게 했다.

네가 나 묵을 숙소까지 잡아 두었단 말에 다시 올레 목까지 뛰쳐나온 엄마가 그래도 피임은 하지? 하고 물어 내 혀를 내두르게 했다. 뭐가 웃긴지 넌 가타부타 대답도 없이 내 캐리어를 차에 실으며 낄낄 해사한 미소만 짓고는 만다. 난 그걸 보며 또 잠시 우울한 생각을 했다. 네가 하도 내 곁을 비우니 애초에 임신 가능성도 없어 그리 웃는 게 아닌지.

"어디 갈까. 바다부터 들어갈까?"

운전석에 앉아 날 꼭 쥐어 오는 네 손을 마주 잡고 가 보고 싶은 곳곳을 떠올려 보았다. 모조리 네가 있었다. 모조리 우리가 입을 맞추고 몸을 섞었던 곳, 그곳에 몽땅 가 보고 싶어졌다. 4년 전엔 이 섬 곳곳에서 서로를 탐했던 우리니 그때의 널 떠올리며 내 모자란 불안이 파도에 씻겨 내려갔으면 했으나, 여기서도 가는 곳곳, 넌 마주친 사람 모두에게 인사를 받았고 그들이 널 반가워하고 사랑해 주는 광경을 난 멀찍이 지켜보았다.

그때마다 난 네가 남자처럼 홀로가 당연한 섬 같은 사람이면 어땠을까 하는 상념에 빠졌다. 네가 오로지 내 것이었으면 하는 욕심이 불거져, 그렇다고 내가 사랑하는 사람이 남자가 될 순 없단 것도 자명했다. 넌 그저 너였다. 내가 사랑하는 넌, 누구나 사랑할 수밖에 없는 사람이니.

"한내, 나 봐."

동백나무가 우거진 숲 앞에 차를 세우고 우리가 헤엄치던 곳에 도착하자마자, 나처럼 말 없던 네가 내 고개를 돌려세웠다. 나도 모르게 네 손을 땀이 축축해질 정도로 꼭 붙잡으니 그런 내가 네 눈에도 불안해 보였나 보다.

"뭐야, 너."

뭐가 걱정이야, 어? 눈썹을 비틀며 물어 온다. 그 다정한 잿빛 눈에 고개를 저으며 칭얼대듯 옷이나 벗겨 달라 하였다. 씨익 웃은 네가 내 신부터 벗겨 주고, 그리고 내 양말을 끌어 내린 뒤, 예전처럼 내 발가락을 깨물며 장난스레 웃는다.

열아홉으로 돌아간 상황에 기분이 좋다. 이 섬, 깊은 바닷속엔 너와 나 단 둘뿐. 남들과 널 공유해야 하는 뭍으로 나가고 싶지 않아 난 자꾸 더 깊디깊은 물속으로 몸을 넣었다. 바다를 실컷 헤엄치고 몽롱한 기분으로 갯바위 위에 앉자마자 마음이 불안해져, 아직 바다에 하체를 담근 네 손을 잡아 끌어 내 속옷 위로 놓았다.

"해 줘. 예전처럼……."

가늘어진 네 눈을 바라보면서 읊조렸다. 가는 눈을 더 길게 접어 얄궂게 웃어 낸 네 눈이 먹색으로, 아주 진득하게 변하는 걸 마주하며.

내 어깨를 뒤로 내리누른 네가 내 허벅다리를 감아쥐고 당기자, 고개를 묻는 네 젖은 머리칼이 무르익은 허벅지를 간지럽힌다. 그때처럼 뜨거운 갯바위가 내 날개 뼈를 누르고 철새가 우리 위를 뱅뱅 돌았다.

"하아. 흐으."

짠 소금물에 젖어 달아오른 음부를 네 발간 입술이 천 위로 지그시 누른다. 첫 키스 같은 순수한 비빔에도 몇 번의 절정과 나락을 오간 듯한 헐떡임이 내게서 새었다. 바닷속 몽롱함이 깨어날 여지없이 연장되니, 이 아늑한 우리만의 순간이 그리웠다.

속옷을 옆으로 젖히는 손길에 아랫배가 기대감으로 오목해진다. 이제 보니 예전처럼 해 달란 말에 네가 아주 순진한 손짓을 연기 중이다. 밖에서 물고 빠는 게 도시에선 녹록치 않았다. 여기선 쨍한 여름 햇살이 내 음부를 적나라하게 비추니, 나도 열아홉으로 돌아간 듯 소녀의 미숙한 열기가 올랐다. 지나치게 가빠지는 호흡을 들킬까 바다에 들어간 듯 숨을 참았다.

"그래서 문질러 줄까, 빨아 줄까."

소금기에 부푼 입술이 질구 근처에서 숨을 할딱이듯 속삭인다.

"처음이니 가볍게 핥아만 줘? 내가 네 어디를 어떻게 해 줄까 말해. 어?"

얄궂은 웃음으로 접힌 눈매가 날 쏘아본다. 우리의 처음. 그때를 상세히 기억하는 건 너도 마찬가지인지 아주 세세한 장단을 맞춘다.

우리의 열아홉. 그땐 너도 참 미숙했던 소년인지라 짓궂은 거래를 제안하고 내가 네 혀를 낱낱이 이용할 것을, 하나하나 제게 상세히 요구할 것을 종용했더랬다. 네가 날 원하듯, 널 원하는 날 확인하고픈 듯이. 그때처럼 내 눈을 찌르는 한여름 햇살과 네 에두름 없는 눈빛에 가슴이 두근거렸다.

그때를 기억했다. 밑은 차마 엄두도 못 내고 가슴부터 빨아 달라 애원했던 나를. 빠듯한 교복 셔츠 밑을 겨우 파고든 네 손끝이 내 아래 가슴만을 느리게 쓸던 것을. 그것을 되새기는 것만으로도 열감이 예리하게 번지고, 그 소용돌이치는 열기가 젖꼭지까지 간지럼을 태웠다.

"가슴. 하으, 하. 가슴부터."

네 이가 으득거린다. 너무 바쁜 너 덕에 우리의 이번 재회는 네 말대로 숨이 멎을 듯 오랜만이다. 가슴? 그럼에도 여유로이 되묻는 네가 밉다. 이미 상상 속 열기에 녹아나 있어 애가 닳아 재촉하는 것은 나이니.

"하아, 아, 지한. 가슴, 빨리⋯⋯."

"그래, 빨리."

허벅지를 쥔 손이 날 더 아래로 끌어 내렸다. 발끝에 바닷물이 닿는 순간 몸에 붙는 티셔츠가 목까지 휙 올라붙었다. 실밥이 뚝 끊어지는 소리를 낸다. 그 힘에 아예 뒤로 벌러덩 쓰러지자, 바위처럼 견고한 네 허리에 내 다리가 감겼다. 브래지어까지 밀어 올린 네가 한숨을 후, 뱉더니 젖가슴 위로 솟은 유두가 갯바람에 서늘해질 때까지 깔아 본다.

"너, 여기도 어이없게 예쁘고. 응? 나한테 작다고, 만질 것도 없다더니."

"아, 웃. 지한. 이제 연기 그만해. 빨리⋯⋯."

그때처럼 여전히 그 맹목적인 눈길이 창피해 손을 뻗어 가리려니, 냉큼 혀를 놀린다. 그 한 번에 간질간질하던 유두가 꼿꼿이 서니 머릿속이 찡했다.

"하아. 흐, 웃."

"핥고, 물고⋯⋯ 빨면 돼? 뭘 할지 알려 줘야지."

이미 네 야릇한 혀에 녹아난 지 오래였다. 네 잠긴 웃음에 응응, 몽롱해진 눈으로 답하자 유두를 제압하듯 슬슬 짓누르던 혀가 단단해진 꼭지를 기어코 한 바퀴 감아 삼키고, 젖을 내듯 쪽 빨았다. 아아. 하웃. 간지러움이 사라진 대신 전기가 인 듯 찌릿거린다.

엄마 젖 먹듯 세게 빠는 힘에 단단한 어깨를 밀어내듯 파닥거리자, 아프게 잡힌 손목이 검은 뒤통수에 억지로 얹혔다. 네 의도대로 검은 머리칼을 헤집었다. 내 갈급함을 놀리듯 느릿해진 혀가 불어난 꼭지 주위로 이젠 끝없는 원을 그린다. 그림 연습 그만하고 간지러움이나 해소해 줘. 네 부드러운 머릿결을 거칠게 쥐며 애타게 널 불렀다.

"아⋯⋯. 지한, 이제 그만."

"그렇게 좋아? 머리 다 뜯기겠어."

"장난 그만해애. 흐윽. 유지한."

당시에도 역시 혼자 할 때랑은 비교할 수 없다 생각했었다. 네 요망한 입술은 처음부터 내 예측대로 움직이지 않고, 장난치듯 가볍게도 닿고 뭉근하게 짓누르며 물었다가 아쉽게 놓기도 하며 내 머릿속을 열기로 녹진녹진 망가지게 했으니.

지한. 내 절절한 흐느낌에 검게 혼탁해진 눈이 내게로 다시 올라붙는다.

"그래. 내가 누구야. 내가 너의 뭐야, 한내."

나른해진 눈매가 내 욕망을 샅샅이 파헤친다. 지한. 내 애인. 그리 답하자 옳지 하듯 젖가슴을 혀로 쓴다. 신음하는 내게 눈동자를 고정하고, 내가 지한, 지한, 유지한 하고 부를 때마다 보답이라도 되듯 정성스레, 게걸스레 혀를 놀린다.

갯밭에서 개조개라도 파내듯 힘을 주어 유두를 음탕하게 놀린 혀가, 점차 아래로 내려가 배꼽을 습하게 파고들었다. 거친 손끝이 내 허벅지 안쪽을 꽉 쥐었다가 살결을 매만지듯 느리게 쓸길 반복하니 이내 사타구니가 간지럽게 달았다.

"또?"

"으응……. 지한아……."

알아서 해 달라 애원하듯 네 이름을 부르자 배꼽 주위가 아픔과 함께 찌릿하다. 뒤통수를 들었다. 네가 너 자신이 만든 울혈을 지그시 보다 그것이 내게 영원히 스며들길 바라듯 그 위로 뺨을 문지른다. 습한 눈을 느리게 뜬다. 갈망으로 온통 붉어지고 눈꼬리가 축축이 젖어 허덕이는 내 눈을 고요히 주시했다.

"떠날 때 새긴 게 하나도 없어."

다시 곳곳 새겨 줄게. 응? 또 어디. 어디 빨아 줄까. 허벅지를 부드러이 쓸던 손길이 낙인이라도 찍을 기세로 다리 사이를 파고들자 점점 더 다급한 숨이 헐떡였다.

"한내, 난 너에 관한 건 하나하나 다 기억해. 열아홉, 널 처음 본 순간부터. 그때 네가 이리 발개진 눈으로 울던 것. 그게 어이없이 예뻐서, 네 걸 정신없이 빨던 것도."

네 목소리가 깊은 바다처럼, 흐르는 어둠처럼 잠긴다. 기어코 올라온 손끝이 음부를 뭉근히 눌렀다. 쿡쿡, 성의 없이 누르는데도 애탄 신음이 절로 나와 입술을 물었다. 욕망에 젖은 검은 눈이 섬뜩한 잿빛을 띠는 것을 몽롱하게 마주했다. 네 작은 몸짓에 자지러지는 날 더없이 만족스러워하는 너를.

"그래서, 여기? 요구가 너무 없으셔서 알아서 해야 할 게 많네."

빨아 줘? 겉도 핥아 주고 네 안도 먹어 주고? 창피함으로 붉어진 얼굴을 끄덕이자, 핏줄 선 손등이 오금을 잡아 활짝 벌린다. 서늘한 바람이 열 오른 속살을 들추고 네 뜨거운 입술이 내려왔다. 축축한 혀가 처음만 조심스레 닿았다가 위아래로 길게 뻗어 나갔다. 날개와 음핵을 게걸스레 핥다가 부드러운 입술로 질근 물었다 놓으며 빨기 좋게 부풀리니, 기어코 어질어질 세상이 돌았다.

하. 아아. 차가운 물에 담그던 곳을 뜨거운 살덩이가 주름 하나하나를 핥아 내듯 세심한 열을 불어 넣는다. 네 까슬한 혀가 지나가는 곳을 따라, 내 은밀한 음부가 상상 속 그림처럼 도화지 위에 그려진다. 아아, 흑. 이곳저곳 탐식하는 네 혀에 허리가 마구 튀었다. 예전처럼 해 달라는 게 그저 장난으로 한 말은 아닌데, 넌 그저 장난으로 만들고 싶은가 보다.

"네가 말 안 하니까 얘가 한다. 나한테 인사하러 나왔어. 빨리 빨아 달래."

"하으. 그래. 해 줘. 세게."

그래, 세게. 날 골리다가, 이젠 내 엉덩이를 쥐고 아랫도리에 제 입술을 바짝 붙였다. 불거진 음핵을 흡착하듯 속살까지 파고들어 쭙쭙 소리를 내며 빨아들이는 네 머리칼에 매달렸다. 낮게 웃던 네가 이젠 고개까지 내저어 가며 개가 해갈하듯 벌어진 질구를 빤다. 허리가 뒤틀린 채 노도 같은 네게 휩쓸렸다. 다시 시작된 혀 놀림이 빨라질수록 신음도 크게 터진다.

"아, 하, 으응. 계속, 아, 흐, 해 줘."

그러다 멈춘 움직임에 반쯤 감긴 네 눈을 원망스레 보았다. 날 집어삼키는 눈동자를 느른한 눈매 안에 숨긴 널 마주하며, 난 제대로 숨도 못 쉬니 네 입술 사이로 작게 불어오는 숨만 닿아도 가기 직전이다. 야릇하게 부풀어 오른 입술 한쪽이 비스듬한 미소를 그린다. 네가 또 못된 짓을 하는구나 싶다.

"내가 이렇게 빨아 주니까, 아, 좋아. 좋아서 아주 숨도 못 쉬겠다, 그리 말한 것. 근데 난 또 그게 유지한이 좋단 말로 들려 아주 죽겠던 것도. 기억나고."

거미처럼 부드러이 살결을 거닐던 손이 다리를 타고 올라 음핵을 둥그렇게 문지르기 시작했다. 툭툭 누르듯 쳤다가, 내 허리가 작은 쾌감에 아쉬워하며 튀어 오르면 위아래로 신랄한 농을 치듯 몰아붙였다. 그 리듬에 맞추어 끝없는 회상을 늘어놓는다. 네 것이 생각처럼 달고, 생각처럼 비리던 것도. 생각처럼 맛있던 것도, 다 기억나, 난.

"아. 아……."

과거 회상이 만족스러웠는지 다시 네 머리칼이 내 밑을 거칠게 쓸었다. 또다시 날 무아지경으로 빨아 대며, 부푼 음핵을 짓누르는 혀가 속도를 높였다. 심해 속을 유영하듯 방향 감각이 상실된 채 온몸이 팽팽 돌아간다.

흐릿한 시야, 유일하게 똑바로 날 잡아 두는 것은 가판대 생선처럼 널브러진 날 집요하게 물고 늘어지는 네 눈길이다. 풀린 눈매 안으로 숨어든 네 눈동자가 버둥대는 내 몸을 흔들림 없이 단단히 얽는다.

하아, 씹. 내 자지러짐에 네가 욕설을 뱉었다. 속옷을 힘으로 들친 네 성기 끄트머리가 수면 위로 드러났다 사라지는 것이 헐떡이는 숨 새로 보였다.

"하, 지한. 이제 넣어……. 윽."

"너만 해 주기로 했잖아. 잊었어?"

"그건 열아홉……. 아!"

네 검은 눈이 살짝 일그러지더니, 입구 쪽을 깔짝이던 손가락이 안을 쑥

갈랐다. 아! 안팎으로 밀려드는 자극에, 현기증이 파도처럼 날 휩쓸었다. 무언가 날 절벽 아래로 밀어 버릴 것 같다. 두렵도록 아득했다.

네 머리를 부여잡고 눈꺼풀 안으로 숨었다. 느릿하게 안을 탐색하던 손끝이 기어코 찾아낸 지점을 꾹꾹 누르고, 붉은 혀는 빠르게 음핵을 이곳저곳으로 밀쳤다. 그러다 그 자극에 익숙해졌다 싶으면 쭙 소리를 내며 빨아당긴다. 등줄기를 훑고 머리를 때리는 쾌감을 조였다 놓았다 농간하니 정신을 놓고 허리가 뒤틀렸다.

"아, 읏, 제발……."

파르르 떨리는 다리를 결국 네 뒤통수에 감았다. 내가 어딘가로 추락하거나, 아님 정처 없는 먼지처럼 날아갈 것 같아서. 숨 쉴 틈조차 없이 밀려오는 파도에 휩쓸리지 않고자 네게 매달렸다. 네가 만들어 낸 노도에 난 늘 매달릴 곳도 너뿐이다.

내 질척이는 소리가 파도 소리와 하나처럼 뒤섞여도 여전히 음란했다. 참았던 숨을 들이마시려 할 때쯤 갈고리처럼 내 쾌락을 파내는 손짓에 또다시 숨이 멎는다. 네가 속살을 찔러 낼 때마다 방파제에 부딪친 파도처럼 내 안에서 물이 터졌다. 그럴 때마다 네가 날 빨던 입술을 멈추고 그것을 후룩 마셔 댔다. 내 입장에선 하던 것을 관두고 딴청을 피우는 짓이다.

"아……. 맛있다, 한내. 먹어도, 먹어도 모자라."

"하아. 훗. 멈추지, 흐, 마아……."

네가 능청을 떨었다. 목적지 코앞에서 자꾸 유턴이니 이러다 죽겠다. 폐가 옥죄어 올 정도라 끅끅 숨만 뱉어 냈다. 머릿속까지 노곤해지니 눈물만 주룩주룩 흘렸다. 조금만 더 가면 이 옥죔이 부서지고 엄청난 쾌락이 날 해방시켜 줄 것을 아는지라, 네게 계속 빌었다. 곱아든 발을 동동 굴렀다.

"하, 지한……. 하아. 제, 발……. 흑."

절정에 도달할 만하면 꼭 멈춘 혀가 뜸을 들인다. 넌 꼭 내가 눈을 마주치고, 울며 애원하고서야, 온몸이 찌릿해지는 쾌감을 허용하곤 했다는 게 이제야 떠올랐다. 지한. 나. 흑. 나 가고 싶어. 떨리는 눈꺼풀을 겨우 들어 올리자 기다리던 네가 가늘게 웃었다. 다시 손끝으로 내가 자지러지는 내벽을 찔러 대며, 혀를 내밀어 돌기를 내리누르듯 길게 핥아 냈다.

"가. 나 보면서."

날 주시하는 네 검은 눈 앞에서 무언가 반짝거리다 팍 하고 터진다. 하늘에 떠 있는 해가 하얗게 폭발했다.

"아……!"

숨을 터뜨리자 울음도 함께 터진 탓에, 꽤나 길고 긴 물결이 지나갈 동안 허리 부근이 계속 발발 떨려 왔다. 내벽을 긁어내는 손짓은 내 입술이 메말라 버석거릴 때까지 끝이 없다. 내게서 흘러나온 미지근한 액체를 끝까지 주워 삼키며 네가 만족 섞인 탄식을 뱉는다. 탈수 증상처럼 어지러워져 뜨거운 갯바위 위에 벌러덩 누워 새하얀 시야를 손등으로 가리자 물이 튀어 오른다.

"가리지 마. 이럴 때 너를 내가 좋아하잖아."

바위 위로 올라온 네가 내 손을 쥐어 아래로 내렸다. 그늘을 드리운 네 얼굴이 날 무섭게 깔아 본다. 이대로 날 집어삼킬 듯, 높다란 파도 같은 네 눈이 내 막막한 절벽도 순식간에 오를 것처럼 보이는 이 순간. 이 순간을 난 비밀스레, 가장 좋아한다.

네게 설레는 맘이 하루가 지날수록 사그라지긴커녕 점점 더 커지나, 내가 모를 네 마음은 도리어 반대일지 모른단 생각에 날 이리 보아 주는 네가 너무나 소중하단 걸 넌 알고 있을는지.

서늘하던 표정을 감춘 네가 씨익 웃으며 젖은 손가락을 입에 물었다. 혀를 길게 빼어 네 팔꿈치까지 흘러내린 내 애액을 핥아 내며 좋았어? 하고 날 골린다. 처음이라 어설폈을 텐데 피드백 해 줘야 담에 더 잘해 주지. 예전처럼 해 달란 말에 네 어딘가 뒤꼬였나 보다. 내가 말을 잘못했다고 두 손 두 발 들고 싶었다.

"됐고, 이제 너……."

힐끔, 네 배꼽까지 일어난 성기를 보았다. 이젠 바로 내 안으로 밀고 들어올 줄 알았으나 내 손을 쥐고 내 벌어진 다리 사이로 밀어 넣는다. 오래도록 핥아 대 동그랗게 부푼 살점을 스스로 만지게 하고는 다시 바닷속으로 들어갔다.

그러더니 핏줄 퍼런 손등으로 바위를 움켜쥐고 다른 손으로 물 아래 성기를 꺼내 들었다. 바다 아래 것이 적나라하진 않아도 커다란 손이 성기를 훑어 내는 움직임과, 흰 팔뚝이 불끈대는 것은 퍽 노골적이라 지켜보는 것도 부끄럽다. 제 메마른 입술을 훑어 낸 혀가 하, 짧은 신음을 뱉었다.

"뭐 해. 손가락 놀려야지."

열락에 늘어진 날 주시하는 눈길이 매섭다. 네 쉰 목소리를 따라 내 동그란 돌기를 만지며 다시 올라오는 잔물결에 몸을 떨었다.

"나 보면서."

넌 내 눈길에 늘 집요했다. 내가 눈을 감을지언정 너 말고 누굴 생각할 수 있다고. 난 너와 달리 네가 처음이자 마지막일 텐데.

다시 어두워지려는 시야를 애써 떠 내며, 욕망과 물에 축축이 젖은 네 눈동자를 마주했다. 두 다리를 벌리고 속살까지 드러낸 채 정신을 놓은 모습이 창피해도 네가 느끼는 걸 보는 시간이 좋다. 내 신음에 따라 네 손이 빨라지고 미간의 홈도 깊어지는 걸 보는 것이.

"이리 와."

네 반쯤 감긴 눈에 몸을 일으켜 무릎을 꿇어 네 단단한 어깨를 짚고 입술을 내렸다. 짧게 입을 맞추고 떼어 내려던 것이 네 안으로 끌려가 혀가 얼얼하도록 빨렸다. 비릿한 맛이 났다.

호응하듯 입술을 붙이자 뒤통수가 잡혀 더 깊게 맞물린다. 목구멍까지 들어온 혀가 신음을 흘리며 내 점막 곳곳을 휘저었다. 여전히 숨이 지나치게 길어 내 숨이 막힐 지경에, 내 젖꼭지를 아프게 꼬집는 손짓도 있으나,

난 며칠 쫄쫄 굶은 거지처럼 해도 해도 부족하단 생각뿐이었다. 난 너라는 상자에 아예 들어가고 싶었으니.

"지한, 넣어 줘……."

네가 바다에 사정하는 것이 아깝단 생각에 입술을 떼고 속삭였다. 네가 한계에 다다른 듯 신음했으나 그러고서도 안 된다 속삭여 와 서운했다.

"왜."

"등 다 까질래? 너무 오랜만이라 마구잡이로 할 거 같아. 한 번 빼고 나중에 하자. 내가 넣자마자 싸면 너도 서운할걸."

난 그런 네 말이 서운했다. 말은 그리 해도 내가 여러 번 갈 때까지 잘도 참는 너를 이미 알고 있었다. 네 절박한 숨에도 고작 변명으로 들려 입술을 아주 떼어 냈다.

바닷물 속으로 손을 불쑥 넣었다. 불룩 튀어나온 것을 쥐자 아, 신음이 울렸다. 그 달뜨고 묵직한 숨이, 네가 날 직접 만지고 핥아 준 것만큼이나 몸을 달게 했다. 손 아래 찬물을 쥐어도 다시금 밑이 무더웠다.

내가 하려는 바를 눈치챈 네가 바닷물에서 조금 걸어 나와 핏줄이 톡톡히 선 성기를 내 코앞에 두었다. 참기 힘들다던 말이 진심인지 분홍이던 그것이 검붉게 달아올랐다. 내 입 안을 한가득 채우고도 한참 남아, 눈물까지 솟게 하는 그 묵직함을 보자 숨이 달뜬다.

네 입술처럼 부드러운 촉감을 손안에 감았다. 야구 배트처럼 감아쥐는 맛이 있어 잠시 홀린 듯 조몰락대자, 그 작은 손짓에도 크게 흔들리며 내가 흥분할 때처럼 미지근한 눈물을 뱉어 낸다. 다른 손 아래 더 단단해진 허벅지가 돌처럼 굳었다.

"짤 텐데."

네 갈라진 음성을 따라 고개를 들었다. 가늘게 접힌 눈매가 날 서늘히 내려다본다. 그래서 하지 말라고? 싫어. 내가 긴장으로 고이는 마른침을 삼키자 네가 거친 흥분감을 뒤섞어 웃어 낸다. 일그러졌던 눈매가 야스럽게

휘어지는 것을 보며, 말과 달리 빨아 달라 구슬프게 우는 네 선단을 할짝거
렸다.

"읏."

아. 네 반쯤 떠진 눈이 푸른 바닷물을 반사하며 하얗게 타오르는 순간,
뒤통수가 감아쥔 손에 내리눌렸다. 몽둥이 같은 것이 뺨에 바짝 붙자 슬쩍
겁까지 난다. 금세 주눅이 든 내 관자놀이를 부드럽게 쓰는 손길이 머리칼
을 그러쥐며 배수진을 쳤다. 기분 좋은 압력이 두피를 노곤하게 매만졌다.

"이제 와 도망가면 나쁘지."

"응."

뇌까리는 네게 대답하느라 달싹인 내 아랫입술을 네 엄지가 느리게 매만
져 더 부풀렸다. 손끝을 쑥 밀어 넣는다. 고른 아랫니를 어루만지던 것이
긴장으로 말라 있던 혀의 돌기와 그 아래 촉촉한 점막을 쓸다, 다시 혀를
지나쳐 깊숙이 파고든 뒤 예행연습처럼 앞뒤로 깊숙이 혀를 문지른다.

한내, 너도 내 앞에서 우는 거, 좋아하잖아. 속삭이는 네 혀처럼 뭉근하
게 입 안을 눌러 오는 손길에, 멈춰 있던 신음이 강처럼 흐르고, 말랐던 입
안에 물기가 차올랐다. 난 움찔거리는 허리를 뒤틀며 자극을 원하는 아래를
발꿈치 위로 올린 뒤 꾹 눌렀다. 네 성기는 홀로 꿈틀대며 보채듯 내 왼뺨
을 치대고 있었다.

"그럼 제대로 해야지. 내가 아주 만족할 때까지. 네가 울고 싶은 만큼 울
때까지."

"……으응."

"그게 네가 원하는 거잖아. 내가 너처럼 눈 돌아가는 거. 응?"

……아, 역시 넌 날 너무도 잘 알았다.

고인 침이 흘러내릴 것 같아 난 입술을 오므려 안에 든 손가락을 빨아들
였다. 입을 맞추듯 혀끝을 휘감자 네가 하, 신음인지 헛웃음인지 모를 소리
를 낸다. 그러다 손가락에 힘을 주어 내 혀를 뭉개듯 내리눌렀다. 얼른 해

보라는 건지, 아님 까불지 말고 이참에 빨리 발 빼라는 건지.

난 빨리 네 걸 삼키고 싶어 네 손가락 옆, 더 부드럽고 커다란 성기로 열에 달뜬 눈을 옮겼다. 그걸 본 네가 다시 혀를 찼다.

"나 지금 너 안에 넣으면 맛 갈 거야, 한내. 응?"

네 통보가 상관없다 못해 도리어 난 좋았다. 고개를 끄덕이며 홀린 듯 혀를 내밀고, 검게 가라앉은 네 눈을 마주 보며 숨을 죽인 채 다가갔다. 기대와 불안이 뒤섞여 일그러지는 미간이 보였다. 아. 한 번 더 끝만 맛보자 네가 느리게 탄식했다. 눈앞의 성기가 저절로 흔들리다 바짝 올라붙는 것을 보면서 혀를 굴려 비린 맛을 삼켰다.

열이 뜨끈하게 오른 허벅지를 움켜잡고 손을 미끄러뜨려 말캉한 주머니를 쥐자 큰 몸이 잠시 휘청였다. 그 방심을 틈타, 몸을 세워 입술에 닿은 성기를 입 안으로 밀어 넣었다. 부드럽고 단단한 것이 입 안을 가득 채우자 손가락과는 달리 억 소리가 날 만큼 턱이 벌어진다. 거대한 사탕이라 생각하며 입술을 모아 빨아들이자 손에 쥔 허벅지가 딴딴해지며 네 신음이 짐승처럼 그릉거린다.

네 부질없는 참을성이 바닥나는 것은 아주 바라던 바였다. 내가 거칠게 하는 것을 좋아한다는 걸 넌 이미 알고 있다. 네가 날 제압하듯 몸을 몰아붙이는 걸 좋아하는 것도, 난 이미 안다.

날 받아 주는 네 한계점. 널 받아 내는 내 한계점. 그것이 바다처럼 끝도 없이 깊기를 우린 둘 다 바랐다. 더 깊이. 서로의 한계점을 시험하며 그 끝이 무한하기를. 우린 그런 면에서도 천생연분이라 난 생각했다.

"다, 넣어야지."

뒤통수를 쥔 손에 힘이 실리자, 턱이 아플 정도로 입술이 열렸다. 성기가 끝없이 밀고 들어와 입천장을 꾹꾹 누를 때는 사탕이 아닌 거대한 젤리를 입에 담는 것이라고 애써 생각을 달리했으나, 휘어져 들어와 목구멍에도 닿은 것이 진입을 멈출 생각이 없자 숨이 턱 막혔다. 헛구역질을 하며 올려다

보자 나른하게 감긴 눈이 차게 웃는다.

"더 벌려. 이제 겨우 느낌만 나."

"암……."

잠깐이라 말하려는 사이, 내 열린 목구멍으로 허리를 쳐올렸다. 그 협박이 아예 근거 없던 건 아니었는지, 머리를 고정한 채 꽉 닫힌 목구멍을 열려고 시도하는 허리 짓이 이쪽 사정을 봐주지 않고 파고든다.

"하아……."

네가 거친 신음을 내며 허리를 떤다. 본능적으로 앙당그러져 목구멍을 막으려던 혀를 앞으로 빼어 냈다. 네가 아주 내게서 못 헤어 나오면 좋겠다는 생각에, 네 묵직한 살덩이를 받으며, 난 열 오르는 밑을 내 뒤꿈치 위로 문질렀다.

해의 새붉은 빛이 아른거리던 네 어둑한 눈이 그걸 눈치채고, 손을 내려 부푼 내 유두를 퉁겨 주고, 내 등줄기를 쓸며 누르는 무게를 더했다. 온몸이 햇살과 쾌감에 말라 바삭거렸다.

"허리를 더 많이, 후, 움직여야지. 아까도 내가 혀가 아닐 때까지 해 줘야 갔잖아."

"으음……. 아아."

"지금 네 모습이, 하, 얼마나 예쁜지 넌 모르지. 그러니까 역하면 숨 참아."

"……읍."

"분명 못 참는다 했어."

"……으읍."

입을 가득 채우다 못해 목구멍을 통과하려 애쓰는 성기는 너무 굵은 탓에 어딘가에 자꾸 걸렸다. 헛구역질이 동반되며, 굵직한 성기에 오갈 데 없어진 침이 턱으로 새고 눈에 습기가 찼다. 그럼에도 한여름 소나기처럼 무겁고 축축해진 네 잿빛 눈이 만족스러워 널 더 깊게 받아들이고만 싶다.

"너도 이 정도로. 후, 만족 안 되지? 혀 더 내밀어."

숨을 참고 혀를 길게 내 뺐다. 고개를 앞으로 숙이자 목 안이 열리는 느낌이 났다. 동시에 다시 닫힐 틈 없이 더 깊숙한 곳까지 빈틈없이 채워진다. 내 허술함을 파고들던 네 치밀함처럼.

틈 없이 맞물려 대자 반사적인 눈물이 기어코 뺨으로 줄줄 흘렀다. 아래를 뭉근하게 데우는 야릇한 열기도 거세어져 난 허리까지 함께 움직이느라 바빴다. 마찬가지로 허리 짓에 정신없던 네가 내 머리칼을 쥐던 손을 내려, 내 뺨에 긴 선을 그린 눈물을 문질렀다. 삐딱한 입꼬리를 올렸다.

"하아. 넌 모를 거야, 널 보면, 내가 진짜로, 하, 눈이 돌아."

울릴 것 같으니 자극하지 말래도, 하, 이 나쁜 계집애가. 입 안의 것이 더 부푼다. 별수 없이 이에 긁히나 아프지도 않은지 넌 쾌락에 젖은 음습한 눈만 가늘게 떴다.

내 그림자처럼 진득이 내게 달라붙은 네 눈을 마주하며 성기를 소중히 감싸듯 입술을 최대한 오므렸다. 빠르게 출납하는 성기의 핏줄이 내 부푼 입술 위를 투둑 쓸며 마찰했다. 하, 그 풍경이 지나치다는 듯 네가 잠시 습한 눈을 감았다 떴다.

"하아, 한내."

날렵한 허리가 뒤로 빠지려 하자 난 고집스레, 네 다리를 더 확 움켜쥐고 입을 가득 채운 살덩이를 도리어 더 안으로 넣었다. 그리고 밤하늘 아래 별처럼 빛나는 네 눈을 올려다보았다. 막다른 숨의 끝에, 숨 쉴 틈조차 주지 않는 네 허리 짓에, 바닷속 저산소증이라도 생긴 듯 어질어질한 기분이 밀려든다. 그 아득한 시야에, 네 아름다운 붉은 입술이 헐떡이듯 벌어진다.

"하, 박한내……."

억눌린 신음과 함께 턱이 빠질 듯 커진 성기가 입 안에서 꿈틀거린다. 비릿한 씨물이 목구멍을 타고 흘렀다. 당황보다 더 깊은 갈망으로 가늘어지는 네 눈을 응시하며 그것을 꿀떡 삼켰다. 번들대는 입가와 축축한 눈가를 훔치며 실실 웃자, 몸을 숙여 온 네가 그 흐른 침까지 다 빨아먹을 기세로 내 입술을 삼켰다.

"너 햇빛 많이 보면 며칠 아파하잖아. 피부도 약하고 맘도 약한 게 고집만 죽어라 세지. 어?"

올라온 입술이 내 눈물을 핥으려 잠시 말을 끊었다. 네가 다시 무어라 속삭였을 때, 네가 전부 닦아 낸 것이 무색하게 난 또 줄줄 눈물 선을 그렸다.

사랑해. 네 말에 그만 억눌렀던 슬픔이 탁 터졌다. 그 말에 펑펑 우는 내가, 너 보기엔 얼마나 이상했을지 안다. 아니, 넌 그래도 내 이런 모습에도 어느 정도 익숙하리라 여겼는데, 네가 말 그대로 턱, 동상처럼 멈춘다. 서늘한 눈이 코앞으로 내려왔다. 하, 인내하는 숨이 탁했다.

"너, 아까부터 나한테 숨기는 게 뭐야."

"……햇빛이, 얼굴이. 아파……."

눈물이 새는 눈구멍을 꾹 막고 괜한 여름 해 탓을 했다. 숙소로 가서 얘기할까? 그리 묻는 네게 끄덕이고 네 품에 안겨 차로 발걸음을 옮겼다. 가는 도중 네가 내 아래에 처음 고개를 묻고, 내 교복 단추를 잃어버렸던 곳을 지나자 다시 네 손을 붙잡고 예전처럼 여기서도 해 줘, 머저리처럼 울며 애원했다. 네 의아한 눈길을 무시하며 네 손을 따끔대는 젖가슴 위에 마구 문질렀다. 하, 네가 헛숨을 뱉더니 이젠 화가 서린 말을 뱉는다.

"이젠 없어야지, 씨발. 우리가 몇 년짼데 이젠 나한테 비밀 따윈 없어야지. 왜 너 아직도 나한테 뭔가 숨겨, 어?"

"……."

"말해."

"……."

"말해, 한내. 싫어? 말하기 싫어? 그럼 내 눈 똑똑히 봐. 내가 기록 세운 게 싫어? 그래? 아님 그 광고가 별로 맘에 안 들었어? 아님 이제 그냥 내가 싫어? 그래서 나한테 미안하기라도 해? 왜 다시 버려진 고냉이처럼 안절부절이야, 기분 엿 같게. 내가 네 옆에 있는데 왜 그런 얼굴이냐고. 왜 굶주린 얼굴을 해. 왜 부족한 얼굴을 해. 어? 씨발."

난 아니라 고개를 내저으며 눈물을 겨우 닦았다. 나중엔 날 몰아세우지 말라고 네게 고래고래 코를 먹으며 말했다.

네가 기록 세운 것, 광고 찍은 것. 그래, 싫은 마음도 있으나, 또 그런 네가 자랑스러운 마음도 있었다. 분명 자랑스러운 쪽이 더 강한데 내 부정적인 성향은 꼭 슬픈 쪽에 달라붙을 뿐이니, 이건 네 탓이 아니었다. 이상한 건 나니 뭘 말하고 말 것도 없다.

입을 다물고 시위하는 날 한참 보던 네가, 빠르게 걸음을 옮겨 차에 날 태웠다. 네가 내게 안전벨트를 매어 주고 운전대를 돌려 그곳을 빠져나간다. 너와 있을 3일 중 벌써 하루가 가 버렸으니 숙소로 가긴 싫었다.

"숙소 안 갈래."

"그럼, 어디. 말만 해. 응? 어디든 가 줄게. 혼자 있겠단 말만 마."

화를 애써 억누른 다정한 어조로 묻길래, 숨 쉬는 동굴에 가 보고 싶다 했다. 쓰러진 널 봤던 곳이나, 또 너와 처음 몸을 섞던 곳이니 내겐 특별한 곳이다. 그곳에서 보는 바다가 명화처럼 절경이라 자주 생각도 났다. 네가 어딘가로 전화를 걸더니 배 하나를 구했다. 오랜만에 기태 아저씨와 인사를 했다.

"아이구, 한내. 더 이뻐졌다. 응? 어디 대단한 회사에 취업도 했다면서? 뭐 외국, 마케팅이던가? 네 엄마 자랑하느라 입술 다 닳는다. 쉬엄쉬엄 해라."

"어디 남의 여자한테 이쁘단 소릴 해. 하지 마요. 어?"

"뭐, 씨. 이눔 삼춘한테 눈 부라리는 거 보소. 내가 그런 말도 못 해? 너 그, 그 집착 병이다. 이놈이 기록 세우듯 사람한테 집착을 하고 있네. 여자 훠이 도망간다, 그러다. 내 참. 저놈의 싸가지는 언제 고쳐질지."

"하지 말람 하지 마요. 나 가, 삼춘."

"에휴, 저런 놈의 새끼가 뭐가 예쁘다고. 한내, 또 보자! 엉? 담엔 저 새끼 빼고 보자."

"네, 아저씨. 들어가세요. 또 봬요."

아저씨 덕에 잠시 말랑해졌던 공기는 그 인영이 점이 되어 멀어질수록 다시 차진다. 네가 말없이 배를 세우고 내 손을 잡아 내렸다. 이번엔 기지 않고 걸어 바로 들어갈 수 있는 입구로 날 먼저 올려 보내고, 음습하고 싸늘한 한기가 맨팔을 훑어 부르르 떠는 날, 뒤에서 퍼뜩 감싸 안았다. 비로소 너라는 상자에 들어간 듯 무더웠다.

"뭐 하나 묻자."

하나 불안과 결의가 뒤섞인 네 목소리가 날 다시 두렵게 했다. 내 대답을 기다리는 침묵에 억지로 고개를 끄덕였으나 네 쿵쿵대는 심장 소리가 등을 타고 흘러 몸이 떨렸다.

"내 형이란 남자한테, 연락 왔어?"

가슴을 파고든 손이 요동치는 내 심장을 느낀 뒤, 내 아랫입술을 훑어 억지로 벌렸다.

"너한테 직접 듣고 싶은 거야, 내 직감이랑 상관없이. 그게 숨길 일이야, 나한테? 엽서 하나 딸랑 오는 거?"

"왔어."

내용 없이. 그냥 안부차 오는 거 알잖아. 그렇게 덧붙이자 네가 다시 입을 뗀다.

"그럼 하나 더."

"……응."

"결혼하자."

숨이 멎는다. 네 말대로 별것도 아닌 일. 답을 망설인 이유는 네 목소리에 실린 신중함 하나 때문이었다. 오늘 내가 이상한 것도 알고 있으니 네가 어찌 생각할지 모르겠어서.

그러나 이 말은 예상도 못했다. 이제야 네가 막 성공 가도에 발을 올렸는데. 게다가 우리 나이가. 한데 그것과 별개로 네 그 말이 날 벅차게 해 또다시 새어 나온 눈물을 매만지는 네 손끝이 가늘게 떨린다.

"좋다 웃는 건 바라지도 않았어. 근데 아직도, 아직도지. 아직도 나한테 숨기는 거 많지. 넌 나랑 섹스할 때 말곤 우는 것도 아직 소리가 없어. 알아?"

"아니. 그래서, 싫어서 우는 거 아니야."

날 안은 팔을 떼고 뒤를 돌았다. 네 착잡하게 가라앉은 눈이 내 눈두덩을 짓누른다.

"넌, 넌 결혼이 쉬워? 우리 둘 다 그거 쉽게 생각 못 하잖아. 우리 엄마아빠 이혼했어. 네 부모도 갈라선 거잖아."

"너랑 내가, 그들이랑 같아? 내가 널 떠날 것 같아? 아님 날, 떠날 생각이야?"

"아니, 그건 아니……."

"그럼 애라도 낳아, 나랑. 왜. 그럼 나처럼 버림받을 거라, 그리 말하게? 너 나랑 애 두고 도망갈 애야?"

서늘한 말투로 날 공격하면서도 네 손끝은 내 눈가를 문질러 다정스레 물기를 제거했다.

이젠 애달파진 눈을 마주 보았다. 아니잖아. 응? 내가 낳을 순 없고, 낳기만 하면 내가 키울게. 너 다니고 싶은 직장도 다녀. 내가 돈도 벌고 애도 키운다고. 그래도 싫어? 이제 막 시작된 네 발돋움은 어떡하고 그런 말을 하는지. 네가 이 순간의 감정에 빠져 그저 충동적으로 말을 던지는 것 같았다.

네가 찬 공기에 비웃음을 실었다. 그래. 결혼도, 애도, 싫다 이거지.

"그럼 나랑 다시 나락 갈까. 우리 한 번 떨어져 봤잖아. 또 같이 뛰어들어 보자. 무저갱이라도 파고들어 가 봐? 난 기꺼이 떨어져. 네가 원하는 곳이 거기면. 같이 심해라도 기어들어 가 죽을까?"

"……그럴 리가 없잖아. 난 네가 잘되길……."

"그럼 왜 우는데. 왜 슬퍼하는데. 왜……. 왜 내 옆에서, 행복해하지 않아?"

네 목소리가 퍽퍽하게 균열이 간다. 눈물이라도 흘러내릴 듯 구슬픈 눈에 또 말이 막히자, 내 어깨를 아프게 쥔다.

"또 말 안 하지. 솔직히 말할까? 난 차라리 그러길 바라. 널 보는 네 동기 놈 마주칠 때마다 이 섬에 널 가둬 두고 나만 보게 하고 싶었어, 난. 근데 넌 아니었잖아. 계절 학기까지 듣고, 틈날 때마다 취업 자리 알아보면서 건실히 직장 다니고 남 보란 듯 살고 싶어 했잖아. 나 말고 네가 그랬잖아. 아냐?"

"지한……."

"내가 이까짓 돈, 명예. 그까짓 거 필요할 거 같아? 내 목적은 하나야. 한내, 너 하나라고. 근데 너도 그래? 내가 네 목적이다 넌 말할 수 있냔 말야, 어?"

눈물만 났다. 말하지 않아도 늘 내 속내를 알아봐 주던 네게, 이기적이게도 너무 익숙해졌나 보다. 네가 아직도 그런 줄로만 알았다. 너에 대한 내 사랑을 당연히 알겠거니.

그런데 이제 우린 서로를 위해 서로의 아픈 감정을 숨기고 있었다. 날 사랑하다 못해 문드러지던 네 마음을 난 전혀 몰랐다. 네 말대로 난 이기적이라 너만큼 네 행복을 빌어 주지 못하고 있다. 그러나 네 말처럼은 아니다. 나도 너 하나였다. 오해를 풀고 싶었다.

"나도 너 하나야, 지한. 아까 운 건 그냥. 그냥 예전의 네가, 아니 우리가, 잠시 그리워서……."

그 말에 네 얼굴이 더한 충격에 빠질 줄도 몰랐다.

"넌, 지금 나보다 예전의 날 더 사랑한단 소리야? 어? 그래?"

"너는 너한테, 무슨 질투를……."

"아직도 날 모르지. 난 과거의 나뿐 아니라 네 있지도 않은 가상의 직장 동료한테도 질투를 해. 과거의 내가 그립다고? 그래서 나한테 예전처럼 해 달라 했어? 지금 내가 달라진 거 같아? 그래? 그러니 네 맘도 흔들린다 이 거야, 지금?"

"아니, 그렇지 않아, 난……."

"누워."

"뭐?"

"누워서 다리 벌려. 열아홉 유지한보다 내가 더 잘 빨아 주고 잘 박아 줄 테니까."

"그게 아니라, 아!"

멍하니 서서 말을 번복하려는 날 네가 번쩍 들어 올리더니 입술을 맞부 딪쳤다. 내 다리를 쥐어 네 허리에 감고 큰 바위에 기대앉아 내 뒤통수를 철벽 방어하듯 쥐고 입술을 혀로 감아 올려 혀뿌리까지 빨아 당겼다.

머리칼까지 아프게 휘감아 내 두피까지 저릿해지는, 난 네 그 집요함이 기꺼웠다. 네 곁이라면, 무저갱까지 파고들어 갈 사람은 바로 나니까. 그곳 에서 네가 나에게만 집착하고 강박 증세까지 보이면 더없이 좋겠단 어둑한 생각도 했으니까.

네가 내 젖꼭지를 꼬집듯 둥글리며, 열기에 달아오른 숨을 짤막한 자조 처럼 뱉었다. 심해처럼 어둡고, 그 직전 웅크린 심해의 문처럼 반짝이는 네 눈동자와 마주했다. 심해의 문. 천해와 심해의 경계선이자, 난 아마 숨이 딸려 평생 가 볼 수 없을 곳.

그래, 그래도 난 이따금 그곳에 너와 함께 가 보고 싶단 생각을 했다. 너 와 함께라면, 그곳에서 죽어도 좋다고. 네가 만약 날 떠날 거라면 그곳으로 같이 가 죽어 버리자고.

하나 난 열아홉, 죽음을 고민하던 내 목을 졸라 주던 널 기억한다. 너에게 또다시 그런 걸 요구하기 싫었다. 너와 소위 건강한 관계, 선을 지키는 그런 것을 유지해야 우리가 오래갈 것이라 난 어렴풋이 믿었으니.

그러니 내 시커먼 욕망을 이젠 숨기고자 했다. 유일하게 내 깊은 욕망을 풀어놓을 수 있는 게 섹스라서, 난 너와의 거침을 더없이 사랑했다. 너의 불안이 나만 하단 걸 보는 게 그저 좋은, 그런 내가 한없이 못되게 느껴지나, 난 원래 그런 애다. 이름과 달리 늘 욕심 많은. 난 냇물에 불과하면서 넌 바다이기를 바라는 애였다.

가슴까지 밀려 올라간 티셔츠 아래, 네 붉은 입술이 내려온다. 내 유륜을 간지럽히고, 세운 혀끝으로 젖꼭지가 부풀어 오를 때까지 살살 어르듯 퉁기다 돌변하여 이를 세워 물었다.

"아!"

허리가 휠 정도의 아픔에 눈을 감고 부들부들 떨리는 손끝을 더듬어 네 부드러운 머릿결을 손가락에 감아쥐었다. 어느새 네가 집요하게 씹는 쪽의 유두만 크기를 달리했다. 타액으로 뒤덮인 꼭지가 색이 진해질수록 강도가 한 단계씩 올라간다. 널 받아 주는 내 한계를 시험하듯 빤히 날 주시하는 네 눈이 검게 소용돌이쳤다.

"윽! 하아. 하아……."

어느 순간 눈을 번쩍 뜨게 하는 고통이 날 찾았다. 동시에 넌 만족감에 갈라진 신음을 뱉으며, 가슴 한 움큼을 물고 살살 달래듯 아려 오는 젖꼭지를 핥았다. 고통에 뒤따른 쾌감은 죽을 듯 세찼다. 어지럽도록 몰아치는 감각에 난 도리질했다. 밀리지 않는 네 어깨를 애써 밀어내며 축축해지는 아래가 느껴지는 만큼 강렬한 감각에 진저리를 쳤다. 흐윽, 흐윽, 신음이 바보처럼 흐른다.

네가 고개를 떼어 내고 내 눈가를 쓸며, 뭉툭한 손끝으로 내 맨등을 쓸고 탐욕스레 둔부를 쥐었다. 바지 속으로 들어간 네 거친 손끝이 내 엉덩이 살결을 부드러이 훑고, 그것이 달달한 덫이었던 것처럼 이미 함씬 젖은 음부를 한 번에 밀고 들어왔다. 아, 하아. 내 경련에 네가 차게 웃었다.

"더 울어 봐. 소리 내서. 울어, 나한테."

흘러넘친 음심이 잔뜩 담긴 목소리로, 네가 잔인하도록 가늘어진 시선을 맞춘다. 네 말에 수긍하듯 난 네 티셔츠를 끌어 올리고 드러난 네 흰 살갗에 내 부푼 젖가슴을 문대며 엉덩이를 보채듯 움찔거렸다. 그곳에 네가 나대신 얻은 상처가 있었다.

"이걸론 부족해?"

휘어진 손가락이 내 깊은 곳을 찔렀다. 내가 자지러지고 울어 대는 극점을 속속들이 알고 있는 너였다. 흥분에 젖어 든 몸이 기어코 뒤틀리다 네 어깨에 코를 박았다. 짙은 쾌감에 눈물이 고여 눈앞의 검은 바위가 흐릿해지고 어질어질하다. 네 손짓에, 내 아래에서 파도치는 소리가 났다.

"하응. 아. 하. 웃."

"어디 보고 있어. 고개 들어. 왜 눈 감아. 눈 감고 누구 생각해. 날 봐야지."

어깨에 걸쳤던 턱이 붙잡혔다. 갈고리처럼 휜 네 기다란 손가락이 내가 잔뜩 흐느끼는 곳만을 긁어 대니 내 의지로 고개를 들 순 없었다.

네 손에 딸려 가 네 어둡게 젖은 잿빛 눈을 코앞에서 마주했다. 네 눈길에 등줄기가 선득했다. 조여든 내벽이 네 손가락 마디에 자극받아 경련하며 움찔거렸다. 아. 하아. 널 보며 기어코 쾌감에 젖은 눈물을 떨구자, 네가 욕설을 짓씹었다.

한 개 더 침입한 손가락이 내 빠듯한 구멍을 더 넓히자 미약한 통증에 신음이 흘렀다.

"걱정 마, 한내. 내 거 먹으려다 찢어져도, 내가 다 나을 때까지 핥아 줄게. 몇 년짼데. 얼마나 해야 나한테 맞춰질래?"

둔부를 부드럽게 유영하던 다른 손가락 하나가 지루했는지 다른 세계도

엿보았다. 흥건한 곳 위의 구멍도 문지르기 시작하자 난 눈을 크게 떴다.

"지한아, 거, 거긴. 흐응. 하지 마."

"……싫어. 예뻐. 일어나."

엉덩이를 들어 올리는 힘에 떨리는 다리를 땅에 짚고 서니 곧바로 내 엉덩이를 떡 주무르듯 움킨 네가 혀를 내뺐다. 아. 내 흥건한 액체를 주워 삼키는 혀에 난 네 뒤에 놓인 바위를 짚고 입술을 악물며 허리만 떨었다.

만족스레 풀려 여전히 날 주시하는 네 까만 눈만 보다가, 네 코가 내 밑으로 사라지고, 뜨거운 혀가 다른 주름진 곳으로 향하자 번쩍 눈을 떴다. 하지 마. 더럽다고! 마구 소리를 지르는 내게 어린애 달래듯 쉬 소리를 내며, 주름을 하나하나 펴듯이 느리게 혀를 문댄다.

"여기도, 한내. 네가 여기로도 숨을 쉬어."

가당치도 않은 말로 가당치도 않은 곳에 굶주린 것처럼 달려드는 네 얼굴을 밀어내려다가, 도리어 앞으로 고꾸라져 바위 부근에 코를 묻었다. 심장이 두방망이질했다. 핥아 대는 곳이 미치도록 창피한데도 네 혀가 어찌나 요망하게 움직이는지, 미묘한 감각이 피어오른다. 쾌락에 속박된 수치심이 인다.

그러나, 너에겐 내 자존심마저 주어도 좋았다. 네 저의도 알았다. 청혼을 거절해 날 짓밟았으면 이건 받아들이라는 네 애절한 겁박이었다. 어찌 됐건 내 무엇이라도 무조건 네게 내놓으라는 것이다.

네 손끝이 두 개의 두멍에 함께 닿아 파고들었다. 만족스레 탄식하는 네 입술이 다시 음핵을 어루만지자 파드득 몸이 튀었다.

"그, 흣, 그만해. 흐. 이상해……."

"난 네겐 늘 이상해. 그러니 너도 나한테 이상해져. 숨기는 것 하나 없이. 이상해도, 날 밀어내는 일도 없어야 해. 내가 네 어딜 핥든, 받아 줘."

네 목소리는 성이 났지만 어딘가 눅눅한 상처도 묻어났다. 연유를 제대로 파악할 겨를도 없이 앞뒤로 문질러지는 느낌에 흐느끼다가, 눈이 뒤집혀

지는 한곳에선 크게 신음하며 이리저리 허리를 뒤틀었다. 내 뺨도 눈물에 젖어 축축해진다.

구멍을 문지르던 손이 떨어지자 빈자리 위로 흐르는 서늘한 공기가 허했다. 네가 거칠게 바지를 벗는 것과, 검붉은 성기가 네 배에 달라붙는 것을 멀거니 보자, 네가 내 움찔거리는 허리를 쥐고 서서히 잡아 내렸다. 날 얽는 네 눈을 가만 보자니 곧 묵직하게 질구를 눌러 오는 네 성기에 헉 숨이 멎는다.

"혀 보여 줘."

할딱이며 내밀어진 내 혀를 제 걸로 문대며 네가 내 골반을 움킨다. 내혀를 빨며, 내가 쾌감에 늘어져 허술해진 틈을 네가 푹 파고든다.

"흐. 아. 흐……."

"……아, 한내."

가격해 오는 고통에 눈이 번쩍 뜨이고, 축축하고 흐릿해진 시야가 파도처럼 하얗게 부서졌다. 늘 적응할 수 없는 크기였다. 본식 전 간을 보듯, 숨이 바스러지는 내 입술을 길게 핥아 낸 네가 유유히 허리를 들어 올렸다. 네 숨소리도 통제를 잃고 거칠었다. 입 안으로 짓씹어지는 욕지거리가 들렸다.

네가 내 몸 전체를 위아래로 움직이며 내 안을 긁어내렸다. 안을 툭툭쳐 대는 성기가 어딘가 기분 좋은 곳을 건드렸다. 눈앞 물기 어린 얼굴이, 오롯이 내게만 몰두하는 네 눈길이, 흉흉하게 소용돌이치는 잿빛 눈동자가 날 옭아매고 쥐어짜 널 위한 물기를 내뿜게 한다.

"흥. 하아……."

그래도 아래가 빠듯했다. 본능적으로 네 아랫배를 누르며 통증을 줄이는 내 손을 네가 붙잡았다. 양 손목을 내 등 뒤로 돌려 한 손에 감고는 안에 길을 트듯 작은 허리 짓을 이었다. 아래에서 쳐올리는 대로 꿰뚫린 몸은 그저 바르작거렸다.

"으흑……."

"아, 좋다."

난 너에 관한 건 다 기억해. 이것도 그럴 거야. 난 과거가 아닌 지금의 널 더 사랑할 거야.

난 절절한 눈물 같은 땀에 푹 젖은 네 가슴팍 위로 떨어져, 감당할 수 없는 열기에 잔뜩 늘어지고는 헐떡거렸다. 내 뒷목에 입맞춤한 네가 골반을 쥔 손을 앞뒤로 흔들며 제 것으로 다시 안을 늘린다.

땀이 솟은 네 흰 어깨에 입술을 묻었다. 고통이 점차 옅어지며 침입한 부위의 살갗이 화끈거렸다. 아니, 이미 너와의 고통은 내겐 쾌감과도 같았다. 너와 연결됐다는 생생한 만족감에 속살에서 울컥울컥 무언가 쏟아진다. 네가 다시 내 턱을 그러쥐고 서서히 눈을 맞추었다. 다른 손으로는 여전히 내 손목을 틀어쥔 채였다.

"좋은 기억력이 좋지만은 않아. 형 놈의 기억을 잃었어도 네게 한 몇몇 말은 기억이 나니까. 너에 대한 건 단 하나도 못 잊으니까. 그게 내, 하, 너에 대한 내 마음이니까."

그렁그렁한 시야에 네 이가 악물렸다.

"너 유기한 좋아하잖아. 난 유기한이랑 닮았고."

무더웠던 심장이 삽시간에 한겨울에 갇혔다. 네가 형에 대한 기억을 꺼내 든 적은 없어 우리의 삐거덕대던 첫 시작도 다 잊은 줄로만 알았다.

"이 섬에 오니까 그런 말, 네게 한 기억이 나더라."

내가 깨져 버릴 유약한 유리라도 되듯 바라보던 네 시선이 혼탁해지는 순간, 내 엉덩이가 단단한 네 치골에 퍽 부딪친다. 헉. 흑. 흡. 지한아. 흑. 네가 날 올려 칠 때마다 숨이 턱턱 막혔다. 입술을 말아 물고 읍읍, 신음했다.

고통과 그것에 비견되는 쾌감이 배 속 깊은 곳을 찌릿, 강타한 뒤 소용돌이치며 퍼져 나간다. 뇌까지 곤죽이 되니 내 어딘가 고장 날 것 같은 두려움이 일었다. 네 두 눈이 성난, 혹은 상처받은 짐승처럼 좁아져 있다. 내가.

"내가 널 행복하게 해 줄 거야. 다른 놈도, 너도 그 이유가 되어선 안 돼. 그래야 네가 평생 내 옆에 있을 테니까."

"하아. 흐. 웃. 하아. 하악. 지. 하. 지한아······."

"네가 바라는 게 슬픔이어도 마찬, 하, 가지야. 여기서 정신 잃은 널 두 번이나 봤지. 한 번은 내 손, 한 번은 다른 사람 때문에. 하아. 둘 중 선택하라면 당연히 내 손이어야 해. 알아들어? 하. 사는 것도, 죽는 것도."

"흐으······."

"내 곁이어야 해."

같이여야 해. 가장 깊숙한 곳을 파고드는 고통과 함께 머리를 반죽처럼 치대는 쾌감이 등줄기를 타고 머리꼭지까지 반짝거렸다. 넌 잔 허리 짓으로 내가 울어 대는 내벽 한곳을 끈질기게 문지르다, 다시 반쯤 나간 정신으로 날 몰아세우고 탐식하길 반복했다.

"한내, 네가 다른 남자에 미련이 남았대도."

"하. 아······. 아니. 아······. 아니야. 오빠는, 하으."

그제야 네가 네 형인 남자에 대해 어떤 착각을 하고 있는지 깨달았다. 하나 난 고통과 쾌감을 오가며, 극락과 나락 사이 네가 튕기는 줄에 그저 튀어 올랐다가 떨어지고만 있었다. 반박할 정신도 없이 차오른 짠물에, 난 통제를 잃은 날 부르는 네 얼굴조차 뿌옇다.

네가 내 손을 놓고 골반을 틀어쥔 채 이전과 비할 수 없는 속도로 날 파고든다. 온몸이 통제력을 잃고 아무거나 부여잡으려 바둥거렸다. 네 거친 몸짓에 허리 위가 이리저리 종이 인형처럼 너울거렸다. 뒤로 휘어지던 몸이 균형을 잃었다. 네 손에 등이 받쳐져 겨우 네 종아리를 짚었는데도 푹푹, 속살을 짓찧으며 들락날락하는 짐승 같은 성기는 멈춤이 없다.

어느새 네 음모가, 탄탄한 배가 내 애액으로 번들거렸다. 다리가 뒤로 벌어져 드러난 음핵을 네가 손끝으로 툭툭 치듯이 문질렀다.

"으흑. 그, 그만……. 하응."

"하, 아직도 부족했어? 이 자세로 박아 주면 돼? 네가 제일 잘 느끼는 자세를 내가 깜빡했다. 그치? 아직도 열아홉 유지한보다 못하지, 내가."

"흐. 응. 하아……. 아!"

말 그대로 널 받아들이는 몸이 경련하듯이 튀었다. 난 거의 비명을 지르듯 신음했다. 이젠 눈물이 나는 게 아니라 눈이 까뒤집힌다. 눈물을 펑펑 쏟으며 몸을 떨었다. 한내. 네가 내 이름을 애타게 불렀다. 박한내. 한내. 한내야.

"하, 우리 한내. 아니, 내 거지."

나의, 나의 한내…….

네 슬픔이 널 집어삼킨 듯 너도 반쯤 정신이 나가 보였다. 살들이 부딪치는 소리, 네가 낸 신음, 내가 낸 교성이 어느새 내리는 빗소리와 뒤섞였다. 내 귀엔 태고의 것처럼 자연스러운 소리였다. 축축이 젖은 널 보았다. 매끄럽게 젖은 둔부가 네 뼈에 부딪쳤다.

"아, 하아, 지한. 가고 싶어……. 지한. 하. 흐으. 아!"

내 애원에 네가 찬찬히 리듬을 탔다. 네 성난 성기가 내 무른 곳을 푹 짓누르고, 다시 허리를 털어 짓뭉개고, 내가 못 버티자 허리를 돌려 뭉그르뜨린다. 온몸이 바스러지는 절정을 맞았다. 네 다리를 짚은 손에도 힘이 풀렸다. 돌바닥에 뒤통수를 부딪치기 전에 네 손이 내 양팔을 잡았다. 떨어지다 허공에서 멈춘 머리통이 관성을 이기지 못하고 뒤흔들렸다.

마치 나락으로 떨어지던 날 붙잡은 듯, 네가 서서히 코앞으로 날 끌어올렸다. 아아아, 내 하얗게 타 버린 숨을 네가 들이마셨다. 얼굴 곳곳, 네 입맞춤이 하늘하늘한 눈송이처럼 날아왔다. 한내. 날 숭배하듯 부르는 네 소리에 부서졌던 시야를 가늘게 떴다. 한여름보다 무덥고, 긴 장마보다 축축한 네 잿빛 눈이, 소름이 돋아 서늘해진 내 목덜미를 데워 들었다.

"하아. 나랑 같이 나락 갈 거 아님, 후, 몇 번이고 무너져도 다잡아. 그게 나 때문이라도. 내 곁에서, 날 위해서. 떠날 거면 나도 같이 갈 거 생각하고 나랑 살아. 이기적이래도 별수 없어. 네가 나랑 시작한 이상. 알았어?"

고개만 겨우 끄덕였다. 나도 그렇다 답해 주고 싶었다. 나도 너 없이 홀로 되는 것보단, 차라리 네 품에서 부서지길 바란다고. 왜 그 절박함이 넌 너뿐이다 생각하느냐고. 왜 우린 늘 누군가에게 버림받을 거란, 그 뿌리 깊은 결핍에서 벗어날 수 없느냐고.

"난 다른 가족 없어. 너만 내 가족이야."

늘어진 내 목덜미를 쥐고선 네가 화이트 카드를 뽑고 수면을 향해 달리듯 마지막 스퍼트를 높였다. 미친 사람처럼 허리를 치댔다. 이미 무를 대로 물러진 속살을 흉포한 성기가 인정사정없이 찔러 댄다. 네 어깨에 이마를 댄 채 한계까지 벌어진 구멍으로 꾸역꾸역 밀고 들어오는 네 성기를 내려다보니 아래가 얼얼한 만큼 그저 혼미했다.

"지한⋯⋯. 아! 하으."

내 다른 구멍으로 손가락이 푹 찔러 들었다. 네 절박함을 거부하지 않기로 했다. 대신 놀람으로 위축된 속살을 푹푹 짓누르는 네 한껏 커진 성기에 눈가를 떨며 신음했다. 네 손가락 또한 내 다른 속살을 파고들 듯 긁어내렸다.

다시 또 치솟는 열락에 아랫배가 수축했다. 하, 신음하는 네 뺨을 쥐고 눈을 맞추었다. 흉흉하고 슬픈 눈으로 내 안의 네가 한껏 몸을 부풀린다.

"아. 하아. 한내. 한내."

목덜미가 끌려가 열기에 마른 네 붉은 입술을 문질렀다. 자궁까지 쿵쿵 울리는 네 것에 네 절정을 도와 마른 혀를 함께 축였다. 여전히 네 장마 같은 눈과 마주한 채였다.

드릉대는 이에 입술이 비릿하게 깨물리자 섬뜩한 소름이 쾌감과 섞여 든다. 나도 널 질근질근 씹자 네가 기꺼운 웃음을 흘렸다. 양다리가 네 어깨 위로 올라가니 말 그래도 장기가 짓눌리듯 허억 소리가 났다. 그래도 네 목에 팔을 둘러 안겼다. 또다시 너라는 상자에 기어들어 가듯이.

"약, 하, 계속 먹어?"

날 꿰뚫는 데 여념 없던 네가 한계치에 잠긴 목소리로 묻는다. 쾌락에 풀린 눈으로 끄덕이자 네 눈은 태풍에 휩싸인다. 아흑, 내벽을 마구 문질러대는 성기에 난 두 번째 극락을 맞이했다. 여전히 나락 속에 있는 듯한 네 눈가를 문지르자, 네가 내 안에 하얗게 파정하며 헐떡였다. 씨물을 뱉고도 여전한 크기의 성기가 내 자궁이 있는 입구를 아쉬운 듯 비비댔다.

"먹지 마. 응?"

낮게 잠긴 목소리가 애써 유혹하듯 속삭인다. 네가 선사한 극락이 내 고개를 위아래로 움직였다. 내 곁에서 불안이란 지옥을 경험하는 널 기꺼워하면 안 될 듯하여. 늘 날 구원해 주었던 널 내가 구원하고파도, 늘 거침없던 널 나락으로 떠민 사람이 다름 아닌 나인 듯하여.

* * *

야시장으로 가 여름 풋귤도 사고 애플망고도 몇 개 골랐다. 널 위한 내 침묵이 네 불안에 기여한 듯해 긴 대화를 위해 숙소로 가자고 했다.

"3일 동안 안 나올 거야. 필요한 거 다 사자."

네 그 말이 썩 진심이라 수산물 시장에서 은갈치랑 횟감도 샀다. 간식으로 먹을 오메기떡도 산 뒤 감귤 막걸리를 사러 들어간 곳에서 사장 아주망이 커플들에게만 권하는 거라며 내게 보양주를 건넨다. 병 생김새가 영 이상하더라니 이름이 벌떡주라 해 난 당황하여 웃었다. 이미 날 보면 시도 때도 없이 벌떡거리니 이건 저에겐 약 아닌 독이다 하는 네 진심에 아주망이 킬킬 웃으며 시음이나 해 보라고 공병에 그것을 담아 준다. 별수 없이 받아 들고 너와 간만에 웃으며 나오는 길에 널 아는 사람들과 또 마주쳤다.

"아, 나 잠깐 저기 구경할게."

날 붙잡는 네 손길을 피해 바닥에서 반짝이는 무언가를 구경하는 척했
다. 네 눈이 다시 어둑해지는 것을 애써 피했다. 이게 아닌데. 널 또다시 피
하려던 게 아닌데. 널 안정시키고 싶었는데, 나 또한 불안하니 마음대로 되
지 않는다. 네겐 내 자존심을 버리는 것조차 기꺼운데, 네 질투는 기꺼워도
내 질투는 왠지 치졸해서. 네가 널 사랑해 주는 사람들과 함께일 때 그 치
졸함을 한가득 얼굴에 품고 있을 내가 싫어서, 한심했다.

"마음에 드는 거 있으세요? 이건 어떠세요?"

소녀의 앳된 목소리와 함께 눈앞에서 흰 자개가 영롱한 무지갯빛을 낸
다. 바람 부는 데 걸어 두심 예쁜 풍경 소리도 나요. 둥그런 자개로 만든 모
빌을 한 번 흔들고는 소녀가 이를 드러내며 웃었다. 그 풍경 소리와 무지갯
빛만큼 빛나는 웃음에 나도 미소가 나왔다.

"예쁘다. 네가 만든 거니?"

"예, 아버지가 잡은 전복이나 조개에서 직접 채취한 거예요. 이거 값을 매
길 수 없는 거라니까요. 인터넷에서 막 파는 싸구려랑 비교가 안 되지마씨."

말대로 집에 걸어만 놓아도 그 영롱함에 행복할 듯했다. 네게 처음 숨
참는 법을 배우던 때 보았던 그 어둠 속 빛과도 닮았으니.

얼마야? 지갑을 찾아 주머니를 뒤적이다 네게 있음을 깨달았다. 네 옆에
선 늘 덜렁대 일상으로 지갑이나 휴대폰을 잃어버리는 나라, 네가 내 물건
을 늘 맡아 두곤 했다. 아, 잠깐만. 지갑이.

그때, 내 어깨를 끌어안은 네가 소녀에게 과한 현금을 건네고는 그것을
낚아채듯 샀다. 네게 끌려가 차에 다시 타고 시내 근처 산을 올랐다. 펜션
이 줄지은 곳을 조금 더 지나 나온 단독 주택 앞에 차가 멈췄다.

브레이크를 당기고 기어를 넣는 손길에, 네 여태 날선 감정이 묻어난다.
바다에 젖었다가 마른 앞머리를 쓸어 내고 바다 짠물에 붉어진 눈가를 가
리며 운전석 깊숙이 몸을 기댄다. 이제 정리해 둔 내 말을 네게 꺼내 들 시

간이었다. 내 치졸하고 어리숙한 불안을 드러내어 널 안심시킬 시간.

"나 생각보다 참을성 좋아."

하나 드러난 네 눈이 먼저 날 까맣게 마주 보았다. 내가 끼어들 틈도 없이 네가 속사포로 말을 뱉었다.

"숨 참는 걸로 세계 기록도 깬 놈이야, 나. 참는 거 잘하지, 왜 못해. 너만 보면 벌떡거리긴 해도 네가 내 옆에서 나 다독여 주기만 하면 돼. 그럼 돼. 언제고 네가 준비될 때까지 기다려. 결혼도, 애기도. 날 혼자 두지만 마. 날 떠나지만 마."

"지한."

넌 늘 나보다 용기 있는 사람이었다. 내가 해야 했던 것을 또 먼저 하는 네 손을 잡았다.

"나 사람들 늘 겁내고 버거워하는 거 알지. 그런 내가 왜 사람 상대할 일 많은 마케팅 회사에 들어갔다 생각해?"

너에게만은 날 단단히 에두른 돌담을 내려놓아야 했다. 그 안에서 네게 불안할 정도로 사정없이 흔들리는 내 모습도, 네겐 낱낱이 보여 주어야 했다. 네 그 의아한 눈이 확신으로 바뀌도록.

"돈 많이 준다고 해서."

"돈?"

"응, 내가 너 책임지려고 들어간 거야. 왜냐하면."

이 말이 널 안심시키는 게 아닐지 모른단 의구심도 있다. 그래서 그동안 네게 말 못 한 것도 있으니까. 네가 사랑하는 것을 포기하란 독촉일 수 있는 말인지라. 그래도 내가 남부러운 듯 살고 싶어 미친 듯이 빨리 취업한 거란 네 오해는 풀어야 했다.

"네가, 바다에 들어가는 게 싫어."

날 잡은 네 손에 힘이 뻗친다. 역시 내 말이, 날 사랑하는 네겐 나 아니면 바다를 선택하란 협박이 될까. 돈을 제외해도 네가 얼마나 바다를 사랑하는지 안다.

"그러다 네가 진짜 날, 날…… 떠나면, 어떡해……."

날 위해 나락에 몸을 던진 널 매일같이 기억한다. 네가 기록을 깬 이후로, 난 바다에 들어간 네가 다신 나오지 못하는 악몽을 꾼다. 네가 아스라이 바다 아래로 사라지는 꿈. 그 순간이 다름 아닌 내 나락이었다.

오늘따라 그 꿈이 눈앞에 아른거리니 슬픔이 억눌러지질 않는 것이다. 네가 흡, 숨을 들이켜며 날 품에 넣었다. 울지 마. 혀로 내 눈가를 핥아 눈물이 뺨에 닿는 일이 없게 했다. 난 미안하다고, 네 능력을 믿지 못해 이런 게 아니란 말을 덧붙였다.

"또 허술한 걱정 하지. 내가 바다에서 나오지 못할 일은 없어."

네가 내 뺨 위에서 속삭인다.

"예전엔 내가 얼마나 끝까지 갈까. 바다가 날 얼마나 받아 줄까. 그게 궁금했지. 이젠 네가 내 목적이야. 바다에 들어가도 늘 네 생각을 해. 네가 웃는 거. 네가 우는 거. 기록에 욕심낼 수 없어. 그것 아니었음 이미 모든 종목 기록도 깼을걸."

그에 숨이 더 덜컥인다. 바닷속에서 느끼는 공포, 행복, 그 모든 감정은 살아 나오는 데에 독이었다. 모든 감정이 뇌로 가는 산소를 갉아먹기 때문이다. 네가 너에게 더 독이 될지 모른단 생각이 또 들었다.

"그러지 마. 그럼 네 숨이 더 빨리 닳잖아. 내가 네게."

"뭘 걱정하는지 아는데 그런 거 아냐. 그냥 너한테 잠기는 거야. 바다에 그저 잠기듯이. 그래도 네가 저 위에. 저 뭍에 있단 걸 잊지는 않아. 내가 어떻게 잊어. 한내, 널. 응? 죽다 살아났을 때도 널 기억하고 살아난 거 잊었어? 응?"

"그래도……."

"그러니까, 그만둘게. 어차피 널 위해 들어간 거니까. 네가 싫담 의미 없어, 그 무엇도. 이리 와. 이 집 좀 봐 봐. 응?"

대수롭게 내 말을 따르겠다 선언하고는 날 몸 위로 끌어 올린 뒤 운전석 차 문을 열었다. 어둠이 서린 때였으나 집 안 불이 환히 켜져 있어 널찍한 마당도, 작은 텃밭과 큰 나무도, 고적한 복층 집 한 채도 떡하니 보였다.

"네 거야."

"……."

"맘에 들어? 어? 한내."

답 없는 내 손을 끌고 네가 조급하게 집 안으로 들어섰다. 문은 이미 열려 있는 채였다. 부엌부터 거실까지 단출한 가구도 다 들어차 있다. 그 구석구석을 소개하며 넌 쾌활히 날 끌고 다녔다.

"서울 집은 돈 더 벌면 큰 데 구할 수 있을 거 같아서. 광고 몇 편 더 찍어 사 줘야지 했는데 이제 다른 일 알아보고 사 줄게. 내 멋대로 일단 여기부터 샀어. 네 말대로 넌 사람들 부딪치는 거 힘들어하니까. 일 힘들면 여기로 도망 오자고, 나랑. 별로야? 역시 같이 고를 걸 그랬어?"

나도 이젠 네 과장된 몸짓을 읽을 수 있었다. 네 청혼이 떠올랐다. 이 집을 사며 네가 어떤 생각을 했을지 상상했다. 단순 네 순간의 충동이라 간주하며 단호히 했던 거절도. 네게 힘없이 이끌리며 뜨거워지는 눈을 꾹 감았다 떴다.

"혹시…… 반지도 산 거야?"

네가 가족에 대한 상실감을 이리 뿌리 깊게 간직하고 있는 줄은 몰랐다. 나처럼 상처만 있는 줄 알았고, 나와 달리 당차게 잘 이겨 냈다 여겼다. 안방을 소개하던 네 발이 멈춘다. 이마를 턱 짚고 내게로 시원스레 웃는 얼굴을 돌렸다.

"이럴 때만 눈치 빠르지, 너. 사람 창피하게."

네 환히 웃는 얼굴에 이따금 나 같은 아픔이 녹아 있단 걸 설핏 보고도, 왜 난 무시했을까. 상대가 죽을지 모른단 공포도 나만 느낀 게 아닐 것이다. 그러니 네가 그렇게 흔쾌히 바다에 들어가지 않겠다 선언할 수 있겠지.

집을 뛰쳐나간 날 찾으러 절벽을 맴돌았던 네 마음, 날 구하러 바다로 뛰어들던 네 마음, 내 자해 흔적을 봤던 네 마음, 내가 네 손에 기절한 뒤 날 내려다본 네 마음이 어땠을지. 한 번도 깊게 생각해 본 적이 없단 걸 깨닫는다.

가끔씩 무의식적으로 칼을 보던 날 뒤에서 껴안고 그것을 치우던 너. 그 뒤로 주방 서랍에 비밀번호 없이는 풀리지 않는 안전장치가 달렸던 것도 기억이 났다. 어차피 네가 있어 내가 들어갈 일 없는 곳이었다. 그저 네가 날 아낀다고, 보호 차원이라고만 여겼다. 공포에 서린 네 불안감은 모른 채.

"혹시, 바다 근처가 아닌, 산에다 집 구한 이유가 나 때문이야? 내가 또 뛰어내리려 할까 봐 그런 거야?"

조심스레 묻자 네가 하얗게 굳어진 눈길을 아래로 떨구었다. 날 꾹 쥐고 있던 손에서 힘을 풀고 반쯤 몸을 돌려 날 피하듯 빼낸 손을 천천히 쥐었다가 편다. 그 손끝이 연약하게 떨리는 것이 늘 거침없는 너답지가 않아 내 눈에도 다시 눈물이 괸다. 마치 내 심장이 푹 꺼져 추락한 듯했다. 네가 내 옆에 있을 땐 괜찮았어, 허옇게 질린 입술이 속삭이다 꾹 깨물어진다.

"네가 내 안에서 잠들고, 내 품에서 깰 때는. 그런 거 없었어. 행복했어. 네가 학교에 갈 때 빼고는. 나는, 그래. 꼴사납지만 너한테 남부럽지 않은 남자가 되고 싶었어. 지금이라도 수능 봐서 널 따라갈까, 근데 내가 들어갈 때쯤 넌 또 직장을 다닐 테니 의미 없지. 그러니 그냥 내 방식대로, 네가 날 남들에게 소개해도 쪽팔리지 않은 애인이 되고 싶었어. 네가 직장 안 다녀도 되게, 내 옆에만 있게 돈 많이 벌면 더 좋고."

정말 멋없다, 이딴 말. 혼잣말을 하며 붉어진 눈가를 그 떨리는 손끝으로 쓸었다. 지금이라도 네 눈가에 입 맞추고 싶어 한 발자국 떼려니 네가 손을 들어 날 멈춰 세운다. 그 커다란 손을 멍하니 보았다. 네가 만든 우리의 거리감이 믿을 수 없어 때아니게 묘한 상처까지 받았다. 깊은 속내를 꺼내 들

듯 뜬 숨을 짧게 뱉는 널 멍하니 보았다.

"그리고 널 떠나는 시간이 길어지니까. 감정이 또 널을 뛰는 거야. 네가 시도 때도 없이 보고 싶었어. 네가 지금 어떨까, 잘 잘까 그런 생각에 잠도 안 오고. 그냥 하지 말까. 지금이라도 연습 때려치우고 네게 돌아갈까. 애새끼처럼 굴었지, 내가."

"……."

"그러다 꿈을 꿨어. 네가 죽는…… 꿈이었어."

더 이상 자리에만 뿌리박혀 있을 순 없었다. 발을 뛰듯 움직여 덜덜 떨리는 네 손을 쥐고 걷어차인 듯 굽어 든 네 허리를 끌어안았다. 네 턱이 내 머리꼭지로 힘없이 내려앉았다. 깊은 악몽을 꾸듯 잠긴 목소리를 내 머리 위로 쉼 없이 뱉었다.

"네가 절벽에 서 있다가, 바다로 떨어져. 바다 같지가 않아. 지옥같이 검게 끓는 곳이야. 난 널 구하려고 널 따라 그 나락으로 뛰어들지. 그러다 너 없는, 네가 이미 죽은 바닷속에서 깨달아."

널 밀어 버리는 게 나라는 걸. 네가 막힌 숨을 흐느끼듯 헐떡였다.

"네가 떨어지기 전에 내게 날 떠나겠다 말했던 걸. 다른 사람이 생겼다고 네가 말했어. 화를 못 참고 난……, 분명 내 손이었어……."

"지한아, 꿈이잖아."

네 깊숙한 불안을 이제야 알았다. 우리의 불안은 결국 닮았다. 결국 서로가 떠날까 불안할 뿐인, 사랑에 빠진 사람들인 것이다. 하나 늘 날 구해 주던 너는 그런 꿈만으로도 널 용서할 수 없었을 것이다. 네 나무 기둥 같은 몸은 내가 아무리 팔을 휘감아 네가 내게 하듯 상자처럼 품어 주고 싶어도 불가했다.

한내, 노래 불러 줘. 작게 속삭이는 네 풀어진 몸을 방 침대에 앉히고 불을 껐다. 거실에서 새어 나오는 작은 불빛만 남기고 네 앞에 서서 널 안았다. 나 안정시켜 줘. 노래 불러 줘. 매달리는 네 말대로 입술을 떼자 네가 날 애처럼 껴안고 가슴께에 고개를 파묻는다.

네 머리를 쓰다듬으며 목이 아프도록 노래를 하자 가슴께가 뜨겁게 축축해졌다. 네 장마 같던 눈에서 결국 비가 오나 보다. 네가 우는 것을 처음 보았다. 그 모습이 이루 말할 수 없이 사랑스럽다.

"네가 날 떠날 것도……. 내가 널…… 해칠 것도. 난, 난 무서워."

이렇게 사랑스러운 네가 날 해칠 거라 넌 설핏 믿었다니 네가 참 바보 같아 웃음이 났다. 그러나 이제 나는 안다. 사랑은 누구나 바보로 만든다는 것을. 아빠의 사진을 보며 저를 버렸다 증오하면서도 눈물을 글썽이는 우리 엄마를, 이제 난 처절하게 이해한다.

"네가 내게 그럴 리 없어. 꿈이 원래 그런 거잖아. 바보야. 예전에 있었던 사건이 네 머리에서 그냥 뒤엉킨 거야."

얼굴을 보이지 않으려는 널 기어코 품에서 떼어 내, 앞으로 다신 없을 네 약점을 낱낱이 보았다. 네 처연한 얼굴은 너무 예뻐, 그 투명하고 까만 눈알을 내 유리구슬 안에 넣어 두고 싶을 정도였다. 아마 나만 볼 수 있는 너일 것이니, 네가 고통으로 까맣게 탄 가슴을 부여잡는데 난 악귀처럼 어두운 즐거움을 느낀다. 네 말대로 네가 날 이상하게 만든 것이다.

왜 우린 이런 것을 닮았는지. 나처럼 소리 없이 눈물만 뚝뚝 흘려 내보내던 네가 내 속옷을 벗겨 내렸다. 네 손가락이 질구를 벌려 애절하게 내리 훑자 아직 안에 남아 있던 네 흔적이 애액과 함께 하얗게 흘러내렸다.

더 흐르기 전에 네가 훌쩍이며 바지를 내려 꺼낸 성기를 그곳에 채워 넣었다. 네 안에 든 날 단단히 느껴 보라며 이미 널 과도하게 느끼는 내 배를 손으로 짓눌렀다. 내 안에 씨물을 싸지를수록 눈물이 사라지고 웃으며 즐거워했다. 아흑, 난 눈앞이 하얗게 흔들렸다.

네 눈물에선 바다의 짠 내가 났다. 어쨌거나 넌 속속들이 내 바다였다. 묵중하게 내 곁을 지키고 날 휩쓰는. 날 품어 주는 강하고 강한 존재였다. 너는, 내가 허술하고 연민이 강하니 저를 불쌍히 여기라며 그 큰 몸집으로 내 작은 몸을 파고들었다. 저가 길고양이를 할 테니 가엾이 여겨, 먹이고 재우고 키우라며. 집에서 나만 생각하고 나만 기다리고 있겠다며. 아님 나 보고 길고양이를 하라니, 네 그 비 맞은 길고양이 같은 모습에 난 결국 푸 하하 웃어 버렸다.

바다가 아침 해를 밀어 올렸다. 새벽 내내 방 곳곳에서 사랑을 나누다 보니 어느새 거실이었다. 이 집에서도 비록 멀리였으나 바다가 보인다.

방금 전 잠든 네 뺨에 입을 맞추고 네 차에서 어제 산 모빌을 꺼내 들었 다. 네가 깨지 않게 살금살금 소파를 올라가 거실 창 커튼 봉에 그것을 매 달았다. 후후, 입으로 불다 안 되어 손끝으로 살짝 쳤다. 그 손에 기억도 나 지 않는 반지가 끼워져 있어 푸른빛에 그 반짝임을 비추어 보았다.

딸랑, 그것들이 함께 반짝이며 풍경이 꽤나 크게 울린다. 겨우 잠든 네가 깼을까 싶어 힐끔 살폈다. 촘촘하게 내리감긴 속눈썹에 안도하던 찰나, 네 입꼬리가 스리슬쩍 올라붙는 것을 보았다. 결국 웃음을 못 참고 초롱초롱 눈을 뜬다. 어제의 짠물을 머금어 살짝 부은 네 눈꺼풀 안으로 잿더미 속 불을 삼킨 눈이 아침 햇살을 받아 반들거렸다.

"예뻐."

"그치. 하나 더 사서 방에도 달걸."

"한내, 네가."

"아, 응. 너도."

이 말에 여전히 부끄러워하는 날 보며 네가 피식피식 웃더니 뺨을 바닥 에 붙여 엎드린 자세 그대로 손을 내민다. 이리 와, 안아 줘. 너 없으니 옆 구리가 허전해. 네 품을 파고들자 네가 겨우 입은 옷을 벗기고 다시 맨살에 맨살을 맞댄다.

난 햇살에 반짝이는 자개 빛을 보다가, 내 손 위의 반지를 보았다. 그러 다 더 영롱한 네 눈을 바라보길 반복했다. 행복이 이런 걸까 싶어. 추후 또 다시 불안이 날 휩쓸지 몰라도 이제 난 너와의 행복에서 끝없이 슬픔을 찾지 않을 만큼은 성장한 듯했다. 너 때문에. 너와의 사랑 때문에, 지한.

유지한.

"사랑해."

속삭이며 날 꼭 껴안은 네 손에 입을 맞추었다. 똑같은 말을 되뇌는 네 품에서 나른한 행복감에 눈을 감았다.

불시착이라 여겼던 네가 내 불가피한 태풍이었음을 알았고, 이젠 망망대해 속 내 유일무이한 정착지임을 안다. 누구나 사랑할 너라서, 그 끝이 홀로 남은 나일 게 두려워 이 사랑 또한 하염없이 두려웠어도, 이젠 우리의 사랑이 서로를 마음의 나락에서도 구원할 것임을 믿는다.

네가 날 사랑하고 내가 널 사랑하므로, 우린 서로의 나락이 되진 않을 것이라고. 서로의 숨을 죄어도 끝내 서로의 품에서 극락을 볼 수 있을 것이라고. 서로를 너른 바다처럼 품어 줄 것이라고, 이제 난 믿을 것이다.

모두 다, 널 끝없이 사랑하기 때문이다.